CHARLOTTE SOPHIA

Tina Andrews

CHARLOTTE SOPHIA

Um romance

Tradução
Bruna Barros

Harper Collins
Rio de Janeiro, 2022

Publicado primeiramente pela Malibu Press.
Editado mediante acordo com a Kaplan/DeFiore Rights
por meio da Agência Literaria Riff LTDA.

Título original: *Charlotte Sophia: Myth, Madness and the Moor*

Diretora editorial: *Raquel Cozer*
Gerente editorial: *Alice Mello*
Editora: *Lara Berruezo*
Editoras assistentes: *Anna Clara Gonçalves e Camila Carneiro*
Assistência editorial: *Yasmin Montebello*
Copidesque: *Carolina Candido*
Preparação de original: *Julia Vianna*
Revisão: *Pérola Gonçalves e Suelen Lopes*
Design de capa: *Elmo Rosa*
Diagramação: *Abreu's System*
Imagem de capa: *Charlotte Sophia of Mecklenburg-Strelitz, 1761 - Studio Allan Ramsay / Alamy*

Dados Internacionais de Catalogação na Publicação (CIP)
(Câmara Brasileira do Livro, SP, Brasil)

Andrews, Tina
Charlotte Sophia : um romance / Tina Andrews ; tradução Bruna Barros. – Rio de Janeiro : HarperCollins Brasil, 2022.

Título original: Charlotte Sophia
ISBN 978-65-5511-382-2

1. Romance histórico 2. Romance norte-americano I. Título.

22-113753 CDD-813

Índices para catálogo sistemático:

1. Romances : Literatura norte-americana 813
Cibele Maria Dias – Bibliotecária – CRB-8/9427

HarperCollins Brasil é uma marca licenciada à Casa dos Livros Editora LTDA.

Rua da Quitanda, 86, sala 218 – Centro
Rio de Janeiro, RJ – CEP 20091-005
Tel.: (21) 3175-1030
www.harpercollins.com.br

Dedicado a:

Meu irmão Donald e família

e

Às memórias de:

Meu mentor, Alex Haley,

e

Meu pai e minha mãe, George e Eloyce Andrews

Prólogo

O DIÁRIO

"...A história nunca abarca mais do que uma pequena porção da realidade..."

Duque de La Rochefoucauld

10 de outubro de 1818

Por que o choque? De onde vem sua descrença? Não é como se a origem do meu ser fosse única nos anais da história. Histórias sobre miscigenação, conflito e violação, ou até mesmo afeto entre mestre e escravizado, conquistador e conquistado, estão conosco desde antes da Bíblia ter narrado sobre Abraão, Sara e Agar.

Dito isto, a história que devo lhe contar, os decorrentes segredos e as verdades intragáveis que dela emergem não começam comigo. E, se estudei a história corretamente, tampouco as disputas inerentes à minha existência terminarão quando eu sucumbir — ainda mais uma vez que o segredo de minha vida e de meu amuleto forem revelados a você.

Entendo que preciso me deter à questão do legado — e um legado pode ser algo muito abstrato e etéreo, aberto a deturpações.

Comecei este diário para corrigir os registros, pois, no fim das contas, como disse Napoleão, "a história é um conjunto de mentiras sobre as quais se chegou a um acordo".

Veja bem, todos temos nossos segredinhos convenientemente varridos para debaixo do tapete da aceitabilidade. E, ah, o preço que pagamos pela percepção quando, em face ao julgamento, contamos aquela "mentirinha inocente".

O problema é que essa mentira não é uma mentirinha...

...e também não é inocente...

Parte Um

PRINCESA CHARLOTTE

Palácio de Mirow
Mecklemburgo-Strelitz, Alemanha
1752 – 1761

"...Estou convencido de que todas as pessoas vivas são de ascendência miscigenada. Mas alguns de nós são mais brancos, alguns de nós são mais negros, alguns de nós são mais chineses..."

H.G. Wells

Um

Vim ao mundo como Sua Alteza Sereníssima princesa Charlotte Sophia Albertina Frederick no dia 19 de maio, no ano de nosso Senhor 1744. Criada no ducado de Mecklemburgo-Strelitz, um pequeno território alemão, eu era a oitava entre dez filhos, a filha mais nova do duque Charles Louis Frederick e da duquesa Elizabeth Albertina de Saxe--Hildburghausen.

Lembro-me de ser magricela e precoce. Quando criança, diziam-me que tinha opiniões demais para uma moça da realeza. Entretanto, minha memória de infância me diz o contrário. Ter nascido com sangue nobre de nada serviu para elevar minha autoestima. Nunca me destaquei em qualquer coisa, como insistia em lembrar minha mãe e, segundo ela, não havia nada de extraordinário ou ao menos levemente interessante a meu respeito.

Minha casa era o Palácio de Mirow, a residência ducal do grão-duque e da duquesa de Mecklemburgo-Strelitz. Apesar de ser pequeno para os padrões da realeza, o palácio era vasto o suficiente para permitir que eu desaparecesse à vista de todos. Ninguém prestava muita atenção em mim, e isso me servia muito bem. Talvez fosse porque eu nunca fora considerada bela ou carismática como minha irmã Christiana antes de seu infortúnio, e todos julgavam minha tez escura demais. Escutava minha mãe sussurrar: "Uma pena ela ter esse nariz tão largo" ou "Não a deixe no sol, ela já é escura demais". Portanto, eu era coberta todos os dias por uma grossa camada de pó de giz branco.

Desde que me lembro, sempre me sentia mais feliz quando estava sozinha — principalmente na companhia de um bom livro, sentada em meu balanço à beira do lago Ritouro. Além de minha irmã e irmão favoritos, Christiana e Adolph, papai era o único de quem eu me sentia próxima. Ele era meu santuário. Acreditava em mim e me contava tudo sobre os altos e baixos da vida. Papai lia-me livros maravilhosos e era a pessoa que insistia para que eu confiasse em meu intelecto. Assim, mergulhei no mundo dos livros — e no amor dele. Ambos foram definitivos.

Minha primeira recordação do amuleto foi, talvez, aos cinco ou seis anos de idade. O objeto pendia de maneira orgulhosa do pescoço de meu pai e eu me senti muito atraída por seu formato peculiar. O ouro do qual era feito não reluzia e brilhava como de costume; tinha um aspecto esquisito e manchado. No topo plano havia uma estrela de cinco pontas e inscrições estranhas; o resto era grosso e cilíndrico. Na frente e atrás havia símbolos e glifos diferentes em relevo e letras estranhas de uma língua desconhecida. Era uma peça majestosa e poderosa e, sempre que meu pai me pegava no colo, eu estendia minha mão para ela sem saber bem o porquê. Descobriria o motivo no verão de meu oitavo ano de vida.

✠

Numa manhã sem nuvens no início de junho de 1752, o grão-duque Charles Louis Frederick e sua filha, Charlotte Sophia, de oito anos, estavam caminhando ao longo das margens do lago Ritouro, perto do palácio. Tinham o hábito de fazer longas caminhadas juntos até o balanço que ele havia pendurado para ela num carvalho. Era um ritual só deles. Duque Charles não vinha se sentindo bem naquele ano e, naquele dia específico, estava em condições muito ruins. Quando finalmente alcançaram o balanço, ele não conseguiu colocar Charlotte sentada em seu colo como tinha o costume de fazer, pois precisou descansar.

Sentado no balanço para recuperar as forças, contemplou sua terra. Que linda propriedade era Mirow — uma vastidão ampla e gloriosa repleta de ovelhas, grama alta e ondulante, com tantas árvores que até parecia uma floresta. O dia estava perfeito e o grão-duque queria gravar cada árvore, arbusto e folha de grama na memória para toda a eternidade.

A pequena Charlotte estendeu a mão para tocar o amuleto do pai e finalmente fez a pergunta que almejava fazer havia um ano:

— Pai, por que eu sou mais escura que minha irmã e meus irmãos?

O grão-duque Charles olhou para a filha preferida e acariciou sua bochecha. Ele sabia que, apesar da pouca idade dela, havia chegado a hora da explicação.

— Charlotte, preciso lhe contar algo importante sobre você — proferiu ele em intervalos esporádicos. — Você é nossa filha. Sua linda cor, beijada pelo sol, é decreto divino e você deveria sentir orgulho dela. Aceite-a. Você é uma das escolhidas.

A princesa franziu as sobrancelhas, demonstrando confusão. Seu pai puxou o colarinho para revelar uma marca de nascença vermelha que se destacava em seu ombro esquerdo. A menina sobressaltou-se.

— Eu tenho a mesma marca! — exclamou, puxando o corpete do vestido para mostrar a silhueta similar no próprio ombro.

— Eu sei, filha — disse o duque. — É a marca Merovíngia. A marca de Madragana.

— Magra... quem?

— Madragana ben Bekar, uma de nossas ancestrais — respondeu ele, acariciando o amuleto. — Este talismã é tudo que nos restou dela e de nossa conexão com ela. Já que nenhum de meus filhos recebeu a marca além de você, o amuleto deve ser seu quando eu morrer.

— É mesmo? — perguntou Charlotte, sem entender muito bem.

— Ambos os lados de sua família descendem de Madragana e dos Merovíngios, mas nem todos recebemos a marca. Por muitas gerações, aqueles de nós que a receberam presumiram que isso ocorrera por algum motivo, mas nunca soubemos ao certo o porquê. Talvez um dia você venha a descobrir. Mas, por enquanto, apenas saiba que, sendo uma menina com a marca, você é uma Filha de Davi que um dia usará o amuleto. Proteja-o. E proteja a história de Madragana; ela morrerá comigo se ficar sob a responsabilidade de sua mãe.

— Não entendo — disse a princesa, confusa.

O pai de Charlotte baixou a voz.

— Infelizmente, apesar de ser a progenitora "legítima" de sua circunstância, sua mãe não é uma de nós.

Era tudo enigmático e complexo demais para Charlotte, mas mesmo assim ela seguiu com o pai, que caminhou devagar até as margens da água. Ela conseguia escutar o chiado dos pulmões dele. O duque olhava para seu amado lago como se o estivesse vendo pela última vez.

— Estou morrendo, pequena — contou ele, encarando o rosto da filha enquanto o desespero dela se tornava o seu. — Quero que você leia e estude. Quero que tenha o dom do conhecimento e do pensamento independente, poderes há muito negados a mulheres.

A princesa assentiu sem suspeitar do significado das palavras dele. O duque prosseguiu:

— Tudo que você precisa saber está escrito no fundo do meu baú esculpido. Sabe qual é?

— Aquele que tem uma estrela engraçada no tampo?

Ele assentiu.

— Sim. Esse mesmo. Deixei instruções para que meu amuleto, o baú e tudo que tem nele sejam dados a você quando eu morrer. Há uma grande riqueza dentro dele, um grande tesouro. E também os segredos de nossa família. — Ele olhou para o amuleto mais uma vez. — Garanta que irá recebê-los.

Charlotte assentiu. O duque então segurou a mão dela e fez um cumprimento específico.

— Você consegue fazer esse cumprimento?

Charlotte repetiu o gesto do pai.

— Lembre-se desse cumprimento. Irá ajudá-la a identificar um amigo quando precisar de um.

De repente, o grão-duque apertou o próprio peito e agachou-se no chão, sentindo dor. A pequena Charlotte entrou em pânico e seus olhos se encheram de lágrimas.

— Pai, o que há de errado?

O duque Charles se debatia na grama, tentando respirar. Ele fez o melhor para tirar o amuleto do pescoço, mas o objeto se enrolou no colarinho de sua túnica.

— Pegue o amuleto... agora — disse ele, ofegante.

Charlotte se recusou.

— Não. Se eu pegar o amuleto você vai morrer. Não vou ajudá-lo a morrer.

Duque Charles esticou-se na grama por um momento.

— Pegue... o amuleto! — ordenou ele. E então desmoronou.

Charlotte chacoalhou o pai.

— Pai, por favor, levante — suplicou ela. — Por favor!

Mas o corpo do duque permaneceu imóvel. Charlotte gritou e correu de volta para o palácio, esquecendo-se do amuleto e de todo o resto.

✠

Em 11 de junho de 1752, o grão-duque Charles Louis Frederick jazia em seu caixão na igreja paroquial luterana. Ele havia sofrido uma grave convulsão e sucumbido no gramado do Palácio de Mirow durante a tarde, seis dias antes. Charlotte estava inconsolável. Durante o funeral, seu irmão favorito e mais velho, Adolph, de catorze anos, manteve o braço em torno dela sem soltá-la em nenhum momento. Ao olhar para cima e avistar a imagem de Jesus crucificado, Charlotte se perguntou se seria perdoada pelos próprios pecados, já que, em sua mente jovem, sentia que havia contribuído com a morte do pai. Tentar entregar o amuleto à menina em meio aos espasmos do ataque podia ter agravado a convulsão; e o fato de Charlotte não ter aceitado o objeto devia ter piorado ainda mais as coisas.

Adolph precisava ser forte pelos nove membros da família, pois agora era o novo grão-duque de Mecklemburgo — apesar de ter a mãe como regente por conta da idade. Ele e os outros irmãos de Charlotte, Charles, de onze anos, e Ernest, de dez, ajudaram a manter Christiana, a irmã mais velha, de pé. Ela estava tão desolada que havia pedido um remédio de sulfato de magnésio e não conseguia controlar os desmaios. Grande parte dos criados também estava visivelmente abalada. Os lamentos podiam ser ouvidos do castelo. O velho James chorava copiosamente e sua irmã, Lena, empregada da família e cozinheira, estava arrasada, segurando a mão de seu filho Jon, de nove anos. Todos foram acometidos pelo luto...

... exceto a mãe de Charlotte.

Estoica e indiferente, a duquesa Elizabeth estava parada, segurando no colo o filho mais novo, George Frederick, de quatro anos. Ela encarou o caixão enquanto os trabalhadores jogavam terra nos restos de seu marido e não chorou. Sequer derramou uma lágrima.

Charlotte estava pensando no pai e no quanto sentiria falta dele quando, de repente, pensamentos sobre o amuleto inundaram sua mente. Onde ele estava? Ela não o tinha visto no corpo do pai, nem com nenhum de seus irmãos. Será que havia sido colocado no bolso do peito da túnica funerária do grão-duque e fora enterrado com ele? Ela queria saber, pois as últimas palavras ditas pelo pai se referiam ao objeto — e ao baú esculpido.

Três dias depois, Charlotte recebeu uma resposta. Ela havia acabado de subir as escadas até seu quarto, mastigando a salsicha Bratwurst que Lena havia preparado para o almoço. Mas, assim que chegou ao topo, escutou vozes alteradas vindas dos aposentos da mãe.

— Se valoriza seu compromisso, faça isso.

A mãe de Charlotte estava repreendendo alguém.

Ao ver que a porta estava entreaberta, Charlotte chegou mais perto. Lá dentro, viu a mãe e o primo de dezesseis anos, Wilhelm James Albertina, abrindo o amado baú de madeira de seu pai. A mãe de Charlotte vasculhou os pergaminhos e documentos do baú e queimou alguns na lareira. Apesar de já ter sido advertida por escutar atrás da porta em outras ocasiões, ela não conseguiu se mexer. Os pés pareciam paralisados. Os ouvidos, por sua vez, funcionavam perfeitamente, e ali, olhando pela brecha da porta, Charlotte foi tomada pela raiva. O pai a havia instruído que o baú e seu conteúdo seriam dela quando ele morresse, e estava presenciando seus familiares queimarem itens tão preciosos. Mas quando Wilhelm pegou o amuleto de ouro especial do baú, Charlotte perdeu o ar.

— Dê-me isso — insistiu a mãe dela. — Eu mesma vou me livrar disso. Odeio seu significado.

— Não! — gritou Charlotte. — Era do papai. Ele disse que passaria a ser meu quando morresse!

A duquesa Elizabeth e Wilhelm se viraram, surpresos. Wilhelm, um jovem violento com uma bagunçada cabeleira ruiva e gagueira pronunciada, marchou até ela, pegou-a pelo braço e puxou-a para o quarto.

— O-o que você está f-fazendo aqui? Espionando?

— É o amuleto do papai! — bradou a menina.

Ao perceber que a filha havia escutado a conversa, a duquesa Elizabeth fez um gesto para Wilhelm, indicando que lidaria com a situação. Ela entregou os dois pergaminhos que segurava para ele.

— Destrua estes também.

Wilhelm assentiu, dispensando um olhar mordaz a Charlotte. Ele saiu do quarto com os pergaminhos e o amuleto enquanto a duquesa fechava o tampo do baú. Ao ver as lágrimas da filha, ela falou, suavizando a voz:

— Charlotte, eu amava seu pai, mas ele não nos sustentava da melhor forma. Passou a vida inteira em uma busca utópica de fantasias que nunca pôde realizar. Ideias extravagantes que ele tinha sobre reis franceses e baboseiras religiosas — declarou em voz baixa, forçando os cachos apertados que caíam ao redor do rosto de Charlotte a voltarem para o lugar. — Agora, com a guerra esvaziando todos os nossos cofres, eu me recuso a diminuir a dignidade dessa família leiloando nossos objetos de valor. Preciso ser prática.

— Mas eu tenho que herdar o amuleto e o baú. Papai me disse no dia em que morreu.

A duquesa congelou. Após pensar um pouco, decidiu-se por mudar de tática, sorrindo para Charlotte — o que muito lhe custava.

— Se significa tanto assim, mandarei que sejam entregues a você quando tiver idade o suficiente para apreciá-los. Mas jamais fale do baú, de seu conteúdo ou do amuleto de novo.

A princesa concordou a contragosto.

— Agora vá se trocar para o almoço. E pelo amor de Deus tire esse vestido de brocado amarelo. Ele dá um tom desagradável à sua pele. E vá até lady Hagedorn para que ela retoque seu pó de giz imediatamente.

A princesa correu para seu quarto contendo as lágrimas. Em seus aposentos, se perguntou por que a mãe sempre fazia com que ela se sentisse mal. Por que a duquesa não a amava? Lutando contra o sentimento de ódio pela mulher que a trouxera ao mundo, rezou em silêncio para que Deus a ajudasse, esfregando a marca de nascença em seu ombro sem perceber.

Dois

Palácio de Mirow, verão, 1760

Oito anos haviam se passado desde o dia em que meu pai partiu, deixando para trás apenas o vazio. Mamãe nunca me entregou o baú ou o amuleto, e eu parei de perguntar por eles. Talvez fosse da vontade de Deus que eu não os tivesse. Eu me retraí para a solidão de minha privacidade. Em tempos difíceis, recorria aos livros ou ao santuário de minha imaginação, porque lá a vida era mais simples — administrável, aceitável, ordenada.

Mas tudo mudou em 1760. Foi o ano em que fiz dezesseis anos, deixei de ser uma menina e me tornei uma mulher. O ano em que todos ficaram obcecados com a ideia de que eu me casasse; o ano em que as sanções insaciáveis dos homens sobre as mulheres despertaram em mim a missão de evoluir para além das restrições de todo tipo de preconceito...

...O ano em que surgiu em mim uma paixão por um homem da qual nunca me recuperei.

Numa terça-feira como qualquer outra naquele mês de junho, Charlotte acordou e, após vestirem-na, tomou café da manhã. Às onze horas, o professor de música chegou para sua aula semanal. Todos os irmãos de Charlotte haviam saído para caçar e apenas as mulheres da família se encontravam no palácio.

A duquesa Elizabeth não conseguia conter a alegria, pois acabara de ser informada por Lena de que transportadores haviam acabado de entregar sua encomenda de barbas de baleia para corpetes, seda, tafetá e chiffon. Com a encomenda veio um bilhete do Monsieur Kyle LeCorbiere, seu modista preferido de Viena, dizendo que ele ficaria encantado de desenhar vestidos para que Charlotte, sua tia-avó May Albertina, sua irmã Christiana e a duquesa comparecerem ao evento mais comentado do ano — o Baile do Rei no palácio Sanssouci, em Potsdam.

O primo delas, rei Frederick II, conhecido como Frederick, o Grande, receberia quatrocentos convidados na grande gala, dentre eles todos os membros da aristocracia alemã, chefes de estado e celebridades. O baile aconteceria no dia 26 de outubro de 1760 — e todos os servos, criados de quarto e damas de companhia do Palácio de Mirow estavam ocupados se preparando.

A mãe de Charlotte estava particularmente exultante com o baile. Ela havia passado alguns meses doente e desejava fazer uma entrada elegante para informar a todos que já estava apta a retornar às listas de convidados da sociedade real. Também estava ansiosa para exibir seu filho, Adolph, que havia assumido seus deveres como grão-duque reinante de Mecklemburgo ao fazer dezoito anos. Agora ele era um homem belo e inteligente que, na opinião dela, havia se tornado um governante exemplar do ducado desde a morte do marido, oito anos antes, que impôs tais deveres ao filho, tendo-a como regente.

Mas, acima de qualquer coisa, a duquesa Elizabeth precisava de dinheiro. Por conta do mau gerenciamento financeiro do grão-duque Charles, ela fora forçada a operar com muito menos do que era necessário para a senhora de Mecklemburgo; assim, estava sempre maquinando formas de conseguir fundos. Tudo que ela fazia ou pensava era consoante a isso, e o Baile do Rei se encaixava perfeitamente em seu planejamento. O plano era arranjar um casamento para Adolph, Christiana ou Charlotte, e ela precisava de um lugar onde pudesse ter certeza de que seus filhos elegíveis para o casamento poderiam interceptar pretendentes apropriados, que fossem da realeza ou tivessem títulos.

Este arranjo, no entanto, provaria ser um feito muito mais árduo do que ressuscitar seu marido morto. Aos dezessete anos, sua filha mais velha, Christiana, se apaixonara e fora noiva de lorde Michael Ihde, duque de Saxe-Ihde. O casamento nunca acontecera porque lorde Michael havia se afogado numa tempestade no mar do Norte, quando o navio em que voltava de Paris virou. Christiana enlouqueceu e nunca se recuperou por completo. Ela ainda tinha ataques de insensatez, por vezes repetindo a mesma frase muitas e muitas vezes:

— *Quando é que Michael vem?*

Naquele momento, aos 25 anos, a pobre Christiana estava muito além da idade razoável para o casamento, e pretendentes "de qualidade" do âmbito da realeza estavam quase fora de questão. Havia, para sua consideração, viúvos idosos de baixo escalão, nobres com títulos e debilitados ou homens letrados de sexualidade incerta à procura de esposas "de fachada". A última categoria preocupava a duquesa, já que Adolph parecia ser membro desse grupo, pois apresentava uma predileção por homens.

E então havia Charlotte. Dentre todos os filhos, a duquesa achava que a mais nova era quem tinha a menor quantidade de atributos femininos que pudessem atrair homens viris. A pele da menina era escura demais, tinha o nariz largo e os lábios grossos, o que lhe concedia uma aparência miscigenada. Além disso, o cabelo de Charlotte era uma massa rebelde de fios frisados e acobreados. A duquesa esperava que ela atraísse lorde Gregory Muldare, o rico marquês de Anhalt-Köthen — e estava tramando para isso. Aos 81 anos, era um viúvo em busca de uma nova noiva. Ele havia feito comentários favoráveis sobre a princesa numa visita a Mirow em fevereiro do ano anterior e apreciava uma mulher com talento para os instrumentos de tecla, que soubesse acompanhar o violino dele como sua finada esposa fazia.

Infelizmente, as inclinações musicais de Charlotte pareciam terríveis. Mesmo assim, a duquesa Elizabeth se recusava a perder a esperança. Ela jurou proporcionar uma visão privilegiada de Charlotte para o velho da realeza, rezando para que a juventude e as formas da menina compensassem o que ela julgava serem defeitos consideráveis — e dos quais fazia questão de relembrá-la todos os dias. Não obstante, Charlotte demonstrava ter todas as oportunidades de obter sucesso, já que apresentava mais chances de se casar com ele do que sua irmã irracional. Assim, a princesa teve os melhores tutores e modistas que o pouco dinheiro da duquesa podia comprar, e ela não poupou despesas para que a menina fizesse aulas de música.

O professor de Charlotte era ninguém menos que Carl Phillip Emmanuel Bach. Conhecido como CPE Bach, mas chamado de "Emmanuel" pelos amigos, era o filho mais renomado de Johann Sebastian Bach. O pai da menina ficara tão impressionado com o professor que fizera Herr Bach ensinar o cravo e, mais tarde, o pianoforte para todos os seus filhos. "Música como a dele vem de Deus", Charlotte lembrava de ouvir o pai dizer, "e nós precisamos ter Deus nesse palácio, pelo menos durante uma hora e meia uma vez por semana".

E assim, Emmanuel Bach vinha, e continuara vindo depois da morte do grão-duque.

O problema é que Charlotte o detestava. Emmanuel sempre parecia zangado, submetendo de modo sumário a princesa a exercícios repetitivos que ele sabia que a irritavam. Ele tocava uma parte da música de maneira brilhante e a castigava quando ela tentava e não conseguia repetir o feito com a mesma habilidade. E não foi diferente no dia em questão.

— Vossa Alteza, seu dedilhado é muito lento. Sinta a música e relaxe os dedos — entoou ele, pela enésima vez. — É exatamente por isso que a senhorita sempre esquece o dó bemol dessa parte.

A princesa tocava a mesma passagem e acabava por cometer o mesmo erro, esquecendo tanto o dó bemol quanto o mi sustenido da estrofe. Isso irritava Bach, e o homem de 45 anos libertava sua fúria mais uma vez. Charlotte se perguntava por que permitia que ele a repreendesse tanto. Afinal, ela era uma princesa de Mecklemburgo. Ele não era da realeza nem casado com alguém que fosse.

Mas algo inexplicável acontecera naquele dia, fazendo com que ela ignorasse o discurso repetitivo dele. Por alguma razão, ela se recusou a ser empurrada para o precipício da sentimentalidade e seguiu em frente determinada. Permitiu-se sentir a música pela primeira vez e passou a tocar a partir da alma — cada nota uma batida de seu coração, cada batida transformando-se na sublime música, em perfeita harmonia com o espírito dela. Quando finalmente terminou "O Capriccio", Herr Bach colocou a mão no ombro dela e fez um gesto de aprovação com a cabeça.

— Foi um bom progresso, Vossa Alteza, e estou tão satisfeito quanto... bem... — ele fez um gesto pomposo — quanto qualquer pessoa de minha conduta poderia estar.

Que arrogância, pensou Charlotte, levantando a mão para que ele a beijasse. Se ele não tivesse herdado a genialidade do pai e a aprovação do grão-duque de Mirow, ela o teria dispensado por tamanha insolência.

Herr Bach pegou a mão dela e se curvou.

— Estou ansioso pela sua presença no Baile do Rei em outubro. Meu irmão mais novo, Christian, concordou em se juntar a mim em um quinteto de cordas e nós iremos tocar "O Capriccio" para o rei e seus convidados. A senhorita poderá escutá-lo em toda sua perfeição, da maneira como nosso pai o escreveu.

Enquanto professor e aluna caminhavam para a porta, ele continuou:

— Inclusive, Christian e eu estamos indo para Berlim. Iremos tocar para o grão-duque.

Mas, antes que Emmanuel colocasse o chapéu, a duquesa Elizabeth entrou no cômodo.

— Ah, Herr Bach, seu irmão está aqui! — exclamou a mulher.

Quando ela se afastou para o lado, a criatura mais linda que Charlotte já havia visto entrou para abraçar o irmão.

— Perdoe-me por estar adiantado — disse o Bach mais novo —, mas meu cocheiro me trouxe mais cedo do que o esperado. O tempo acabou por ser muito melhor vindo de Hamburgo.

— Não há nenhum problema — respondeu Emmanuel. Virando o irmão para Charlotte, prosseguiu: — Permita que eu lhe apresente à minha aluna, princesa Charlotte Sophia Frederick. Vossa Alteza, este é meu irmão mais novo, Johann Christian Bach, que acaba de retornar de um compromisso em Paris. Acredito que ambos tinham oito anos da última vez que se viram.

Nós nos olhamos e eu estava completamente despreparada para minha reação. Investiguei aquela criatura maravilhosa que me parecia linda demais para ser real. Christian não poderia ser mais diferente do irmão. Era alto e tinha feições fortes e angulares, uma mandíbula poderosa e os olhos mais verdes que eu já havia visto. O cabelo cheio e escuro brilhava como nanquim e estava modelado em uma trança. As madeixas conduziam o olhar para os ricos contornos de seus ombros largos, justos no tecido de seu traje matinal azul. Reuni todas as minhas forças para manter a calma e estabilizar minhas pernas bambas.

Devemos ter nos encarado por mais tempo do que o permitido pelo protocolo, fazendo com que Emmanuel Bach pigarreasse para trazer Christian de volta à realidade. Finalmente, Christian pegou minha mão e a beijou, sem fazer nenhum esforço para se afastar. Eu tampouco fiz qualquer esforço em recolhê-la. Não conseguia fazê-lo, pois meu corpo estava desconectado de minha mente.

— Enchanté, petite reine — disse ele.

— Merci, Herr Bach. Enchantée — respondi.

Ele deu um sorriso tímido.

— O prazer é meu, Vossa Alteza, mas, por favor, me chame de "Christian". Assim me diferencio de nosso pai. Como se minha parca musicalidade já não o fizesse.

Fiz-lhe uma mesura, incapaz de me conter.

— Como quiser... "Christian". Mas não se compare ao seu pai de forma tão pouco favorável. Seu brilhantismo tem quase tanto renome quanto o dele, senhor.

— "Quase..." Por isso fico na estrada durante oito meses do ano — brincou ele, com um brilho em seus olhos verdes intensos.

Nossos olhares disseram, outra vez, mais do que ousaríamos falar em voz alta, fazendo com que Emmanuel cutucasse o irmão mais novo.

— Vossa Alteza, como eu disse mais cedo, a senhorita está fazendo progressos. Então, até que a veja no Baile do Rei, deixo-a com minha insistência de que permaneça praticando — disse o Bach mais velho.

— Assim farei, Herr Bach — respondeu Charlotte ao professor, finalmente tirando os olhos de Christian, que se curvou.

— Vossa Alteza, se por acaso a virmos no Baile do Rei, tenho a permissão de ter meu nome em seu cartão de dança[1]?

— É claro — concordou Charlotte, com um grande sorriso.

---

1 Cartão em que a mulher registra o nome dos cavalheiros com quem pretende dançar em um baile. [N.T.]

— Recentemente aprendi a Allemande. É a nova Contradança preferida do rei Frederick, e eu ficaria muitíssimo honrado de dançá-la com um exemplar tão adorável de formosura feminina como a senhorita. — Tomando súbita consciência da maneira como estava falando, Christian se colocou no seu lugar e fez uma reverência. — *Au revoir*, Vossa Alteza.

Charlotte corou e assentiu. Os irmãos Bach deixaram o palácio e, assim que já não podiam mais ouvir o que era dito, a duquesa Elizabeth deu um sorriso malicioso e disse alto o suficiente para que a filha escutasse:

— *Exemplar adorável de formosura feminina?* O pai dele estava cego no fim da vida, sabia?

E seguiu para seus aposentos.

Charlotte não poderia ter se importado menos com o comentário. Ela se acostumara às agressões verbais da mãe. Mas a incapacidade de respirar direito e de mover os pés como reação à presença de um homem tão atraente era algo com o qual *não* estava acostumada.

— *Aquele* é um homem de aparência bastante agradável. — Charlotte ouviu atrás de si. Ela se virou e avistou Adolph parado na porta.

— É inacreditável — respondeu Charlotte.

Ela, Christiana e Adolph foram até a janela para observar Christian, que no momento colocava o braço em torno de Emmanuel enquanto subiam na carruagem.

— O que aconteceu? — perguntou Charlotte, em voz alta. — Como é que o homem mais atraente e talentoso do mundo quer dançar *comigo*? Ele disse que *eu* era adorável, beijou *minha* mão, olhou nos *meus* olhos e pediu para ser incluído no *meu* cartão de dança.

— É uma pena que um homem como ele não tenha títulos — disse Adolph, se divertindo.

— É uma pena maior ainda que uma coisa dessas importe — Charlotte gracejou de volta.

Christiana deu um sorrisinho.

— De qualquer maneira, eu certamente o incluiria no *meu* cartão de dança.

Todos riram em concordância.

De repente, Charlotte foi tomada pelo terror.

— Cartão de dança. Meu Deus. Isso significa ter que dançar.

— Sim, irmã. Geralmente significa se mover junto com um parceiro.

— Geralmente um parceiro do sexo masculino, Adolph. Um homem, com quem se deve dançar sem parecer um ganso que acabou de ser decepado, que é a maneira exata como eu danço.

Princesa Charlotte desabou na cadeira mais próxima.

— Você me viu com Christian? Toda aturdida e desajeitada. Se, como diz mamãe, eu não sei caminhar como as grandes senhoras da corte, que dirá dançar. E Christian Bach, um homem lindo, brilhante e famoso está acostumado a dançar com mulheres do mundo. Eu seria um desastre, o alvo de chacota do Baile do Rei.

Adolph serviu-se um corpo de vinho tinto bordalês.

— Bem, querida irmã, se eu fosse você não seguiria cortejando um plebeu. Você tem que se casar com um lorde.

Charlotte suspirou.

— Mas lorde Gregory é um sapo velho.

— Sim. Mas um sapo velho e rico...

— Que eu não amo.

— O amor não é uma opção para uma mulher da realeza sem recursos.

— Então case você com uma duquesa rica. Com certeza há mulheres lhe mostrando os tornozelos.

Adolph ficou nervoso de repente. A irmã estava passando muito perto de abordar sua sexualidade.

— Eu sou "projetado" de maneira diferente.

Tanto Charlotte quando Christiana deram risinhos.

— Dado o número de homens projetados de maneira similar, essa não é uma opção para um homem da realeza sem recursos — brincou Charlotte.

— *Touché*. Mas então. Como faremos para você aprender a dançar a Allemande? Deus sabe que eu não sei fazê-lo.

Houve um momento de silêncio. Então Christiana refletiu:

— Eu já sei. E se pedirmos a Jon? Ele é um ótimo dançarino. Já o vi imitar muitas danças de baile aqui em nosso salão.

Charlotte ficou animada.

— Você tem razão. Jon deve saber dançar a Allemande.

Adolph sorriu também.

— Pronto. Crise evitada. Vá atrás de Jon, solicite a ajuda dele, dance com Bach e se case com lorde Gregory. Você poderia encontrar marido pior.

— Verdade — respondeu Charlotte. — Eu poderia me casar com Satanás.

Embora aquilo exasperasse Adolph, ele teve que rir. Suas gargalhadas puderam ser ouvidas por todo o Palácio de Mirow. Charlotte e Christiana deixaram o cômodo e passaram pelo primo Wilhelm que, como de costume, estava vigiando Charlotte. Elas o ignoraram como sempre.

Três

Londres, Inglaterra, agosto de 1760

A Inglaterra estava no terceiro ano de sua mais sangrenta e menos popular guerra mundial — a Guerra dos Sete Anos —, e os britânicos não estavam indo bem. A batalha em Calais, na França, parecia o pior dos conflitos e a carnificina da guerra era muito evidente no sangrento campo de batalha. Rajadas de tiros de armas francesas rugiam e explodiam em corpos britânicos como canhões; um por um, os jovens caíam mortos diante do superior Exército francês, que tinha armas melhores e um número maior de soldados. Campanhas na França, nas colônias americanas, na Espanha, nas Índias Ocidentais, no continente africano e no Canadá haviam sobrecarregado as forças militares britânicas de tal maneira que as aproximaram da derrocada. A Inglaterra precisava desesperadamente do auxílio de sua principal aliada, a Alemanha.

Enquanto os casacas-vermelhas caíam por todos os lados, espalhados pelo campo de batalha como uma onda de lã carmim, o supostamente belo major Hanover — conhecido como Sua Alteza Real príncipe Edward Hanover, segundo irmão mais novo do príncipe de Gales — passou os dedos pelo cabelo loiro e se perguntou o que faria a seguir. Estava furioso. Amigos e camaradas haviam perdido suas vidas e ele precisava fazer alguma coisa.

Então, entrou na briga sem pensar. Com o rifle na mão, ele se levantou de trás de seu abrigo e começou a atirar nos casacas-cinza franceses que corriam na direção dele. Conseguiu disparar bons tiros e matar quatro soldados inimigos, quando de repente sentiu um fisgar seguido de uma dor quente lancinante no ombro esquerdo. Ele fora atingido — gravemente atingido — e caiu como o restante de seus homens. Sentindo o calor líquido do sangue jorrando de seu corpo para a grama, pensou que os vinte anos dele na Terra haviam sido bons. Não tinha do que reclamar. Vivera uma vida boa, com quatro filhos bastardos, muitos amantes — homens e mulheres —, e aproveitou o melhor amigo que alguém poderia ter, George, seu irmão mais velho. Era com George que Edward estava preocupado enquanto sentia suas forças se esvaírem pouco a pouco. *Como o príncipe de Gales lidará com o fato de que seu parceiro de esgrima e xadrez, com quem corria atrás de rabos de saia, morreu lutando pelo rei e pelo país? Como George conseguirá sobreviver naquele ninho de manipuladores, adversários e víboras que chamamos de família na Casa Saville?*, pensou ele. E, pela primeira vez em toda a sua vida cristã, Edward rezou. Não por si, nem para sobreviver, mas pela paz de seu amado irmão. Momentos depois, fechou os olhos e sentiu-se envolver pela própria paz.

Enquanto isso, na Casa Saville, localizada em Londres e residência do príncipe de Gales e sua família imediata, Augusta Hanover, princesa-viúva de Gales, gemia em êxtase. O corpete do vestido, meticulosamente arrumado por sua dama de companhia, estava agora abaixado até a cintura. Ela estava encostada na parede de seus aposentos privados e suas pernas nuas balançavam uma de cada lado das costas de John Stuart. O conde de Bute, um homem de 47 anos, grunhia em delírio enquanto eles faziam amor de forma apaixonada — uma das mãos dele sobre a boca dela para impedi-la de gritar de prazer. Eles continuaram até que estivessem ambos satisfeitos e encharcados de suor.

— Ah, é verdade o que dizem sobre os homens e a insaciável potência matinal que possuem — disse Augusta, ofegante.

— Só quando há uma mulher que os inspira — replicou Bute, num sotaque escocês, rindo e mordiscando a orelha dela.

Após levarem algum tempo para se refrescarem e se vestirem, Augusta e Bute deixaram os aposentos dela e seguiram pelo corredor do segundo andar.

— John, você falará com George sobre a questão de Hannah Lightfoot? — perguntou ela, abrindo o leque em meio ao calor sufocante daquele dia.

— É claro. Mas duvido que o rapaz tenha casado com a moça sem que nenhum de nós tenha tomado conhecimento do assunto. Ele está completamente obcecado por Sarah Lennox. Não consigo imaginar que vá atrás de outra pessoa.

Quando viraram na curva do corredor que levava até a sala de jantar, Augusta ouviu gemidos familiares vindos dos aposentos de seu filho George. Ela olhou exasperada para Bute. Ele deu um tapinha em seu traseiro e se afastou enquanto Augusta se aproximava do quarto — que invadiu sem ser convidada.

Dentro do quarto, o jovem príncipe de Gales, George William Frederick Hanover, de 22 anos, estava nu com uma camareira.

— Mãe! Aprenda a bater na porta! — gritou George enquanto ele e a camareira lutavam para se cobrir em meio ao choque e ao constrangimento. Augusta caminhou friamente até a beira da cama e pegou o espanador e o avental que jaziam empilhados no chão. Dando uma olhada venenosa para George, ela entregou os itens para a camareira e cruzou os braços.

— Srta. Periwinkle — disse, em tom acusatório.

— Sim, Vossa Graça?

— Ao que parece, está se dedicando ao trabalho desde cedo essa manhã.

— Sim, Vossa Graça, tudo está tão... empoeirado — gaguejou a camareira, tentando sair do quarto enrolada num lençol.

— Só um momento, querida. — A mulher congelou, e a princesa-viúva entregou-lhe o espanador e o avental. — Pronto, minha querida. É muito difícil espanar sem suas... "ferramentas" de trabalho.

A empregada pegou o espanador, pálida de humilhação, fez uma mesura e saiu às pressas.

Augusta balançou a cabeça e olhou com escárnio para o filho de 22 anos.

— Você é patético, George. A srta. Periwinkle é a terceira camareira em muitas noites — disse ela, no tom mais acusatório que George já havia ouvido. — Seu apetite para os prazeres da carne parece ser tão insaciável quanto o do seu avô. Não consigo entender como a amante dele, lady Yarmouth, consegue suportar duas cortesãs morando bem debaixo do nariz dela em St. James. Será que não há fim para o apetite que os homens de Hanover têm para mulheres vulgares?

Antes que ele pudesse responder, Augusta jogou as roupas de George para o rapaz, com um olhar fulminante.

— Não precisa responder, querido. É uma pergunta retórica. Agora vista-se. Bute e eu queremos falar sobre Hannah Lightfoot. Estaremos na sala de café da manhã.

Ela virou-se para sair e então continuou:

— Quer dizer, a menos que você tenha planos para mais entretenimento carnal nos dez minutos que a conversa lhe tomaria.

— Peço desculpas, mãe, mas não há nada para ser discutido em relação à srta. Lightfoot, e eu tenho planos de visitar tia Amelia, que está doente. E depois tenho um compromisso esta manhã.

Augusta balançou a cabeça com desdém.

— É assim que chamam agora? "Compromisso"? Você é patético — retorquiu ela, e saiu irada.

George passou alguns instantes olhando para a porta fechada e suspirou. Por que sua mãe não conseguia entendê-lo? Por que ela não conseguia entender os homens em geral, em especial aqueles de sua linhagem? Nunca houve uma mulher na história das dinastias Plantageneta, Tudor ou Hanover capaz de satisfazer a sede que eles tinham pelo conhecimento carnal. Com certeza ele estava apenas agindo de acordo com sua genética inerente, herdada de seu infame ancestral da 13ª geração, Henry VIII, que não apenas se deitou com diversas mulheres, mas também se casava com elas e as decapitava com frequência, sempre saindo impune.

E então havia seu bisavô, rei George I, o primeiro da dinastia de Hanover, que aprisionara a própria esposa por 32 anos por conta de um suposto caso que ela teve com um sueco. Segundo rumores, o corpo mutilado do homem era mantido sob as tábuas do assoalho da residência deles. Enquanto isso, o próprio George I continuou a se relacionar com não apenas uma, mas três amantes. Em seguida, seu filho, o rei George II, se relacionava abertamente com madame de Walmoden enquanto sua esposa, a rainha Caroline, ainda estava viva. Após a morte da rainha, ele conferiu a honra de "lady" à amante, que se tornara "condessa de Yarmouth" e onipresente em St. James.

Depois, havia o próprio pai do jovem George, Frederick Louis, príncipe de Gales, que nunca se tornou rei por ter falecido antes de seu avô. No entanto, isso não o impediu de desfilar com a amante, fornecendo a ela um apartamento em Soho Square e uma mesada de 1.600 libras por ano que rendia comentários de todos. O jovem George já odiava o pai morto pela frieza com que o homem o tratava — ele, que era o herdeiro do trono. A demonstração descarada de afeto por uma mulher que não era sua mãe com certeza alimentou a chama.

No entanto, nada disso tinha a ver com o lamentável relacionamento que mantinha com a mãe. A princesa-viúva era tão fria e indiferente em relação a ele quanto o pai havia sido. Na verdade, George nunca experimentou ou viu qualquer afeição entre os pais durante a sua jovem vida. Mesmo assim, George amava sua mãe, e tinha ao menos testemunhado a crescente afeição dela por John Stuart, o já casado terceiro conde de Bute, que havia sido tutor de George desde que o jovem príncipe conseguia se lembrar.

George o amava. A princesa Augusta se viu confiando firmemente nos conselhos do belo e charmoso conde. Muitas vezes, ele havia visto Bute usar as escadas dos fundos da residência para visitar sua mãe a qualquer hora e, mais de uma vez, ouviu os rumores de que Bute era muito mais do que um confidente, conselheiro ou amigo. "Botas velhas e anáguas" era o apelido utilizado nas fofocas da corte e nos jornais. E agora a mãe zombava dele por ter tido uma relação sexual imprópria com uma mulher quando ela mesma estava envolvida de forma semelhante com Bute. A hipocrisia era impressionante.

Esposas e amantes, rainhas e concubinas, casinhos e cortesãs, tudo fazia parte do luxo de ser um membro da realeza. E George, com sua beleza juvenil e ascensão garantida ao trono, não era diferente de qualquer outro. Havia pouca coisa em sua mente além de mulheres — mulheres bonitas, mulheres charmosas. Mulheres que faziam o coração dele acelerar...

... em especial lady Sarah Lennox, da Casa Holland.

Não conseguia parar de pensar nela. Pela manhã, à noite e em todos os momentos do dia. Era o motivo pelo qual ele se deitara com a empregada — ou *qualquer* mulher de casta inferior —, já que não podia estar com lady Sarah do jeito que seu coração ansiava sem desonrar a virtude dela.

Ele havia conhecido a bela e encantadora irlandesa, filha de Charles II, duque de Richmond, no novembro anterior, quando o cunhado dela, sir Henry Fox, a apresentou à corte de St. James. George ficou sem palavras ao vê-la. Alta e voluptuosa, ela tinha cachos loiros que caíam em cascatas pelas costas. Os olhos dela eram tão grandes e verdes que George se maravilhou ao ver o próprio reflexo neles, e sardas enfeitavam seu rosto, tornando-a ainda mais atraente. Ele se sentiu atraído de imediato pelo intelecto e vivacidade da moça, que o fez rir a noite toda. Ela lhe contou como era viver na Irlanda sendo a mais nova das quatro deslumbrantes irmãs Lennox. Ficou órfã aos seis anos e agora, aos quinze, viera para a Inglaterra cumprir os desejos de seu falecido pai e morar com a irmã mais velha, lady Caroline Lennox-Fox, na Casa Holland em Kensington, onde o marido de Caroline, sir Henry Fox, tornou-se um pai substituto e patrono para ela.

Sir Henry, alinhado ao partido liberal Whig, havia criado certa agitação social ao fugir com lady Caroline. O ex-líder da Câmara dos Comuns, secretário do Estado e atual membro do Gabinete sob o primeiro-ministro Newcastle fora excluído do Gabinete e recebera o posto menor de Tesoureiro Geral em um rearranjo furtivo do governo.

Mas sir Henry tinha um plano. Ele queria uma posição de autoridade incontestável e era bastante favorável a um casamento entre o jovem George e Sarah. O desejo dele era se tornar um conde, uma distinção que poderia lhe ser conferida se Sarah se entrincheirasse na vida do príncipe de Gales. Quando George ascendesse ao trono, Sarah se tornaria rainha, e sir Henry poderia ser comissionado como "o poder por trás do trono", tendo acesso ao ouvido do rei.

Então, quando sir Henry descobriu que George estava apaixonado por Sarah, ele entrou em ação, posicionando-a no caminho do jovem príncipe de Gales sempre que possível. Ele se certificou de que ela fosse vista com regularidade na corte, estando sempre tão atraente quanto os deuses poderiam conceber e, sabendo que George gostava de passear todas as manhãs pela Casa Holland na esperança de ver Sarah, ele a colocava nos jardins da frente precisamente às dez da manhã. Não seria diferente naquele dia — e George não decepcionou, embora estivesse atrasado.

O jovem príncipe, que fora esperto e conseguira se livrar de uma discussão com a mãe e Bute sobre Hannah Lightfoot, estava voltando da visita à adoentada tia Amelia em St. James, galopando pelos altos prados que compunham a Casa Holland, quando a viu. Ela estava no jardim da frente, colhendo rosas e arrumando-as em buquês que entregava para a dama de companhia.

George parou para observá-la, como fazia todas as manhãs. Às vezes ele se escondia, com medo de ir em frente e declarar seus sentimentos; muitas vezes rezava para que ela o visse e acenasse. Houve momentos em que esteve confiante o suficiente para anunciar a própria presença. Aquele era um dos dias em que se sentia mais ousado e assertivo. Ele se perguntou se Sarah poderia ser a mulher certa. Uma mulher de nascimento nobre, com títulos, jovem e tão adorável que seu coração explodia quando a via.

Lady Sarah havia mergulhado o lenço na água e parado para enxugar o suor da testa quando olhou para cima e o avistou. Ao perceber a presença dele, ela se levantou, limpou a poeira das vestes e tirou o chapéu de sol para que George pudesse vê-la melhor. Fingindo ter sentido um calor repentino, ela mergulhou o lenço na água novamente e enxugou o suor que escorria em seus seios para agradá-lo.

— Tudo bem...? — chamou ela, com um sorriso charmoso. — Vai ficar parado aí de novo me espionando ou virá até aqui para me cumprimentar de maneira apropriada?

George foi flagrado. Sentindo as batidas do coração acelerarem, ele desceu do cavalo e caminhou até ela. Sarah abriu o portão de ferro forjado para ele e os dois se olharam por um momento.

— Eu... eu esperava ver a senhorita — disse George, sem jeito. — Na verdade, vim de propósito.

— Eu sei — respondeu Sarah, aproximando-se. — Fico feliz que tenha vindo.

Ele não conseguia tirar os olhos dela. Permitindo-lhe admirar por completo sua beleza, Sarah soltou a fita rosa do cabelo, fazendo com que as madeixas caíssem recatadamente pelas costas. Em seguida, virou-se para a dama de companhia:

— Por favor, traga-nos duas limonadas.

A dama fez uma mesura e saiu apressada enquanto Sarah se voltava para o príncipe de Gales e examinava o rosto dele.

— Parece atormentado, George. Está bem?

— Agora estou. Pouco tempo atrás, estava tremendo de medo de não ver a senhorita.

— Eu me acostumei a vê-lo espreitando nos campos nas primeiras horas da manhã. Mas, como agora são 11h30, pensei que talvez seu interesse estivesse diminuindo.

— Nunca. Sempre me sentirei intrigado pela senhorita, milady.

George foi repentinamente dominado pela emoção. Sofrendo para conter a fera que crescia em suas entranhas, ofereceu a mão para Sarah.

— Caminhe um pouco comigo.

Lady Sarah pegou a mão de George e os dois passearam pelo jardim norte da Casa Holland, rodeado de um lado por uma pérgula carregada de madressilvas e rosas trepadeiras, e cercado por delfínios do lado oposto. O ar estava perfumado e o aroma de Sarah inebriava o príncipe, assim como o sol fazia o cabelo dela brilhar, criando uma auréola ao seu redor. *Ninguém deveria ser tão bela tão cedo*, pensou, enquanto caminhavam em direção ao terraço superior, conectado por degraus gastos de uma escada de balaustrada.

— Eu gostaria que a senhorita viesse à corte nessa sexta-feira, com sua família, é claro — convidou George, gaguejando um pouco.

— Eu ficaria feliz em comparecer, pois não vejo o rei há várias semanas.

— Não com o objetivo de ver meu avô, mas para estar comigo, milady.

Lady Sarah estava tímida.

— Eu sei disso, George. Só aceito o convite por ser uma chance de vê-lo.

Olhando nos olhos dele e baixando a voz para um sussurro sugestivo, ela acrescentou:

— Para ficar mais perto de você.

O corpo de George o traiu e os limites que impusera a si mesmo tão desesperadamente se esvaíram. Ele tomou Sarah em seus braços e a beijou com paixão — de maneira quase selvagem —, puxando a língua dela para a própria boca. O corpo de Sarah cedeu no dele. Ela enroscou os braços no pescoço do rapaz e acariciou-lhe os cabelos. Adorava o cabelo dele porque era grosso, ruivo e exuberante. George estava delirando quando ambos pararam para respirar.

— Sarah. Eu sei que fui contido, mas sou obrigado a lhe dizer agora que a admiro de longe há muito tempo. Eu te amo. Te amo de verdade.

— Por que demorou tanto para me dizer?

— Isso não importa agora. Eu sou seu. Completamente seu.

Eles se beijaram outra vez. De uma janela no segundo andar da Casa Holland, sir Henry Fox viu os dois juntos. Dirigindo-se à esposa, apontou triunfante:

— Agora ele é de sua irmã, Caroline. Veja.

Lady Caroline foi até a janela e seguiu o olhar do marido. Ela também sorriu ao ver, no topo dos degraus do jardim, George e Sarah se beijando como só fazem os amantes que não podem viver um sem o outro.

— Seu condado está muito próximo, Henry — disse lady Caroline, rindo. — Muito próximo.

Quatro

A área embaixo da escada do Palácio de Mirow era como uma pequena indústria independente. Lá ficavam as cozinhas, os aposentos internos dos empregados, as lavanderias, a adega e os equipamentos para fazer sabão. Ali trabalhavam mais da metade dos trinta servos, trabalhadores e empregados do palácio. Por causa da quantidade de humanos em tal proximidade, o ambiente era sempre sufocante de tão quente, e o cheiro pungente de especiarias, carnes, óleos perfumados e odor corporal sempre pairava pesado no ar.

A realeza do andar de cima e seus camareiros, lordes, costureiras, criados ou damas de companhia raramente desciam até ali. No entanto, foi nesse ambiente enclausurado e congestionado que Charlotte, usando as escadas dos fundos, encontrou vários cozinheiros preparando o almoço. Lady Schwellenberg, sua dama de companhia, estava colocando uma flor em uma jarra que enfeitava a bandeja de frutas fatiadas e biscoitos quando notou a presença de Charlotte.

— Minha nossa, Vossa Alteza, o que a senhorita está fazendo aqui embaixo? Eu estava prestes a levar uma bandeja para seu quarto, para que a senhorita se mantenha satisfeita até a hora do almoço.

— Preciso encontrar Jon. Você sabe onde ele está?

— Eu posso pedir a Lena que vá buscá-lo. Mas... posso perguntar o motivo?

— Bem — começou a princesa —, se você precisa mesmo saber, eu tenho que aprender a dançar. Mas não há esperança para tal feito e estou perdendo o juízo, Swelly.

— Por que a senhorita de repente se interessou pela dança, minha menina?

— Esperam que eu dance no Baile do Rei, com Herr Bach.

— Por que se importa se Bach, aquele velhote, quer dançar com a senhorita?

— Porque não é o Bach velhote que quer dançar comigo. É o irmão mais novo e, ouso dizer, completamente divino, Christian, que está insistindo.

Lady Schwellenberg, a quem Charlotte carinhosamente chamava de "Swelly", colocou os dedos com carinho sob o queixo da menina e levantou seu rosto. Tendo agora 26 anos, ela cuidava de Charlotte desde que a princesa tinha dois. A dama de companhia havia assumido um compromisso incondicional com sua jovem protegida, prometendo protegê-la com sua própria vida. O amor de Charlotte por Swelly era imenso. Às vezes, ela se sentia culpada, pois tinha mais afeto por Swelly do que pela própria mãe.

— Entendo. Então, um homem bonito e garboso quer dançar com a senhorita e agora está em pânico porque não sabe como?

Charlotte assentiu com pesar.

Lady Schwellenberg deu uma risadinha.

— Bem, dançar é mais sobre o parceiro conduzir e você antecipar cada movimento dele. Tudo que a senhorita precisa saber são os passos.

— Esse é o problema. Não sei acompanhar. Não sei o que "conduzir" significa. — Charlotte suspirou. — O rei aprendeu uma dança chamada Allemande e todo mundo vai dançar, inclusive Christian, e vai ser horrível se eu não souber o que fazer. Então preciso de Jon. Ele provavelmente conhece essa dança.

De repente elas ouviram:

— Conhece sim.

Elas se viraram e lá estava Lena — a bela serva jamaicana, de pele negra, olhos brilhantes, sorriso largo e uma bochecha cheia de cicatrizes — indo até elas.

— Ele mostrou para nós quando voltou do casamento lá da prima da duquesa ano passado — disse ela, em um patoá irregular. — Ele viu eles lá dançando essa Allemande na vila e mostrou aqui.

— Onde está Jon agora? — perguntou Charlotte.

— Tá nos estábulos cuidando dos cavalos. Busco ele lá?

— Não, Lena. Eu mesma posso fazer isso.

Ela saiu enquanto todos franziam a testa e olhavam para ela — por um bom motivo.

Charlotte nunca tinha entrado nos estábulos, pois não era apropriado que alguém de sua importância estivesse lá. Uma mulher de boa educação e que fazia parte da realeza tinha criados para atender tais necessidades pessoais. Se ela decidisse sair, aprontavam sua carruagem ou selavam seu cavalo e o levavam até o palácio. Além disso, sir Frederic Albert, seu cabeleireiro, ficaria furioso se soubesse que ela estava prestes a entrar no celeiro, onde poeira, feno e todo tipo de detritos poderiam arruinar a hora e meia de trabalho que ele havia realizado em suas tranças crespas e ruivas naquela manhã. Um sir Albert zangado era a última coisa que ela queria ver naquele dia.

Mesmo assim, a curiosidade prevaleceu. Dois criados abriram a grande porta do celeiro e ela entrou no feno. A primeira coisa que viu foi Nugget, seu cavalo quarto de milha irlandês favorito, com uma magnífica pelagem castanha. Então, ela ouviu o alemão irregular misturado com o patoá jamaicano do rapaz:

— Vossa Alteza, tá perdida por aqui?

Ao virar-se, ela se percebeu olhando nos poderosos olhos cor de avelã de Jon Baptiste Beckford — um jovem jamaicano de pele negra. A mãe do rapaz estava a serviço da família Frederick há uma geração.

Jon curvou-se de imediato. De repente, Charlotte ficou nervosa e pensou melhor:

— Não, Jon. Eu mudei de ideia. Agradeço pelo seu tempo.

Então, depois de parar um momento para acariciar Nugget, Charlotte deixou os estábulos.

Jon ficou perplexo. No momento em que a princesa se foi, os outros cavalariços apareceram. Estavam tão perdidos quanto ele.

A princesa correu a toda velocidade pelo gramado de volta ao palácio. Ficou chateada consigo mesma por não conseguir fazer uma pergunta simples, que teria aliviado seu estresse. Por que ela não conseguiu? Por que não disse simplesmente: "Jon, por favor, me ajude a aprender a Allemande"? Ela estava bem ali. Jon estava bem ali. O que a impediu?

Enquanto ponderava as razões de seu medo, a princesa não percebeu que seu primo Wilhelm a observava da janela superior do palácio. Ele a tinha visto entrar nos estábulos e depois sair correndo, o que despertou-lhe curiosidade. Alheia àquilo, Charlotte correu para dentro do palácio em busca do conselho da irmã, que sempre tinha palavras gentis ou algo sábio para dizer.

Quando Charlotte chegou ao quarto de Christiana, ela estava tendo um de seus "ataques". Charles e a duquesa Elizabeth tentavam desesperadamente conter Christiana, que delirava:

— *Quando é que Michael vem? Quando é que Michael vem?*

Charlotte foi persuadida a ir buscar o dr. Geisel. Mas, ao ver a irmã, Christiana estendeu a mão para ela, ainda que continuasse a tremer e balbuciar. De alguma forma, a presença de Charlotte tinha um efeito calmante e, enquanto balançava a irmã aflita em seus braços, Christiana passou a um estado mais contido e infantil. O comportamento errático cessou. Charlotte decidiu não adicionar às preocupações mentais da irmã o próprio desassossego sobre Jon e sobre a dança. Seria egoísta e inapropriado, afinal foi exatamente isso — ser dominada pelo sentimento por um homem — que condenara Christiana a esses ataques de insanidade, em primeiro lugar. Então, Charlotte preferiu não dizer nem fazer nada.

Dois dias depois, Charlotte ainda não tinha conseguido se aproximar de Jon outra vez. Embora ela pensasse sobre isso o dia todo, percebeu que, apesar de toda a sua bravata, simplesmente não tinha coragem. Assim, uma vez que teve certeza de que sua irmã estava se sentindo melhor, e farta da estupidez do próprio medo, Charlotte colocou seu vestido de cambraia favorito, conversou com seu reflexo no espelho e criou coragem para falar com Jon de novo. Ela repetiu para si mesma: "Você consegue", e então esperou pacientemente até que o jamaicano entrasse nos estábulos naquela tarde. Com um andar determinado, ela entrou atrás dele.

Jon estava levando seu potro para uma baia quando Charlotte se aproximou dele de maneira nervosa. Ciente de sua posição, o cavalariço esperou até que ela gesticulasse e somente então se aproximou. Ele se curvou.

— Vossa Alteza, a que devo esse prazer?

— Jon, peço desculpas pelo meu comportamento há dois dias — disse Charlotte, de maneira cautelosa. — Eu só não sabia como perguntar a você sobre algo que é importante para mim.

Embora fosse subordinado à princesa, Jon saiu do protocolo e falou, arriscando-se a ser repreendido:

— Vossa Alteza, a mãe disse que falou pra senhorita que eu sei dançar a Allemande. É isso que a senhorita quer aprender, certo?

Charlotte assentiu.

— Sim, para o baile de aniversário do rei Frederick em Sanssouci.

— Tem nada de mais em dançar, Vossa Alteza — respondeu Jon, sentindo o receio dela —, principalmente a Allemande. É uma dança espirituosa e animada. Ao ouvir a música, o corpo já começa a mexer no ritmo.

— Você faz parecer tão fácil, e eu gostaria *tanto* de dançar na noite do baile. Mas não sei "seguir ritmos" e "me mover com graça". Eu não vou ao Baile do Rei há anos. Não vou desde...

Charlotte fez uma pausa por um momento, a lembrança de repente dolorosa.

— Desde que seu pai morreu — disse Jon, terminando a frase.

Ela assentiu novamente. O duque Charles a teria ensinado a dançar se estivesse vivo. Ele teria dançado a primeira dança com ela para todos verem, apenas para fazê-la se sentir bonita e desejável.

Jon viu a lembrança enchê-la de melancolia e rebateu com uma voz animada.

— Vossa Alteza, seria uma honra ensinar a senhorita a dançar a Allemande — disse ele, sorrindo e mostrando os dentes de alabastro com uma doce disposição. — Conheço a dança que nem conheço os cavalos.

Charlotte estava emocionada com a perspectiva de seu sonho se tornar realidade.

— Ah, Jon. Eu agradeço muito. Quando podemos começar? Como faremos com a música? O que fazemos primeiro? — As palavras saíam de sua boca rapidamente e com animação.

Jon pensou por um momento.

— Bem, primeiro a senhorita precisa da permissão do grão-duque e da duquesa pra mim, pra que ninguém me chame enquanto tiver ensinando a senhorita. Não quero nenhum problema.

— Farei isso. E mandarei chamá-lo quando pudermos começar.

Jon curvou-se e a princesa voltou feliz ao palácio, sabendo que o desejo dela logo seria atendido. Quando ele olhou para trás ao vê-la partir, percebeu-se tomado por um sentimento de orgulho — algo que não sentia há muito tempo.

Momentos depois, quando Charlotte deixou os estábulos, Wilhelm Albertina ficou observando-a da janela de seu quarto no andar de cima. Embora desaprovasse as ações dela, continuou a vigiá-la com prazer e logo começou a se tocar de forma inadequada. Observando os seios de Charlotte balançarem e roçarem levemente na cambraia, ele começou a esfregar seu membro — lentamente no início e, por fim, masturbando-se de maneira agressiva. O ato o desconcertava, mas não o impediu de ficar excitado ou interrompeu seu comportamento até que chegasse ao desfecho desejado.

Wilhelm era um jovem lento, desajeitado e gago de dezenove anos, cujos olhos frios conferiam-lhe um ar de insanidade. Ele tinha ambições e não se importava de mover o que estivesse em seu caminho para alcançá-las. Tudo o que sabia era que desejava ser um legítimo duque de Mirow pelo direito divino de sucessão e estava esperando a honra ser-lhe concedida pelo primo, o grão-duque Adolph. Fazia tudo o que lhe pediam, pois era importante para ele ser respeitado aos olhos da família — principalmente por Charlotte, a quem amava. Mas ela sentia repulsa por ele e o tratava com desrespeito.

O primo de Charlotte era ilegítimo. Ele era fruto da relação de Ernst Friedrich II — irmão da duquesa Elizabeth — com sua amante favorita, Frieda Heidelberg. Morou com a mãe nos primeiros sete anos de vida. Quando Frieda morreu, o jovem Wilhelm não tinha para onde ir. Não ser aceito pela esposa do duque Ernst, Carolina, nem por nenhum dos herdeiros legítimos fez com que Wilhelm estivesse sempre à deriva — até que a duquesa Elizabeth escolheu criá-lo na casa que ela dividia com o marido e deu a ele seu nome de solteira, "Albertina".

Wilhelm amava sua tia Elizabeth, apesar da disposição um tanto maliciosa da mulher. Ele servia bem a família Frederick e fazia "trabalhos desagradáveis" em seu nome, na esperança de melhorar sua posição.

Mas, nos últimos tempos, sua obsessão por Charlotte tornara-se terrível. Ele estava determinado a impressioná-la para que ela gostasse dele. Faria qualquer coisa por ela, mas o que Charlotte poderia querer dele para trazê-la para mais perto? Essa foi a pergunta que ficou nos pensamentos de Wilhelm pelos próximos dias.

Cinco

Eu estava tão apreensiva quanto Christiana e entrei na sala de jantar. Havia pensado meticulosamente no meu pedido e ensaiado várias vezes como abordar minha mãe para falar sobre Jon e pedir permissão para que ele me ensinasse a Allemande. Minhas palmas estavam suadas, e apertei a mão de Christiana com tanta força que ela sussurrou:

— Calma, fique firme e não vacile, ou mamãe vai perceber sua ansiedade e pular no seu pescoço.

Eu assenti. Minha irmã abriu um sorriso reconfortante e me deu um tapinha no ombro. Lembro que tínhamos um convidado para o jantar naquela tarde — o capitão Charles D'Eon, membro dos Dragões Franceses. Ele tinha acabado de ir à Rússia a negócios em nome da França e parou em Mirow para homenagear minha mãe e dar-lhe suas condolências pela morte de meu pai, de quem era amigo. Presumi que, com companhia presente, mamãe seria mais amável em relação ao meu desejo.

Todos estavam reunidos e envolvidos em várias conversas. Ernst e Charles discutiam sobre quem ficaria com a maior fatia de carne de carneiro recheada; tia Albertina e Wilhelm estavam em um debate sobre as hortas e sobre como a seca mais recente as afetaria; e mamãe estava relembrando momentos de papai com Adolph e D'Eon. Sentei-me ao lado de meu irmão Charles e Christiana sentou-se ao meu lado. Então, respirei fundo...

— Mãe, posso falar com você por um momento?

— O que há, menina?

— Como sabe, todos dançarão a Allemande no baile do rei Frederick em outubro. Eu gostaria de aprender para poder dançar com Herr Bach como ele ofereceu.

O rosto da duquesa Elizabeth produziu uma expressão fria e ela não disse nada. Charlotte ficou em silêncio, então de alguma maneira conseguiu continuar:

— Jon conhece essa dança e se ofereceu para me ensinar. Poderíamos começar amanhã, mas você e Adolph precisam permitir que ele seja dispensado de seus deveres enquanto praticamos.

Os olhos de Elizabeth se estreitaram em condenação exasperada.

— Aprender a dançar? — Ela fez uma careta. — Com nosso servo *de cor*[2]? — Ela olhou para Adolph com uma sobrancelha erguida em desaprovação. Então veio o ataque. — De forma nenhuma! Está fora de questão!

— Mas seriam apenas algumas aulas.

— É inaceitável aprender qualquer dança nova com um servo — interrompeu Elizabeth. — Existem professores de dança para isso. Mas você sabe de nossa *situação*. — Ela enfatizou "situação" para destacar as finanças precárias da família.

— Mas mãe...

— Todos sabemos que os negros são adeptos da música e da dança — ela fez uma pausa para tossir —, mas seus corpos são muito carnais e libertinos no que diz respeito ao ardor. Não permitirei de modo algum que você vá saltitar com um negro, sobretudo um que é parte de nossa criadagem. Você poderia despertar uma sensibilidade latente nele e isso resultaria em uma catástrofe. Eu a proíbo.

Sentindo-se derrotada e com os olhos se enchendo de lágrimas, Charlotte olhou para Christiana. Sua mãe fora irascível como sempre e mais uma vez conseguiu condenar mais do que argumentar. Os sentimentos feridos de Charlotte eram óbvios para todos — e compartilhados, pois Lena se sentia igualmente aviltada. Afinal, Elizabeth repreendera Jon, filho de Lena, enquanto esta servia o jantar.

Adolph também percebeu e reagiu.

— Lena, há duas garrafas de Rhine na adega. Você pode ir buscá-las para nós, por favor?

Lena assentiu com obediência e se retirou, com os olhos úmidos. Assim que ela saiu do recinto, o irmão de Charlotte voltou-se para a mãe.

— Isso foi desnecessário, mãe. Jon e a família dele estão a seu serviço há anos. Ele nasceu aqui. Você o conhece e conhece a mãe dele, a quem acabou de envergonhar. Uma pessoa honrada e inofensiva que não merecia sua censura.

---

[2] "Coloured", no original. No contexto histórico em que se passa a história, o sentido do termo e da expressão "of color" se aproxima de "de cor", sua tradução literal para o português, pois aqui o termo é empregado com um sentido pejorativo para designar pessoas negras. Na atual conjuntura e em contextos anglófonos, "[people] of color" é um termo de coalizão política utilizado para enquadramentos raciais e étnicos variados (pessoas negras, indígenas, *brown*, asiáticas etc.). [N.T.]

Adolph virou-se para D'Eon em um esforço para mudar de assunto.

— Então, capitão D'Eon, conte-nos sobre suas aventuras na Rússia.

Mas a duquesa Elizabeth não aceitaria aquilo.

— Honrada e inofensiva? Lena Beckford? Homens já foram enforcados por muito menos.

— Talvez devêssemos resolver este assunto em um ambiente mais privado — sugeriu Christiana após olhar para D'Eon, que obviamente estava constrangido com o que vira e escutara.

— Não. O assunto será resolvido agora e para sempre — retrucou Elizabeth. — Não permitirei que Charlotte dance com um *Schwarzer*[3] e nem que a palavra "honrada" seja associada a Lena. A única razão pela qual aquela empregada imoral e ingrata ainda está aqui é...

— Mãe! — interveio Adolph, advertindo-a com firmeza.

A duquesa Elizabeth interrompeu o discurso arrebatado contra a mãe de Jon e concentrou sua ira no filho, para benefício de Charlotte.

— Lena à parte, não vou desperdiçar a pouca verba que temos com um professor de dança. Seria diferente se Charlotte fosse atraente ou carismática. A dança poderia ajudar nesse caso. Mas ela não é nenhuma das duas coisas. Essa é minha decisão final.

— A decisão não é *sua*. Você não é mais regente. Eu sou o grão-duque...

— ...que *não* controla *minha* renda privada.

Adolph ficou em silêncio por um momento. Charlotte sentiu as lágrimas escorrerem pelo rosto e um véu de raiva se enrolando dentro dela. Continuou apertando as mãos para se controlar.

O capitão D'Eon, sentindo-se mal por Charlotte, veio rapidamente socorrê-la.

— Acho a princesa bastante atraente. Ela seria uma boa esposa para qualquer jovem cavalheiro.

A duquesa Elizabeth virou-se para seu convidado e pensou por um momento antes de prosseguir:

— Meu querido capitão D'Eon, você já se casou?

— Ainda não — respondeu D'Eon —, mas estou de olho em alguém de Londres.

— Que pena. Com seu charme e carisma óbvios, talvez pudéssemos casar Charlotte com você. Isto é, caso fosse da realeza. Em vez disso, teve que teste-

---

3 "Preto", em alemão. [N.T.]

munhar os dilemas muito reais de pessoas como nós, que de fato *somos* membros da aristocracia.

Isso silenciou D'Eon e todos os demais, que perceberam que ele havia sido colocado em seu lugar. Elizabeth continuou:

— Eu amo minha filha, mas conheço os defeitos dela. Tudo o que ela precisa fazer é tocar música bem o suficiente para impressionar o duque de Anhalt. Casar com ele aliviaria qualquer "*situação*"...

— Mas eu não tenho afeição por ele — interrompeu Charlotte, incapaz de se conter.

A duquesa Elizabeth baixou a voz, oferecendo uma explicação, como se suas palavras pudessem proteger a filha dos maus-tratos testemunhados:

— Lorde Gregory tem uma grande fortuna e procura uma nova esposa. Com uma renda de dez mil táleres por ano, ele não precisa de seu dote insignificante, então todos nós poderíamos nos beneficiar bastante com tal união. Nem a idade dele nem o desafeto que você sente devem importar.

— E, na hipotética chance de eu dizer "não", o que aconteceria, mãe? — retrucou Charlotte.

— Ah, você não vai dizer não, querida. Você sabe o que está em jogo.

A duquesa então se virou para D'Eon fingindo lágrimas, buscando a compaixão dele.

— Meu marido, que Deus o tenha, administrou mal nossa renda privada. Nosso futuro fica mais sombrio a cada dia, a menos que um dos meus filhos se case bem, e em breve. Obviamente não será Christiana, pois ela tem 25 anos e é instável.

Christiana e Charlotte deram as mãos. As de Charlotte estavam tremendo de compostura forçada e as de Christiana, de vergonha, enquanto Elizabeth continuava:

— E a "anormalidade peculiar" de Adolph parece restringir sua elegibilidade...

— Cuidado, mãe — advertiu o grão-duque.

— Então Charlotte é a esperança dessa família. — Elizabeth voltou-se para ela. — É por isso que a chave para o duque e para nosso futuro é a música, não dança nenhuma com Christian Bach ou com nenhum *Schwarzer* de nossa criadagem!

Decididamente farto dessa conversa, Adolph deu um soco na mesa.

— Então case-se *você* com o porco velho, mãe. E pare de ficar falando sobre os negros e chamando-os de "*Schwarzer*" como se nós, os Frederick, não tivéssemos um pouco de África em nossas próprias veias.

Parecia que todo o ar havia sido sugado da sala. Todos ficaram mudos. Um intenso sentimento de pavor envolveu todos na mesa e Charlotte podia ouvir o próprio coração bater, tão alto que tornava qualquer outro som inaudível.

Seu irmão tinha acabado de proferir o que ela achava ter ouvido? Ele se atreveu a levantar o assunto do sangue africano na árvore genealógica da família? Para a única pessoa que seu pai disse não acreditar em seu sangue merovíngio e muito menos nesse complicado enredo ancestral? E seria aquilo verdade? Eles possuíam sangue negro?

D'Eon pediu licença, citando uma necessidade desesperada de fumar seu cachimbo na varanda. Quando ele saiu da sala, Charlotte olhou para Adolph, depois para a mãe, cuja reação não decepcionou.

A duquesa levantou-se de forma dramática em seu corpo de 1,70 metro e gritou a plenos pulmões, apesar da tosse:

— Você enlouqueceu?! — bradou ela, a pontuação de cada palavra parecendo uma faca que apunhalava Adolph. — Como *ousa* invocar a ideia de "sangue africano" em voz alta, ainda mais na frente dos convidados e na mesa de jantar, onde nenhum membro decente da sociedade letrada se dignaria a discutir tal assunto? Algo tão repugnante e polêmico, algo que nos lembramos sempre que olhamos para Charlotte! Como você *ousa*, Adolph?

Ela jogou o guardanapo na mesa.

— Por essa pequena afronta indecente, você deve deixar esta mesa imediatamente!

Os olhos do meu irmão estavam vermelho-escuros e brilhavam com indignação. Ele olhou para todos os presentes e depois de volta para mamãe, com todos os pelos do corpo arrepiados.

— Eu sou o grão-duque, mãe. Eu. Se alguém tem que sair da mesa, deve ser você e essa sua mente venenosa! — gritou ele.

Afundei meu corpo inteiro na cadeira, sentindo-me pequena e insignificante. Eu achei que fosse desaparecer. Se não fosse por meu irmão, os pensamentos de tirar minha vida e acabar com o constrangimento que o tom de minha pele causava teriam me consumido. Do jeito que estava, observei humilhada enquanto Adolph seguia, usando cada grama de sua determinação para controlar as emoções.

— Respeito você como minha mãe, mas fico feliz que isso tenha sido revelado. Tudo isso!

Ele terminou seu vinho do porto e bateu a taça na mesa, recusando-se a sair. Eu não poderia ter ficado mais orgulhosa de meu irmão quanto naquele dia. Adolph se tornou meu campeão, sempre a lutar por mim, não importando a ira que causasse. Limpei os olhos e me perguntei como não tinha sido ele a receber a marca, sendo suas ações tão parecidas com as de papai.

Mas, momentos depois, mamãe foi tomada por um ataque de tosse. Meu irmão Charles ofereceu-lhe um lenço e chamou a dama de companhia dela. Todos nós sabíamos que havia algo muito errado, pois os ataques de tosse dela estavam ocorrendo com muito mais frequência do que antes. Mas não aguentei e saí correndo. Eu estava terrivelmente desalentada e ficava me perguntando por que sempre tinha que ser daquele jeito com minha mãe. Por que ela sempre atribuía tudo ao fato de eu ter uma aparência simples ou uma pele escura? Por que ela descontava coisas em todos os membros da família por minha causa? Eu sabia que não havia explicação lógica, mas a odiava por me sentir assim, e me vi correndo escada abaixo até a cozinha, para encontrar Lena...

Quando Charlotte entrou na cozinha, Lena estava servindo as taças do vinho que Adolph pediu. Se esforçava ao máximo para não soluçar. Charlotte se aproximou e, ao ver a princesa, a jamaicana se virou ligeiramente.

— Sinto muito que eles tenham constrangido você. Foi cruel — disse Charlotte.

— Num é a primeira vez, menina — respondeu Lena, colocando a garrafa de vinho na bandeja com as taças.

Ela se moveu para sair, mas Charlotte a impediu.

— Não quero nenhuma tensão entre nós. Eu não sou igual a ela.

Lena olhou para Charlotte. Apesar de seus sentimentos feridos, ela se importava com a princesa.

— Não. Na personalidade não, mas faz parte da hipocrisia deles lá.

— Eu não entendo.

Lena pensou por um momento, perguntando-se se deveria continuar. Finalmente, decidiu-se por não o fazer, e se virou para sair.

Mais uma vez, Charlotte a impediu.

— Lena, o que há? Conte para mim.

Depois de um momento, Lena se virou para Charlotte e baixou a voz:

— O que eles dizem lá em cima é verdade. Sobre o sangue mouro de sua família. Mas tu é a única lá que aparenta ter esse sangue.

O coração de Charlotte começou a palpitar e pequenas gotas de suor quente se formaram em seu lábio superior.

— Nem tua mãe nem teu pai lá puderam escapar da coisa que a duquesa mais tem medo: o sangue africano de Madragana que corre nas veias.

— Madragana ben Bekar? — perguntou Charlotte, surpresa que a empregada conhecesse o nome.

— Tu já ouviu falar dela?

— Não em detalhes. Papai mencionou o nome dela antes de morrer.

Lena pousou a bandeja e foi até a pequena janela para olhar para fora. Ela não tinha certeza se deveria continuar. No entanto, algo dentro dela a compeliu.

— Madragana é tua ancestral de doze, talvez treze gerações atrás. Além disso, num sei mais sobre ela do que tu sabe, e tua mãe nunca vai contar nada. Ela lá nunca vai falar disso.

— Como é que você sabe sobre Madragana? — perguntou a princesa.

Lena desviou o olhar, uma miríade de pensamentos percorrendo sua mente.

— Ouvi teu pai discutindo com tua mãe um dia lá, um tempo atrás. Ela tava com raiva por ele gastar muito dinheiro procurando pista sobre os descendentes de Madragana.

Charlotte juntou-se à jamaicana na janela e olhou para o labirinto do gramado, cuidado por vários criados de pele escura. A ironia atingiu-lhe de repente. Todo o poder em Mecklemburgo estava nas mãos do grão-duque, de aristocratas, membros da pequena nobreza e das classes altas. As classes mais baixas eram pobres, sem instrução e politicamente impotentes. Enquanto os observava, Charlotte cravou as unhas na própria carne, dominada pela culpa.

— Se é verdade que os Frederick têm sangue africano, então apenas um acidente de nascimento nos colocou acima de nossos servos — disse ela baixinho, curvando-se na frustração de seu próprio abraço.

— Exato — retrucou Lena de modo categórico. — Um acidente de nascimento.

Após dizer isso, ela levou a bandeja para cima, deixando Charlotte sozinha para lidar com essas revelações.

Depois daquele dia, fiz questão de aprender tudo o que pudesse sobre os mouros, principalmente porque minha família relutava em aceitá-los como nossos ancestrais. Aprendi que não eram uma religião, nem uma raça, mas um grupo de árabes, cristãos, berberes e muçulmanos que migraram do norte da África para a Espanha e Portugal, conquistando esses países. Porém, em 500 d.C., eles próprios foram subjugados.

E, no entanto, em vez de sentir repulsa pelo pensamento de ter sangue africano, descobri que nutria um sentimento de orgulho pela minha diferença. Eu não era mais comum ou normal, mas uma mulher extraordinária com um segredo obscuro. Um segredo que me deu um propósito — mesmo que eu não tivesse ideia de qual era.

— Charlotte, eu tenho um plano... e Adolph vai ajudar.

Era o dia seguinte à repreensão da duquesa Elizabeth a Adolph na mesa de jantar. Christiana correu sem fôlego pelo corredor até o quarto de Charlotte. Ela estava empolgada.

— Pensei nisso a noite toda e falei com Adolph logo de manhã. Decidimos que você *deve* aprender a dançar para Christian e também deve deixar Jon te ensinar.

Levou um momento para Charlotte reagir. Aquilo era inesperado, vindo da irmã.

— Mas mamãe proibiu.

— Ela nunca vai saber.

— Como ela *não* vai saber? — perguntou Charlotte.

Com total lucidez, Christiana apresentou seu plano.

— Adolph dará folgas a Jon para que ele possa trabalhar com você. Nos dias escolhidos, vou me vestir como você, entrar na sala de música às catorze horas, fechar a porta e tocar cravo por uma hora, como você faz. Acredite, consigo tocar tão mal quanto você. Mamãe nunca vai saber.

Era uma ideia brilhante. *Mas será que funcionaria?*, perguntou-se Charlotte, balançando a cabeça.

— A única coisa que interessa para mamãe é que você atraia o velho duque. Então, você irá até o quarto dela anunciar que praticará por uma hora para impressionar lorde Gregory da próxima vez que o vir. Óbvio que mamãe vai prestar atenção no que você está vestindo. Então, vou vestir seu vestido, e você vai se encontrar com Jon. Lembre-se, o cravo fica de frente para o espelho, então você fica de costas para a porta quando o toca. Se mamãe ou alguém passar ou der uma olhada, não saberão que sou eu tocando e não você. Então, quando terminar, você volta para a sala de música pela janela aberta, trocamos de roupa e pronto.

A princesa abraçou a irmã.

— Obrigada por isso, Christiana. Podemos começar nessa quinta-feira às catorze horas?

— Como quiser. Afinal, para que servem as irmãs?

O plano entrou em ação no dia seguinte. Charlotte vestiu seu *robe de cour* de brocado amarelo, com um *grand panier* e touca de algodão. Escolhera o traje porque sua mãe o odiava e sabia que, por isso, prestaria atenção. Como a duquesa estava de cama para descansar, a princesa foi ao quarto da mãe e anunciou que desceria para a sala de música para ensaiar, para que lorde Gregory ficasse impressionado com ela. Dado o ocorrido no jantar de duas noites antes, a duquesa ficou emocionada e acenou alegremente para Charlotte ir embora.

Em seguida, Christiana e Charlotte trocaram de roupa. Usando o vestido de linho azul da irmã, Charlotte escapuliu pelos terrenos úmidos da parte leste do palácio para encontrar Jon. Talvez a questão da dança não fosse tanto para atrair Christian, mas para conferir mais elegância e graça a ela. Poderia até desenvolver as qualidades que mulheres sedutoras pareciam possuir, mas que não eram dons inatos de Charlotte. E talvez, quem sabe, a mãe sentisse orgulho dela.

— Olhe, Vossa Alteza, tem uma coisa pra ajudar com a dança — anunciou Jon, enquanto corria pela vegetação úmida e fresca do grande gramado. — Uma caixa de música que o grão-duque jogou fora um tempo atrás. Guardo porque gosto da música. Perfeita para dançar a Allemande.

Charlotte olhou com enorme admiração para Jon quando ele pegou uma caixinha de música quebrada em um saco de juta. Assim que ele levantou a tampa, a caixinha tocou várias estrofes de uma música, e o tom tilintante e cadenciado da melodia fez Charlotte rir. Vários pinos da caixa estavam quebrados e a música pulava em algumas partes. Mas a menina de fato sentiu vontade de dançar quando Jon colocou a caixa em um tronco próximo.

— Agora, deixe eu te mostrar — insistiu o rapaz, puxando Charlotte para perto, pegando a mão dela e colocando a própria mão em volta da cintura da menina.

Lembrando-se repentinamente que Charlotte era da realeza, ele tirou a mão com rapidez e deu um passo para trás, em demonstração de respeito.

— Perdão, Vossa Alteza. Eu esqueci. — Ele se curvou. — Quer dizer, "tenho a permissão" de mostrar à senhorita?

A princesa apreciou o gesto, pois sabia que Jon não queria desrespeitá-la. Ela fez uma mesura, respondendo:

— Você tem. — Então estendeu a mão. — Na verdade, o senhor pode pegar a minha mão, sir Jon.

Jon sorriu.

— A senhorita disse *"sir"* Jon?

— Disse. De agora em diante, quando estivermos juntos aqui, você será "sir" Jon, e eu serei "lady" Charlotte. Assim, seremos iguais, e isso nos ajudará a nos comunicarmos melhor. Combinado?

Jon assentiu. Charlotte sabia que ele havia gostado de ser chamado de "sir", e o rapaz curvou-se profundamente, como se receber o título fabricado sinalizasse seu renascimento.

— Combinado, "lady" Charlotte.

— Então me mostre o que fazer, sir Jon.

Jon pegou a mão de Charlotte como um aristocrata.

— O cavalheiro sempre se curva quando a dama faz mesura. Em toda dança apropriada, tu tem que lembrar do que chamam de "fazer reverência", no início e no final da dança — disse ele, com sua mistura de alemão e patoá. — E é importante olhar um pro outro. Tem que manter contato visual com o parceiro e não mostrar o topo da cabeça. É assim no Minueto, na Allemande e na Contradança.

A princesa seguiu todos os seus conselhos e movimentos.

— Aí — continuou Jon — a dama tem que ficar à direita do lorde. Isso é considerado certo. Tu tem que ficar aqui. — Ele moveu Charlotte para o lado direito, e então deu corda na caixa de música outra vez.

Jon estendeu a mão e Charlotte a pegou, esforçando-se para acompanhar. Ela foi desajeitada no início, mas o rapaz se mostrou extremamente paciente.

— Tá vendo? É muito gracioso quando a dama deixa o homem conduzir os movimentos. Isso significa que o homem tem que conduzir com o corpo e a dama segue, prevendo os movimentos.

Ele envolveu o corpo de Charlotte com o braço.

— Por exemplo, quando eu fizer isso, a senhorita tem que se mover do mesmo jeito. Assim.

Ele indicou um movimento para a esquerda com o corpo, então ela se moveu com ele.

— Foi bem, lady Charlotte. A senhorita sentiu, não foi?

— Sim — disse a princesa, alegre. — Espere só até que Christian Bach me veja fazendo isso.

Jon assentiu.

— Ele vai ficar muito impressionado.

Eles continuaram por mais de uma hora. Logo, Charlotte descobriu que não se importava que a velha caixinha de música quebrada tocasse a mesma música repetidas vezes, pois estava se divertindo pela primeira vez desde a morte do pai. Ali, ela não era mais uma princesa colocada em um pedestal e curvada em prostração formal, mas uma aluna que gostava da companhia e das instruções de um professor que a respeitava e a considerava encantadora, engraçada e uma boa camarada. Ela nunca tinha rido tanto e com tanta frequência. Mesmo quando cometia erros — e cometia muitos — Charlotte sorria.

Muitas vezes ela tinha ouvido o violino de Jon quando ele tocava para a Festa do Equinócio anual, onde se rezava por uma boa colheita da primavera e se fazia uma celebração acompanhada de boa comida e vinho. Charlotte também ouvira a alegria e as brincadeiras entre as pessoas africanas nos aposentos dos criados e se maravilhara quando cantavam, a qualidade de suas vozes rivalizando com as grandes estrelas da ópera da Europa. E, naquele momento, por apenas uma hora, ela se sentiu privilegiada por poder vivenciar e fazer parte daquilo. E queria ainda mais. Queria se mover como eles, dançar como eles, rir e deixar o mundo e todos os seus males desaparecerem. Mas a realidade de sua vida se intrometeu e a aula acabou.

— O grão-duque Adolph disse que tenho só uma hora. Aí vão precisar de mim.

— Então teremos outra aula na quinta-feira?

— Isso dá pra fazer — respondeu ele, dando um passo para trás e fazendo uma reverência. — Até quinta-feira.

E então, Jon correu para longe.

Charlotte o assistiu ir embora e um sorriso melancólico se instalou em seu rosto. Algo maravilhoso e emocionante havia acontecido. A menina fechou os olhos e, em sua fantasia, se viu dançando com o garboso músico de seus sonhos. Ela conseguia ver o que vestia e a inveja da multidão, percebendo que amava toda aquela atenção. Ninguém poderia estar mais feliz do que Charlotte naquele dia depois de sua primeira aula com Jon Baptiste Beckford.

De repente, os olhos de Charlotte se abriram quando a realidade a atingiu. *Meu bom Deus!*, pensou em pânico. *O plano!* Ela tinha que voltar para o palácio ou sua irmã ficaria angustiada. Correu com rapidez pelos gramados, em meio às manchas molhadas e espinhosas de alecrim e coentro aromáticos, dirigindo-se para a extremidade oeste do palácio. Completamente sem fôlego e certificando-se de que ninguém a notasse, ela escalou pela janela do primeiro andar que Christiana havia deixado aberta e caiu no chão da sala de música. Christiana parou de tocar piano e correu.

— Meu Deus, você demorou um bocado. Está bem? Hein? Como foi? Conte-me tudo e não esconda nada — balbuciou a irmã.

— Foi maravilhoso — respondeu Charlotte, sem fôlego. — Jon é um excelente professor. Ele trouxe uma caixinha de música e me ensinou movimentos maravilhosos. Eu me senti como se fosse uma das damas mais confiantes e desejáveis da corte. Foi uma experiência emocionante, única.

Ela tirou o vestido de Christiana, ajudando a irmã a desabotoar o seu, e as duas trocaram de roupa rapidamente.

— Como é dançar com um negro? — perguntou Christiana, tentando ajustar os ganchos do vestido de Charlotte às pressas.

Charlotte corou ao pensar em detalhar seu tempo com Jon, algo que ela esperava que pudesse permanecer apenas para si. No entanto, percebeu que precisava compartilhar o que ocorrera com sua irmã ou explodiria.

— Foi emocionante. Ele me ensinou a fazer isso...

Ela pegou a mão de Christiana, cantarolou uma melodia e mostrou à irmã alguns passos simples da Allemande. Christiana deu risadinhas enquanto a acompanhava e as duas dançaram, entregando-se ao momento.

— O que temos aqui? — As irmãs logo ouviram a voz vinda de trás.

Ao se virarem, foram surpreendidas pela presença de lady Schwellenberg, parada na porta da sala de música com os braços cruzados. Nenhuma das moças conseguiu falar, e os olhos das duas ficaram grandes como pires. Lady Schwellenberg veio até Christiana e a examinou.

— Por que a barra de seu vestido está molhada? E por que a senhorita está cheirando a alecrim?

Christiana engoliu em seco e olhou para seu vestido azul; o que Charlotte havia acabado de usar com Jon. Uma área de três dedos da barra estava molhada e suja de terra e manchas de grama. Christiana olhou para Charlotte, sem saber o que fazer. Como ela não conseguiu encontrar uma resposta razoável, não disse nada. Swelly então fixou seu olhar em Charlotte.

— E por que os ganchos do *seu* vestido estão mal encaixados, minha menina?

Com certeza Christiana, devido à pressa, não havia fechado corretamente o vestido amarelo da irmã. As duas moças ficaram imóveis enquanto os olhos de lady Schwellenberg se estreitavam.

— Há algo errado aqui. Vocês duas estão parecendo um gato encurralado após engolir um canário. O que estavam aprontando?

Charlotte começou a tremer e piscar bastante. Lady Schwellenberg colocou a mão no queixo da garota, fazendo com que ela inclinasse a cabeça para cima. Erguendo uma sobrancelha, ela esperou. Charlotte estava cheia de culpa e olhou para Christiana, que assentiu. A princesa mais nova suspirou em aquiescência, depois fechou a porta da sala de música e virou-se para a dama de companhia.

— Eu suplico pelo seu sigilo, Swelly. É imprescindível.

Charlotte então explicou sobre Jon. Ela confessou ter pedido a permissão da mãe e ter recebido um não, falou das aulas de dança, do esquema, de tudo. Então, ela e Christiana esperaram por uma resposta, o que pareceu levar uma eternidade. Lady Schwellenberg foi ao piano e sentou-se. Ela começou a tocar "O Capriccio" exatamente do jeito que Charlotte tocava — com os mesmos erros e floreios cometidos pela menina. Enquanto ela tocava, Charlotte e Christiana caminhavam pelo cômodo.

— Uma trama como a sua requer alguém que não seja sua irmã para funcionar. As duas não podem sumir ao mesmo tempo. Isso acabará por levantar suspeitas, sobretudo com a duquesa. Então, como somos do mesmo tamanho, que seja *eu* a substituir a senhorita aqui na sala de música — sugeriu lady Schwellenberg, enquanto continuava a tocar. — Além disso, ninguém vai suspeitar de nada se a dama de companhia estiver com a barra da saia suja e molhada ou for vista correndo pela campina, ou se esgueirando por uma janela do andar de baixo, como vi a senhorita fazer agora há pouco.

Embora envergonhada pela revelação, Charlotte abraçou sua dama.

— Mas então... Quando é o próximo encontro com Jon? — perguntou a nova parceira de crimes das princesas.

Seis

O lago Ritouro era o lugar mais feliz na Alemanha para Charlotte. Durante seis semanas, ela e Jon se encontraram ali três vezes por semana, para que ela aprendesse a Allemande, o Minueto e a valsa. O esquema de Christiana e lady Schwellenberg estava funcionando perfeitamente e, na maioria das vezes, ninguém sabia que Charlotte não estava no palácio. Charlotte e sua dama trocavam vestidos, aliviando Christiana da responsabilidade, e Swelly praticava no piano por uma hora, com a porta da sala de música trancada. Charlotte assegurou-se de que suas aulas reais com Emmanuel Bach fossem sempre nos dias em que ela não iria encontrar Jon.

Duas semanas após terem começado as aulas, Jon a instruiu sobre a sutileza do movimento. Ele estava preocupado com a falta de articulação da princesa.

— A senhorita tá se movendo de maneira muito rígida, muito hesitante, milady — disse ele, em seu suave patoá jamaicano. — A habilidade da dama de flertar, seduzir e fazer contato visual com o cavalheiro é uma arte e faz parte da dança. Ela tem que segurar a atenção dele.

— Mas eu não sei como fazer isso — lamentou Charlotte. — Eu não sou considerada atraente.

Jon ficou incrédulo.

— Claro que é, lady Charlotte. Qualquer mulher pode ser. Só precisa ter confiança.

Ele então posicionou Charlotte longe dele.

— Vamos começar de novo.

Ele se curvou.

— Agora tu faz uma mesura. Finja que eu sou Herr Christian e que tu é a dançarina mais bonita e experiente do baile. Sinta essa sensação.

Ele estendeu a mão. Charlotte fez uma mesura desajeitada e caminhou até ele, começando com o braço e a perna esquerdos. Ela se sentiu boba, deu uma risadinha e pediu para começar de novo.

— Use os olhos e a atitude. Flerte. Diga assim: "Eu sou linda e confiante e Herr Bach está impressionado" — instruiu Jon, afavelmente.

A estratégia funcionou. A princesa repetiu a frase várias vezes até que seus passos até Jon estivessem mais seguros. Ela fez uma mesura, baixando timidamente as pálpebras e levantando-as novamente para o cavalariço, que aprovou:

— Bom, muito bom.

Enquanto dançavam, Charlotte imaginou como seria estar nos braços de Christian — como ela tocaria a mão e talvez até o corpo dele, mas ainda dançaria com elegância, postura e porte real.

Embora satisfeito com o progresso de Charlotte, Jon não estava preparado para a reação que teria àquilo. A sugestão inicial de que a princesa fosse mais galanteadora visava garantir que ela se tornasse uma dançarina experiente. Mas ele não contava que seus sentimentos em relação a ela se transformassem em outra coisa nas aulas que se seguiram. Ali estava uma princesa, dançando e aceitando instruções dele, um criado, que tinha permissão para tocá-la de uma maneira que, em qualquer outra situação, seria considerada inadequada. Houve até um momento durante o Minueto em que os olhares dos dois se encontraram e, à medida que Charlotte se tornava mais confiante, Jon percebeu que nutria sentimentos que sabia serem impróprios para um homem de sua posição.

Charlotte, no entanto, não percebeu nada. Após um tempo, ela e Jon pararam de se encontrar apenas com o propósito das aulas de dança e passaram a também se ver para desfrutar da companhia um do outro como amigos. Às vezes, eles conversavam durante o horário reservado para as aulas, em outras ocasiões riam sob o abrigo dos cornisos. Charlotte gostava da espirituosidade de Jon e também apreciava o senso de humor, o entusiasmo pela vida e a óbvia paciência do rapaz. Ela logo se viu confessando para ele coisas que nunca contara sequer à própria irmã. Certa vez, Charlotte estava lendo um livro enquanto esperava no balanço para se encontrar com Jon. Momentos depois, ele correu até ela e sorriu.

— Tu sempre tá lendo quando eu chego.

— Só passando o tempo até você chegar.

Jon olhou para o livro, fascinado pelas letras douradas.

— O que tá lendo hoje?

— Ora, ora, parece que alguém é inquiridor — disse a princesa.

— In... o quê?

— Inquiridor. Que fica sondando, inquirindo. Curioso.

Mas a expressão vazia de Jon fez com que Charlotte cruzasse os braços em exasperação.

— Intrometido.

— Ah. — Jon deu de ombros de maneira bem-humorada. — Por que num disse assim logo?

Charlotte sorriu e mostrou o livro.

— *Do jeito que você gosta*, uma peça de comédia escrita por William Shakespeare. Eu tento ler pelo menos um livro ou peça a cada duas semanas. Às vezes mais.

Jon deu corda na caixa de música quebrada e eles começaram a aula. Dessa vez, dançaram a Contradança, e Charlotte estava mais confiante. Ela já não precisava contar os passos em sua cabeça, o que lhe permitia fazer perguntas.

— Jon, o que você faz quando não está cuidando dos cavalos... ou ensinando princesas desajeitadas a dançar?

Jon riu.

— Às vezes mexo com ferraria, faço carpintaria... Desenho um pouco também. Inclusive, desenhei uns esboços pra reforma do antigo celeiro.

— Eu adoraria vê-los algum dia. Quem sabe, talvez você possa se tornar um arquiteto.

— O que é arca... teco?

— Arquiteto — corrigiu Charlotte. — Uma pessoa que desenha construções.

Jon parou de dançar e a encarou por um momento.

— Eu poderia ser algo assim?

— Acredito que você possa ser o que quiser, sir Jon.

Jon refletiu.

— Mas eu ia ter que saber ler e aprender os números.

Uma ideia atingiu Charlotte de repente, como um raio. Era óbvio. Afinal, eles já se encontravam três vezes por semana para aulas de dança. Por que não aulas de leitura ou matemática?

— Talvez eu possa lhe ensinar.

Jon ficou em êxtase.

— Ah, princesa Charlotte, se tu me ensinasse a ler e ser inteligente eu... eu... — Ele fez uma pausa, dominado pela emoção. — Eu ia ficar tão agradecido. Imagine só, eu, educado. — Então parou outra vez, não querendo demonstrar mais emoção do que era apropriado.

Charlotte compreendeu.

— Seria uma honra, sir Jon, poder recompensá-lo por me ensinar a dançar, ser meu amigo e ouvir minhas angústias. Então, por que não continuamos nos encontrando aqui como já temos feito? Eu trarei livros e papel, e começaremos sua tutelagem.

— Tuta... o quê?

— Sua educação.

— Ah.

Os dois riram.

Charlotte elaborou um plano e o colocou em ação. Ela usava livros da biblioteca para as aulas de Jon. Ele era um estudante muito disposto, ávido por aprender. Adorava as sessões com a princesa. Charlotte lhe ensinou os princípios básicos de leitura, matemática e história europeia. Às vezes, nas caminhadas que faziam, Charlotte ensinava a Jon os nomes científicos de suas flores favoritas, como hortênsias, crisântemos, delfínios e suas tão amadas rosas *Maiden's Blush*. Durante as tarefas, o rapaz prestava atenção a cada palavra nova. Sempre pedia que Charlotte explicasse o significado delas, e ficava animado para usá-las em frases.

Às vezes, Charlotte conseguia escapar para os estábulos, onde eles se encontravam à noite. As velas queimavam silenciosamente e ali, entre cavalos, feno, pergaminhos e canetas, Jon lia para ela. Embora as palavras fossem difíceis e ele tivesse dificuldade no início, era deveras obstinado a melhorar. Como os irmãos de Charlotte, a duquesa, Wilhelm, Christiana e tia Albertina sempre se retiravam cedo para seus aposentos, ninguém suspeitava que houvesse uma aula sendo dada a um criado.

Durante aquela hora no celeiro, Jon não se sentia como um subordinado jamaicano em serviço ao grão-duque e à duquesa de Mecklemburgo, mas como um membro da aristocracia — e ele gostava da sensação. Muito. Gostava tanto que começou a esquecer quem era e qual era seu lugar no mundo.

Uma semana antes do baile do rei Frederick, Charlotte executou o tradicional esquema com lady Schwellenberg e escapuliu da sala de música. Ela tinha acabado de passar pelas parreiras quando ouviu gritos e uma grande comoção. Quando deu a volta e caminhou até o lado norte do palácio, seguindo a direção dos sons, viu-se encolhendo de desgosto e nojo.

Havia uma pequena aglomeração de servos ao redor do pelourinho do palácio. Berthoud Werden, um dos servos da família Frederick, estava amarrado ao poste com a camisa aberta até a cintura. Wilhelm o açoitava impiedosamente com seu chicote e gritava:

— Como o-ousa roubar deste p-palácio! Isso vai lhe ensinar uma lição.

Os gritos do pobre Berthoud podiam ser ouvidos até do lago e Charlotte levou as mãos aos ouvidos para bloquear os sons. Ela não conseguia aguentar ouvir aquilo e não podia impedir o que estava acontecendo, pois não deveria estar ali. Tudo o que conseguia pensar enquanto corria para o balanço era por que Wilhelm não podia seguir as regras que o pai dela havia estabelecido tempos atrás.

O grão-duque Charles não permitia castigos corporais como aquele quando estava vivo. Quem não seguisse as regras do palácio era dispensado do serviço. Ele nunca surrou ou ordenou surras em nenhum palácio, Mirow ou Neustrelitz. Para ele, aquele não era um ideal cristão, e Charlotte pensava o mesmo. Apenas Wilhelm e os demônios que o guiavam sentiam alegria em causar sofrimento a outros seres humanos.

Quando Charlotte chegou ao balanço, ela estava completamente sem fôlego e de mau humor. Precisava do cheiro doce das mimosas e jacintos selvagens ao seu redor para levantar seu ânimo e aliviar a feiura do que acabara de testemunhar. Ela queria que as coisas voltassem a ser prazerosas. Precisava fingir que "estava tudo bem em Mirow". Graças a Deus, havia à sua frente a bela vista do lago.

— Lady Charlotte. — Logo ouviu às suas costas.

Quando se virou, viu que Jon carregava um saco de juta maior do que de costume. Charlotte sorriu ao vê-lo.

— Sir Jon. Graças a Deus você está aqui. Você viu aquilo? A surra? Foi horrível.

Jon assentiu com um semblante triste enquanto abria o saco.

— Eu sei. Vejo as surras de Herr Wilhelm o tempo todo. Ele bate nos servos por qualquer motivo. Mas hoje pegaram Berthoud no quarto com talheres roubados. Wilhelm tá usando ele de exemplo.

Charlotte desviou o olhar.

— Não vamos dançar hoje. Não estou mais com vontade e não quero ouvir aquela caixinha de música quebrada.

— Como quiser, milady. Trouxe algo diferente pra hoje.

Jon puxou uma toalha de mesa do saco de juta e arrumou pratos, frutas e outras iguarias que havia trazido.

— Trouxe salsicha Bratwurst de minha mãe, umas frutas... e até um pouco de vinho, achei que ia cair bem um piquenique depois de nossa aula de dança. Num tava esperando aquilo lá com Wilhelm.

Ele ajudou Charlotte a descer do balanço, guiando-a até a toalha de mesa.

— Eu também não — ponderou Charlotte, num tom seco. — Mas estou feliz que você fez isso. Eu amo a Bratwurst de Lena. Sempre guardo sobras do jantar para poder comer mais tarde.

— A salsicha Bratwurst de mamãe tem muito *obeah*[4] poderoso — disse Jon, abrindo uma garrafa de vinho e servindo uma taça para Charlotte. — Ela aprendeu a receita com minha vó. Dizem que a Bratwurst dela foi o que convenceu seu pai a trazer ela aqui para Mirow.

— É mesmo? Eu nunca soube que foi assim que sua família veio parar aqui. Papai sempre gostou de sua mãe — comentou Charlotte. — Ele dizia que ela era a mais inteligente e talentosa de todas as servas que ele havia contratado.

Jon parou de servir o vinho e olhou para Charlotte por um momento. *Como ela é ingênua e crédula*, pensou. *Será que não sabe? Ela não sabe como as coisas realmente aconteceram?*

— Vossa Alteza, seu pai não "contratou" minha mãe — disse ele, com uma compostura forçada. — Ele "adquiriu" ela, vovó Omena e tio James, em troca de dívidas do velho Gerhardt em Leipzig. Somos escravos. Tu com certeza sabe disso.

Houve uma longa pausa. O choque intensificou o olhar de Charlotte.

Jon percebeu que ela não fazia a menor ideia de seu status de escravizado.

— Tu não sabia? — perguntou, ponderando a seguir: — Não, por que ia saber? Num é como se os escravos de seu pai tivessem importância pra ele pra além de cozinhar e limpar.

Charlotte se levantou, a reação mudando de choque para insulto.

— Não é justo que você diga isso, Jon — afirmou ela, fazendo menção de se afastar.

No entanto, Jon deu um pulo e agarrou a mão dela para impedi-la, soltando-a de imediato quando o olhar dela sugeriu que ele havia ultrapassado os limites.

— Sinto muito, Vossa Alteza. Mas nada disso é justo. Nem certo — começou ele, uma expressão melancólica tomando conta de seu rosto e o sotaque jamaicano assumindo um tom taciturno. — Vovô Vassa foi tirado da África e vendido na Jamaica como escravo, pra colher cana-de-açúcar. Quando conseguiu fugir, virou um rebelde *Maroon*[5] e começou a lutar pela liberdade das pessoas escravizadas. Aí ele conheceu Omena, minha vó, que era filha ilegítima de uma sacerdotisa jamaicana e de um senhor de terras escravista português. Eles tiveram um filho chamado James. No fim das contas, pegaram meu avô e venderam ele, Omena e o pequeno James pra um mercador. Mas Vassa não aguentou ter que fazer outra travessia no mar. Ele pulou na água e se matou. Nessa época, Omena tinha

---

4 Obeah é uma forma de religião ou de culto de matriz africana com raízes em comum com o candomblé brasileiro. [N.T.]

5 Descendentes de africanos na Jamaica que escaparam da escravidão e estabeleceram comunidades livres no interior do país. [N.T.]

minha mãe Lena; elas foram vendidas aqui na Alemanha pra Herr Gerhardt, um doutrinador de Leipzig. Minha vó ensinou minha mãe a ler cartas de tarô e a desenvolver o "olho", e foi mamãe que fez a previsão que Gerhardt ia ter um ataque cardíaco e deixar um monte de dívida. Uma dívida era com seu pai, que foi pra propriedade Gerhardt pegar alguma coisa como pagamento. Quando eles tavam lá, minha mãe cozinhou pra eles. Aí seu pai decidiu que queria minha mãe, meu tio e minha avó em troca das dívidas. Dois anos depois que eles chegaram aqui em Mirow, eu nasci. Um ano depois, minha vó morreu.

— Onde está seu pai?

— Tenho pai não.

— Todo mundo tem pai, Jon. Você não sabe quem é o seu?

— Mamãe diz que sou descendente de reis, mas eu era filho de Joe Herford.

— O ferreiro? Eu me lembro dele. Um homem grande, de peito largo. Ele trabalhava o ferro de um jeito muito intrincado e delicado. Eu gostava dele, me lembro disso, antes de sua morte.

— Quando eu cheguei na idade certa, Joe me ensinou a construir coisas usando as mãos. Me ensinou a desenhar e a ser ferreiro. Mas ele nunca morou comigo e mamãe nos quartinhos. Eu sei que ele gostava de mamãe, mas ela num fala sobre isso não. Ela só diz que a maioria dos brancos não tem serventia pra nós.

— É isso o que *você* acha?

Jon pensou por um momento.

— Acho que seu pai sempre foi bom comigo, com mamãe e tio James. Não tem muitos assim. — Jon desviou o olhar por um momento. — Quando penso nos coitados dos escravos e criados na casa de Gerhardt, me sinto mal. Era muito ruim pra eles. O pessoal de Gerhardt separava as famílias umas das outras. Vendiam eles aos poucos. Tem uns na Inglaterra, outros nas Colônias e nas Ilhas, trabalhando duro e sofrendo muito como escravos.

— Isso não parece certo.

Jon pensou em Joe, o ferreiro, e em como ele morreu por excesso de trabalho e maus-tratos. Pensou na mãe e em como, quando não estava cozinhando, ela trabalhava fazendo sabão, tirando o pó e lavando a roupa. Então, pensou na própria vida catando estrume, varrendo estábulos e limpando penicos, tendo apenas três mudas de roupa e banhos muito raros. Então, impulsiva e quase impetuosamente, Jon se ouviu desabafar:

— *Não é* certo. Mas *tu* não vai fazer nada a respeito, então pra que se importa?

De repente, tudo se transformou em um borrão lento. As palavras saíram em voz baixa, mas o sentimento fora firme e decisivo. Como ele queria poder retirar o que dissera. Com desespero, Jon tentou engolir o nó que sentiu na garganta. Por que ele tinha dito aquilo, ainda mais daquele jeito? Ele olhara Charlotte nos olhos e, com indevida eloquência, forçara a princesa a analisar os próprios valores e lidar com a pergunta dele e de todas as outras pessoas escravizadas, servas ou serviçais por contrato na Alemanha — ou, na verdade, no mundo —, por quê?

Jon Baptiste Beckford sabia que o relacionamento deles havia mudado naquele momento e que ele tinha que estar preparado para aceitar as consequências. E tudo isso fora motivado por treze palavrinhas:

"Mas tu não vai fazer nada a respeito, então pra que se importa?"

Charlotte ficou em silêncio por um tempo incalculável. Nem ela nem Jon conseguiam olhar um para o outro. A princesa sabia que Jon estava correto em sua avaliação. Não era corajosa — mesmo sabendo que descendia da mesma desigualdade incompreensível que ele. Finalmente, Jon recuou, emocionado, desejando poder transportar os dois de volta ao momento anterior ao seu arroubo.

— É... é melhor eu ir, princesa Charlotte — disse ele, atormentado pela culpa. — Tenho que terminar de esculpir a bengala que vou dar de presente no aniversário de quarenta anos de mamãe. Na tradição *Maroon*, esse é o "momento de amadurecimento" da mulher. Quarenta é especial.

Charlotte, ainda cega pela franqueza do rapaz, assentiu. Jon sentiu o coração pesar e recuou. Por fim, saiu correndo de vergonha. A princesa ficou ali, tentando processar aquilo tudo. Recolheu os livros, pergaminhos, canetas e tinta enquanto olhava Jon ir embora, até ele não ser nada além de um pontinho a distância em seu campo de visão. *Como tudo isso é triste*, pensou ela — escravidão, servidão, discriminação e seus efeitos sobre o espírito humano. Ele estava certo. Era tudo tão errado.

Eu sentia que era parte do mal e não podia fazer nada a respeito. Jon e sua mãe eram nossa propriedade, assim como os cavalos e móveis. Eu nunca havia de fato entendido que aquilo era moralmente errado. Mas será que não entendia por que fui ensinada a não me importar? Será que, por aquilo ser aceito, tornava-se certo? Eu nunca sequer considerei qual seria o status de nossos servos, porque fomos instruídos através de palavras e ações a não interagir com o pessoal de baixo, pois isso não era aceitável na sociedade letrada. Agora eu me perguntava o que mais eu não sabia, ou não entendia, sobre o mundo, por causa de minha vida protegida na realeza, confinada ao Palácio de Mirow.

Wilhelm afastou-se da janela. Mais cedo, ele havia visto Jon correndo para os estábulos e, naquele instante, a princesa se esgueirava de volta ao palácio em seu padrão habitual e bem pensado de enganação. Wilhelm curvou os cantos da boca em um sorriso malicioso quando olhou para a jovem serva que havia amarrado nos pés de sua cama e obrigado a colocar o vestido de linho azul de Christiana, furtado para a ocasião. Ele o roubou porque Charlotte às vezes o pegava emprestado da irmã para ir encontrar Jon, e agora o tecido tinha manchas velhas de grama e sujeira que não podiam ser removidas.

Ignorando as súplicas da garota apavorada, Wilhelm curvou-se e passou um dedo na bochecha dela, rosnando:

— Pare de ch-choramingar e faça o q-que eu digo senão v-você vai se arrepender.

A moça engoliu as lágrimas, tremendo de medo. Wilhelm então tirou do bolso o precioso amuleto de ouro que Charlotte desejava desde a morte do pai. Ele o colocou em volta do pescoço da serva, acariciando-o suavemente, e então desamarrou uma das mãos dela.

— Agora t-tire esse vestido, Charlotte.

— Eu não sou Charlotte — gritou a garota. Wilhelm deu um tapa no rosto dela.

— E-eu mandei v-você m-me questionar? T-tire esse v-vestido. E não ouse rasgar um fio sequer.

A moça tentou tirar o vestido, mas não conseguiu fazê-lo com apenas uma mão. Frustrado, Wilhelm soltou os ganchos por conta própria. Depois que a peça caiu no chão e a moça ficou nua exceto pelo amuleto, ele agarrou os seios dela e os feriu selvagemente, excitando-se com a brutalidade.

— Agora diga que me ama, Charlotte.

A serva chorava de humilhação.

— Pare — implorou ela.

— Diga que me ama, Charlotte!

— Eu te amo, Wilhelm — choramingou a garota quase em um sussurro, rezando para que o agressor ensandecido a deixasse ir.

Wilhelm a virou de costas e, baixando as calças, agarrou-lhe os quadris e a penetrou com força. Ignorando os gritos da garota, ele se satisfez sexualmente com ela até que finalmente gritou o nome de Charlotte no último momento de êxtase. Quando terminou, tirou o amuleto do pescoço da serva que soluçava e a desamarrou.

— P-pegue suas roupas e saia — ordenou ele. — E se você c-contar para alguém, eu mesmo vou ordenar que v-você leve uma s-surra e seja m-mandada para as minas da Bavária.

A garota estuprada juntou as próprias roupas e saiu correndo de meias.

Wilhelm observou-a por um momento e, em seguida, pegou o vestido azul. Depois de cheirar o tecido embebido com o perfume de Charlotte, ele o colocou cuidadosamente na cama e posicionou o amuleto sobre o corpete.

— Eu te amo, Charlotte. Um d-dia eu sei que você será m-minha. Assim que eu colocar este amuleto no seu l-lindo pescoço, você vai gostar de mim.

Depois de se esgueirar para o palácio e trocar de roupa com lady Schwellenberg, Charlotte, ainda abalada pelo seu mal-entendido com Jon, saiu da sala de música como se tivesse acabado de praticar o cravo. Ela começou na mesma hora a procurar por Adolph. Depois de perguntar sobre seu paradeiro, foi informada de que ele estava na biblioteca. Ela desceu o corredor com rapidez e, quando chegou à porta da biblioteca, ouviu que o irmão e a mãe discutiam. Charlotte começou a se afastar, pois não queria escutar atrás da porta, mas a luta interna entre sua mente racional e sua natureza curiosa se instaurou, e a segunda venceu, mantendo-a no lugar.

— Estou lhe dizendo, é hora de você se casar. Você é o grão-duque deste ducado, como continua a vociferar por aí.

— Sim. Eu sou. E peço gentilmente que me respeite como tal.

Mas a mãe de Charlotte manteve a atitude bélica.

— Você não pode encontrar alguma jovem com títulos apropriados para se casar e fornecer não apenas um dote suficiente para nos auxiliar, mas também a continuação da dinastia?

— Uma mulher de minha escolha precisaria ser tolerante com... — A voz de Adolph sumiu enquanto ele procurava as palavras certas.

— Essa coisa corrupta dentro de você? — golpeou a duquesa, aproveitando a pausa dele. — O comportamento de aberração que o impede até mesmo de se deitar com uma mulher?

— Estou cansado de suas acusações sobre minha vida pessoal. Se tem algo a dizer, fale de uma vez.

— Eu tenho — retrucou a mãe. — Mulheres bonitas e adequadas de todo o ducado flertaram abertamente com você, e você nunca sequer admira os rostos e muito menos os seios delas. Ah, mas basta um rapaz jovem e viril passar galopando para você ficar desestabilizado. E é essa preocupação com os rapazes que o impede de cumprir seus deveres com a família.

O silêncio de Adolph foi como uma admissão tácita de culpa para Charlotte. Ela deixou a cabeça tombar para a frente. E, então, ouviu o irmão dizer:

— Mãe, eu não quero me casar. É um feito oneroso.

— Você acha que não é um fardo para nós, mulheres? Deitadas de costas enquanto vocês, feras, montam em nós como porcos no campo? Ache uma esposa, ora essa! Não continuarei sendo a vaca que amamenta vocês, sanguessugas crescidos. Minha paciência e minha renda privada têm limites — desabafou Elizabeth. — Eu sei que lady Linda Burnell está de olho em você há algum tempo. Convide-a para o Baile do Rei, seja charmoso e faça o pedido. Depois que você se casar com ela, pode fazer o que quiser, com quem quiser.

À medida que a discussão deles se acalorava, Charlotte descobriu que se sentia mal por seu amado irmão. Ela tinha ficado muito feliz quando ele a defendeu no jantar em agosto. Não se lembrava de ter visto a mãe e o irmão discutirem antes. Adolph sempre acatara os desejos de Elizabeth, concordando ou não com eles. Ouvir que seu irmão tinha tantas chances quanto ela de ser castigado, dependendo de com quem se casasse ou deixasse de casar, já era revelação suficiente; mas saber também que os rumores sobre Adolph eram de fato verdadeiros, rumores que ela achava que só ela e Christiana conheciam — ele preferia homens a mulheres —, a preocupava. Ela sabia que a mãe usaria essa informação para machucar Adolph. Então, ali mesmo, prometeu a si que se prepararia para defender o irmão a todo custo. A maldade de Elizabeth não podia prevalecer.

Mas, quando ela se virou para sair, lá estava Wilhelm com um saco de juta, sorrindo como o gato de Cheshire no topo da escada. Ele desceu os degraus depressa e, com um gesto rápido, agarrou o braço de Charlotte e a deteve de sair correndo.

— O-onde vai com tanta p-pressa, p-prima? — gaguejou ele, exalando um charme falso. — A p-prática não foi b-boa?

— Deixe-me passar, Wilhelm.

Mas Wilhelm estava em seu caminho, ainda sorrindo diabolicamente.

— N-não seja tão c-cínica, prima — brincou. — N-não c-combina com você.

Ele abriu o saco de juta e mostrou a ela o vestido de linho azul sujo que estava lá dentro.

— M-melhor não m-me chatear. Eu posso ir até m-minha tia enquanto você estiver "praticando" na floresta com seu negrinho, entregar este vestido e alertá-la para abrir a p-porta da sala de música.

Charlotte, chocada com Wilhelm admitindo espioná-la, ficou com mais medo por Jon do que por ela mesma. O primo louco podia fazer qualquer coisa, e isso a deixou bastante nervosa. Tentando mascarar as emoções, ela se virou na direção oposta para correr, mas Wilhelm agarrou o cabelo dela bem na hora em que Lena descia o corredor com alguns lençóis. Ela viu Charlotte fugir do primo e correr para o quarto, e então seus olhos se voltaram para Wilhelm.

— Você não tem n-nada para fazer? — repreendeu ele.

A jamaicana acenou com a cabeça e se apressou, com os olhos voltados para baixo. Então, após se certificar de que Wilhelm tinha ido embora, ela correu até o quarto de Charlotte e bateu na porta.

— Pois não? — Lena ouviu a princesa perguntar de dentro.

— É Lena, menina. Quero saber se está bem.

Momentos depois, Charlotte foi até a porta e olhou para a jamaicana, que pegou o rosto dela entre as mãos.

— Ele te machucou?

— Ele me assusta.

— Eu sei, menina. Mas Lena vai te proteger. Vou ficar de olho.

Charlotte abraçou Lena impulsivamente, sentindo uma sensação de segurança tomar conta dela.

— O que eu faria sem você?

Sete

"Um rei precisa se casar. O casamento deve acontecer mais cedo ou mais tarde..."

Rei George III

O príncipe de Gales, mais uma vez ansioso para ver lady Sarah, ia galopando pela Gunnersbury Lane um pouco depois das nove da manhã. Assim que atravessou a Kew Bridge, viu um criado trotando até ele.

— Vossa Alteza, venha rapidamente. Houve um terrível acidente em Kensington — disse o homem, sem fôlego. — É o rei!

O príncipe George voltou sem hesitar para o Palácio de Kew. Assim que entrou, um mensageiro chegou com um bilhete. Após lê-lo, ele ficou sentado por um longo momento, atingido pelo luto. Depois, forçou-se a enviar dois bilhetes — um para John Stuart, o conde de Bute, e outro para lady Sarah Lennox, contando o que havia acontecido. Ele também alertou os servos do Palácio de Kew para ficarem quietos sobre o que quer que escutassem se tivessem qualquer apreço por aquele emprego.

Uma onda de lágrimas o atingiu. Seu amado avô, o rei George II, morrera, e agora ele, George William Frederick Hanover, aos 22 anos, deixava de ser o príncipe de Gales e se tornava o rei George III da Grã-Bretanha e da Irlanda. Apesar de saber que havia sido preparado para aquele momento durante toda a vida, o novo soberano permaneceu ali, sentado, atordoado com o nível de responsabilidade que agora lhe era imposto.

Uma hora depois, o jovem George foi escoltado ao Palácio de Kensington, onde o corpo do avô ainda não havia sido removido de seus aposentos. O palácio se encontrava de luto. Panos pretos estavam pendurados em todos os espelhos e retratos do soberano falecido. As pessoas estavam dominadas pela dor. Augusta e Bute foram imediatamente até George e contaram o que havia acontecido com o rei George II. Ele sofrera um ataque cardíaco fulminante, caíra do penico, batera a cabeça na penteadeira e morrera ali mesmo. Agora estava sendo iniciado o processo de preparação oficial do corpo e do funeral de Estado. Bute disse a George que o Conselho Privado tinha que ser convocado para uma sessão de emergência para a "passagem da tocha" oficial, declarando o jovem George como rei.

Forçando-se a ficar calmo e fingindo estar sob controle, o rapaz insistiu em subir as escadas para ver o corpo. Ele entrou pela porta, seguido por Bute e pela mãe, e ficou surpreso com o número de pessoas ao redor do corpo de seu avô. Estavam presentes funcionários do palácio, membros valiosos do Parlamento e a família — incluindo sua tia favorita, Amelia, uma solteirona boêmia e fumadora de cânabis, que parecia ter acabado de dar uma tragada em seu amado cachimbo de narguilé momentos antes.

Chorando ao lado da cama do rei morto, segurando a mão do falecido, estava também sua amante de 56 anos, Amalie Sophie Marianne von Walmoden, conhecida como lady Yarmouth.

Quando George se dirigiu até a cama, todos se curvaram, chamando-o de "Vossa Majestade". Foi desconcertante absorver os acontecimentos em curso e encontrar tempo para lamentar a perda de seu avô favorito. No entanto, em meio às lágrimas, George abraçou a amante do avô, por quem tinha grande afeição.

— Sinto muito por sua perda, lady Yarmouth.

— E eu pela sua, Vossa Majestade — respondeu a mulher de luto.

Então, sem saber o que esperar, lady Yarmouth se afastou, permitindo que George se ajoelhasse ao lado da cama. Ele tocou com tristeza o rosto frio do rei morto, notando o quão pacífico o velho parecia no momento em que chegara ao inevitável fim da vida.

De repente, George sentiu as emoções desmoronarem novamente e se inclinou para perto do falecido.

— Avô, o que você fez? Eu sou muito jovem e inexperiente para ser rei — sussurrou.

Com rapidez, Augusta pegou a mão do filho e se ajoelhou ao lado dele. Ela também baixou a voz para um sussurro.

— Você foi preparado para este momento desde que seu pai morreu. Você não está despreparado para a responsabilidade que se impôs sobre seus ombros. George II está morto. *Você* é o rei. Seja um rei!

Então Augusta se levantou e anunciou:

— Vida longa ao rei!

Todos ecoaram:

— Vida longa ao rei.

Bem longe do alcance dos ouvidos estava sir William Pitt, o ancião, membro do Parlamento e do Conselho Privado, que falava, em um sussurro furtivo, com o primeiro-ministro lorde Newcastle:

— Ai de nós agora. Teremos aquele maldito Bute para enfrentar até que o menino atinja a maturidade política.

— Não se eu puder evitar — rebateu Newcastle, com confiança.

Após algum tempo, George se levantou, respirou fundo e se recompôs. Ele *era* o rei e tinha que agir como tal. De repente, todos na sala o anunciaram outra vez, fazendo coro:

— Vida longa ao rei!

George, embora exibisse autoconfiança, ainda estava apreensivo por dentro.

Enquanto isso, do outro lado do Tâmisa, na Casa Holland, lady Sarah Lennox arrumava o cabelo em sua suíte. Seu cunhado, sir Henry Fox, estava na sala demonstrando tamanha alegria ao ponto de ser indiscreto enquanto lia o bilhete que George enviara a Sarah.

— Então ele morreu. Sua Majestade está morto e *seu* amado George agora é rei. Isso significa que você, *você*, meu anjo, logo se tornará rainha da Inglaterra.

— Cuidado, Henry, sua ambição está à mostra — aconselhou Sarah, enquanto olhava para o reflexo dele no espelho. — George ainda tem que fazer o pedido formal.

— Ah, mas ele fará. E nada me agradará mais do que você ter o poder de tirar lorde Bute do ouvido do rei.

— E fazer você virar um conde. Você é tão transparente.

O cunhado de Sarah estava ficando irritado. Todas as suas maiores esperanças agora repousavam nos caprichos da irmã de sua esposa, que parecia indiferente e insensível a respeito do status que eles poderiam ter.

— Nossa renda está ligada a este casamento, Sarah. Faça George me nomear seu conselheiro e me intitular conde, com todas as terras e influência que vêm com o título. Use seus tão excelentes poderes de persuasão e eleve nossa família ao seu devido lugar na aristocracia.

Sarah não pôde deixar de sorrir. Ela conhecia Henry melhor do que ninguém, exceto por sua irmã.

— Querido irmão, o cinismo é muito impróprio para o futuro *lorde* Henry, *conde* de Holland.

Ao ouvir tais palavras, sir Henry sentiu algum alívio e sorriu também. Ele sabia que o plano que Sarah tinha em mente ia de acordo com o seu...

E estava certo. Pois ela sabia que o rei a convidara para a corte na noite de sexta-feira e que lady Sarah Marie Margaret Lennox seria pedida em casamento pelo mais novo rei da Inglaterra e, assim, se tornaria rainha. Tudo seria fabulosamente apropriado. Afinal, ela e George estavam conduzindo seu caso de maneira não tão discreta. A perspectiva de casamento legitimaria o relacionamento e geraria uma compensação para sir Henry. Ele teria a nomeação que cobiçava e lady Sarah teria seu sonho realizado.

Rei George III e rainha Sarah. Ela adorava como aquilo soava e o que representava — um casamento entre partes políticas em que seu cunhado governaria o Parlamento.

A ocasião pedia um vestido novo e Sarah colocou suas costureiras para trabalhar o dia inteiro. Ela tinha que estar deslumbrante e, nas doze horas que se seguiram, se embebeu em leite morno com folhas de louro e mel e esfregou o rosto com aveia antes de aplicar uma máscara de lama. Estaria reluzente. George precisava ver que rainha perfeita ela seria e quão essencial ela poderia ser ao lado dele.

✠

Quatro dias depois, enquanto o corpo do rei George II era preparado para ser enterrado e lady Sarah planejava seu presumido novo papel como rainha, George estava no Palácio de St. James, olhando de uma janela superior para a multidão de manifestantes contra a guerra em frente ao palácio. O casaco que usava, seu preferido, ainda que gasto, era como um reflexo do quarto — velho, bolorento, desbotado. Ele avistou seu novo pajem, Chester, que checou seu penico e saiu do quarto, levando-o consigo. George suspirou. Ele olhou para todos os móveis antigos à sua volta — alguns deles da época de James II — e se perguntou se poderia ser feliz vivendo naquele lugar horrível, a residência designada do rei da Inglaterra em Londres.

Momentos depois, Amelia, sua tia divertida, embriagada, solteirona, e mesmo assim linda, entrou cambaleando com uma pequena caixa, fumando um cachimbo de narguilé.

— Vossa Majestade, trouxe um presente para ajudá-lo a lidar com a situação.

Ela dobrou levemente o joelho. Quando lhe entregou a caixa, George advertiu, carinhoso:

— Titia, por favor, me chame de George, ou sobrinho, ou qualquer coisa familiar. Estou por um fio.

— Então abra a caixa... sobrinho — respondeu ela com um sorriso.

Quando George abriu a caixa e sentiu o cheiro do conteúdo, olhou para ela, que dava uma baforada em seu cachimbo.

— Titia, isso é haxixe.

— E de muito boa qualidade. Você vai precisar. Deus sabe o quanto seu avô precisou. — Ela o beijou docemente. — Eu estou feliz que você vai morar aqui em St. James. Isso significa que vai estar por perto. Então, se precisar falar comigo, meu quarto é no final do corredor. Bata na porta quando quiser.

Ela sorriu e cambaleou para fora do cômodo.

George amava Amelia. Muitas vezes desejou que ela fosse mãe dele, em vez daquela que Deus lhe deu. Em várias ocasiões, quando o príncipe precisava de uma palavra amável ou tinha passado por uma discussão com Augusta, sua tia Amelia Sophia Eleanor Hanover o levara para passear nos jardins. Eles se sentavam e jogavam migalhas de pão para os gansos no canal de St. James, e ele colocava o que precisava para fora. Ele podia dizer qualquer coisa para ela, que sempre tinha um efeito calmante sobre ele. Além disso, o senso de humor obsceno da tia o fazia rir quase tanto quanto seu irmão Edward, que estava lutando na guerra em Calais — e de quem ele sentia muita saudade.

George voltou para a janela. Ele estava com uma dor de cabeça terrível enquanto observava os manifestantes. Muitos deles haviam perdido filhos jovens para a guerra e queriam o fim do conflito. Embora fosse ilegal difamar o governo em público ou se reunir com o objetivo de verbalizar hostilidades ou ódio contra o soberano, a multidão o fazia ocasionalmente, apesar da possibilidade de prisão. Agora essa raiva era dirigida a George — o mais novo rei, de 22 anos, que, como membro do partido de tendências conservadoras, um Tory, não acreditava na política de guerra de seu avô e, em seu coração, concordava com os manifestantes. George esfregou as têmporas latejantes.

Uma voz familiar chegou aos seus ouvidos.

— Vossa Majestade, uma palavrinha.

Era Bute, que entrou com Augusta e fez uma reverência.

— Muito formal de sua parte, Bute.

— Sim, mas é o protocolo.

George deu uma olhada no ambiente mais uma vez, relembrando-se.

— Tantas vezes joguei aqui com meu avô. Ele contava piadas depravadas, nós compartilhávamos segredos, ríamos. Mas eu nunca percebi o quão monótono era este palácio. Até hoje.

— Vossa Majestade — começou Bute com uma reverência respeitosa —, esse é um assunto muito delicado, que deve ser tratado o mais rápido possível. Como o senhor é rei, devemos discutir a questão do senhor tomar uma esposa, pois é um requisito para a sucessão.

— O requisito será cumprido na sexta-feira. Pretendo pedir a mão de lady Sarah Lennox.

Augusta se engasgou. Ela levou o leque até o rosto com horror e olhou para Bute, exigindo que ele agisse.

— Vossa Majestade, o senhor não pode se casar com lady Lennox — disse o conde, com franqueza.

— Eu não vejo por que não. Ela é da realeza. É bisneta do rei Charles II.

Bute respirou fundo. Aquilo seria mais difícil do que ele pensara.

— Majestade, devemos prepará-lo. A guerra com a França está indo mal e a Alemanha espera uma aliança contínua.

— E daí?

— Nossos países fazem uniões conjugais há muito tempo. Como rei, espera-se que o senhor se case com uma protestante alemã.

— Eu "espero" me casar com Sarah Lennox.

— Precisamos falar disso outra vez? — rebateu Augusta, incapaz de ficar calada. — Você não pode se casar com lady Sarah. Ela é católica e não tem uma linhagem válida. Sim, o bisavô dela era Charles II, mas a bisavó não era a rainha, era a puta dele.

De repente, George começou a jogar coisas para fora da mesa, dos armários, das prateleiras.

— Inferno! Quero que todos esses móveis desapareçam. Cortinas, tapetes, aquela cama. Se preciso viver neste palácio monstruoso, devo dormir no mesmo colchão em que meu avô foi concebido? Ou não tenho controle sobre isso? — gritou o rei. — Eu não serei comandado dessa maneira. Eu sou o rei!

— Sim — disse Bute, escolhendo as palavras com cuidado. — Um rei com uma enorme responsabilidade para com seu país e seu governo.

— E as responsabilidades de um rei para com seu próprio coração?

Exasperada, Augusta cruzou os braços. Queria estrangular o filho.

— George, sua vida romântica não pode ficar a cargo do cupido. Você precisa deixar que Bute e eu o guiemos ao escolher sua rainha. Safadezas com mulheres impróprias, como camareiras ou aquela mulher Lennox, são um desperdício. Você é o rei da Inglaterra, ora essa! É hora de encontrar uma esposa que represente o reino de maneira apropriada.

George estava lívido.

— Não vou me casar com uma mulher que não amo. E amo Sarah.

Augusta zombou:

— O amor não é uma qualificação necessária para sua futura cônjuge.

— É para mim! — berrou George, batendo com o punho contra uma mesa e quebrando um vaso no processo. — Não tenho nenhum controle sobre minha própria vida? Eu não serei manipulado dessa maneira. Nem pelas convenções reais nem por nenhum de vocês!

Atônitos, Bute e Augusta ficaram em silêncio. George nunca havia vociferado daquela maneira. O rei, sabendo que se exaltara, afastou-se para se recompor. De costas para eles, em voz baixa e respeitosa, ofereceu uma reflexão:

— Eu nunca esperei governar sem uma rainha e meu primeiro pensamento ao subir ao trono foi ter Sarah como minha esposa ao meu lado. Planejei o pedido para sexta-feira, rezando para que ela me aceite.

Lorde Bute entendia o que estava acontecendo, mas tinha um trabalho a fazer e se voltou para a princesa-viúva.

— Vossa Alteza, desejo falar a sós com Sua Majestade, por favor.

— Mas...

— Augusta! — exclamou Bute, o autoritário ar de familiaridade condizente com o relacionamento que tinham. — Desejo falar com George a sós.

A princesa Augusta aquiesceu, curvando-se bruscamente e emitindo um suspiro alto de aborrecimento. Ela olhou de relance para George e saiu depressa. Um silêncio ensurdecedor tomou conta do cômodo. O jovem rei, perturbado e humilhado, foi até a janela e olhou para fora.

Bute usou sua amizade de longa data com George para transmitir seus sentimentos.

— George, nos nove anos desde que seu pai morreu, eu o aconselhei fielmente.

— Sim. E como meu valete, passei a me basear em seus conselhos e confiar neles.

— Então confie em mim agora. Sua vida não é mais sua. Como rei, você será confrontado com inúmeras escolhas difíceis, que serão melhores para a Inglaterra do que para sua vida pessoal. Você deve aprender a renunciar quem você é em nome de quem deve ser. Um rei deve se preparar para fazer sacrifícios por seu país. Eu lhe ensinei isso.

Bute virou o jovem rei para encará-lo e continuou com uma voz suave:

— Antes de você, seu pai, seu avô e o pai de seu avô, todos fizeram a mesma coisa quando confrontados com esta situação. Todos aceitaram o inevitável e mantiveram os "amores de suas vidas" como amantes. Você é um homem, George. As mulheres existem para promulgar a linhagem real e aliviar as tensões de nossas responsabilidades diárias. Se você puder ter *as duas* coisas em uma mulher só, que assim seja. Se não, faça o que é esperado, em nome da Inglaterra.

— É isso que *você* está fazendo com minha mãe? "Aliviando a tensão de *sua* responsabilidade diária"?

— Eu amo sua mãe — retrucou Bute, irritado. — Você acha que é fácil administrar as personalidades e segredos dessa família, considerando que vocês todos são problemáticos?

— E você é o guardião dos protocolos.

— Quando não estou tirando seu tio sodomita de casas homossexuais, estou tentando impedir sua tia de inalar cânhamo e sua irmã de dormir com lacaios. E seu irmão. Meu Deus, é impressionante que Edward não tenha varíola. Agradeço a Deus por sua mãe!

George ficou em silêncio, admoestando sua família disfuncional. Mas, por mais doloroso que fosse, estava começando a aceitar a realidade de sua situação com lady Sarah. Ele voltou o olhar para a janela de novo.

— Pareço ter nascido para a felicidade e a miséria de uma grande nação — murmurou ele, falando sozinho — e, como consequência, estou condenado a agir em contrariedade às minhas paixões.

Bute podia ver que George estava sofrendo. Ele colocou uma mão paternal no ombro do jovem rei.

— George. Mantenha a aliança, assegure a sucessão e case-se com uma alemã. É seu dever.

George esfregou a cabeça e olhou para seu compatriota e conselheiro, assentindo.

Bute deu um passo para trás.

— Prepararei uma lista de princesas alemãs apropriadas. Foi compilada para sua avaliação. Você deve tê-la em mãos em um ou dois dias.

George assentiu, olhando pela janela outra vez. Ele viu a mãe sair do palácio, ainda irritada.

— Bute... — De repente, George soou frio e exigente. — De agora em diante, por favor, nunca mais se refira ao meu avô ou às escolhas dele. Ele morreu. Eu sou o rei. As escolhas dele agora fazem parte da história. As minhas mudarão o futuro.

— Perdoe-me, Majestade. Não acontecerá de novo.

— E só direi isso uma vez. Sei que você tem uma profunda afeição por minha mãe, mas não fique do lado dela contra a vontade de seu rei. Entendeu?

— Como quiser, Vossa Majestade.

E então, Bute saiu do recinto.

No momento em que lorde Bute se foi, George tirou o camafeu de lady Sarah do bolso e o olhou por um longo tempo antes de guardá-lo de volta. Ele apoiou a cabeça nas mãos.

Só pela Inglaterra, pensou ele. *Só pela Inglaterra.*

Oito

Charlotte continuou balançando o leque para aplacar o calor. A família de catorze membros e o séquito dos Frederick estavam espremidos em quatro carruagens a caminho de Potsdam. Duquesa Elizabeth, Christiana, tia Albertina e Charlotte estavam na carruagem das mulheres. A viagem ao Palácio de Sanssouci levaria quatro dias, com paradas em pousadas no caminho.

Três dias depois, o cortejo parou em Dartmouth Hall, em Berlim, para buscar lady Linda Burnell, a impetuosa filha do duque de Dartmouth. Lady Linda, inteligente e boa de conversa, comandava todos os olhares, e, na presença dela, Charlotte e Christiana se sentiam como as ovelhas que sobraram. Ainda assim, a duquesa Elizabeth a bajulava, rezando para que Adolph pedisse a mão da beldade e ela pudesse começar a planejar uma festa oficial de noivado e o casamento. Agora que conhecia o coração de Adolph, após ouvir a discussão do irmão com a mãe, Charlotte não esperava que nada acontecesse.

Enquanto viajavam em um dia quente demais para outubro, Charlotte pensava em Jon, que estava dirigindo a carruagem. Fazia duas semanas desde o dia em que ele a insultara e desafiara, e desde então Jon não conseguiu retornar ao ponto de encontro deles para as sessões de dança ou aulas particulares. Ele a evitava sempre que a menina o avistava nos corredores ou nas campinas. Ela queria muito dizer a ele que estava tudo bem, que estava pensando sobre o que ele havia dito e procurando uma maneira de aplicar tudo aquilo.

Mas, por ora, qualquer coisa desagradável que Charlotte estivesse sentindo tinha que ser deixada de lado. Ela estava a caminho do baile do rei Frederick, no qual veria o objeto de seu desejo, Christian Bach. Não havia mais nada que importasse. Jon fizera seu trabalho ensinando-lhe a Allemande. O resto era com ela.

A princesa Charlotte estava vestida e penteada com perfeição. O vestido lhe caía com maestria e os metros e metros de chiffon e tafetá rosa cobertos com centenas de pequenas pérolas a faziam se sentir linda. A peça fluía a cada passo que ela dava, e seus sapatos feitos na Alemanha, tingidos para combinar com o vestido, se encaixavam impecavelmente. Ela estava pronta para dançar com a leveza de uma teia de aranha.

Sir Albert havia alisado o farto cabelo de Charlotte, deixando-o mais reto, e agora sua única preocupação era o calor. Nos meses quentes de verão, sempre que ela nadava, suas tranças bem enroladas se tornavam uma massa embolada que levava horas para desembaraçar. Mas sir Albert havia criado uma pomada engenhosa de cera de abelha, manteiga de karité e azeite de oliva obtida de Lena que, assim como os servos de ascendência africana de Mirow, a usava em seus próprios cabelos volumosos. Ele aplicou uma boa quantidade em Charlotte para que seu cabelo natural não aparecesse por baixo de sua elegante peruca formal.

Na janela da carruagem, Charlotte viu seu próprio reflexo. Ela fora pintada com afinco por Swelly, que havia sido instruída pela duquesa Elizabeth a aplicar uma camada grossa da maquiagem de pó de giz branco em seus ombros, braços e mãos, para deixá-la num tom "branco aristocrático desejável". Era em ocasiões como aquela, quando tinha que ser preparada de maneira tão específica para ser aceita dentro de sua própria sociedade, que Charlotte mais sentia falta de seu pai. O duque Charles a elogiava, dizendo que sua cor "linda, beijada pelo sol" era determinação divina, e que ela deveria se orgulhar disso. Naquele dia mesmo, quando a mãe viu Charlotte penteada e vestida, exclamou:

— Charlotte está quase apresentável! E que grande feito, considerando que ela nunca será conhecida pelos atributos femininos, não importa o que se faça nela.

A duquesa então encontrou um colar e disse a Swelly:

— Coloque isso nela. Chamará a atenção para os seios, área em que, felizmente, ela foi abençoada.

Ferida pelo comentário, Charlotte manteve suas emoções veladas. Nada iria estragar o baile para ela — nem mesmo os delírios da mãe. Ela tinha apenas uma chance de ser Cinderela, não deixaria que fosse arruinada.

Às dezesseis horas do dia 27 de outubro, as carruagens da família Frederick finalmente desceram as ruas de paralelepípedos de Potsdam. À medida que o sol da tarde descia por trás das nuvens a oeste, uma inquietação envolveu Charlotte. Plebeus descontentes cercavam as carruagens, com evidente raiva, e a princesa não conseguia acreditar no que estava testemunhando. Rostos escondidos atrás de janelas enegrecidas dos prédios ao longo do caminho amaldiçoavam a procissão de carruagens douradas que passavam. Cada uma delas parecia aumentar a ira das pessoas nos becos e ruas. Algumas chegaram a atirar pedras.

Cidadãos prussianos estavam incomodados com a guerra que o rei Frederick estava travando contra a Áustria, a França e a Rússia. Dissidentes obstruíam as ruas, gritando enquanto um representante furioso incitava a multidão.

— Devemos permitir que rei Frederick leve até as almas do nosso povo à falência?

— Não! — gritou a multidão de volta.

— Não temos comida, não temos trabalho e não temos voz no governo! Os aristocratas nos esmagam com altos impostos destinados aos militares, para apoiar a guerra do rei. A burguesia é uma marionete para os oficiais do governo — bradou o homem. — Continuaremos deixando nossos filhos mendigarem, morrendo de fome, enquanto nosso rei libertino faz guerra em nome da expansão? Eu digo não!

Mais uma vez, a multidão gritou em concordância. Charlotte e Christiana deram as mãos enquanto Charlotte olhava ao redor. De dentro da carruagem, ela viu homens mendigando e mulheres com bebês chorando famintos em seus seios. O fedor de urina era tão pútrido quanto o perfume de sua mãe era intoxicante, e a princesa virou o rosto.

— Mãe, não deveríamos fazer alguma coisa? Eles estão morrendo de fome.

Vendo que a filha estava profundamente afetada por aquelas visões e sons sombrios, a duquesa Elizabeth puxou as cortinas para evitar que Charlotte continuasse olhando.

— Tais calamidades da sociedade não podem ter espaço para apodrecer dentro de você, filha — advertiu ela. — Você tem um trabalho a fazer, seduzir o duque de Anhalt-Köthen para que ele se case com você. Como a única mulher capaz de nos ajudar a sair do espectro de *nossa* pobreza, não quero que sua mente se distraia com a pobreza genuína que reside do lado de fora daquela janela.

Charlotte não disse nada, mantendo o foco à frente enquanto a mãe e tia Albertina continuavam a conversa delas. Christiana viu que sua irmã estava melancólica e colocou a mão sobre a de Charlotte, em uma demonstração de solidariedade que foi apreciada pela menina. Lady Linda e a princesa trocaram um olhar rápido, mas Linda virou o rosto. Embora pensasse da mesma forma que Charlotte, ela não faria nada para provocar a censura da duquesa ou perturbar o *status quo*, pois também estava em uma missão — casar-se com o grão-duque Adolph.

Meia hora depois, elas conseguiram avistar o reluzente Palácio de Sanssouci através de uma pequena abertura nas cortinas. Era a mais impressionante de todas as residências do rei Frederick, ainda que fosse a menor, e o coração de Charlotte acelerou até entrar em sincronia com o galopar dos cavalos. A mãe abriu as cortinas e a princesa enfiou a cabeça pela janela. Embora houvesse mais pessoas iradas reunidas nos portões do palácio, Jon guiou a carruagem com cuidado através da confusão e, finalmente, eles entraram no mais ornamentado dos jardins formais.

Sanssouci era magnífico. O palácio ostentava um jardim central de tirar o fôlego, projetado de modo que Sua Majestade e os cortesãos pudessem vê-lo de seus apartamentos dentro da corte. Havia vastos espaços abertos onde a nobreza podia passear e socializar sem obstruções diante de uma bela vista. Um pátio amplo exibia estátuas de mármore de deuses gregos intercaladas com fontes. Quarenta e seis mil lanternas chinesas foram acesas ao redor do terreno para que malabaristas e acrobatas pudessem se apresentar. Havia até um carrossel.

As carruagens dos Frederick pararam. Lacaios apareceram na mesma hora, para abrir as portas. A duquesa Elizabeth saiu, oferecendo a mão para ser auxiliada, e foi conduzida pela passarela e escadas de mármore até a fila da recepção. Tia Albertina e Christiana foram em seguida.

Após Charlotte ser ajudada a descer da carruagem, Jon se aproximou respeitosamente dela. Curvando-se, ele a encarou, os olhos acobreados parecendo arrependidos e ternos.

— Vossa Alteza, posso falar com a senhorita, por favor?

Charlotte assentiu e Jon levou um momento para organizar os pensamentos.

— Eu não sei como ou por onde começar a me desculpar por minha conduta há duas semanas... — começou ele, em seu muito aprimorado alemão com sotaque jamaicano. — E antes de a senhorita entrar eu...

— Jon, já acabou — interrompeu Charlotte, sabendo o quanto aquilo era difícil para ele e ansiosa para entrar no palácio. — Você tinha todo o direito de expressar o que pensa. Eu estava falando sério quando lhe disse que, quando estivermos juntos, você deve ser sincero e desinibido.

— Obrigado, Vossa Alteza. Sua amizade significa muito para mim e eu... eu... peço desculpas. Desejo que esta noite corra bem. Lembre-se, deixe seu parceiro conduzir e sinta o ritmo da música enquanto o acompanha.

— Vou me lembrar, Jon — assegurou Charlotte.

O sorriso inocente de Jon surgiu. Charlotte retribuiu da mesma forma e então seguiu com um lacaio até o topo da escada para se juntar aos outros que já estavam na fila formal de recepção. Para ela, o pedido de desculpas de Jon apaziguou tanto a própria culpa quanto a dele, e ela também estava grata por poder continuar a amizade que tinham. Com uma sensação de alívio, agora Charlotte podia aproveitar a festa do rei Frederick — tanto quanto fosse possível, considerando a comoção instaurada nos portões do palácio. Mas o mais importante era que agora ela podia se concentrar na verdadeira razão pela qual estava lá...

Christian Bach.

Dentro de Sanssouci, um dos palácios mais famosos da Europa, a princesa Charlotte respirou fundo e se permitiu um momento para olhar ao redor e absorver o ambiente. Havia mais de três meses que ela esperava por aquela noite especial.

O gordo arauto do palácio, trajando vestes formais apertadas demais e uma peruca empoada, anunciou a família real, batendo no chão de mármore polido com seu cajado de latão:

— Apresentando o grão-duque Adolphus Louis Frederick, a duquesa Elizabeth Albertina Frederick, os duques Charles, Ernest e George Frederick, as princesas Albertina, Charlotte e Christiana Frederick; e sir Wilhelm Albertina de Mecklemburgo-Strelitz.

Uma vez anunciada, a princesa sentiu-se como uma atriz no palco, com as cortinas levantadas para sua nova vida. No momento em que desceram a grande escadaria, as cabeças se viraram. Charlotte prendeu a respiração ao presenciar aquilo.

O baile do rei Frederick era puro espetáculo. A nata da aristocracia prussiana e europeia estava presente, o palácio repleto de perucas empoadas, casacos de cetim e alegria.

O Palácio de Sanssouci era digno de nota. O interior do salão principal ostentava tetos altos com claraboia, janelas em arco mostrando as lanternas chinesas do lado de fora e papel de parede dourado. Os pisos eram de mármore polido e havia vasos cheios de lírios frescos nas mesas do bufê, todas cobertas de trufas recheadas de faisão, patê de fígado de ganso, canapés e opções de bolos açucarados. Champanhe, vinho e ponche de néctar de cereja eram servidos por empregados em jaquetas de veludo preto, que apareciam a cada dois ou três minutos carregando uma variedade de petiscos.

Quando chegaram à base das escadas e entraram no grande salão, viram o anfitrião do evento, vestido de forma elegante e sentado no meio do semicírculo — o rei Frederick da Prússia. Aos 48 anos, o rei parecia velho e desgastado pelas muitas batalhas da campanha dos últimos três meses. Seus olhos fundos estavam inchados e sua figura, uma vez esbelta, agora mostrava uma barriga saliente. Quando seus convidados foram anunciados, o rei estava um pouco indiferente — cumprimentando cada um com uma seriedade de juiz que não era exibida para aqueles de quem gostava.

Charlotte observou outro fator estranho. Havia um homem atraente e efeminado sentado à direita do rei Frederick, acariciando sem pudor a mão dele. Embora houvesse fofoca perceptível entre os convidados, o rei recebeu seus visitantes, desafiando qualquer um a falar do homem.

A duquesa Elizabeth se aproximou de maneira elegante de Sua Majestade, arrastando a cauda do vestido, e se curvou.

— Vossa Majestade, a família Frederick tem o prazer de lhe oferecer um caloroso agradecimento por ter nos convidado para este evento fabuloso. Também estendemos nossos parabéns pela vitória em Tortuga.

O rei sorriu e beijou a mão dela, inclinando a cabeça para o lado para examiná-la.

— Minha querida prima Elizabeth, você parece bem recuperada. Fiquei preocupado quando soube de sua recente enfermidade. Estou feliz que esteja de volta à corte.

A duquesa fez uma mesura.

— Agradeço, Vossa Majestade — disse ela, levando o leque à boca para suprimir a tosse que ameaçava expor sua doença persistente. — Estou feliz por estar de volta, também. Embora chegar aqui tenha sido enlouquecedor, Majestade.

— Sinto muito que tenha tido que suportar isso, prima. A guerra cria reações estranhas. Vou mandar fuzilar todos esses dissidentes se ainda estiverem aqui amanhã.

Charlotte franziu a testa com uma preocupação curiosa.

— Mas, rei Frederick, me perdoe. Não seria mais... prudente... pelo menos escutar suas queixas... antes de atirar neles?

O rei lançou um afrontoso olhar de soslaio para Charlotte. Ele estreitou os olhos e o sorriso falso e estupefato revelou uma face oculta de sua autoridade.

— Minha querida, na Alemanha há um equívoco de que somos uma monarquia "constitucional", como nossos amigos britânicos ao norte. Esta é uma monarquia absoluta, e eu sou o monarca absoluto.

Charlotte se curvou, se sentindo fraca, tendo sido jogada de volta para seu verdadeiro lugar no mundo — tanto como mulher quanto como membro da realeza e alguém que não era soberana. Ela se afastou rapidamente e o rei se inclinou sobre a duquesa.

— Coloque rédeas nela antes de vir outra vez, minha querida.

— Sim, Majestade.

A duquesa Elizabeth rapidamente alcançou Charlotte e a virou.

— Você vai calar a boca se sabe o que é bom para você!

Em seguida, se afastou, insistindo que Christiana e Charlotte a seguissem.

O rei Frederick as observou se aproximarem de uma das dez mesas de bufê antes de sorrir para Adolph e apresentar seu companheiro.

— Primo Adolph. Este é Henrik de Lunde.

— Encantado — respondeu o grão-duque, sorrindo.

Henrik deu uma olhadela sutil em Adolph, que não passou despercebida pelo rei.

— Ora, ora, Henrik. Idade antes da beleza.

Em seguida, ele puxou Adolph de lado e falou em voz baixa:

— Um mundo de delícias o aguarda no andar de cima, na Sala Eros, para nossos gostos "particulares". Aproveite. Confie em mim. Você não vai se desapontar.

Adolph deu uma risadinha.

— Tenho certeza que não.

Enquanto isso, Charlotte e Christiana, maravilhadas com a magnífica variedade gastronômica, provavam todos os petiscos e conversavam alegremente em alemão. Não muito longe delas estava uma jovem africana, mais ou menos da idade de Charlotte, talvez mais velha, com grandes olhos amendoados e uma pele escura que despertou o interesse da princesa. A cabeça estava envolta em um *gele*, turbante nigeriano de cores vivas. O cabelo, preso em tranças firmes, pendia logo abaixo dos ombros. Era óbvio que estava a serviço de um dos convidados, mas chamou a atenção de Charlotte. Ela sorriu e Charlotte sorriu de volta. Naquele momento, a princesa ouviu uma mulher e um homem conversando atrás delas.

— Quem é o jovem cavalheiro sentado à direita do rei? — perguntou a mulher. — Aquele acariciando a mão dele tão abertamente.

— Eu não faço ideia — respondeu o homem —, mas parece ser um homem muito chique.

Christiana riu.

— A resposta é tão óbvia. — Ela baixou a voz para um sussurro, de modo que apenas Charlotte escutasse. — Ele é o mais novo dândi do rei.

Diante do olhar perplexo da irmã, Christiana explicou:

— Lotte — ela baixou a voz mais ainda —, o rei Frederick é um sodomita.

Charlotte levou a mão à boca e sua irmã riu novamente.

— Ah, não seja tão ingênua. Você conhece tal comportamento. O mundo funciona dessa maneira. Algumas pessoas se sentem mais à vontade na companhia privada de seu próprio gênero, como Adolph. Eles não têm como evitar — sussurrou Christiana.

— Mas nosso primo? O rei?

— Por que deveria ser diferente para ele? É diferente para o nosso irmão?

Charlotte parou um momento para pensar.

— Mas nosso irmão poderia até enganar as pessoas. Ele não age... como o rei. Ele não fala daquele jeito nem se empina como o rei faz. Ele é mais...

Ela tentou encontrar a palavra.

— Masculino...? — ofereceu Christiana. — Lotte, nem todos os homens que são *assim* gostam de plumas.

Charlotte olhou para o irmão. Na verdade, aquela noite Adolph estava mais bonito do que nunca, usando casaco e calções em branco e dourado e com as pernas bem torneadas expostas sob meias brancas. Quando Charlotte olhou ao redor, percebeu que muitas mulheres concordavam com ela, pois giravam ao redor de Adolph como a lua orbita ao redor do planeta. Ela sorriu, esperando que ele se divertisse tanto quanto ela pretendia se divertir.

De repente, ouviu-se um estampido alto de cajado, seguido pela voz retumbante do funcionário-chefe da corte do rei:

— Atenção, por favor. Sua Majestade, o rei Frederick, deseja dirigir-se a seus convidados.

O ambiente ficou silencioso quando Sua Majestade se moveu com autoridade para o centro da sala, ajustando o casaco de veludo preto que vestia e pigarreando.

— Quero agradecer a todos por comparecerem esta noite. Sei que há certo descontentamento na cidade e fora de nossos portões, mas espero que cada um de vocês tenha um momento marcante aqui em Sanssouci. Depois da campanha do inverno passado, fui a Dresden para dedicar-me às minhas atividades e interesses mais pacíficos. Na ópera, ouvi La Pilaja cantar, mas ela estava com a voz tão ruim que parecia estar no dentista.

Os convidados riram e ele continuou:

— Na noite seguinte, no entanto, fui completamente entretido pela soprano e pelos musicistas que vocês estão prestes a escutar, pois esta noite estamos em festa. No ano passado, sofremos uma derrota esmagadora na batalha de Kunersdorf. Esse ano, fomos vitoriosos em nosso movimento na Polônia. Tudo devido aos nossos valentes soldados e meus regimentos de hussardos, a quem devemos a honra.

Ele ergueu a taça ao ar em um brinde.

— Ao Exército alemão. Que eles governem para sempre a terra e o mar, para o bem maior da Prússia!

— Viva! — gritou a multidão ao erguer as taças para os membros convidados do Exército, reconhecendo-os em agradecimento.

Frederick continuou:

— É com grande honra que agora apresento, para vosso entretenimento, uma das mais magníficas sopranos da ópera italiana: mademoiselle Maria Monticellini. Ela será acompanhada por cinco dos melhores mestres da música do mundo: Johann Joachim Quantz, Carl Friedrich Abel, Frantisek Benda e Carl Phillip Emmanuel Bach, interpretando "Artaserse", uma ária escrita pelo irmão mais novo de Herr Bach, Johann Christian Bach, para sua última ópera. O compositor acompanhará a srta. Monticellini no clavicórdio.

Charlotte abriu caminho entre a multidão e viu Maria Monticellini, uma linda estrela de ópera de vinte anos, ocupar o centro do palco. Os cinco musicistas apareceram do salão interno e tomaram seus lugares atrás de seus instrumentos: Emmanuel Bach com o cravo, Abel com a viola, Quantz com a flauta, Benda com o violino...

E Christian Bach com o clavicórdio.

No momento em que Charlotte o viu, aconteceu de novo. Todo o resto de Sanssouci pareceu parar, como se tivessem sido atingidos pelo bastão de raios de Thor. Os olhos dos dois se encontraram logo em seguida e a expressão de reconhecimento de Christian aqueceu o corpo dela. Um flerte do mais sutil grau ocorreu entre eles enquanto ele acompanhava mademoiselle Monticellini, e a princesa sentiu as bochechas corarem ao imaginar seu corpo como o clavicórdio que ele tocava. Charlotte descobriu que não conseguia tirar os olhos do rosto dele.

A duquesa Elizabeth ficou preocupada. O reencontro de Charlotte com o garboso Bach poderia frustrar todos os seus esforços para construir um possível relacionamento com lorde Gregory, e arruinar sua missão de garantir o sucesso financeiro da família. Então, assim que mademoiselle Monticellini capturou o encanto do público com sua destreza vocal, a duquesa olhou em volta, usando o leque para disfarçar, e viu o rei Frederick cumprimentando alguns outros convidados antes de subir com Henrik as escadas de mármore do outro lado do salão de baile. Então, ela viu seu filho Adolph olhar ao redor para se certificar de que ninguém estava olhando e segui-los com passos lentos e furtivos.

Elizabeth sentiu o sangue gelar, mas precisou se controlar. Sua atual missão era mais importante e, por isso, continuou procurando na multidão até localizar seu alvo. Em seguida, ela agarrou a mão de Charlotte e a puxou até ele — lorde Gregory Muldare, duque de Anhalt-Köthen. Charlotte, naturalmente, ficou furiosa e não teve nenhum tato em seu comportamento.

Lorde Gregory, empoado e pintado demais até para um evento daquele tipo, estava ouvindo a ária com sua filha, a princesa Helena, que, aos 27 anos, era uma solteirona pouco atraente, e com o tenente-coronel Charles Cornwallis, um belo jovem membro do exército do rei. No momento em que lorde Gregory viu Charlotte e a duquesa, estendeu os braços para abraçá-las.

— Ah, Vossa Graça, eu esperava ver a senhora e sua família esta noite — ele baixou a voz sutilmente —, sabe? Para finalizar nosso pequeno acordo, hein?

— Nós também esperávamos vê-lo, lorde Gregory — respondeu a duquesa, virando-se para a filha dele em seguida. — Está se divertindo, princesa Helena?

— Muito, Vossa Graça — respondeu a princesa deselegante.

— De fato, ela está se divertindo — ecoou lorde Gregory. — Ela esperava passar algum tempo com seu sobrinho Wilhelm. Pergunta sempre por ele.

Charlotte e a princesa Helena trocaram um olhar que, embora tenha durado um segundo, transmitiu que ela sentia tanto desconforto em ser manipulada para firmar um relacionamento quanto Charlotte. Lorde Gregory apresentou-as a Cornwallis, que, após vivenciar a mesma pausa incômoda que o resto do grupo, pediu licença e saiu. Lorde Gregory olhou para Charlotte. Já havia feito comentários triviais o suficiente e precisava encaminhar seu plano.

— Então, como está nossa querida Charlotte esta noite, hein? — disse ele, pegando a mão da garota para depositar um beijo nela. — Espero que possamos passar um tempinho juntos. Talvez uma dança?

Mesmo ofendida pela arrogância do gesto dele, Charlotte fez uma mesura.

— Vou tentar reservar algum tempo para o senhor no meu cartão de dança mais tarde, lorde Gregory.

— Ah, mas não há tempo como o presente, minha querida.

— No momento, no entanto, estou escutando música. Por favor, não se ofenda. Vamos passar algum tempo juntos mais tarde, talvez.

O duque ficou chateado. Ele olhou descontente para Elizabeth enquanto a princesa retornava à frente da multidão para voltar a ouvir Christian. A duquesa ergueu um dedo para lorde Gregory e então marchou até Charlotte, girando a filha no eixo.

— Como você se atreve a ofender o duque não dançando com ele? Você não tem vergonha? Era apenas uma dança, Charlotte. Um pedido tão pequeno para você atender — sibilou ela, em um sussurro áspero.

— Mãe, estou ouvindo Herr Bach. Por favor, não me constranja criando um alvoroço na frente de todos aqui.

Mas Elizabeth puxou Charlotte para longe, tirando-a do salão e levando-a para a galeria ao lado. A princesa corou de humilhação quando a mãe apertou seu braço com tanta força que com certeza geraria um hematoma.

— Mocinha, eu já suportei demais sua insolência, muito mais do que tinha intenção de suportar. Vá até lá, encontre lorde Gregory e diga a ele que ficaria feliz em lhe conceder uma dança, ou até pular em uma perna só, se ele assim desejar. Você não está em posição de negar os pedidos do duque. E, no que diz respeito a Herr Bach, é adorável que você esteja apaixonadinha por ele, mas é um plebeu. Um mero músico. Um musicista pobre contratado para entreter as massas, não para se casar com uma princesa de Mecklemburgo. Você entendeu?

— Sim, mãe — respondeu Charlotte, mordendo a parte de dentro do lábio inferior.

— Agora encontre lorde Gregory e faça o que ele pede.

A duquesa então deixou a galeria, bufando de raiva. Charlotte a encarou até que ela sumisse de vista.

Mal se passara uma hora e já havia divergências entre minha mãe e eu. E daí se lorde Gregory por acaso admirasse o que eu havia preparado para atrair as atenções de Christian — um homem a quem mamãe chamava de "mero músico"? Por que eu tinha que entreter as vontades dele? Eu era um leitão no espeto, que tinha que estar disponível para dançar? Um bobo da corte, obrigado a "pular em uma perna só"? Eu estava tão chateada que precisei cruzar os braços na cintura para me estabilizar. Por fim, sentei-me no banco de mármore, balançando para a frente e para trás, incapaz de desfazer o nó no meu estômago. Esta é a minha vida, pensei. Minha vida horrível, não romântica e arranjada. E preciso seguir com ela.

Nove

No andar de cima, na "Sala Eros" do Palácio de Sanssouci, a área privada do rei Frederick destinada à expressão de atos decadentes, o rei, Henrik e Adolph desfrutavam do que era, para os prazeres da noite, a sala de orgia do rei. Esculturas e pinturas de nus masculinos adornavam as paredes e pedestais. Homens nus estavam por toda parte fazendo sexo uns com os outros — alguns com roupas femininas —, tanto em duplas como em grupo. Mesas de bufê de comida e vinho estavam dispostas em ambos os lados da sala, e os sons de prazer carnal podiam ser ouvidos até nos corredores.

O rei e Henrik desapareceram assim que entraram em uma antecâmara privada, mas Adolph atravessou a sala, cumprimentando os muitos homens que ele já conhecia. Todos sorriam ou o convidavam a se juntar a eles, mas Adolph apenas recusava. Ele foi até uma mesa de bufê para mordiscar os petiscos disponíveis. Olhava em volta com espanto, pois nunca havia estado naquela sala na meia dúzia de vezes que estivera em Sanssouci.

Em seguida, assim que se virou para pegar uma jarra de vinho, viu uma taça surgir à sua frente. Ele se virou para encontrar um rosto bonito e familiar, e sorriu.

— Klaus, não sabia que você estava de volta.

O belo e jovem oficial devolveu um sorriso quando Adolph pegou a taça de vinho, os dedos dos dois se acariciando por um momento.

— Adolph. Há quanto tempo.

Ambos bebericaram o vinho enquanto examinavam o rosto um do outro. Klaus estendeu a mão para enfiar algumas mechas rebeldes do cabelo ruivo e espesso de Adolph de volta para debaixo da peruca. Adolph tocou suavemente a mão que acariciava seu cabelo. Um momento se passou entre eles enquanto Adolph encarava Klaus, lembrando de todas as coisas de que gostava no oficial.

Ele e Klaus haviam se conhecido quatro anos antes no Palácio de Mirow, em uma festa de aniversário em homenagem ao pai de Adolph, o grão-duque Charles. Klaus tinha sido o acompanhante de lady Dutton que, aos cinquenta anos, tinha idade para ser sua mãe, mas mesmo assim nutria um interesse romântico por ele. Klaus, incapaz de revelar sua verdadeira natureza sexual, satisfazia a mulher mais velha sempre que ela exigia. Mas a conexão instantânea que sentiu ao conhecer Adolph os levou a decidirem por um novo encontro no Palácio de Neustrelitz, dois meses depois. Lá, os dois homens compartilharam histórias de vida — os problemas semelhantes com mães difíceis e obstinadas; os deveres e expectativas que a vida havia colocado sobre eles; e a incapacidade de serem quem haviam descoberto ser.

Essas experiências compartilhadas levaram ao primeiro encontro sexual dos dois, que deixou Adolph maravilhado e cativado. Ele se apaixonou no mesmo instante, assim como Klaus. Como os dois tinham dificuldade em se ver com regularidade, a maioria de seus encontros acontecia a cada seis ou sete meses em Neustrelitz — até dois anos antes. Adolph tentou compensar mandando cartas ocasionais, mas até mesmo estas pararam eventualmente.

Agora, o homem diante dele envelhecera, mas ainda tinha vitalidade e era atraente. A pele lisa era tão brilhante e sem marcas quanto nas lembranças de Adolph. Ele sentiu a ânsia dentro de si atrair sua boca para a de Klaus com uma voracidade que ambos precisavam saciar.

— Eu senti saudade. Pensava em você o tempo todo — sussurrou Klaus.

— Eu também — respondeu Adolph, correspondendo.

Ele levou o oficial a uma das áreas privativas, atrás de uma fina cortina bordada. Lá, eles se deitaram nas almofadas com desenhos de inspiração indiana enquanto seus corpos se encontravam, sem deixar nenhuma peça de roupa no caminho.

Enquanto isso, Charlotte ainda estava na galeria pensando na vida, na desesperança que a envolvia e no comportamento da mãe. Logo depois, vozes interromperam seus pensamentos e ela rapidamente recuperou a compostura. Ao se virar, avistou um casaco de veludo azul cheio de detalhes primorosos, o traje de um aristocrata, que entrava no recinto junto com outro cavalheiro. Ela continuou olhando — pois o cavalheiro era tão bonito quanto as pinturas nas paredes. Ao vê-la, ele se curvou.

— Perdão pela intromissão — disse o cavalheiro. — Vim apenas mostrar algumas das novas aquisições do rei para meu amigo. A senhorita não está gostando do concerto?

— Ah, não. Estou adorando. Eu... eu só quis ver algumas das obras de arte magníficas do rei também, antes que ficasse muito lotado — mentiu Charlotte.

— Então permita que eu me apresente. Sou sir Charles Timothee D'Eon. Ministro francês plenipotenciário na Grã-Bretanha. — Ele se virou para o companheiro. — Este é François Antoine Gaston, duque de Levis-Mirepoix.

— Princesa Charlotte Sophia Frederick. De Mecklemburgo. Mas nós já nos encontramos antes, meu senhor. Em Mirow. O senhor jantou conosco.

Um olhar de enorme respeito e admiração iluminou o rosto de D'Eon. Ele beijou a mão de Charlotte.

— Claro. Naquela estranha noite com sua mãe. Sim. Temo que a idade leve a melhor sobre todos nós.

O duque François então curvou-se com admiração.

— Então, a senhorita é a filha do grão-duque Charles Louis Frederick, Charlotte. Que prazer. Seu pai, D'Eon e eu passamos muitas noites discutindo sobre religião, fraternidade e, em certas ocasiões, sobre a senhorita.

Charlotte ficou surpresa.

— Estou muito feliz em conhecer outro amigo de meu pai.

O duque François balançou a cabeça, quase incrédulo.

— Seu pai tinha grandes planos para a senhorita, principalmente na ocasião da morte dele.

Ele se aproximou da princesa e ela conseguiu sentir o cheiro de seu hálito, impregnado de tabaco, quando ele falou:

— Por acaso seu pai lhe deixou com instruções para mim? Já faz muitos anos que me pergunto sobre isso.

— Não, Vossa Graça — respondeu Charlotte, confusa. — Deveria ter deixado?

O duque sorriu e encostou a mão na cabeça dela.

— Bem, se você precisar de mim, Vossa Alteza, sempre posso ser encontrado em Mirepoix, na França, onde espero seu contato. Lembre-se disso: duque François Antoine Gaston, duque de Levis-Mirepoix, Levis-Mirepoix, França.

Depois disso, os dois homens se curvaram e se dirigiram a um quadro de Poussin, que ambos encararam maravilhados. Então, algum tempo depois, após olharem mais uma vez para Charlotte, foram para outro cômodo também dedicado à arte do rei.

Charlotte ficou ali, de testa franzida, perplexa com as palavras enigmáticas do duque François. O que ele quis dizer com "seu pai lhe deixou com instruções para mim?" e "espero seu contato"? Era tudo tão estranho.

De repente, como se Deus tivesse respondido a uma oração, senti um puxão na parte de trás do meu vestido. Ao me virar, me vi encarando luminosos olhos verdes. Os lindos dedos longos dele se estenderam para que ele beijasse minha mão, e o fôlego deixou meu corpo...

— Não queria assustar a senhorita — falou o rapaz. — Eu a avistei lá na frente quando comecei a ária, mas quando terminei a senhorita havia desaparecido, então vim procurá-la.

Era Christian Bach.

Embora grata pela insistência do rapaz em encontrá-la, Charlotte se forçou a se desvencilhar da fixação que sentia pelo rosto dele, receosa de revelar a profundidade do desejo que sentia. No entanto, havia ali uma atração crescente, um magnetismo inegável e palpável.

— O senhor tocou de forma magnífica — disse ela. — E pensar que escreveu essa peça para uma voz tão impressionante como a da srta. Monticellini.

— Maria possui a voz de uma deusa. Mas ela não foi a inspiração para a ária. Essa distinção pertence a uma linda princesa a quem fui apresentado em agosto, em Mecklemburgo.

Um arrepio quente surgiu na parte de trás do pescoço de Charlotte.

— Christian, você é tão paquerador.

— Só quando tenho motivos, Alteza.

Silenciada pelo elogio e pela necessidade de esconder o tom de rosa manchando suas bochechas, Charlotte virou-se para uma pintura antes de dar outra olhadela na aparência de Christian. Ele estava usando um casaco de brocado verde-escuro com renda branca nas mangas, e o cabelo estava empoado, em vez de coberto por uma peruca.

— Como vem a inspiração para sua música?

— Eu vou lhe mostrar.

Christian pegou a mão de Charlotte, levando-a da galeria para um recinto menor, uma sala de visitas. Nesta sala, o rei Frederick tinha um pianoforte, no qual o músico se sentou. Ele pensou por um momento, até que pedaços de uma melodia vieram a ele. Então, tocou.

— Estou pensando em uma princesa com cabelos ruivos, um sorriso belo e torto e a mais ensolarada das disposições — ponderou Christian, enquanto tocava. — Então chamarei esta peça de "Ode a uma princesa".

Quando ele terminou, Charlotte ficou tão emocionada que levou as mãos ao rosto e sentiu lágrimas escorrerem.

— Esse foi um presente muito maravilhoso. Obrigada.

Christian tomou o rosto dela nas mãos e a proximidade entre eles inundou a princesa, como uma droga que a embalava até a euforia. Ela queria que ele a beijasse, mas o protocolo o impedia. Então, eles ouviram:

— Perdoe-me. Disseram-me que a senhorita estava em um desses quartos, Vossa Alteza.

Virando-se surpresos, eles viram lorde Gregory parado à porta. Charlotte pensou ter se livrado daquele velho imbecil. Christian se levantou e curvou-se respeitosamente, enquanto o duque continuava:

— A duquesa Elizabeth disse que a senhorita queria falar comigo.

Pega de surpresa, Charlotte assentiu.

— Sim, lorde Gregory. Eu... eu sinto que talvez tenha sido rude mais cedo... e queria... me desculpar. A propósito, o senhor conhece Herr Johann Christian Bach?

— Só pelo talento — respondeu o duque, apertando friamente a mão de Christian.

Então ele olhou de volta para a princesa, esperando o próximo movimento dela. Aquela era a deixa para que fosse mais decorosa. Ela cedeu.

— Lorde Gregory, eu queria saber se o senhor gostaria de dançar... comigo — disse ela sem sinceridade.

O rosto do velho duque se iluminou.

— Na verdade, gostaria.

Christian ficou com o coração partido pelo momento especial entre eles precisar ter um fim, mas entendeu. Afinal, lorde Gregory era da nobreza. Assim, Charlotte e o duque deixaram a sala, enquanto Christian lamentava sua linhagem social.

Lorde Gregory levou Charlotte para o salão de baile, onde todos dançavam uma Contradança inglesa. Quando se curvaram para prestar reverência um ao outro, Charlotte observou seu irmão Charles e lady Linda junto com Christiana e Emmanuel Bach na pista de dança. Wilhelm estava dançando com a filha de lorde Gregory, Helena.

Durante a festividade, Adolph voltou ao grande salão e serviu-se de uma taça de vinho. Segundos depois, Klaus também entrou, seguido pelo rei e Henrik. Adolph e Klaus trocaram um olhar afetuoso e íntimo que a duquesa Elizabeth, que não estava muito longe, presenciou. Ela cruzou os braços em aflição, pois sua família poderia desmoronar a qualquer momento se não desse um jeito de criar um resultado melhor para seus planos. Pelo menos Charlotte e lorde Gregory estavam dançando. Era um começo. Agora, como ela poderia levar a situação a um resultado razoável?

A dança com lorde Gregory durou uma eternidade e Charlotte se cansou da conversa dele. Adicionando indignidade à afronta, o hálito dele era tão podre que poderia derreter o ouro das paredes. Ele insistiu em injúrias sobre as virtudes da mulher obediente e a princesa se perguntou se Deus a havia condenado.

— Charlotte, sei que não sou sua primeira escolha de companhia, nem sua escolha definitiva, mas você já deve saber que tenho a mais profunda e duradoura consideração pela senhorita. Sei também que há alguns anos separando nossa longevidade — comentou o duque, enquanto dançavam.

— Só alguns? Tenho apenas dezessete anos.

— Mas certamente a senhorita sabe que posso garantir que os sonhos que seu pai teve para Mecklemburgo se concretizem. Também posso garantir que o bem-estar de sua família continue inabalável com uma união conjugal.

Agora Charlotte estava lívida.

— Lorde Gregory, certamente o senhor não está sugerindo que minha felicidade ou a de minha família possam ser compradas pelo casamento, certo?

— Na verdade, estou sim — declarou o velho, com franqueza, o que silenciou e quebrou o espírito de Charlotte.

Pelo canto do olho, ela viu Christian dançando com Maria Monticellini, que parecia completamente encantada por ele. Ao passarem um pelo outro, Charlotte e Christian trocaram um olhar cheio de pesar.

Christiana, percebendo o humor da irmã, encorajou Emmanuel a levá-la até Adolph, que dançava com lady Linda Burnell. A princesa mais velha sussurrou para o irmão, que beijou a mão de lady Linda e a entregou para Emmanuel. Adolph então pegou a mão de Christiana e, com um giro, a levou até Charlotte. Ele curvou-se com elegância e interrompeu a conversa:

— Lorde Gregory, minha irmã praticou a Contradança com tanta diligência. O senhor se importaria se eu dançasse com ela?

Lorde Gregory ficou reticente, mas acabou por ceder. Christiana se sacrificou pela irmã e fez uma mesura diante do velho duque. Eles dançaram para longe, deixando Charlotte aliviada.

— Obrigada pelo resgate, Adolph. Você é meu herói.

— Ainda não agradeça, querida menina. Apenas observe como a realeza triunfa sobre um plebeu.

Adolph ponderou, e então se corrigiu:

— Não que Christian seja um plebeu qualquer.

Ele piscou e então valsou com Charlotte ao redor das colunas de inspiração italiana, passando pela parede espelhada e indo até Christian e Maria

Monticellini. Ele se curvou para a bela cantora de ópera e estendeu a mão para interromper a dança.

— Mademoiselle Monticellini, sou Adolphus Louis Frederick, grão-duque de Mecklemburgo. Posso ter o prazer dessa dança?

A soprano ficou impressionada. Afinal, o grão-duque Adolph *era* parte da realeza — praticamente *rei* de Mecklemburgo. Maria fez uma mesura, pegou a mão dele e ambos foram embora. Charlotte murmurou um "obrigada" inaudível para seu irmão mais velho, que murmurou em resposta: "Você me deve uma".

Charlotte e Christian se entreolharam e, quase na mesma hora, a música parou e os músicos começaram a Allemande. Casais que conheciam a Contradança tomaram o salão, que no mesmo instante se tornou um caleidoscópio de vestidos rodopiantes. Christian estendeu os braços e Charlotte se moveu para eles, lembrando-se das instruções de Jon. Embora o coração dela martelasse no peito, estar nos braços de Christian era a coisa mais natural do mundo. Ela fechou os olhos e relaxou, deliciando-se com o momento em que o belo e garboso Bach dançava com ela enquanto todas as outras mulheres elegíveis, que eram muito mais atraentes, aguardavam.

— Charlotte, a senhorita é a mulher mais bonita daqui — sussurrou ele — e eu sou o homem mais sortudo.

— Não. Eu que sou a mais sortuda.

Nenhuma outra palavra foi dita entre eles. Christian segurou Charlotte tão perto quanto a decência permitia. Ela conseguia sentir os dedos dele sondando — a urgência do toque quase atravessando a pele — e desejou que aquela sensação não acabasse nunca. Como a dança exigia, trocavam de parceiros, mas o coração dela sempre pulava quando seus dedos estavam mais uma vez entrelaçados com os de Christian.

Finalmente, a música terminou, e Charlotte foi trazida de volta da nuvem em que tinha dançado. Carl Abel se aproximou e deu um leve tapinha no ombro de Christian. Depois de um aceno para Charlotte, ele avisou:

— Christian, vamos tocar "O Capriccio" em seguida.

Christian assentiu e se virou para Charlotte.

— Temo que a responsabilidade esteja me chamando.

Charlotte entendia.

— Você aparecerá em Mirow em breve?

Uma expressão de desgosto envolveu o rosto de Christian.

— Eu adoraria, mas estou indo para Milão amanhã e não sei quando meu mecenas permitirá meu retorno.

A princesa suspirou, desmanchando-se em decepção. Christian percebeu.

— Até que eu a veja de novo, por favor, saiba que esta noite sempre será especial para mim — assegurou ele.

E então, em um gesto gracioso, beijou a mão dela. Charlotte fez uma mesura para ele, que se dirigiu até a área da orquestra enquanto a princesa ia até uma das mesas cheias de comida.

— A senhorita dançou lindamente, minha menina — disse lady Schwellenberg, sentada do lado oposto da mesa, tomando vinho. — Valeu a pena se arriscar com Jon.

— Obrigada, Swelly.

— Mas há algo que a senhorita precisa saber — continuou a lady. — Seu Christian aparentemente tem uma queda por cantoras de ópera. Sopranos em particular.

Ela apontou para a moça africana que Charlotte tinha visto antes.

— Está vendo a garota de lady Bethany? Ela quem me contou.

— Chame ela aqui — insistiu Charlotte.

Assentindo, lady Schwellenberg abordou a moça africana e então apontou para Charlotte. As duas se aproximaram e a garota fez uma mesura para a princesa.

— Esta é a empregada de lady Bethany — disse lady Schwellenberg. — Foi ela quem me contou sobre Herr Bach.

— Qual é o seu nome? — Charlotte perguntou à garota, tão assustada que tremia visivelmente.

— Anne Josef — respondeu ela, com a cabeça baixa, sem fazer contato visual. — Estou a serviço de lady Bethany, de Liverpool, na Inglaterra.

Era óbvio que a posição dela na vida ditava suas ações e Charlotte levantou a cabeça da garota.

— Não tenha medo. Eu só quero saber como você sabe essas coisas sobre essas pessoas.

— *Bitte möchte ich nicht in Mühe kommen* — disse Anne em alemão, com olhos baixos.

— Você não terá problemas — garantiu Charlotte, chocada pelo alemão perfeito dela.

A garota suspirou.

— A aristocracia tende a ignorar a criadagem, milady. Somos invisíveis. Então, quando falam, eu escuto. E guardo tudo. É assim que sei coisas sobre as pessoas daqui.

— E o que você sabe sobre Christian Bach?

Anne finalmente olhou para a princesa. Ela sabia que sua resposta à pergunta de Charlotte tinha um significado genuíno para ela.

— Como eu disse à sua dama, além das comparações incômodas com o pai, Herr Bach é o mais talentoso e ambicioso dos irmãos Bach, muito mais do que o irmão mais velho, Emmanuel. E então há o conde Litta, mecenas de Herr Bach em Milão, que paga pelo estilo de vida dele. O conde mantém Herr Bach na rédea curta. Mas ainda assim, de alguma forma — Anne olhou para baixo outra vez, baixando a voz até um sussurro —, Herr Bach conseguiu deitar-se com metade das sopranos da Europa.

Sentindo a dor de ouvir aquilo, Charlotte olhou para o outro lado da sala, onde Christian tocava "O Capriccio" junto de Carl Abel e do rei. Emmanuel Bach estava certo. Christian tocava a sonata brilhantemente, não deixando dúvidas quanto à sua genialidade, e Charlotte de fato pôde ouvir a música sendo tocada da maneira *correta*. Ela também podia ver o efeito que ele tinha em seu público — especialmente em Maria Monticellini, que não conseguia tirar os olhos dele — e se perguntou se Maria era sua amante.

— Seu alemão é impecável — disse Charlotte para Anne, tentando esconder a decepção.

— Obrigada — respondeu a garota. — Sou fluente em alguns idiomas.

Charlotte ficou impressionada. Ali estava uma garota africana, a serviço, que falava várias línguas além da sua nativa e se comportava com a postura de uma aristocrata.

— Meu nome é Charlotte Sophia. Eu sou de Mecklemburgo-Strelitz. De onde você é?

— Originalmente da Etiópia.

Foi então que Charlotte viu. Anne tinha um amuleto pendurado no pescoço, que aparecia em seu decote. Ela ficou surpresa por não ter visto antes. Sem conseguir se conter, a princesa estendeu a mão e o levantou do pescoço da menina etíope, o segurando. Apesar de ter uma tonalidade escura e de estar pendurado em uma fita que combinava com o vestido da garota, o talismã de Anne era muito semelhante ao do pai de Charlotte. Os glifos e símbolos eram iguais. *Como pode ser?*, pensou ela. Era coincidência demais.

— Essa peça é tão única.

— É uma herança — afirmou Anne, com orgulho. — Passada pelos meus ancestrais.

— O que são essas marcas? — perguntou Charlotte, baixando a própria voz ao ver que seu primo Wilhelm estava por perto, bisbilhotando.

— Alguns dos símbolos são coptas, uma antiga língua egípcia semelhante ao grego.

— Você fala esse idioma?

— Consigo interpretar um pouco — disse Anne.

Inacreditável, pensou Charlotte. Ali na frente dela estava alguém que poderia conseguir decifrar o amuleto de seu pai, que ela não via desde os oito anos, e que desejava desesperadamente ter em mãos agora. De repente, lady Bethany apareceu, sabe Deus de onde, exasperada. Ela puxou a garota para longe.

— Você é inútil, Anne. Por que não consigo te encontrar quando preciso de você?! — gritou. — Preste atenção no seu trabalho!

Anne rapidamente se abaixou e levantou a cauda do vestido de tule de sua senhora. Em seguida, olhou para Charlotte com vergonha. Seu olhar dizia tudo — estava de volta ao trabalho.

A princesa as observou por um momento, e pensar no amuleto de Anne a fez querer ter em mãos aquele que lhe fora prometido por seu pai. Um novo manto de desilusão a envolveu e ela olhou para Christian, ainda tocando, e percebeu que a troca entre eles e os sentimentos que tinha pelo rapaz precisavam permanecer contidos. Ela tinha que tirar Christian de sua mente. Assim, escolheu se consolar com o fato de que pelo menos dançara com ele. Eles tiveram um momento glorioso juntos e ela sempre teria Sanssouci.

Logo, uma argumentação abafada pôde ser ouvida não muito longe dela. Charlotte se virou e viu sua mãe em uma discussão acalorada com lorde Gregory que, furioso, deixou o palácio com a princesa Helena. A duquesa marchou até Charlotte e puxou ela e o resto da família para fora do palácio. Quando chegaram ao pé da escada da entrada principal, a duquesa não conseguiu se conter:

— Se suas aventuras com Herr Bach custarem a segurança desta família, vou bani-la para um convento, Deus me ajude! — ameaçou ela, com os olhos vermelhos de irritação. — É melhor você rezar para que lorde Gregory se acalme de sua fúria a respeito de seu comportamento.

Mas Charlotte ficara tão chateada com a notícia da predileção de Christian por sopranos que atacou também:

— E eu rezo para que lorde Gregory pule de uma ponte!

A duquesa deu meia-volta, agitada, e bateu tão forte no rosto de Charlotte que ela achou que seus dentes tinham amolecido. A princesa segurou a própria bochecha, mortificada. A pobre garota havia planejado que o Baile do Rei fosse o momento mais memorável que teria no outono de sua juventude. E agora seria — mas pelo motivo errado.

Dez

Havia mais manifestantes protestando contra a guerra em frente ao Palácio de St. James naquela manhã de verão, em junho de 1761. Os guardas estavam prontos e, curiosamente, era sir John Wilkes, membro do Parlamento de Middlesex e jornalista radical, quem liderava a multidão.

— Os homens da Inglaterra foram dizimados por esta guerra e seus cidadãos exigem demonstrar seu descontentamento! — gritou Wilkes.

A multidão rugiu em aprovação.

— Nós deveríamos ter o direito a manifestação, de protestar e expressar nossas opiniões e desaprovação sem medo de sermos presos. Para mostrar que esta guerra com a França deve acabar e que não aceitaremos mais perder nossos jovens!

Enquanto a multidão aplaudia, uma carruagem chegou e parou em frente ao palácio. O passageiro observava o descontentamento em massa — e o homem que os liderava. Então franziu a testa, preocupado. Era o belo major Hanover — Sua Alteza Real, o príncipe Edward —, irmão mais novo do rei George que, pelo que parecia, de alguma forma conseguira sobreviver à sua provação em Calais, na França, e emergir com um braço enfaixado. Ele ficou descontente com a aglomeração de cidadãos britânicos lotando a rua — e mais ainda porque era um parlamentar influente que os incitava a tal feito.

Em St. James, mobília entrava e saía do palácio. O rei George, usando outro casaco gasto, instruía os carregadores enquanto sua mãe Augusta descia o corredor em direção a ele. O cheiro que sentiu em um determinado quarto a fez parar e bater à porta. A princesa Amelia atendeu, o cachimbo de narguilé na mão. Ela já estava chapada às dez da manhã.

— O que é, Augusta? — perguntou, irritada.

— Amelia, está um fedor de cânabis no corredor. Você precisa mesmo fumar isso? E tão cedo pela manhã?

Amelia sorriu e dispensou um olhar desdenhoso à cunhada.

— Francamente, Augusta, você tem mesmo muita coragem de se mudar para St. James e vir dizer para mim, que moro aqui há cinquenta anos, o que devo fazer. Eu fumo o que eu quiser, quando eu quiser e você pode ir se...

— Tia Amelia, mamãe entende o lugar dela — interveio George, que chegara ali de repente para trazer a paz.

Ele se virou para Augusta:

— Não é, mãe? Não queremos atrapalhar a rotina de Amelia ou alterar o modo de vida dela apenas porque somos forçados a morar aqui.

— Ótimo — retrucou a tia. — Então continuarei cuidando da *minha* vida, assim como Augusta.

E, dizendo isso, bateu a porta com força, deixando a mãe do rei furiosa.

— Faça alguma coisa a respeito dela, George. Sem dúvida uma de nós acabará morrendo tendo que viver sob o mesmo teto...

Então, eles ouviram:

— E, sem dúvida, não será Amelia.

George e Augusta se viraram e ambos sorriram. Augusta ficou feliz ao ver o filho mais novo.

— Edward, ah, Edward, você voltou. Eu não posso dizer o quanto todos nós ficamos felizes em receber sua carta nos informando de que estava bem, apesar de sua lesão.

O príncipe Edward fez uma grande entrada pelas escadas.

— Bem, é bom ver que alguém se importa, apesar de não haver bandeiras, trombetas ou uma cerimônia esperando o duque de York, herói de guerra ferido. Apenas multidões desencantadas.

George gemeu.

— Isso vem acontecendo há semanas.

— Aquela plebe está infringindo a lei. Faz você parecer fraco, especialmente para Wilkes lá fora, se exibindo como um pavão. Enforque-os, irmão. Inferno, atire neles, ora.

Ele então se lembrou que, desde a última vez que estivera em Londres, George se tornara rei. Curvou-se em uma grande reverência e disse:

— Ou devo dizer... "Vossa Majestade"?

Eles se abraçaram. George foi cuidadoso com o braço machucado de Edward. Adorava o humor e a sagacidade do irmão.

— Você fez muita falta. Bem-vindo ao lar, irmãozinho.

O príncipe olhou ao redor, grunhindo.

— Lar? Aqui é um lugar de merda.

— Olhe como fala, por favor — disse Augusta.

— Talvez seja — lamentou George. — Mas o rei da Inglaterra deve viver nesse lugar de merda, apesar de minha preferência pela simplicidade da amada Casa Saville.

— Ah, você não saberá mais o que é simplicidade, meu parceiro — brincou Edward. — Então aja como um rei... — ele franziu a testa para as roupas de George — ...e se vista como um. Você parece ter saído de um texto de Jonathan Swift.

— Quanto tempo você tem para ler entre suas trepadas? — brincou George.

— Não tenho. Eu leio *enquanto* trepo — disparou Edward de volta.

Augusta percebeu que o *tête-à-tête* entre os dois amados irmãos seria tão descarado quanto sempre e balançou a cabeça.

— Posso ver que os dois precisam de algum tempo de irmãos. Vejo ambos no chá mais tarde.

Edward abraçou a mãe, que em seguida se retirou. Ele então se virou para George e ficou sério.

— George, a campanha em Calais é um desastre. Não temos tropas suficientes e os franceses têm armas melhores. Precisamos dos alemães.

— Tenho uma proposta que apresentarei ao Parlamento amanhã para acabar com a guerra...

— Decerto você está brincando. Irmão — interrompeu Edward —, nenhum plano seu jamais funcionará naqueles parlamentares Whig que te odeiam. Você deve fortalecer a aliança. Anuncie isso!

— Edward...

Príncipe Edward recuou um passo e olhou seu amado irmão nos olhos.

— Você acha que eu queria ir para a linha de frente em Calais? Levar um tiro e definhar por semanas sem saber se iria viver ou morrer? Mas fui, porque um representante da Coroa precisa estar lá, no meio do caos, para mostrar solidariedade, como a rainha Elizabeth fez em Tilbury. Você lembra do que ela disse para as tropas? "Eu tenho o coração e o estômago de um rei! Um rei da Inglaterra! Serei o general de vocês, e teremos a vitória!".

Edward colocou a mão carinhosamente no ombro de George.

— Você não pode controlar seu destino, nem seus compromissos. Case-se com uma alemã, irmão. Precisamos de uma vitória. Tenha o coração de um rei.

George pensou por um momento e então olhou para cima e viu lorde Bute se aproximando. Bute apertou a mão de Edward.

— Príncipe Edward. Você voltou inteiro.

— Por pouco, lorde Bute. Agora, onde é que fica meu quarto nessa maldita espelunca?

— Terceira porta à esquerda, no andar de baixo. É em frente ao de sua tia Amelia.

Edward sorriu.

— Ah, bom. Titia terá substâncias fabulosas de alguma variedade para aliviar meu ombro dolorido.

E seguiu pelo corredor, enquanto George sorria.

— Senti saudade de meu irmão. Estou muito feliz por ele estar de volta.

— Assim como todos nós.

Bute entregou a George uma lista enquanto os dois desciam as escadas.

— Como combinamos em nossa última conversa sobre o assunto, identifiquei quinze membros da realeza alemã que parecem candidatas ideais para serem sua noiva. Mas elas precisam ser entrevistadas.

George suspirou, percebendo que não teria opção.

— Certo. Envie alguém à Alemanha para fazer as entrevistas. Espero que eles me encontrem uma rainha decente.

George começou a se afastar, em seguida se virou para Bute.

— Eu realmente quero o coração de um rei! — Ele usou um sotaque escocês exagerado. — Então encontre uma moça alemã com um rostinho bonito, meu rapaz.

Bute sorriu. Talvez o rei estivesse finalmente aceitando seu destino.

Ainda naquela tarde, depois do chá, George e Bute revisaram o discurso que o rei deveria fazer ao Parlamento no dia seguinte, como parte de sua transição formal para o poder. Bute fez anotações e mudanças e George rezou para fazer um bom trabalho. No dia seguinte, o novo rei da Inglaterra estava no Palácio de Westminster, o grande palácio do Parlamento, em toda a sua soberania. Fazia seu primeiro discurso com o plano para acabar com a guerra e estava nervoso, a voz trêmula.

— Nascido e educado na Inglaterra, glorifico-me em nome dos britânicos e, ao subir ao trono em meio a uma guerra sangrenta, tentarei lidar com ela de uma maneira que possa trazer uma paz honrosa e duradoura. Uma paz que a Inglaterra merece e tão desesperadamente precisa...

Houve um resmungo coletivo entre os presentes e, quando olhou para o mar de parlamentares e para o primeiro-ministro, George percebeu que seu discurso inaugural estava sendo recebido por um Parlamento sem inspiração e ele estava tão pouco impressionado consigo mesmo quanto seu público. Pensou que talvez devesse ter ensaiado mais, reconhecendo que sua maneira de falar e comportamento para com o público precisavam de aprimoramento.

Durante o discurso, quando desviou o olhar do texto preparado, avistou o primeiro-ministro de Newcastle, lorde William Pitt, sir John Wilkes, sir Henry Fox, sir Horace Walpole e sir Charles Bunbury sentados com os braços cruzados de tédio. Sir Henry Fox havia cochilado, o que resultou em um ronco retumbante. Tudo estava indo muito mal.

Bute, que estava na galeria assistindo à apresentação de George e as reações de seus inimigos, precisou concordar. O discurso de George não impressionou a ninguém, porque ele não conseguiu dizer o que precisavam ouvir: que traria reforços alemães e continuaria a guerra casando-se com uma protestante alemã.

Mais tarde naquele mesmo dia, nos aposentos do Conselho Privado de St. James, aconteceu uma reunião do Conselho. Doze conselheiros — grandes lordes e descendentes de antigas famílias inglesas — estavam discutindo entre si quando a porta se abriu.

— O rei! — anunciou lorde Cavendish, funcionário-chefe da corte de George.

George entrou com Bute logo atrás dele e os Conselheiros se curvaram.

— Milordes. Meu Conselho foi convocado porque parece haver uma preocupação com meu discurso de hoje?

— Sim, Majestade — respondeu sir Henry Fox. — Muitos de nós acham que algumas das passagens de seu discurso devem ser alteradas antes que ele seja votado e publicado.

— Sir Henry, estou surpreso que o senhor sequer tenha escutado o discurso, dado seu ronco retumbante — alfinetou George.

Thomas Pelham-Holes, duque de Newcastle e primeiro-ministro, foi o primeiro a atacar.

— Vossa Majestade, seu discurso, claramente escrito por Bute, foi demasiado ousado e demonstrativo. Encontramos nove partes que precisam de ajustes. A última frase deve dizer "em consonância com nossos aliados", e a expressão "guerra sangrenta" deve ser alterada para "uma guerra cara, mas justa e necessária".

George ficou irritado e se esforçou para não explodir.

— Lembro ao senhor, ministro Newcastle, que *tem sido* uma guerra sangrenta. Uma guerra sangrenta, cara e, ouso dizer, prolongada, que não deixou escolha a não ser aumentar os impostos, solução nada popular entre os cidadãos. — George se levantou da cadeira e foi direto até o primeiro-ministro. — Suas sugestões fazem com que *meu* discurso pareça uma justificativa para uma política de guerra que era evidentemente *sua* e de meu *avô*.

— De fato — respondeu Newcastle. — Se o senhor fosse mais como o falecido rei, perceberia que devemos proteger todos os nossos territórios.

George esfregou as têmporas. Sua cabeça latejava.

— Mas não de uma vez só, milorde. Meu plano era claro: transferir nossa marinha real da África e das Índias para a Espanha. Concentrar nossos esforços lá, com a superioridade de nossos navios e homens. Obrigar a França a ajudar seus aliados espanhóis, enviando sua marinha inferior para lá, para que nossos reforços alemães possam ser enviados a Calais e ao Canadá.

Houve mais resmungos dos membros do Conselho enquanto discutiam com o rei. Bute moveu-se do canto da sala para o centro do grupo.

— Ministro Newcastle, por que o senhor, ou qualquer um dos senhores, não sugeriu essas mudanças quando o discurso lhes foi lido hoje cedo?

Muitos dos conselheiros empacaram. Newcastle estreitou os olhos para Bute.

— Gostaria de saber por que Vossa Senhoria está presente nesta reunião ou por que se digna a intervir agora? O senhor *não* é membro do Parlamento, do Conselho Privado, nem do Gabinete.

George ficou furioso. *Como esses filhos da puta se atrevem a falar tão imprudentemente sem se importar com sua posição*, pensou ele. Bute era o único em quem confiava; a única pessoa que lhe diria a verdade, por mais que ofendesse suas sensibilidades. Alguém que o confortou quando ele questionou o próprio valor e capacidade como rei. Tais proezas iam além das habilidades de sua própria mãe, cuja ideia de apoio era a insistência verbal de que ele "fosse rei" no leito de morte de seu avô. Como Newcastle ousava afrontá-lo e desafiar a posição de Bute?

— Sir, o conde de Bute é meu conselheiro de confiança e o senhor vai tratá-lo como tal — disse George a Newcastle.

— Esta não é uma questão de preferência pessoal nem de conforto, Majestade — interveio Wilkes, tentando amortecer o insulto dirigido ao primeiro-ministro. — É uma questão de política. Não deve haver ninguém aqui nem quaisquer ideias alimentadas por pessoas que não sejam membros do Conselho Privado. E não importa o que seu *conselheiro de confiança* sugira, seu plano não vai funcionar — resmungou ele.

— Pelo menos Bute sabe de que lado está. O senhor se opõe a mim aqui, se posicionando contra o fim da guerra, mas se manifesta publicamente a favor disso com aquela plebe lá fora.

— Não, Majestade. Eu me manifesto pelo direito do povo de protestar. Não deveria ser ilegal falar a verdade e cobrar do poder, não importa quão fraco, jovem ou incapaz ele seja.

George estava lívido.

— Posso ser jovem, mas sou rei e muito bom em obter informações. Principalmente sobre o senhor, Wilkes. O senhor... e o Clube do Inferno.

Wilkes ficou nervoso e tentou disfarçar. Mas George colocou o dedo na ferida.

— Devo falar das depravações que o senhor comete por lá? De seu investimento financeiro? Da associação vitalícia? Dos tratamentos para sífilis? Ah, o jornal *The Monitor* vai adorar publicar essa matéria.

— A chantagem... é baixa demais para o senhor, Majestade.

— Mas claramente não para o senhor. Não tente foder comigo, Wilkes.

Lorde Bute olhou para George, sabendo que a raiva do rapaz poderia tirar o melhor dele e não servir bem à situação. Então pensou em uma tática diferente.

— Milordes, vou recomendar ao rei que permita as mudanças em seu discurso pelo menos para fins de publicação. E sir John...? — Bute puxou Wilkes para longe dos outros para ter privacidade. — Proponho que enterremos o que se passou e que trabalhemos juntos para o bem do rei e do país. Por favor, ofereça o mesmo ao ministro Newcastle.

Sir John Wilkes, no entanto, era velho demais para ser mudado por um soberano arrogante e inexperiente, e muito menos por um conselheiro Tory mulherengo, a quem ele detestava.

— A maneira como lida com os assuntos deste país nunca será para o bem de Sua Majestade, mas para *seu* próprio bem, sir. Não tente enganar a mim nem ao primeiro-ministro.

Wilkes, Newcastle, Fox e os outros saíram. George fez um sinal para Cavendish.

— Mande Munchhausen entrar, para que eu não exploda com esses asnos.

Quando todos se foram, Bute virou-se para George, impressionado.

— Clube do Inferno?

— Um blefe — disse George. — Edward me disse que Wilkes vai lá para fazer sexo pervertido. O resto eu inventei.

— Brilhante.

— Um paliativo. Eles nunca vão concordar com meu plano.

Uma batida na porta foi logo seguida pela entrada de sir William Cavendish, que seguiu até George e sussurrou para ele.

— Ah, sim. Mande-o entrar — respondeu o rei e virou-se para Bute. — É Munchhausen.

Bute ficou muito satisfeito quando Cavendish assentiu e, segundos depois, trouxe um homem de 47 anos com um bigode bem aparado e olhos escuros e cuidadosos.

— Vossa Majestade, permita que eu apresente o barão Philip Adolphus von Munchhausen — anunciou Cavendish.

Munchhausen fez uma reverência profunda.

— Vossa Majestade. Estou à sua disposição.

George gostou de Munchhausen de imediato. Algo em seus modos e na simplicidade de seus trajes era charmoso e, depois de alguns momentos de conversa fiada com Bute, George chegou ao motivo pelo qual tinha chamado o barão.

— Lorde Munchhausen. Aceitei minha obrigação. Um rei deve se casar mais cedo ou mais tarde e fui informado de que para mim… será mais cedo. Lorde Bute e eu queremos que o senhor faça perguntas discretas sobre cada uma das futuras princesas alemãs na lista de Bute e esteja pronto para conduzir entrevistas pessoais com as candidatas.

— Tem algum critério para sua escolha, Majestade?

O rei pensou por alguns instantes.

— Minha noiva não precisa necessariamente ser bonita, pois ninguém jamais será mais adorável do que minha Sarah, embora um rosto bonito seja preferível. O mais importante é que ela tenha uma disposição agradável, que seja compreensiva, que tenha a capacidade de gerar filhos e que não tenha ambição política. Não terei nenhuma governante de saias em meu reinado. Então veja se minha futura noiva não tem interesse no governo. Está entendido?

— Decerto.

— Esteja pronto para navegar à Alemanha no próximo mês para se encontrar com o maior número de princesas que puder antes que a dureza do inverno o impeça.

George parou para esfregar as têmporas outra vez. Bute ficou preocupado. Esta era a quarta vez em alguns dias que George era dominado por uma dor de cabeça.

— A cada três ou quatro entrevistas, envie seus relatórios diretamente para Bute, até que todas as candidatas sejam averiguadas — acrescentou George, por fim. — Não fale a respeito das candidatas com ninguém. Nem com membros do Parlamento, nem com o Conselho nem com o Gabinete.

— Vossa Majestade tem meu juramento solene — prometeu Munchhausen.

— Ótimo. Meu secretário privado cuidará de suas necessidades financeiras e o coronel von Schulenburg, meu emissário na Alemanha, fará uma lista preliminar para o senhor. Encontre uma rainha decente para mim.

Munchhausen curvou-se para George, depois para Bute e saiu. Mas Bute ficou preocupado com a saúde do rei.

— Suas dores de cabeça estão aparecendo com mais frequência, Vossa Majestade.

— Há muito em minha mente, Bute. Mas, considerando o que aconteceu mais cedo, tomei uma decisão. Estou nomeando você para o Conselho Privado.

Bute ficou surpreso. Isso não era algo que ele esperava ou que particularmente quisesse. Nunca tivera muita ambição além de servir aos caprichos do príncipe--transformado-em-rei e não sabia se uma responsabilidade como um cargo de gabinete combinava com sua personalidade.

— Majestade, me sinto honrado por sua fé em mim, mas deve saber o quanto sou odiado no Parlamento, e obviamente, pelo seu Conselho Privado. Eu sou escocês, um Tory como você. Tenho influência com você e sentimentos por sua mãe, o que obviamente não é o segredo mais bem guardado de Londres. Entre Newcastle, Pitt, Wilkes e Fox, tal posto criará uma aliança profana no Conselho. Eu não acho que esteja ciente de quão complicado será.

Mas George apenas sorriu em meio a dor de sua cabeça latejante.

— Ah, estou sim. Agora você vai aceitar? Vai agitar as coisas com aquele bando de demagogos Whig?

Bute foi diplomático.

— Eu lhe darei minha resposta na próxima reunião.

George sorriu novamente e acompanhou o amigo até a porta.

— Sim. Discuta isso com sua esposa... e com minha mãe. Entre essas duas mulheres, Bute, não tenho dúvidas de que você vai querer uma fuga para o Conselho.

Lorde Bute riu, curvou-se e saiu. George voltou a massagear as têmporas e, por um momento, pensou que talvez houvesse algo de mais grave acontecendo com ele.

Onze

"Mãe, decidi me casar com lorde Gregory. Marcamos o casamento para o próximo mês de julho em Neustrelitz, mas gostaríamos de fazer uma festa de noivado aqui no Palácio de Mirow em abril."

Com essas palavras, a princesa Charlotte Sophia fez da duquesa Elizabeth a mãe mais feliz do mundo. Ela aceitara o que a mãe havia exigido dela quando brigaram em Sanssouci e o anúncio chegou na tarde do dia 18 de novembro de 1760. Planos para a festa de noivado começaram imediatamente e a duquesa, antecipando o dinheiro que viria com o casamento da filha, começou a gastar o precioso fundo da família na celebração.

Mas, quando os vestígios do outono se transformaram no cinza-ocre do inverno, Charlotte sentiu que sua vida havia acabado. Sentada em seu quarto, olhando para a neve que cobria os campos do palácio, pensou sobre os eventos que a levaram até ali.

Lorde Gregory havia ido a Mirow no início de novembro, atendendo ao pedido insistente da duquesa. Ele trouxera presentes, uma garrafa de um bom conhaque e, o mais importante, duas notas, no total de cinco mil táleres para que a duquesa usasse como quisesse se Charlotte concordasse com um noivado. Meia hora mais tarde, após Elizabeth retirar a família da sala de visitas para permitir que o duque e Charlotte tivessem privacidade, lorde Gregory estava com o joelho no chão e o anel de diamantes erguido, pedindo a mão dela em casamento.

A princesa precisou pensar antes de responder. Havia chegado o momento e ela disse ao duque que pensaria sobre o assunto e que lhe daria uma resposta dentro de quinze dias.

Como toda discussão sobre o casamento com o duque resultava em desacordo entre Charlotte e a mãe, Elizabeth delegou a Adolph a tarefa de influenciar a decisão de Charlotte. Ele bateu à porta do quarto dela em uma tarde, sabendo que a irmã estava melancólica por conta da partida de Christian, pela mãe tê-la repreendido publicamente em Sanssouci e pelo pedido do duque.

Charlotte lia um livro sentada próximo à janela. Uma expressão terna tomou seu rosto quando Adolph entrou. Ela sabia por que ele estava lá. Havia escutado mais uma dentre as muitas discussões que ele tinha tido com a duquesa a respeito da necessidade de que Charlotte se casasse com lorde Gregory.

— Irmã, você precisa aceitar o pedido do duque.

— Eu não o amo e não vou me entregar a um homem velho e desagradável por quem não sinto amor. Que jovem mulher com alguma sanidade o quereria?

— Uma mulher com um título enorme e um dote pequeno — lembrou Adolph, e então pegou a mão da irmã. — Minha querida, eu odeio ter que dizer isso, mas Christian não é uma opção. Case-se com o duque. Quem sabe, talvez ele morra dentro de um ano e você será a viúva Muldare, duquesa de Anhalt, sem problemas ou preocupações. E você pode sempre ter um amante enquanto for casada com o velho murcho.

Charlotte olhou distraidamente pela janela e pensou. Era verdade. Ela poderia ter um amante.

— Verdade. Por que é aceitável que homens tenham amantes, mas mulheres precisam ser castas e puras?

— Bem, você não será a única da família que não estará com a pessoa que ama. Também sofro dessa condição — admitiu Adolph.

Ao ouvir isso, Charlotte olhou para o irmão, vendo pela primeira vez toda a dor que ele sentia. Ela tocou o rosto dele.

— Você tem que passar por tanta coisa.

— Ninguém entende — disse Adolph, baixinho, num tom que exalava frustração. — Eu sou o grão-duque de Mecklemburgo, mas não tenho nenhum poder enquanto nossa mãe dominadora viver. Sou um homem em conflito com sentimentos por uma pessoa do mesmo gênero e não posso agir de acordo com o que sinto. Sou forçado a tomar decisões que trazem desconforto para outras pessoas para aliviar o fardo financeiro de minha família. Mas não faço minha parte para aliviar este fardo...

— Então eu farei — disse Charlotte, decidida, beijando a testa de seu amado irmão. — Irei carregar um pouco deste fardo. Irei me casar com lorde Gregory.

Com essas palavras, Charlotte selou o próprio destino matrimonial.

Duas semanas depois, quando lorde Gregory voltou ao Palácio de Mirow, a princesa o convidou para dar um passeio pelos jardins. Ele aceitou. Sabendo que todos os olhos de todas as janelas do castelo estavam nela, Charlotte caminhou com o duque durante o pôr do sol. Quando alcançaram os estábulos, ela já havia aceitado o pedido.

Com o ato de sacrifício, Charlotte sabia que a paz reinaria em Mirow. Uma reforma poderia começar na edificação, um novo telhado poderia ser instalado. Ela garantiria a segurança da família. Tudo que tinha que fazer era abandonar aquelas ideias bobas sobre poder ter amor genuíno, apreciação honesta e uma felicidade muito merecida.

Naquele momento, um mês após ter aceitado o pedido, ela olhava pela janela, se perguntando o que aconteceria caso se jogasse na neve abaixo; riu ao pensar que, ainda assim, a mãe casaria seu cadáver com o duque.

Charlotte foi até o lavatório e se olhou no espelho acima dele. Quão pouco autêntica ela parecia com a pesada maquiagem branca que cobria sua pele o tempo todo. Mergulhando as mãos na água fria, ela lavou cada centímetro do rosto usando o sabonete de limão e menta de Lena e então encarou sua pele amarelada em seu reflexo sem adornos. Se ela ao menos pudesse ser aceita desse jeito. Então, lembrou-se do que Christian lhe dissera em Sanssouci:

— *A senhorita é a mulher mais bonita daqui...*

Se ao menos aquilo fosse verdade. Se ao menos princesas fossem de fato bonitas aos olhos dele, em vez de sopranos. Se ao menos não existisse nenhum lorde Gregory. Se ao menos a mãe dela não fosse uma megera manipuladora. Se ao menos ela não fosse uma mulher forçada a tomar uma decisão pessoal comprometedora. Ela pensou em Anne, a moça africana que conhecera em Sanssouci, e no amuleto que ela sabia que tinha alguma conexão com o de seu pai. Desejou que a mãe não tivesse roubado aquela herança dela. Então, passou a pensar em Jon Baptiste Beckford e de como sentia falta daquelas aulas. Jon retornara à sua antiga vida e agora eles mal se viam. Às vezes, ela ia ao celeiro com livros e era informada de que Jon estava na vila, ou que ele estava trabalhando no Palácio de Neustrelitz. Era quase como se eles estivessem sendo separados por alguma força. Ela desejava vê-lo para que pudessem recuperar a amizade.

Jon também queria recuperar a amizade com a princesa. Ele sentia tanta saudade quanto ela do tempo que passaram juntos, momentos preciosos em que ele se sentira como um ser humano, parte da verdadeira realeza. Ele estava triste por forçarem Charlotte a um casamento arranjado e sem amor com o duque de Anhalt e queria ajudar. Então, chegou o dia em que Adolph o informou de que ele seria necessário em Mirow para a festa de noivado.

Jon sabia que veria Charlotte novamente. Talvez pudesse consertar as coisas. Se Deus colocasse as palavras certas em sua boca, talvez fosse possível reverter as circunstâncias do afastamento entre eles. Por isso, no dia em que chegou em Mirow, vindo de Neustrelitz, ele implorou para que sua mãe fizesse uma leva especial de salsicha Bratwurst — algo que ele sabia que Charlotte amava. Jon também roubou um vinho da adega.

Ao guardar a salsicha Bratwurst e o vinho no saco de juta do filho, Lena descobriu que não podia mais segurar a língua.

— Por que tu precisa de vinho e Bratwurst para a princesa?

— Quero fazer uma coisa especial para ela.

— O grão-duque tá sabendo desse plano "especial"?

Jon balançou a cabeça e a mãe ficou irritada.

— Tu não ensina mais dança nenhuma para a princesa, então qual a desculpa? Ou já esqueceu qual teu lugar de novo? Vivo te falando, tu é escravo dela.

— Não é assim com ela, mãe. Já deixamos isso de lado.

— Deixar o que de lado? Como que deixa isso de lado? Te disse três meses atrás que tu passava tempo demais com a princesa pra ser só professor de dança. Proximidade assim é problema pra um escravo.

Jon ficou furioso.

— Por que a senhora vive me lembrando que sou escravo? Lembre que eu escuto os insultos nojentos de todos eles que nem a senhora. Esfrego e limpo os penicos podres com a merda deles que nem a senhora! Por que a senhora me nega esses momentos preciosos, em que eu posso me sentir como um lorde?

— Um "lorde"? Menino, tu tá falando maluquice.

— Ela me chamava de "sir Jon" e estava me ensinando a ler e a falar francês. Eu gostava. Ela me fez me sentir especial, mãe. Ela me deixava chamar ela de "lady" Charlotte.

— "Lady" Charlotte? Menino, essas palavras grandes e o francês chique deles lá não vão mudar nada. Ela te chamar de "sir Jon" não te faz nada além de um escravo chique!

— Mãe, para com isso, que diabo!

Lena, sem pensar, levantou a mão para bater no filho pela insolência. Mas, assim que o fez, percebeu seu comportamento e a abaixou. Nunca havia agido de maneira tão violenta. Era o filho dela. Eles tinham passado por tantas coisas juntos e, agora, ela quase havia batido nele apenas pelo interesse que ele demonstrava em se aprimorar, por mais que o ato fosse perigoso. Tanto mãe quanto filho ficaram parados em silêncio, em meio à dura realidade de seus comportamentos. Finalmente, a mãe de Jon empurrou o saco de juta nas mãos do filho, a voz um pouco mais alta que um sussurro:

— Se tu quer "fazer algo especial", bote a princesa pra fazer alguma coisa a respeito da escravidão. Isso ia fazer essa tal "educação" ter sentido.

Lena foi embora e Jon ficou ali por alguns instantes, com uma miríade de pensamentos. Depois, por fim, saiu para enfrentar o ar frio da tarde.

Charlotte ainda estava sentada na janela do quarto, pensando na vida, quando avistou Jon no cume mais distante do jardim, carregando seu familiar saco de juta. Ela sorriu, jurando que o rapaz se materializara diante dela devido aos pensamentos a respeito dele. Depois de pegar um xale, saiu correndo.

— Sir Jon — chamou ela, correndo na direção dele. — Faz semanas que não o vejo.

Jon virou-se para a princesa, querendo muito esquecer a repreensão da mãe. Mas, a despeito de suas tentativas, sentiu a irritação crescer dentro de si conforme a realidade o invadia. Permaneceu impassível, sem dizer nada.

— O que há de errado, sir Jon? — perguntou Charlotte, percebendo a irritação dele.

— Não me chame mais de "sir" Jon — interveio ele. — Nunca vai ser verdade. Nossa fantasia não vai tornar isso verdade.

Incrédula, Charlotte sentiu-se atordoada.

— Você está com raiva de mim?

— Não é você. É o que você representa! — retrucou Jon, como se um demônio tivesse sido libertado. — Eu sou um escravo que é propriedade de sua família e o pensamento de independência ou de mudar meu status não passa pela minha cabeça, nem pela sua. Essa brincadeira boba de "sir John e lady Charlotte" me faz provar o sabor da igualdade. Só faz tudo ser pior. Enquanto eu não fizer algo para ajudar outros escravos como eu, sempre vou odiar a mim mesmo e odiar você, por fazer vista grossa.

Charlotte nunca vira Jon tão chateado. Ele começou a andar na direção do palácio, mas Charlotte foi atrás, preocupada.

— Jon, não vá embora desse jeito. Vamos conversar. Não fique tão irritado.

Mas Jon continuou andando, o que perturbou a princesa.

— Eu disse para parar!

Jon parou imediatamente. Grunhindo de fúria, ele se virou na direção da princesa.

— Por você ser minha *dona,* sou forçado a parar e fazer o que está mandando. Consegue entender agora por que a primeira coisa que eu faria, se pudesse, seria parar de ser um escravo e passar a ser um homem?

— Mas eu não fiz nada para você — apelou a princesa, vulnerável diante da ira dele.

— Você não fez nada além de me expor ao que nunca vou ter de verdade. Liberdade. Escolha genuína. Um dia, eu vou sair daqui e ser um homem livre. Livre o suficiente para não ter que servir bebidas ou escovar cavalos. Quando praticávamos a dança, você me tratava de um jeito especial. Eu era "sir" Jon. Eu era tão bom quanto você. Mas a verdade é que eu sou o criado. O cavalariço. Aquele que vai varrer, limpar esterco de cavalo e esvaziar penicos até morrer. É *por isso* que estou com raiva. — Ele engoliu a mágoa que estava sentindo e começou a caminhar de novo.

De repente, se virou para trás.

— Tenho a permissão de sair, Vossa Alteza?

A princesa assentiu. Jon foi embora.

Quase como se Deus tivesse ordenado, o clima me traiu e os céus se abriram. A neve caía em imponentes turbilhões e, enquanto estava parada ali, vendo Jon ir embora, meu corpo tremeu de desilusão. Não consegui evitar que meus olhos lacrimejassem e deixei que a decepção me carregasse para o palácio em meio a uma saraivada de agonia, com um ressentimento cada vez mais profundo — não por Jon, meu algoz involuntário, mas por minhas circunstâncias.

Doze

Pronto. O momento havia chegado. Lady Sarah Lennox, usando o vestido mais elegante que poderia ter desenhado, emergiu de uma refinada carruagem bordô junto com sir Henry Fox, a esposa, Caroline, e a irmã, Susan Fox-Strangeways, e adentrou St. James. Lady Sarah estava animada, porque aquela era a primeira vez que pessoas eram convidadas para St. James desde que George II morrera e George III o sucedera no trono. Ela sabia que aquela seria a noite em que o jovem George faria *a* pergunta e o plano dela era estar pronta. Havia ensaiado para o momento repetidas vezes na própria mente. Ele faria a pergunta e ela, acanhada, perguntaria por que ele havia demorado tanto para fazê-la. Prometeria dar uma resposta nos próximos dias, o beijaria suavemente e levaria a mão dele até o próprio seio, dando uma amostra do que ele receberia toda noite quando ela fosse rainha. Por fim, sussurraria de forma recatada sobre o amor profundo e eterno que sentia e iria embora. Sim, ela tinha planejado cada detalhe com perfeição — até mesmo a escolha do perfume.

Dentro de St. James, aristocratas, membros do parlamento e nobres, junto a suas esposas e consortes, se divertiam. Quando a família Fox foi anunciada, Sarah procurou o rei com o olhar e o encontrou jogando cartas. George pediu licença na mesma hora e, quando começou a ir até ela, sir Henry puxou o resto da família para uma mesa de jogo, piscando para Sarah enquanto ia embora.

— Lady Sarah, obrigado por ter vindo.

George sorriu, sabendo que todos os olhos estavam nele.

— Obrigada pelo convite, Vossa Majestade. Eu não perderia esse momento por nada.

George fez um gesto para um copeiro, que trouxe duas taças de vinho do porto. Depois de alguns goles, ele se aproximou de sua amada.

— Por que não vamos até a biblioteca? Lá é mais reservado e eu preciso muito falar com a senhorita.

Lady Sarah assentiu. Era o momento que estava esperando. Olhou triunfante para sir Henry quando George pegou a mão dela e a conduziu pelas escadas.

Do lado oposto do recinto, lorde Bute, em pé ao lado da esposa, a baronesa Mary Stuart, presenciava a situação. Sua preocupação se intensificou. Havia acabado de informar ao rei que aceitaria uma posição como membro do Conselho Privado. E, agora, George se esgueirava para a biblioteca com a única pessoa de quem havia sido alertado para se afastar. Essa obsessão com lady Sarah precisava acabar, para que George pudesse seguir o caminho a que fora destinado. Ainda assim, Bute sabia que ninguém podia mandar nos ditames do coração de alguém. Mais do que ninguém, ele sabia como era ter uma esposa e mesmo assim amar outra, e tudo que podia fazer era rezar para que o rei não anulasse as políticas de seu reinado em nome de uma paixão.

Quando chegaram à biblioteca, George tirou o casaco de Sarah. Ela parecia um anjo e exalava os aromas mais estonteantes. Ela olhou ao redor, examinando a impressionante biblioteca repleta de estantes de livros, quadros e lembranças.

— Nunca estive neste recinto ou nesta parte do palácio antes! — exclamou ela, maravilhada.

— Esta biblioteca contém algumas das mais lindas obras de arte e literatura do mundo — disse George —, mas nenhuma delas se compara à senhorita.

George a beijou e, apesar do plano meticuloso de lady Sarah, ela o beijou de volta. Logo as mãos dele se tornaram tão curiosas quanto as dela e, como o destino quis, eles se deixaram perder nas agonias da paixão em frente à lareira.

Enquanto isso, havia seis jogos de cartas distintos acontecendo na sala de visitas. Sir Henry Fox, sir John Wilkes, sir Horace Walpole e sir Charles Bunbury estavam jogando uma partida feroz de *Ruff and Honors*, ao passo que Bute, lorde Mansfield, lorde Diehl e sir Robert Mackpeace se divertiam com uma partida de *Toure*.

A princesa-viúva Augusta, que estivera conversando com um grupo de senhoras, olhou ao redor e, pedindo licença, foi atrás de Bute. Enquanto se aproximava da mesa, ele apertou-lhe furtivamente a bunda. Checando antes onde a esposa dele, baronesa Mary, estava, Augusta encostou em Bute e murmurou:

— Você é incorrigível, John. Agora, onde está George? Não o vejo há algum tempo.

Bute não respondeu. Sabia exatamente onde o rei estava. Ele o vira. Mas revelar aquilo para Augusta serviria apenas para causar a reação que encontrava com frequência quando George ansiava por Sarah — e, nos últimos tempos, os anseios do jovem rei estavam maiores e mais intensos. Até onde ele sabia, George estava na biblioteca fazendo o que queria com Sarah, sem se importar com os convidados, com o que estava ao redor ou com as obrigações que tinha.

Embora não soubesse, Bute não poderia estar mais correto em sua avaliação. Dentro da biblioteca, George e Sarah estavam agarrados, aquecidos e brilhantes. Lady Sarah estava desgrenhada, mas incandescente. Ela resolveu se sentar na espreguiçadeira, tentando corajosamente se ajeitar para ficar mais apresentável. Enquanto a olhava, George sentiu seus olhos lacrimejarem. *Sarah merece a verdade*, pensou ele. Merecia um homem que pudesse dar a ela todo o amor e a posição que lhe era devida, e ele sabia que não poderia honrar tal compromisso. Era hora de contar para ela.

— Sarah, eu nunca amei ninguém tanto quanto a amo.

— Eu também, meu amor.

— Você é a única com quem quero me casar. Precisa acreditar nisso.

Sarah sorriu, animada. Ele finalmente perguntaria. O plano dela havia funcionado. Agora era hora de ser recatada e sedutora.

— Mas eu tenho que me casar com uma protestante alemã — continuou George.

Ela havia escutado direito? Houve algum equívoco? *Protestante alemã? Tenho que me casar?* O mundo dela desmoronou em questão de segundos. Havia acabado de se entregar a um homem que declarou comprometimento a outra mulher? Será que ele era louco? Será que ela era? Esses pensamentos a atacaram na velocidade da luz e ela não percebeu os dedos que iam se fechando em punhos. Sem sequer se dar conta, ela recuou e, sem conseguir controlar a si mesma, girou com a força de Golias e acertou o rosto de George, fazendo-o perder o equilíbrio.

— Seu filho da puta! — gritou ela, descontrolada, enquanto recolhia as próprias roupas. — Você já sabia disso quando me trouxe aqui para dentro. Você me seduziu de propósito, fazendo parecer que me pediria em casamento, seu canalha horroroso e desprezível!

A princesa Augusta e o conde de Bute, ainda no grande salão, olharam para cima momentos depois para ver lady Sarah irromper da biblioteca enfurecida, com lágrimas nos olhos e ajustando o vestido. Ela correu escadaria abaixo e saiu do palácio abotoando o casaco de maneira atrapalhada. George saiu da biblioteca chamando o nome dela em vão. Agora todos sabiam que o rei tinha dado as más notícias e, quando ele retornou ao grande salão, o recinto ficou em silêncio.

Ao perceber o desconforto do rei, Bute na mesma hora chamou a atenção dos musicistas:

— Música! Cadê a música?

Os musicistas obedeceram e os festejos começaram outra vez no palácio. George se sentou para um jogo de cartas, sabendo que havia perdido Sarah para sempre e não havia como voltar atrás. Do ponto de vista dele, a vida havia acabado. E se ele conseguisse colocar as mãos em um pouco de arsênico, acabaria mesmo.

Ao mesmo tempo, na Alemanha, o barão Philip Adolphus von Munchhausen, ministro de Hanover em Londres, havia feito parte do trabalho que rei George lhe havia solicitado. Enviara uma carta de intenção para o major von Schulenburg, emissário de George na Alemanha. Von Schulenburg, um espião confiável que vivia em Brandemburgo, conhecia todas as pessoas da realeza que viviam na região do Reno. A carta fora enviada com o objetivo de transmitir informações preliminares de dezesseis princesas. Após obter tais informações, Schulenburg diminuiu a lista inicial, que foi de dezesseis para nove princesas em um mês. A lista, aprovada por Bute e pelo rei George, consistia em candidatas das casas Hesse-Darmestádio, Brandemburgo-Schwedt, Brunsvique-Volfembutel, Anhalt-Dessávia, Saxe-Gota e Mecklemburgo-Strelitz.

Agora era hora de Munchhausen entrevistar pessoalmente as princesas. Depois de ter recebido as instruções iniciais do rei George, ele foi despachado em 19 de março de 1761. Chegando dez dias depois em Bremen e, após descansar por um dia, foi entrevistar a primeira candidata, a princesa Margaret de Anhalt-Dessávia.

Munchhausen foi logo conduzido ao hall de entrada do castelo pelo príncipe Leopold. Serviram-lhe um chá forte e ele ficou esperando. Finalmente, a moça de quinze anos apareceu. Apesar de simpática, a princesa Margaret parecia completamente desinteressada e ficou olhando para a janela pela maior parte do tempo. O príncipe Leopold, por outro lado, falava sem parar, enquanto Munchhausen fazia anotações.

— Eu abençoo o dia em que conheci a mãe de Margaret, que Deus abençoe a alma dela. Eu a conheci quando estava adoentado, em 1743 — tagarelou ele. — Ela era filha do boticário que fez a receita do meu remédio. Era tão linda. Casei-me com ela assim que recuperei minha saúde. E olhe para minha pequena Margaret, tão linda quanto a mãe.

Conforme o príncipe Leopold continuou falando, Munchhausen empalideceu. Ele realmente tinha ouvido o que achava ter ouvido? Agora tinha um milhão de perguntas a serem feitas, mas manteve uma expressão fria no rosto. Na opinião dele, a entrevista tinha acabado, e ele escreveu a anotação fatal para si mesmo — "Pedigree inválido. Mãe plebeia" e riscou o nome da princesa Margaret. Nem o rei George nem o Conselho Privado permitiriam tal casamento.

Seis dias depois, Munchhausen viajou para Saxe-Gota em busca da princesa Frederica Louise, que ele já sabia ser uma candidata improvável, pois era sobrinha da princesa Augusta. George não queria uma aliança tão próxima com nenhum membro da família de sua mãe. A princesa-viúva de Gales havia coagido Munchhausen a se encontrar com a princesa sobre quem as pessoas não estavam dispostas a discutir. Munchhausen entendeu imediatamente quando a cumprimentou. A princesa tivera varíola uma vez, e a doença lhe deixara cicatrizes terríveis. O rosto e os membros superiores dela exibiam o retrato triste de sua aflição. Ela também mancava, o que, para ele, pôs um fim na questão, assim como na entrevista. Sentiu-se aliviado.

Quinze dias depois, Munchhausen estava no município de Brandemburgo--Schwedt. Ele enviara uma mensagem ao major von Schulenburg e perguntara se ele poderia ajudá-lo a obter alguma informação adicional sobre quaisquer das princesas. Mesmo assim, quando Munchhausen enfim se encontrou com o major e perguntou sobre a princesa Phillipa, von Schulenburg foi pouquíssimo acessível. Inclusive, Munchhausen sentiu-se como se estivesse arrancando os dentes do major quando lhe pediu para responder a seguinte pergunta:

— O que o senhor acha da princesa como uma possível noiva para Sua Majestade?

— Bem... a princesa é atraente — declarou Schulenburg, em um tom nervoso —, mas... ela é...

Ele não conseguia continuar e Munchhausen ficou frustrado.

— O que o senhor está constrangido de contar a Sua Majestade sobre ela?

— Bem... ela é... como se diz... meu inglês... não bom. Ela é...

Quando, por fim, ele confessou, Munchhausen anotou cada uma de suas palavras com tristeza.

— Princesa Phillipa é uma mulher cheia de opiniões, teimosa, obstinada, rude, profana e muito difícil. Ela tem características desagradáveis demais para ser rainha. Além disso, ela se recusa a casar com um homem que ela acha que parece... um sapo.

Munchhausen ficou mortificado. Ele agradeceu ao major, um homem que apesar de tudo era ponderado e criterioso, e foi embora. Pôde ver por conta própria, no dia seguinte, o que o major quisera dizer. A princesa Phillipa de fato era uma bela criatura, mas o fez sair correndo até a carruagem dele enquanto o repreendia, atirando o chapéu de Munchhausen nele, gritando:

— Seu filho de um traseiro de porco! Eu disse para o moleque do major Schulenburg que não vou me casar com rei George, aquele filhinho da mamãe com olho de sapo! Agora vá embora! E não mande mais ninguém!

Entrevistas como essa se estenderam por mais três semanas. As princesas eram obesas, enfermas, obstinadas, distantes, bobas, hediondas, suicidas ou deprimidas. Ele nunca havia visto um grupo tão distinto de mulheres de criação inadequada e indesejada em toda a sua vida e orou para Deus ao pensar em como informaria ao rei. Mas sabia que precisava informá-lo.

Sentado em uma pousada em Brandemburgo, o barão esfregou as têmporas. Tirou os óculos de aro de metal e bebeu duas canecas de cerveja vintage em menos de um minuto, tentando formular as palavras para a correspondência pouco favorável que tinha que enviar para Sua Majestade. A cabeça dele seguiu latejando por saber que ainda tinha cinco princesas para entrevistar. Esperava que houvesse, dentre elas, uma candidata adequada.

A carta chegou a Bute em St. James e o conselheiro de George, desnorteado, a lia para Augusta a caminho das execuções mensais em Tower Hill. Bute balançou a cabeça.

— Isso é um pesadelo. Todas as candidatas que Munchhausen entrevistou são indesejáveis.

— O que havia de errado com a princesa Frederica? — perguntou Augusta. — Você não disse ao barão que minha sobrinha deveria receber uma avaliação favorável?

— De acordo com a carta, ela é desfigurada por conta da varíola, tem um rosto horrível e manca ao caminhar.

— Detalhes triviais.

Bute não estava de bom humor quando eles subiram as escadas até a fileira da frente para assistir às execuções. George, Edward e Amelia já estavam lá, assistindo aos enforcamentos como se fosse um concerto.

— Os franceses pretendem cruzar o canal e nos surpreender em Dover — informou Edward a George, enquanto um homem caía de encontro com a morte.

— Gostaria de vê-los tentar — comentou George. — O delfim subestima nossas forças navais. Somos invencíveis na água.

Amelia olhou para eles e perguntou:

— George, houve alguma palavra de Munchhausen sobre a noiva?

— Infelizmente, sim. — Ouviram Bute dizer, quando ele e Augusta se sentaram junto a eles. Bute entregou a carta do barão Munchhausen a George, que a leu em voz alta.

"Querido lorde Bute. Por favor, informe a Sua Majestade que é com profundo pesar que escrevo ao senhor a respeito das primeiras nove candidatas. Elas são todas inadequadas da pior maneira possível. Uma princesa tinha atitudes progressistas demais, outra era muito franca e segura de si. Entrevistei mulheres que são obesas, crianças, doentes, baixinhas, rústicas — até flatulentas —, e temo que nenhuma possua a conduta necessária para se tornar uma rainha britânica. Eu sugiro diminuir seriamente nossos critérios e compilar uma nova lista, já que a loucura, a incapacidade e as doenças que afligem muitas dessas candidatas acabariam com o comportamento de qualquer pessoa. Anexadas na segunda página dessa correspondência, estão as especificidades da inadequação de cada candidata, para que o senhor avalie. Por favor, solicite novamente os serviços do major Schulenburg para que ele compile outra lista. Considerando o tempo, entrevistarei pessoalmente cada uma delas nos próximos um ou dois meses. Por favor, aceite minhas sinceras desculpas pelo estado dessas jovens, bem como minha esperança para melhores resultados na próxima rodada. Aguardo sua resposta. Afetuosamente, barão Phillip von Munchhausen."

George suspirou e Edward balançou a cabeça.

— Mas que desastre. Será que é tão difícil assim encontrar uma alemã protestante que não seja corpulenta, doente ou flatulenta?

Mas George estava chateado.

— Eu queria anunciar minha noiva no próximo encontro do Conselho Privado.

— Então o que dirá a Munchhausen? — perguntou Edward. — Precisamos mais do que nunca da aliança alemã.

George pensou por um momento e então virou para Bute.

— Instrua Munchhausen a continuar com a ajuda de Schulenburg. Diga a ele que se encontrar nem que seja um *trol* alemão com quem eu possa me casar, me casarei.

Amelia aproximou-se de George.

— Diga a ele que escolha bem. Seu pai teve que se casar uma alemã protestante — ela apontou para Augusta — e obviamente tudo que eles conseguiram encontrar foi um *trol*.

Enquanto todos os outros riam, Augusta demonstrava não achar graça — e George exibia sua preocupação.

Treze

Abril de 1761

Com a chegada da primavera, os jardins do Palácio de Mirow pipocavam de flores de cerejeira, glicínias e buganvílias. O evento da estação estava finalmente acontecendo: a festa de noivado do duque de Anhalt-Köthen e da princesa Charlotte Sophia de Mecklemburgo-Strelitz.

O tema lilás e branco estava em evidência e tudo era iluminado pela luz de velas e tochas. Um quarteto de cordas fora contratado para a ocasião e estava tocando melodias alegres. Duzentos e cinquenta membros da sociedade alemã ocupavam o lugar.

Ainda que precisasse esconder a própria enfermidade, a duquesa Elizabeth estava extasiada. Tudo ocorria exatamente como planejado. Os convidados comentavam sobre o lugar reformado, a qualidade excelente dos tecidos nos móveis, paredes e cortinas, e a frondosidade dos jardins. Também elogiavam a comida e, apesar de Lena não receber o devido crédito, ela estava orgulhosa de sua contribuição enquanto servia os aperitivos com outros criados.

Charlotte e lorde Gregory dançaram sob a passarela coberta de videiras e todos os olhos estavam neles. Às vezes, ela se virava na direção de Christiana e as duas trocavam um olhar solene. Christiana sabia que a irmã estava atormentada, mas nada podia ser feito.

Depois, quando Charlotte caminhou em meio à multidão, recebeu muitos elogios a respeito de sua beleza, o que a fez se sentir apreciada, apesar de a pintura excessiva fazer com que ficasse branca como leite. Sir Alfred tinha prendido o cabelo dela num belo penteado, com cachos macios que emolduravam seu rosto. Mas não importava quão belo fosse seu cabelo ou seu traje, Charlotte estava deprimida. Ela não queria participar de conversas fiadas com os convidados e com certeza não queria ficar de braços dados com lorde Gregory. Então, quando o duque notou Wilhelm e levou a filha Helena para perto dele, a fim de forçar uma conversa entre os dois e, assim, conseguir uma possível segunda união Frederick/Muldare, Charlotte escolheu desaparecer. Pedindo licença, ela desceu pelo corredor até a sala de visitas e se sentou no assento da janela. Sentia-se morta por dentro. O casamento iminente era uma preocupação. Jon Baptiste Beckford era a outra.

Depois da situação entre eles em novembro, Jon pedira para ser transferido para o Palácio de Neustrelitz, de acordo com Adolph. Ele não se havia se despedido e Charlotte não o via há meses. Ela só conseguia pensar na briga que tiveram nos jardins e no quanto ele a tinha magoado com os comentários que fizera. Ela pensou no desejo dele de ser "...livre o suficiente para não servir, varrer ou catar esterco...". *Ele merece essa liberdade*, pensou ela. Além disso, ele estava certo sobre a família dela. Nenhum deles estava fazendo nada para resolver a questão dos negros e esse dilema desolador fazia com que Charlotte se sentisse muito taciturna.

Jon também estava triste e se arrependia de seus atos. Naquele dia, após deixar Charlotte, ele voltou ao palácio e foi até a cozinha, onde sua mãe ainda estava fazendo sabão. Lena percebeu que o filho estava chateado e, quando perguntou a Jon, ele contou sobre a situação com a princesa e o que tinha dito. Lena ficou aflita de novo.

— Jon, como tu disse uma coisa dessa pra Sua Alteza?

Ela se esforçou muito para não jogar sabão talhado nele.

— Não consigo acreditar que só porque a princesa te ajudou a ler e escrever e te deixou ensinar ela a dançar tu acha que tem o mesmo direito que ela.

— Mas nós *deveríamos* ter os mesmos direitos. Precisamos parar de pensar como escravos e sermos livres.

— Não se diz coisa assim pra uma princesa. Ela é da realeza, menino. O que acontece se ela conta pra duquesa? Tu quer botar a gente em perigo?

— Não, mãe. Não quero isso — murmurou Jon, exasperado. — Só nunca me ocorreu que eu não podia dizer o que de fato pensava para ela.

— "Nunca ocorreu" pra tu? — Lena imitou as tentativas de Jon de soar mais refinado. — Ai, ai. Como estamos cheios de estilo agora, né? Que classe, sofisticação. Deixa eu te dizer uma coisa, menino. Os Frederick vão te vender assim que tu irritar eles e num tem fingimento nenhum que te dê o direito de nos botar em risco. Pois vá lá e peça desculpa. Eu sei como é responder os Frederick e depois levar castigo.

— Mas o que eu digo? Principalmente para *ela*? Alguém por quem tenho... uma pessoa que sinto... — Jon não conseguiu continuar e foi até o tacho de sabão talhado para mexê-lo. Lena percebeu uma verdade terrível.

— Menino, eu sei o que tá acontecendo aqui. Tu chama ela de "Charlotte" pra mim. Nem "princesa" nem "Sua Alteza", como se tivesse com o coração na mão dela. Tu tem sentimento pela princesa?

Jon não disse nada. Ele não podia. Sabia que os instintos da mãe estavam corretos.

O rosto de Lena ficou lívido.

— Meu Deus, menino, tu não pode. Tu tem que parar agora. Tem coisa que tu não sabe sobre ela, sobre eles — disse Lena, com uma mistura de pavor e mau pressentimento que Jon nunca havia testemunhado.

Lena correu até as cartas de tarô, embaralhando-as e as dispondo. Assim que terminou, ela levou as mãos ao rosto e balançou a cabeça, desesperada.

— Isso é ruim, menino.

Em vez de perguntar à mãe o que ela havia "lido" nas cartas, Jon despejou a mistura talhada e perfumada nos moldes de sabão.

— Não compartilhe suas descobertas comigo. Não acredito nas suas cartas.

— Menino, essas cartas te criaram. O poder tá na *minha* crença. Preste atenção. Pede desculpa pra princesa o quanto antes e acaba com essa nuvem na cabeça.

— Mãe, por favor, eu...

— Jon! — interrompeu Lena. — Tem um esquema ruim querendo te destruir. Pede desculpa pra princesa.

Jon saiu, sem olhar de volta para a mãe. Não viu as lágrimas dela. Nunca soube que o que ela vira nas cartas, o que ela *sempre* vira nas cartas para ele, era morte.

Incapaz de se desculpar com Charlotte, Jon perguntou a Adolph se podia trabalhar em Neustrelitz em regime permanente.

✠

Charlotte estava sentada no assento da janela no salão de visitas enquanto os festejos de sua festa de noivado aconteciam. Ela estava envolta em um véu de desespero. Apesar de ter tomado por conta própria a decisão de se casar com o duque de Anhalt-Köthen, mesmo assim estava frustrada. Lá estava ela, uma aristocrata da realeza; uma pessoa no topo da pirâmide de aceitação e importância da sociedade. Mas, como uma *mulher* da realeza, ela tinha tanta liberdade de escolha quanto a população escravizada ao redor do mundo, de quem ela mesma descendia.

Ela não era diferente de Jon.

Logo, no entanto, os pensamentos dela foram interrompidos pelo som do relinchar de cavalos e de uma carruagem chegando à entrada do palácio. Ao olhar pela janela, viu dois cavalheiros bem-vestidos, um deles carregando uma bolsa, se aproximarem da porta. Pareciam familiares. Herr Idhe abriu a porta para receber os homens, pegando seus casacos e chapéus antes de anunciá-los:

— Herr Carl Emmanuel Bach e Herr Johann Christian Bach.

A surpresa drenou o sangue do rosto da princesa, que correu para a porta e a abriu. Lá estava Christian, que se manifestara diante dela como uma prece atendida. O compositor olhou para cima e os olhos dos dois se encontraram. Mais uma vez, o mundo ao redor deles deixou de existir. Consciente dos sentimentos do irmão pela princesa, Emmanuel quebrou o encanto:

— Por favor, perdoe meu atraso, Vossa Alteza — disse Emmanuel —, e parabéns pelo casamento vindouro.

— Obrigada, Herr Bach — Charlotte conseguiu dizer, os olhos ainda em Christian.

— Meu irmão insistiu para que eu o trouxesse, já que ele vai ficar longe por um longo tempo — continuou Emmanuel, percebendo que Christian ainda não cumprimentara Charlotte. — Ele mesmo lhe diria isso, mas, ao que tudo indica, no momento parece incapacitado de falar.

Emmanuel curvou-se de forma cortês e foi para onde os outros convidados estavam.

Christian e Charlotte ficaram a sós.

— Parabéns, Vossa Alteza. Espero que a senhorita e lorde Gregory sejam muito felizes — disse Christian, que finalmente encontrara a voz e cuja expressão traía seus sentimentos verdadeiros.

— Já faz seis meses, Christian — começou Charlotte, os olhos voltados para o chão de maneira nervosa.

— Cento e oitenta e oito dias, na verdade — corrigiu ele. — Escrevi para a senhorita três vezes de Milão e mais uma vez de Hamburgo no mês passado. Quando não tive retorno, presumi que a senhorita tivesse sido colocada contra mim. E então, fiquei sabendo de seu noivado.

Charlotte franziu a testa.

— Você me escreveu? Nunca recebi nenhuma de suas cartas.

— Por isso tive que vir. Precisava saber se havia algum tipo de mal-entendido entre nós. Tudo aconteceu tão rápido no Baile do Rei que eu não tinha mais certeza se de fato acontecera.

Charlotte levou o dedo aos lábios dele para silenciá-lo. A presença dele já era o suficiente para deixá-la abalada. Saber que ele escrevera para ela e que as cartas nunca lhe foram entregues a chateou ainda mais.

— Eu vou me casar com lorde Gregory. Eu mesma tomei a decisão. Já está tudo acertado.

— A senhorita o ama? Preciso saber, pois não vi nenhuma evidência disso no Baile do Rei.

— Christian, por favor — suplicou Charlotte. — Nós dois só tivemos uma dança juntos.

— A senhorita o ama? — repetiu o músico. — Porque aquela única dança nunca saiu da minha cabeça. Não ocorreu o mesmo com a senhorita?

Charlotte se virou e correu para a sala de visitas, lutando contra as lágrimas. Mas Christian a seguiu. A música do quarteto de cordas podia ser ouvida baixinho através das paredes. Christian fechou a porta e pegou a mão de Charlotte, sem saber por onde começar.

— Não temos muito tempo. — Ele baixou a voz até um sussurro e procurou os olhos dela com os dele. — Peço que não me julgue pelo meu atrevimento, mas amanhã vou embora para Bruxelas. Três semanas depois, irei para Viena e então para Londres. Não voltarei ao Reno por anos.

O coração de Charlotte fez um barulho tão alto ao se partir que até Christian conseguiu escutar.

— Aprendi que sentimentos são melhores quando comunicados antes de grandes viagens, já que ninguém sabe o que o futuro reserva — lamentou Christian. — E se eu não disser o que está em minha mente, sei que nunca será dito. — Ele afastou as mechas desordenadas do cabelo dela. — Eu te amo. — Percebeu que os olhos de Charlotte se enchiam de lágrimas e parou para limpá-las com os dedos. — Se tem sentimentos pelo seu noivo, então que seja. Eu vou entender. Mas se tem sentimentos por mim, qualquer sentimento que seja, eu preciso saber. Eu preciso...

Charlotte não podia deixá-lo terminar. Antes que percebesse, o beijou impulsivamente.

— Eu te amo — confessou ela, a ousadia do próprio ato fazendo com que recuasse, surpresa consigo mesma.

Mas Christian trouxe o rosto dela para perto e a beijou mais uma vez. Charlotte nunca havia sentido nada como aquilo. Seu corpo pedia mais. Christian tocou sua nuca e ombros com ternura e finalmente encontrou e acariciou os seios magníficos dela. Quando ele pressionou o corpo com firmeza contra o dela,

Charlotte precisou parar para respirar, emitindo um som de êxtase e tomando os lábios dele de novo. Eles se beijaram até que a necessidade de oxigênio e o desejo de Charlotte de ter respostas para suas perguntas os forçou a se separarem.

— O que há, Charlotte?

Ela levou alguns instantes para falar.

— Isso é tão errado. O homem de quem sou noiva está lá fora com todos nossos amigos e familiares e eu estou aqui com você. — Ela se virou para ele. — Christian, se eu não fosse da realeza, você sequer se importaria comigo?

— Que pergunta estranha.

— Eu não sou seu tipo habitual. Não sou uma soprano como aquelas que fiquei sabendo que gosta tanto. Eu não faço concertos. Ninguém me acha bonita ou carismática. O que você vê em mim?

Christian tomou a mão enluvada dela.

— Uma alma como a minha — disse ele. — Alguém com o desejo incansável de deixar o mundo melhor só por ser parte dele. — Ele puxou a luva dela para revelar a pele beijada pelo sol. — Alguém que quer mostrar seu *verdadeiro* eu para o mundo, mas não pode. Lembre-se, eu a conheço desde que tinha oito anos. Não se escondia debaixo de tanto pó de giz naquela época.

A princesa quase chorou com as verdades dele.

— Minha mãe. Ela insiste que eu faça isso.

— Eu também tenho uma fachada de falsa coragem — continuou Christian, num tom suave. — As pessoas acham que sou rico só por ser filho de J. S. Bach. Mas preciso ganhar a vida da maneira como puder, já que meu pai não me deixou nada quando morreu.

— Sebastian não deixou herança?

— Só um clavicórdio, três camisas e uma enorme sombra da qual meu talento nunca vai me retirar — respondeu Christian, de cabeça baixa. — Dia após dia, mês após mês, faço rodadas de concertos na Itália, Alemanha, França, Inglaterra, esperando conseguir um contrato melhor porque o que tenho com conde Agostino Litta em Milão é restritivo demais. Nada além de minha música me afastaria de você, Charlotte. A música é minha amante. — Christian suavizou o tom. — Em relação a sopranos, apesar de ser verdade que faço companhia para algumas, eu estou por aí. Sou um compositor. Cantoras são as minhas ferramentas de trabalho, mas não são donas do meu coração. Você quem é, Charlotte.

Christian abriu a bolsa que trouxera e retirou uma caixinha de música prateada com uma bailarina que, quando se dava corda, tocava a "Invenção a duas vozes" de J. S. Bach. Entregou a caixinha para Charlotte.

— Eu te amo como amo minha música — continuou Christian. — Não a verei por muito tempo. Queria lhe dar algo que me mantivesse em suas lembranças.

Charlotte sorriu, escutando a música que seu presente tocava.

— É linda.

— Apesar de não ser nada além de um compositor pobretão, eu tenho o coração de um aristocrata.

Charlotte virou de costas para o objeto de sua afeição e segurou a caixinha perto de si.

— Eu não me importo com essas coisas, Christian. Eu só sei que, quando estou com você, sinto alegria. Sinto que sou aceita por ser eu mesma. Sinto como se a vida tivesse dado um presente especial só para mim e não quero me desfazer dele. — Ela se virou para Christian de novo e tomou a mão dele. — Ah, Christian. Eu não posso me casar com lorde Gregory. Eu com certeza morrerei casada com ele.

— Mas o que podemos fazer? Não podemos fugir para ficarmos juntos.

De repente, a ideia atingiu Charlotte como se um lustre tivesse caído nela.

— Sim. Podemos. Eu posso ir embora de Mirow e rejeitar as restrições de minha sociedade real. Eu quero ficar com você, Christian. Eu quero ser *sua* esposa. Não me importo que minha linhagem não permita isso.

— Nada me faria mais feliz do que ter você como minha noiva. Mas a vida comigo na estrada, de cidade em cidade, de país em país, não é lugar para uma mulher de criação e nascimento real.

— Eu não me importo com isso, Christian. Eu te amo. Não podemos encontrar uma forma de ficarmos juntos?

Christian pensou por um momento. Aquilo estava mesmo acontecendo? Ela de fato entendia do que estava desistindo? Era possível que ele pudesse ter a mulher que desejava e a carreira que tanto ambicionava na mesma vida? Os Deuses estavam dando a bênção daquele sonho para ele?

— Em três semanas, estarei em Viena. Se conseguir chegar pelo menos em Berlim, consigo arranjar uma forma de lhe trazer até o lugar onde podemos nos casar. Você consegue?

— Sim — respondeu Charlotte com rapidez, enquanto um plano de ação surgia em sua cabeça e saía de sua boca como se ditado de um lugar além dela. — Posso fingir que não estou bem e ficar em casa enquanto minha família vai até a cidade para a Festa do Equinócio. Posso solicitar que Jon me ajude a escapar com ele e me leve até a carruagem em Neustrelitz. Quando minha família retornar, já estarei bem longe.

— Então lhe escreverei para confirmar as datas e nosso ponto de encontro.

— Sim, sim. Mas mande suas cartas aos cuidados de lady Schwellenberg, para que eu as receba dessa vez.

Eles se beijaram. E, com os braços fortes de Christian a envolvendo, Charlotte se sentiu segura e amada, talvez pela primeira vez na vida.

— *Sra.* Christian Bach — murmurou ela suavemente.

— Eu nunca me esquecerei dessa noite — jurou Christian.

Então, vindo de algum lugar atrás deles, escutaram:

— Nem eu.

Ao se virarem, Charlotte e Christian se depararam com lorde Gregory, a duquesa Elizabeth, a princesa Helena e Wilhelm parados na porta. Lorde Gregory marchou até eles e deu um tapa no rosto de Christian.

— Ao que parece, Herr Bach, o senhor não consegue lembrar qual seu lugar em relação à minha noiva.

Christian queria socá-lo, mas não podia. Lorde Gregory era da realeza.

— Saia daqui agora — ordenou o duque —, ou serei forçado a desafiá-lo para um duelo e garanto que as consequências terão um efeito negativo em suas mãos, senhor.

— Lorde Gregory, o senhor não tem autoridade nessa casa — advertiu Charlotte.

— Mas *eu* tenho — rosnou com frieza a duquesa Elizabeth, se aproximando de Christian. — E eu quero que Herr Bach saia e leve seu irmão junto com ele. — Ela estreitou o olhar para Christian. — Não fosse pela grande estima que tive pelo seu pai, eu mandaria açoitá-lo, senhor.

Christian se curvou para a duquesa e saiu depressa. Charlotte ia correr atrás dele, mas foi impedida pelo aperto de lorde Gregory.

— Estou pensando em colocar algum juízo na senhorita. Seu comportamento é o de uma criança petulante e imoral, e não aceitarei que minha esposa aja de tal maneira.

— Tudo bem por mim, senhor — admoestou Charlotte, encontrando forças dentro de si. — Pois estou convencida de que o senhor é a última pessoa na terra com quem me permitiria casar.

Ela retirou o anel de noivado, entregou-o a ele e saiu correndo com a caixinha de música de Christian.

Desconcertado, o duque encarou a duquesa Elizabeth.

— Retiro o valor de dez mil táleres que prometi. Não parecerei um corno sendo conectado a um incidente indecoroso como esse. Minhas desculpas aos nossos convidados. *Auf Wiedersehen.*

Catorze

Dois dias haviam se passado e Charlotte ainda estava deitada numa pilha desordenada em sua cama. O noivado fora cancelado e ela estava de luto por sua vida — uma vida na qual era forçada a viver com a decepção, a solidão e, mais do que tudo, com a perda de Christian Bach.

Mas, quando ela saiu em prantos da sala de visitas na noite da desastrosa festa de noivado, chocou-se sem querer com um servo que carregava uma bandeja de taças de vinho. Ambos caíram no chão. De todas as pessoas, Jon Baptiste Beckford foi quem veio ao seu resgate. Charlotte e Jon olharam um para o outro por um momento e, depois que ele a ajudou a levantar, ela caiu em lágrimas nos braços dele.

Jon sabia que algo havia acontecido para causar um pesar tão descomedido e, apesar de tudo, a ajudou.

— Não chore, lady Charlotte. Estou aqui. Jon está aqui.

— Obrigada, sir Jon — choramingou Charlotte.

Dessa vez, Jon não se incomodou quando ela o chamou de "sir Jon". A princesa parecia precisar dele, e ele queria dar suporte a ela. Levou Charlotte até o quarto dela e só voltou ao trabalho quando teve certeza de que ela ficaria bem. Antes de tudo, Charlotte era sua amiga, e ele protegeria aquela amizade — mesmo colocando em xeque os próprios erros.

Charlotte se trancou no quarto e não permitiu que ninguém entrasse. Teria sido uma bênção se ela pudesse ter ficado lá sem ser perturbada para conseguir se recompor, mas não teve tanta sorte. Com enorme constrangimento por ter que dispensar os convidados e anunciar que o noivado havia sido cancelado, a duquesa Elizabeth subiu até o quarto de Charlotte e esmurrou a porta. Ela vomitou injúrias na filha como nunca fizera com nenhum outro membro da família.

Charlotte não abriu a porta e a duquesa ameaçou derrubá-la. A festa e a reforma do palácio haviam custado a Elizabeth uma grande quantia, que ela nunca recuperaria agora que lorde Gregory havia retirado sua promessa de fundos. Charlotte colocou um travesseiro sobre a cabeça e tocou a música da caixinha de Christian repetidas vezes para abafar os sons que a doida varrida da mãe esbravejava na porta. Foi preciso que Adolph retirasse a duquesa de lá. A mãe estava à beira de um colapso físico e mental, e o filho a levou até o quarto para que se deitasse, em meio às acusações de que todos eles estavam "condenados à falência".

Por fim, Christiana convenceu Charlotte — já desiludida e fraca — a abrir a porta. Ela conseguiu dar um pouco de sopa para a princesa e não perdeu a irmã de vista pelas duas semanas seguintes. Charlotte seguiu desalentada. Não recebera notícias de Christian desde a festa do noivado e não via Jon desde o encontro no corredor. Ela também sentia que Lena a evitava. A mulher jamaicana quase não olhava Charlotte nos olhos e, se estivesse passando por um corredor e avistasse a princesa, arrumava uma desculpa para dar meia-volta.

A ordem nunca voltou à residência e Charlotte e a mãe quase nunca se falavam. A princesa comia suas refeições no quarto e se consolava com a caixinha de música de Christian ou com a companhia de Christiana, mas sua razão de viver fora destruída e ela logo passou a pensar em tirar a própria vida.

Wilhelm, no entanto, encontrou uma chance de "salvar a família". Ele se dispôs a ir até a propriedade de lorde Gregory em Anhalt e jurar seu amor eterno pela filha do duque, a princesa Helena Muldare. Com esse ato, ganharia a gratidão da tia, adquiriria um título e poderia fazer um pé-de-meia para si com o dinheiro do duque. Além disso, ele ainda poderia manter Charlotte como amante, já que ela seria considerada uma mulher desonrada. A vida dele seria perfeita.

Assim, ele pediu ao velho lorde Gregory a mão de Helena em casamento e garantiu que não havia razão para esperar uma repetição do que causara a partida derradeira do duque do Palácio de Mirow em abril. Lorde Gregory, ansioso para despachar sua simplória filha de 27 anos, não hesitou em fazer um contrato com Wilhelm. Porém, a quantia financeira era menor daquela que havia oferecido para a grã-duquesa. Em vez de duas notas de cinco mil táleres, ele oferecera uma nota para um total de dois mil táleres — a ser entregue apenas mediante consumação na noite do casamento. Assim, garantiria o futuro da filha. Ele também ofereceu a Wilhelm o título de "visconde" no ducado, algo que Wilhelm estava mais do que disposto a aceitar, já que ele não tinha título nenhum na corte Frederick de Mecklemburgo.

Quando recebeu essas notícias, Charlotte não sabia por quem devia lamentar mais: por si mesma, por não ter uma vida e ter se tornado fonte de chacota para sua família e seus semelhantes, ou pela princesa Helena, que casaria com seu insano primo Wilhelm — o anticristo — e estaria destinada a dar à luz o filho da besta.

No entanto, um mês depois, numa tarde prazerosa, um raio de esperança perfurou a nuvem que pairava sobre Charlotte. Logo depois do chá, lady Schwellenberg a chamou até o corredor. Charlotte pediu licença e encontrou sua dama de companhia com uma bandeja de prata onde estavam uma única rosa vermelha e uma carta. Ela piscou para Charlotte, entregou-lhe a bandeja e então, com um sorrisinho torto, pediu:

— Conte-me tudo mais tarde.

Charlotte logo soube que era *dele* e correu para o balanço no quintal para ler com privacidade. O coração dela palpitava de ansiedade. Atrapalhada e com rapidez, Charlotte quebrou o selo de cera e leu:

19 de maio de 1761
Sua Alteza Sereníssima, princesa Charlotte Sophia Frederick
Palácio de Mirow, Mecklemburgo-Strelitz, Alemanha

Minha queridíssima amada Charlotte,

Feliz aniversário, ma petite, *e por favor me perdoe pelo atraso desta carta. Faz duas semanas desde que parti da Itália para Bruxelas. Minha próxima parada é Viena por três semanas e depois Londres, onde meu mecenas me diz que ficarei por um ano. Apesar de estar compondo melhor do que jamais compus, meus pensamentos estão sempre voltados à senhorita. Eu muito estimo nosso tempo em Sanssouci e mais ainda nosso último encontro em sua casa em Mirow. Rezo para que minha ida até aí não tenha manchado ou tido impacto negativo em sua relação com sua família, pois nunca conseguiria me perdoar. Eu precisava vê-la e, se minha imprudência causou algum pesar descabido, ficarei para sempre mortificado. Charlotte, eu rezo para que não tenha mudado de ideia sobre nossa fuga. Só consigo pensar nisso. Sem esses pensamentos, me vejo como um navio sem leme, perdido no mar. Entrei em contato com Herr Eldridge Chasin. Ele virá para Berlim encontrá-la e trazê-la para Viena. Tudo que a senhorita precisa fazer é me dizer que ainda quer ser minha na santidade do casamento. Se sim, ele a trará para o hotel Rose Inn, onde nos casaremos em segredo e nos tornaremos marido e mulher para todo o sempre. Mas preciso ir embora de Viena no dia 25, então, por favor, aja rapidamente e me avise. Se a senhorita pensou melhor no assunto e decidiu não agir de maneira tão apressada, eu entenderei. Então, por favor, perdoe a verborragia deste compositor apaixonado e saiba que eu te amo, não importa com quem escolha se casar. Eu sou, e sempre serei, completa e eternamente seu.*

JCB

Charlotte leu e releu a carta de Christian a tarde inteira. Ela a cheirou, manuseando-a e apreciando-a. Então, a colocou no seio, perto do coração. Mais tarde, escreveu uma resposta para Christian.

Herr Johann Christian Bach
Aos cuidados de Rose Inn
Casamount, Viena

Meu querido Christian,

Sua carta foi recebida com muita animação. Veja só, eu também estava perdida no oceano da vida, sem leme ou direção, até aquele mesmo fatídico dia em Mirow. O sangue fluiu de minha cabeça quando tudo e todos na casa congelaram para nos permitir nosso momento — um momento sobre o qual penso todos os dias. Quando vou dormir, sinto seu beijo em meus lábios. Penso nisso quando acordo, a emoção de seu toque em minha mente. Só consigo enfrentar o dia com a lembrança de nossos corações batendo em uníssono quando o senhor concordou que deveríamos fugir juntos. Querido, doce Christian, eu obviamente não estou mais comprometida com lorde Gregory e estou emocionada com a possibilidade de nosso casamento — não importa como. Enquanto escrevo isso, já planejei minha fuga. Então, por favor, mande Herr Chasin para Berlim, onde estarei no hotel principal no dia 15. Meu plano é sair daqui no dia da Festa do Equinócio e viajar para Berlim com meu amigo e servo, Jon Baptiste Beckford. Rezo para que nosso casamento seja abençoado, ainda que estejamos agindo por necessidade, um amor desesperado e o desejo imediato de estarmos juntos. Esse é o nosso destino, Christian — estarmos apaixonados e nos casarmos, não importa como. Meu sonho é segui-lo até os confins da terra se necessário for. Então, por favor, não questione nossa decisão. É para isso que estou vivendo.

Se Deus quiser, no dia 19 estarei em Viena, onde começaremos nossa vida juntos. Espere por mim, meu amor. Espere por mim. Eu estarei lá. Nada pode me impedir, porque é nosso destino nos casarmos. Até lá, tenha consigo o pensamento de que eu também sou completa e eternamente sua. Lotte

Assim começou a relação epistolar entre os dois. Christian cumpriu muito bem a promessa de escrever para ela e a princesa respondeu com carinho. Lady Schwellenberg entregava uma carta furtivamente e Charlotte, a seguir, entregava uma carta para ser enviada. A princesa apreciava cada uma das cartas e, quando se tornaram numerosas demais, ela as amarrou com uma fita vermelha e as escondeu no fundo de seu roupeiro.

Quando a tarde da celebração da Festa do Equinócio chegou, Charlotte já havia se reconciliado com Jon e pedido sua ajuda para fugir. Ele concordou em fazê-lo, pois era amigo de Charlotte e não conseguia recusar os pedidos dela. Todas as pessoas tinham ido até a vila para aproveitar as festividades, incluindo Adolph. Charlotte fingiu estar doente e ficou para trás para organizar a fuga. Nem mesmo suas confiáveis damas de companhia foram informadas da escolha dela de se casar com Christian às escondidas.

Que lindo dia, pensou a princesa, olhando os jardins pela janela. Não estava muito quente e a brisa que soprava era o suficiente para trazer os aromas da mistura de ervas de Lena, colocada em jarros em vários cômodos do palácio. Charlotte se sentiu ótima enquanto fazia sua mala. Jon prometeu levar os criados até Neustrelitz para o festival, a uma hora de distância, e então voltar para Mecklemburgo para levar Charlotte até a carruagem que a levaria até a "estalagem" em Berlim, a três horas de distância na direção oposta. Saber que a família não retornaria até mais tarde naquele dia dava a ele tempo suficiente para buscá-los e ter um álibi, já que ele, como servo, tinha que esperar com os outros cocheiros na área para carruagens do festival.

Depois que Jon foi embora, Charlotte passou pelo espelho de corpo inteiro, parando para encarar o próprio reflexo. Estava mudando. Se sentia madura. Nada poderia levá-la de volta aos dias sombrios de censura da mãe. Era uma mulher agora. Tinha o amor de um homem que a queria como ela era, para ser esposa dele. E foi esse pensamento que a levou até a bacia de água. Ela limpou todos os rastros do pó e da maquiagem que usava todos os dias para clarear a pele e se olhou com atenção. A tez negra-amarelada, o nariz largo e os lábios carnudos não a incomodavam mais. Essa era quem ela era — a verdadeira Charlotte Sophia —, e ela gostava de si mesma.

Então foi até o armário, o reservatório de sua vida secreta e de suas paixões mais íntimas, pois sentira um desejo avassalador de vasculhar o próprio passado. Pensava no que devia levar com ela para a viagem. Lá dentro, achou as cartas escondidas de Christian amarradas com uma fita vermelha e a caixinha de música de bailarina com que ele a presenteara. Depois, viu o vestido de baile de chiffon rosa, que lhe trouxe lembranças de Sanssouci.

Charlotte sentiu uma vontade súbita de tornar aquelas lembranças verdadeiras uma vez mais. O vestido rosa seria perfeito para o casamento e ela queria vesti-lo mais uma vez antes de guardá-lo na mala. Vestiu a peça, admirando as camadas de crinolinas, e foi até o espelho, sentindo-se bela de novo. Lembrou-se das palavras de Christian na noite do Baile do Rei:

— *...a senhorita é a mulher mais bonita daqui. E eu sou o homem mais sortudo.*

Ela deu corda na caixinha de música de Christian e deixou que a melodia preenchesse o ar. Sentia o corpo flutuar como uma nuvem e soltou o cabelo, longo e cacheado na altura dos ombros. Sim, era uma fantasia, mas seria a última que ela teria em Mirow. Quando a noite caísse, ela estaria em Berlim, a caminho de Viena para se tornar esposa de Christian. Uma hora se passou e, por mais doloroso que fosse, Charlotte sabia que era hora de terminar de fazer as malas.

Mas, quando se virou para fazê-lo, olhou para cima e *o* viu.

Nesse ínterim, o barão von Munchhausen estava cruzando a Alemanha em sua corajosa busca por uma possível rainha. Ele foi para Baden, depois para Vurtemberga e em seguida para Hesse-Nassau. Todas as princesas receberam classificações negativas. A princesa de Baden era cega e infértil. A atenção da princesa de Vurtemberga era volátil; por vezes, ela encarava o vazio ou interrompia Munchhausen de maneira descabida para contar histórias enfadonhas. O barão anotou que ela "enlouqueceria o rei". Então, depois de encontrar a mãe da princesa de Hesse-Nassau e beber diversas xícaras de chá enquanto conversava amenidades, a princesa finalmente foi apresentada para ele. Tinha apenas dez anos de idade e, apesar de charmosa, passou a entrevista brincando com uma boneca. Se a situação não fosse tão ridícula e insana, Munchhausen teria rido na cara da criança.

Duas semanas depois, Munchhausen foi até Brunsvique-Volfembutel para perguntar sobre a princesa Elizabeth. Vinte minutos depois, ele fugiu do palácio. Princesa Elizabeth era afligida por uma condição desagradável que a fazia ser tão flatulenta que Munchhausen manteve o lenço no nariz enquanto sentia o estômago revirar. Os odores o agrediram com tanta intensidade que suas narinas ainda estavam se recuperando três dias depois.

Assim, o barão mais uma vez pegou a caneta — e a caneca de cerveja. Já havia perdido as esperanças que mencionara em sua carta para o rei e, julgando pela resposta que recebeu, o rei também perdera.

O desespero pairava na corte de St. James. Oito meses haviam se passado desde que George se tornara rei, mas não havia nenhuma rainha no horizonte.

Todas as correspondências do barão von Munchhausen eram deprimentes, e logo notou-se que os critérios talvez tivessem que ser reduzidos. Ao que tudo indicava, eram poucas as opções de princesas que fossem elegíveis, jovens, amáveis, de sangue azul, razoavelmente inteligentes, um tanto atraentes, desinteressadas em política, férteis e protestantes — e que não fossem loucas ou enfermas.

Munchhausen agora tinha apenas duas opções e, quando chegou no ducado de Hesse-Darmestádio, estava desanimado. Sabia que o rei estava no ápice de sua libido e que ainda desejava lady Sarah sexualmente. Se não fosse rápido o suficiente para garantir uma princesa apropriada para que o rei desposasse, Sua Majestade seguiria o caminho previsto pela natureza e Sarah, sabendo que George estava apaixonado por ela, usaria o poder de sua formosura feminina para gerar um bastardo real, forçando um casamento.

A princesa Caroline de Hesse-Darmestádio fora bastante recomendada pela irmã do major von Schulenburg, que vivia próximo ao ducado. O problema é que a princesa fora a primeira sugestão do finado rei George II e o jovem George rejeitara a ideia. Agora que as opções estavam diminuindo, Munchhausen a colocara de volta na lista.

Mas, logo que o barão chegou na sala de visitas do Castelo de Darmestádio, percebeu que havia cometido um grande erro. A princesa Caroline tinha pelo menos 130 quilos, era pouco atraente, além de ser inflexível e retraída. Para piorar, Munchhausen presenciara o pai dela ter uma "visão" que o colocara em contato com o "mundo espiritual".

O barão desmoronou e apoiou a cabeça nas mãos. Não seria tolerado mais nenhum desequilíbrio mental familiar na corte da Inglaterra. Não depois de Mary, Rainha dos Escoceses, e do rei Edward VI, ambos ancestrais diretos do rei George, terem sido tão afligidos por estes males.

Agora a última opção era a princesa de Mecklemburgo-Strelitz, Charlotte Sophia. A preocupação dele, no entanto, jazia no fato de que o relatório de von Schulenburg sobre essa princesa deixava a desejar. A corte dela fora considerada muito pequena e insignificante; assim, talvez ela não tivesse a postura social necessária para uma rainha britânica. Além disso, Charlotte não fora considerada a princesa mais atraente da lista. Munchhausen despachou estes relatórios para Bute assim que os recebeu.

Mas lorde Bute respondeu ao barão dizendo que ele deveria entrevistar a princesa Charlotte o quanto antes:

"O rei está mais interessado em uma rainha que consiga gerar filhos e que tenha inteligência suficiente para passar para os herdeiros dele do que beleza. Contanto que

ela seja protestante, tenha uma mente sã, não tenha uma aparência repulsiva e não tenha interesse em política, deverá ser considerada..."

Munchhausen entrou em contato com o major von Schulenburg no mesmo instante para que mais uma vez servisse de emissário e fizesse a apresentação apropriada para a duquesa-viúva Elizabeth e o grão-duque Adolph, abrindo caminho para uma entrevista com a princesa Charlotte Sophia. Ele então atravessou os Rhine Hills para começar a jornada de duas semanas até Mecklemburgo-Strelitz.

Quinze

Wilhelm Albertina estava parado na porta do quarto de Charlotte com um chicote na mão, encarando-a com olhos frios e embriagados. Charlotte ficou apavorada. Há quanto tempo ele estava ali? Por que estava ali?

— Então... — Ele sorriu com uma embriaguez sinistra. — A pobrezinha Charlotte estava aqui brincando sozinha, toda doentinha?

Charlotte não conseguia se mexer. O horror da intrusão imoral dele ficou congelado no rosto dela.

— Achei que esses presentes fariam você se sentir melhor, prima — escarneceu ele, puxando um maço de cartas do bolso do casaco. — Eu as interceptei de Herr Bach alguns meses atrás.

Charlotte ficou em choque. Reconheceu de imediato as cartas de Christian que nunca tinha recebido.

— *Você* as roubou. Entregue já essas cartas para mim! — insistiu ela. Mas, quando Charlotte tentou alcançá-las, Wilhelm segurou-as acima do alcance dela.

— Eu já tinha dito que iria lhe colocar no lugar que você merece — disse ele, tocando a barra do vestido dela de maneira inapropriada. — Agora tire esse vestido, Charlotte.

Foi então que ela percebeu que Wilhelm estava falando sem gaguejar.

— Onde está sua gagueira?

Wilhelm sorriu, zombeteiro.

— Eu também sei como fingir doença.

— Seu bastardo doentio.

— Sim. O sobrinho *bastardo* da sua mãe. Uma vergonha para a família. Que nem você.

— Entregue o amuleto para mim ou...

— Ou o quê? Vai gritar? Não tem ninguém aqui além de três servos que nunca vão escutar você.

Charlotte estava apavorada. Wilhelm continuou avançando, fazendo-a recuar até quase encostar na parede.

— Wilhelm, o que você quer?

— Você não vai ser mais arranjada em casamentos com ninguém da realeza. Vai ficar corrompida. Boa só para mim. Agora tire a roupa.

Charlotte se perguntou se ouvira corretamente. Seu corpo tremia e ela balançava a cabeça. Os pés, entretanto, estavam presos ao chão, e a garganta fechada com um nó seco. Wilhelm chegou mais perto. Pensamentos vis explodiam na cabeça dele.

— Eu disse para tirar o vestido.

A respiração de Charlotte estava descompassada e ela estava muito assustada.

— São todos idiotas — reclamou Wilhelm. — Adolph não escuta nenhum de meus planos, minha tia só não me ignora quando precisa que algo desprezível seja feito. E você? Você é só uma puta vestida em trajes reais.

— Você está bêbado e louco.

— Você é que é louca se acha que não vi você e Bach transformarem a sala de visitas em um bordel na noite da sua festa de noivado. Eu estava lá. Você acha que eu não vi sua dama lhe entregar as cartas dele?

As pernas de Charlotte começaram a ceder e ela sentia sua força se esvair.

— Não, nós não...

— Eu mesmo o vi em cima de você. Beijando, tocando você. E você deixou, como uma vagabunda. — Wilhelm chegou mais perto, o rosto mais ameaçador conforme ele ficava mais agitado. — Eu odiei. Sempre quis o prazer de sua companhia para mim, e hoje vou tê-lo. Sabe por quê? Porque você não quer que eu diga para minha prima que os estábulos do Palácio de Mirow são um lugar para ensinar um *Schwarzer* a ler. — Ele estreitou os olhos. — Agora tire esse vestido.

Charlotte balançou a cabeça e lágrimas rolaram pelas bochechas dela quando Wilhelm desenrolou o chicote.

— Wilhelm, por favor...

Wilhelm estalou o chicote com raiva.

— Tire o vestido agora!

Os olhos de Charlotte percorreram o espaço buscando uma saída. Era alto demais para pular pela janela aberta e Wilhelm estava na frente da porta, impedindo-a de correr para fora do quarto. Não podia gritar, pois não havia ninguém em casa, e Jon estava nos estábulos com a mala dela. A princesa berrou frente a tamanho nojo e degradação e, em um movimento rápido, Wilhelm agarrou a frente do vestido dela. Quando ele puxou, o belo vestido rasgou-se em dois, deixando Charlotte apenas de corpete e roupa de baixo. Ela se abaixou tentando se cobrir, chorando copiosamente.

— Como é a sensação, Charlotte? De ser desrespeitada assim. Não é uma sensação boa, não é mesmo? Bem, é como sempre me senti por causa de quem sou. Mas hoje tudo isso termina. Você e essa sua atitude de superioridade vão pagar por tudo isso.

Charlotte se viu recuando, ao passo que seu primo degenerado se aproximava e agarrava o rosto apavorado da garota. Ela conseguiu gritar, mas, quanto mais gritava, mais maníaco Wilhelm se tornava, pressionando o corpo dela na parede. Charlotte sentiu o fedor do hálito de uísque dele enquanto lutava para se desvencilhar. Então ela gritou e estapeou o rosto dele com força.

Algo se rompeu dentro de Wilhelm e ele a forçou contra o chão, rasgando suas roupas de baixo. O tecido se rompeu como papel manteiga enquanto ela chorava histericamente. Ele forçou os braços de Charlotte para trás e lutou com ela até que ela perdesse todo o fôlego. Suor pingava de seu corpo enquanto ela arfava, tentando inspirar algum ar sob o ataque dele.

Então, Wilhelm desabotoou as calças e as chutou para longe.

— Você vai ser minha, só minha. Nem de Christian nem de Jon. O que vou fazer hoje vai garantir que você seja indigna de ser opção de esposa para qualquer nobre decente. Aí... *aí*, você v-vai me respeitar e ser toda minha, prima. Minha. — Ele cuspiu, agarrando os seios de Charlotte e beijando-a como uma fera selvagem até que ela estivesse em carne viva de tanta dor e exausta de lutar.

As forças dela se esvaíram por completo e respirar se tornava cada vez mais difícil. Fechando os olhos, ela rezou para que acabasse logo. Mas Wilhelm estava possuído. Ele abriu as pernas dela à força e a invadiu como um animal, movendo-se sobre a garota pelo que pareceu uma eternidade.

Eu não consegui olhar o agressor nos olhos. Só conseguia perguntar para Deus por que aquilo estava acontecendo e cerrar meus pulsos, esperando que aquilo curasse a vergonha que crescia sob minhas lágrimas. Eu chutei e mordi Wilhelm. Mas ele me bateu com tanta força que não tive mais condições de resistir à luxúria insana dele. Estava tão aterrorizada e fraca que tudo que via era uma massa de carne suada sobre mim, cobrindo a ingenuidade do meu mundo. Até que tudo que eu escutava em minha cabeça era a incongruência da música alegre da caixinha de Christian junto com os grunhidos e gemidos da copulação forçada de Wilhelm. Até que tudo que eu cheirava era a perversão misturada com culpa e depravação. Até que tudo que eu sentia por dentro era nada. Nada em meu corpo. Nada em meu coração. Nada em minha alma.

Por fim ele se levantou, suando profusamente. Após alguns instantes, vestiu as calças e, indo até o armário, pegou o maço das cartas novas de Christian.

— Se você contar para alguém, vou mandar espancar e vender Jon Beckford.

Ele se dirigiu para a porta, mas pensou melhor. Voltou até onde eu estava, deitada e soluçando em uma pilha corrompida de humilhação, e puxou um objeto do bolso interno do casaco. Quando o mostrou para mim, meus olhos se arregalaram, paralisados pelo choque.

— É um incentivo, querida prima. Confio que você vai cumprir minha ordem e fazer silêncio, ou você nunca terá aquilo que seu coração tanto anseia, mais até do que o seu sr. Bach.

Era o antiquíssimo amuleto de ouro de meu pai — e de Madragana ben Bekar. Encarei o objeto como se este falasse comigo em uma língua que só nós entendíamos. Uma coisa bela, pendendo dos dedos de Wilhelm como um raio de sol do paraíso. Quando ele o balançou, fiquei hipnotizada pelas refrações da luz que salpicavam em sua superfície. Os símbolos estranhos pareciam flutuar dele e girar ao meu redor, perto o suficiente para que os tocasse. Mas, quando tentei, rezando para conseguir segurá-lo só mais uma vez antes de morrer, a escuridão desceu sobre mim e fiquei inconsciente.

No fim das contas, não fora o meu gentil, sensível e amado Christian, para quem eu teria me dado de bom grado e com a exclusividade de uma esposa, mas meu primo mentalmente depravado que me violou. Meu primo, que me avisou que, se eu contasse para alguém, diria para minha mãe que eu fornicara com um cavalariço negro e com Christian, que era considerado um plebeu. Meu primo, que prometeu vender Jon como um escravizado e ameaçou revelar toda a minha correspondência com Christian, bem como meu plano de fugir. E foi esse mesmo primo que garantiu meu silêncio, por ter posse da única coisa que importava para mim, para além de qualquer entendimento... o amuleto. Assim, o ódio cresceu dentro de meu coração antes imaculado... assim como a vergonha. A vergonha da violação e do desvio incestuoso. Foi aí que perdi a consciência.

Encontraram Charlotte às dezenove horas naquela noite e perceberam que ela fora agredida. Ela estava com uma febre alta e a mãe mandou chamar o dr. Geisel. A princesa flutuava entre a consciência e a inconsciência e estava tão fraca que não conseguia se mover. Lady Schwellenberg ficou ao lado de Charlotte o dia inteiro, furiosa por não ter ficado com ela no dia do ataque em vez de aproveitar a Festa do Equinócio como Charlotte insistira que fizesse.

A duquesa Elizabeth estava devastada.

— O que aconteceu com ela? Por quanto tempo ela vai ficar assim?

Charlotte a ouviu perguntar ao dr. Geisel em meio ao seu estado de semi consciência.

— Parece que ela foi molestada. Há hematomas em todo o corpo dela, no pescoço, no tórax, nas pernas.

— Ah, meu Deus, não. Por favor, não. Estuprada? Quem faria uma coisa dessas? — gritou a duquesa. Logo a seguir, ela baixou a voz com prudência. — Ela nunca será boa para nenhum aristocrata se estiver arruinada. Nenhum homem com títulos quer uma mulher desonrada.

— Eu irei examiná-la minuciosamente quando todos se retirarem — informou o dr. Geisel.

Então, Charlotte ouviu a voz que rendia calafrios ao corpo fraco e machucado dela.

— Eu sei o q-que a-aconteceu — disse, com a gagueira familiar.

— Diga-me! Agora mesmo! — exigiu a duquesa.

No fim do dia seguinte, tendo-se passado dois dias inteiros da violência sofrida por Charlotte, ela acordou de sua inconsciência. Ouvindo barulhos nos andares abaixo da janela do quarto, olhou para o lado e avistou lady Schwellenberg adormecida em uma cadeira, exausta de tanto vigiá-la. A princesa pediu forças a Deus para conseguir sair da cama e ver o que causava a comoção. Lutando para ficar de pé, foi até a janela, rezando para não vomitar antes de chegar lá. Mas, quando olhou pela janela, a cena que viu no gramado abaixo desfez cada fibra de seu ser.

Jon Baptiste Beckford estava amarrado ao pelourinho. Os pés dele estavam acorrentados e as mãos algemadas sobre a cabeça. Wilhelm açoitava-o impiedosamente com o chicote enquanto os irmãos de Charlotte, Christiana, tia Albertina, a duquesa... e Lena, em um estado de histeria, estavam observando. A visão era insuportável. Jon tremia de dor. Cada chicotada abria um lastro de carne sangrenta e fazia todos os servos que assistiam a essa punição sádica se encolherem em desespero. *Estalo!* Jon gritava. *Estalo!* Mais gritos terríveis.

— Seu preto bastardo — gritou Wilhelm. — Eu vou lhe ensinar a não encostar numa mulher da realeza de novo.

E Charlotte ouviu de novo o chicote e os gritos de Jon até não aguentar mais. Ele levara a culpa de tê-la violado. E lá estava o verdadeiro transgressor, acusando-o, administrando a punição.

— Meu Deus! Ah, meu Deus, pare! Ele não fez nada! Ele não fez nada! — gritou Charlotte, batendo na janela para chamar a atenção de alguém. — Faça-os parar! Faça-os parar! — Mas ninguém conseguiria escutá-la da janela de cima, que não se moveu quando Charlotte, em vão, tentou abri-la.

Então Charlotte escutou:

— Eu vou te esfolar vivo!

Lena gritou. Finalmente, lady Schwellenberg se agitou e acordou, entrando em pânico ao ver a princesa na janela.

— Vossa Alteza, o que está fazendo? A senhorita não deveria estar fora da cama.

Ela pulou da cadeira e tentou afastar Charlotte da janela. Mas a garota achou forças de algum lugar desconhecido e empurrou a dama para longe. Ambas caíram no chão, e Charlotte escutou uma rajada de xingamentos e confronto verbal. Ela sabia que Jon estava sendo valente, mas que com certeza estava apavorado e com muita dor. Wilhelm, entretanto, não escutava nem se importava.

De repente, uma espiral de febre e pesadelos borbulhou dentro de Charlotte. Os sentidos dela ficaram enevoados até que começou a sentir o chicote de Wilhelm em seu próprio corpo. Viu a própria carne se rasgar e sangrar. Os gritos dela obliteraram toda a razão enquanto imaginava os irmãos, o pai, a irmã, a mãe, as tias, os tios e os avós ao lado de Lena e de todos os outros nascidos sob o sol da África, injustamente forçados à discrição e ao segredo, à degradação e à negação, revezarem-se com o chicote enquanto ela era algemada, açoitada e espancada como Jon.

Todas aquelas imagens e metáforas repugnantes forçaram um travesseiro sobre a cabeça de Charlotte e as lágrimas dela molharam os lençóis, não servindo, no entanto, para anuviar sua visão. Aquilo tinha que parar. Ela tinha que impedir. Tinha que acabar. Os lamentos das tribulações de Jon foram seguidos por um silêncio terrível e Charlotte pediu a Deus que a deixasse morrer naquele dia. Mas ela sabia que não morreria. Sabia que, tendo nascido uma "Frederick de sangue azul", apenas acordaria no dia seguinte e seria forçada a fingir que "está tudo bem no Palácio de Mirow".

Charlotte tinha que impedir aquela crueldade. Ela empurrou lady Schwellenberg e se arrastou para fora do quarto, chegando até o patamar das escadas do segundo andar.

— Espere, Jon, estou indo — disse ela, depois de conseguir descer três degraus sem sentir dor. — Eu vou contar a verdade. Vou contar para eles. Foi Wilhelm. Foi Wilhelm. Foi Wil...

Mas, de repente, o mundo começou a girar ao redor dela. As paredes, as escadas e o corrimão viraram uma enorme confusão embaçada e ela trocou os passos. Com um movimento em falso, caiu de cabeça escada abaixo, como uma boneca de pano, cambaleando, despencando, se debatendo e se chocando com cada degrau até que tudo que restou foi a escuridão total e um silêncio mortal...

...e os destroços retorcidos do corpo dela.

Dezesseis

Uma antecipação ansiosa borbulhou em Mecklemburgo quando chegaram as notícias de que o jovem rei da Inglaterra enviara o barão von Munchhausen para entrevistar a princesa Charlotte Sophia como uma possível opção para rainha. A saúde da duquesa Elizabeth já estava se deteriorando desde o terror do cancelamento do noivado de Charlotte. Agora, devido ao estresse trazido pela violação da filha, fora afligida pela febre e disenteria. Mesmo assim, recebeu com alegria as notícias da chegada de Munchhausen pela carta que viera de Schulenburg uma semana antes. A visita do barão estava prevista para 9 de junho e Elizabeth estava grata por ter gastado o pouco dinheiro que tinha na reforma para o noivado arruinado de Charlotte com lorde Gregory. Tudo tinha que estar nos conformes.

A duquesa mandou chamar Herr Byron Humbert, um dos melhores cozinheiros da Alemanha, cuja especialidade era a culinária britânica. As instruções para ele foram simples — manter o paladar de Munchhausen satisfeito e a barriga dele cheia. Elizabeth não omitiria nenhum prazer sensorial se isso significasse que a filha teria a aprovação dele e que o nome dela seria enviado ao rei com uma recomendação.

Em meio à animação, no entanto, ninguém se importou em considerar a própria princesa. Apesar do rosto dela ainda mostrar os hematomas da queda que sofrera e não obstante o tornozelo machucado, a violação de Charlotte causara mais feridas psicológicas do que físicas. A mente dela estava tentando juntar os cacos de sua alma, que ainda não havia se curado. O plano dela era estar com Christian a essa altura, possivelmente casada e viajando com ele. Mas, mesmo quando os pensamentos afetuosos sobre Christian prevaleciam, outros desabavam sobre o coração dela como um predador. Charlotte percebeu que não conseguia mais se imaginar com *nenhum* homem sem ver a face maligna de seu primo Wilhelm banindo-a para sempre para o inferno da desonra. E havia também Jon Baptiste Beckford, que provara ser o maior arrependimento de Charlotte. Ela lembrou do dia em que abriu os olhos depois da queda. A maior parte da família estava no quarto. O primeiro rosto que viu foi o de lady Schwellenberg, depois o da mãe, que estava sentada na cama acariciando a cabeça de Charlotte enquanto segurava uma carta.

— Charlotte, graças a Deus você finalmente acordou. Recebi essa carta e é a melhor notícia possível... — disse a duquesa.

— Que dia é hoje? — perguntou Charlotte, ainda grogue e fraca.

— Dia 25. Ah, Charlotte, essa carta confirma que...

Mas Charlotte ficou fora de si de tanto desespero. Se era dia 25, ela já tinha perdido a data do encontro com Christian antes da partida marcada para Londres. Agora tudo estava de fato perdido.

— Ah, não. Meu Deus, não. Eu o perdi. Ele já saiu de Viena a essa altura.

— Quem saiu de Viena? Sobre o que você está tagarelando? Tenho ótimas notícias.

Charlotte tentou se erguer, mas caiu de novo na cama.

— Onde está Jon? Preciso ver Jon.

— Esqueça ele. A carta diz que...

— Onde está Jon? — insistiu Charlotte, num tom alto que irritou a mãe dela. — Onde?

A expressão de Elizabeth se afiou.

— Longe... num lugar onde nunca mais vai machucar você.

Charlotte tentou se sentar, sem acreditar.

— Para onde o mandou?

— Para as colônias. — Ela escutou Adolph responder. Ele apareceu na frente dela e mostrou uma bolsa de couro cheia de táleres alemães. — E por um preço ótimo, devo dizer.

Charlotte não conseguia acreditar.

— Você o *vendeu*?

— Quando Wilhelm contou que Jon violou você, eu, como regente desse ducado, o vendi para um capitão de navio de Anhalt que é especializado em enviar escravos às colônias.

— Você o vendeu para um escravista? Para as colônias?

— Tivemos que fazer isso — insistiu a duquesa Elizabeth. — Não podemos tolerar que um servo que molestou um membro dessa família permaneça em nossa criadagem.

— Mas ele não me molestou. Foi Wilhelm — disse ela, finalmente.

— Wilhelm vai casar com a filha de lorde Gregory, Helena. Eles terão um castelo e isso vai ordenar melhor as finanças de nossa família! Agora não falemos mais desse ato inominável.

— Jon *não* fez isso comigo. Ele não merecia ser vendido. Wilhelm me molestou.

— Mesmo que seja verdade, não podemos *desfazer* isso. Precisamos seguir em frente! — exclamou a mãe de Charlotte, tossindo profusamente. — O barão von Munchhausen, um emissário do rei George III, virá aqui dentro de uma semana para entrevistar você como possível candidata para ser esposa do rei. Você seria rainha da Inglaterra — insistiu ela, balançando a carta em sua mão. — Isso é o que todos esperamos e rezamos para que aconteça.

— Você sempre reza para ter retorno em dinheiro de conquistas maritais. Mês passado foi lorde Gregory. Agora é com o rei George. Eu não sou algo a ser dado para satisfazer as crises financeiras dessa família.

— Isso é tudo que você tem para oferecer, menina tola! — latiu Elizabeth.

— Eu fui molestada pelo meu primo. Senhor Deus. A hipocrisia nesta família é impressionante — rebateu Charlotte. — Já basta para mim. Já enfrentei deboche, segredos, mentiras, insanidade e discriminação o suficiente nessa família. Wilhelm me estuprou. Wilhelm. Foi Wilhelm.

A princesa caiu de novo no travesseiro, sentindo-se exaurida após tal repreensão. Havia enfurecido a mãe e revelado que o agressor tinha sido o primo Wilhelm. Percebeu que, ao fazer isso, talvez nunca mais visse o amado amuleto de seu pai. Fechou os olhos úmidos de frustração. Todos ficaram em silêncio exceto por Christiana, que chorava.

Charlotte se preparou para receber um tapa. Mas a duquesa Elizabeth, horrorizada, finalmente se forçou a exibir uma postura calma, apesar de não saber como proceder. Ela queria estrangular a filha e rezou para que Deus lhe desse as palavras certas.

— Wilhelm... tem um distúrbio que todos reconhecemos e devemos ajudá-lo a superar. É a promessa que fiz para meu irmão — começou ela. — Mas para além disso, todos temos nossos segredinhos que não queremos que se tornem públicos, então não devemos falar a respeito deles. Charlotte, eu tenho uma única missão. Tenho a obrigação de preservar esta dinastia e o legado dela. Sei também que é difícil para você aceitar o destino da maioria das mulheres da realeza e se casar com um homem que você não conhece e com quem não se importa. No entanto, se tiver sorte, vai acabar amando esse homem, assim como aconteceu comigo.

A duquesa Elizabeth desviou o olhar por um momento, limpando apenas a sombra de uma lágrima.

— Eu já fui apaixonada pelo duque de Saxe-Gota mas, ao ficar sabendo de minha ancestralidade "obscura", ele fugiu. Então, quando meu pai encontrou um candidato elegível em Charles, que não se importava com essas coisas, minha obrigação para com minha família determinou meus planos. — Ela finalmente olhou de novo para Charlotte, com uma ponta de arrependimento. — E agora, a obrigação para com a família deve determinar os seus. — A duquesa se dirigiu até a porta e então se virou para trás. — Encontre uma forma de lidar com isso e siga sua vida.

Parei de falar com todos, exceto por minhas damas e, apesar de ter me recuperado bem fisicamente, uma tempestade despencou sobre mim. Wilhelm fora considerado "mentalmente desequilibrado", uma mácula familiar a ser perdoada e ajudada. Mas Jon fora vendido. As coisas jamais seriam como antes e comecei a sentir a ausência terrível e assombrosa que havia vivenciado na época da morte de meu pai. Entendi que todos os homens que eu amasse estavam destinados a me deixar e me perguntei se um dia daria meu amor para outro homem, considerando meu medo de perdê-lo. Tudo piorou com a carta que lady Schwellenberg trouxe para mim, que me desanimou e quebrou meu coração.

Herr Chasin estava em uma estalagem em Berlim. Ele foi até lá todos os dias durante quatro dias e bebeu diversos copos de conhaque enquanto observava carruagem após carruagem deixar passageiros — mas não Charlotte. Quando contou esse fato para Christian, que tinha apresentações em Viena e agora ia para Londres, o músico pediu papel e caneta para escrever uma carta. A missiva chegou no Palácio de Mirow para Charlotte, que dispensou as damas e sentou-se na cama para lê-la:

Querida Charlotte,

Herr Chasin esperou a senhorita em Berlim por quatro dias. Quando a senhorita não apareceu, ele voltou para Viena, onde me contou que você não viria. Fiquei no Rose Inn o máximo que pude, até que minha partida para Londres fosse incontornável. Posso apenas esperar que, ao mudar de ideia sobre nosso casamento, a senhorita não tenha passado a desgostar de mim ou pensar mal de mim por ter sugerido que fugíssemos. Sabia em meu coração que nunca aconteceria de verdade, pois a senhorita merece um homem nobre para amar e ser amada. Mesmo assim, meu coração ainda tinha esperanças do futuro que teríamos juntos. Eu não acho que um dia esquecerei a senhorita, não importa onde esteja. Para sempre te amarei, profunda e eternamente. Com sincero arrependimento, Christian.

Charlotte se sentiu dormente, em uma mistura crescente de perda e apatia que a fez caminhar até o lago em busca de uma audiência com Deus. Ela queria perdão e suplicar pelas bênçãos dele. Mas, como se Deus tivesse ordenado, fez um caminho diferente e, em vez do lago Ritouro, foi até os aposentos dos servos, onde se dirigiu até a porta aberta do quarto de Lena.

Charlotte entrou e encontrou a mulher jamaicana se balançando para a frente e para trás, encarando o vazio. Quando a princesa se aproximou, o balanço parou. Ela deu a volta na cadeira e olhou para Lena.

A jamaicana parecia derrotada. Cinco centímetros da raiz do cabelo dela estavam grisalhos, como se o trauma da partida de Jon os tivesse deixado imediatamente brancos.

— O que mais tu veio tirar de mim, menina? — murmurou ela.

— Nada, Lena. Eu sinto muito, sinto tanto. Não consegui descer as escadas a tempo de impedir aquilo.

Lena levantou os olhos para os de Charlotte; o olhar da mulher penetrou o coração da garota.

— Vocês Frederick são tudo iguais. Fazem a pessoa sentir como se pudesse fazer qualquer coisa, ter qualquer coisa. A pessoa coloca o sonho na cabeça e quando acha que o sonho vai ser verdade, vocês destroem tudo e largam os pedaços lá, pra outra pessoa resolver. Tu, tua mãe e principalmente teu pai.

— Meu pai? O que meu pai tem a ver com isso?

— Seu pai que fez tudo isso! — exclamou Lena.

— Como você pode dizer isso? Ele trouxe você, sua mãe e seu irmão James da propriedade de Gerhardt para cá, para que vocês ficassem juntos e tivessem uma vida melhor.

— Vida melhor? Tu acha que esfregar, cozinhar e parir menino todo dia é vida melhor? Me trouxeram pra cá pra ajudar sua mãe quando ela tava endoidando com um bebê. O bebê morreu e tua mãe era perversa com todo mundo. O próximo bebê morreu também. Teu pai fez de tudo pra consolar aquela mulher chata, mas a duquesa se afastou. E quando ela não quis, ele veio pra mim.

Charlotte estendeu a mão para se apoiar na lareira. Ela não parava de balançar a cabeça.

— Como assim "veio para mim"?

Lena puxou as cartas de tarô do bolso do avental e começou a distribuí-las na mesa. Charlotte estava furiosa.

— Diga! — ameaçou ela. — Ou você nunca mais dirá palavra alguma.

Lena balançou a cabeça e continuou a posicionar as cartas.

— Nem tu nem essa família podem me machucar, menina. Meu Jon foi embora, que nem as cartas disseram lá. Vocês podem me vender, me açoitar, me matar. Já tô morta. Sua família tirou meu filho de mim, a única coisa que eu amava. Agora diga pra tua mãe que o pecado do pai já se foi. Ela não precisa mais esconder a vergonha.

Lena virou uma carta. Era o enforcado, invertido. Para Charlotte, aquilo era um monte de baboseira. Não conseguia compreender o que a feiticeira estava tentando dizer. Tudo o que sabia era que um calafrio percorreu seu corpo, como um presságio da desgraça.

— Como assim "veio para mim"?

— Tu não é forte o suficiente, Alteza. Tu sempre colocou teu pai num pedestal.

— Eu *sou* forte o suficiente, Lena. Seu filho me mostrou o quanto sou forte.

— Quer dizer seu *irmão* te mostrou! — Lena cuspiu.

Um silêncio horrível preencheu o quarto. Sentindo a garganta se fechar, Charlotte se sentou na cama. Lena colocou o enforcado de cabeça para cima de volta no deck e continuou a distribuir as cartas de tarô.

— Seu pai era um homem bom. Mas se cometia um erro, não importava, porque davam jeito em todo erro dele. Jon foi um erro. Mas ele amava Jon que nem me amava, que nem todo homem branco com título ama as negrinhas e os filhos bastardos, só durante a noite.

Charlotte balançou a cabeça em descrença e Lena continuou.

— Depois que tua mãe perdeu o terceiro bebê, ela foi dormir em outro quarto e rejeitava teu pai. Ele me botou pra cuidar da cozinha e das roupas quando eu não tava sendo parteira, e às vezes descia pra cozinha pra comer ou beber. Ele gostava muito da minha salsicha Bratwurst e eu fazia sempre que Charles queria.

Charlotte reagiu à Lena chamando o pai dela de *Charles*.

— Tinha vezes que ele só queria conversar, queria beber cerveja, beber vinho. Eu escutava. Aí um dia li as cartas pra ele. Elas diziam que ele tinha um segredo. Charles me contou esse segredo. Ele tinha um tesouro que tinha que guardar, mas a duquesa não acreditava, mesmo tendo um segredo quase tão grande quanto. Ele pediu pra eu prometer que não ia contar pra ninguém. E eu num contei, até agora. Charles disse que o *verdadeiro* pai da tua mãe era um escravo liberto chamado Ibrahim Petrovitch Hannibal, general do exército de

Peter, o Grande. Ele era um príncipe da Etiópia que eles sequestraram quando criança. Foi vendido como escravo e libertaram ele quando ficou adulto. Ele teve muita amante e gostava muito de mulher loira alemã. Esse homem, Hannibal, visitava muito a mãe da duquesa, inclusive nove meses antes da duquesa nascer. E *isso* é além da descendência da moura Madragana que tua mãe tem. Charles disse que a família da duquesa escondeu por muitos anos e fingia que não era verdade isso. A duquesa também. Era o segredo dela. Duas linhagens de ascendência africana. Isso acabou com ela. Eu prometi guardar segredo e no outro dia Charles mandou um vestido novo pra mim. No outro mês, a mesma coisa. Aí ele me tirou do quarto com os outros servos e me colocou aqui. Ele sabia que eu queria meu canto.

Lena limpou os olhos. A lembrança era muito dolorosa e tudo que Charlotte podia fazer era escutar, pois *precisava* saber a história inteira — a *verdadeira* história.

— Dezenove anos atrás, Charles veio aqui uma noite. Eu sabia o que ia acontecer. Sabia porque as cartas tinham me contado. Eu tinha que me entregar pra ele. As circunstâncias, confiança, afeto, tudo isso se juntou ali naquele momento. Ninguém disse palavra, só um olhar dizendo eu preciso de você, *só* por essa noite. Seu pai era solitário. Com os filhos que tinha. As pessoas todas em quem ele mandava. Mesmo assim, era um homem com sede perdido no mar, cercado pelo oceano sem poder beber água nenhuma. Eu dei uns passos pra trás pra deixar ele entrar e, quando a porta se fechou, aconteceu.

"Vários meses depois, eu disse que ia ter o filho dele. Ele ficou feliz. Ele disse que ia dar de tudo pra mim e pro bebê. Ele disse que eu ia ter sempre esse quarto e que meu filho ia ser bem tratado. Mas na noite em que eu pari, ele num tava aqui. A duquesa anunciou que tava grávida também e eles fizeram uma festança. Meu filho nasceu com a ajuda de um cozinheiro, meu irmão James e Joe Herford, o ferreiro, que disse que sempre estaria aqui pra mim e pro bebê."

Charlotte continuava a balançar a cabeça.

— Não, eu não acredito em você. Meu pai e você...

— Eu vivia com medo de represália. Do duque, se eu contasse quem era pai do meu Jon, e da duquesa, que soube assim que viu que meu Jon tinha pele clara... e a marca de Madragana.

Charlotte reagiu como se a marca de Jon confirmasse as ações do pai.

— Ela veio aqui uma noite — continuou Lena. — Ela tava de oito meses e entrou quando eu tava dando de mamar pra Jon. Começou a jogar coisas e me xingar, dizendo que meu menino tinha a marca do diabo e que ela ia matar ele.

Charles tentou acalmar ela, mas a duquesa bateu na minha cara com as costas da mão, ela tinha um anel no dedo. Ela me cortou feio. — Lena tocou o lado do rosto em que tinha uma cicatriz comprida. — O sangue me enfureceu e eu comecei a falar em línguas. Eu apontei pra ela e disse: "Tu acha que eu não sei sobre Ibrahim Petrovitch Hannibal ou a moura Madragana? Mulher, pelo mal que me fez eu rogo a maldição que seu pior medo vai ser verdade".

Charlotte ficou ali, estupefata, enquanto Lena recordava que, dois meses depois, quando chegou o momento de Elizabeth dar à luz, as parteiras chegaram e ela gritava de dor. O grão-duque Charles segurou a mão dela. Mas quando o bebê nasceu e foi mostrado a ela, a expressão no rosto da duquesa foi de choque e desalento.

— Ela pariu uma filha e a cor da pele da filha veio pintada de moura. A duquesa nunca quis aceitar o negrume dela. Mas a pele da bebê veio mais escura do que a de todas as outras crianças. Então ela mandou as parteiras levarem o bebê.

O coração de Charlotte estava saltando.

— Eu? — perguntou baixinho, já sabendo a resposta.

Lena assentiu.

— Tu é tudo que ela escondeu a vida toda. E ela te odiou por isso. Ainda odeia.

Charlotte não sabia o que pensar do pai, da mãe ou da mentira que era sua vida.

— Primeiro tua mãe te abandonou. Então eu que te dei de mamar, eu que criei tu que nem fiz com meu Jon, como se tu fosse minha própria filha. Eu sabia que tu era uma deles. Mas tu parecia uma de nós... e eu te amei.

— Eu sempre amei você. Você sempre foi mais como uma mãe para mim do que minha própria mãe.

— É por isso que ela ainda te odeia. Odiava meu Jon também. Ela sabia que eu tinha o marido e a filha dela de um jeito que ela nunca ia ter. Seu pai disse que ele nunca ia mandar eu ou Jon embora, que nem a duquesa queria, que ele colocou no testamento que eu e Jon ia ficar aqui até morrer. Eu acreditei nele. Eu nunca contei pra Jon quem era o pai dele, mesmo ele tendo ficado a cara de Charles. Toda vez que olho pro meu Jon, vejo Charles, e lembro todo momento daquela noite de tanto tempo atrás. Então eu deixei Jon achar que Joe Herford era pai dele.

Lena olhou para Charlotte, cujo rosto estava banhado de lágrimas. Charlotte lembrou das palavras que Jon dissera na primeira vez que tiveram uma conversa pessoal, e elas a fizeram estremecer.

"Mamãe diz que sou descendente de reis..."

— Agora meu menino se foi. Vendido daqui achando que tava apaixonado por ti. E eles pensando que ele tinha te violado. *Tu*, a irmã dele.

Lena balançou a cabeça e chorou.

Charlotte fora vencida. Agora acreditava na história e foi até Lena segurar as mãos da mulher. As duas choravam.

— Não sei o que fazer. Sinto-me tão mal.

— Tu foi posta aqui por um motivo, tendo essa cor de pele — continuou Lena, aos prantos. — E num tem pó de giz nem peruca nem esconderijo que vá mudar isso. Não dá pra negar a moura em ti. Madragana não vai ser negada. É por isso que teu pai te amava mais que amava seus irmãos.

— Não entendo.

— Charles foi vingado com seu nascimento. Depois de tanto tempo gastando o dinheiro da família pra saber a verdade sobre o sangue africano dele, e de tua mãe ter rejeitado o dela, foi *ela* quem te pariu. Ele não se deitou *comigo* pra tu ser escura. Deitou-se com *ela,* e tu veio escura. Tu era a prova dele. Deus que fez isso! — Lena pausou por um momento e olhou para longe. — Mas nada disso vai trazer meu menino de volta.

Ela puxou as mãos, soltando as de Charlotte, e voltou para as cartas. Virou a Sacerdotisa. Depois de olhar a carta por um momento, disse com a voz gélida:

— Meu menino *é* um aristocrata. De acordo com sua própria procedência, ele tinha que ser "duque Jon Baptiste Beckford Frederick". Mas não. — Ela apontou a porta para Charlotte com uma autoridade nunca antes exibida. — Agora vá embora. Lena tem planos.

Charlotte fez como ordenado. Ela se virou devagar e foi embora sem saber como devia se sentir. Seu amado pai tivera uma amante que lhe dera um filho. Ambos viveram embaixo do nariz da mãe dela e eram muito diferentes deles. A criança tornou-se um homem com quem Charlotte contou como confidente e amigo. Aquela criança era o meio-irmão dela. De uma só vez, a mágoa, a raiva e o sentimento de traição tomaram o coração de Charlotte e o endureceram. Ela não podia mais confiar em ninguém — nem no pai, que ela amara desde que nascera; nem na mãe, cuja falta de paixão o empurrara nos braços de outra mulher. Tampouco podia confiar na mulher que sofria pela perda do filho bastardo a quem Charlotte tinha introduzido o conceito de educação e todas as suas vantagens, inclusive a mais importante delas — a escolha —, que agora Jon jamais teria.

Charlotte odiou aquele dia. Ela odiava tudo e todos em torno da vida que tinha em Mirow. Não havia como fingir que tudo estava bem. Todos eram culpados. Todos eram mentirosos. Ela voltou ao quarto e recusou todas as refeições. Foi necessário que lady Hagedorn a forçasse a comer, somente porque lady Schwellenberg ameaçou parar de comer também. Charlotte falava apenas com a irmã e se recusava a conversar com a mãe ou com Adolph. A mente dela se tornou um solo fértil, onde pesadelos e violência germinaram.

Quatro dias depois, a duquesa Elizabeth entrou no quarto de Charlotte sem bater na porta. Ela manteve um lenço sobre a boca por conta da tosse e gesticulou amplamente:

— Vista-se. Nossos espiões em Neustrelitz nos informaram que o barão von Munchhausen deve chegar aqui esta tarde. Lady Hagedorn, ajude Charlotte a colocar o vestido bege de tafetá. Ela fica bem com ele.

Elizabeth virou para Charlotte e insistiu:

— Von Munchhausen é o emissário do rei da Inglaterra. Ele irá entrevistar você. Nossa família pode ter um salário real *se* você for escolhida como rainha. — A duquesa estreitou os olhos. — Eu quero que você aja de maneira charmosa e simpática, está entendendo? Deve esconder aquelas ideias absurdas que tem sobre mulheres, educação, política e quaisquer outras insanidades, e se apresentar de maneira aceitável para Sua Graça. Se ele fizer alguma pergunta, *responda*. Isso significa que você tem que *falar*, Charlotte.

Charlotte apenas assentiu, já que há dias não dirigia sequer uma palavra à mãe. A duquesa Elizabeth se aproximou da filha e continuou:

— Lorde Munchhausen já entrevistou as princesas de Brunsvique-Volfembutel e de Anhalt-Dessávia, que são muito mais bonitas que você, mas que, por algum motivo, foram rejeitadas, e sua irmã é velha demais. Você tem uma chance, Charlotte. Faça valer a pena. — Elizabeth se virou para lady Schwellenberg. — Providencie para que ela esteja completamente maquiada para a entrevista. Aplique uma camada grossa, Louisa. Não permitirei que a tez escura de Charlotte arruíne tudo. Nada pode dar errado. — A duquesa se virou para Charlotte. — *Nada*.

Depois que Elizabeth saiu do quarto, lady Schwellenberg olhou para Charlotte, que estava sentada triste em sua cama.

— Não fique assim tão pesarosa. Casar com um rei não é a pior coisa do mundo.

— Por que *eu* tenho que ser entrevistada? Por que as mulheres não podem escolher?

— Mas nós *escolhemos*, milady — disse lady Hagedorn. — Sempre que agimos de maneira sedutora para atrair os homens, sempre que sorrimos timidamente ou que os exaltamos dizendo alguma mentirinha inocente sobre como são belos, mesmo que pareçam sapos. Mulheres vêm mandando e influenciando os homens com sutileza desde Eva.

De repente, Christiana entrou chorando, histérica.

— Ah, Charlotte, venha agora. É horrível. Algo muito terrível aconteceu.

Entrei no quarto de Lena e levei a mão ao rosto, sem acreditar no que via. Precisei segurar em Christiana para não cair. O corpo sem vida de Lena pendia da estrutura do teto com uma tira do avental em volta do pescoço e a outra em torno de uma viga. Ela havia chutado a cadeira de balanço debaixo dela. Quanta dor uma pessoa precisa estar sentindo para tirar a própria vida?

Pensei em Jon enquanto assistia, impotente, o corpo de sua mãe ser baixado do teto e retirado do quarto. Olhei para a mesinha e vi a carta de tarô do "enforcado" — de cabeça para baixo. Lena estava esgotada pela vida e suas discriminações. Fora ferida física, emocional e socialmente, mas realizou o ato mais corajoso e poderoso: controlar sua própria morte. Escolheu não ser mais propriedade nossa, dos Frederick. Tiramos a vida dela e tiramos Jon de seu lado — e ela tirou a própria vida de nós — e, por isso, eu a achei mais corajosa do que qualquer pessoa que eu conhecia. Ela tinha muito mais coragem do que eu poderia reunir, mesmo com tudo que eu havia passado. Meus olhos se fecharam em oração. Se eu fosse morrer, queria ser como Lena e escolher o dia e o método. Inexplicavelmente, naquele momento, me ocorreu — a escolha de minha própria morte — o casamento com um rei inglês. Era assim que poderia deixar Mecklemburgo e a agonia de minha vida. Agradeci a Lena naquele dia e rezei por sua alma, pois ela havia me ajudado a chutar a cadeira de balanço da autopiedade sob minha covardia.

Dezessete

— Vista-me e apronte-me imediatamente, Haggy — instruiu Charlotte à lady Hagedorn assim que voltou ao quarto, em um tom insistente. — Hoje meu futuro depende de minhas habilidades como atriz.

Em choque, lady Hagedorn se virou para lady Schwellenberg:

— Quem é essa garota diante de nós?

Charlotte apertou as mãos de suas damas.

— Eu amo tanto vocês duas. Vocês são as únicas que me fazem sentir segura e protegida. Mas eu preciso ir embora daqui e talvez me sair bem com esse emissário de Londres proporcione isso.

— A senhorita tem certeza do motivo pelo qual gostaria de ir para tão longe, para a Inglaterra, se isso acontecer? — perguntou lady Hagedorn.

— Quero ir embora por mim — Charlotte por fim respondeu. — Para meu próprio crescimento, por novas experiências e por uma chance de ser feliz.

As damas olharam uma para a outra. Apesar de saberem que a princesa estava mentindo, essa era uma nova Charlotte, mais madura e determinada, e elas entenderam.

— Então vamos fazer tudo que pudermos para que isso aconteça, minha menina — disse Swelly. — Ajudaremos em sua performance. Vamos lá?

✠

— A senhorita diria que costuma ser uma pessoa feliz, Alteza?

— Tendo a ser.

— E a senhorita diria que aprecia estar em família?

— Bastante.

O barão Phillip von Munchhausen anotou tudo, bem como a avaliação que fez dos atributos físicos, da postura e da personalidade de Charlotte e do tamanho e sofisticação da corte de Mirow. A duquesa Elizabeth e o grão-duque Adolph também estavam presentes na sala enquanto Munchhausen conduzia a entrevista e, por vezes, as tosses de Elizabeth eram ouvidas acima das perguntas do barão.

— Fale-me sobre sua vida espiritual. Qual sua prática religiosa?

— Sou luterana. Todos somos luteranos aqui.

— E no que consiste a doutrina luterana?

Charlotte foi cuidadosa. Uma única palavra errada e tudo estaria perdido. Só haviam se passado três horas desde que ela vira o corpo morto de Lena pendurado como um último ato de resistência em seu quarto, e duas semanas desde que fora violentada, desde a queda, desde a venda de Jon. Ela queria ir embora de Mecklemburgo, e pouco importavam as circunstâncias. Era seu maior desejo.

— O luteranismo é um braço do cristianismo protestante que se identifica com os ensinamentos do reformista alemão do século XVI, Martinho Lutero. Ensinamos que a salvação é possível por causa da graça de Deus, manifesta no nascimento, na vida, no sofrimento, na morte, na ressurreição e na presença contínua do poder do Espírito Santo de Jesus Cristo. — Ela viu os olhos de Munchhausen ficarem vidrados e sorriu com educação. — Mas, se alguma dessas ideias apresentar um problema, lorde Munchhausen, estou mais do que disposta a me tornar membro da Igreja da Inglaterra, se assim o rei desejar.

Falando de maneira cordial e suave, Charlotte respondeu às perguntas de forma quase mecânica, dizendo o que ela sabia que lorde Munchhausen consideraria favorável para repassar ao rei George. Ela havia ensaiado com lady Schwellenberg e lady Hagedorn e estava preparada para a maioria das perguntas. Para as outras, ela se guiava pela mãe, que acenava e balançava a cabeça discretamente, sentada logo atrás do ombro esquerdo de barão von Munchhausen.

— Princesa Charlotte, a senhorita acredita que, ao casar, uma mulher deve ajudar com o trabalho do marido? — continuou Munchhausen.

Charlotte pausou por um momento e olhou para a mãe. "Diga a coisa certa", parecia ser a mensagem no olhar estreito de Elizabeth.

— Sim. Acredito que propiciar uma casa adequada e um lar cheio de filhos, bem como amor em abundância, é o que mais ajuda no trabalho de um marido.

Von Munchhausen anotou tudo, sorrindo. Elizabeth ficou satisfeita e Adolph também. Charlotte obviamente estava mentindo, mas já não se importava com isso. Se o casamento com um rei inglês era preciso para tirá-la de Mirow e levá-la para longe de tudo aquilo, ela diria qualquer coisa. Munchhausen era o obstáculo entre ela e o que desejava — ir embora da Alemanha.

Logo Munchhausen foi até ela e começou a inspecioná-la de perto. Apesar do rosto de Charlotte estar coberto por uma grossa camada de pó de giz, seu pescoço e mãos mostravam a verdadeira cor de sua pele. Munchhausen estreitou os olhos enquanto a averiguava.

— Bem escurinha, não é? — disse ele, como se a princesa não estivesse ali.

A duquesa Elizabeth se encolheu, lançando um olhar mortal para lady Schwellenberg, mas logo disse:

— Nossa Charlotte passa muito tempo no lago sem usar chapéu.

O barão assentiu e então se virou de volta para Charlotte.

— É verdade, Vossa Alteza?

— Sim. Acabo me queimando facilmente.

Munchhausen terminou o chá e falou com a duquesa Elizabeth:

— Vossa Graça, pergunto-me se seria possível falar a sós com a princesa.

— A sós? Isso é apropriado? — questionou a duquesa, um pouco surpresa.

Munchhausen a reassegurou.

— Há algumas perguntas delicadas que preciso fazer à princesa e, em minha experiência, a presença de outras pessoas por vezes não engendra um espírito de honestidade.

A duquesa Elizabeth olhou para Adolph, que assentiu. Ela abriu o leque e, com muito desgosto, saiu da sala. Os outros também saíram.

Uma vez que as portas foram fechadas, Munchhausen serviu chá para si mesmo e para a princesa, sentando-se do lado oposto a ela na mesa. Ele a estudou por um momento e Charlotte não desviou o olhar.

— Princesa Charlotte — começou, com cautela. — Fui instruído a perguntar sobre uma série de questões pessoais que podem ofender o seu senso de propriedade.

— Revele o que veio buscar, lorde Munchhausen — disse a princesa, se preparando para o pior. — Quanto antes o fizer, mais rápido ambos nos veremos livres de nossas apreensões.

— Muito bem. Seu ciclo. É regular?

Do lado de fora da porta fechada, a duquesa Elizabeth e Adolph escutavam, com as orelhas pressionadas à madeira. O leque que Elizabeth pressionara no rosto ao ouvir a pergunta pessoal por sorte abafou seu suspiro de susto. Charlotte, no entanto, pausou por um momento. Ela colocou uma mão no coração enquanto verbalizava seu entendimento:

— Entendo. *Este tipo* de questões pessoais.

Munchhausen assentiu e manteve os olhos grudados no caderninho.

— Sim. Bastante regular — respondeu a princesa, por fim. — É possível contar as estações com base em mim.

— E homens. A senhorita já... conheceu algum homem? Quer dizer... no sentido bíblico?

— Não. Não conheci — mentiu ela, que havia suportado o estupro de Wilhelm.

Munchhausen anotou.

— A senhorita tem visões? Ou fala com fantasmas? Há qualquer membro da sua família que busque se relacionar com o mundo espiritual?

Charlotte franziu a testa.

— Não. Não possuo tal aflição — respondeu com confiança. — E, até onde sei, nenhum membro de minha família a possui.

— E a senhorita se sente compelida a saber sobre as questões internas do governo? Ou deseja que mulheres tenham mais influência ou participem da formulação de leis ou política?

— Ora, seu idiota ignóbil — queria esbravejar para ele —, é óbvio que as mulheres deveriam ter mais influência. Deveríamos governar a maioria dos países. Se eu fosse a rainha da Prússia, com os direitos e o poder da soberania, você acha que eu seguiria o exemplo do meu soberbo primo Frederick, um sodomita, e nos lançaria em uma guerra que durou cerca de cinco anos e deixou este país mais pobre em recursos, injuriado no cenário mundial e sem progresso na invenção industrial? Sem falar nas vidas perdidas. É a tolice dos homens que os leva a não ouvir as ideias por vezes engenhosas das mulheres, ou repreender as habilidades incríveis que temos em nossas naturezas intuitivas, que poderiam facilitar a vida de um homem. Vocês nos obrigam a cumprir rituais culturais que desvalorizam e aprisionam nossas verdadeiras personalidades e então nos negam. Nós, os bens mais valiosos que vocês têm!

No entanto, minha verdadeira resposta foi:

— Eu acho que é melhor deixar as questões internas do governo, política e essas coisas nas mãos dos homens. Mas, falando de influência, realmente sinto que nós, mulheres, exercemos uma pequena influência...

Munchhausen prendeu a respiração. A duquesa e Adolph, escutando atrás da porta, imitaram seu gesto. Seria aquele o fim de Charlotte?

— ...porque fazemos os homens se apaixonarem por nós. Não é mesmo? — finalizou Charlotte.

A duquesa Elizabeth e o filho soltaram suspiros de alívio. O barão von Munchhausen sorriu, fechou o caderno e ficou de pé. A princesa de Mecklemburgo, respondera as perguntas com tanto charme e inteligência que ele considerou que talvez fosse ele quem estivesse tendo visões. Ele pediu humildemente uma mecha do cabelo dela e Charlotte atendeu ao pedido. E então, quando estava se dirigindo à saída, Albertina, a tia de Charlotte, deu ao barão um medalhão com a miniatura de uma pintura da princesa.

Enquanto se despedia, Munchhausen já estava formulando o relatório que escreveria para o rei George na Mansão de Mecklemburgo:

10 de junho de 1761
Sua Alteza Real, Rei George III
Palácio de St. James, Londres, Inglaterra

Vossa Majestade,

Em minha humilde opinião, encontramos finalmente uma candidata apropriada, Sua Alteza Sereníssima princesa Charlotte Sophia de Mecklemburgo-Strelitz. Apesar de concordar que ela não é a mais bela entre as 28 princesas que entrevistei até agora, devo admitir que tenho a mais profunda confiança no caráter e nas habilidades dela. Envio, então, um medalhão com uma imagem da princesa, presente da tia dela, bem como uma mecha do cabelo dela para sua avaliação.

Quando terminou de escrever e ficou satisfeito com a carta, ele a colocou em um envelope e pingou a cera. Usou seu selo pessoal para lacrar a carta, gravando um "VM" na cera que já esfriava, e a colocou numa pilha de correspondências a serem postadas.

Finalmente, von Munchhausen se permitiu ter a melhor noite de sono que teve em meses.

Dezoito

Quando a carta de Munchhausen terminou a viagem através do labirinto de protocolos até o rei, o próprio soberano estava tendo dúvidas sobre casar com qualquer uma que não fosse lady Sarah Lennox. Sentado à janela na sala de estar no Palácio de St. James com Sarah em sua mente, ele foi forçado a ouvir a tagarelice do primeiro-ministro Newcastle.

— Vossa Majestade, o senhor é rei desde outubro passado e tanto o Gabinete quanto o Conselho Privado acharam melhor adiar sua coroação para quando houvesse uma rainha — disse o primeiro-ministro. — Então, o senhor pode entender que estamos preocupados por não existir a candidata a rainha até agora e por nós, seus conselheiros, termos sido deixados de fora do processo de seleção. Agora, devemos definir uma data de coroação, e escolhemos 22 de setembro, com ou sem rainha. Esperamos que esta data seja aceitável para Vossa Majestade.

George esfregou as têmporas, assentindo e dispensando Newcastle com um aceno. O homem fez uma reverência e saiu. Assim que Newcastle foi embora, George olhou para a mesinha de carvalho onde estavam as joias da coroa. Ele pretendia dar as joias para sua nova noiva como presente de casamento, esperando que fosse lady Sarah. Então, pensou em tudo o que passara para adquiri-las. A coleção fora usada pela própria rainha Anne. Havia sido propriedade de seu avô, o rei George II, cujos complicados testamentos em inglês e alemão resultaram em seu único filho sobrevivente — o tio de George, William Augustus, duque de Cumberland — recebendo metade das joias, e o jovem George a outra. Mas o duque de Cumberland recentemente se vira doente e endividado e, como não era casado, permitiu que o sobrinho comprasse sua metade por 50.000 libras. George agora possuía toda a coleção e imaginava lady Sarah usando-a.

Ele conseguia ver a coroa na cabeça dela. O colo estaria subindo e descendo sob o pesado colar de diamantes que brilharia em seu decote. Ele fantasiou lady Sarah vindo em direção a ele, com os braços estendidos para um abraço, a boca umedecida pelos beijos que ele daria enquanto acariciava a pele sedosa, que derreteria sob o toque de seus dedos. Então ele a despiria, exceto pelas joias, e faria amor com ela no sofá sem se importar com nada. Deus, ele a queria tanto. Mas ela se recusava a falar com ele.

Naquela tarde, na sala de jogos, George estava com seu equipamento de esgrima e máscara e praticava com Edward. Embora George fosse bom, Edward era melhor, mesmo com um ombro que doía o tempo todo.

— Sarah não quer me ver nem responde minhas cartas — lamentou o rei.

— Você a culpa? Terminou com ela no meio do salão. Ela ficou devastada e foi envergonhada diante de todos.

— Você sabe que as Regras de Precedência ditam que a dama de honra de minha noiva deve ser a mulher solteira de mais alto escalão da realeza? Agora que não posso me casar com Sarah, será ela, e ela não pode recusar a honra.

— Então agora ela será forçada a ficar na frente de toda a Inglaterra e segurar a cauda da mulher com quem você vai se casar em vez dela. E você se pergunta por que ela não responde suas cartas — repreendeu Edward.

George desanimara por completo, e sua esgrima estava desajeitada. Edward derrubou o florete das mãos do irmão por duas vezes e logo começou a pressentir algo.

— Não. Ah, não. Nem sonhe em abdicar — repreendeu Edward. — Você jogaria a Inglaterra no pior estado de desconfiança que já existiu, e estamos em guerra. Sem mencionar que todo esse negócio lamentável ficaria nas minhas mãos.

— Mas você seria um bom rei, Edward.

Edward hesitou e tirou a máscara.

— Tenho seis filhos bastardos. Sou vaidoso, vulgar, profano, brilhante no críquete e na cama com as mulheres. Descrevi um "bom rei"?

— Você descreveu Henry VIII.

— E o que ele fez com a Inglaterra, eu faço com lady Shippton todas as noites.

George jogou o florete no chão e também tirou a máscara. Sentou-se em um banco e segurou a cabeça entre as mãos.

— Estou no Getsêmani, Edward. Rezo todas as noites para ser um bom rei, mas também rezo para que afastem de mim este cálice.

O coração de Edward se apiedou de George e ele estendeu a mão para o ombro do irmão. Sabia o que o rei estava passando e tinha que apoiá-lo.

— Irmão, Deus fez de você o primogênito do sexo masculino. E, apesar de suas dúvidas, você será um grande rei. Mas precisa ficar em paz com isso.

Edward pegou o florete e a máscara e os colocou no armário de equipamentos. Ele deu uma última olhada em seu irmão favorito e saiu da sala.

George fechou os olhos por um momento, se perguntando se as palavras de Edward eram verdadeiras. Porque, se ele pudesse, seria apenas "sir" George Hanover, um homem com uma grande propriedade e jardins, casado com a mulher que realmente amava enquanto criavam quatro filhos.

Mas, quando acordou dessa fantasia, lorde Bute e tia Amelia estavam ali. Bute tinha uma carta na mão.

— Vossa Majestade, é a melhor notícia possível.

George pegou a carta e a leu. Sem demonstrar nenhum sinal externo de emoção, ele a devolveu a Bute.

— Muito bem. Será a princesa de Mecklemburgo. Diga ao coronel Graeme para entregar o contrato. — Ele suspirou. — Pela Inglaterra.

Ele se afastou de Bute com um olhar de resignação. A decisão fora tomada. A vida dele estaria de acordo com a lei inglesa.

Bute viu uma grande tristeza em George e sentiu pena de sua responsabilidade.

— Vossa Majestade, o senhor não parece satisfeito com esta decisão.

— E não estou. Mas, como o senhor me ensinou, um rei faz o que deve. — George estendeu a mão e deu um tapinha no ombro de Bute. — Não se preocupe. Ficarei mais feliz quando a rainha estiver aqui. Alerte o coronel Graeme e peça para minha mãe planejar a festa de anúncio.

Bute assentiu e saiu enquanto George ia até a janela, olhando para os jardins do palácio. Ele orou por uma maneira de viver com as decisões que estavam sendo tomadas por ele, e uma vida sem Sarah. Amelia foi até ele.

— Você quer dar um passeio como fazíamos, George? Alimentar os gansos e os cisnes?

George balançou a cabeça. Por mais que tentasse, não conseguiu impedir as lágrimas de caírem. Amelia pegou o sobrinho nos braços e o abraçou.

Dez dias depois, Augusta havia organizado uma festa muito elegante para anunciar as boas-novas. Um quinteto de cordas tocava e George estava de pé ao lado da mãe, dos irmãos, de lorde Bute e da esposa do lorde, a baronesa Bute.

— Ministro Plenipotenciário francês, o cavaleiro Charles Louis D'Eon e a condessa de Yarmouth... — anunciou o arauto do palácio. O belo ministro D'Eon estava acompanhando lady Yarmouth e a levou até o rei. Ele fez uma reverência enquanto lady Yarmouth beijava ambas as bochechas de George.

— Vossa Majestade, obrigada por me convidar e por enviar tão rapidamente a herança do seu avô. Ela me permite permanecer aqui em Londres e apreciar a memória dele para o resto de minha vida.

— Não há de quê, lady Yarmouth — respondeu George, acenando com a cabeça para D'Eon.

Quando lady Yarmouth e D'Eon se afastaram, Augusta se aproximou de George, ansiosa para fofocar.

— Mulher tola. Se fosse mais inteligente, poderia ter sido rainha.

Bute, à esquerda de George, escutou o comentário e resolveu fazer um pronunciamento para o rei.

— Falando em rainhas, tomei uma decisão, Majestade. Uma decisão que acredito que o senhor apreciará, já que estou aqui para servir de acordo com seus desejos.

George sorriu. Ele sabia o que era e deu um tapinha nas costas de Bute.

— Sabia que você se juntaria ao conselho. Obrigado, meu amigo.

Mas a felicidade de George durou pouco, pois logo o arauto anunciou os próximos convidados:

— Sir Henry Fox, lady Caroline Lennox-Fox, lady Susan Fox-Strangeways e lady Sarah Lennox da Casa Holland.

George olhou para o lado e, de repente, tudo passou a se mover de maneira lenta e embaçada. Todos os olhos estavam em Sarah, já que cada membro da corte do palácio agora sabia que o rei estava noivo, prestes a se casar com alguém que *não* era ela. George não conseguia tirar os olhos dela e Sarah tinha trabalhado especificamente para que aquilo acontecesse. Assegurara-se que a voluptuosidade de sua forma estivesse bem aparente no vestido; se banhara em óleos perfumados franceses e se empoara com o pó mais puro e sedoso. A maquiagem estava perfeita: os cílios bastante pretos e os lábios, brilhantes e vermelhos. Sarah queria enlouquecer George, para que, independentemente de quem ele escolhesse para esposa, fosse ela a permanecer em sua mente para todo o sempre.

O plano estava funcionando. Ela deslizou até George assim como fizera na fantasia dele — e estava linda. Mas depois da mesura profunda e respeitosa que concedeu ao rei, Sarah estreitou os olhos ao encontrar os dele.

— Vossa Majestade, estou tão feliz que por fim tenha encontrado a mulher "apropriada" para se casar — disse ela, a voz cheia de sarcasmo. — Que o senhor tenha toda a felicidade que tão justamente merece.

George sabia que ela ainda estava magoada pela decisão dele e pela maneira como a havia anunciado no inverno anterior. A imagem dela fugindo do palácio de coração partido, difamada, em meio a um ataque de ódio pela traição estava gravada em sua alma. Entendia cada pedacinho do escárnio direcionado a ele. Mesmo assim, a amava. Sentia saudade de vê-la na corte, e a ânsia despertada pela presença dela estava mais intensa do que nunca. Encarando o lindo rosto de Sarah, se perguntou se um dia poderia de fato desistir dela.

— Obrigado, lady Sarah — respondeu ele, ciente que era o centro das atenções naquele momento. — Como está a senhorita?

— Recuperada... e feliz.

George se encolheu de leve. O tiro atingira o alvo. Sarah deslizou despreocupadamente até um assento no banco da dança, que permitia que qualquer cavalheiro disponível da corte dançasse com as damas solteiras ali sentadas. Sir Henry Fox, de pé com a esposa Caroline, sua irmã Susan e a irmã de Sarah, lady Emily, admirava a situação. Ainda irritado com o rei, sir Henry estava apreciando cada segundo da performance da cunhada e sorriu, maldoso, quando lady Sarah dançou com sir Thomas Bunbury, um membro do Parlamento, com quem fingia estar bem à vontade. Até onde sir Henry sabia, o rei merecia qualquer consequência emocional possível por ter sujeitado Sarah à zombaria e à humilhação da ridicularização social. Já estava na hora de George descobrir como era ser feito de bobo e sir Henry deduziu que era exatamente isso que o rei estava sentindo.

Ele estava certo. Apesar de George ter continuado a cumprimentar os outros convidados, sentia que Sarah atraía constantemente sua atenção. Ela também olhava para ele de vez em quando, mas se virava e continuava a dançar.

George começou a fumegar.

— Filho da puta desgraçado — murmurou para si mesmo, assistindo ao casal dançar até que a música indicasse o momento de trocar de parceiros. Mas lady Sarah permitiu que sir Thomas Charles Bunbury dançasse com ela mais uma vez, piorando ainda mais a frustração do rei. Seis meses atrás, ele arruinara a vida dos dois com sua decisão. Agora, estava sem ela. Tentara vê-la cinco vezes. Ela recusara todas as cinco. Ele escrevera cartas declarando amor eterno. Ela nunca respondera.

Logo George começou a beber vinho do porto. Depois de virar três taças consecutivas, Augusta fez um sinal para Bute, que foi até ele.

— Senhor, seu aborrecimento é palpável — sussurrou Bute para George.

— Bunbury desgraçado. Ele está se aproveitando completamente de meus sentimentos.

— Não. É Sarah quem está. Não permita que isso o consuma. Todos estão olhando.

Mas, depois de ver Sarah dançar quatro vezes com Bunbury, George não conseguiu mais se controlar. Apesar das advertências de Bute, foi até Sarah e se colocou na frente dela com uma expressão inflexível. Estendeu a mão, impondo que ela dançasse com ele.

Sarah se aproveitou completamente do momento, abrindo o leque e fazendo uma mesura tímida quando estava pronta. George lançou um olhar exasperado para Bunbury, sugerindo que ele fosse embora. Ao perceber que estava sendo dispensado, o parlamentar se retirou com respeito. Os membros da corte levantaram os leques, sussurrando e apontando discretamente enquanto George puxava Sarah para que dançassem. Na metade da dança, ele entrelaçou os dedos nos dela e a olhou languidamente.

— Por que a senhorita não vem me ver? — sussurrou ele.

— Porque não quero, Vossa Majestade — respondeu Sarah, tentando manter a compostura.

— Sarah, por favor, preciso vê-la. Sabe que ainda tenho os mais profundos sentimentos por você.

— Não tenho interesse em seus sentimentos, profundos ou não — retrucou ela. — Mas, se assim quiser, pode compartilhá-los com a vagabunda alemã que escolheram para você.

George reagiu e teve que se forçar a manter a compostura. Sarah, percebendo que não conseguia manter um diálogo cordial, fez menção de se afastar, sentindo as emoções transbordando dentro de si. Mas George a segurou mais firme ainda, o aperto quase estourando um vaso sanguíneo no antebraço dela.

— Não. Não a deixarei ir. Você não é boa para nenhum homem além de mim. Você sabe disso.

Do outro lado do recinto, sir Henry Fox se inclinou para a esposa após observar a conversa íntima.

— Creio que o rei ainda demonstre certo apreço pela nossa querida Sarah.

— Parece que sim — concluiu lady Fox. — Será que Sarah ainda tem uma chance?

Mas, no momento em que as palavras foram ditas, lady Sarah se desvencilhou do aperto do rei e se retirou do recinto, dirigindo-se até o salão mais próximo para se recompor. George, muito intrigado e tenso com o afastamento dela, pediu licença e, apesar dos olhares e sussurros, a seguiu. No momento em que ele entrou no salão, Sarah tentou fugir, mas George correu na direção dela, pegando-a pelo braço. Ela estendeu o leque para que ele parasse, tentando não chorar na frente dele.

— Por favor, pare, George. Não se aproxime mais ou vou explodir de emoção.

— Sarah. Eu não consigo suportar. Por que você recusa minhas cartas, meus pedidos? Já disse que só estou seguindo com o casamento porque é necessário, pelo bem da Inglaterra.

— E eu já disse que o odeio e o desprezo por essa decisão. Você é o rei. Pode decidir seu próprio destino. No entanto, permite que Bute, sua mãe e quaisquer outros conselheiros o controlem e aconselhem. É exatamente por isso que o odeio, George. Eu o odeio.

Dominado pela emoção, George virou Sarah em sua direção.

— Não. Você me ama. Diga que sim. — E cobriu a boca de Sarah com beijos.

Mas Sarah lhe deu um tapa. Embora estivesse atordoado, George continuou a pressioná-la, forçando a boca na dela, beijando-a de novo e de novo. Sarah o esbofeteou novamente, tentando lutar contra os beijos até não sentir mais vontade de lutar. Ela amoleceu e resignou-se, começando a retribuir os beijos. Rendida, aos prantos, cravou os dedos na carne de George até tirar sangue. George estremeceu, sentindo a resignação emocional de Sarah e a dor que suas unhas causavam. Mas continuou segurando-a firme.

— Eu amo você. Deus me ajude — choramingou Sarah, desesperadamente. — Mas não posso me permitir ser sua amante. Eu mereço coisa melhor. Eu mereço alguém comprometido comigo, George. *Comigo.*

Ela então se afastou, olhando para o amado.

— Decidi esta noite que irei me casar com sir Thomas Bunbury. Será a *ele* que me entregarei de bom grado, é a cama *dele* que compartilharei com alegria. — Ela segurou os seios e lançou um golpe final. — E será *ele* a desfrutar de forma selvagem de cada pedacinho *disso,* que você tão voluntariamente sacrifica, em nome da Inglaterra.

Sarah enxugou os olhos, apontando o leque para o rei.

— E sim. Conheço as regras de precedência que determinam que sua noiva seja atendida pela dama solteira de mais alto escalão do país. Eu. Terei o prazer supremo de assisti-lo lançar os olhos sobre sua noiva desejando que ela fosse eu, verei tudo em primeira mão. — Sarah ajeitou o vestido, forçando uma expressão de compostura e fez uma mesura. — Boa noite, Vossa Majestade.

E então, se virou e saiu do recinto. Quando George se recuperou e voltou para a sala de estar, descobriu que lady Sarah havia chamado a carruagem e, junto com lady Susan, estava saindo do palácio, deixando todos satisfeitos pelo suspense. Pelo resto da noite, o rei George teve que se contentar com conversa fiada e olhares sutis depois de o objeto de seu desejo, pela segunda vez, ter lhe deixado para se debulhar em lágrimas em uma carruagem.

Dezenove

Pouco depois da meia-noite, na madrugada de 24 de junho de 1761, se escutaram batidas muito altas na porta da residência ducal do Palácio de Mirow. Os cachorros começaram a latir, fazendo com que a duquesa Elizabeth, nauseada e apavorada, se atrapalhasse em busca de seu roupão e chamasse o velho James. Adolph correu escada abaixo, temendo pelo pior, já que somente notícias ruins chegavam nessas horas ímpias.

— Quem está aí? — gritou o velho James.

— Coronel David Graeme da brigada escocesa, à serviço das Províncias Unidas — respondeu a voz, em um tom oficial.

Adolph fez um gesto para que o velho James abrisse a porta. Lá estava um homem alto e corado, com bigodes espessos, trazendo nas mãos uma correspondência oficial com o selo do rei da Inglaterra.

— Trago uma carta da princesa-viúva de Gales para a duquesa-viúva Elizabeth Albertina Frederick. Fui instruído a entregá-la nas mãos da própria duquesa.

— Eu sou o grão-duque Adolph Frederick — respondeu Adolph. — A duquesa não está bem. Levarei a carta para ela o quanto antes.

— Peço desculpas, milorde Frederick, mas recebi instruções expressas. Devo entregar a carta nas mãos da própria duquesa-viúva, em nome do rei da Inglaterra.

— Está tudo bem, Adolph. Posso aceitar a carta — disse uma voz fraca atrás deles. A duquesa Elizabeth conseguira de alguma forma descer as escadas até o patamar. Adolph ajudou a mãe a andar dolorosamente até a porta.

— Sou a duquesa Elizabeth. — Ela fez um gesto para Graeme. — Entre, coronel. O ar está muito frio aí fora.

Graeme fez uma reverência e entrou, entregando então a carta à duquesa. Assim que leu o que estava escrito, ela levou a mão ao peito.

— Meu bom Deus! — exclamou, buscando a cadeira mais próxima para se sentar. — É um contrato de casamento. Nossa Charlotte foi escolhida pelo rei.

Ao escutar o tumulto, Charlotte saiu do quarto e foi até o topo da escada. Não conseguia acreditar no que tinha escutado. De todas as princesas da Alemanha, fora ela a escolhida pelo rei para ser sua rainha. Sabia que teria que aceitar esse compromisso porque, ao contrário de lorde Gregory, essa seria uma servidão muito mais poderosa e influente, mas, ainda assim, servidão. A mãe e o irmão de Charlotte conspiraram e planejaram sua vida com um homem que não conhecia nem amava. Estavam enviando-a para um país cuja língua e costumes desconhecia. Fora negociada assim como Jon — por dinheiro. Era apenas mais uma forma de prostituição, em que uma mulher trocava o dote pela geração de prole e pela segurança de uma casa, um lar e companheirismo.

Adolph conduziu coronel Graeme até a biblioteca e instruiu a enfermeira a auxiliar a Elizabeth a se sentar em uma espreguiçadeira perto deles. Enquanto Adolph servia conhaque, Graeme seguiu com os negócios.

— Foi-me concedido o poder para informar que a decisão final do rei depende da resposta da duquesa a alguns pontos da carta de negociação. Primeiro, a senhora deve enviar as medidas da princesa imediatamente para Londres e aceitar três termos deste contrato. Segundo, o rei insiste que a cerimônia de casamento seja em Londres, antes da coroação de ambos. Será um problema, Vossa Graça?

— De forma alguma — respondeu a duquesa, tossindo.

Graeme continuou:

— Terceiro, Sua Alteza deve ser examinada pelo médico do rei para que sejam verificadas sua virtude e fertilidade.

Adolph e a duquesa se entreolharam levemente nervosos, sabendo da violação sofrida por Charlotte.

— De acordo — disse a duquesa, baixinho.

Como ousam, pensou Charlotte. Primeiro, ela não poderia sequer conhecer o futuro marido antes de se casar com ele. E se o rei fosse um homem repulsivo e violento que gostasse de espancar mulheres? Não. Ela tinha que ser o receptáculo escolhido a dedo — o portal real — através do qual os futuros *bens* do rei passariam. Então, tinha que ser examinada por um médico estranho para assegurar que *ela* era pura. *Que descaramento*, pensou Charlotte, ficando mais furiosa a cada palavra que escutava.

— E, finalmente, a princesa pode levar apenas duas camareiras para servi-la, pois a Inglaterra não aceitará estrangeiras para os compromissos da corte de St. James — continuou Graeme.

Charlotte ouvira o suficiente. Antes que qualquer pessoa pudesse responder, ela entrou no quarto e, com uma súbita confiança vinda de sabe-se lá onde, ela os informou da própria decisão.

— Não! Sinto muito, mas devo insistir em um ou dois de meus próprios termos.

Todos se viraram para Charlotte em choque, a perplexidade tomando conta de seus rostos, como esperado. Adolph foi até a irmã, surpreso por Charlotte estar acordada, e pegou a mão dela.

— Charlotte, temos notícias maravilhosas. Este é o coronel David Graeme, a serviço do rei George III. *Você* é a escolhida do rei. *Você* se tornará rainha da Inglaterra. Isso não é maravilhoso?!

Charlotte foi graciosa, porém firme.

— Sim, e estou lisonjeada e muito contente de ser a escolhida do rei. Mas esse contrato não é negociável, visto que envolve minha vida?

— Sim, mas...

— Ótimo. Então, já que estamos negociando, quero levar comigo três serviçais. Insisto em levar sir Albert, além de lady Schwellenberg e lady Hagedorn. Insisto muito neste termo e ficarei desconfortável com *qualquer outro* acordo.

Adolph e a mãe de Charlotte estavam tão aturdidos quanto o coronel Graeme; a expressão no rosto de Charlotte era resoluta. Pela primeira vez em dezessete anos, ela tinha força de vontade.

— Além disso — continuou Charlotte —, posso saber o valor do subsídio familiar?

— Nove mil táleres — respondeu o coronel Graeme, de maneira presunçosa.

— A família aceitará quinze — rebateu Charlotte, com igual presunção.

O coronel Graeme pigarreou e gaguejou.

— E-eu tenho certeza de que suas diversas requisições serão levadas em consideração, Vossa Alteza.

— O senhor os colocará no contrato de casamento se o rei de fato desejar que *haja* um casamento — respondeu Charlotte, com firmeza. — E fale para o rei do quão animada estou com a possibilidade de tornar-me esposa dele e que aguardo o contrato atualizado, isto é, se o senhor não tiver autoridade para alterá-lo. — Ela fez uma mesura educada. — Um prazer conhecê-lo, coronel.

Diante disso, Graeme assentiu de leve e escreveu as requisições da princesa. A duquesa Elizabeth e Adolph sorriram quando Charlotte deixou o recinto. Isso permitiria que terminassem de discutir o resto do contrato. Pelo menos ela teria o que queria — amizades em quem confiava nessa jornada desconhecida.

Quando Charlotte chegou ao topo das escadas, Christiana estava lá e a abraçou.

— Charlotte! O que você disse, e a maneira como disse, foi magnífico! Estou tão orgulhosa de você! — Então, ela falou algo que deu uma nova perspectiva da experiência para Charlotte. — Talvez você possa utilizar sua posição para alterar ideias sobre mulheres. Você será uma rainha, Charlotte. Você pode ajudar a mudar as coisas.

Charlotte se consolou com as palavras de Christiana e as guardou como motivação.

No entanto, mais tarde, no quarto, Charlotte andava de um lado para outro. Christiana e Adolph estavam lá para apoiá-la, mas a princesa parecia fora de si.

— Vou fracassar no exame físico. Wilhelm manchou minha virtude e me sinto de fato manchada.

— Você não precisa passar por isso — disse Adolph.

— Tudo que sei é que perdi Christian, perdi Lena e quero sair daqui. Se eu for rainha, posso ao menos ter algum poder. Talvez possa até encontrar Jon. Mas agora, com o exame pendente, nunca vou conseguir fazer nada disso.

De repente, Adolph teve uma ideia.

— Posso estar abusando da credulidade aqui, mas tenho uma ideia.

Tanto Charlotte quando Christiana o encararam com olhos enormes, implorando para que ele explicasse melhor. Então, Adolph continuou:

— Acho que posso ajudar. Fiquei sabendo por outros... como eu... que o médico do rei é... como eu.

— Um "sodomita" — esclareceu Charlotte.

Apesar de ser difícil para Adolph falar em voz alta, ele assentiu.

— E fiquei sabendo que ele é um homem de aparência agradável. Se foi o dr. Spencer Grey quem o coronel Graeme trouxe, talvez eu possa ir até a estalagem, levar um presente, quem sabe um pouco de vinho, e garantir que ele esteja entretido e bem satisfeito antes de seu exame para, possivelmente, assegurar um bom resultado?

Christiana deu um sorriso malicioso.

— Irmão, você é muito provinciano se acha que não sabemos o que "entretido e bem satisfeito" significa.

Charlotte beijou a bochecha de Adolph.

— Você faria isso por mim?

— Eu faria muito mais por vocês duas. Um de nós precisa ir embora e ter um propósito além de ser uma ferramenta para mamãe. E você, minha querida, pode ter encontrado um chamado maior do que o da maioria das mulheres. — Então ele sorriu. — Sim, faria isso por você.

No dia seguinte, Adolph, banhado em regalias reais, apareceu na porta de um dos quartos da mansão de Mecklemburgo. Ele trazia uma jarra de vinho e uma pequena caixa consigo. Momentos depois, sir Spencer Grey, um belo médico de cerca de 45 anos, abriu a porta e foi instantaneamente afetado pelo igualmente belo Adolph.

— Sim...?

— Dr. Grey. Eu sou o grão-duque Adolphus Louis Frederick. Vim aqui para trazer estes presentes de meu pequeno ducado e recebê-lo aqui em Mecklemburgo — disse ele, de maneira sugestiva, entregando o vinho e a caixa para o médico.

Dr. Grey examinou o jovem Adolph com igual interesse.

— Obrigado, Vossa Graça. É um prazer ser tão... bem recebido.

Ele fez um gesto para que Adolph entrasse no quarto e fechou a porta lentamente.

Levou apenas uma hora, três taças de vinho para cada um e uma conversinha sobre quão maravilhoso era que a Alemanha e a Grã-Bretanha fossem aliadas para que Adolph tocasse a mão do bom médico e encarasse seus olhos azuis como o mar, impulsionando o dr. Grey a agir. Grey e Adolph abandonaram suas roupas e a sorte foi lançada.

Na manhã seguinte, depois do café da manhã, a princesa Charlotte foi trazida ao hall de recepção, onde encontrou o coronel Graeme e um outro cavalheiro. A família inteira estava presente. Adolph levou-a até Graeme e dr. Grey. A duquesa estava doente demais para se levantar.

— Charlotte, você já conhece o coronel Graeme. Esse é sir Spencer Grey — informou Adolph. — O médico pessoal do rei. Ele será seu médico e a acompanhará até a Inglaterra. Também lhe examinará hoje, para garantir à Sua Majestade que você ainda está intacta.

O coração de Charlotte estava batendo com força o suficiente para parecer visível através do tecido do vestido e ela olhou para Adolph, que acenou levemente com a cabeça, indicando que tudo ficaria bem, apesar daquela grande mortificação — um exame de suas partes íntimas para provar que ela era fisicamente digna de um soberano que ainda não conhecia. A jovem agarrou a mão de Christiana e pensou nas palavras que a irmã lhe dissera duas noites atrás: *Você pode ajudar a mudar as coisas, Charlotte.*

Então, todos se dirigiram para os aposentos de Charlotte, onde ela foi sujeitada à sondagem degradante e impessoal de dr. Grey, que ao menos tentou tratá-la de maneira agradável. Ele a cobriu com um lençol da barriga até os joelhos levantados, no intuito de proteger a intimidade de Charlotte, antes de abrir-lhe as pernas. Apesar das lágrimas de humilhação, Charlotte continuou apertando os dedos de Christiana, rezando para que tudo aquilo acabasse.

Finalmente, quando o médico terminou de examinar o útero dela, olhou para a duquesa Elizabeth, sentada debilmente em um canapé próximo, e para o coronel Graeme, sentado perto da porta, para ser uma testemunha confiável do exame sem, no entanto, ser um intruso.

— O hímen está intacto, Vossa Graça — disse ele, num tom profissional. — A princesa tem virtude e consegue gerar filhos. Ela satisfaz nossos requisitos para o casamento.

Diante disso, o dr. Grey fez uma reverência e deixou o quarto sem fazer mais comentários. A duquesa Elizabeth franziu as sobrancelhas, ciente de que Charlotte fora violada, mas se esforçou para levantar do canapé e dar um beijo na testa da princesa. Em seguida, começou a tossir profusamente, então deixou o quarto com coronel Graeme. Quando eles se foram, Charlotte chorou.

Christiana abraçou a irmã afetuosamente.

— Pronto, pronto. Já passou.

Adolph estava no corredor, perto da porta, quando o dr. Grey emergiu. Grey e Adolph trocaram um olhar e um aceno. Enquanto a duquesa Elizabeth e o coronel conversavam, Adolph sorriu para o médico.

— Espero vê-lo na coroação — sussurrou Grey.

— Verá, sir Spencer. E depois dela também.

O dr. Grey sorriu, tocou o chapéu e foi embora de Mirow. Adolph seguiu até o quarto de Charlotte e a abraçou. Charlotte apertou o irmão em seus braços e lutou contra as lágrimas.

✠

Duas semanas depois, o Conselho Privado do rei George estava reunido quando lorde Cavendish anunciou:

— O rei!

George entrou com lorde Bute. Sir Henry Fox e sir John Wilkes analisaram o rosto do rei, tentando entender o que estava acontecendo.

— Milordes — começou George —, eu tenho dois anúncios a fazer. Primeiro, gostaria de apresentá-los ao nosso mais novo membro do Conselho Privado, lorde John Stuart, o conde de Bute.

Diversos membros do Conselho ficaram visivelmente insatisfeitos quando George fez um gesto para Bute.

— Bute, sente-se no seu lugar no meu Conselho.

— Obrigado, Majestade.

Ao ver Bute caminhar com confiança até a mesa e sentar ao lado do rei, Wilkes e sir William Pitt olharam com irritação para o primeiro-ministro Newcastle.

Amando cada segundo do que estava acontecendo, George prosseguiu:

— Segundo, teremos uma nova rainha. Charlotte Sophia Frederick, do ducado alemão de Mecklemburgo-Strelitz. Ela chegará dentro de duas semanas para nosso casamento, que acontecerá antes da coroação.

Wilkes ficou de pé.

— Majestade...

— Os senhores ficarão satisfeitos de saber que nossa aliança com a Alemanha será fortalecida por este casamento — informou o rei. — E o rei Frederick fortificará nossas tropas com mais 10 mil homens para a batalha contra a França.

Nesse momento, houve vivas e aplausos. George sorriu.

— Verei todos os senhores em meu casamento.

George foi embora.

Wilkes virou-se para Bute, forçando uma expressão calma.

— É melhor você torcer para que tenha escolhido uma rainha com sabedoria, Bute. Principalmente porque nós, o conselho do rei, não fomos convidados para participar dessa escolha. Se não tomou uma boa decisão, é sua cabeça que estará em jogo.

No dia 30 de junho, o grão-duque Adolph recebeu a confirmação de que as exigências de Charlotte foram atendidas e uma nota de quinze táleres chegou pelo mensageiro. Charlotte reuniu a família na sala de estar de Mirow, insistindo que todos estivessem lá. Irmãos, irmã, primos, tia, Adolph e a duquesa — sentada em uma espreguiçadeira próxima, doente demais para ficar de pé.

— Adolph acabou de receber o primeiro ano de subsídio do rei — anunciou Charlotte.

Todos ficaram felizes e aliviados.

— No entanto, se quiserem ver um tostão desse dinheiro, exijo algumas coisas — continuou ela.

Um silêncio tomou conta do cômodo. Tanto a duquesa quanto Wilhelm ficaram tensos. Charlotte virou-se para a duquesa Elizabeth.

— Mãe, você me entregará o relicário que meu pai me deixou como herança. — Ela virou-se para Wilhelm. — E, Wilhelm, eu quero meu amuleto.

Wilhelm fingiu não saber do que ela estava falando.

— C-como assim?

— Pare agora com essa gagueira falsa e me devolva meu amuleto. Você não vai tomar minha virtude *e* minha herança!

— Do que ela está falando? — perguntou a duquesa para Wilhelm, que não disse nada.

— Wilhelm só conseguiu me ferir porque usou contra mim a vontade de reaver o amuleto de meu pai, que ele tinha roubado esse tempo todo. Ao contrário de Adolph, que se sacrificou além do âmbito da compreensão por mim, Wilhelm se forçou sobre mim e culpou Jon, que vocês venderam para ser escravizado, fazendo com que nossa querida Lena se matasse. — Charlotte estendeu a mão para Wilhelm. — Devolva meu amuleto.

Wilhelm enfiou a mão no bolso de dentro de suas roupas e entregou o amuleto para Charlotte.

— Wilhelm está banido do subsídio. Qualquer dinheiro usado para benefício dele vai significar o fim deste presente. Além disso, ele não pode morar mais no Palácio de Mirow quando eu for embora. Isso é uma ordem direta. Um decreto.

— Mas como ele sobreviverá? — perguntou a duquesa.

— Não me importa como ele sobreviverá. — Charlotte se virou para sair. — Isso é tudo.

Apesar de não se sentir diferente, Charlotte notou de maneira imediata como a eminência que agora possuía passou a afetar todos ao redor. De repente, lady Schwellenberg e lady Hagedorn não se referiam mais a ela como "minha menina" ou "Charlotte" ou "Lotte", e sim como "Vossa Graça", e sempre se curvavam em súplica a ela. Depois de uma semana, Charlotte lhes deu permissão para manterem o tratamento coloquial quando estivessem a sós. Ela não queria deixar de ter amizades genuínas nem companhias verdadeiras e confiáveis.

Apesar de ambas estarem sob serviço de Charlotte e de ela querer que a respeitassem, Charlotte as tinha escolhido para acompanhá-la na jornada para a Inglaterra porque tinham uma história compartilhada — e porque amavam umas às outras.

Enquanto as malas de Charlotte eram feitas e as caixas arrumadas, a princesa tentava aprender o máximo que podia sobre a Grã-Bretanha, incluindo as políticas e a língua do país. Certa noite, enquanto praticava frases em inglês, ouviu uma batida na porta. Era Adolph, que estava desolado.

— Charlotte, é a mamãe... não lhe resta muito tempo.

A princesa imediatamente correu até o quarto da mãe, onde Christiana, Ernest, tia Albertina, Charles e Wilhelm estavam dispostos em torno da cama. Depois de trocar palavras de despedida num tom bastante fraco com cada um de seus filhos e membros da família, a duquesa fez um gesto, chamando Charlotte.

Charlotte se ajoelhou ao lado da mãe, segurando a mão dela. A voz da mãe era quase um sussurro, mas ainda assim firme.

— Você será rainha, e isso é tudo que eu poderia querer, tamanha a satisfação. Você superou todas as minhas expectativas. Você é tudo, menos simplória.

Um elogio? Charlotte vivera o suficiente para escutar um elogio da mãe? Ela ficou em choque. A duquesa fez um gesto para Adolph, que pegou um pacote em um armário próximo e trouxe para ela. Quando Charlotte o abriu, encontrou dois lindos diários com capas de couro vermelho e páginas em branco.

— Escreva um diário. Seu pai escreveu muitos. Foi assim que descobri os sentimentos dele por... ela, que não está mais entre nós. — A duquesa parou por um momento para recuperar a compostura e não ficar com raiva por conta de Lena. — Escreva, minha querida. Escrever vai lhe ajudar a passar pelos momentos em que os fardos da sua nova posição se tornarem insuportáveis. — Ela olhou para a cara limpa de Charlotte. — E não esqueça de se pintar, minha menina.

Charlotte assentiu e jurou que não esqueceria. A mãe fez um gesto para todos.

— Preciso... falar... com Charlotte a sós.

Todos saíram, em silêncio. Mas a duquesa deteve Wilhelm.

— Menos você. Você... fica.

Quando o resto da família foi embora, a mãe de Charlotte olhou duramente para Wilhelm.

— Eu sei o que você fez... com nossas criadas, seu porco. Sempre soube e fiz vista grossa. Mas isso acaba agora. O decreto de Charlotte acabou com seu reino de terror aqui.

Uma expressão de culpa tomou o rosto de Wilhelm.

— Agora pegue o baú lá no cofre — ordenou a duquesa para Wilhelm. O primo de Charlotte obedeceu, movendo o armário e revelando o cofre na parede onde estava o outro objeto de desejo de Charlotte — o baú esculpido de madeira. Wilhelm o trouxe até a cama e, em seguida, se dirigiu até a porta. Charlotte o impediu.

— Espere. Onde estão as cartas de Christian? — exigiu ela.

— Queimadas. — Wilhelm cuspiu, e saiu sem dizer mais nenhuma palavra. Charlotte ficou arrasada. A mãe dela suspirou em meio à dor.

— Não podemos evitar quem somos por consequência de nosso nascimento. — Ela estendeu a mão trêmula e alisou o amuleto no pescoço de Charlotte. — Seu pai escondeu segredos de mim — disse ela, apontando o amuleto. — Isso sempre foi fonte de consternação em minha vida e na dele. Foi passado de geração em geração por cerca de um milênio na minha família. E o relicário foi passado de geração em geração na família dele. Nossas genealogias se conectaram três gerações atrás.

A duquesa pegou a mão de Charlotte, entrelaçando os dedos nos dela.

— Para o bem e para o mal, para o certo e para o errado, são seus agora. Os diários de seu pai estão aí dentro. Eles responderão a suas perguntas, pois você não pode mais fingir ignorância sobre nada disso. Uma vez que se conhece uma coisa, é impossível *desconhecê-la.*

— Mãe. Eu sei sobre Ibrahim Petrovitch Hannibal — confessou Charlotte, baixinho.

A duquesa ficou resignada.

— Então Lena já contou tudo que você precisa saber.

Em seguida, ela afundou no travesseiro e morreu.

Em 2 de julho de 1761, minha mãe, a duquesa Elizabeth Albertina Frederick, de 48 anos, foi enterrada no cemitério da velha igreja paroquial. Enquanto encarava o monte de terra sobre o qual minha mãe jazeria ao lado de meu pai por toda a eternidade, eu segurei o amuleto com orgulho. Por respeito, rei George esperou até três dias depois do funeral de minha mãe para mandar lorde Simon Harcourt para acompanhar meu cortejo até a Inglaterra. Por cumprir este dever, lorde Harcourt se tornaria meu cavalariço, uma posição de muita honra na corte. O rei também enviaria duas mulheres britânicas para me acompanhar — a duquesa de Hamilton e a duquesa de Ancaster. Elas também receberiam funções especiais em minha casa uma vez que chegássemos sãs e salvas em Londres.

Em 10 de agosto, olhei pela janela e vi quatro carruagens oficiais do estado hanovriano enviados por Sua Majestade. Elas pararam na frente do Palácio de Mirow para transportar a mim, ao meu cortejo e a minha bagagem até Stade. De lá, embarcaríamos em nossa jornada pelo mar do Norte e depois pelo Tâmisa, a bordo do HMS Royal Charlotte.

Christiana, que estava ao meu lado, beijou minha bochecha.

— Nunca mais verei você de novo. — Ela suspirou, os olhos úmidos de lágrimas.

— Não, não. Eu verei você de novo. Prometo.

Mas Christiana sabia.

— Não, Charlotte. Você será a consorte do soberano mais poderoso do mundo. Você não poderá mais ir e vir como bem entender.

Nós nos abraçamos e então o coronel Graeme me acompanhou até a carruagem — no seu topo estava o baú esculpido de meu pai. Dei adeus aos meus irmãos Charles, Ernest e George e beijei tia Albertina. Então fui até Adolph, que se aproximou e me presenteou com a espada preferida de meu pai, intricadamente adornada com cruzes templárias vermelhas. Eu o agradeci e nós também nos abraçamos.

— Vou sentir muita saudade de você — sussurrou ele, enquanto eu chorava em seus braços. — Escreverei todos os meses.

— E eu escrevei de volta. Prometo — respondi.

Ficamos naquele abraço por uma eternidade.

— Lembre-se do que eu disse meses atrás — ele sorriu maliciosamente —, se você se sentir negligenciada, entediada ou infeliz, arranje um amante.

Apesar de eu ter rido, Adolph beijou minha testa e continuou:

— Faça algo que valha a pena.

Sorri para meu irmão, porque ele era a pessoa de quem eu mais sentiria saudade, e então subi na carruagem com minhas damas e sir Albert. Uma vez que a porta foi fechada, eu olhei pela janela e vi Wilhelm ao longe, me encarando. Recusei-me a reagir. Simplesmente fiquei em paz com a certeza de que tudo que acontecera na minha vida até aquele momento ficaria para trás — e, logo à frente, começava o prólogo da minha nova vida.

Então, quando descemos pela estrada, eu não olhei para trás... nem para o palácio, nem para minha família, nem para meu passado. Deixei meu país com minhas lembranças seguras em minha mente e a esperança em meu coração.

Mais tarde, a bordo do HMS Royal Charlotte, *depois de uma salva de tiros, eu me dei permissão para adotar meu novo país, a Inglaterra. Assisti à Alemanha virar um cisco no mar, e foi nesse dia que comecei esses diários como a rainha Charlotte — usando os belos cadernos de couro vermelho que minha mãe me dera em seu leito de morte. Talvez agora eu pudesse finalmente abrir meu coração de novo e criar meu próprio destino...*

Meu próprio futuro.

Parte Dois

RAINHA CHARLOTTE

Londres, Inglaterra
1761 – 1770

"Todas as coisas estão sujeitas à interpretação. Qualquer interpretação que seja prevalecente em um dado momento o é por uma função do poder e não da verdade..."

Friedrich Nietzsche

5 de setembro de 1751

Minha mais querida filha Charlotte,

No momento em que você abrir este relicário e receber esta carta, eu já devo ser parte do pó ao qual todos devemos nos resignar quando manda o tempo. Minha filha, algumas coisas só podem ser confiadas à sua proteção porque você e eu sempre nos entendemos de maneira especial e porque você possui a marca.

Como você sabe, eu não tenho estado bem ultimamente, e nesses últimos meses, reuni e coloquei neste baú tudo de mais importante para mim, exceto meus bens mais preciosos: meus filhos. No entanto, é para você, Charlotte, que me sinto mais compelido a revelar uma explicação para sua existência. Eu quero que você reivindique tudo que tem direito a ser, e é sua responsabilidade guardar o conteúdo do relicário, sendo este sagrado, inegável e amaldiçoado.

Dentro dele, você descobrirá a verdade sobre nossa existência; seis cilindros de madeira contendo as palavras e a língua da própria Madragana e quatro rolos de pergaminho que meu pai insistia que eram códigos, mas que ainda estão por ser decifrados. Passei a minha vida tentando descobrir o mistério em torno deles sem atrair atenção indesejada para mim ou para a existência deles, pois contêm o segredo.

seu pai

Vinte

A bordo do HMS *Royal Charlotte*

Estou no navio que está me levando para minha nova vida na Inglaterra e estou nervosa. A forte tempestade lá fora embrulha meu estômago, e não posso deixar de pensar no mar bravio que engoliu o noivo de minha irmã. Quanto ao meu próprio noivo, ainda não o encontrei, nem sei o que está por vir. Estou muito familiarizada com a desgraça de um passado que quero esquecer e rezei para que pudesse mudar quem eu era — para que pudesse aceitar quem sou.

Uma cacofonia de relâmpagos precedeu o estrondo do trovão e os céus escureceram ao redor dela. As velas do HMS *Royal Charlotte* se sacudiam furiosamente contra o vento, em um esforço para manter o navio firme no mar do Norte. Segundos depois, o céu derramou um dilúvio de chuva. A tripulação de dezoito pessoas do navio corria para todos os lados a fim de cuidar da segurança da carga e dos viajantes com destino a Londres.

Charlotte fechou seu novo diário de couro vermelho no qual andava escrevendo seus pensamentos e olhou para os céus furiosos enquanto acariciava o amuleto com nervosismo. À medida que a chuva se tornava mais forte, despencava sobre o rosto da rainha até que o pó de giz fortemente aplicado começou a se dissolver, revelando a pele escura por baixo.

Sempre protetora, lady Schwellenberg percebeu o que estava acontecendo e rapidamente puxou o capuz de veludo preto de Charlotte para cobrir a cabeça dela.

— Precisamos levá-la para baixo — disse a dama de companhia de Charlotte, olhando ao redor para se certificar de que ninguém vira a princesa exposta. — Seu giz, minha menina.

Charlotte assentiu e entregou a pena e o tinteiro para lady Schwellenberg. Ambas desceram rapidamente para debaixo do convés e foram até seus aposentos, onde Charlotte colocou o diário sobre a escrivaninha. Enquanto o navio balançava, lady Hagedorn desabotoou o vestido molhado de Charlotte e a ajudou a vestir um seco. Lady Schwellenberg pegou o pó de giz branco no baú de madeira primorosamente esculpido e reaplicou uma espessa camada no rosto de Charlotte.

— Uma tempestade nessas mesmas águas engoliu o noivo de minha irmã, causando a loucura dela — disse Charlotte a ninguém em particular.

— Não se preocupe — respondeu lady Hagedorn. — A senhorita não terá o mesmo destino; é valiosa demais para o trono britânico.

— Talvez — murmurou Charlotte e então, com um aceno, dispensou suas damas de companhia. — Deixem-me.

As duas damas assentiram obedientemente e foram embora. Charlotte foi até o baú e tocou os padrões intrincados por um momento. Levantando a tampa, ela pegou a caixinha de música prateada de bailarina, deu corda e a colocou no chão do convés. Seus lábios se curvaram em um sorriso de encantamento quando "Invenções a duas vozes" de J. S. Bach tocou.

Ela se sentou ao lado do baú, correndo os dedos sobre cada lindo sulco, entalhe e símbolo durante um momento. Olhou para a estrela de cinco pontas incrustada no topo e, ao abri-lo, maravilhou-se com o desbotado forro de veludo vermelho, que ainda parecia suntuoso depois de tantas gerações. Seu pai era um colecionador de coisas incomuns, como espadas do século XIII e fivelas e escudos do século XIV. O baú tinha sua própria história especial. Ela se lembrou de seus pais discutindo por causa dele, insistindo para que o baú ficasse escondido atrás do armário, em uma parte da parede que fora cortada especificamente para guardá-lo em segurança.

A mãe temia o baú da mesma forma que temia o amuleto. Havia alguma coisa em ambos os objetos que perturbava a duquesa Elizabeth, o que Charlotte nunca havia entendido. Mas seu pai adorava a história e o significado do baú e ela tinha certeza de que ali ainda continha o tesouro que o grão-duque lhe prometera. Era uma posse à qual ela tinha pleno direito, pensou Charlotte, uma posse que a lembrava de si mesma — uma parte externa de madeira que, quando aberta, revelava uma verdade suave e um conhecimento que não era óbvio para as outras pessoas.

Depois de retirar os recipientes de maquiagem e o vestido de chiffon rosa que trouxera na viagem, Charlotte começou a apalpar a base do baú, examinando cada nuance e fenda com os dedos, pois seu pai havia dito que ela devia procurar o tesouro no fundo. Mas, mesmo depois de rasgar o forro de veludo para desnudar a madeira abaixo dele, Charlotte não conseguiu encontrar nenhuma abertura. Ela pegou o baú e o sacudiu. Houve um leve ruído indicando que algo ainda estava dentro dele. Mas quando ela examinou a parte externa novamente, não conseguiu encontrar nenhuma reentrância ou buraco de fechadura.

O baú foi esculpido em um pedaço sólido de madeira de uma árvore kauri conhecida por durar milhares de anos. Suas dobradiças foram fixadas usando um encaixe único de furo e espiga, um antigo método de junção usado no complexo da pirâmide de Gizé, construído para durar séculos. Mas por mais que tentasse, ela não conseguia encontrar uma maneira de chegar ao fundo do objeto.

Foi então que notou outro pequeno símbolo de estrela de cinco pontas esculpido na parte inferior do baú, ligeiramente inclinado para a esquerda. O mesmo símbolo esculpido no lado direito era reto. Charlotte nunca percebera isso antes. Por que um dos símbolos seria esculpido daquela maneira? Ambos os lados pareciam idênticos, com a mesma profundidade de padrões e bordas serrilhadas. Que estranho que esta pequena seção estivesse diferente.

De repente, Charlotte ficou obcecada. Observando mais de perto, viu uma linha um pouco mais escura ao redor do símbolo do lado esquerdo, mas nenhuma linha em torno do símbolo do lado direito. Ela pensou por um momento, então foi até a escrivaninha e pegou sua pena. Enfiou a ponta do objeto entre uma ranhura na fenda esculpida e o símbolo da estrela de cinco pontas e pressionou para baixo. Magicamente, ele se moveu. Ela continuou o movimento e a seção girou até que — surpresa! — aquela pequena seção caiu em sua mão e ela ouviu um clique. Segundos depois, uma gaveta secreta que comportava o fundo falso do baú se destacou.

Charlotte estava tremendo, sua mente era uma mistura de esperança e ansiedade. Com dedos trêmulos, puxou a gaveta. Pelo som e pelo cheiro, podia-se perceber que não era aberta há muito tempo — possivelmente nove anos, tempo que havia decorrido desde a morte do pai. O tesouro, pensou ela, o tesouro prometido a esperava. Charlotte se lembrou das palavras de seu pai: "Há uma grande riqueza dentro dele", "Um grande tesouro".

Mas a expressão de Charlotte logo se transformou em desilusão. Em vez de riquezas ou objetos valiosos, o que estava diante dela eram quatro recipientes de madeira redondos, fechados e selados com cera; dois volumes com capas de couro marrom dos diários de seu pai, que ela reconheceu; alguns diagramas, tabelas e uma carta lacrada que estava endereçada a "Sua Alteza Sereníssima Charlotte Sophia Albertina Frederick", com a letra de seu pai. Ela abriu e leu a carta:

10 de junho de 1752

Minha mais querida filha Charlotte,

No momento em que você abrir este relicário e receber esta carta, eu já devo ser parte do pó ao qual todos devemos nos resignar quando manda o tempo.

Solicitei que o baú e o amuleto fossem entregues a você no momento em que isso acontecesse. Rezo para que sua mãe atenda a este apelo e lhe conceda a proteção de que precisa como proprietária deste relicário. Minha filha, essas coisas só podem ser confiadas à sua proteção porque você e eu sempre nos entendemos de maneira especial. Você também possui a marca.

Como sabe, não tenho estado bem e, nestes últimos meses, coloquei neste relicário tudo o que é importante para mim, exceto meus bens mais preciosos: meus filhos. No entanto, é para você, Charlotte, que me sinto mais compelido a revelar uma explicação.

Você é descendente de muitos grandes reis cujas linhagens eventualmente se fundiram para criar a sua. Você é descendente dos orgulhosos grandes mouros como a décima quarta bisneta do Rei Magrem de Faro, Portugal. Mas também é descendente de um rei ainda mais poderoso — um rei cujos descendentes incluíam os Cavaleiros Templários. Eu quero que você saiba sobre sua própria existência, que não a tema e que reivindique para si mesma tudo o que tem direito, pois você é tão única em sua orientação quanto eu na minha. Cabe a você agora guardar este relicário e o amuleto, pois eles são sagrados e inegáveis. Dentro dele você encontrará meus diários e seis cilindros de madeira contendo as próprias palavras de Madragana que ainda precisam ser decifradas. Passei minha vida tentando descobrir o mistério e as verdades em torno delas sem atrair atenção indesejada para mim ou para a existência de tais documentos. Tome cuidado com eles, pois há aqueles que nos feririam — e agora feririam você — gravemente por essas verdades. Proteja o segredo e a si mesma, minha filha, e que Madragana a mantenha segura.

Seu pai amoroso. 

Charlotte tocou o símbolo que seu pai havia desenhado no final da carta. Ela o conhecia como a cruz de Lorraine — a cruz dos Templários — com um círculo desenhado ao redor. Mas o que o pai dela quis dizer com "O segredo" e "Você vai precisar de proteção como proprietária deste relicário"? E por que ele chamava o baú de "relicário", uma palavra que ela sabia que significava recipiente para relíquias ou artefatos religiosos?

Ela pegou um dos cilindros de madeira. Cada um deles tinha algarismos romanos gravados a fogo na madeira. Usando uma vela acesa, Charlotte derreteu a cera antiquíssima da ponta da que estava marcada com "I" e puxou cuidadosamente o conteúdo para fora. Havia vários pergaminhos enrolados lá dentro, gravados com textos que ela achou esquisitos. Frustrou-se porque, assim como o pai, não sabia falar aquela língua e, portanto, não conseguiria entender o que tinha em mãos ou o que aquilo significava. Enquanto o desenrolava com cuidado, Charlotte pôde constatar a idade do pergaminho pelas partículas de poeira mofadas e incrustadas que soltava, e pela maneira como não queria se desenrolar facilmente, o que ressaltava sua antiguidade. Ela examinou os estranhos escritos dentro dele.

ⲚⲀⲈⲒ ⲚⲈ Ⲛ̄ϢⲀϪⲈ ⲈⲐⲎⲠ ⲈⲚⲦⲀⲒ̈Ⲥ̄ ⲈⲦⲞⲚϨ
ϪⲞⲞⲨ ⲀⲨⲰ ⲀϤⲤϨⲀⲒⲤⲞⲨ Ⲛ̄ϬⲒ ⲆⲒⲆⲨⲘⲞⲤ
ⲒⲞⲨⲆⲀⲤ ⲐⲰⲘⲀⲤ ⲀⲨⲰ ⲠⲈϪⲀϤ ϪⲈ ⲠⲈ
ⲦⲀϨⲈ ⲈⲐⲈⲢⲘⲎⲚⲈⲒⲀ Ⲛ̄ⲚⲈⲈⲒϢⲀϪⲈ ϤⲚⲀ
ϪⲒ ϯⲠⲈ ⲀⲚ Ⲙ̄ⲠⲘⲞⲨ ⲠⲈϪⲈ Ⲓ̄Ⲥ̄ ⲘⲚ̄ⲦⲢⲈϤ
ⲖⲞ Ⲛ̄ϬⲒ ⲠⲈⲦϢⲒⲚⲈ ⲈϤϢⲒⲚⲈ ϢⲀⲚⲦⲈϤ
ϬⲒⲚⲈ ⲀⲨⲰ ϨⲞⲦⲀⲚ ⲈϤϢⲀⲚϬⲒⲚⲈ ϤⲚⲀ
ϢⲦⲢ̄ⲦⲢ̄ ⲀⲨⲰ ⲈϤϢⲀⲚϢⲦⲞⲢⲦⲢ̄ ϤⲚⲀⲢ̄

Charlotte reconhecia muitos dos símbolos do amuleto e do baú. Algumas das palavras estavam esmaecendo, e ela temia que qualquer informação contida no pergaminho logo se perderia na história se não fosse traduzida. Mas a quem poderia solicitar tal tarefa se os objetos foram confiados a ela como um segredo a ser protegido? E por que o pai ou os ancestrais de Charlotte não os interpretaram durante todo esse tempo?

De repente, ela se lembrou de algo. Seu pai havia dito *seis* pergaminhos, mas ela só havia encontrado quatro. Charlotte enfiou a mão o mais fundo que pôde no compartimento secreto apenas para constatar que não havia mais nada a ser encontrado. Talvez o pai tivesse se enganado. Ela também lembrou de outra coisa. Após o funeral do pai, testemunhou quando a mãe e Wilhelm queimaram papéis e itens preciosos do baú. Talvez o outro pergaminho tenha sido vítima daquela destruição indiscriminada.

Em estado de perplexidade, Charlotte andava de um lado para outro, inquieta pela sala. Durante todos aqueles anos, pensara que havia um tesouro vasto e *compreensível* no baú. Mas tudo que tinha eram volumes antigos e indecifráveis de um monte de palavras sem sentido. Não havia sequer um mapa do tesouro. Que piada cruel, pois, até que os documentos fossem traduzidos, ela não tinha absolutamente nada...

Exceto pelos diários do pai, o que trouxe alegria ao rosto de Charlotte. Os diários eram escritos em alemão — compreensíveis e inteligíveis. Então, ela se voltou para eles, desamarrando a capa de couro do primeiro. Embora várias páginas tivessem sido arrancadas, outras estavam prontas para serem lidas. A futura rainha também encontrou diagramas genealógicos escritos com a letra de seu pai. Uma página mostrava a árvore genealógica imediata de Charlotte e, enquanto traçava a linhagem do pai com um dedo, descobriu que a mãe estava certa. A descendência que ligava seu pai a Madragana vinha, de fato, de ilegitimidade. A avó dele, Antonie Sibylle, teve um caso com o avô da mãe de Charlotte, o conde George Ludwig I de Erbach. Então, quando a mãe de seu pai, a princesa Christiane Emile Antonie, nasceu, houve controvérsia sobre sua paternidade, que ficou óbvia com a descoberta de sua marca de nascença. Mas, por parte de mãe, a descendência de Charlotte de Madragana ben Bekar era nítida.

Madragana, a Moura, e o rei português Afonso III geraram Martin Afonso Chichorro, que gerou Martin Afonso Chichorro II, que gerou Vasco Martin de Sousa Chichorro, que gerou Affonso de Sousa, que gerou Mencia de Sousa, que gerou Margarita de Castro y Sousa — a famosa moura da dinastia portuguesa de Sousa, que gerou Ferdinand de Neufchâtel, que gerou Marguerite de Salm-Dhaun, que gerou George III Von Erbach, que gerou George Albrecht I, que gerou George Ludwig I, que gerou Sophia Albertina, que gerou a mãe de Charlotte, Elizabeth Albertina Frederick. Até o possível pai de sua mãe, Ibrahim Petrovich Hannibal, que fora escravizado, era representado por linhas pontilhadas. Agora Charlotte entendia que foram esses casamentos mistos de mouros, negros, escravizados e ancestrais miscigenados que lhe deram sua cor escura.

O diagrama continuava na página seguinte e também na próxima, até que o coração de Charlotte disparou com a descoberta de uma linhagem muito mais antiga: linhas de descendência em ambos os lados que iam além de Madragana e seu sangue mouro e muçulmano e chegavam até a França e a Palestina. Charlotte juntou os recipientes de madeira e os colocou de volta no fundo falso do baú. Depois de dar corda na caixinha de música novamente, ela se sentou com o diário do pai enquanto a tempestade balançava o navio. Não sabia se devia ficar assustada, curiosa ou permanecer alegre em sua ignorância.

E, no entanto, Charlotte tinha um coração aventureiro. Como a viagem a Londres levaria mais seis dias, haveria bastante tempo para leitura. Sabia que nunca conseguiria ficar longe dos escritos do pai, pois eles forneciam respostas para perguntas que ela tinha há anos.

Pensou no que a esperava na Inglaterra — um casamento iminente, a coroação, uma nova língua e novas amizades. A música da caixinha prateada a fez pensar em Christian e no fato de que ela nunca mais o veria. Agora, tudo que restava dele era o presente cuja música ecoava ao seu redor. Então olhou para o diário, presente que o pai dera a ela, e as emoções a levaram a pensar nas palavras que ele disse antes de morrer: "Quero que você tenha o dom do conhecimento e do pensamento independente, poderes há muito negados a mulheres".

Assim, enquanto trovões bramiam ao seu redor e o céu além de sua escotilha continuava escurecido pela chuva, Charlotte acendeu outra vela e começou a ler. Leu durante a maior parte da viagem de nove dias pelo mar do Norte, exceto em raras ocasiões em que foi ao convés para confortar as pessoas assustadas pelas rajadas de vento. Ela aprendeu muito sobre o pai e a missão dele, e certas passagens dentro dos diários permaneceram com ela, guardadas em sua memória.

9 de junho de 1725

Hoje, mamãe me deu dois bens familiares mantidos em segredo há séculos. Um deles era uma caixa de madeira esculpida. O outro era um amuleto de ouro. Ela me contou a história deles. Disse-me que meu avô de sangue era, de fato, o conde Ludwig I de Erbach, e não o príncipe Christian Wilhelm, como eu havia acreditado todo esse tempo. O Conde Ludwig era um membro da Ordem à qual minha mãe estava determinada que eu me juntasse. Ela disse que recebeu o amuleto de seu pai verdadeiro no dia em que nasceu — porque, assim como eu, havia herdado a marca de Madragana. Ela insistiu que fosse dado a mim, apesar da ilegitimidade inerente à existência dela.

Minha mãe explicou que havia nove amuletos de ouro de design semelhante criados para Hugues de Payens, André de Montbard, Payen de Montdidier, Geoffroi de Sainte-Omer, Archambaud de St. Amand, Geoffroi Bisol, Gondemare, Rosal e, alguns dizem, o conde Hugh I de Champagne, que foram os nove membros fundadores dos Cavaleiros do Templo de Salomão. Eles ficaram conhecidos como os Cavaleiros Templários, e Hugues de Payens foi o primeiro Grão-mestre da Ordem...

15 de abril de 1726

Através de meu amigo e companheiro maçom, François Antoine Gaston, o duque de Levis-Mirepoix, agora sei que sou descendente de Geoffroy de Charny, Preceptor da Normandia e o último Senescal dos Cavaleiros Templários. Sabiamente, de Charny não estava usando seu amuleto no dia em que ele e o grão-mestre Jacques de Molay foram queimados até a morte em 1307. De

Charny instruiu que seus pertences importantes fossem entregues à sua família extensa porque, como Cavaleiro, não podia ter esposa ou filhos. Seu amuleto e outras relíquias foram para seu sobrinho chamado "Geoffroi" de Charny.

Entre os objetos que Geoffroi de Charny herdou e protegeu, estava o relicário esculpido e seu conteúdo misterioso, que incluía vários pergaminhos e um outro item sagrado o suficiente para manter a família de Charny e a nossa unida por três séculos. Era o Sudário de Edessa, feito de linho, conhecido em textos antigos como Sydoine. Foi o pano comprado por José de Arimateia, que o usou para envolver Jesus após a crucificação. Agora é conhecido como o Santo Sudário; a imagem de nosso Senhor está misteriosamente gravada nele, não tendo sido feita por mãos humanas. O Sudário foi trazido para a França pelo ancestral de Charny, Otto de la Roche, que o adquiriu de maneira suspeita.

Após a morte de Charny em 1356, o Sudário e o relicário passaram para sua viúva, Jeanne de Vergy, depois para seu filho, outro "Geoffrey", e então para a filha de Geoffrey, Marguerite. Ela adicionou um compartimento secreto para esconder o Sudário na caixa esculpida. Agora estou em uma missão para transcrever meus pergaminhos familiares.

6 de fevereiro de 1735

Hoje, como presente de casamento, meus pais me deram uma espada templária da 4ª Cruzada, por volta de 1250. É uma magnífica espada de 91 centímetros feita de aço afiado incrustrado com símbolos dos templários e hieróglifos egípcios. Minha mãe disse que ela já pertenceu a Geoffroi de Charny. Mas ainda tenho que descobrir o que está nos pergaminhos.

Casei-me com a princesa Elizabeth Albertine de Saxe-Hildburghausen. Escolhi-a por muitas razões, dentre as quais o fato de que compartilhamos a mesma genealogia incrível. Embora também seja descendente de Madragana, ela não concorda com a ideia de que aqueles com a marca têm uma missão a cumprir, pois ela não tem tal marca de nascença. Não aceita nem acredita no que estou extraindo de nossas raízes coletivas — que nossa linhagem é composta por um amálgama de cristãos, semitas, muçulmanos, templários, merovíngios, desposyni... e mouros.

Vinte e um

Rei George estava nervoso. Esteve assim a manhã toda. Ele havia trocado de roupa três vezes, avaliado duas perucas diferentes sem, no entanto, conseguir escolher nenhuma, e não havia comido. Seu estômago estava embrulhado e a emoção o fazia suar pelas palmas das mãos, pois era segunda--feira, 7 de setembro de 1761. Sua nova rainha estava para chegar naquela tarde e, à meia-noite, ele seria o soberano oficialmente casado da Grã-Bretanha.

Lorde Bute e a mãe do rei, a princesa Augusta, entraram em seus aposentos e Augusta entregou-lhe um presente de casamento antecipado. Era o broche do uniforme de iniciação de seu pai. Ela prendeu o broche no colete de George e beijou o filho. George e Bute apertaram as mãos.

— É um dia glorioso. — Bute sorriu. — Tudo está bem na Grã-Bretanha no dia de hoje.

Bute estava certo. Todos no país estavam exultantes, esperando a chegada de Charlotte. As janelas foram lavadas, os tapetes e pisos esfregados, as ruas varridas. Variadas flores frescas em cores vivas explodiam de jarros de barro grandes e pequenos em vitrines, igrejas e casas em toda a Inglaterra. O único assunto de que se falava era o fabuloso casamento real na Catedral de St. James e a coroação a ser realizada na Abadia de Westminster. Todos estavam alegres... exceto lady Sarah.

Ela não se movia da cadeira na frente de sua penteadeira desde o amanhecer. Inexplicavelmente ainda incrédula e em negação, se sentia morta. Sabendo que nunca poderia ser feliz novamente, não havia nenhum sentimento em seu espírito. Mesmo nessa data tão tardia, ela ainda esperava que George rejeitasse sua escolha de esposa e fosse até ela, para se casar com quem realmente desejava. Enquanto olhava o reflexo no espelho, tudo o que lady Sarah via era fracasso, perda e a terrível certeza de que teria que ser dama de honra da mulher que fora escolhida por seu amado.

Depois de uma conturbada viagem de nove dias de Cuxhaven a Harwich, o HMS *Royal Charlotte* desceu o Tâmisa com suas vistas arrebatadoras e castelos medievais em ruínas. O navio fora rebocado para o porto de Gravesend, e a prancha de desembarque estava sendo encaixada no lugar. Uma orquestra contratada para o evento tocou música de procissão, e houve grande alarido no cais. Hordas de britânicos agitavam bandeiras e comemoravam a chegada de sua próxima rainha.

No convés, porém, Charlotte estava uma pilha de nervos, profundamente afetada tanto pela chegada quanto pelas informações que lera no diário de seu pai.

— Está tremendo, minha menina — advertiu lady Schwellenberg, enquanto pegava o vestido de apresentação de Charlotte. — Não permita que os ingleses vejam que a consorte alemã do rei não está pronta para seus deveres. O que quer que esteja lendo não deve lhe causar introspecção e humildade, principalmente nesse momento. Ombros para trás, cabeça erguida. Você será a rainha deles, ora essa. E a nova rainha da Inglaterra é uma mulher de um orgulho feroz.

Charlotte assentiu e abraçou sua dama de companhia e amiga.

— Graças a Deus tenho você, Swelly — disse ela, virando-se para se olhar no espelho. Jogando os ombros para trás, Charlotte se sentiu segura.

Era verdade. Embora estivesse nervosa com sua recepção na Inglaterra, Charlotte sentia-se orgulhosa. Havia aprendido muito nos últimos dias e não conseguia conter a estima que estava sentindo. Conhecia a linhagem da qual descendia e o propósito para o qual agora tinha motivação, pois, naquela manhã, antes do amanhecer, havia terminado de ler a última anotação de seu pai:

9 de março de 1752

Finalmente, houve notícias. Depois de anos tentando localizar um tradutor para os documentos do relicário, recebi uma resposta de meu amigo e companheiro maçom, o duque de Levis-Mirepoix. O duque é fluente em grego, latim, hebraico, aramaico e na língua copta e concordou em decifrar tudo o que pudesse para mim. Há dois anos, enviei-lhe três páginas de texto que copiei dos meus pergaminhos. Ontem, recebi uma carta codificada do duque François me informando que o texto estava em copta. Ele disse que fazia parte de um antigo códice de grimórios, ou livro de feitiços, o que significa que essas palavras são proibidas e, portanto, heréticas. Estou ainda mais curioso. Quero saber o que exatamente estou protegendo nos textos desses pergaminhos. Para manter a discrição em torno deles, devo viajar pessoalmente a Mirepoix para traduzi-los.

Charlotte ficou atordoada. *O duque de Levis-Mirepoix?* Foi por isso que o duque François perguntou se o pai havia deixado alguma instrução para ele quando se encontraram em Sanssouci, no Baile do Rei Frederick? Ela sabia que seu pai teria feito a viagem para a França se pudesse. Mas ele não vivera o suficiente. Morrera quatro meses depois, na frente dela. Seria o duque François a resposta para as perguntas de Charlotte e de seu pai?

Ela tinha que saber. Ao ler as últimas palavras do pai, sabendo de sua busca e de suas preocupações, Charlotte decidiu continuar a missão dele, fosse ela qual fosse. Com seu poder e acesso como rainha, talvez pudesse descobrir exatamente o que havia naquele pergaminho e nos outros pergaminhos que herdara do pai.

Logo alguém bateu na porta de Charlotte. Lady Hagedorn atendeu, recebendo o capitão Anson, sir Albert, lady Schwellenberg, a duquesa de Hamilton e a duquesa de Ancaster, que vestiam suas melhores roupas.

— Está pronta, Majestade? — perguntou Anson. — A Inglaterra espera por Vossa Graça.

Com os ombros para trás e a cabeça erguida, Charlotte sorriu confiante.

— Bastante pronta.

Em meio a uma onda de aplausos, o capitão Anson desceu a prancha, seguido por vinte membros de sua tripulação. Sir Albert e as duas damas de companhia britânicas de Charlotte desceram em seguida. Finalmente, Charlotte, lady Hagedorn e lady Schwellenberg surgiram no topo da prancha. Cidadãos do cais irromperam em estrondosos aplausos, gritando:

— Todos saúdem a rainha!

Charlotte e suas damas seguraram firme umas nas outras enquanto olhavam ao redor, contemplando este estranho novo país.

Para Charlotte, a Inglaterra não era nada parecida com a Alemanha. Tinha um cheiro distinto, o panorama e as paisagens não se assemelhavam a nada que já tivesse visto. Até as cores eram diferentes. As docas de Gravesend fervilhavam de comerciantes, marinheiros e tripulantes; Charlotte estava inundada de emoções. Enquanto apertava os dedos de lady Schwellenberg, exibia em seu rosto uma apreciação pela afeição que o povo britânico lhe demonstrava.

Mas, enquanto a futura rainha descia lentamente até a calçada do porto, um odor fétido tomou o ar, tornando-se cada vez mais pungente. Charlotte levou um lenço ao nariz. Lady Hagedorn tocou em seu ombro e acenou com a cabeça na direção de um navio atracado a dois ancoradouros de distância. Foi então que Charlotte viu estranhas algemas de pernas e pulsos sujas de sangue e fezes sendo lavadas por membros da tripulação. O fedor podre tomara todo o cais. Na parte inferior da prancha, pregado a um poste próximo, havia um anúncio:

"Sábado! 140 ESCRAVOS À VENDA! Bristol e Liverpool. Todas as ofertas consideradas!"

Charlotte ficou inquieta, mas manteve o olhar em frente, determinada a fazer o melhor que podia com o que esta nova vida tinha para oferecer.

Sir John Wilkes e sir Horace Walpole, dois membros do Parlamento, estavam presentes para a chegada de Charlotte, assim como o lorde-prefeito e um membro da assembleia municipal de Harwich. Walpole fez anotações sobre o comportamento e os atributos físicos da jovem rainha quando ela desembarcou. Também estava presente um aristocrata impecavelmente bem-vestido que se dirigiu à jovem rainha e fez uma reverência.

— Bem-vinda à Inglaterra, Vossa Majestade — disse o aristocrata, com um lenço que por vezes pressionava no nariz. — Permita que eu me apresente. Eu sou sir David Harcourt, o cavalariço do rei. Sua Majestade me enviou para levá-la para sua nova casa em St. James.

Charlotte assentiu respeitosamente, e então respirou fundo o ar inglês, apesar do fedor. Ainda apertando a mão de lady Schwellenberg, ela se virou para o capitão Anson e lhe agradeceu por sua chegada segura, apesar dos dias tempestuosos. O capitão Anson desejou à próxima rainha uma viagem segura até St. James, depois acenou com a cabeça para que sir David assumisse o controle. Seu trabalho agora estava feito, e ele desfrutaria da nova comissão que o rei lhe concederia por ter garantido que Charlotte chegasse ilesa.

Sir David conduziu Charlotte e sua comitiva a uma impressionante carruagem bordô e dourada puxada por dois pares de magníficos garanhões. Charlotte certificou-se de que o relicário de seu pai fosse carregado em cima de sua carruagem e carregou por conta própria seus diários e os do pai, pois não os queria longe dela.

Enquanto o cortejo passava, sir John Wilkes balançou a cabeça, desconcertado.

— Eu diria que — ele fez uma careta para Walpole —, nossa nova rainha é deveras... — ele se atrapalhou, procurando a palavra certa, até finalmente escolher — ..."escurinha", você não acha?

Sir Horace Walpole concordou.

— Ela tem mesmo um pouquinho de mulata, não é? — ponderou ele, escrevendo ousadamente em suas notas: "Narinas largas, escura, aparência mulata..."

Lady Schwellenberg, ouvindo o comentário enquanto caminhava atrás da comitiva de Charlotte, correu para alcançar a nova rainha. Ao entrar na carruagem, se aproximou de Charlotte para que ninguém mais pudesse ouvir e sussurrou:

— Temos que retocar o pó agora mesmo. Os tubarões estão à espreita.

A palidez da pele de Charlotte também deu origem a murmúrios em toda a multidão. Aqueles próximos o suficiente para vê-la franziam a testa com desconfiança por trás de seus leques. Um espectador comentou alto o suficiente para Charlotte ouvir:

— Meu Deus, como ela é escura.

Outro comentou que era uma pena que ela tivesse "nariz de pug" e que sua boca tivesse o "mesmo defeito".

Logo, todos os presentes no caminho da futura rainha começaram a gritar aquela única palavra. O som tornou-se tão persistente que Charlotte, tomada pela curiosidade e sem entender totalmente a língua inglesa, virou-se para lady Hagedorn e perguntou:

— O que significa "pug"?

— Não importa, minha menina. Não se deve prestar atenção ao que eles dizem.

Lady Schwellenberg fechou as cortinas da carruagem, como já fizera a mãe de Charlotte, e reaplicou o pó de giz branco no rosto dela. Depois disso, a carruagem de Charlotte percorreu o resto do caminho sem perturbações.

Após o jantar e uma noite de descanso na propriedade de lorde Abercorn em Witham, as carruagens reais partiram para Londres na manhã seguinte. Charlotte, embora empoada com perfeição, estava desconfortavelmente vestida com uma jaqueta acolchoada que ia do queixo até a cintura e cujo tecido lhe pinicava a pele. De cinco em cinto minutos, lady Hagedorn perguntava se deveria afrouxar o colarinho ou a cintura. Charlotte hesitou, mas ainda assim sentia a coceira. Sir Albert também não estava feliz com o trabalho que tinha feito. O cabelo de Charlotte estava em um penteado *tête de mouton* pouco atraente com uma touca estranha no topo. Ele se arrependeu das escolhas enquanto cavalgavam, mas era tarde demais para mudar qualquer coisa.

Finalmente, às 15h15, o grupo de seis cavalos parou diante do Palácio de St. James. Lady Schwellenberg e lady Hagedorn colocaram os rostos para fora da janela e fizeram uma careta. Charlotte balançou a cabeça em descrença. Embora fosse imponente, visualmente St. James era o palácio mais sem graça e sem atrativos que Charlotte já vira. Em vez de uma grande vitrine de calcário e mármore com belos jardins, fontes e calçadas de paralelepípedos, o St. James era um palácio completamente normal, composto por tijolos marrons simples, torres de relógio sem inspiração arquitetônica e um pátio de terra sem graça adornado com volumosos e malcheirosos restos da miríade de cavalos que entravam e saíam naquela manhã.

Sir Lyndon Childs, um valete efeminado, abriu a porta para o grupo que chegava. Todos os seus gestos eram exageradíssimos, acompanhados por floreios de suas mãos. Ele fez uma reverência em respeito a Charlotte.

— Vossa Majestade, sir Lyndon Anthony Childs ao seu serviço. Eu sou o Valete de Chambre do rei. Creio que sua viagem tenha sido agradável?

— Bastante, sir Lyndon.

O valete, com seu nariz bulboso no ar, alcançou a carruagem e pegou a mão de Charlotte. Ele instruiu três outros servos em uniformes escuros que cuidassem dos 35 baús, malas e caixas de chapéus, lançando ordens e orientando quais baús deveriam ir para onde. Charlotte insistiu que o baú esculpido do pai deveria ir com ela, pois não queria perdê-lo de vista. Depois de ajeitar o vestido, ela e o valete de 45 anos entraram no palácio. Em poucos segundos, os outros valetes apareceram para ajudar graciosamente as senhoras Schwellenberg, Hagedorn e a duquesa de Hamilton a descer da carruagem e as deram as boas-vindas à Londres também.

Ao entrar em St. James, Charlotte encontrou lorde William Cavendish, um jovem e presunçoso cavalheiro cuja família tinha se entrelaçado com os Hanover desde o reinado de George II. Cavendish bateu os calcanhares e fez uma reverência para Charlotte.

— Vossa Majestade, sir William Cavendish, 4º duque de Devonshire. Eu sou o funcionário-chefe do rei. Permita-me apresentá-la à família real. Esta é a mãe do rei, a princesa-viúva Augusta Hanover; as irmãs do rei, as princesas Caroline e Augusta Matilda; os irmãos do rei, os príncipes Edward, William, Henry e Frederick; e o tio do rei, o duque de Cumberland.

Quando Cavendish apresentou Charlotte à sua nova família, cada um deles fez uma reverência ou mesura respeitosa, e Charlotte sorriu para todos, repetindo:

— Muito prazer em conhecê-lo. Muito prazer em conhecê-la.

Ela foi então levada para a equipe que a esperava. Ao passar, a princesa-viúva Augusta inclinou-se para a filha Caroline, balançando a cabeça:

— Que criatura estranha. Tanto pó de giz para uma pessoa tão jovem. E um nariz de pug tão esquisito.

Charlotte, ainda bastante próxima, escutou o comentário, e como essa não era a primeira vez que ela ouvia a frase "nariz de pug" desde que chegara à Inglaterra, ela se endureceu para se proteger da definição nada elogiosa.

Cavendish a acompanhou pelo piso quadriculado preto e branco até a grande escadaria onde várias pessoas estavam reunidas.

— Esses são os membros de sua equipe pessoal e doméstica — indicou ele.

Charlotte quase se engasgou. O número de funcionários esperando para conhecê-la era surpreendente. Eles estavam dispostos por toda a escada até o segundo andar e para além dele. As pessoas faziam reverências ou mesuras e Charlotte assentiu em resposta enquanto Cavendish, com sua fala arrastada, apresentava a todos.

— Este é lorde Robert Montagu, 3º Duque de Manchester. Ele servirá como seu funcionário-chefe. A senhora já conhece Mary Bertie, duquesa de Ancester, e Elizabeth Campbell, duquesa-viúva de Hamilton, pois ambas viajaram com a senhora. Elas serão sua chefe das damas de quarto e dama de companhia real, respectivamente. A ilustre Deborah Chetwynd é sua dama lavadeira, costureira e engomadeira; a condessa de Pembroke, Elizabeth Spencer e lady Elizabeth Wells são suas damas de quarto; sir David Harcourt, que a senhora também conheceu, é seu cavalariço; a honorável Catherine Herbert e a viúva Dashwood são suas Damas Essenciais...

E assim por diante, *ad infinitum*. Finalmente, lorde Cavendish acenou para o funcionário-chefe de Charlotte, sir Robert Montagu, que acompanhou Charlotte e as ladies Hagedorn e Schwellenberg até os apartamentos do terceiro andar. Ao longo do caminho, Montagu mostrou a elas dezoito quartos elegantemente decorados com o objetivo de exibir a obsessão da dinastia de Hanover pela arquitetura Palladio. Embora simples por fora, o interior do Palácio de St. James era muito melhor, na opinião de Charlotte. Paredes cobertas de seda, tetos com pinturas, revestimentos de ouro e tapeçarias por todo o lado. Mas foi em um quarto que se evidenciou o verdadeiro deleite.

— Seu apartamento pessoal, Vossa Majestade — disse Montagu, enquanto abria a porta. — As suítes de lady Schwellenberg e de lady Hagedorn ficam, respectivamente, do lado oposto e no início do corredor.

Vendo que a futura rainha estava encantada, ele sorriu.

— O rei encomendou todos os móveis. Tinha a intenção de agradar Vossa Majestade.

Charlotte ficou embasbacada enquanto absorvia tudo. O apartamento era deslumbrante. Havia cortinas de brocado combinando e colchas envoltas em decorações rococó ornamentadas. À esquerda havia uma penteadeira de carvalho com um pente de prata e um conjunto de escovas e frascos de perfume de cristal dispostos em cima de guardanapos de renda. À direita havia um grande armário de carvalho. Quatro criados colocaram a bagagem da rainha no quarto, incluindo o relicário, e então foram embora.

— Vossa Majestade, o rei irá mandar chamá-la em breve. Até lá, se precisar de mais alguma coisa, estou à disposição. — Lorde Montagu apontou para uma longa corda de veludo brilhando de desgaste. — Basta puxar essa corda e ela me alertará de sua necessidade. Estarei aqui o quanto antes.

Ele colocou uma mão sobre o coração, fez uma reverência e saiu da sala, fechando a porta atrás dele.

No momento em que ele se foi, Charlotte e suas damas gritaram feito crianças. Charlotte cobriu a boca com as mãos enquanto olhava as grandes salas, uma levando à outra. Lady Schwellenberg abriu as cortinas de brocado e deixou a luz entrar.

— Nossa Senhora. É três vezes o tamanho dos aposentos principais de Mirow! — exclamou ela.

— É do tamanho do salão de recepção de Neustrelitz — afirmou lady Hagedorn.

— É três vezes o tamanho de Mirow inteiro! — exclamou Charlotte outra vez, e todas riram.

Charlotte então tocou a roupa de cama, sentindo o perfume suave dos lírios recém-cortados nos vasos, e olhou para as roupas que estavam por cima. Era seu vestido e acessórios de noiva, incluindo sapatos. Ela olhou de volta para lady Schwellenberg, que lhe deu um sorriso deslumbrante em aprovação. Logo, lady Elizabeth Wells entrou pela porta, cheia de coragem e vigor.

— Vossa Majestade, fui enviada pelo rei para vesti-la para a apresentação. Devo pegar um vestido em sua mala?

Tanto lady Hagedorn quanto lady Schwellenberg reagiram, olhando para Charlotte com preocupação. Ninguém podia trocar a roupa dela sem perceber a cor de sua pele. Elas tiveram que agir com rapidez.

— Perdão. Esqueci seu nome — disse Charlotte rapidamente. — Há tantos para lembrar.

A mulher fez uma mesura.

— Lady Elizabeth Wells, dama de companhia real. Mas, se agradar Vossa Majestade, gostaria muito que me chamasse de "lady Lizzie".

Charlotte assentiu.

— Lady Lizzie será ótimo. Mas tenho minhas próprias ajudantes. Lady Hagedorn e lady Schwellenberg vão me vestir.

Lady Lizzie olhou para as duas damas de companhia de Charlotte com aborrecimento.

— Mas eu tenho um título. Fui nomeada "dama de companhia real".

Lady Hagedorn irritou-se ao perceber que aquilo partia da suposição de que as damas que Charlotte trouxera da Alemanha não eram suficientes.

— Lady Lizzie, eu também tenho um título. Sou a "chefe das damas do quarto" de Sua Majestade, o que significa que tenho precedência sobre *todas* as ajudantes dela. Vou vestir a rainha com lady Schwellenberg. Obrigada.

Chateada, lady Lizzie marchou para fora do quarto, deixando Charlotte em choque.

— Obviamente nos consideram provincianos aqui. Um pedaço de terra bom apenas para mandar soldados e manter alianças. Como vou me encaixar em um lugar como esse, tão longe de tudo que conheci na vida? Como vou gerenciar a equipe? Vocês viram a quantidade de gente? Deve ter mais de duzentas pessoas trabalhando aqui.

— Trezentas e doze. Mas não se impressione. — Ouviram atrás delas.

Quando se viraram, viram tia Amelia, parada na porta com seu narguilé na mão.

— Esse palácio é muito antigo, muito grande, muito caro... porém terrível. — Sorriu, aproximando-se de todas. — St. James é um lugar deplorável. Ferve no verão, congela no inverno e é tedioso em qualquer época do ano. Mas é meu lar. — Ela fez uma mesura. — Eu sou Sua Alteza Real Amelia. Sua nova tia. Acabamos de nos conhecer naquele zoológico de humanos lá embaixo. — Ela ofereceu o cachimbo para Charlotte. — Fume um pouco disso, minha querida. Você vai precisar, já que entrou nos portões do inferno ao aceitar o casamento e entrar nessa piada de família.

Charlotte olhou para o narguilé sem ter a menor ideia do que era — nem o que pensar de Amelia.

— Além disso, um conselho — continuou Amelia —, fique longe de lady Elizabeth. Ela é uma criatura de sir John Wilkes, inimigo do rei. E tenha cuidado com o irmão do rei, Edward. Amo muito meu sobrinho, mas ele pode fazer uma mulher tirar as roupas de baixo só de olhar para ela. Você não quer acabar na cama com ele antes mesmo de estar na cama de George.

Charlotte levou a mão à boca, em choque. Amelia reagiu com naturalidade e olhou para as roupas que tinham sido tiradas das malas de Charlotte até aquele momento. Balançou a cabeça com desânimo.

— Posso ver que precisaremos encomendar roupas de Paris. Embora os ingleses abominem os franceses e estejam em guerra com eles, é preciso admitir que têm um eterno bom gosto para a moda, não é? — Ela então olhou para as duas damas de Charlotte. — Vamos encomendar para vocês duas também. Vocês são atraentes demais e têm silhuetas muito belas para ficar usando azuis e cinza tão sem graça. Agora venha comigo. Não há necessidade de se trocar, minha querida, pois parece que será apenas mais do mesmo.

Charlotte e suas damas se entreolharam sem saber o que estava acontecendo, mas todas saíram do quarto real e entraram em um corredor iluminado por velas que levava aos apartamentos e salões do segundo andar. Uma luz solar difusa entrava pelos vitrais das janelas e banhava suavemente os retratos reais. Charlotte se viu olhando para a galeria de mulheres primorosamente pintadas e ficou hipnotizada pelo terceiro retrato.

— Quem é essa criatura deslumbrante?

— Lady Yarmouth. Uma das famosas amantes do rei George II — respondeu Amelia. — Na verdade, a maioria desses retratos são de amantes reais.

Charlotte quase se engasgou.

— Amantes?

— Sim, Vossa Majestade. Cortesãs, concubinas, esposas e amantes dos vários reis que viveram aqui em St. James. — Amelia apontou para outro retrato que intrigou Charlotte. — Essa era Anne Boleyn... *antes* de perder a cabeça para o rei Henry VIII... literalmente.

Charlotte deu uma risadinha. Então, uma voz ressoou atrás delas.

— Você sempre deixa seus noivos esperando?

Charlotte se virou para ver o rei George, resplandecente em seus trajes de apresentação. Ele foi até Charlotte e pegou a mão dela, beijando-a suavemente. E então, fez uma reverência.

— Sou George Frederick Hanover. Seu futuro marido.

Charlotte fez uma mesura.

— Charlotte Sophia Frederick. Sua futura esposa.

Ela olhou para ele. O rei não era desagradável, embora seus olhos fossem tão grandes que a fizeram suspeitar que tivesse gota. Gostava que ele fosse alto e que tivesse ombros bem formados, pele clara e cabelos castanhos espessos e abundantes. Ela sorriu sem jeito.

George achou sua nova noiva diferente dos relatos que a precederam. Gostou do rosto de Charlotte. O sorriso e a personalidade dela eram envolventes. Talvez com o tempo pudesse até gostar dela — nutrir um amor diferente do que sentia por Sarah; respeitoso e afetuoso.

— Vejo que minha tia estava fazendo um tour pelos escândalos de St. James com você.

— Ela estava. Mas, francamente, estou fascinada.

— Bem, então, permita-me mostrar o resto do palácio e os jardins.

George pegou os braços de Charlotte, indicou a lady Hagedorn e lady Schwellenberg que estavam dispensadas, e caminhou com ela pelo palácio até os jardins.

— O palácio foi originalmente construído por Henry VIII como um pavilhão de caça. Sua segunda esposa, Anne Boleyn, ficou aqui na noite após sua coroação. Você está se mudando para um lugar com uma história e uma tradição grandiosas, Charlotte. Apesar do que Amelia possa ter dito, é de fato uma tradição grandiosa.

Charlotte não disse nada. Ela apenas rezou para sobreviver ali, em seu novo país.

Vinte e dois

Naquela tarde, sinos badalaram por toda Londres. A Inglaterra estava repleta de entusiasmo, pois o rei George III estava se casando oficialmente com a princesa Charlotte Sophia de Mecklemburgo. As ruas do lado de fora da Capela Real no Palácio de St. James estavam cheias de pessoas ansiosas para ver o casamento da década. Todos agitavam bandeiras e bradavam em aclamação.

Foi um evento espetacular. Thomas Secker, o arcebispo de Canterbury, casaria formalmente o casal. Ele estava no altar ao lado do rei George, deslumbrante trajando um manto de arminho dourado e branco, um colete formal de veludo branco e sua faixa de veludo dourado e azul royal. A família real, nas duas primeiras filas, virou-se quando a música da procissão anunciou a noiva.

Charlotte Sophia caminhou até o altar acompanhada pelo príncipe Edward, que não conseguia tirar os olhos dela. A princesa estava linda. Sir Albert passara duas horas cuidando do cabelo dela com a intenção de não cometer o mesmo erro do penteado de apresentação. O cabelo encaracolado de Charlotte estava escondido sob uma peruca modelada como uma montanha de cachos e fitas de seda entrelaçadas. O rosto e os braços estavam cobertos por uma espessa maquiagem branca, e a cabeça estava erguida, apesar do peso extraordinário que carregava.

O vestido de noiva, desenhado pelo costureiro sir Phillip Motley, era tão pesado que restringia severamente os movimentos de Charlotte. Ela mal conseguia andar. Seiscentas mil miçangas do tipo canutilho foram costuradas em cem metros de cetim e chiffon. Vinte metros de veludo branco e pele de marta e arminho pendiam da capa presa em seus ombros. E, sob tudo isso, havia ainda uma pesada placa de peito, uma estomaqueira de diamantes, um espartilho, um saiote de ossos de baleia e meias de seda. Os pés estavam enfiados em sapatos ingleses pontudos de cetim branco, tão apertados que ela só conseguia andar na ponta dos pés de tanta dor. Então, para ressaltar sua eminência como rainha da Inglaterra, Charlotte estava usando as pesadíssimas joias da coroa. Ao todo,

69 quilos extras estavam empilhados em cima da estrutura de cinquenta quilos da princesa.

Dez damas de honra ajudavam a manobrar a pesada cauda de veludo roxo de Charlotte pelo corredor até o altar. À esquerda, posicionada em ordem de precedência, estava lady Susan Fox-Strangeways, cuja cunhada, lady Sarah Lennox, a dama de honra principal, liderava à direita, tentando conter as emoções. Em uma hora, Charlotte foi de Sua Alteza Sereníssima Charlotte Sophia Frederick para Sua Majestade Real, rainha Charlotte Sophia Frederick Hanover, da Grã-Bretanha e Irlanda.

No Salão de Banquetes Real, Franz e Fritz, garçons gêmeos, arrumaram meticulosamente as mesas com os melhores conjuntos de porcelana e linho de St. James para a recepção. As recepções da sociedade do falecido rei George II em St. James eram famosas por seu resplendor. A comida era sempre fabulosa, e a mistura eclética de convidados que discursavam lá era inigualável. O jovem rei George III, no entanto, já parecia muito diferente; mais sóbrio e simples. Até agora, ele havia dado as recepções mais chatas dentre todos os reis que já residiram no palácio. Mas hoje seria diferente. Ele havia sido convencido pela mãe a apresentar a recepção do casamento da maneira que a ocasião exigia.

Logo, a música do quinteto de cordas foi interrompida pelo som de aplausos. Os jovens rei e rainha entraram no grande salão de baile. Os musicistas começaram a cantar "Deus salve o Rei" e George cumprimentou cada convidado com um sorriso, o braço entrelaçado no de Charlotte. Ele exalava orgulho ao apresentar a noiva aos amigos.

Charlotte, no entanto, estava morrendo. Sentia-se desajeitada, cedendo sob o peso que usava. Enquanto era apresentada à aristocracia britânica, só pensava *quando isso tudo vai acabar?*

— Vossas Majestades — anunciou lorde Montagu —, apresento sir John Wilkes.

O velho aristocrata fez uma reverência. Charlotte notou imediatamente que sir Wilkes não era fã do rei quando ele rapidamente voltou a atenção para ela.

— Vossa Majestade, a Inglaterra está grata por sua presença — disse Wilkes, lançando um olhar superficial para George enquanto se afastava.

— Lorde John Sheffield, duque de Buckingham.

Buckingham se curvou.

— Sir Allan Ramsay, o artista do palácio que pintará vosso retrato — informou Montagu.

Charlotte deu um amplo sorriso.

— Sir Allan, conheci seu trabalho em Mecklemburgo. O senhor é extraordinário.

— Obrigado, Majestade. — Ramsay sorriu. — Estou honrado.

— Lorde e lady Bethany de Liverpool — anunciou Montagu.

Acompanhando Ramsay, estava um rosto familiar que fez Charlotte se alegrar. Embora tenha sido a aristocrática Bethany que se curvou diante dela em respeito, foi para sua ajudante, Anne Josef, a moça etíope que Charlotte conhecera em Sanssouci, que a rainha sorriu com carinho. Anne usava novamente seu amuleto, cujo significado Charlotte agora entendia. Perguntava-se se Anne também sabia sobre ele.

— Que bom vê-la novamente, Anne. Desde Sanssouci.

— É bom vê-la também, Vossa Majestade.

Lady Bethany ficou mortificada.

— Perdoe-nos, Majestade. Minha escrava não sabe quando deve abrir a boca ou não.

Ela puxou Anne para longe de uma maneira que Charlotte não gostou.

Então, outra apresentação importante se seguiu.

— O ministro francês, Charles Auguste Timothee D'Eon.

D'Eon, charmosamente vestido em seu uniforme de oficial dragão, deu um passo para a frente. Charlotte permitiu que ele lhe beijasse as duas bochechas.

— *Comment faites-vous, Votre Majesté?*

— *Très bien, merci.* — Charlotte sorriu, feliz por vê-lo novamente, e grata por ele falar uma língua que ela conhecia bem. — Permita-me pedir desculpas por aquele jantar desagradabilíssimo em Mecklemburgo.

— Foi esquecido tão logo chegou ao fim — assegurou o ministro da França, que pegou uma taça de vinho e a ergueu no ar. — Vamos brindar à nossa mais bela nova rainha e sua chegada segura em Londres. À rainha Charlotte Sophia Frederick Hanover. Que ela seja abençoada com uma vida longa... e muitos filhos.

Os presentes aplaudiram, bradando e ecoando muitos vivas. Exceto por lady Sarah, que, com alguma discrição, foi sentar-se à uma das mesas sem chamar a atenção de ninguém — além de George. Charlotte reconheceu o brinde de D'Eon e das outras pessoas com um aceno de mão e depois assentiu para D'Eon.

Após uma hora de apresentações, Charlotte olhou ao redor para o mar de humanos pintados e adornados com joias. Ela nunca tinha visto nada parecido em Mecklemburgo ou em Sanssouci — o melhor palácio da Alemanha.

Do lado de fora, sir John Wilkes e sir Horace Walpole estavam juntos, observando todas as intrigas da noite. Percebendo o quanto Charlotte estava inquieta em seu desconfortável traje de casamento, Walpole fez uma careta para Wilkes.

— O peso do vestido da rainha puxa a frente tão para baixo que os convidados verão sua metade superior tal qual o próprio rei esta noite.

Os dois riram. Então eles testemunharam o idoso conde de Westmorland que, ao ver a beleza e o estilo de lady Sarah, erroneamente prestou homenagem a ela como rainha, ao que lady Sarah reagiu:

— O senhor me insulta. Eu não sou a rainha!

O conde teve que ser removido à força e Wilkes não conseguia parar de rir.

— De fato, ela não é — ponderou ele para Walpole. — Será que ele não consegue ver que a beleza dela é inconfundivelmente superior à da verdadeira rainha?

Outros comentários depreciativos foram feitos. Embora as damas da corte fizessem uma reverência à rainha ao serem apresentadas, por trás de seus leques reprovavam sua aparência. Charlotte ouviu alguns desses comentários e se sentiu humilhada.

A princesa-viúva Augusta viu isso e se inclinou para Bute, Amelia e o príncipe Edward, todos de pé ao lado dela.

— O que vocês acham de nossa nova rainha?

— Eu a acho adorável — disse Bute. — Desde a Alemanha.

— Bem, eu me sinto mal por ela — comentou Amelia. — Jogada dentro desse hospício, sem amigos ao seu lado.

Edward riu.

— Ah, ela vai fazer muitos amigos, titia, se o peso do vestido dela puxar a frente um pouquinho mais para baixo.

Augusta lançou um olhar de reprovação para Edward e então foi até Charlotte. Mas, ao se aproximar, notou algo no ombro esquerdo de Charlotte que a assustou — a marca de nascença. Era fraca, mas visível através do pó de giz de Charlotte. Augusta se recompôs, pois estava diante de sua sociedade real. Mas seu coração seguia disparado.

— *Geniessen Sie die Festlichkeiten Ihre Majestät?*

Empolgada por conversar em sua língua nativa, Charlotte virou-se e sorriu.

— *Ja, ich geniesse sie sehr*. Sim, estou gostando muito. Exceto pelos meus pés. Receio nunca me acostumar com os sapatos ingleses. Arcos altos, eu suponho.

— Eu também fui trazida da Alemanha para cá, para me casar com o pai de George — observou a viúva, em alemão. — Tive que aprender os costumes e as leis inglesas, comer comida inglesa... todos os protocolos exigidos para a sociedade real britânica. E eu também odiava sapatos ingleses. — Augusta puxou Charlotte de lado e baixou a voz. — Então lhe mandarei três dúzias de pares de sapatos alemães se você mantiver a mente do meu filho concentrada na política britânica... — e então indicou lady Sarah — ...e longe dessa loira irlandesa.

Ela deu um tapinha no ombro de Charlotte, no local onde vira a marca de nascença, antes de se afastar.

Charlotte olhou para lady Sarah, que estava conversando com George há uma eternidade, e então olhou para Augusta, que lhe deu um olhar cheio de significado. Foi então que o príncipe Edward a pegou em seus braços.

— Vamos, Majestade? Uma rainha deve dançar em seu casamento.

Charlotte sorriu e assentiu. Dava para perceber que o príncipe de York era a "alma da festa" e ela gostava muito dele — principalmente porque dançava muito bem. Eles dançaram duas vezes seguidas e Edward a elogiou.

— A senhora dança bem a Allemande, Majestade.

Charlotte segurou o braço de Edward.

— Obrigada, mas, meus pés... podemos parar?

Enquanto eles se dirigiam para as laterais do salão, Charlotte sorriu.

— Sabe, me disseram para ter cuidado com você, príncipe Edward.

— Obviamente foi alguém com quem eu ainda não dormi.

Charlotte teve que rir.

— Espero que não. Foi sua tia.

— Ah, eu já dormi com ela.

Charlotte ficou chocada — até que Edward deu um sorriso divertido e explicou.

— Eu era um bebê, e tia Amelia tinha perdido o filho. Então, colocaram meu berço na suíte dela. É por isso que sou o favorito de tia Amelia. É como se ela tivesse me criado.

— O que explica sua personalidade. — Era extremamente visível por que todos amavam Edward. Charlotte rapidamente mudou de assunto. — Conte-me sobre este novo mundo para o qual me mudei. Por exemplo, quem é minha dama de honra, que está falando com o rei?

Edward viu que George e Sarah ainda estavam conversando. Ele não queria machucar Charlotte, mesmo sabendo que ela acabaria descobrindo mais cedo ou mais tarde.

— Lady Sara Lennox. Amante dele.

Charlotte reagiu.

— Entendi.

Ela levou um momento para aceitar o que já havia deduzido a partir da mãe de George. O rei tinha uma amante; alguém ali antes dela. Por que deveria surpreendê-la? Ele era um homem, e ela estava aprendendo que os homens — especialmente os homens da realeza — mantinham amantes como se fossem ritos de passagem. Christian Bach tinha as sopranos, seu pai tinha Lena. Esperava que seu novo marido, que também era rei, fosse a única exceção?

— Talvez devêssemos pendurar o retrato dela ao lado das outras "amigas especiais" no terceiro andar — ponderou Charlotte.

Edward examinou o rosto da rainha. Era forte, porém doce e sensual, e tinha uma boca carnuda que parecia pronta para ser beijada. Mas ele se conteve.

— Meu irmão é um tolo, francamente. Se a senhora tivesse entrado em minha vida, Sarah teria ido embora em um instante.

Do outro lado da sala, George franziu a testa ao ver Edward flertando com Charlotte. Esse sempre fora o jeito de Edward. Ele usava o charme e poder sexual que tinha com as mulheres para atrair todas as amantes de George, como se vivessem em uma competição sem fim. Ele se perguntou se Charlotte seria a próxima vítima da inteligência, dos cachos loiros e dos vívidos olhos azuis de seu irmão.

Curiosamente, ele não era o único com esses pensamentos.

— Vejo que Edward, como esperado, não perdeu tempo em reivindicar a nova esposa de George — comentou Amelia que, junto com Bute, observava o *tête-à-tête* de onde estavam. — E lady Sarah não tem intenção de desistir. É uma situação inflamável, Bute. Vai terminar em lágrimas e separação.

— Independentemente disso, George ainda será rei — rebateu Bute.

Mas Charlotte já estava se sentindo confortável com o irmão de George. Ela podia ver que Bute e Amelia a observavam e ficou curiosa.

— O que você acha de lorde Bute?

— Eu gosto dele — respondeu Edward. — E George não faz nenhum movimento sem ele. É leal e protege meu irmão. E também dorme com nossa mãe.

Enquanto Charlotte reagia à nova informação, Edward sorriu.

— Ah, não é segredo. Mas Bute e George têm inimigos. Sir John Wilkes ali defende a liberdade de expressão, reunião e imprensa, mas publica discursos maliciosos sobre Bute e mamãe nos jornais, todos apoiados pelo primeiro-ministro Newcastle logo ali, um homem com uma estranha preferência por sapatos femininos.

Charlotte ficou boquiaberta. Edward apontou para um homem grande que comia tudo à vista, ao lado de sir John Wilkes.

— E o homem grande ao lado de Wilkes é o reverendo Charles Churchill. Ele e Wilkes compartilham amantes. Inclusive, já se deitaram com tantas prostitutas que o consultório do médico deles foi pago com os muitos tratamentos para sífilis que fizeram. — Ele então indicou outro homem do outro lado da sala. — E ali no canto está sir George Selwyn, ao lado de sir Horace Walpole. Quando os dois não estão azucrinando um ao outro, ele é bastante fascinado por necrofilia. É realmente decadente o que faz com os cadáveres no necrotério.

Charlotte balançou a cabeça e suspirou.

— Tudo soa muito depravado e devasso. Por que o rei mantém essas pessoas ao seu redor?

Edward riu.

— Minha querida, se não fosse a depravação, não haveria aristocracia. São todos atores e St. James é um teatro.

Charlotte então viu algo que a incomodou: do outro lado da sala, lady Bethany estava mais uma vez castigando Anne, que enxugava os olhos.

— E os Bethany?

— Lorde Bethany tem parte no tráfico escravista.

Charlotte pensou em Jon.

— Não gosto nem da escravidão nem do tráfico escravista. Gostaria que fossem abolidos.

— Não deixe George ouvi-la dizer isso. Ele é pró-escravidão. Enquanto eu busco a abolição, como a senhora. Considero a ideia de escravidão humana abominável.

Charlotte olhou para Edward com consideração. Será que ela tinha encontrado um aliado em St. James? Mas a atração que sentia por Charlotte estava começando a tomar conta de Edward, e ele não ousava ficar mais perto dela do que estava agora. O que será que havia nela de tão intrigante, pensou consigo mesmo, e então percebeu que tinha que ser cuidadoso. Teria que ter mais cautela em suas ações habituais. Então, dançou com ela até George, que ainda falava com lady Sarah.

— Dance com sua esposa, George.

Edward entregou Charlotte para George e puxou Sarah para longe.

George então fez uma reverência para Charlotte e eles dançaram.

— Meu irmão pode ser um libertino paquerador. Espero que ele não a tenha ofendido.

— Nem um pouco. *Pas le moins du monde.*

Embora tivesse acabado de conversar com o amor de sua vida, George contemplou sua nova noiva e a investigou por um momento. Estava impressionado com ela, apesar de esta não ser sua intenção.

— Disseram que o que lhe faltava em formosura feminina você compensava em intelecto. Você deve ser mesmo brilhante, pois não é desagradável aos olhos.

Charlotte corou, ficando um pouco tímida diante dele.

— Vejo que seu irmão não é o único paquerador.

Enquanto Edward e Sarah dançavam juntos, ele a repreendia, apesar dos olhares alheios.

— Quero que você deixe George em paz e saia daqui. Charlotte é a esposa perfeita para ele.

Sarah parou de dançar de repente e olhou para ele.

— Entendo. Suponho que agora você me queira de volta? Já que ele está casado?

— Se eu fosse o próximo na linha de sucessão em vez de George, você ainda seria minha. Então não. Não quero você de volta. Conheço suas táticas ardilosas e manipuladoras. Você perdeu. Charlotte é a rainha. Acabou.

— Vai acabar só quando eu disser que acabou.

Em seguida, Sarah foi embora.

A nova rainha Charlotte se firmou com uma mão no ombro de George.

— Perdoe-me, Majestade, mas meu vestido é muito pesado, e meus pés estão me matando. Estou a segundos de arremessar esses sapatos pela janela. Posso ir para minha suíte?

— Claro. — Ele beijou a mão dela. — Eu me juntarei a você em breve.

Charlotte sorriu e se afastou, mancando um pouco. Ao atravessar a sala, gesticulando para que suas damas se juntassem a ela, viu lady Lizzie entrar no salão e sir John Wilkes segui-la. Ficou curiosa ao lembrar as palavras de Edward: "Se não fosse a depravação, não haveria aristocracia". Ela se virou para lady Hagedorn.

— Vigie lady Lizzie com atenção. Eu não confio nela.

— Nem eu — respondeu sua dama, enquanto subiam as escadas.

Augusta observou Charlotte subir as escadas, então foi até George e o puxou de lado.

— Ela é merovíngia, sua esposa. Eu mesma vi a marca. Pode ser uma de Sousa também.

George grunhiu.

— Você sabe que eu não acredito em nada disso.

— Mas deveria. Seu pai acreditava. É por isso que ele se juntou à Ordem.

George apertou a mandíbula.

— Vou subir agora.

— Para a noite? Você sabe que devemos reunir os outros para…

— Não! — George ergueu a mão para ela. — Estou dispensando a observação da consumação no meu reinado.

Ele pediu licença aos convidados e subiu, deixando a mãe estupefata.

Charlotte tinha boas razões para não confiar em lady Lizzie pois, enquanto subia para seus aposentos, sir Wilkes agarrava o braço da dama.

— Alguma novidade?

— Não — disse Lizzie. — As damas alemãs da rainha não me deixaram chegar perto de Sua Majestade.

— Devo lembrar que você ganhou o título para cumprir com o que eu mando — advertiu Wilkes. — Obtenha informações e não me decepcione. Você sabe o que me deve.

Wilkes deixou o salão, deixando para trás uma lady Lizzie muito trêmula.

Vinte e três

Charlotte entrou em seus aposentos e tirou os sapatos e a coroa, ofegando de dor.

— Tirem-me desse vestido! — exigiu para suas damas. — Pesa tanto quanto eu.

Lady Hagedorn e lady Schwellenberg rapidamente desabotoaram o pesado vestido.

— Eu não entendo essas pessoas. Há um milhão de intrigas acontecendo lá embaixo. "Pug" é a única palavra que os britânicos sabem usar para descrever meu nariz? — lamentou Charlotte. — E como diabo o chamavam na Alemanha?

— Único, espero eu... — disse uma voz vinda de trás.

Charlotte se virou para ver George se aproximando dela com uma pequena caixa de veludo.

— Pois tenho certeza de que os cidadãos do Reno eram muito mais expressivos em sua avaliação da beleza.

Charlotte corou. *Meu novo marido é encantador*, pensou, enquanto ele lhe estendia a caixa.

— Um presente de casamento — disse ele.

Charlotte ficou emocionada ao abrir a caixa. Dentro havia pérolas e um medalhão com a imagem de George. O rei mostrou a ela o medalhão que usava, igual ao dela, com uma mecha do cabelo de Charlotte dentro.

— Obrigada, Vossa Majestade. Vou guardá-lo comigo para sempre.

— Disponha. Mas, como agora somos marido e mulher, você acha que pode me chamar de "George"?

Charlotte sorriu ternamente.

— Sim, George.

George colocou as pérolas e o medalhão em volta do pescoço de Charlotte e notou o amuleto, que estava escondido no busto do vestido.

— Um presente de infância... do meu pai — disse Charlotte.

— É tão adorável e incomum quanto você.

A rainha sorriu, nervosa, enquanto George traçava o pescoço dela levemente com a mão. Mas a maquiagem branca de Charlotte saiu no dedo do rei, que franziu a testa. Ele esfregou a lateral do rosto de Charlotte com mais força. Desta vez a maquiagem saiu por completo, revelando a tez escura de Charlotte.

Perplexo, George deu um passo para trás e foi até sua jarra de água. Ele molhou o lenço e, em seguida, aproximou-se da rainha e esfregou vigorosamente seu rosto. Logo, a percepção de que sua nova esposa possuía pele escura deixou o rosto do rei vermelho. Ele gesticulou para as damas de Charlotte.

— Banhem-na completamente, removam a peruca e tragam-na para meus aposentos sem pó. Quero uma visão completamente nua e crua do que fui coagido a me casar.

Ele saiu da sala sem mais comentários.

Depois de alguns momentos para avaliar a situação, Charlotte suspirou para suas damas.

— Vamos terminar logo com isso. Se eu, com meu abominável guarda-roupa alemão, meus grandes pés alemães e meu nariz largo, for executada ou enviada de volta para a Alemanha, que seja o quanto antes.

✠

Uma hora depois, Charlotte foi apresentada a George em sua suíte, banhada, perfumada e vestida com um penhoar por suas damas. O cabelo da rainha era uma massa natural de cachos ruivos e o pó de giz tinha sido esfregado e removido, revelando sua verdadeira tez dourada.

George a examinou por um momento, então gesticulou para que suas damas saíssem. Depois de dar um abraço em cada uma, Charlotte olhou para ambas, garantindo com os olhos que ficaria bem. Suas duas damas fizeram uma mesura e foram embora. Charlotte voltou-se para George nervosa, com a cabeça baixa.

— Tire o vestido — disse George, queimando-a com o olhar.

Os olhos de Charlotte se encheram de lágrimas quando ela estendeu lentamente as mãos para desfazer as fitas que sustentavam seu penhoar. A peça caiu no chão. Ela estava nua diante de seu marido, cobrindo as partes íntimas com as mãos, ainda de cabeça baixa. George caminhou lentamente ao redor dela, examinando seu corpo como uma pantera, tomando o tempo para tocar qualquer parte que lhe apetecesse. Estava irritado, mas não descontente. Por fim, tocou a marca de nascença de Charlotte e comentou:

— Então, minhas suspeitas estão corretas. Você *tem* a mancha dos mouros e a marca dos merovíngios?

Charlotte não disse nada, mantendo os olhos baixos. Como ele poderia saber disso, quando ela mesma só tinha descoberto no navio?

— Olhe para mim — mandou George.

Os olhos de sua esposa permaneceram baixos e as lágrimas escorriam por seu rosto.

— Olhe para mim — ordenou George novamente, levantando a cabeça dela. Os olhos de Charlotte, cheios de lágrimas, permaneceram baixos. — Então uma moura é a rainha da Inglaterra. Uma moura terá meu nome, dividirá a cama comigo, gerará meus filhos. Olhe para mim.

Charlotte não o fez, o que deixou o rei furioso.

— Eu disse olhe para mim, inferno, ou mandarei executá-la esta noite!

Finalmente, algo estalou dentro de Charlotte.

— Então me execute! Sim, tenho sangue mouro correndo em minhas veias, e toda a minha vida fui destratada por isso. Sempre fizeram comentários maliciosos sobre meu cabelo, meu nariz, minha cor, tentativas de me fazer sentir quebrada e envergonhada. Cedi ao uso de perucas e pó de giz durante tanto tempo para esconder a maneira como Deus me fez que quase esqueci quem sou. Mas não mais. Então, se você quer me matar, me mate! Eu vou morrer como uma mulher que não vai mais aceitar ceder!

Foi a palavra "ceder" que abalou George.

— Ceder, você diz? Ah, eu sei um pouco sobre ceder. É tudo o que tenho feito desde que me tornei rei. Ceder é lutar com o Parlamento que frustra e rejeita meus planos de melhorar o país e acabar com uma guerra. Ceder é ser comparado a um rei que você não respeitava para manter a paz. Ceder é me casar com você, quando amo outra.

— Eu também amo outro. Mas cedi e me casei com você!

Era um impasse. Os dois olhavam ameaçadoramente um para o outro. Então, George devolveu o robe a Charlotte e serviu duas taças de vinho.

— Aparentemente, nós dois fomos manipulados. Claret?

Charlotte assentiu levemente, cobrindo-se com o robe. Nenhum dos dois disse nada enquanto George lhe entregava uma taça de vinho.

— Eles merecem o que recebem com esses malditos casamentos arranjados — declarou George. — Nunca há nenhum afeto ou felicidade entre as pessoas envolvidas. Nem atração. Apenas linhagens reais ajuntadas para gerar herdeiros.

— Ele tomou um gole de vinho e quase riu. — Na pressa de me encontrar uma noiva para garantir as tropas alemãs, é óbvio que falharam em examinar você por completo. — Então ele se virou para sua nova esposa, nitidamente negra. — Não é culpa sua que você esteja aqui apenas para manter uma aliança. Então talvez eu permita que você fique, contanto que eu tenha a ajuda da Alemanha, que você não questione quem é minha amante e que me dê um herdeiro...

— E se nossos filhos nascerem negros?

— Então serão negros, ora essa! Seu sangue mouro pode ser nosso segredo. Você pode continuar usando o subterfúgio do pó e da tinta, e eu lhe darei tudo o que você precisa para ser feliz — declarou ele categoricamente. — Exceto meu coração.

O semblante de Charlotte murchou, mas George a levantou.

— Então. Antes de mais nada... herdeiros.

Ele carregou Charlotte para a cama, afastando os lençóis. Eles não fizeram amor — fizeram sexo. Não havia os fogos de artifício ou os desejos que ela sempre sonhou ter com um marido. Em vez disso, era a obrigação rotineira e complacente de duas pessoas forçadas a fazer o que tinham que fazer. Ela manteve os olhos abertos e contou 317 rachaduras no teto.

George usou o corpo dela sem nenhuma emoção, e Charlotte se perguntou quão diferente poderia ter sido com Christian. Minutos depois, o rei saiu de cima dela, envergonhado por seu desempenho, e inevitavelmente pensou em Sarah. Ele havia decepcionado duas mulheres naquela noite. Ambas por conta da decisão tomada pelo bem da Inglaterra. Será que ele poderia ser feliz com Charlotte pelo resto de seus dias? Ou sucumbiria à natureza dos homens Hanover e manteria sempre uma amante por prazer? E o que significaria para Sarah estar à disposição dele apenas para o prazer carnal?

Tendo que resolver aquilo em sua própria mente, George saiu da cama e vestiu o roupão. Sem dizer nada para Charlotte, ele saiu do quarto, desceu o corredor e subiu as escadas até o apartamento atribuído a lady Sarah. Ele dispensou o pajem do lado de fora da porta e bateu com urgência.

O barulho despertou lady Sarah, que respondeu de camisola, chocada ao ver o rei.

— Vossa Majestade, o que está fazendo aqui? Esta é a sua noite de núpcias.

George não disse nada. Ele a pegou em seus braços, beijando-a incontrolavelmente.

— Meu coração ainda é seu. Sempre será. — George a beijou novamente, urgente, apaixonado, implacável. Sarah retribuiu seus beijos, pressionando seu corpo com força contra o dele. Ela não pensou na nova esposa de George — que dormia apenas um andar abaixo.

Quanto à rainha, ela se virou e olhou para o lugar onde a cabeça dele estivera minutos antes. Seria este o seu destino? Será que ela se permitira ser manipulada a entrar em um casamento sem amor? Bem, o tempo para a autopiedade já tinha passado. Ela tinha que ficar em paz com a situação e continuar a missão que prometera a si mesma no navio. Ou isso ou fazer como seu irmão Adolph sugerira uma vez: "Arranje um amante".

Vinte e quatro

Na manhã seguinte ao casamento, os manifestantes de guerra que aparentemente haviam desaparecido no dia anterior estavam começando novamente a se reunir em grande número do lado de fora do Palácio de St. James. Dentro do palácio havia uma explosão de energia. A miríade de convidados da noite anterior tinha ido para casa em suas carruagens douradas e brilhantes, e a equipe de limpeza tinha começado a arrumar o salão principal muito cedo naquela manhã, transformando-o de volta ao seu estado original.

Nas cozinhas do andar de baixo, sir Walter Laurel, chefe de cozinha, e sua equipe regular de onze pessoas, tinham começado a servir ovos, bacon, salsicha, torradas e café para a família e quaisquer tipos ociosos que tivessem passado a noite; e dez lacaios estavam empilhando as bandejas de prata para servir.

George, que sempre levantava com as galinhas, tinha descido as escadas e se dirigia para o salão de jantar quando Bute apareceu com um envelope.

— Lorde Buckingham me abordou ontem à noite em sua recepção sobre seu interesse na propriedade dele — disse Bute.

— Bom. Ele está disposto a vender?

— Negocie. Ele sabe que tem enormes dívidas de jogo, e não apenas com você.

— Quanto ele está pedindo?

Bute se esquivou, antecipando a reação ruim que viria.

— Trinta e seis mil libras.

George perdeu o controle, gritando como um louco.

— Ele está louco? Isso é o que eu pediria por este lugar deplorável e em desintegração, mas que é a porra de um palácio! Ofereça 20 mil libras e veja se ele gosta! Como ousa.

Bute percebeu que a negociação seria difícil quando entregou a George a carta que estava segurando.

— Também chegou esse comunicado.

Ele esperou um momento para poder avaliar o clima e então perguntou baixinho:

— Como foi sua noite?

George estreitou os olhos para ele.

— Curiosa.

— É? Por quê?

— Porque eu me pergunto, Bute, se quando Munchhausen entrevistou Sua Majestade na Alemanha ele não percebeu que ela era, digamos, escurinha?

— Sim. Ele escreveu para dizer que ela estava um pouco bronzeada, mas ela disse que se queimava facilmente ao sol.

— Sim. Eu diria que de forma permanente, já que ela é parte moura.

Bute fixou perplexo.

— Meu bom Jesus. Eu não sabia.

— Era seu trabalho saber, Bute. Quando ele nos disse para "reduzirmos nossos critérios" era isso que queria dizer? Fazer o rei da Inglaterra ter miscigenados em sua linhagem?

— Meu Deus, não. Você quer instituir um divórcio? Mandá-la de volta?

— E fazer toda a Inglaterra pensar o mesmo que Wilkes já pensa de mim? Um rei jovem, fraco e incapaz, totalmente dependente de você? Incapaz até mesmo de ter uma rainha apropriada escolhida por você, a quem meu conselho odeia?

Bute se sentiu terrível, mas George o deixou se safar.

— Mande chamar o dr. Grey. Se alguém devia saber que minha mulher era moura, essa pessoa era ele, que foi o responsável por examiná-la e verificar sua virtude. O que ela fez, passou pó na parte interna das coxas também?

Bute virou-se para ir, mas George o impediu.

— E nem preciso dizer que não quero que a cor da rainha se torne de conhecimento geral. Lide com o assunto com discrição, por favor.

Bute curvou-se e saiu. George então leu o comunicado e ficou furioso. Ele entrou possesso no refeitório, olhou para sua família e então para lady Lizzie.

— Onde está Sua Majestade? São 7h15!

No andar de cima, na suíte da rainha, lady Schwellenberg estava terminando de passar o pó de giz em Charlotte enquanto sir Albert colocava a peruca na cabeça dela e lady Hagedorn abotoava seu vestido.

Enquanto Charlotte olhava pela janela para o número crescente de manifestantes e franzia a testa, lady Hagedorn ficou curiosa.

— Majestade — começou ela. — Posso perguntar o que aconteceu ontem à noite? Você fez o necessário para satisfazer seus deveres matrimoniais?

Charlotte olhou para sir Albert.

— Você nos deixaria a sós por um instante?

Sir Albert assentiu e saiu da suíte. Charlotte olhou para Haggy.

— Sim. Fizemos o necessário enquanto eu contava 317 rachaduras no teto.

Lady Schwellenberg sentiu pena de Charlotte por ter aquele dever.

— Mas, quando o rei descobriu seu "verdadeiro" eu, o que ele fez?

Charlotte olhou pela janela de novo.

— Poderia ter sido pior, suponho. Mas depois de muita gritaria e nervosismo, devo continuar fingindo e aceitar que ele nunca terá afeto por mim. É assim que vou permanecer viva e não ser deportada.

— Bem, tenho que dizer que, apesar de sua atitude grosseira, Sua Majestade é um homem de aparência agradável — comentou lady Schwellenberg, enquanto terminava de abotoar o vestido da rainha.

— O que seria bom é se Sua Majestade fosse um homem *agradável*... já que aparentemente estou competindo por suas afeições com a amante dele.

— Por favor, para ter afeto de verdade, arranje um cachorro.

De repente, lady Lizzie bateu à porta e entrou correndo. Lady Hagedorn ficou aliviada por Charlotte estar completamente vestida e pintada.

— Majestade, o rei toma café da manhã pontualmente às sete da manhã. A senhora está atrasada e ele está furioso.

Lizzie saiu correndo de novo.

Quando Charlotte finalmente entrou no salão de jantar com suas damas, George, Augusta, Amelia, Edward e os outros membros da família de George estavam sentados, esperando.

— Encantado que tenha se juntado a nós, já que estamos esperando há vinte minutos. — Ele então olhou para suas damas. — Não é o trabalho de vocês garantir que a rainha esteja de pé e vestida na hora?

— Sim, Majestade — disseram as damas de companhia, quase em uníssono.

— Não me façam me arrepender de nomeá-las para cargos na corte que obviamente sobrecarregam vocês.

Então ele olhou para Charlotte com irritação.

— Você não leu os protocolos da corte?

— Não. E-eu nunca ouvi falar disso.

— Claro que não. Sua corte era um lugar provinciano e sem sofisticação lá em "Meckle-tanto-faz-burgo".

Charlotte ficou perplexa. Edward reagiu:

— Olhe só, George.

— Sente-se, antes que todos nós morramos de fome — instruiu George.

Levou dois segundos para que Charlotte voltasse à sua verdadeira natureza, como a mulher voluntariosa e sincera que era. Afinal, ela se impusera ao falar com o rei Frederick, o Grande.

— Acho que não, Majestade. Vou levar uma bandeja para meu quarto, onde, ontem à noite, você me abandonou para dormir sozinha com meus modos "provincianos".

Todos se surpreenderam. Augusta fez uma careta para George.

— Certamente você consumou o casamento...

— Você tinha apenas uma função ao se tornar minha esposa: trazer dinheiro e tropas alemãs para nossa batalha em Calais. — George balançou o comunicado para Charlotte. — Bem, perdemos esse conflito! Todos os meus homens estão mortos. Os alemães chegaram tarde demais!

— E você culpa *a mim* por isso! — Charlotte reuniu sua compostura. — Por favor, deem-me licença. Acho que perdi o apetite.

Ela saiu da mesa. Edward se levantou e fez menção de ir atrás dela, mas George agarrou o braço do irmão com raiva.

— Sente-se, Edward! Não permitirei que faça de minha esposa uma conquista, como fez com todas as minhas outras mulheres!

Edward sentou-se lentamente. Todos ficaram chocados com o acontecido. Amelia balançou a cabeça.

— Vejo que esta família voltou ao normal. Meu sobrinho é um estúpido, Edward é um libertino e Charlotte vai se encaixar perfeitamente. Por favor, passe a salsicha.

Charlotte ficou em sua suíte a maior parte da manhã, escrevendo em seu diário de couro vermelho. Lady Hagedorn levou um pouco de café e bacon escondidos para os aposentos da rainha. Charlotte estava reconsiderando sua permanência em St. James.

Por volta das 11h30, alguém bateu à sua porta. Lady Hagedorn abriu para Augusta, que pediu para entrar. Haggy olhou para Charlotte, que assentiu. Augusta entrou e lhe entregou várias folhas de papel.

— Este são os protocolos, Majestade. Fiquei bastante ofendida com o comportamento do meu filho. Dos meus dois filhos. Disse ao príncipe Edward que, se repetisse o feito, certamente seria enviado para os confins da vida social, em uma casa distante do palácio.

— Não foi culpa dele. Pedirei desculpas ao rei — disse Charlotte.

Augusta segurou as mãos de Charlotte de um jeito maternal que a rainha nunca havia vivenciado com a própria mãe.

— Isso tudo deve ser confuso para alguém que não sabe como são as coisas em um novo país. E nós, como família, ainda precisamos nos fundir em uma unidade, digamos, "coesa".

Charlotte sorriu. Augusta, apesar de seu exterior endurecido, partilhava um companheirismo com a nova rainha, pois vivera uma experiência semelhante.

— O rei acorda às cinco — continuou Augusta. — Ele é vestido e depois vai para o escritório trabalhar. Toma o café da manhã pontualmente às sete e come a mesma coisa todos os dias: um ovo, torrada e suco. Ele vai à capela para as orações e depois se dedica aos negócios do governo ou da corte. Entre duas e quatro da tarde, se permite ter um tempo pessoal. Para conversar, encontre-o durante essas horas, pois prefere não tratar de conflitos ou política durante as refeições.

Charlotte assentiu.

— Prestarei atenção.

Augusta sorriu.

— Tenho certeza de que sabe que não foi a primeira escolha do meu filho para rainha. Mas, depois de conhecê-la e testemunhar sua determinação e seu espírito, sei que você terá um sucesso esplêndido. Irei ajudá-la em tudo o que puder.

Augusta fez uma mesura e saiu.

Charlotte apreciou as palavras da sogra e logo saiu da sala com a intenção de encontrar George e se desculpar pela explosão. Quando saiu por St. James para localizá-lo, bem como para se familiarizar com o palácio, Charlotte espiou a biblioteca e, finalmente, o escritório. Foi lá que ela viu um belo cravo com o busto de Handel em cima. Ambos a detiveram por um momento em devaneio.

Enquanto isso, George e Edward estavam em seus cavalos galopando pela esplanada real no parque de St. James. A cabeça de George estava latejando novamente. Foi um passeio estranhamente tranquilo para eles, considerando que Edward ainda estava irritado com George por causa da situação no café da manhã.

— Acho que você foi muito rígido com Sua Majestade esta manhã.

— Só estou chateado — disse George. — Casamento forçado. A oferta insana de lorde Buckingham pela propriedade dele. Sarah. Parece que não consigo ter o que quero sem pagar um alto preço em dinheiro... ou felicidade. Acho que devo me desculpar com Charlotte.

— Imagine como ela deve estar se sentindo. Está em uma terra estrangeira, em uma corte estrangeira, com um marido estrangeiro que é mal-humorado e arrogante. Charlotte é uma joia, George. Tudo nela é agradável, em termos de aparência e comportamento, mas você a maltrata porque ela não é Sarah.

George franziu as sobrancelhas e eles pararam seus cavalos. Ele entendeu.

— Você está de olho nela, não é? Bem, eu não vou compartilhá-la como fizemos com as camareiras ou lady Ellen.

— Lady Ellen Savers ensinou a nós dois o que precisávamos saber sobre as mulheres, mas parece que ensinou a você *só a metade.*

— Aí está. Você fala de como seu poder sexual com as mulheres é maior que o meu a cada passo que dá. Bem, você não terá minha esposa!

Edward viu algo e sorriu.

— A decisão pode não ser sua, companheiro.

Charlotte se juntou a ele, montada em seu cavalo, com uma perna de cada lado.

— Estou interrompendo?

— Nem um pouco. — Edward sorriu, indicando o irmão. — E não deixe esse imbecil miserável afetá-la. Estarei sempre por aqui. George e eu compartilhamos tudo. Cavalos, vinho... mulheres.

— Príncipe Edward, você diz essas coisas para me chocar? Porque raramente sou atingida por descaramento grosseiro disfarçado de humor.

Edward sorriu.

— Uaaau. Depois dessa, devo me despedir.

E lá foi ele. Charlotte sorriu ao assisti-lo ir embora.

— Perdoe Edward. Ele se aproveita de ser o favorito da família porque é bonito e sabe que sempre será absolvido. Agora, a que devo o prazer?

— Lorde Cavendish disse que você estaria aqui.

— Eu não conseguia decidir entre cavalgar, tocar meu cravo ou cometer um assassinato.

— Bem, contanto que você não mate Edward. Ele é muito divertido. Mas realmente vi um belo cravo no escritório. Fiquei muito emocionada.

— Foi Handel quem o deu ao meu avô. Que o deu a mim.

— Eu adorava Handel. Então, aparentemente, cavalgar venceu o assassinato. Gostaria de uma corrida? Foi-me dado um corcel bem rápido.

— Bem, reconheço um desafio quando o vejo, milady. Vê a propriedade de Buckingham lá embaixo? Consigo chegar lá em três minutos.

— Chegarei em dois.

Eles correram. Os dois galoparam pelo parque e George ficou chocado com a habilidade da rainha. Logo estavam pescoço a pescoço. Mas, no fim das contas,

George venceu. Ele desceu do cavalo e ajudou Charlotte a descer também. Ambos estavam sem fôlego.

— Não é justo. Você teve a vantagem da familiaridade por estar em casa — repreendeu Charlotte.

— Mesmo assim, você monta muito bem. Nossas nobres costumam andar de sela lateral.

— Bem, lembre-se, minha corte era um lugar provinciano e sem sofisticação lá em "Meckle-tanto-faz-burgo".

George se sentiu mal.

— Realmente sinto muito por ter dito isso. Foi um comentário cruel e rude de se fazer. Na verdade, tenho feito comentários rudes sobre muitas coisas e gostaria de me desculpar.

Ambos sentaram-se debaixo de uma árvore e ele olhou para Buckingham.

— Esta é a Casa de Buckingham. Uma propriedade que eu queria há anos. Mas...

George de repente esfregou a cabeça, estremecendo de dor.

— Você está bem, milorde?

— Tenho dores de cabeça terríveis. Elas pioraram no ano passado, mas nem sempre deixo transparecer quando se apresentam.

— Por medo de julgarem-no fraco?

— Sim — admitiu ele, e então desviou o olhar. — Deus, não sei por que confessei isso. Eu mal a conheço.

— É o que se confessa a uma esposa. Vire-se. Meu pai tinha fortes dores de cabeça, mas tínhamos uma maravilhosa criada jamaicana que tinha um truque.

George virou-se para ela. Charlotte colocou os polegares nas têmporas do rei, pressionou e fez movimentos circulares para massagear. Assim que George se sentiu melhor, fechou os olhos. Enquanto massageava, ela se esqueceu do início conflituoso como marido e esposa.

— Vossa Majestade, já que estou aqui, deixe-me ajudá-lo. Eu sei que nunca poderei ser lady Sarah. Nunca serei tão bonita. Mas posso ser uma companheira.

— Como você sabe sobre Sarah?

— Você me disse que amava outra. Edward me disse que ela era sua amante. Ela mora aqui no palácio, você dançou e conversou com ela durante grande parte da nossa recepção. Um cego poderia ver que seu coração pertence a ela.

— Um homem meio cego viu, ontem à noite — brincou George. Então ele ficou sério. — Incomoda você que ela esteja aqui? Em St. James?

— Não tenho direito de opinar a respeito disso. Só quero passar pelo nosso começo. Ser uma boa esposa de qualquer maneira.

George olhou para sua nova esposa, ficando mais confortável com ela.

— Eu só quero ser um bom rei, Charlotte. Se você quer ajudar, me ajude a sê-lo.

Charlotte assentiu, e George a ajudou a levantar e a montar no cavalo. Juntos, eles voltaram para St. James, enquanto Charlotte começava a avaliar como poderia tornar sua vida mais fácil com esse homem — que era o rei da Inglaterra, seu marido e também uma pessoa muito vulnerável.

A coroação oficial ocorreu quinze dias depois. George e Charlotte foram coroados rei e rainha da Inglaterra, ungidos com óleo sagrado e receberam seus cetros na Abadia de Westminster. Sua vida como rainha havia oficialmente começado. Mas era uma existência solitária e sem recompensas, e foi o que disse a seu irmão Adolph.

Adolph, como prometido, viera a Londres para a coroação da irmã e para o baile dado depois. No momento em que ouviu o anúncio: *Sua Alteza Sereníssima Ducal, Adolphus Louis Frederick, grão-duque de Mecklemburgo, príncipe de Mirow*, Charlotte quebrou todo o protocolo e abraçou o irmão com todo seu ser, caindo em lágrimas de alegria ao vê-lo. Ela sentira saudade dele.

Depois que o rei e o grão-duque se cumprimentaram e tiveram uma conversa de duração satisfatória no Baile da Coroação, Charlotte perguntou a George se ela e Adolph poderiam dar um passeio pelos jardins juntos. Eles conversaram por uma eternidade.

— Ele é gentil com você? Ele não bate em você, certo? — perguntou Adolph.

— Não. Não sou maltratada — respondeu Charlotte sombriamente. — Apenas ignorada, como se não estivesse aqui. Fizemos um pacto de que eu continuaria a esconder minha cor e ele manteria uma amante. Então, continuo vivendo uma mentira e ele continua se divertindo.

Adolph sentiu pena da irmã.

— Você tem outras atividades? Outros interesses ou ambições nesta enorme jaula dourada?

— Escrevo cartas e interajo com Swelly, Haggy e sir Albert, que genuinamente me confortam, mas ainda me sinto sozinha. — Ela então dispensou um sorriso irônico de compreensão para Adolph. — Mas não há motivo para você não se divertir bastante enquanto estiver aqui.

Adolph olhou para a irmã com curiosidade. Ela pegou a mão dele e o levou para fora dos jardins até a pequena sala de estar no segundo andar. Abriu a porta e, quando entraram, Adolph sorriu empolgado.

Lá estava o dr. Grey, resplandecentemente vestido com um colete de veludo azul-marinho, calças e uma camisa branca de babados digna de uma Coroação Real. Dr. Grey foi até Adolph e fez uma reverência.

— Sua Alteza Sereníssima.

Adolph apertou a mão de Grey e, a seguir, deu um abraço nele. Olhou para Charlotte, maravilhado.

— Obrigado. Eu esperava encontrar esse bom médico em minha viagem.

— Ele também. — Charlotte sorriu. — Não está claro se seus sacrifícios me deram um resultado positivo. Mas foi um sacrifício que reconheço e aprecio, principalmente considerando a recente censura que dr. Grey sofreu.

Adolph franziu a testa e olhou para Grey.

— Sim — disse o médico. — Fui chamado perante o rei e lorde Bute para explicar por que não havia notado que a rainha era um pouco mais escura do que as circunstâncias adequadas exigiam. Acho que minha explicação foi aceitável o suficiente para que minha posição aqui não fosse comprometida.

— Meu bom Deus — respondeu Adolph. — *Isso* nunca me ocorreu. Estávamos todos preocupados com a virgindade. O que disse a eles?

Mal sabiam que, do lado de fora da porta, lady Lizzie estava em busca de intrigas para sir John Wilkes, principalmente desde que Charlotte a transferiu.

— Eu disse a eles que as cortinas estavam fechadas, que a luz era muito ruim em Mirow, e que ela estava de meias. Disse que, com o lençol que coloquei sobre as pernas dela e minha visão não tão boa, pois ainda não tinha meus óculos novos antes de partir para a Alemanha, não estava na melhor circunstância para ver qualquer coisa fora do comum. — Grey sorriu para Charlotte. — Talvez eu esteja em liberdade condicional, mas se a rainha for bem-sucedida, tudo pode ser esquecido.

Charlotte então olhou para o irmão.

— Sua suíte de hóspedes está vazia e tem uma fechadura e uma chave. — Ela sorriu maliciosamente para os dois. — Divirta-se. Pelo menos um de nós deve se divertir. E lembre-se, o café da manhã é servido pontualmente às sete.

Adolph beijou a irmã e eles se abraçaram novamente. Charlotte saiu do cômodo e fechou a porta, então Adolph e o dr. Grey se entreolharam.

— Sua irmã é maravilhosamente compreensiva — disse Grey.

— Ela é. É uma das muitas razões pelas quais eu a amo — disse Adolph, se aproximando. — Grey, você conhece um lugar chamado "Clube do Inferno"? Eu adoraria visitar este lugar durante minha estadia em Londres.

Dr. Grey sorriu.

— Certamente você está brincando. Caro rapaz, sou um membro do clube. Ele entrou na minha lista de lugares para levá-lo desde que o vi aqui, agora há pouco.

Desnecessário dizer que meu irmão teve duas semanas maravilhosas em Londres. E a mãe de George foi fiel à sua palavra. Ela me mandou várias dúzias de pares de sapatos feitos na Alemanha — o conforto por si só já valia por qualquer adversidade que eu pudesse ter vivenciado com o rei.

Vinte e cinco

No início de fevereiro de 1762, bateram à porta da suíte de Charlotte enquanto ela escrevia em seu diário. Lady Hagedorn foi atender e se deparou com lorde Cavendish.

— Milady, por favor, diga a Sua Majestade que o rei solicita a presença dela em sua suíte.

Lady Hagedorn assentiu enquanto o funcionário-chefe saía e então se virou para Charlotte com um sorriso malicioso.

— Você foi convocada novamente.

Charlotte suspirou. George começara a convocá-la com cada vez mais frequência para encontros sexuais, e ela se perguntava se tudo estava bem em seu relacionamento com lady Sarah.

— Estarei de volta em *cinco* minutos — brincou ela com suas damas, que riram umas para as outras enquanto ela saía.

Quando ela chegou à suíte do rei, George estava com roupas de dormir e a indicou a cama onde, como era seu dever, ela se sentou, olhando para a frente. George se aproximou e puxou a parte de baixo da camisola dela. Em seguida, puxou a própria roupa e se posicionou em cima dela. Ele fez o que tinha que fazer — do jeito dele —, tudo rápido e insatisfatório, enquanto Charlotte seguia de olhos abertos, aceitando seus deveres de esposa sem alegria. Minutos depois, George saiu de cima dela e foi dormir enquanto ela ficou deitada em frustração silenciosa, se perguntando se havia algo mais interessante que pudesse fazer. E de fato, depois de cinco minutos, estava de volta em sua própria suíte. Ela voltou para seu diário enquanto Haggy e Swelly explodiam em gargalhadas.

De repente, Charlotte ficou vermelha e seu rosto se umedeceu de suor. Ela agarrou a barriga com dor e Haggy rapidamente pegou o penico debaixo da cama, pois isso havia acontecido duas vezes nas últimas semanas. Antes que pudesse impedir, Charlotte vomitou e foi para a cama, sentindo-se mal. Suas duas damas permaneceram no quarto com ela a noite toda.

Na manhã seguinte, George e Bute estavam no escritório. Bute estava segurando um jornal.

— O *Monitor* desta semana. O texto grita John Wilkes de cima a baixo.

Ele entregou o jornal para George. A manchete dizia: "Favoritos da realeza?" George leu balançando a cabeça.

— "Um favorito se aproxima do monarca quando criança, descobre sua fraqueza e se insinua até ganhar uma ascendência total sobre a vontade do rei e governá-lo..."

— É um perfil velado, falando sobre mim na tentativa de atingir o senhor... de novo.

— E, já que o nome dele não aparece, Wilkes não pode ser preso por difamação. Brilhante — lamentou George.

— Ele atacou sua mãe através de mim, satirizou ministros, inferno, ele até satirizou o Chefe de Justiça — resmungou Bute. — Está na hora de fazermos algo. Talvez o senhor possa começar nosso próprio jornal de maneira furtiva. E aí poderá revogar tudo o que está escrito aqui.

— Ou posso nomeá-lo primeiro-ministro e quebrar a cadeia de controle Whig com o governo Tory. Com você como primeiro-ministro, teríamos menos problemas em convencer o Parlamento e o Conselho a iniciar negociações de paz com a França. E podemos mudar as leis para que Wilkes possa ser preso.

Bute gostava da ideia de ser primeiro-ministro, mas se perguntava se era adequado ao cargo.

— O que faremos com nosso atual primeiro-ministro?

— Já está na hora de fazermos algo a respeito do sr. Pitt e de lorde Newcastle. Precisamos de um movimento sério para acabar com a guerra. Mande chamar Newcastle.

Nesse momento, lorde Cavendish entrou.

— Sua Majestade. O senhor deve vir até a enfermaria. É a rainha.

George e Bute rapidamente seguiram Cavendish.

Quando George chegou à enfermaria de St. James, Charlotte estava sentada na maca, depois de ser examinada pelo dr. Grey, que agora guardava os instrumentos. Logo Augusta e Amelia apareceram, seguidas por Edward e o príncipe William.

— Ela está bem? O que há de errado com ela? — perguntou George em pânico.

Dr. Grey sorriu.

— Nada que o bendito Senhor não queira para esta família. A rainha está grávida. Eu diria que podemos esperar um futuro herdeiro em algum momento de agosto. — Ele sorriu para Jorge. — Parabéns, Majestade.

George sorriu e apertou a mão de Grey. Em seguida, pegou a mão de Charlotte e a beijou.

— Muito bem, minha querida. Obrigado.

Charlotte se virou para Edward e sorriu.

— Bem, Edward. Parece que você se livrará da posição de herdeiro presuntivo. A linha de sucessão não chegará a você se eu der à luz uma criança saudável.

— Só se for menino — brincou Edward.

Todos riram. Augusta sorriu para Charlotte. Mas, enquanto todos parabenizavam a rainha e o rei, Amelia estava apreensiva.

Uma semana depois, quando Charlotte teve tempo para descansar e se restabelecer, Amelia abordou-a.

— Minha querida, posso ter uma palavra?

Charlotte assentiu, e Amelia levou Charlotte para sua suíte e fechou a porta. Ela imediatamente foi até sua caixa de rapé, encheu uma unha com o pó e cheirou — e em seguida espirrou. Charlotte franziu a testa enquanto observava a sequência de atos.

— Agora que você está se acomodando e terá um filho, me pergunto se você teve uma chance de refletir sobre as possibilidades no que diz respeito ao bebê.

— Como...?

— Bem. E se o bebê for doente? E se for uma menina? E se tiver pele escura? E se tiver sua marca?

Charlotte congelou.

— Veja só, minha querida, você deve ter planos para todas as contingências.

— Há quanto tempo você sabe?

— Certamente você não planejava se esconder sob o pó branco para sempre. Eu mesma vi sua tez no casamento e tenho certeza de que meu sobrinho também viu naquela noite, a menos que vocês estejam cumprindo seus deveres no escuro através de um buraco em suas vestes.

Charlotte não disse nada. Amelia cheirou novamente.

— Quanto à marca. Eu também a vi, assim como Augusta, que disse a George que você provavelmente era merovíngia e também uma de Sousa. George a desconsiderou.

Então Amelia sorriu.

— Veja você, nós duas estamos aqui neste palácio. Ascendência merovíngia por parte de meu pai e negra, de Sousa, por parte de Augusta. George também. Sempre houve a preocupação de que um dia uma criança nascida de uma de nós viria ao mundo negra como nanquim. O fato de George ter se casado com você tornou essa possibilidade muito mais provável.

Amelia deu outra cheirada e ofereceu o pó para Charlotte.

— Parece que lhe faria bem usar um pouco disso. É só me avisar, pois tenho bastante. Tenho isso e meu haxixe, que meu amante turco me entrega a cada dois meses.

Charlotte beijou a tia na bochecha e recusou. Ela se dirigiu até a porta, mas ouviu:

— Pense um pouco no que acabamos de conversar. Este palácio está cheio de espiões e oportunistas. Um segredo como este é como um gênio. Não vai ficar muito tempo preso na lâmpada.

Olhando pela janela do escritório, George e Bute puderam ver a carruagem do primeiro-ministro Newcastle chegando.

— São 13h30. A reunião foi convocada para uma da tarde — disse Bute. — Ele certamente não faz nada para ganhar seu apoio.

— Ele sabe por que foi convocado. — George serviu um copo de conhaque e entregou um para Bute. — Você pensou melhor sobre se tornar primeiro-ministro?

— Se o fato de estar nessa posição for ajudar os planos de Vossa Majestade de findar a guerra, considerarei aceitá-la.

Houve uma batida na porta. Cavendish entrou com Newcastle.

— Primeiro-ministro Newcastle, Vossa Majestade.

— Perdoe meu atraso, Majestade. Fui detido pelo meu médico.

— Está tudo bem, milorde? — perguntou Bute.

— Não. Há boatos de que serei manipulado para abandonar meus deveres.

— Não é um boato. É uma proposta. Sua pensão pela sua renúncia.

Newcastle olhou para Bute. Embora insultado, ele quase riu.

— Milorde, você era o conselheiro e amigo de confiança do meu avô...

George começou, antes de ser interrompido.

— Eu era. E ele foi bem servido pelos primeiros-ministros Walpole e Pitt, e foi sábio o suficiente para deixar os assuntos do governo para eles.

— Verdade. Mas eu não sou meu avô.

— Não, Majestade. De fato, não é.

— Sei que sou um rei jovem. Mas sou rei. Suas ações nos mantiveram em uma guerra, drenando nossos recursos. Custa 11 milhões de libras por ano apoiar nossas tropas na França, no Canadá e nas Colônias e, dessa quantia, tivemos que pedir 3 milhões de libras emprestado aos nossos aliados.

— Mas conquistamos a Martinica, o Canadá e Guadalupe.

— Por um preço muito alto: a morte de nossos jovens britânicos, que estão lutando nesta guerra. Agora a inteligência nos diz que os franceses vão considerar uma trégua, mas você falhou em agir.

— Foi neste ponto que o sr. Pitt renunciou — acrescentou Bute. — Ele também falhou em agir.

— Pitt renunciou sob a mesma emboscada na qual me encontro agora. Então, como você lidaria com a situação, Bute?

— Eu nos livraria dos problemas da Alemanha e sugeriria que o rei Frederick fizesse as pazes com a Áustria, devolvendo a Silésia.

— E se ele rejeitasse a proposta?

— Ele perderia nosso apoio. Essa é uma porta que se abre para os dois lados, então eu iniciaria negociações com a França para acabar com essa guerra.

— E então, como vai ser? — perguntou George. — Uma pensão vitalícia aliada à dignidade de sua renúncia? Ou uma dispensa direta do cargo?

Newcastle se eriçou, indignado.

— Rejeito sua pensão. Sou o proprietário de terras mais rico do condado. Não preciso de pagamentos por pena. Terá minha renúncia pela manhã. Bom dia, Vossa Majestade. — Então ele se virou para incluir lorde Bute. — Ou, devo dizer, *"Vossas Majestades"*?

Newcastle fez uma reverência e saiu da sala.

— Bem — brincou George, esfregando a cabeça. — Isso foi bem agradável.

Bute terminou seu conhaque.

— Majestade, há algo que gostaria de lhe apresentar, é do seu interesse. Descobri um arrendamento de setenta anos sobre parte desta propriedade ainda controlado pela Coroa.

— Por que isso seria do meu interesse?

— Porque é uma parte desta propriedade que se estende até incluir uma grande parcela da propriedade de lorde Buckingham.

O rosto de George se iluminou:

— O dia fica cada vez melhor.

No dia 12 de agosto de 1762, nove meses após a noite do meu casamento, entreguei à Inglaterra seu futuro rei. Do quarto, enquanto suava e gritava durante um trabalho de parto de nove horas, assisti ao dr. Grey me mostrar meu bebê — branco como a neve — e o levar até a janela para apresentá-lo ao povo britânico. Em seu carregado sotaque brogue do sul da Irlanda, anunciou:

— É um menino! O príncipe de Gales e futuro rei, George Augustus Frederick Hanover!

Ouvi aplausos da multidão. George me deu um beijo intenso nos lábios e eu caí em um longo sono reparador.

Vinte e seis

Lorde Bute estava sendo instalado como primeiro-ministro. Sua esposa Mary estava lá, junto com membros do Parlamento, enquanto ele prestava juramento. Ele estava com a mão levantada para o magistrado-chefe.

— Eu, John Stuart, juro que serei fiel e prestarei verdadeira lealdade a Sua Majestade, o rei George III, e seus herdeiros e sucessores, de acordo com a lei. Que Deus me ajude a cumprir meu dever.

Mais tarde, na sala de reuniões de St. James, Bute dobrou um joelho e George ficou em pé na frente dele. Eu estava lá, junto com Augusta.

— John Stuart, como primeiro-ministro da Grã-Bretanha, o senhor formará um governo em meu nome? — perguntou George.

— Sim, Sua Majestade — respondeu Bute.

O novo primeiro-ministro se levantou e os dois apertaram as mãos.

— Agora vamos trabalhar, primeiro-ministro Bute.

— Isso soa tão estranho vindo do senhor, Majestade.

George riu.

— Bem, é como me disseram tantas e tantas vezes: "É o protocolo".

Eles riram e saíram juntos. Embora eu achasse que George tenha dado um terrível passo em falso ao nomear Bute como primeiro-ministro, defendi a decisão do rei. Eu só não queria que isso acabasse por matá-lo, já que meu relacionamento com George tinha grande potencial de melhora. Eu e ele jogávamos xadrez e eu fazia um chá especial que o acalmava quando não estava bem — o que acontecia com frequência. Ele me deixava esfregar suas têmporas, pois tinha crises de convulsões e dores de cabeça que pioravam a cada semana. Ainda que eu percebesse que o estresse de sua posição era a causa, não podia fazer nada. Ele era rei. Bute propunha ideias, George as seguia, e então havia caos no Conselho Privado, o que afetava George. Então George vinha à minha suíte e requisitava meus dedos "curativos". Edward sempre me contava o que acontecia no Conselho porque George também o havia nomeado como membro.

Isso me agradava, porque Edward protegia George tanto quanto Bute, e ambos se preocupavam com a saúde do rei.

Quanto a lady Sarah, via que a vida com o rei não era só flores e estava considerando seriamente uma mudança. Ela ainda desejava amor, casamento e filhos legítimos, e a decisão de ser a amante do rei nunca lhe daria seu sonho, por mais que amasse George. Para ela, era apenas uma questão de tempo.

Nos dois anos seguintes, escrevi seis cartas a François Antoine Gaston, duque de Levis-Mirepoix, pedindo sua ajuda. Expliquei-lhe que era filha do falecido grão-duque Charles Louis Frederick, de Mecklemburgo, para quem ele havia traduzido alguns pergaminhos anos atrás. Eu disse que nos encontramos em Sanssouci no baile de aniversário do rei Frederick e que agora entendia o que quis dizer quando perguntou se meu pai me deixou instruções para passar para ele. Escrevi que queria convidá-lo para vir até Londres. Mas nunca recebi sequer uma palavra em retorno. Então, até que os pergaminhos do meu pai ou as palavras do meu amuleto pudessem ser decifrados, não havia nada a fazer em relação à minha busca pela verdade, a não ser esperar. Como rainha, meus passos e minhas correspondências recebidas e enviadas eram monitoradas. Então, por discrição, despachei minhas cartas por meio de Swelly.

Enquanto isso, eu lia os jornais que Swelly trazia escondido para mim. Com eles, descobri que a lista de inimigos de George tinha crescido por causa de Bute e, um ano depois de nosso filho nascer, forças estavam conspirando contra ambos.

Bute era muito desprezado. Ambas as Câmaras do Parlamento sentiam que ele era muito inexperiente e surgiram divergências sobre as tentativas que fazia de estender o poder da monarquia. Essa dissensão foi orquestrada pelo arqui-inimigo de George, sir John Wilkes, que se opunha às suas políticas e era instigado por sir Henry Fox, que seguia amargurado por George não ter se casado com sua cunhada, lady Sarah. Os membros do Parlamento achavam que George era manipulado por Bute, e em todas as ocasiões em que George se dirigia às Câmaras, o sentimento que predominava era de que ele estava meramente regurgitando "uma ideia ou teoria de Bute".

Charlotte tentou intervir como pôde, sugerindo que George pedisse para Bute renunciar, embora ela gostasse do primeiro-ministro. George descartou a ideia, colocando a rainha em seu lugar.

— Você é uma consorte. Não o soberano — disse ele.

Isso encerrou a questão e Charlotte tentou ficar fora dos assuntos de George. Viver com ele exigia atenção constante, pois cada dia de disputa entre George,

Bute e o partido Whig enfurecia Fox e Wilkes. Wilkes estava tão furioso que criou um jornal chamado *The New Briton*, inteiramente com o propósito de ridicularizar George. Caricaturas e artigos sobre os "últimos erros" do rei sempre faziam George ter crises de gritos, principalmente quando via os desenhos da mãe com o casado Bute, aludindo ao caso que tinham.

Todas as sessões de gritos de George acabavam inevitavelmente sendo descontadas em Charlotte, e a rainha acabou por se tornar, de alguma forma, a causa de todos os seus males. Charlotte, obviamente, entendia o porquê. Ela não era lady Sarah, a quem George queria, e quem seria melhor para descontar a raiva dele do que a mulher que não podia fazer nada além de aceitar seu comportamento e ficar calada. Se Charlotte expressava algo remotamente político, George a repreendia, e ela era forçada a se desculpar ou a suportar a ira do marido por dias. Como nunca valia a pena, a rainha aprendeu a guardar suas opiniões para si mesma...

Até certa noite.

Charlotte e George estavam em sua carruagem, voltando do Teatro do Rei. Houve um incêndio na estrada principal, então o cocheiro usou um desvio em St. Giles, nos campos da cidade. Essa era nitidamente uma área inapropriada da cidade e Charlotte notou várias pessoas negras e pobres mendigando nas ruas. Havia também mulheres caucasianas se prostituindo para qualquer cavalheiro que passasse, batedores de carteira cuidando de seus negócios e crianças famintas. George não prestou atenção, mas Charlotte não gostou do que viu. Isso a lembrou do que vira antes de chegar ao Palácio de Sanssouci, anos atrás.

— Essas pessoas estão sofrendo.

— Você não pode permitir que isso a afete — rebateu George. — Existe pobreza no mundo inteiro. É assim que as coisas são.

Ele estendeu a mão sobre ela para fechar as cortinas, mas Charlotte o impediu, recusando-se a aceitar tal rejeição como já o fizera antes.

— George, essas pessoas estão em uma situação terrível.

— A maioria deles são negros ou escravos — retrucou George. — O que você sugere que façamos, saltemos desta carruagem e os alimentemos com nossa renda privada? Todas as 20 mil almas?

Charlotte ficou chocada.

— Há 20 mil pessoas escravizadas em Londres?

— Por que você se importa?

— Por que você não se importa?

O rei não disse nada. A princípio, Charlotte achou que tinha falado demais e ultrapassado os limites. Então, sentiu algo explodir do fundo de seu ser, como a erupção de um vulcão.

— Eu ouvi qual era sua posição sobre a abolição dessa prática. Você não consegue ver quão desumana é a escravidão?

Primeiro George ficou incrédulo, depois furioso.

— A escravidão faz parte da sobrevivência econômica do império. Se a Grã-Bretanha acabasse com o tráfico escravista, a França simplesmente cataria os espólios e se tornaria ainda mais poderosa. O resultado para os escravos não seria diferente. Por que, então, eu seria tolo de acabar com o único empreendimento comercial duradouro que nos sustenta contra nossa dívida? — Ele estendeu a mão sobre a rainha e puxou as cortinas de modo rude. — Sabia que era apenas uma questão de tempo até que a moura dentro de você levantasse a cabeça feia e me atacasse como um touro. O que você tem escutado, a conversa fiada de sir John Wilkes? Ou talvez os lacaios e criados do andar de baixo que anseiam por se libertar do trabalho penoso e da crueldade de suas vidas sofridas no esplendor do palácio?

— Escuto meu coração, George. Esse coração, com o qual você não parece se importar de ter um filho... um filho cujo coração, aliás, bate com o mesmo sangue *mouro*.

— Basta! — gritou George. — Fique calada ou vai se arrepender.

Pronto. Ela havia sido desencorajada pelo tom do rei, que demonstrava que ele não toleraria mais insolências de sua esposa. Portanto, ela permaneceu quieta pelo resto da viagem de volta a St. James. Ela sabia que pagaria por aquele ato naquela noite, enfrentando um inferno. George tomaria um copo de conhaque para se fortalecer e depois soltaria os cachorros da ira sobre ela. Ela não precisou esperar muito. Enquanto estava no quarto do bebê, dando um beijo de boa-noite no pequeno príncipe George, o rei entrou pisando forte e dispensou a governanta de maneira tão cruel que a fez olhar para Charlotte, esperando que a rainha sobrevivesse à ira dele. Com toda a confiança que conseguiu reunir, ela pediu à governanta que ficasse com o bebê, pois ela, Charlotte, é quem sairia.

A rainha se virou para sair, mas George segurou o braço dela.

— Você está deixando a presença de seu rei sem ao menos um "Com sua licença"?

— Sim. — Charlotte cuspiu, puxando o braço para se libertar. Então ela deixou o quarto do bebê e correu escada acima para seus aposentos.

Mas George estava em seu encalço, berrando como um lunático.

— Como ousa desrespeitar seu rei dessa maneira? Eu posso ordenar que você seja...

— Fuzilada? — Charlotte rebateu, indo até o segundo andar. — Decapitada, como Anne Boleyn? Enviada para a Torre? Enforcada? Será que você deveria suportar a humilhação de me ver virar as costas para seus discursos raivosos e insuportáveis como eu tenho suportado seus flertes contínuos com lady Sarah? Ou sua rejeição de minhas opiniões sinceras sobre a escravidão, que verbalizo não com raiva, mas com sinceridade e estima?

Ela abriu a porta de seus aposentos, lutando contra uma onda de lágrimas.

— Você alega falta de respeito, Vossa Majestade? Então demonstre respeito.

Ela bateu a porta.

George entrou imediatamente.

— Você não pode falar comigo dessa maneira. Eu sou o rei.

— E eu sou a rainha, ora essa!

Ela se sentou em sua penteadeira e começou a escovar os cabelos sem a ajuda de lady Hagedorn que, ao ver a atitude do rei, fugiu do quarto. A escova caiu no chão e Charlotte não a pegou. Em vez disso, apoiou a cabeça nas mãos, desesperada.

George ficou atipicamente quieto e, depois de um instante, foi até ela. Pegou a escova com calma e, em um movimento inesperado, se ajoelhou diante da rainha. Uma onda de solenidade o envolveu.

— Peço desculpas, minha querida — disse ele, suavemente. — Em nossos dois anos juntos, você nunca fez nada de inapropriado. Não fez nada além de ter meu filho, sugerir ideias para melhorar a Inglaterra e cuidar de mim.

Ele enxugou os olhos dela.

— Você merece ser feliz. Eu só gostaria de conseguir lhe dar tal felicidade.

Charlotte já havia falado demais para uma noite, então permaneceu em silêncio. Finalmente, depois de pensar um pouco, George a beijou. Ele estava com a expressão mais triste e incerta que ela já vira no rosto do rei. Então George saiu do quarto sem mais comentários. A rainha virou-se para seu reflexo no espelho e o encarou por algum tempo. Depois de um momento, ela pegou sua amada caixinha de música de prata no baú e deu corda. Enquanto o som familiar enchia a sala, se permitiu pensar em Christian. Ela queria lembrar do beijo *dele*, das palavras *dele* naquele último dia em Mirow: "Eu te amo como amo minha música...". No que dizia respeito ao amor, tudo o que ela tinha era o passado, e era melhor que o mar de segredos do coração de uma mulher lá ficasse.

Na sexta-feira seguinte, enquanto plantava tulipas em seu pequeno jardim, desfrutando de seu único prazer, Charlotte viu por si mesma. George estava no portão lateral, empurrando furtivamente lady Sarah para fora do palácio e para dentro de uma carruagem. Ela parecia chateada, levando Charlotte a se apressar curiosamente para o lado da construção, tentando escutá-los. A mulher falava, frustrada.

— Já lhe disse que não posso e não vou continuar sendo amante do rei — lamentou ela.

— Sarah, o que você quer que eu faça? Não posso me livrar de minha esposa sem motivo aparente. Ela me deu um filho e o país a ama — respondeu George.

— Então já tenho sua resposta. Você tem seu herdeiro para a sucessão de Hanover e eu tenho meu orgulho e amor-próprio. Adeus, Vossa Majestade.

Sarah entrou na carruagem, que acelerou, deixando para trás um George frustrado. Testemunhar a interação deles partiu o coração de Charlotte.

Quinze dias depois, numa sexta-feira à noite, na sala de visitas do rei, Charlotte estava conversando com sir Allan Ramsay, o retratista real. Geralmente, as reuniões de visitas do rei começavam ao meio-dia, mas George estava com outra forte dor de cabeça e se atrasou por duas horas.

Charlotte prometeu a sir Allan que começaria a posar na semana seguinte para seu retrato oficial. Sir Allan apresentou-lhe dois de seus amigos, uma francesa fabulosamente vestida, confiante e voluntariosa, chamada madame Lia de Beaumont, que parecia estar na casa dos quarenta; e o cavaleiro Joseph Boulogne de Saint-George, um brilhante violinista e espadachim de ascendência miscigenada africana que encantou toda a Europa com seu virtuosismo. Charlotte perguntou a Saint-George se ele os agraciaria com uma apresentação. Saint-George respondeu que não havia sido convidado para fazê-lo. Charlotte disse-lhe que, na próxima reunião, iria consertar a situação ela mesma. Achara-o gracioso.

Mas havia algo em madame Lia, em seus olhos, que era familiar e envolvente, e Charlotte se sentiu atraída por ela. As duas logo trocaram confidências, e madame Lia elogiou a rainha, comentando o quão bonita achou a tez de Charlotte com a quantidade de maquiagem que estava usando. Charlotte não se atreveu a dizer que era para esconder seu tom de pele, mas o fato de receber elogios de alguém a surpreendeu. Ela ficou contente. Madame Lia disse que tinha um carregamento de creme facial vindo da França que manteria a pele de Charlotte radiante e se ofereceu para dar um pouco à rainha assim que o produto chegasse, se Charlotte assim desejasse. A rainha disse que ficaria encantada em receber tal presente. Foi aí que ela descobriu que madame Lia também conhecia o duque de Levis-Mirepoix.

— Eu adorava o pai dele, Charles-Pierre — disse Lia. — Mas o filho, François, é tão agradável. Que pena que o pobre homem esteja com uma saúde tão debilitada.

Charlotte ficou surpresa.

— Duque François está doente?

— Ah, sim. E não sabem o que há de errado. A senhora o conhece?

— Só de passagem — confessou Charlotte em voz baixa.

Agora ela entendia por que o duque não havia respondido suas cartas sobre as alegações do diário de seu pai. Enquanto conversavam, os olhos de Charlotte vagaram para lorde e lady Bethany e a criada deles, Anne. Ela observou quando lady Bethany perguntou algo a Anne, que franziu a testa e balançou a cabeça. Lady Bethany puxou Anne para o corredor, agredindo-a verbalmente mais uma vez e dando um tapa no rosto da garota com tanta força que fez seu amuleto saltar do esconderijo e cair sobre o ombro dela. Anne começou a chorar.

Charlotte ficou com raiva. Ela havia vivenciado tal comportamento por causa de sua própria mãe em Sanssouci e conhecia a humilhação que Anne estava sentindo. Quando os olhares dela e da moça etíope se cruzaram, Anne desviou o olhar mortificada. Algo tomou conta de Charlotte e ela pediu licença. Depois de dispensar lady Bethany com um olhar cheio de significado, ela chamou Anne no canto e perguntou se a moça estava contente trabalhando para lorde e lady Bethany. Depois de uma olhadela para lady Bethany, Anne informou à rainha que tinha comida, abrigo e uma lareira.

— Sou escrava deles, Vossa Majestade. O que mais posso dizer?

Charlotte a encarou. Anne havia dito "O que mais posso dizer?", mas seu olhar inconsciente e desesperado para a rainha mostrava uma infelicidade profunda. Charlotte retornou para madame Lia no momento em que Saint-George encantava a todos com sua história sobre ter sido escravizado em Santo Domingo mas ter sido levado por seu pai branco colonialista para Paris, onde aprendeu a praticar esgrima, tocar violino e compor música. Durante a história dele, Charlotte olhou para Anne.

— Imagine se todos os negros tivessem essa chance — sussurrou ela.

— Ou todas as mulheres — acrescentou madame Lia incisivamente, olhando para Charlotte como se buscasse lembrá-la que ela tinha um mínimo de poder. Charlotte olhou para Lia, concordando com a cabeça, e sorriu, pois teve uma epifania naquele momento.

— Lady Bethany, a senhora estaria interessada em se separar de sua criada, Anne Josef? A rainha ficou muito apegada a ela e deseja que ela seja empregada aqui em St. James.

Houve uma longa pausa enquanto lady Bethany olhava horrorizada para lorde Robert Montagu. *Ah*, pensou a mulher, então era por isso que havia sido convocada ao palácio logo após a confraternização do rei. Uma negociação para privá-la de sua criada. Balançando a cabeça, ela respondeu:

— Mas, senhor, lorde Bethany e eu somos donos de Anne. Precisamos de seus serviços na Epps House e não podemos ficar sem ela.

Lorde Montagu se aproximou, estreitando os olhos.

— Lady Bethany. Devo entender que sua rainha solicita à senhora os serviços de sua criada e a senhora se recusa?

— Não é uma questão de recusar, lorde Montagu. Eu... quis dizer que lorde Bethany e eu pagamos uma boa quantia por Anne, e precisamos dela. Não temos tantas empregadas e serviçais quanto Sua Majestade. Não podemos dispensá-la sem... alguma remuneração de qualquer sorte. Certamente a rainha poderia fazer a gentileza de, talvez, promover um financiamento ou uma troca pela garota?

Agora lorde Montagu entendera o que estava acontecendo. O dinheiro tão necessário para os Bethany. Eles eram, obviamente, mais um caso de uma longa linhagem de membros da realeza que eram ricos em títulos, mas pobres em ativos líquidos.

— Estou preparado para oferecer quatrocentas libras da renda privada da rainha para comprá-la. Essa "troca" é suficiente para Vossa Graça?

Lady Bethany tentou conter seu prazer com uma expressão de aceite.

— Sim, lorde Montagu. Tenho certeza de que lorde Bethany aceitaria essa quantia como incentivo.

— Espero que sim, por lorde Bethany... principalmente porque a memória do rei vai e vem no que concerne aos apoios e boas graças que dispensa aos seus súditos... Mais ainda quando ele é constantemente atormentado pela rainha.

Lady Bethany entendeu a mensagem implícita.

— A garota será entregue a Sua Majestade amanhã.

Na tarde seguinte, Charlotte estava no salão de recepção tomando chá no assento da janela, lendo um jornal que lady Schwellenberg entregara escondido para ela. Uma das notícias chamou a atenção da rainha, anunciando que "Orione", uma nova ópera de Johann Christian Bach, estrelada por Anna Lucia de Amicis, estrearia no Teatro do Rei em fevereiro.

O coração da rainha deu um salto. Christian estava em Londres e estaria no Teatro do Rei. Isso significava que o casal real assistiria à primeira apresentação. Como reagiria ao vê-lo? Ele estaria tão perto, ao alcance do toque. Esses pensamentos, no entanto, logo foram interrompidos por lorde Montagu, que anunciou a chegada de Anne Josef. A moça africana estava nervosa e todos os seus humildes pertences estavam enfiados em uma única mala. Quando foi trazida à sala de reuniões diante de Charlotte, ela fez uma profunda reverência, mantendo a cabeça baixa. Charlotte colocou o jornal atrás de uma almofada no assento da janela e, em seguida, fez sinal para Montagu se afastar. Quando ele se foi, a rainha acenou para que Anne se aproximasse.

— Você sabe por que está aqui?

Anne manteve a cabeça baixa.

— Disseram-me que a senhora me comprou e que, a partir de agora, vou começar a trabalhar para Vossa Majestade e viver aqui no palácio.

— Exatamente.

Anne olhou para cima, seus olhos brilhando de humildade.

— A senhora sempre foi gentil comigo, até mesmo respeitosa. Eu morrerei feliz a seu serviço, Majestade.

— Feliz ou não, você não morrerá a serviço de ninguém além de você mesma.

Agora foi Anne quem franziu a testa em confusão enquanto a rainha continuou.

— Você é livre agora, Anne. Eu lhe ofereço um emprego aqui. Você receberá um salário adequado de 24 guinéus por ano pelo seu trabalho.

Charlotte estendeu a mão para tocar o amuleto no pescoço de Anne.

— E você terá tempo livre para suas próprias atividades.

Ainda assim, Anne não tinha certeza do que tinha ouvido, e sua expressão permaneceu perplexa.

— Você não entendeu o que acabei de dizer? — perguntou Charlotte.

Anne balançou a cabeça ligeiramente.

— A senhora... a senhora gastou dinheiro para me comprar de lady Bethany e está me libertando apenas para me pagar mais ainda pelos meus serviços?

— Sim. Todo mundo tem direito a ter suas próprias opiniões, atividades e caminhos. Também deve ser assim para os negros. Mas o rei e eu temos uma diferença de opinião sobre este assunto, então ouso dizer que ele ficará incomodado com minha decisão em relação a você. No entanto, você estará a meu serviço se optar por trabalhar aqui. E se não quiser trabalhar aqui, é livre para ir embora.

Agora Anne estava realmente desconcertada.

— Quer dizer que eu *não tenho* que trabalhar aqui para a senhora?

— Não, se não quiser. Essa é uma opção que as pessoas livres têm.

Mais uma vez, Anne fez uma profunda mesura, radiante de gratidão.

— Foi predito que o Deus de Davi me favoreceria dessa maneira. Terei o maior prazer em trabalhar para a senhora. Farei qualquer coisa que esta humilde serva puder por Vossa Majestade com todo meu coração pelo resto de meus dias.

A rainha assentiu.

— Muito bem. Você deve operar como meus olhos e ouvidos aqui na corte e terá os mesmos direitos e privilégios que meus outros funcionários. Seus serviços serão muito valorizados e seremos boas amigas.

Charlotte tocou o sino no aparador e acrescentou:

— E, um dia, teremos uma conversa...

Ela puxou seu próprio amuleto do peito para mostrar a Anne, cujo rosto demonstrava total espanto.

— ...sobre nossos respectivos segredos — continuou a rainha.

Anne fez uma mesura quando lorde Montagu entrou e a rainha acenou para ele.

— Mostre o quarto da srta. Josef para ela e mande fazer uniformes para que possa usar.

Montagu saiu com Anne, que sorriu contente para Charlotte antes de ir. Charlotte virou-se para a janela, grata pelos pequenos milagres. *Ótimo. Uma escrava a menos na Grã-Bretanha*, pensou ela. Perguntava-se sobre as outras 20 mil pessoas negras no Império quando lady Schwellenberg bateu à porta e entrou.

— É hora de vesti-la para o jantar.

Ela notou o humor de Charlotte.

— Está tão desanimada, Vossa Majestade. E já está assim há algum tempo. O que há de errado?

— Minha vida segue sempre a mesma rotina aqui, Swelly. Tenho meus livros, meu filho, meu diário, mas não há inspiração genuína para ajudar a gerar um propósito de vida.

— Como se adquire inspiração?

— Não tenho a menor ideia. Mas seja o que for, nunca vou encontrar isso aqui na Inglaterra.

— E a sua música? A senhora tocava o pianoforte o tempo todo em Mecklemburgo.

— Era *você* quem tocava, lembra?

As duas mulheres riram. Então, Charlotte falou:

— Tola é a pessoa que não consegue encontrar contentamento em seu presente e só pode vasculhar o passado em busca de grãozinhos de felicidade.

— Vossa Majestade, a senhora tinha mais do que grãozinhos de felicidade no Reno — disse Swelly. — Tinha sua música, sua irmã e seu irmão favorito. A senhora tinha Jon, Lena e...

— Christian?

Houve uma pausa desconfortável quando o óbvio se tornou aparente. Charlotte tirou o jornal de debaixo do travesseiro e mostrou a notícia para lady Schwellenberg, que a leu, arrependida de ter tocado no assunto.

— O que a senhora vai fazer?

— Eu não sei — respondeu Charlotte.

— Ainda tem sentimentos por ele, minha menina?

Charlotte mexeu em seu amuleto e finalmente assentiu. Ela não podia mais mentir — nem para si mesma, nem para sua dama de companhia que a conhecia muito bem.

— Como poderia não ter, Swelly? Não há um dia em que não pense nele ou me pergunte o que está fazendo, com quem ele está, se está apaixonado... Toda vez que George me toca, fecho os olhos e rezo para que, ao abri-los, seja Christian me tocando. Naqueles preciosos poucos meses em Mecklemburgo, me senti mais amada e desejada do que jamais fui ou voltarei a ser.

Depois de outro momento de silêncio, Charlotte se levantou e deu um tapinha no ombro de sua dama.

— Vamos, Swelly. Vamos me vestir. Deixe-me o mais bonita que puder, pois, depois do que fiz hoje, George ficará irritado.

— O que a senhora fez?

— Libertei Anne Josef, a ex-escrava da Bethany. Então a empreguei aqui, alguns minutos atrás.

— Ah — debochou lady Schwellenberg. — *Isso* vai exigir seu vestido de brocado verde.

As duas riram e deixaram a sala de reuniões, animadas pela amizade duradoura que partilhavam. Mal sabiam elas que lady Lizzie estava ouvindo do lado de fora da porta e se escondeu astutamente enquanto as duas subiam para os aposentos privados da rainha.

Uma hora depois, Charlotte estava usando o vestido de brocado verde e tomando sua sopa, o primeiro prato da noite, com George, a mãe dele, os irmãos Edward e William, tia Amelia, tio William e as irmãs Augusta e Caroline. Um silêncio tenso consumia a sala e todos comiam sem falar uma palavra, pois, de fato, o rei parecia irritado.

Charlotte elogiou Fritz pela comida e então iniciou uma conversa, entediada pelo silêncio.

— Ouvi dizer que houve alguma disputa no Parlamento em relação aos colonos. Soube que eles estão chateados com algo chamado "Lei do Selo". O que é isso exatamente?

George lançou um olhar frio para ela, como se a esposa tivesse conjurado o próprio Lúcifer.

— O que eu gostaria de saber é por que você fez uma aquisição não solicitada hoje.

Charlotte escolheu uma estratégia diferente de seus outros argumentos e respondeu alegremente:

— Comprei uma mulher usando minha renda privada, minha própria atribuição financeira. Então me senti mal por ser *dona* de um ser humano e a libertei. E, já que gosto dela, dei-lhe um emprego aqui.

— Charlotte...

— Não tolerarei embates esta noite considerando que *você* pode fazer algo para me fazer feliz, o que disse há duas semanas que não sabia como fazer.

George ficou constrangido pela referência.

— E o que seria?

Enquanto todos olhavam, Charlotte ficou mais confiante e autoritária.

— Quero um novo cravo, uma sala de música e os serviços de um mestre de música — informou Charlotte. — Quero concertos e artistas se apresentando aqui em St. James. Este palácio é desprovido de inspiração. Tínhamos entretenimento da melhor qualidade em Mirow, que você alega ser uma corte pequena e fora de moda. E quero mais livros para a biblioteca e ter amizades para visitar às vezes. Não vou ficar presa aqui.

— A que devemos essa súbita onda de interesses? — disse George, levantando uma sobrancelha.

— Você tem suas "diversões". Agora estou reivindicando as minhas — respondeu Charlotte, incisivamente.

Vinte e sete

Em 15 de fevereiro, George e Charlotte estavam sentados no camarote real sob o arco cavernoso do Teatro do Rei. Era a noite de estreia de *Orione*, a nova ópera de Johann Christian Bach, e todas as pessoas importantes da aristocracia britânica estavam presentes. Lady Sarah Lennox se encontrava sentada ao lado de sir Thomas Bunbury e da famosa atriz Sarah Siddons.

Enquanto o rei e a rainha ouviam uma ária cantada por Anna Lucia de Amicis, George olhou para lady Sarah e Bunbury, de mãos dadas. Ele estava alheio aos sentimentos de Charlotte, já que os seus estavam divididos entre o aborrecimento com Sarah e o encantamento com a soprano.

A voz de Anna era magnífica. Seus gestos e presença teatral eram refinados e, em várias ocasiões, traziam emoção ao rei a ponto de levá-lo às lágrimas. George também estava impressionado com a história da ópera e se inclinou para Charlotte para comentar sobre o assunto. A rainha também reconhecia o quanto Christian havia crescido como compositor, mas, mais do que tudo, ela estava preocupada com sua reação ao vê-lo pessoalmente.

George havia planejado uma confraternização do rei especial para Christian e os membros do elenco em St. James após a apresentação e Charlotte estava nervosa. Ela sabia que teria que vê-lo pessoalmente e de perto e se perguntou se estava emocionalmente preparada para a ocasião. Uma hora depois, a cortina desceu e, quando voltou a subir, todo o elenco se reuniu no palco. Após aplausos para o tenor e o barítono, aplausos estrondosos ecoaram por todo o teatro para a srta. Amicis. Então ela e os outros membros do elenco ficaram lado a lado e gesticularam para o palco, onde Johann Christian Bach apareceu e se apresentou. Aplausos tumultuosos se ergueram do público e o compositor olhou para os camarotes e fez uma suntuosa reverência para Suas Majestades.

O coração de Charlotte parou quando ela assentiu em reconhecimento. Por apenas um momento, seus olhos encontraram os de Christian e uma miríade de pensamentos inundou sua mente. Seria possível que Christian tivesse se tornado *mais* bonito e seguro de si? Ela logo se repreendeu. *Deixe de fantasiar, Charlotte. Você é rainha, pelo amor de Deus. Lembre-se do que sua mãe disse uma vez. Christian é um "mero músico — contratado para entreter as massas".* Ela se censurou por ousar diminuir Christian e as realizações do musicista. Ele era agora um dos compositores mais renomados da Europa — um feito digno de competir com Handel — e ela aplaudiu junto com todos os admiradores de Christian porque ela era, de fato, a maior dentre eles, aquela cujo coração sempre seria dele.

A ópera começou pontualmente às cinco da tarde e, às sete e meia, apesar da neve do inverno, o Palácio de St. James era uma cornucópia de membros do Parlamento, celebridades, aristocratas e amantes da ópera. Os bem-vestidos convidados conversavam e dançavam ao som de um quinteto de cordas. Eles também desfrutavam de vinho à vontade, canapés, aperitivos e frutas cristalizadas servidas por Franz, Fritz e Anne Josef. Anne ofereceu seus serviços, pois queria vivenciar essa reunião da perspectiva de um membro do palácio, em vez da posição de escrava maltratada de lorde e lady Bethany. Quando serviu ponche a seus antigos donos, sentiu tanto prazer que pensou que fosse explodir.

Orione fora um sucesso retumbante, e os membros do elenco se movimentavam facilmente pelas salas de visitas com os convidados reais. Charlotte e George estavam de um lado da sala, conversando com o ministro francês Charles D'Eon, elegantemente vestido com seu uniforme de dragão, e Columba Mattei, o idoso gerente do Teatro do Rei. Em frente a eles estavam o primeiro-ministro Bute e a princesa Augusta, tentando não ser muito óbvios, mas tendo dificuldade em ignorar um ao outro enquanto a esposa de Bute, Mary, conversava com outros membros da corte.

Do outro lado, estavam sir Henry Fox e sir John Wilkes, observando o salão com olhos famintos, como bruxas em uma peça de Shakespeare. A fome de ambos foi rapidamente saciada quando o arauto anunciou a chegada de lady Sarah Lennox "Bunbury" e sir Thomas Bunbury. Charlotte se virou para ver a reação de George.

O rei não conseguiu disfarçar sua descrença quando os dois passaram pela fila da recepção e logo a fúria tomou conta de seu rosto. Ele teve que aceitar que Sarah estava falando sério, que ela não seria mais "a amante do rei" e que ele a havia perdido.

— Parabéns pelo casamento, lady Sarah. — George se ouviu dizer, sabendo que toda a corte estava ciente de sua afeição pela mulher em questão. — Eu rezo pela sua felicidade.

Mentiroso, pensou Charlotte consigo mesma, observando o drama se desenrolar com uma pontinha de satisfação enquanto o rei e lady Bunbury evitavam um ao outro. Ela não era a única. Do outro lado da sala, lorde Henry Fox demonstrava sua satisfação e se divertia com a consternação do rei, assim como sir John Wilkes.

Finalmente, o convidado de honra chegou e foi anunciado.

— Suas Majestades, lordes e ladies, o sr. Johann Christian Bach e a srta. Anna Lucia de Amicis.

O salão explodiu em aplausos e todos se viraram para cumprimentar Christian e a adorável estrela de ópera de 23 anos agarrada ao braço dele. Enquanto eles se moviam através da multidão, Christian olhou ao redor corajosamente, em busca da rainha, finalmente vislumbrando-a ao lado de George mais à frente. Ele se recompôs enquanto oferecia "olá" e "obrigado" a todos que o elogiavam ao longo do caminho. Sir William Cavendish levou os dois até o soberano e a rainha e os apresentou. Anna de Amicis fez uma mesura e Christian fez uma reverência, olhando secretamente para Charlotte, que desviou o olhar.

— Sr. Bach, nunca ouvi uma apresentação mais divertida e sincera do que a desta noite. Bravo — elogiou George alegremente, virando-se para a srta. Amicis. — E você, minha querida, é um deleite. Abençoada com uma voz angelical.

Anna ficou tão emocionada com o elogio do rei que seus olhos se encheram de lágrimas. Tudo o que ela conseguiu dizer foi:

— Obrigada, senhor.

Ela e Christian então se viraram para a rainha. Charlotte, conhecendo o gosto de Christian por sopranos, examinou o rosto de Anna por um momento. A cantora era uma beldade, sem dúvidas. Possuía uma luminosa pele pálida e seus grandes olhos azul-acinzentados irradiavam ternura e vulnerabilidade — tudo o que Charlotte sabia que os homens amavam e tudo que ela não tinha. Mesmo naquele momento, quando estava impecavelmente vestida, empoada com perfeição e com o cabelo fabulosamente modelado por sir Albert, Charlotte ainda se sentia sem valor diante dessa mulher e de Christian. Finalmente, ela estendeu a mão.

— Srta. Amicis, eu compartilho o elogio de meu marido a você, pois sua voz é deveras notável.

Anna pegou a mão da rainha e fez uma mesura, agradecendo ao elogio da melhor forma que conseguiu, desestabilizada pela emoção. Finalmente, Charlotte teve que se virar para Christian. Após um momento, ela estendeu a mão, olhando diretamente para ele. Olhar nos olhos dele fez com que sua voz falhasse.

— Foi... uma ó-ópera maravilhosa, Herr Bach — gaguejou ela. — Gostei imensamente.

— Obrigado, Vossa Majestade — respondeu Christian, beijando a mão estendida de Charlotte e olhando demoradamente em seus olhos. — É um prazer vê-la de novo depois de uma ausência tão longa.

George reagiu.

— Eu não sabia que vocês se conheciam.

Por apenas um momento, Charlotte pareceu cheia de culpa, mas encontrou sua voz novamente, sem nunca quebrar o contato visual com Christian.

— Sim. E-eu conheci Herr Bach quando criança em Mecklemburgo. Emmanuel, irmão dele, era meu professor de música e Herr Bach visitava minha família em raras ocasiões.

Foi uma boa resposta, sim, mas não era de todo verdade. Mas como poderia contar a verdade a George? Lá estava eu, olhando para o único homem que já amei, e era evidente que ainda havia atração entre nós. Eu não conseguia tirar meus olhos dele enquanto lutava para manter o rosto sem nenhum traço discernível de emoção. Nos quatro anos desde a última vez que o vi, as feições de Christian se aprofundaram. Seus olhos se tornaram mais magnéticos. Ele não era o homem magro e infantil que eu lembrava, e sim um homem celebrado, robusto e bem apessoado, com um porte sábio e aristocrático. Quando ele beijou minha mão, precisei de toda a minha resiliência para me controlar.

— Que sorte a minha. — George sorriu, fazendo um gesto para Christian. — Terei uma palavrinha com o senhor mais tarde.

Christian se curvou para o rei, mas ainda assim olhou para Charlotte. O quinteto seguiu tocando uma melodia animada e George virou-se para Charlotte.

— É uma Allemande, Charlotte. Sei que você sabe essa.

Charlotte quase gargalhou. Ela não pensava em Jon há muito tempo, mas lembrou que ele lhe ensinou a dança com um único objetivo: dançar com Christian em Sanssouci.

— De fato, sei sim. — Ela sorriu.

George pediu licença para Christian e Anna, e levou Charlotte até a área onde as pessoas estavam dançando — inclusive lady Sarah e sir Charles Bunbury. George se curvou, Charlotte fez uma mesura e o rei e a rainha dançaram — algo que raramente faziam.

Charlotte se viu apreciando a reunião mais do que qualquer outra que eles tinham realizado em St. James e, por apenas um momento, sua mente se afastou de Christian, sua óbvia nova amante, Anna, e quaisquer discussões que havia tido recentemente com o rei. Ela e George estavam rindo, e era bom estar com ele. Como na Allemande se trocava de parceiros, George logo se viu dançando com Sarah Siddons; lady Dunston e, em uma inesperada reviravolta de coincidência, lady Sarah.

George e Sarah só podiam olhar um para o outro com arrependimento pelo que poderia ter sido. Se tentassem conversar, criariam escândalo demais para ser aceitável, pois qualquer um que assistisse sabia que o rei não queria fazer nada além de torcer o pescoço dela — ou beijá-lo.

Charlotte também dançou com vários parceiros, incluindo o ministro D'Eon; sir William Beckford, o lorde-prefeito de Londres; e, em sua própria reviravolta de coincidências, Christian Bach. Ambos permaneceram em silêncio, pois nenhum dos dois sabia o que dizer. No entanto, transmitiram toda a emoção com os olhos, assim como George e Sarah foram forçados a fazer.

Do outro lado do salão, a princesa-viúva Augusta bebericava uma taça de ponche, enquanto ela, Edward, Amelia e o primeiro-ministro Bute assistiam a George dançar com sua nova parceira, lady Grenville. Olhando Christian por um momento, Augusta sorriu.

— Sr. Bach tem pernas muito atraentes. Quase tão atraentes quanto as suas, John.

Bute sorriu.

— Ninguém tem pernas tão atraentes quanto as minhas, madame.

Eles riram, e então Bute se inclinou para Augusta e furtivamente acariciou a bunda dela.

— O dever me chama, minha querida.

Ele pediu licença, foi até a esposa, que estava com outras damas da corte, e pediu a mão dela. Os dois então se juntaram aos outros pares que dançavam pelo salão.

Ali próximo, sir John Wilkes percebeu a troca de carícias entre o primeiro-ministro e Augusta e deu um sorriso malicioso. Ele bebeu um gole de vinho e comentou com sir Henry:

— Parece que há mais intrigas inacabadas acontecendo esta noite do que no Teatro do Rei.

— Como assim, senhor? — perguntou Fox.

Wilkes gesticulou para o salão para dar ênfase.

— A pobre baronesa Bute estava definhando no canto, forçada a suportar os constantes carinhos entre o próprio marido e a mãe do rei. Enquanto isso, o rei ainda está perplexo com o casamento repentino de sua cunhada com sir Bunbury. Já a rainha se diverte com certo compositor célebre. É perfeito para o jornal. Publicar isso vai ser tão lascivo e divino.

— Além disso, será insurgente, Wilkes. Vá com calma.

— Eu sempre vou com calma, caro senhor. É meu gêmeo malvado, Sr. North Briton, que deve ser advertido. Basta você esperar pelo próximo feito *dele*. A edição 43 irá expor mais ardis e esquemas do que todas as outras edições juntas.

Wilkes riu e depois pegou a mão da filha, Polly. Inclinando-se para Fox, ele aconselhou:

— Agora, sugiro que você encontre sua esposa e junte-se às intrigas na pista de dança para que não fiquemos de fora.

À medida que a Allemande progredia, Christian se encontrou com Charlotte mais uma vez. Dessa vez, ele tinha que dizer alguma coisa. Esperou três anos e não podia deixar as coisas sem serem ditas novamente.

— Perdão por não ter entrado em contato antes. Achei que a senhora não gostaria de me ver.

— Pelo contrário — respondeu Charlotte furtivamente —, eu não fazia ideia de que o senhor estava em Londres.

— Certamente a senhora recebeu minha obra parabenizando seu casamento.

— Eu recebi. Mas presumi que a tinha enviado da Itália.

Então, depois de uma pausa, Christian olhou para ela diretamente.

— Eu esperei em Viena. Por que você não veio?

Mas os parceiros mudaram mais uma vez, e Christian teria que esperar três minutos inteiros antes que ele e a rainha estivessem próximos um do outro novamente. Foi o rei, entretanto, quem serviu de parceiro de Charlotte pelo resto da dança e, quando a Allemande terminou, Charlotte foi acompanhada por ele até suas cadeiras. Pelo resto da noite, Christian teve que fingir que tudo permaneceria do mesmo jeito em seu mundo agora que tinha visto Charlotte novamente.

E a rainha teve que fazer a mesma coisa.

Vinte e oito

Depois de uma miríade de desculpas e falsos começos, Charlotte estava finalmente posando diante de Allan Ramsey para ter seu retrato oficial pintado. Era, de fato, a terceira sessão naquela semana. Naquele momento, as rendas do colarinho arranhavam o pescoço da rainha, mas ainda assim ela não ousava se mexer, pois sir Allan estava pintando a imagem de seu rosto. Enquanto ela posava perfeitamente imóvel, sua mente ruminava os eventos das últimas semanas: a libertação de Anne, o casamento de lady Sarah, as acusações mordazes sobre George e Bute na edição nº 43 do *North Briton*... e ver Christian de novo.

Conversando com sir Allan, Charlotte tentou relegar esses pensamentos aos confins de sua mente. Ela gostava do pintor rococó escocês e admirava suas representações de soberanos anteriores. Desde o momento em que o conhecera em sua coroação, pensara que havia algo de reconfortante nele. Conversavam com facilidade sem se importar com posição ou casta, e ela gostava das conversas deles sobre os assuntos cotidianos, pois concordavam em muitas questões. Nunca ocorreu a sir Allan que uma mulher não deveria se envolver em política e ele não sabia que o rei havia proibido Charlotte de se envolver em tais discussões — nas quais a rainha encontrava prazer.

— É verdade que sir Wilkes redige a maior parte do *North Briton* sob um pseudônimo? — perguntou Charlotte, mantendo a cabeça o mais parada possível e suprimindo o desejo de se coçar.

— Sim. E todo mundo sabe disso — respondeu sir Allan, em seu suave sotaque brogue da Escócia. — Não importa o nome atribuído aos artigos, as palavras do texto correspondem exatamente aos sentimentos de Wilkes... até mesmo a forma de escrever, as insinuações e as acusações. No entanto, se ele reivindicasse a autoria, em especial das observações depreciativas que constantemente faz contra o rei e contra o primeiro-ministro Bute, seria preso por conspiração, difamação ou ambos.

— Como deveria ser! — exclamou Charlotte.

Mas depois de vários minutos de irritação, ela levantou a mão.

— Sinto muito, sir Allan, devemos parar. Essas rendas estão coçando demais.

Sir Allan fez uma pausa e observou a rainha afrouxar o colarinho. Quando ela coçou o pescoço, ele viu a pesada maquiagem branca sair nos dedos da rainha e a pele bronzeada aparecer sob as marcas vermelhas e irritadas dos arranhões.

— Tudo bem, Vossa Majestade — disse o pintor, aproveitando o momento. — Eu não consigo acertar sua paleta de cores e estou irritado comigo mesmo.

Charlotte esfregou a garganta, dando um profundo suspiro muito necessário e então posou novamente, mantendo-se imóvel enquanto sir Allan voltava para seu cavalete. Momentos depois, o pintor franziu a testa mais uma vez. Ele levou as mãos aos quadris e balançou a cabeça.

— Vossa Majestade, talvez devêssemos virá-la para a janela onde a luz pode ser melhor.

Sir Allan moveu a rainha noventa graus para a esquerda em direção à janela aberta. Mas, ao retornar ao cavalete, percebeu que ainda não estava tudo certo. Ele voltou novamente e olhou para o rosto dela, inspecionando a maquiagem.

— Talvez seja o pó de giz em seu rosto que está causando o problema. Não consigo acertar a luz porque seu rosto reflete uma base cinza pouco natural, não importa onde eu a coloque. Posso tocar seu rosto?

Charlotte parecia um pouco nervosa, mas assentiu. Sir Allan tocou suavemente o queixo dela e o giz branco e pesado saiu nos dedos dele, que voltou para o cavalete e pegou uma toalha para ela.

— A senhora se importaria de tirar o excesso de pó de giz?

— Eu não o farei. Você pintará a rainha como ela se apresenta.

Agora, certo de que essa era uma questão pessoal para a rainha, sir Allan voltou ao seu cavalete e tentou pintar novamente. Como ele poderia fazê-la entender que estava agindo na melhor das intenções? Que sabia o que estava por baixo da maquiagem e tinha muita admiração por sua rainha?

— Vossa Majestade — começou o pintor, timidamente, rezando por perdão caso a ofendesse —, a senhora e eu temos uma oportunidade maravilhosa. Juntos, podemos apresentá-la de forma autêntica, de uma maneira que...

Ele fez uma pausa e então continuou:

— ...celebre a "totalidade" de sua... ascendência.

Charlotte olhou para o pintor cujo rosto se contorceu com nervosismo e desculpas silenciosas. No entanto, o comportamento dele parecia genuíno. Sir Allan mais uma vez se aproximou dela com a toalha.

— Majestade, tenho permissão para tocá-la?

Ele ternamente estendeu a mão para tocar a bochecha da rainha. Charlotte permaneceu imóvel como pedra e permitiu o toque. Sir Allan olhou para os dedos manchados de giz branco. Embora sua voz fosse suave, era resoluta, o que Charlotte apreciou.

— O que está por baixo é muito bonito para ser escondido. Por favor, pense na minha sugestão.

Mas, antes que a rainha pudesse reagir, lorde Montagu, seu funcionário-chefe, entrou na sala.

— Vossa Majestade, o rei enviou uma carruagem para a senhora. Lorde Cavendish está lá embaixo esperando para acompanhá-la para encontrar o rei.

Charlotte ficou surpresa.

— Encontrar o rei? Achei que Sua Majestade estava caçando hoje.

— Estou apenas seguindo ordens, senhora. O que devo dizer a lorde Cavendish?

Charlotte tentou domar os próprios pensamentos.

— Você pode dizer a lorde Cavendish que não vou demorar.

Montagu se curvou e saiu. Charlotte levantou-se confusa de sua cadeira. Ela se virou para sir Allan.

— Obviamente teremos que terminar por aqui hoje, sir Allan.

Ela se dirigiu à porta, mas um pensamento a fez se virar.

— Mas... vou dar alguma... consideração... à sua sugestão.

Ramsey curvou-se enquanto Charlotte saía do estúdio de retratos, agradecendo a Deus por suas intenções terem sido recebidas positivamente.

Quarenta e três minutos depois, duas carruagens reais cruzaram o parque St. James e entraram no pátio de uma bela e grande mansão de pedra calcária com mais janelas do que o normal para uma propriedade em Londres. Charlotte estava dentro da primeira carruagem, impressionada com os formidáveis olmos e limoeiros que ladeavam a rua.

— O que George está aprontando? — ela se perguntou.

Dois lacaios abriram a porta da carruagem e Cavendish ajudou a rainha a entrar na casa principal, onde, ao se aproximar, ouviu marteladas e sentiu o cheiro distinto de tinta fresca. Dentro da grande casa, os pisos estavam cobertos por panos e o interior estava sendo trabalhado por pedreiros, entalhadores, pintores e estucadores. Charlotte passou cuidadosamente por cima dos sacos de pregos, ferramentas e madeira espalhados aleatoriamente enquanto os contramestres gritavam ordens aos outros trabalhadores.

— O que está acontecendo, lorde Cavendish? Onde está Sua Majestade?

— Aqui. — Ouviram eles.

George emergiu de uma sala e virou-se para a rainha com os braços estendidos.

— Bem-vinda à Casa Buckingham, seu novo lar.

Charlotte ficou sem palavras. Ela olhou ao redor, contemplando a enorme e impressionante propriedade e imediatamente imaginou o que o lugar poderia ser. Não era do tamanho de um palácio, não nos padrões de St. James ou Windsor, e a lembrava favoravelmente da intimidade do Palácio de Mirow, que sempre amara. Ao mesmo tempo, a escolha de surpresa de George a confundia.

— Novo lar?

— Estou de olho nesse lugar há algum tempo, assim como meu avô e meu bisavô. Mas o preço ou as circunstâncias nunca estavam favoráveis. Há uma semana, após anos de negociações, o neto de lorde Buckingham, lorde Sheffield, finalmente concordou com uma quantia com a qual eu poderia viver. Por 28 mil libras, agora a casa é minha, e eu vou dá-la a você.

George sorriu enquanto continuava:

— É minha surpresa para você, especialmente depois das conversas sobre tulipas, jardins e salas de música.

Charlotte tentou controlar a emoção e caminhou com George em meio à reforma.

— Adoro quão próxima é de St. James — continuou George —, e pensei que talvez você gostasse de tê-la como sua própria propriedade, para ficar longe das coisas que a irritam na vida na corte. Talvez você considere trazer as crianças para cá também.

— Tanta atenção aos detalhes. — Charlotte estava maravilhada, ainda em choque. — É magnífica.

— A casa principal vai estar habitável no fim da primavera, completa com suas solicitações de vários jardins amplos e um suprimento de quantas flores quiser. Também encomendei algumas centenas de livros, que serão entregues dentro de algumas semanas.

George então apontou para um quarto à esquerda, no primeiro andar.

— Agora deixe-me mostrar o quarto que você pediu, que está pronto neste momento.

Eles entraram em um quarto encantador e bem equipado com cortinas de veludo carmesim e um fogo já tremeluzindo na lareira. O rosto de Charlotte se abriu em um grande sorriso quando viu o lindo cravo com um busto de mármore de Handel em cima. Perto dele, havia três estantes de partituras, um violino e um sofá de veludo carmesim para relaxar.

— Este cravo é meu bem mais precioso. Já pertenceu ao próprio grande Handel. Mandei trazê-lo para cumprir seu desejo.

Charlotte ficou emocionada, olhando em volta com alegria.

— Quero que você seja feliz aqui em Buckingham. Escolha a mobília que quiser e decore o espaço como desejar.

George fez um gesto para sir William Cavendish, que surgiu com uma garrafa de champanhe e três taças. George serviu duas taças, dando um para a rainha.

— Temos que agradecer ao padre Jean Oudart e a dom Pierre Pérignon pela invenção desta excelente bebida. Quero fazer um brinde.

George ergueu a taça, assim como Charlotte.

— À Casa Buckingham, que de hoje em diante será a Casa da Rainha.

Os dois bateram as taças e beberam o champanhe. Então George acenou com a cabeça para Cavendish, que saiu da sala.

— Agora, a cereja do bolo. Tive a sorte de contratar alguns serviços muito especiais para você e, no futuro, para as crianças.

George deu um passo para o lado e Charlotte ouviu passos se aproximando. Quando olhou para a porta, avistou lorde Cavendish fazendo um gesto e indicando que alguém entrasse. Um momento depois, uma figura bem-vestida e toda adornada de preto surgiu das sombras. Charlotte ficou paralisada ao reconhecê-lo.

Johann Christian Bach.

Christian deu um sorriso cheio de palavras não ditas para Charlotte e fez uma reverência.

— Vossas Majestades.

— Quando descobri que o irmão do sr. Bach tinha sido seu professor de música, um sino soou em minha cabeça. Eu o abordei e insisti que ficasse em Londres para servir aqui na Casa da Rainha como seu professor de música.

George sorriu, dando um tapinha nas costas de Christian.

— Ele concordou tão rápido que pensei que talvez tivesse lhe oferecido muito dinheiro — disse ele, virando-se para Charlotte. — Você está satisfeita, minha querida?

Charlotte não conseguia falar. Estava tremendo tanto que a taça escorregou de sua mão, quebrando-se em mil pedacinhos no chão. Enquanto Cavendish se apressava para encontrar alguém para limpar o vidro, Christian se adiantou para beijar a mão da rainha.

— Quando Sua Majestade me contou sobre seu desejo por instrução musical, eu disse que não conseguia pensar em nada melhor do que agradar a rainha da Inglaterra. — Ele sorriu ironicamente.

Charlotte recolheu e segurou a própria mão, mantendo a si mesma no lugar. Ela pigarreou e finalmente encontrou a voz.

— E, por isso, sou grata, Herr Bach.

Enquanto Christian bebia champanhe da terceira taça que Cavendish lhe oferecia, eu queimava por dentro. George, completamente ignorante a respeito de nosso relacionamento anterior, tagarelava sobre suas esperanças de que as aulas de música com o ilustre Bach ocupassem meu tempo no novo palácio. Sem dúvida, ele estava rezando para que esse estratagema transparente o ajudasse a continuar seus deveres políticos em St. James sem minha interferência vocal. Mas, enquanto Christian me olhava, eu não me importava com isso. Eu sabia que ainda estávamos perdidamente apaixonados um pelo outro. Christian sabia que tinha que manter o decoro como um cavalheiro. Eu também fui reverente na frente de George e ambos nos conduzimos com a maior moderação. Mas foi difícil. Ondas de desejo aguardavam o momento em que uma onda de paixão nos engoliria. E, no instante em que George nos deixou sozinhos naquele dia, nossa determinação foi testada.

— Vossa Majestade, o senhor me pediu para lembrá-lo quando fossem duas da tarde — disse Cavendish.

— Ah — grunhiu o rei. Ele se virou para Charlotte e Christian. — Legislação para assinar, escandalosos indecentes para indiciar, idiotas para promover ao cargo de Tesoureiro.

— Sir Henry Fox será promovido a Tesoureiro?

Charlotte franziu as sobrancelhas.

A princípio, George ficou surpreso que Charlotte soubesse a quem ele estava se referindo, então a corrigiu:

— "Lorde" Henry Fox, Tesoureiro. Daqui a uma hora. A ajuda que prestou para o Tratado de Paz com a França forçou a nomeação. Agora, se eu puder me livrar de Wilkes com uma prisão por conspiração... Mas... — resmungou George. E então fez um aceno para Christian. — Vou deixá-los com a aula de música. É bom tê-lo conosco, sr. Bach.

— Vossa Majestade. — Christian curvou-se reverentemente.

George se dirigiu à porta. Mas Charlotte o deteve.

— George, obrigada por tudo isso. Foi tão inesperado... e generoso de sua parte.

George sorriu satisfeito com a resposta dela e saiu com Cavendish.

No momento em que a porta se fechou, o pulso de Charlotte disparou. Ela apertou os dedos, tentando se manter firme. Christian se aproximou e, então, quebrou o silêncio.

— Eu desisti imediatamente de minha posição com conde Litta em Milão, do planejamento de mais duas óperas e de uma série de concertos aqui em Londres quando o rei me fez essa oferta. Não consegui recusar.

Então Christian baixou a voz e sussurrou com fervor:

— Eu só conseguia contar todos os momentos agonizantes até poder vê-la de novo.

— E, enquanto isso, tentava se livrar da agonia com uma distração tão bonita como a srta. Amicis.

Christian foi até a rainha para olhar em seu rosto.

— Charlotte, esperei em Viena até ter que ir embora. Eu nunca tive notícias suas. Enviei tantas cartas sem resposta que senti que não as tinha recebido como antes, que havia mudado de ideia sobre nossa fuga ou que havia me abandonado. Anna de Amicis não significa nada para o meu coração. Ela é apenas uma amiga.

— Eu não abandonei você ou mudei de ideia sobre nosso casamento. Meu mundo desmoronou.

Christian indicou seus arredores.

— Desmoronou como? Você é a rainha da Inglaterra; o povo britânico a ama. Você tem um lindo filho e herdeiro. Você tem segurança.

— Você está certo. Não tenho direito de reclamar. Mas gostaria de poder ter as cartas que me enviou, em vez da lembrança de terem sido roubadas de mim, junto com minha virtude, por meu primo. Ou que não tivesse sido vendida para um casamento sem amor com um homem que até pouco tempo estava se encontrando com outra pessoa...

Ela estendeu a mão e tocou o rosto de Christian, incapaz de se conter.

— Ou poderia ter me casado com o homem que eu amava sem ter que levar em consideração pedigree ou privilégio.

Christian pegou a mão da rainha, beijando-a desesperadamente. No entanto, ele não se atreveu a ir mais longe por medo de que seu desejo o tomasse por completo. Charlotte derramou lágrimas que caíram nos dedos de Christian, entrelaçados sobre os dela. Ela também optou por não dar vazão aos desejos de seu coração.

— Christian, não podemos retornar ao passado. Só podemos seguir em frente. Vamos tentar nos lembrar com carinho daquele momento inocente em que significamos mais um para o outro em vez de nos torturarmos com o que poderia ter sido.

Christian curvou-se em aquiescência. Ele sabia em seu coração que teria que lutar com essa decisão. Charlotte era casada, mãe e rainha da Inglaterra. Nada poderia florescer de sua afeição por ela. Assim, ele apontou para o cravo. Afinal, não poderia fazer algo que não dar à rainha uma aula de música, conforme ditava seu emprego.

Vinte e nove

Christian e eu nos encontrávamos todas as terças e quintas-feiras. Foi maravilhoso ter música em minha vida novamente. Como fizemos a promessa de não colocar pressão em nossos sentimentos, mas desfrutar da companhia e das confidências um do outro, descobri que em pouco tempo havia confessado algumas de minhas opiniões e interesses para além da esposa e mãe confinada que era. Ele compartilhava de muitas deles — mais particularmente meu interesse pela condição das pessoas negras na Grã-Bretanha. Christian era um homem bem lido e viajado, e me contou sobre a situação das pessoas negras em outras áreas do mundo. Logo nossas conversas se aprofundaram e ele se sentiu mais à vontade para expressar suas próprias opiniões e sentimentos, e eu achava seu modo de conversar satisfatório. Embora eu não tenha contado a ele sobre os diários de meu pai ou de minha descendência de Madragana e dos Templários, encontrei nele uma alma como a minha. Christian Bach era um dos homens de pensamento mais avançado que já conhecera...

— Você conhece o cavalheiro St. George? — perguntou Charlotte um dia, durante uma pausa em sua aula de música na Casa da Rainha.

— Sim, é um dos violinistas mais renomados da Europa.

— Ele foi um dos convidados em uma de nossas reuniões em janeiro. Tem ascendência miscigenada, como você deve saber, e nos contou sua história comovente. Isso me fez pensar em Jon Baptiste Beckford, um jovem escravizado da família — disse Charlotte, emocionalmente incapaz de revelar que Jon também era seu meio-irmão. — Nós nos tornamos bons amigos. Inclusive, foi Jon quem me ensinou a dançar a Allemande em Mecklemburgo, para que eu pudesse dançar com você sem constrangimento em Sanssouci. Apesar de nossa amizade, ele foi vendido por um estupro que não cometeu, apenas por ser negro. É por isso, dentre outras coisas, que tenho uma afinidade com a situação das pessoas escravizadas, suponho.

— Admito que tenho a mesma afinidade — respondeu Christian, tomando um gole de conhaque. — Vi com meus próprios olhos as atrocidades cometidas contra pessoas negras. É doentio. Aqui na Inglaterra há muita pobreza, especialmente nas áreas em que essas pessoas moram — lamentou. — E, para agravar as coisas, a Grã-Bretanha é o maior exportador de escravos para as Colônias e Índias Ocidentais.

— Eu não sabia.

— Há muito dinheiro envolvido nesse negócio. Quase todos os membros do Parlamento são donos de engenhos que utilizam escravos nos campos de cana caribenhos.

Charlotte estava chocada.

— É mesmo?

— É uma indústria mundial — continuou Christian. — Os franceses lucram com o tráfico escravista tanto quanto a Grã-Bretanha, e pelos mesmos motivos... açúcar, algodão, café e tabaco adquiridos nas Índias Ocidentais e nas Colônias.

A paixão de Christian pelo assunto o dominou.

— Temos um sistema, todo perfeitamente sancionado, pelo qual roubamos seres humanos de suas terras natais e os sequestramos para vendê-los e fazê-los trabalhar até a morte pelo lucro da expansão mercantil e colonial britânica. E fazemos isso porque eles têm a pele mais escura e, portanto, "valem menos" e não têm direito à liberdade. Nós até os forçamos a aceitar o cristianismo, como se não tivessem sistemas de crenças próprios.

— Tudo para aliviar a culpa do comportamento bárbaro exercido sobre eles com base em nosso senso inflado de superioridade — comentou Charlotte, percebendo que os sentimentos de Christian eram iguais aos dela.

— A rainha Elizabeth disse uma vez: "Se algum dos africanos for levado sem consentimento, este seria um ato detestável que convocaria a vingança dos Céus sobre os que o executassem" — respondeu Christian, enquanto bebia conhaque. — Mas até mesmo *ela* fez vista grossa quando se tratou da economia dos cofres da Grã-Bretanha.

Christian balançou a cabeça e suspirou.

— Meu Deus. Estou começando a soar como Ramsey, um abolicionista fervoroso, despejando discursos antiescravidão sempre que possível.

— Sir James Ramsey, o ministro? — perguntou Charlotte.

— Sir Allan Ramsey, o retratista.

— Sir Allan Ramsey... é *meu* retratista.

Quando Christian viu a reação de Charlotte, baixou a voz.

— Então imploro que mantenha isso em segredo. Todas essas pessoas correm risco de vida por causa do rei.

Agora tudo fazia sentido, pensou Charlotte, os comentários de sir Allan para que ela se apresentasse de maneira mais "autêntica", "de maneira que 'celebrasse' a 'totalidade' de sua ascendência", estava relacionado com a agenda política do artista. O pintor da corte era um abolicionista e, como artista com olho treinado, conseguia ver através do disfarce étnico de Charlotte.

— Se eu fosse você, Christian, não me preocuparia por fazer pronunciamentos que lembrassem as palavras de outra pessoa, mas sim se essas são de fato *suas* verdades. Eu entendo mais do que ninguém. Só a graça de Deus me impede de estar na mesma posição.

— O que quer dizer?

A rainha serviu uma xícara de chá para si mesma e falou de maneira cautelosa:

— Eu sei como é sentir que "valho menos" e fiz uma pequena coisa recentemente, para que outra pessoa não vivenciasse a mesma coisa...

Christian franziu a testa e esperou que ela continuasse.

— Comprei uma escrava — confessou Charlotte. — E a libertei. Agora eu a pago para trabalhar para mim.

Christian sorriu.

— As coisas estão melhores para ela agora? O que você sabe da vida dela?

Charlotte se surpreendeu ao perceber que não sabia responder. Ela tomou um gole de chá e começou a tocar algumas notas como distração enquanto Christian olhava para ela.

— Entendo. Você sabe sobre a vida de suas damas de companhia, pois elas foram escolhidas a dedo pelo rei. Elas são membros da sua sociedade — denunciou Christian. — Mas não é tão importante saber sobre a vida desta mulher que você tão corajosamente libertou. Ou você fez isso apenas para provar que podia? Para zombar do rei ou enfurecer os antigos donos dela?

— A rainha não faz questão de "fazer perguntas" nem de "se tornar íntima" de seus empregados domésticos. Há 66 pessoas a meu serviço entre St. James e esta casa.

— Sim, 66 pessoas a serviço da *sua vontade*, Charlotte.

Charlotte continuou tocando cravo, esperando abafar a verdade de Christian, até que ele tirou as mãos dela das teclas, forçando-a a olhar em seus olhos.

— Não pode ter essa mulher como confidente, como fez com Jon? Ou ela "vale menos" aos seus olhos também?

Charlotte sabia em seu coração que havia dois meses que pensava em falar com Anne, mas não sabia como proceder. Ela a havia libertado em parte por causa do tratamento que a menina recebia dos Bethany, mas também por conta de sua necessidade de saber sobre o amuleto de Anne. Agora ela estava constrangida diante de Christian por ver a verdade vir à tona de maneira tão direta.

— Eu prestarei atenção — finalmente confessou Charlotte, em voz baixa.

— Eu sei que sim. — Christian sorriu, beijando a mão da rainha, o que a animou imensamente.

No mês seguinte, Charlotte entrou no estúdio de retratos sem a camada de pó de giz normalmente exagerada. Ela se sentou na cadeira e, depois de alguns instantes, anunciou sua decisão.

— Sir Allan, considerei sua sugestão e desejo que me pinte da maneira que julgar adequada.

Allan Ramsey ficou embasbacado.

— A senhora mudou de opinião, Vossa Majestade?

— Não. Foi o *senhor* quem a mudou. Chegou ao meu conhecimento que você é um...

Ela procurou a palavra apropriada e continuou:

— ..."defensor" da melhoria das condições da raça mais escura.

— Bem — sir Allan conseguiu dizer, pasmo por ela saber —, devo parabenizá-la pela qualidade de seus espiões, Majestade.

— Então é verdade?

— Acredito piamente que Deus nos fez para que todos fôssemos pessoas independentes e com livre-arbítrio — disse o pintor, escolhendo as palavras com cuidado. — Por muito tempo houve aqueles que permitiram que a "servidão" humana se degenerasse até se tornar uma instituição vil e repugnante, visando apenas as colheitas lucrativas de tabaco e cana-de-açúcar. É um sistema de injustiça que serve apenas para aumentar a arrogância contínua e a suposta superioridade da aristocracia branca e degradar e humilhar os negros oprimidos.

Charlotte deu um leve sorriso.

— Identificar o problema é uma coisa. Agir a respeito dele é outra completamente diferente, não é?

Sir Allan mergulhou o pincel em várias cores até chegar ao tom levemente escurecido da tez de Charlotte.

— De fato. É por isso que eu, como um homem cristão temente a Deus, às vezes me encontro com outros membros da sociedade britânica que pensam da mesma forma e que gostariam de formar uma associação para acabar não apenas com o tráfico escravista, mas com a escravidão em si.

— Você está ciente de que suas palavras poderiam ser interpretadas como traição em alguns círculos?

— Estou. Mas a senhora pediu minha opinião, Vossa Majestade — respondeu ele. — Agora, podemos começar?

Charlotte assentiu e ficou imóvel enquanto ele começava a pintar por cima do retrato anterior dela. Enquanto trabalhava, sir Allan não fazia ideia de que a rainha estava nervosa com sua decisão. Embora tivesse acabado de lhe dar permissão para pintá-la de forma realista, perguntava-se se ele faria uma representação demasiadamente étnica para ser considerada como um retrato oficial ou como uma imagem atraente. No entanto, desde sua conversa com Christian, a rainha estava se sentindo mais inclinada a se permitir *ser* ela mesma. Isso também incluía aprender sobre os lacaios que a serviam.

— Sir Allan, conte-me sobre estas pessoas que querem formar uma associação antiescravagista.

Sir Allan, mais uma vez surpreso com o interesse dela, firmou o pincel. Obviamente, a permissão da rainha para que ele a pintasse com um olhar voltado para suas raízes mouras foi apenas o começo.

— Sentimos que falta bondade cristã no ato de possuir outro ser humano — começou ele. — Ao longo da história, todas as potências mundiais e todas as sociedades que tiveram a escravidão como um componente, falharam... Egito, Assíria, Roma, Grécia. Todas as vezes que um grupo manteve outro cativo, no fim das contas, ocorriam levantes e revoltas que sempre terminaram em derrota para os escravistas.

O pintor parou um momento para elaborar seus pensamentos, consciente de que estava na presença de sua rainha.

— Conheci muitos outros que compartilham dessa visão e, de vez em quando, nos reunimos e conversamos.

— Você e seus compatriotas acreditam que açúcar, tabaco e chá podem ser colhidos sem uma força de trabalho escrava? A maioria dos proprietários de latifúndios nas Índias e na Jamaica são membros do Parlamento — disse Charlotte, quase repetindo as palavras de Christian.

— Nós sabemos disso e já conversamos sobre a ideia de um sistema de parceria rural. Mas qualquer discussão sobre isso está muito à frente da questão moral básica: que ninguém deve possuir outro ser humano.

Charlotte também sabia que esse era o problema. Ela lembrou do apelo de Christian um mês atrás.

— Bem, senhor, se você e seus associados precisarem de uma "amiga", ficarei feliz em apoiar a causa. — Ela baixou a voz. — Em segredo, é óbvio.

— Obrigado — disse o escocês, graciosamente. — Seu apoio seria muito apreciado, mesmo que não inclua o do rei.

Houve uma batida na porta e Charlotte foi para trás de um biombo reaplicar a maquiagem quando lorde Montagu entrou.

— Vossa Majestade, a senhora tem uma visita.

— Eu estava esperando alguém, sir Robert? — gritou Charlotte, de trás do biombo, franzindo a testa ao perceber que podia ter esquecido um compromisso.

— De maneira alguma, senhora. É madame Lia de Beaumont. Ela disse que não era aguardada, mas que trouxe presentes. Eu a coloquei na sala de recepção até que pudesse verificar com Vossa Majestade.

Charlotte sorriu e assentiu.

— Ah. Diga à madame Lia que estarei lá em breve.

Montagu saiu e Charlotte se virou para sir Allan.

— Continuaremos depois, como sempre.

Charlotte saiu do estúdio e desceu até a sala de recepção, onde encontrou madame Lia de Beaumont vestida de modo impecável e com um lindo penteado, esperando por ela.

— Obrigada por me receber assim, de última hora — disse Lia, em seu sotaque francês distinto.

Charlotte ficou encantada ao ver a amiga.

— Meu Deus, madame Lia. Faz meses desde aquela reunião. Pensei que com certeza você tinha se esquecido de mim.

— Jamais. Eu nunca esqueço uma promessa, especialmente para uma rainha tão merecedora e tão linda. Minha remessa finalmente chegou hoje e fui até as docas receber os caixotes. — Lia sorriu, abrindo sua bolsa grande e retirando vários potes e frascos de perfume de dentro dela. — São os potes daquele creme facial fabuloso que prometi à Vossa Majestade. Sua pele vai me amar quando usar isso.

Charlotte se transformou em uma criança alegre, correndo para os potes como se fosse manhã de Natal. Ela abriu um deles e cheirou o conteúdo.

— Ah, meu Deus, que cheiro maravilhoso.

— Use duas vezes por dia, uma de manhã e outra à noite, antes de dormir. Há o suficiente para um ano aqui. — Lia entregou a Charlotte um frasco de perfume com um formato arrojado. — Você vai adorar esse perfume francês. É uma fragrância divina — disse ela. — Eu a chamo de "Majestade" em sua homenagem.

Ela passou um pouco atrás das orelhas e nos pulsos de Charlotte. Quando sentiu o cheiro da fragrância, a rainha quase desfaleceu.

— É incrível.

— Agora a *pièce de résistance.*

Lia pegou um lindo pedaço de tecido vermelho da bolsa.

— Essa é a seda mais fina da Ásia, que pode se tornar um vestido maravilhoso para Vossa Majestade.

— Como a senhora faz tudo isso? — perguntou Charlotte, enquanto girava com o tecido.

Madame Lia piscou para ela.

— Enquanto eu tiver o melhor vinhedo de Tonnerre, terei amigos em todo o mundo que farão qualquer coisa por algumas garrafas de vinho.

— Você tem um vinhedo?

Madame Lia tirou duas garrafas de vinho de sua bolsa.

— Sim. O melhor da França. Mais de duzentos hectares. Agora experimente isso, Vossa Majestade.

Lia foi até o aparador, onde estavam várias taças de vinho e licor, junto com garrafas de conhaque e xerez, e serviu duas taças de seu requintado vinho tinto.

— Este é um Vin Rouge de Beaune. Muito raro, muito bom e ridiculamente caro.

Ela entregou uma taça para Charlotte.

— Minha propriedade fica na região da Borgonha. Isso me fez ser bastante popular entre os britânicos. Eu importo tanto vinho para Londres que o primeiro-ministro ameaçou atribuir impostos para mim.

— Minha querida, nosso lorde Bute ameaça atribuir impostos a absolutamente tudo hoje em dia... pássaros, cavalos, cintas-ligas...

As duas riram e então brindaram, bebendo o vinho.

— Delicioso. Tudo isso é muito maravilhoso! — exclamou Charlotte.

Lia ficou satisfeita. Houve uma pausa silenciosa enquanto saboreavam o vinho.

— Por favor, me diga, madame Lia: já que você é francesa e vai e volta a Paris o tempo todo, qual é sua afiliação oficial com a França atualmente, considerando que há tanta tensão entre nossos países?

Lia foi um tanto evasiva.

— Vamos apenas dizer que amo tudo na Inglaterra, mas simplesmente não é possível ficar sem roupas, perfume ou vinho franceses.

Ambas riram.

— Muito bem colocado, madame — disse Charlotte.

Madame Lia parou um momento para examinar o rosto da rainha. Charlotte ficara um pouco abatida nos últimos meses, pensou a mulher, apática demais tratando-se de uma jovem de dezenove anos com uma personalidade outrora vibrante. Mas Lia era uma mulher sábia que tinha consciência de seu lugar e posição como membro da corte do palácio. Sabia que não podia perguntar à rainha da Inglaterra se as coisas estavam bem, pois valorizava demais essa amizade que ainda estava em seu início. Ela teria que ser paciente se quisesse se tornar confidente de Charlotte.

Então, Lia e a rainha ficaram contentes de passar um dia adorável juntas, apenas conversando e se conhecendo. Foi satisfatório para ambas.

Trinta

Nos dois meses seguintes, Lia sempre visitava St. James quando George estava fora — principalmente porque o rei não encorajava a presença influências externas. Às vezes conversavam, outras vezes jogavam cartas ou críquete com lady Schwellenberg, lady Hagedorn e lady Lizzie. Em outras ocasiões, elas davam uma volta pelo terreno, onde um dia Lia apresentou Charlotte ao rapé. A rainha inalava o fino tabaco e mantinha um lenço enfiado na manga para limpar o espirro resultante dele. Charlotte amava rapé.

Lia escutava Charlotte tocar o pianoforte e ambas compartilhavam livros e gostavam de andar a cavalo. Elas discutiam muitos tópicos importantes para a rainha — escravidão, a condição de segunda classe das mulheres e a revolta dos colonos. Mas um dia, na biblioteca de St. James, enquanto as duas saboreavam o Chardonnay de Lia, a rainha se inclinou para pegar sua taça de vinho e o amuleto caiu do lugar secreto em seu busto. Madame Lia viu o objeto e ficou maravilhada.

— Mas que colar lindo. É um talismã? Parece bem antigo.

Charlotte entrou em pânico, mas se recuperou.

— Sim. É bem antigo. Uma herança de família, passada de geração em geração.

Ela rapidamente empurrou o amuleto de volta entre os seios.

— Jamais o esconderia se fosse meu. Principalmente em seios fabulosos como os seus.

Charlotte corou. Lia continuou:

— Meu Deus. Eles devem atrair tantos amantes...

— Não. Nenhum amante — apressou-se a responder a rainha, envergonhada.

— Nenhum amante? Meu Deus, eu tenho três — admitiu Lia descaradamente. — Um só seria pouco para mim.

— Três amantes? — Charlotte quase se engasgou. — Você quer se casar?

— Meu Deus, não. Por que eu me vincularia legalmente a um homem com atitudes presunçosas e que se pensa dono de tudo mesmo sabendo que sou superior? — ponderou Lia. — Eles são arrogantes e pensam que são mais sábios, mais ricos, mais experientes; e, definitivamente, que são ótimos na cama, ainda que não sejam nem um pouco. É por isso que todos eles querem virgens, mulheres que não sabem nada sobre as sutilezas e complexidades de fazer amor. Porque assim elas não têm nada para comparar com seus maridos inexperientes.

Charlotte ficou constrangida.

— Meu Deus, Lia. Que assunto...

— Bem, elas não têm mesmo. E quando não sabem a diferença, porque nunca estiveram com um bom amante, qualquer homem parece maravilhoso. Mas, na verdade, o homem médio simplesmente vem por cima de você, faz o que bem entende, deixando você insatisfeita, e depois vai dormir achando que foi incrível, o próprio presente de Deus.

Charlotte riu.

— Ah, isso é verdade.

— É por isso que uma mulher deve ter um marido e, se ele for incompetente na cama... Ah, inferno! Mesmo que ele seja maravilhoso na cama, ela deve ter um amante também. — Lia sorriu, olhando a rainha nos olhos. — Até mesmo *a senhora*, Vossa Majestade.

Charlotte olhou para a amiga, embasbacada.

— Eu? Ter um amante? Meu Deus. Você soa como meu irmão, que fez a mesma sugestão anos atrás em Mecklemburgo.

— Não me diga que nunca pensou nisso. Principalmente com seu professor de música? Aquele *sim* é um homem muito interessante.

— Já basta, madame Lia — advertiu Charlotte.

— Não tive a intenção de ofender, Vossa Majestade — disse Lia. — Mas deve ser maravilhoso ter uma distração adorável como ele apenas com um pianoforte como testemunha. Pense nisso. Se Sua Majestade pode praticar o "Direito Divino dos Reis" e ter uma amante, por que a rainha não poderia ter um amante? Pode chamar isso de "Igualdade Divina das Rainhas".

Charlotte ficou sem palavras. Lia conseguia ler os pensamentos dela? A amiga sabia que ela pensava em Christian o tempo todo? Talvez devesse ser mais cuidadosa e não demonstrar nenhuma emoção em situações em que Christian estivesse envolvido, ou com certeza alguém descobriria.

De repente, houve uma batida urgente na porta, e logo surgiu lady Schwellenberg, que parecia bem afetada.

— Vossa Majestade, preciso falar com a senhora. — Ela olhou para Lia e depois para a rainha. — A sós.

Madame Lia entendeu que sua visita à rainha havia chegado ao fim. Fez uma mesura para Charlotte e deu-lhe um beijo em cada bochecha.

— Nos vemos novamente em breve para... continuar nossa conversa?

— Confie em mim. *Essa* conversa terminou. — Charlotte sorriu.

No momento em que Madame Lia de Beaumont deixou a biblioteca, lady Schwellenberg não conseguiu se conter. Entregou a Charlotte uma carta que trazia escondida em sua manga.

— Chegou a carta que a senhora estava esperando de Mirepoix, na França. Veio endereçada a mim, como a senhora pediu.

Charlotte pegou a carta com grande emoção.

— Finalmente, depois de todo esse tempo.

Ela e lady Schwellenberg correram apressadamente escada acima para os aposentos de Charlotte. Anne estava lá limpando o ambiente, e lady Schwellenberg olhou alarmada para Charlotte quando a viu. A rainha a tranquilizou.

— Ela é inofensiva, pode ficar.

Embora Anne tenha ouvido isso, continuou seu trabalho enquanto Charlotte abria o envelope lacrado com cera endereçado a "Lady Juliana Schwellenberg". Dentro do envelope havia uma página escrita em inglês, mas o conteúdo continha palavras estranhas que pareciam fora de lugar.

22 de junho de 1762
Lady Juliana Schwellenberg
Aos cuidados de Frogmore House, Londres, Inglaterra

Querida lady Schwellenberg,

Eu confio que a senhorita irá entregar esta mensagem a Sua Majestade e implorar o perdão dela, pois não pude escrever antes fr ibpr pbafrthve qrpvsene rfgn zrafntrz, Infelizmente, meu pai faleceu há dois anos e lamento dizer que cbe snibe, gentn bf qbphzragbf thneqnqbf n frgr punirf, estive doente e minha saúde me impede bh ragerthr-bf n nythrz qr fhn pbasvnapn cnen genafcbegn-ybf ngr ndhv. de viajar para Londres. znf cbe snibe graun phvqnqb. b dhr ibpr cbffhv r crevtbfb. Eu sempre quis znf cbe snibe graun phvqnqb. b dhr ibpr cbffhv r crevtbfb. visitar a Grã-Bretanha un crffbnf dhr snevnz zny n ibpr cbe pbagn qr fhn cbffr. rh qvffr n zrfzn pbvfn nb frh cnv nagrf qr ryr zbeere. E embora eu não possa ir até aí, ficaria encantado em receber e entreter Sua Majestade a qualquer hora em Mirepoix. ragnb, cbe dhrfgbrf qr frthenapn r cevinpvqnqr, n cnegve qr ntben, cbe snibe pbqvsvdhr fhn pbeerfcbaqrapvn cnen zvz.

Atenciosamente,
François Antoine Gaston de Levis
Duque de Levis-Mirepoix

Charlotte amassou a carta em uma bola e a jogou no chão. A óbvia decepção da rainha preocupou lady Schwellenberg, que foi até ela:

— O que dizia na carta, minha menina?

Charlotte balançou a cabeça com desgosto.

— É um monte de baboseira. Esperei dois anos e meio, e tudo o que consigo entender é que a carta do duque François não passa de um convite benigno para visitar Mirepoix. O resto é indecifrável.

— Posso ver?

Charlotte indicou a carta no chão e olhou pela janela. Lady Schwellenberg apanhou-a e desamassou-a. Depois de ler, ela também suspirou.

— O que diabo são essas palavras indistinguíveis no meio do texto?

Charlotte ergueu as mãos, frustrada. Lady Schwellenberg pôs a carta amassada sobre a mesa e serviu um copo de água para a desiludida rainha.

— Talvez ele não fale bem inglês e isso foi o melhor que conseguiu — disse a dama, enquanto trazia a água para Charlotte. — Ou talvez ele de fato queira que a senhora o visite em Mirepoix.

— Não existe a possibilidade de a rainha da Inglaterra viajar para outro país sem ter uma explicação plausível para a viagem. Eu preciso da ajuda do duque, mas como diabo vou obtê-la quando não consigo nem entender o que está escrito em sua carta?

— É uma cifra, Vossa Majestade. — Ouviram elas.

Charlotte e lady Schwellenberg se viraram e encontraram Anne lendo a carta amassada. Charlotte franziu as sobrancelhas para a garota, confusa com a afirmação.

— O que você disse?

— É... é uma cifra de César — continuou Anne, nervosa.

Lady Schwellenberg pegou a carta da mão de Anne.

— Como se atreve a ler uma correspondência da rainha que não lhe diz respeito. Eu nem imaginava que você *sabia* ler.

— Não, Swelly — insistiu Charlotte. — Devolva a carta para ela.

Muito a contragosto, lady Schwellenberg entregou a carta de volta para Anne. Charlotte chamou a garota para mais perto.

— O que é uma cifra de César? — perguntou a rainha.

— É uma maneira codificada de enviar uma correspondência a alguém, para que não possa ser decifrada por ninguém além do destinatário caso seja interceptada ou roubada. A princípio, pensei que fosse uma Atbash, mas é nitidamente uma cifra de César. Ele substitui as letras do alfabeto pulando um determinado número de casas; neste caso, são treze. Isso significa que A se torna N, B se torna O e assim por diante. Dizem que Júlio César escrevia para os amigos usando esta cifra para que suas cartas não fossem lidas por seus inimigos.

Charlotte levou um momento para falar.

— Mostre-me.

Anne pegou a caneta do tinteiro de Charlotte. Ela começou a escrever o alfabeto em outra folha de papel.

— A primeira palavra sem sentido tem as letras "F" e "R". Contando treze letras a partir da letra "F", se obtém "S", e contando treze letras a partir da letra "R", se obtém "E", formando a palavra "se".

— Então, o que diz a carta? — insistiu Charlotte, diante do suspense.

Anne levou alguns minutos para escrever a cifra e, então, leu a mensagem em voz alta:

Se você conseguir decifrar esta mensagem, por favor, traga os documentos guardados a sete chaves, ou entregue-os a alguém de sua confiança para transportá-los até aqui. Mas, por favor, tenha cuidado. O que você possui é perigoso. Há pessoas que fariam mal a você por conta de sua posse. Eu disse a mesma coisa ao seu pai antes de ele morrer. Então, por questões de segurança e privacidade, a partir de agora, por favor, codifique sua correspondência para mim.

— Meu Deus! — exclamou Charlotte.

Então, de repente, o ar ficou sufocante e Charlotte não conseguia mais respirar. Ela apertou a barriga enquanto o quarto girava ao seu redor, e antes que pudesse perceber, desmaiou.

Uma hora depois, o dr. Grey terminou de enxugar a testa da rainha e deu um tapinha nas costas de George. Charlotte estava deitada na cama.

— Sua Majestade está grávida. Eu diria que o bebê deve nascer em agosto ou setembro.

— Graças a Deus — declarou George, aliviado, apesar da dor de cabeça que o afligia no momento.

— Deixe que ela tome um pouco de caldo esta noite. Vai ajudar com a febre. Voltarei a visitá-la pela manhã. — Dr. Grey então franziu a testa para o rei. — Senhor, estou preocupado com a frequência de suas dores de cabeça. Devo chamar o dr. Baker?

— Não se preocupe. Até amanhã estarei melhor.

Dr. Grey fez uma reverência para a realeza e deixou os aposentos da rainha. George se sentou ao lado de Charlotte, acariciando o rosto dela com ternura enquanto a rainha descansava.

— Nós vamos ter outro filho, minha querida, e eu não poderia estar mais satisfeito.

Quando George tocou a bochecha de Charlotte com suavidade, ela abriu os olhos e sorriu para ele.

Alguém bateu à porta. Lady Schwellenberg foi atender, recebendo Anne na sala. A moça africana fez uma reverência ao rei.

— Vim ver se Sua Majestade estava bem. — Anne olhou para o rosto pálido da rainha. — Ela caiu com tanta força que temi que tivesse batido a cabeça.

— Sua Majestade vai ficar bem — disse George. — Por favor, traga caldo de galinha quente e uma tigela de caudel para a rainha. Sua Majestade precisa recuperar a força.

Anne obedeceu prontamente. Então George beijou a bochecha de Charlotte e saiu, ainda esfregando as têmporas.

Lady Schwellenberg e lady Hagedorn sentaram-se ao lado de Charlotte até que Anne voltou com uma bandeja de caldo, chá e caudel. Depois que as damas de companhia ajudaram a rainha a se sentar, Anne colocou a bandeja no colo dela e fez menção de se afastar, mas Charlotte a deteve.

— Anne, um momento, gostaria de falar com você a sós.

A moça se virou. Charlotte fez sinal para que lady Schwellenberg e lady Hagedorn fossem embora. Depois que elas saíram, ela deu um tapinha na cama.

— Sente aqui, minha querida.

Anne sentou-se ao pé da cama com os olhos baixos em reverência à Charlotte.

— Você está gostando daqui de St. James? — perguntou a rainha.

— Muito, Vossa Majestade. Os outros funcionários são muito gentis comigo.

Charlotte examinou o rosto de Anne. A pele dela era da cor do chá na xícara da rainha e, embora seus olhos fossem grandes e igualmente escuros, eles se curvavam nos cantos, como se a moça também tivesse origem asiática. O cabelo dela seguia arrumado em tranças enroladas na altura dos ombros, e ficava muito bem vestindo seu uniforme azul com gola branca — onde Charlotte avistou o amuleto posicionado discretamente.

— Conte-me sobre você... sua família e sua história.

Anne ficou surpresa, mas também nervosa.

— Vossa Majestade, não seria interessante para a senhora. É uma história típica e banal, não é digna de ser repetida para alguém de tamanha importância quanto a senhora.

— Que bobagem — disse Charlotte, bebendo seu chá. — A rainha tem muito interesse em todos os aspectos de uma vida que inclui o conhecimento de várias línguas, as intimidades de vários aristocratas, a capacidade de decodificar cifras...

E continuou, com franqueza:

— ...e a posse de um amuleto sagrado dos Templários.

Agora Anne compreendia o que a rainha queria saber e por quê. Ela levou um momento para organizar os pensamentos e então olhou para Charlotte.

— Eu nasci Anajuhari Josef Tsoji, na Etiópia, em 1743. Sou filha de uma mulher etíope e de um sacerdote dabtara. Meu pai possuía o conhecimento arcano e esotérico dos dabtaras e dos essênios, e adquiriu o dom do sexto dedo, que aprendeu com seus antepassados, descendentes do rei Salomão.

Apesar de parte da história de Anne estar começando a soar familiar, Charlotte ainda seguia confusa. Ela se sentou na cama.

— O que é o "dom do sexto dedo"?

— É o dom de curar e ver o futuro a partir das mãos — respondeu Anne. — O dever de meu pai como *Akomo*, o chefe e sumo sacerdote de nosso povo, era proteger várias relíquias sagradas que chegaram à Etiópia através de Menelik, filho de Salomão, e da escura rainha de Sabá. Ele também foi encarregado de outros tesouros que foram roubados do Templo do Rei Salomão pelos Cavaleiros Templários no século XI. Apenas um sacerdote, um dabtara, sabia qual era a localização e tinha permissão para guardar e proteger esses itens. Quando este sacerdote morria, era substituído pelo filho e assim por diante.

— Inacreditável! — exclamou Charlotte em voz alta.

— Este amuleto foi projetado para um dos Grão-mestres Templários, com o propósito de ser entregue ao próximo Grão-mestre ou Senescal — disse Anne, enquanto acariciava o próprio amuleto. — Após as prisões e execuções dos Templários, dezenove dos navios deles deixaram a França com os tesouros, além de sete dos nove amuletos. Um navio chegou à Etiópia e me disseram que meu amuleto ficou sob os cuidados do "sacerdote protetor". O protetor acabou por se tornar o sumo sacerdote, meu sexto tataravô... Por fim, a tradição chegou ao meu pai.

Anne serviu outra xícara de chá para Charlotte.

— Mas meu pai não teve sorte. Ele não tinha filhos homens, e a lei dabtara determinava que era para eles que deveria ser passada a gnose sagrada e mística dos essênios e este amuleto. Quando nasci, meu pai já tinha dez filhas e percebeu que talvez nunca tivesse um filho. Além disso, eu possuía a marca em meu corpo que, se eu fosse um menino, teria garantido que eu herdasse o amuleto e a posição de *Akomo*...

Charlotte estava extasiada. Anne tinha a marca de Madragana?

— Então meu pai cometeu um ato inacreditável e escandaloso — continuou Anne. — Ele me criou como menino e meu nome era Juhari. Eu só soube sobre minha própria história secreta muito mais tarde, quando já sabia ler. Eu era quieta e reservada e estudava com os outros meninos. Aprendia todas as línguas dos povos com quem nos encontrávamos e negociávamos e era considerada valiosa, destinada a ascender ao status de *Akomo*. Quando fiquei mais velha e percebi que meus seios estavam crescendo e que não possuía o órgão que diferencia os meninos das meninas, meu pai me disse que eu deveria continuar sendo menino para receber "o presente", e também porque qualquer revelação sobre o fato de eu ser uma menina nos traria uma maldição. Então, continuei sendo homem. — Anne sorriu com a memória por um momento. — Conforme meus seios se desenvolviam, eu os enfaixava e os escondia sob roupas largas. Aprendi mais como menino do que jamais teria aprendido como mulher e agradeci por essa vantagem. Eu tinha respeito e consideração simplesmente por acreditarem que era de determinado gênero. Mas logo meu tempo como mulher começou. Durante um *Choipat*, uma aula para jovens homens líderes, um ancião viu que havia sangue em minhas calças. Logo perceberam que eu não estava ferido ou doente, mas que era uma mulher. Fui expulsa e uma maldição foi lançada sobre minha família. Mas foi meu povo que teve consequências ruins. Nenhuma colheita rendeu naquele ano nem no próximo e ocorreram muitas doenças e mortes inexplicáveis.

Os olhos de Anne se encheram de lágrimas com a lembrança.

— Um dia meu pai veio até mim com este amuleto e me contou a história e a jornada. Ele me explicou por que era meu dever protegê-lo. Ele disse que acabara de descobrir que lhe faltava pouco tempo na terra e que eu tinha que assumir meus deveres como *Akomo*, mesmo que nunca fosse me tornar um. Disse que eu deveria recolher rapidamente os meus pertences, que alguns membros do povo nômade Venda viriam me buscar perto do rio. Ele havia feito um pacto secreto com o chefe deles para garantir minha segurança e minha vida. Fiz o que me foi dito. Naquela noite, meu pai, minha mãe e nove de meus irmãos foram mortos por causa da conspiração dele.

Mas o chefe Venda, em vez de honrar o pacto que fizera com meu pai, me vendeu para um escravista branco. Eu não queria que o amuleto fosse roubado de mim e sabia que, por ser ouro, seria confiscado. Então, o escondi no único lugar que eles não checaram... meu útero.

Charlotte ficou chocada ao saber disso e baixou a xícara para escutar com bastante atenção.

— Nós viajamos por três dias, pegando outros africanos sequestrados ou fugitivos de vários povos no caminho. Então, um dia, fomos colocados em um navio e acorrentados. Eu tinha catorze anos e tive sorte: ninguém me estuprou no navio. Meu amuleto estava seguro, embora eu sentisse dores constantes. Navegamos por duas semanas até chegarmos a Bristol. Lá, fiquei no cais com os outros escravizados à venda. Eu vi lorde Bethany apontar para mim, e foi assim que vim parar neste país com os Bethany.

Anne explicou que, quando chegou à casa dos Bethany, removeu o amuleto de dentro de si, o limpou, o poliu e o pintou em segredo para esconder seu brilho dourado. Ela entendera que agora era propriedade dos Bethany e, como antes, não queria que o amuleto lhe fosse tomado de maneira injusta. Então, o amarrou bem baixo para que ele caísse bem dentro de sua roupa. A única vez que escorregou foi no baile do rei Frederick, quando ela acompanhou os Bethany à Alemanha. Essa foi a noite em que Charlotte viu o amuleto de Anne e o reconheceu.

— A vida com os Bethany era difícil. Lady Bethany foi gentil no início, mas depois não mais, quando descobriu lorde Bethany se deitava comigo contra minha vontade.

Anne parou, enxugando os olhos por um momento. Charlotte estendeu a mão e pegou a de Anne, que continuou:

— Lutei com ele muitas vezes e perdi a batalha muitas vezes. Mesmo no meu resguardo, ele ainda vinha aos meus aposentos para fazer o que quisesse comigo.

— Resguardo? Você tem filhos? — perguntou Charlotte, com espanto.

— Eu tenho uma filha, Mary, de lorde Bethany. — Anne enxugou os olhos e reuniu sua determinação. — Ela tem oito anos agora. E com o dinheiro que a senhora vai me pagar, vou tentar encontrá-la e tirá-la da escravidão. — Anne indicou o amuleto. — E, quando chegar a hora certa, darei a ela meu amuleto, pois será dela por direito.

— Por que você diz que será dela?

Anne serviu outra tigela de sopa para a rainha.

— Ela também tem a marca. — A mulher etíope pensou um pouco antes de continuar. — Meu pai me deu este amuleto para me manter segura e me dar um sentido e um propósito. Pretendo fazer o mesmo e dar o meu para minha filha.

Charlotte acariciou seu próprio amuleto.

— Recebi este pelo mesmo motivo. — Ela olhou para Anne e sorriu. — Parece que somos almas irmãs, por conta desse propósito.

Anne ajudou a rainha a se encostar em seu travesseiro. Então ela viu a marca de nascença da rainha. Charlotte viu a reação de Anne.

— O que há de errado?

Anne estava tremendo.

— Majestade. A-a senhora carrega a marca de uma "Filha de Davi" — gaguejou ela. — A mãe do rei também.

— Como você sabe que a princesa-viúva tem essa marca de nascença?

— Quando ela estava sendo medida para encomendar um vestido novo, entrei para trocar os lençóis dela. Vi com meus próprios olhos. É a mesma marca, no mesmo lugar que a sua — respondeu Anne, soltando a gola do uniforme e puxando-a para o lado.

Em seu ombro direito havia uma pequena marca de nascença vermelha e com relevo.

— A mesma que eu tenho.

Charlotte estava agora em choque. Anne continuou:

— Há uma profecia entre os dabtaras que diz: "Uma Filha de Davi conduzirá os filhos das trevas para a luz". Achei que talvez fosse eu. Mas agora vejo que é a senhora, Vossa Majestade.

Charlotte ficou sem ar. Não conseguia compreender tudo aquilo. Estava muito confusa com o que havia descoberto naquele instante: Anne tinha a marca, princesa Augusta tinha a marca. Profecias, filhos das trevas, Filha de Davi? De repente, tudo voltou à tona, e ela lembrou do que o pai havia dito no dia em que morreu, tantos anos atrás:

"Talvez um dia você venha a descobrir. Mas, por enquanto, apenas saiba que, sendo uma menina com a marca, você é uma 'Filha de Davi' que um dia usará o amuleto..."

Charlotte precisava de tempo para se situar em meio a todas essas informações. Ela se firmou com autoridade e acenou com a cabeça para Anne.

— Obrigada. Isso é o suficiente.

Anne assentiu, recolheu os pratos e saiu. Charlotte olhou para seu amuleto e pensou na longa jornada que o objeto tinha percorrido. Segurando a barriga, foi até o armário onde havia escondido o baú de madeira, coberto por tapetes e peles. Ao destrancar o armário, ela abriu a gaveta secreta do baú apenas para que pudesse tocar os preciosos recipientes de madeira mais uma vez — quase para garantir a si mesma que eram de verdade. Depois de fechar o relicário, Charlotte foi até a escrivaninha e pegou seu diário. Com os dedos ainda trêmulos, pegou a pena e escreveu a noite toda.

Trinta e um

Abril de 1763

A nova residência de Buckingham, chamada de Casa da Rainha, tornou-se um símbolo da modernidade quando finalmente foi concluída. Os novos e requintados aposentos de Charlotte eram grandes e confortáveis e, embora ela não esperasse que George se tornasse um inquilino permanente, pois ele amava muito St. James, recebia bem a companhia dele, especialmente agora que estava esperando seu segundo filho.

O resguardo de Charlotte a mantinha na cama por horas a fio, um período em que tinha pouco para fazer além de ler e pensar. Perguntava-se em quem poderia confiar para entregar os pergaminhos ao duque de Levis-Mirepoix, para que fossem finalmente traduzidos.

Será que um dia ela saberia de fato o que tinha em mãos?

E mais, apesar do quão curiosa estivesse, será que ousaria perguntar a Augusta sobre a marca de nascença? Charlotte sabia que a princesa-viúva tinha visto a marca de nascença dela, pois Amelia a contara sobre isso. Se fosse verdade que Augusta possuía uma marca semelhante, provavelmente já teria dito algo a respeito. Assim, Charlotte permaneceu calada, e nem ela nem Anne voltaram a falar sobre a conversa que tiveram.

Felizmente, havia duas ocasiões em que ela encontrava distração do peso de seus pensamentos. Charlotte passava muito tempo com Lia de Beaumont, a quem adorava. Madame Lia, que também era bibliófila, levou livros e panfletos ao palácio para a leitura da rainha. Um dos panfletos era *Observações sobre a escravização, importação e compra de negros*, de Anthony Benezet, que Lia comprara no mercado proibido. Charlotte ficou tão comovida com a argumentação fervorosa do autor contra a escravidão que a leitura lhe serviu como motivação adicional.

Ela também tinha a maravilhosa distração de suas aulas de música com Christian. Mas, por mais que desejasse o contrário, seu tempo com ele sempre passava muito rápido. Christian chegava pontualmente às onze da manhã e tocava até ela chegar. Então, a rainha dispensava as damas e os guardas do lado de fora da porta e os dois começavam. Às vezes era uma aula de cravo, outras vezes uma aula de canto, e às vezes eles só tomavam chá e conversavam. Na verdade, as conversas eram a melhor parte de vê-lo.

Finalmente, quando disse a Christian que iria ter outro filho, ele ficou feliz por ela, pois ele mesmo desejava ter filhos, embora ainda não tivesse encontrado uma mãe em potencial para eles.

— Bem, não foi por falta de tentativas suas, senhor. — Charlotte riu.

Christian então a presenteou com seus planos de entretenimento na corte. Ele havia encontrado um menino virtuoso chamado Mozart que queria trazer para Londres com sua família para se apresentar.

— Talvez na próxima temporada eu possa fazer vários concertos com Saint-George e com este menino maravilhoso.

— Parece divino — respondeu Charlotte, cheia de expectativa.

Então, os dois se olharam, e uma onda de emoções trouxe um tom vermelho vivo para as bochechas da rainha. Charlotte desviou o olhar e se levantou.

— Receio que não possa ter outra aula até que se finde meu resguardo — inventou ela. — A boa notícia é que você terá muito tempo para terminar e ensaiar sua nova ópera até o bebê nascer...

— Charlotte, por que você faz isso sempre que estamos próximos e sem palavras para dizer além do que está em nossos corações?

Charlotte se afastou, olhando para Christian com uma ponta de arrependimento.

— Não falaremos mais sobre isso.

Ela saiu da sala, sem prestar atenção que passava por lady Lizzie que, franzindo a testa com interesse, veio até a porta aberta da sala de música e viu o maestro angustiado e segurando a própria cabeça.

Mas, quando Charlotte subiu para ir até seus aposentos privados, seu funcionário-chefe correu até ela.

— Vossa Majestade, o rei deseja que a senhora permaneça dentro da residência até segunda ordem.

— Por que, sir Robert? O que está acontecendo?

— Há uma agitação acontecendo nas ruas. Fui instruído a informar que ninguém deve sair.

Na sala de música, Christian estava colocando partituras em uma mala quando sir Robert entrou.

— Sr. Bach, Sua Majestade deseja que o senhor fique aqui na Casa da Rainha esta noite. Ele instruiu que todos fizessem o mesmo. Há agitação nas ruas e sua segurança não pode ser garantida de outra forma. Estamos preparando um apartamento para o senhor agora.

— Que tipo de agitação? — perguntou Christian, preocupado.

O motorista do primeiro-ministro Bute estava tendo dificuldade em conduzir a carruagem e os cavalos. Bute temia por sua vida. Durante os últimos cinco meses, a raiva crescera devido aos impostos destinados ao povo, que já estava no limite da sobrecarga financeira. Agora, o Imposto da Sidra, uma nova taxa, fizera com que cidadãos e membros do Parlamento se indispusessem com o governo. As pessoas estavam cansadas e a tensão se transformou em protestos nas ruas. Embora Bute fosse o principal responsável pela "Paz de Paris", que encerrou oficialmente a Guerra dos Sete Anos, ele ainda era criticado por ter se intrometido no governo e as massas o odiavam. Especialmente sir John Wilkes que, sob um pseudônimo, atacava Bute em todas as edições do *North Briton*. Agora, uma multidão enfurecida estava protestando, e a agitação não contida se espalhava perto de St. James e da Casa da Rainha. Membros do Parlamento foram apedrejados e efígies de Bute queimavam em Londres.

Enquanto Bute se dirigia em meio ao perigo até a Casa da Rainha, que era muito mais perto do que a residência dele em Hampshire, dissidentes furiosos tentaram aterrorizar a carruagem em que estava. Por sorte, ele contava com a proteção de um guarda-costas, porque vivia com medo. Finalmente, alcançou a entrada da frente da Casa da Rainha e foi imediatamente levado ao rei, depois de perguntar se George estava na residência.

— Vossa Majestade, uma multidão irada está a caminho. Mal consegui chegar — informou Bute ao rei.

— Sim, meus guardas me alertaram mais cedo. Você deve permanecer aqui. Assegurei-me de que a rainha e meu filho estão a salvo, e todos receberam ordens de ficar na residência até que a crise diminua.

— Onde está a princesa Augusta?

— No andar de cima. Ela e minhas irmãs foram trazidas da Casa Carlton.

No apartamento de hóspedes do segundo andar, a mãe de George estava chorando na janela, onde havia testemunhado seu amado Bute sendo desprezado nas ruas. Cartazes erguidos no ar anunciavam: "Não queremos patifes escoceses" ou "Não queremos Butes!". Augusta viu representações de Bute como um bode montado em uma versão dela como uma cabra rumo ao inferno e ficou ofendida.

Mas foi quando a princesa-viúva avistou uma carroça carregando uma efígie de Bute em chamas que se afastou da janela com lágrimas nos olhos e desabou em um canapé.

Finalmente, Bute bateu na porta e entrou. Augusta correu até ele, enterrando a cabeça em seu peito.

— Ah, John, graças a Deus você está seguro.

— Eu não sei se podemos superar isso, Augusta — lamentou Bute. — Talvez eu tenha que renunciar.

— Você não pode fazer isso. Eles vencerão — gritou ela.

Bute a abraçou.

— Eles já venceram. Os jornais estão cheios de insultos. Eles estão me chamando de "Tano do Norte", referindo-se a Macbeth, e de "Sir Pertinax Mac Sycophant".

George também não estava imune. Um homem pulou em sua liteira e tentou esfaqueá-lo quando estava a caminho da Casa Carlton para visitar a mãe no dia anterior. Igualmente vexatória era a edição mais recente do *North Briton*. Na edição nº 45, Wilkes, usando seu próprio nome, desqualificava o governo do rei, chamando-o de a maior "instância abandonada de descaramento ministerial". Ele criticou o tratado de paz de Bute, referindo-se a ele como uma "ruína corrupta desonrada" e acusou o governo de ser "mentiroso e não trabalhar para o bem maior do país".

Agora George estava na Casa da Rainha com sua família e seus convidados como se fosse um prisioneiro. Naquela noite, Charlotte e George tentaram jantar com Christian, Bute, Edward, Augusta e Amelia enquanto os sons do protesto ecoavam ao longe. O rei insistiu que a melhor maneira de lidar com eles era continuar a agir normalmente, desde que não discutissem política.

No entanto, a tensão que permeava a relação de Charlotte e Christian, que mal conseguiam olhar um para o outro, não era de conhecimento do rei. O príncipe Edward estava ciente de que algo acontecia entre os dois, mas não disse nada. Ele já tinha ouvido piadas suficientes sobre seus sentimentos crescentes pela rainha.

Depois do jantar, o rei sugeriu que todos tocassem música juntos.

— Vamos fazer um concerto improvisado. Posso tocar minha flauta; Christian, o violino; e Charlotte, o cravo.

Assim, durante uma hora e meia eles se divertiram enquanto Augusta, Bute, Edward e Amelia cantavam. Por fim, Charlotte pediu licença mencionando uma dor de estômago e saiu da sala. Suas damas de companhia foram com ela e Augusta e Amelia seguiram o exemplo, deixando os homens a sós.

— Apesar da revolta acontecendo lá fora nesse momento, os novos jardins laterais estão abertos e são uma bela vista para os olhos — disse o rei para Christian, enquanto bebiam conhaque. — Principalmente à noite, com as tochas acesas e o brilho da lua refletindo no espelho d'água. Aproveite-os antes de se recolher para seus aposentos, sr. Bach.

George então se desculpou pelo tumulto e por Christian não poder sair, e em seguida insistiu que ele e o irmão Edward precisavam falar com Bute.

Christian fez uma reverência quando George, Edward e Bute deixaram a sala de música, sem dúvida para discutir o que deveria ser feito para reprimir os selvagens rebeldes além dos portões. Ele não tinha certeza se queria visitar os jardins nessas circunstâncias, mas também não sabia se queria estar no mesmo lugar que Charlotte, pois ela estava irritada com ele. Depois de reconsiderar, ele se viu vagando naqueles mesmos jardins com seu copo de conhaque.

No andar de cima, Charlotte acendeu uma vela e foi até a mesa para fazer uma anotação em seu diário. O quarto estava abafado e ela abriu uma janela, colocando a vela no parapeito. A revolta ao longe parecia estar diminuindo, mas a tempestade em sua mente não mostrava sinais de que iria se atenuar. Ela só conseguia se perguntar o que deveria fazer. Desde a conversa com Anne, se viu relendo o diário do pai em busca de alguma pista que pudesse ter perdido. Mas não havia nenhuma, e talvez tenha sido essa frustração que a levou a reagir de forma exagerada com Christian mais cedo, algo que ela agora se arrependia de ter feito.

No jardim de flores logo abaixo, o brilho inesperado da luz da vela assustou Christian, que sentava em um banco de pedra perto do espelho d'água. Ele olhou para cima e viu Charlotte, que se acomodava no assento da janela. A luz bruxuleante da vela acentuava a figura da rainha, principalmente o nariz e a boca voluptuosa, que sempre parecia pronta para ser beijada. Quando ela colocou o diário de lado e olhou para o turbulento céu noturno, Christian fechou os olhos e rezou para que ela o visse lá fora no escuro e viesse até ele ou o chamasse até seus aposentos privados. Ele podia ouvir o coração batendo forte, e a respiração estava em uníssono com essas batidas.

Mas quando abriu os olhos novamente, Charlotte tinha se afastado de seu campo de visão e ido embora. Ele se repreendeu. Ali estava ele, um dos compositores mais famosos da Europa, desejando a única mulher no mundo que não poderia ter. Christian balançou a cabeça, frustrado; precisava abandonar essas fantasias infantis e seguir em frente. Assim, ao terminar seu conhaque, se virou para voltar ao palácio.

Mas ali, na frente de seus olhos... estava Charlotte. Vestia um robe e estava parada. Eles se olharam por um momento intransponível. Christian se aproximou sem perder o contato visual e Charlotte não recuou quando ele acariciou o rosto dela, que descansou em sua palma.

— Charlotte... — sussurrou Christian.

Mas um dedo tocou seus lábios.

— Shhhh — advertiu Charlotte baixinho.

Christian beijou Charlotte, que correspondeu com vontade. Ele a puxou e a protegeu em seus braços. Era o beijo com que haviam sonhado, que há muito desejavam. No entanto, quando seus lábios por fim se separaram, Charlotte estava arrependida.

— Eu entendo — disse Christian. — Eu só precisava saber se ainda havia algum sentimento por mim.

— Tanto sentimento que mal consigo suportar — sussurrou Charlotte. — Mas eu sou *dele*. O filho dele está dentro de mim.

Christian fez uma reverência e permitiu que Charlotte voltasse para seus aposentos. Quando ela se foi, ele pôde ao menos se consolar com o fato de que ela ainda nutria sentimentos por ele, e ele ainda a amava — o suficiente para deixá-la ir. Agora que estava em paz, virou-se para sair do jardim, mas parou de maneira abrupta.

Na frente dele estava o príncipe Edward, olhando-o com raiva e ciúme. Ao reconhecê-lo, Christian rezou para que o príncipe não tivesse visto seu beijo com Charlotte. Mas, quando Christian tentou passar por Edward, o príncipe agarrou o braço dele.

— Mais do que ninguém, eu entendo por que ela precisa ter afeto na vida...

— Vossa Alteza...

— Não sei há quanto tempo isso está acontecendo e vou fazer vista grossa. Mas deve acabar aqui, ou tornarei sua vida em Londres muito difícil. Não vou permitir que meu irmão seja um corno — advertiu o príncipe.

Christian assentiu.

— Não chegou a esse ponto. Só sinto saudade dela por conta de nosso tempo em Mecklemburgo, onde nós...

Ele se interrompeu.

— Nós estaríamos casados se ela não tivesse sido trazida para cá. Por favor, não torne a vida dela mais difícil por causa disso. Eu vou me afastar.

Edward sentiu a verdade das palavras de Christian, assentiu e saiu. Christian subiu as escadas que o levavam ao quarto que lhe fora designado para passar a noite, sabendo que seu tempo na corte se tornara limitado.

Enquanto isso, na biblioteca, a cabeça de George latejava. Edward entrou enquanto ele falava com Bute.

— Como espera que eu aceite isso depois de tudo que você significou para o meu reinado e para minha felicidade? — disse George, massageando as têmporas.

— Devo livrá-lo da ridicularização, Majestade — respondeu Bute. — Para o bem do seu governo e para o bem do povo. Estou sob muita pressão. Nem o arcanjo Miguel conseguiria governar a Inglaterra.

— É culpa de Wilkes, com aquele maldito jornal. É por isso que você está indo embora.

Bute colocou seu conhaque de lado e apoiou a mão no ombro do rei.

— O jornal de Wilkes é a ponta de um iceberg de queixas que as pessoas têm contra o senhor e contra mim. Do jeito que está, não posso andar pelas ruas sem me disfarçar com chapéus e perucas. Estou correndo risco de vida o tempo todo. Senhor, eu sou dispensável. Permita-me renunciar.

O rei balançou a cabeça e olhou para Edward, que assentiu. Bute foi conciliador, esperando trazer mais conforto ao rei.

— Sempre disse que ficaria no cargo somente até que fosse alcançada a paz com a França. Isso já aconteceu. Então, não se preocupe comigo. Francamente, estou aliviado. O senhor encontrará outro primeiro-ministro para formar um governo em seu nome. Um que gere menos dissidência, espero eu.

George desviou o olhar. Não era como se isso fosse inesperado. Até Charlotte havia sugerido que pedisse para Bute renunciar, dois anos atrás. Finalmente, o rei voltou-se para o amigo.

— John, estamos juntos há tanto tempo que às vezes não sei como funcionar sem você.

— Se serve de consolo, seguirei sendo seu conselheiro de confiança e não tenho nenhuma intenção de abandonar nossa amizade. Você é mesmo como um filho para mim — disse Bute, com orgulho.

George ofereceu a mão. Bute a apertou e houve uma longa e constrangedora pausa.

— Eu vou lhe cobrar, velho amigo — afirmou o rei. Após outra pausa e um aperto de mão para Edward, John Stuart, terceiro conde de Bute e ex-primeiro-ministro da Inglaterra, deixou a biblioteca e, na Casa Buckingham da rainha, deitou-se como cidadão privado. Edward deu um tapinha no ombro do irmão, sabendo que George estava triste — e que assim ficaria por um bom tempo.

Seis dias depois, em 30 de abril, foram emitidos mandados para as prisões de Wilkes e dos editores do *North Briton*, acusados de difamação caluniosa. Wilkes foi levado para a prisão da Torre de Londres, onde jurou vingança ao rei George III.

✠

No verão de 1763, o povo ficou muito animado com a renúncia de Bute. Mas foi a prisão de sir John Wilkes, juntamente com outras 49 pessoas associadas ao *North Briton*, que criou uma enxurrada de comentários irados nos jornais e nas ruas. George, que se sentiu publicamente difamado pela edição nº 45 e que achava que ninguém deveria falar contra o governo, estava feliz por Wilkes estar recebendo uma recompensa justa pelos seus atos; mas, a cada dia que passava preso, Wilkes ganhava mais apoio.

O julgamento foi presidido pelo chefe de justiça William Mansfield, outro de seus adversários odiados, e a raiva que sentia contra o rei era palpável. Sir Wilkes jurou que Sua Majestade sentiria o peso de toda a sua ira. Quando lorde Henry Fox visitou Wilkes na prisão da Torre de Londres, eles conversaram sobre o ódio em comum por George, Bute e pela rainha. Wilkes jurou que, se um dia fosse solto, continuaria publicando qualquer informação condenatória que encontrasse sobre George, que, segundo ele, "não conseguia governar sem um marionetista".

Por ser um membro do Parlamento, Wilkes tinha privilégio executivo em relação aos crimes de calúnia e conspiração e foi libertado da prisão. Seus seguidores gritavam o nome dele pelas ruas e Wilkes voltou a demonizar George.

No entanto, Bute — o marionetista em questão —, agindo em nome do rei como cidadão privado, falou com um amigo e apoiador conservador na Câmara dos Comuns para apresentar uma moção solicitando que os privilégios de prisão de membros do Parlamento não se estendessem ao caso de escrita e publicação de calúnia conspiratória. Uma semana depois, o Parlamento votou a moção. Foi aprovada. Foi emitido outro mandado para Wilkes.

Mas, dessa vez, antes que pudesse ser preso novamente, um grupo de seus amigos, liderado por lorde Fox, o levou para fora do país. Wilkes embarcou em um navio com destino a Paris sob o subterfúgio de "visitar a filha". Lorde Fox prometeu vingança para Wilkes por meio da "coleta de fofocas, escândalos e negócios sujos" da monarquia. Charlotte descobriria anos depois que Fox sugeriu que eles encontrassem e pagassem um espião adequado para ajudá-los, alguém que pudesse se infiltrar no palácio e coletar informações.

Wilkes ofereceu a pessoa perfeita, lady Lizzie, que já estava sob o comando dele, e lorde Fox o ajudou a facilitar financeiramente o processo. Assim que chegou a Paris, Wilkes decidiu não voltar para enfrentar o processo da corte. Ele foi julgado em ausência, considerado culpado de publicar calúnia conspiratória contra George e declarado foragido.

Trinta e Dois

— Nascido em 16 de agosto de 1763, príncipe Frederick Augustus Hanover, o duque de York! — anunciou o dr. Grey.

Foi um parto fácil e um nascimento rápido, considerando o árduo resguardo que a rainha teve em St. James. Como a Casa da Rainha ainda não estava pronta para ser a residência real formal, Charlotte e George escolheram ter seu filho onde ela pudesse ser mais bem cuidada. Meio atordoada pelo calor sufocante do verão, vendo George segurar e mostrar seu segundo filho para uma multidão animada lá embaixo, Charlotte sentou-se na cama com um sorriso no rosto. Depois, o rei entregou o bebê a uma das parteiras enquanto o dr. Grey dava a Charlotte uma tigela de caudel e um pouco de chá.

O rei foi até o leito real e beijou a testa da esposa.

— Muito bem, minha querida — disse ele a Charlotte, apertando a mão da rainha e sorrindo. — Temos um herdeiro e um reserva.

Ambos riram, e então tudo ficou tranquilo.

— Quando você tiver descansado o suficiente, iremos fazer uso das águas de Bath. Vai fazer bem a nós dois.

Charlotte assentiu, então perguntou a George sobre suas dores de cabeça recorrentes. Depois de assegurar-lhe que estava bem, o rei tocou o rosto dela com doçura e saiu da sala, permitindo que sua mãe se sentasse com a rainha por um tempo. Augusta tinha um livro com ela e, sentada, enxugou o suor que escorria profusamente de sua testa.

— Meu Deus, que calor. O agosto mais quente de que me lembro — lamentou ela, entregando o livro para Charlotte. — Trouxe algo para você ler enquanto recupera suas forças. Sei que adora livros, e este é um conto de aventura escrito por William Defoe.

— O homem que escreveu *Robinson Crusoé*.

— Ele mesmo. Este se chama *A vida amorosa de Moll Flanders*. E já que sei que há uma pontinha de mulher independente dentro de você, mandei lady Lizzie buscar um exemplar.

— Obrigado, Vossa Alteza. Irei guardá-lo com carinho.

Charlotte sorriu agradecida, depois fez um sinal para a parteira trazer o pequeno Frederick.

— Aqui está seu mais novo neto.

Quando Augusta se virou para receber a criança, Charlotte viu. Estava bem ali no ombro direito do bebê, logo abaixo da clavícula. A marca de nascença. Era menor que a de Charlotte, mas ainda assim vermelha, com relevo e em forma de cruz. Obviamente merovíngia e hereditária.

Anne estava certa. Agora Charlotte precisava de respostas. Ela observou enquanto Augusta brincava com seu filho recém-nascido, tentando arquitetar um plano para conversar com a viúva sobre o que talvez pudesse ser o extraordinário passado que tinham em comum.

Levou mais duas semanas para que Charlotte conseguisse reunir coragem para falar com a mãe de George. Seu próprio silêncio a lembrou de quanto tempo levara para falar com Jon sobre as aulas de dança em Mecklemburgo. No entanto, um dia surgiu a oportunidade perfeita, logo depois do almoço em família na Casa da Rainha. George e Edward decidiram jogar uma partida de xadrez, deixando Charlotte com a viúva.

— Augusta, posso falar com você... em particular? — perguntou Charlotte à mãe do rei.

A viúva assentiu. As duas saíram do salão de jantar e entraram na biblioteca para ter privacidade. Charlotte fechou a porta e se virou para Augusta, puxando o colarinho para revelar sua marca de nascença. Augusta permaneceu em silêncio, tentando não reagir quando Charlotte se aproximou.

— Eu sei que essa é uma marca de nascença incomum. Específica e hereditária.

Augusta seguiu sem demonstrar emoção, mas tremia por dentro.

— Sim. Eu vi sua marca no dia do casamento. Contei a George. Ele, como sempre, me dispensou imediatamente.

Charlotte processou a informação, e então continuou:

— É verdade que *você* possui essa marca?

Augusta, por fim, reagiu.

— O que você sabe sobre ela?

— Pelo que sei, nós a herdamos dos reis merovíngios.

— Isso é tudo que você sabe?

— Há uma conexão com os Templários?

— Não falamos disso. Não há confirmação — disse Augusta. — Quem lhe contou sobre sua marca de nascença?

Charlotte foi cautelosa. Ela escolheu não mencionar Madragana. Se Augusta soubesse sobre o amuleto de Charlotte, os diários de seu pai, os pergaminhos ou Anne, a viúva explodiria em chamas.

— Meu pai me contou algumas coisas antes de morrer. Outras ele escreveu.

— Você ainda tem essa informação escrita?

— Não. — Charlotte odiava mentir para Augusta, mas precisava proteger a si mesma e seus segredos.

Augusta encarou Charlotte, sem ter certeza se a rainha estava dizendo a verdade ou apenas sinceramente curiosa sobre quem ela era. Começou a rodear Charlotte.

— Vossa Majestade, por que esperou até agora para falar comigo sobre isso?

— E-eu vi sua marca de nascença naquele dia, quando você estava brincando com o bebê. Sempre houve tantos mitos e lendas em torno da minha e pensei que talvez você soubesse mais sobre o que significava.

Augusta levou certo tempo para responder, pois precisava decidir se deveria revelar tudo o que sabia ou reter algumas informações.

— O pai de George, Frederick, tornou-se maçom. Ele foi, de fato, um dos primeiros da realeza da Grã-Bretanha a ser iniciado no Templo Maçônico. Fez isso com o objetivo de fazer parte de uma sociedade secreta cuja missão sagrada era proteger algumas informações que sabia, mas optou por não confiar a mim. Só descobri depois que ele morreu.

— Que informações?

Augusta olhou para Charlotte.

— Sabíamos que em algum lugar da ascendência familiar de meu marido havia uma moura de descendência davídica que deixou pergaminhos sobre sua história de vida e genealogia. Mas Frederick só conseguiu ir até oito gerações atrás. — Ela parou um momento para se estabilizar. — Minha ancestralidade, no entanto, remonta a gerações anteriores.

— Quantas gerações? — perguntou Charlotte.

A mãe de George voltou-se para a jovem rainha e, quando o fez, Charlotte estava com o amuleto fora de seu lugar de proteção dentro do vestido. Ela o mostrou a Augusta.

— Meu Senhor. V-você tem uma chave de amuleto! — exclamou a viúva. — Mas como?

Ela estendeu os dedos trêmulos para tocar o talismã. Impressionada, olhou nos olhos da rainha Charlotte Sophia e confirmou que ela sabia mais do que deixava transparecer.

— Você sabe o que é isso?

Charlotte assentiu em silêncio. A princesa-viúva foi imediatamente até uma mesa e escreveu algo em uma folha de papel. Quando terminou, dobrou-a com cuidado e selou-a com cera. Ela chamou o pajem e entregou a ele.

— Diga a lady Worthington que envie isso o quanto antes.

O pajem assentiu e saiu. A princesa-viúva virou-se para Charlotte.

— Você fará o que eu disser, Vossa Majestade. — Ela deu a ordem de maneira tão firme que Charlotte instantaneamente assentiu. — O significado do seu amuleto é extremamente profundo. Eu não acho que você entenda o quanto.

— Eu fui informada que descendo de Margarita de Castro y Sousa e de Madragana ben Bekar antes dela — sussurrou Charlotte. — Disseram-me que é uma das razões pelas quais tenho a pele mais escura e que fui escolhida com um propósito. Mas não sei qual é esse propósito.

— Você foi informada de sua descendência do marido de Margarita, o conde Jean II de Neufchâtel, ou das Filhas de Davi? — insistiu Augusta.

Agora Charlotte estava tremendo. Obviamente, Augusta sabia de tudo.

— Você está me assustando. Diga-me o que preciso saber.

— Amanhã de manhã, você virá comigo. Temos que ir a um lugar onde você poderá compreender de maneira mais profunda o seu amuleto... e você mesma. Mas não poderá contar a George.

Na manhã seguinte, Charlotte saiu da cama e lady Hagedorn a vestiu para viajar. Ela comeu ovos e mingau com Augusta, que então chamou sua carruagem em vez da de Charlotte. Augusta explicou que a carruagem oficial de Charlotte atrairia muita atenção para onde estavam indo, e que Charlotte deveria remover as joias e quaisquer apetrechos que a identificassem como a rainha. Minutos depois, o pajem retornou e indicou que a carruagem de Augusta estava pronta.

— Se o rei perguntar, diga que a rainha e eu fomos visitar minhas irmãs — disse Augusta ao pajem, que assentiu e foi embora.

A rainha lutou para não demonstrar sua tensão para a mãe de George enquanto viajavam por mais de três horas pelo campo. O senhor Harvey, o cocheiro, parecia saber para onde estavam indo enquanto passavam por encostas escarpadas e terrenos acidentados, rochosos e rurais ao longo da London Road. Augusta assegurou a Charlotte que ficariam bem e apertou a mão da rainha assustada.

Ao meio-dia, a carruagem chegou à cidade de Hertfordshire, ao norte de Londres. Elas foram levadas para o nº 42 da Fore Street, perto da Praça do Mercado. O edifício era uma bela estrutura de pedra ostentando arcos altos, cornijas de madeira entalhada e um telhado de chumbo — o estilo comumente empregado pelos arquitetos do século XIII. Augusta sugeriu que Charlotte mantivesse a cabeça baixa. Enquanto caminhavam até a porta lateral, Charlotte sentiu as palmas de suas mãos ficando úmidas. Havia algo estranho na maneira como Augusta olhava furtivamente ao redor para ter certeza de que ninguém as observava. Ao chegar à entrada, ela bateu três vezes de uma maneira muito específica na porta antiga. Charlotte notou que não havia placa nem nada que indicasse que essa porta lateral era, na verdade, a entrada principal do prédio. Nada exceto um pequeno símbolo esculpido nela, um triângulo com o que parecia ser um olho no topo.

Logo elas ouviram três batidas específicas em resposta às de Augusta. A viúva bateu uma vez. Uma batida veio em resposta. Uma voz masculina foi ouvida de dentro, fazendo a pergunta:

— Quem você representa?

— Deus e as três luzes menores — respondeu Augusta.

— O que são essas três luzes menores?

— O sol, a lua e o Mestre da Loja.

— Como elas são explicadas?

— Assim como o sol governa o dia e a lua governa a noite, o Venerável Mestre usa seus esforços para conduzir e governar sua Loja com igual regularidade.

A porta se abriu. O homem atrás dela era grande e usava uma túnica com capuz, como a de um monge. Charlotte podia ver que ele tinha límpidos olhos azuis, o nariz um pouco inclinado para a esquerda e fios de cabelo esparsos e grossos. Era uma figura assustadora. Charlotte manteve a cabeça baixa, tentando passar despercebida, mas estava fascinada. Ao entrar, Augusta anunciou-se ao monge como "Irmã Augusta Hanover, viúva do Irmão Frederick Louis Hanover", depois pediu-lhe que se certificasse de que as "Irmãs" estavam reunidas. O monge assentiu e apontou para uma porta à esquerda.

O interior do prédio tinha um piso quadriculado preto e branco e estava bem iluminado com velas em castiçais góticos. As paredes eram adornadas com pinturas de homens resplandecentes, nitidamente importantes, usando faixas e aventais brancos. Alguns dos símbolos no teto pintado eram esquisitíssimos, e dentre os muitos desenhos de pirâmides, alguns apresentavam um olho no meio da parte superior, bastante parecidos com o símbolo da porta. A mobília era escassa.

Quando elas entraram no lugar indicado, Charlotte percebeu que era um saguão. Augusta a conduziu por mais dois longos corredores, um dos quais terminava em uma escadaria de pedra. Elas desceram vários lances de escadas de pedra calcária até chegarem ao fundo da fundação do prédio. À direita havia uma enorme porta de madeira com um complexo sistema de fechaduras e ferrolhos e um guarda sinistro vestindo um avental branco e uma faixa de aparência régia. O homem estendeu a mão. A viúva fez uma mesura, beijou o anel e depois apertou a mão do homem de uma maneira específica e familiar que Charlotte reconheceu como a Pata do Leão. Seu pai uma vez a instruíra a se lembrar daquele cumprimento, pois indicava um amigo verdadeiro. O aperto de mão secreto fez com que o homem falasse com a viúva em latim:

— *Es Davidis filiarum sectatrix?*

Augusta assentiu.

— *Ego sum a Filia quod eo per a Filia quod na phylacterium habitum.*

Ele entregou uma tocha acesa a cada uma delas. A princesa pegou a outra mão de Charlotte e as levou para a escuridão, que pareceu engoli-las.

— O que você disse ao guarda? — perguntou Charlotte, o nervosismo fazendo sua voz ficar uma oitava acima do normal.

— Ele me perguntou se eu era uma Filha de Davi. Respondi que sou uma Filha e que estava viajando com uma Filha guardiã de um amuleto.

Caminharam pelo que pareceu meio quilômetro. O grande túnel diante delas tinha um cheiro pútrido de ar abafado, mofo e inatividade. Os olhos de Charlotte, grandes e curiosos, encheram-se de curiosidade enquanto ela tentava enxergar em meio a escuridão sombria — a tocha incapaz de iluminar além de alguns metros à frente. Nas paredes, enquanto passavam, havia símbolos e glifos pintados. Alguns ela reconheceu de seu amuleto, outros eram semelhantes aos escritos que ela tinha visto no valioso baú de seu pai.

Finalmente, elas puderam avistar vislumbres de luz um pouco adiante, e Charlotte soube que haviam chegado ao destino final — seja lá qual fosse. Passando por baixo da porta levadiça que pairava sobre o portão de entrada, elas se aproximaram de uma sala cavernosa e mal iluminada, com um cheiro pungente de óleo. No meio da sala, entre dois pilares grandes e irregulares, havia uma estátua de quatro mulheres de tempos antigos. Ao pé da estátua havia uma tigela de mármore cheia de óleo e três velas queimavam no centro. Um mural havia sido pintado na parede central, representando seis barcos; um deles não tinha remos, à deriva no mar. No primeiro barco estava um homem mais velho segurando uma caixa com uma auréola ao redor acompanhado por quatro mulheres; uma delas tinha uma auréola em volta da cabeça e outra parecia jovem e tinha a pele escura.

— Que lugar é esse? — perguntou Charlotte, quase com medo de saber a resposta. A princesa Augusta acendeu várias tochas para iluminar melhor a área.

— Estamos em um antigo labirinto sob o castelo de Hertford. É um dos muitos túneis subterrâneos que se conectam a vários edifícios em Hertfordshire: Bayley Hall, o antigo Priorado, Salisbury Arms. Esses túneis e a cripta foram criados pelos Templários para que pudessem se reunir, bem como acessar seu tesouro britânico com facilidade em vários locais abaixo da cidade.

Augusta explicou que o complexo de criptas seguira intocado e selado até a época de Henry VI, quando um amuleto foi descoberto no antigo Priorado em volta do pescoço de um monge cisterciense morto.

— O padre Azul estava trabalhando na tradução de seu amuleto a partir de diagramas desenhados por Bernard, o abade de Clairvaux, a quem os cavaleiros juraram fidelidade. Diz-se que o monge foi morto por causa da tradução. Supostamente o amuleto era um mapa para a localização do tesouro sagrado dos cátaros na França. Mal sabiam eles que o próprio amuleto continha o segredo.

— Quem o matou?

— Não sabemos ao certo. O que sabemos é que existem muitos mitos e segredos acerca do tesouro dos Templários, e até hoje há quem mataria para obter informações sobre sua localização. Felizmente, o trabalho do padre Azul não foi em vão.

A mãe de George mostrou a Charlotte outros artefatos na sala: pergaminhos, moedas, pedras preciosas, joias e outro amuleto de ouro que fez Charlotte suspirar.

— Sim — disse ela. — Temos aqui o amuleto do padre Azul. Ele havia sido projetado para André de Montbard, um dos nove Templários originais. Então, veja só, temos um amuleto aqui na Inglaterra. Com o seu, agora há dois. Também sabemos onde está um amuleto na Escócia e outro na Espanha. Com isso, são quatro. Supostamente, há mais dois na França, um na Etiópia e um nas Colônias. Não sabemos onde estão com precisão, e não sabemos a localização do nono amuleto, mas quando entrelaçados, os nove amuletos revelam os locais dos cofres onde os Templários esconderam seus tesouros e pergaminhos.

Charlotte tremeu, pois sabia que o amuleto etíope estava com Anne.

— Como você sabe para qual Cavaleiro o amuleto foi projetado?

— Cada amuleto possui as iniciais do irmão Templário original para quem foi criado.

Augusta mostrou a Charlotte o verso do amuleto sobre a mesa.

— AdM. André de Montbard.

Charlotte tirou o amuleto do busto do vestido e olhou para ele. Mas, quando o virou, não encontrou nenhuma inicial. Augusta estendeu a mão e olhou novamente para o amuleto.

— Minha nossa. Por que eu não percebi antes? — indagou ela. — Seu amuleto parece ser o mais antigo e importante dentre os nove. Pode ser o amuleto do próprio rei Salomão; o modelo sobre o qual os outros foram projetados. Este foi usado por Hugues de Payen, o Grão-mestre original.

Augusta apontou para alguns símbolos.

— Supostamente essa palavra significa Deus e achamos que essas cinco palavras são invocações de algum tipo. É considerado heresia dizer qualquer uma delas em voz alta. O rei Salomão o projetou com base nos entalhes da Arca da Aliança.

Charlotte começou a tremer.

— Você quer coletar todos os amuletos e colocá-los aqui?

— Em algum momento no futuro, haverá um acerto de contas. Os nove amuletos se unirão como um, desbloquearão os locais do tesouro dos Templários e revelarão seus segredos. Quando isso acontecer, a Igreja de Roma será abalada.

— Por quê?

— O Vaticano escondeu muitas coisas ao longo dos séculos que não deseja que seus fiéis descubram: documentos, relíquias e informações que vão de encontro aos dogmas e doutrinas deles. Além do grande tesouro monetário, os Templários encontraram e esconderam livros, pergaminhos, diagramas e códices de escritos apócrifos, técnicas de cura gnóstica, magia e conhecimento dos essênios, que utilizavam a geometria sagrada e os princípios da alquimia. É por isso que os Templários foram presos, executados e levados à clandestinidade. O rei Phillip da França queria a vasta riqueza e o conhecimento deles.

A viúva foi até o mural de parede com os seis barcos à deriva no mar e o velho segurando uma caixa com uma auréola ao redor. Ela apontou para ele.

— O homem com a caixa é José de Arimateia, nosso ancestral. Dentro da caixa está o Santo Sudário, que ele levou para a França em 37 d.C. e então o trouxe para Glastonbury, aqui na Inglaterra. Foi passado de geração em geração em nossa família por séculos.

Augusta foi até uma caixa de pedra que estava no santuário com as estátuas e o óleo no centro. Com reverência, ela a abriu e tirou um pequeno corte de tecido, que trouxe de volta para Charlotte.

A rainha permaneceu em silêncio enquanto Augusta desdobrou o tecido, do qual tirou um pequeno e antigo pedaço de linho.

— O sangue de Cristo foi coletado na faixa da cabeça de um de seus mantos funerários de linho.

Ela colocou o pano respeitosamente sobre uma mesa. Ali estava a imagem tênue de um rosto familiar.

— É a imagem de Jesus — disse a mãe do rei. — Seis ou sete pedaços de pano foram usados em um enterro judaico tradicional. Mas Jesus foi sepultado às pressas porque o sábado estava próximo. Os escritos de Mateus, Marcos e Lucas referem-se ao pano de linho maior como um "Sindon", que significa Sudário. João se refere a ele como "Othonia", e no Evangelho que leva o nome dele diz que, depois que o corpo de Cristo desapareceu, *"Pedro entrou no sepulcro e viu os panos de linho, bem como o lenço que estivera sobre a cabeça de Jesus. O lenço não estava junto aos panos de linho, mas dobrado à parte em outro lugar..."*.

Augusta indicou o pequeno pano sobre a mesa.

— Este é o *Soudarion*. O lenço ao qual João se referiu em seu Evangelho e que foi colocado sobre a cabeça de nosso Senhor. Ele e o Sindon foram encontrados no túmulo de Jesus.

Augusta fez uma pausa.

— *Essa* é uma das peças do Graal que os Templários foram acusados de adorar.

Lágrimas escorriam pelo rosto de Charlotte e ela virou as costas para o pano. Não podia ser verdade. Não podia ser o verdadeiro pano com a marca genuína de Cristo nas mãos de sua sogra.

— Vire-se. Olhe para o que você está jurada a proteger!

— É uma blasfêmia. É por isso que os Templários foram presos.

— Então sua família deveria ter sido presa também, pois eles secretamente esconderam o relicário contendo o Santo Sudário por três séculos.

O corpo de Charlotte se curvou e seu estômago se revirou. Ela sabia que era verdade pelos diários de seu pai, e teve que se sentar.

— Vossa Majestade, eu sou a Digna Grã-mestra da Ordem das Filhas de Davi. Somos uma guilda secreta de mulheres da Ordem Maçônica com os mesmos direitos e privilégios da Ordem da Jarreteira ou Cavaleiros Templários. Este tem sido nosso local de reunião há mais de quinhentos anos. É onde nós, mulheres de ascendência merovíngia e davídica, nos encontramos para iniciar novos membros e manter nossos registros atualizados. Você possui a marca e seu amuleto a conecta diretamente a mim e à família do Sudário. Você, George e eu compartilhamos um ancestral em comum: o Templário Senescal Geoffrey de Charny, que foi queimado na fogueira junto com o Grão-mestre Jacques de Molay em 1307. Temos a mesma genealogia. Verifiquei a sua quando vi sua marca de nascença pela primeira vez. Já que também é guardiã de um amuleto, está aqui por um motivo — disse ela. — Para ser iniciada.

Eu tremia tanto que a tocha caiu dos meus dedos. Augusta reacendeu-a e a colocou em um suporte. Ela foi até o óleo que estava ao pé da estátua, mergulhou um dedo nele e esfregou uma pequena quantidade no meu pulso, fazendo o sinal da cruz.

— In nomine Patris, et Filis, et Spiritus Sancti.

De repente, dez mulheres entraram em nosso túnel, todas carregando tochas acesas e vestidas de branco, com aventais também brancos, usando faixas e véus sobre o rosto. Elas formaram um círculo ao meu redor.

— *Estas são as Filhas de Davi, que em breve serão suas irmãs. Cada uma delas representa uma das quatro mulheres retratadas nessa estátua.*

Perguntei a Augusta quem eram as mulheres da estátua. Ela me disse que eram Maria Madalena e as irmãs de Jesus, Maria Salomé e Maria Jacobe, junto com Santa Sara — conhecida como Sarah la Kali, ou Sara Negra, a serva egípcia que, junto com José de Arimateia, trouxe as três Marias para a Gália, local agora conhecido como Provença, na França. Dizem que elas estavam à deriva em um barco sem remos.

Fui até o altar e olhei para a estátua. Enquanto me aproximava, os olhos das mulheres pareciam me seguir, assegurando-se de que eu pertencia e era digna de inclusão nessa irmandade. Augusta me levou a um antigo monte de papiros, livros revestidos de couro e pergaminhos. Ela apontou para os papéis.

— *Esses são nossos registros. Nós, Irmãs, podemos todas traçar nossas linhagens até um Templário ou ao rei Davi. E cada uma de nós juramos proteger as relíquias sagradas e o tesouro dos Templários, pois ambos são uma coisa só e possuem grande poder.*

Augusta então desabotoou meu vestido.

— *Agora é hora de aceitar seu destino e renascer.*

Eu timidamente saí do meu vestido e então fui vendada. Foi-me garantido que eu teria que suportar a mesma iniciação realizada em inúmeros maçons, Cavaleiros e Irmãs ao longo do tempo.

O que se sucedeu me desalentou e ficou gravado em mim para sempre.

Trinta e três

Charlotte ainda tremia quando ela e Augusta finalmente voltaram para a Casa da Rainha. Passou correndo por George sem dizer uma palavra e foi até o quarto das crianças. Tinha que ver e abraçar seus filhos e depois encontrar um lugar para pensar. George assistiu perplexo a esposa subir correndo e se virou para sua mãe.

— O que aconteceu?

— Eu a levei para ver minhas "Irmãs".

A expressão de George mudou dramaticamente.

— Você a levou para Hertfordshire? Por quê? Qualquer coisa poderia ter acontecido lá, tão longe de nossa proteção. Isso é inconcebível.

— Você sabe que estamos protegidas lá. Temos nossos aliados.

George tentou ao máximo não repreender a mãe. Durante anos essa questão tinha sido uma fonte de incessante consternação entre eles, e não havia como resolvê-la apenas nessa noite.

— Mãe, é muito difícil para mim lidar com as enormes pressões que enfrento com os Whigs, a França, as Colônias *e* me preocupar se a rainha da Inglaterra está vagando em masmorras e cavernas para proteger relíquias e lendas fantasmas. Eu proíbo que a leve lá novamente.

— Proíba tudo o que quiser, mas sua esposa agora é uma de nós.

Augusta serviu-se de uma taça de vinho do porto.

— Fomos abençoados, George. Dentre todas as mulheres que você poderia ter escolhido, sua esposa é o elo que nos liga ao nosso passado divino — disse Augusta. — Eu a julguei mal. Meu profundo desejo de que minha sobrinha reinasse como rainha ofuscou minha capacidade de ver o valor de Charlotte. Não cometa o mesmo erro.

George ficou quieto e apenas olhou para a mãe. Finalmente, ele se sentou e encarou o vazio. Era exatamente por isso que detestava a natureza intrometida das mulheres nos assuntos políticos. Elas eram implacáveis, insistentes, davam nos nervos — e na maioria das vezes, estavam certas.

— Eu adoro você, filho. Mas o fato de que nem você nem seus irmãos receberam a marca não o impede de aceitar quem você é. Apesar de sua escolha de não acreditar, o sangue de seu pai o conecta às suas raízes mouras, o meu conecta você ao rei Davi e tudo isso nos conecta aos Templários e à proteção dos segredos deles.

— Você não entende? Não podemos nos arriscar neste terreno. Se essa informação cair em mãos erradas, pode levar à mesma dissidência que Henry VIII enfrentou quando as ações dele separaram a Inglaterra da Igreja Católica Romana. — George descruzou os braços e se levantou; sua cabeça começava a latejar conforme os acontecimentos do dia o afetavam. — Tenho muitos inimigos, Wilkes e Fox acima de todos, e não permitirei que o país seja dividido por conta de alusões desagradáveis a polêmicas. Eu me recuso a tolerar uma conexão com qualquer coisa ou pessoa considerada divina. É uma questão de natureza pretenciosa e causadora de discórdia. E não pense que o envolvimento de Charlotte na Ordem me fará agir de maneira diferente. Não há problema com esse tipo de coisa para você, meu tio ou meu pai, quando estava vivo, mas há para mim.

Ele foi em direção às escadas, e então voltou.

— E a partir de agora, eu não vou tolerar que você leve Charlotte para Hertfordshire novamente. Essa é a minha palavra final.

Enquanto isso, Charlotte havia se recolhido para seus aposentos depois de beijar George, de dois anos, e o bebê Frederick. Tendo se convencido de que ambos estavam bem e felizes, estava agora deitada na cama, ruminando sobre o que acontecera mais cedo. Ela tivera mesmo aquela experiência ou havia sido tudo um sonho? Ela fora iluminada? Ou fora tudo uma alucinação? Mas, quando olhou para o próprio dedo indicador enfaixado com uma tira de linho branco, ela soube que realmente tinha acontecido.

Lady Hagedorn entrou no quarto depois de ver que Charlotte estava "abalada" ainda no quarto das crianças. Ela perguntou se Charlotte precisava de alguma coisa. Charlotte balançou a cabeça.

— Eu estou louca?

Sem saber como responder, lady Hagedorn se perguntou o que fizera Charlotte ficar daquele jeito. Geralmente, quando a rainha ficava abalada assim, era porque o rei tinha ferido seus sentimentos ou porque acabara de ver Christian. Mas aquilo era diferente. Charlotte estava deitada na cama e tremia, recusando-se a jantar, o que era incomum. O que quer que tenha acontecido naquele dia, aonde quer que tenha ido, acabou por fazê-la questionar a própria sanidade.

— Claro que não, Vossa Majestade. A senhora só teve um dia difícil.

Charlotte sentou-se.

— Traga Anne até mim.

Lady Hagedorn saiu do quarto assim que George apareceu na porta. O rei e a rainha se entreolharam por um momento antes de Charlotte, sem palavras, desviar o olhar. George sentou-se na cama, procurando em seu coração o que dizer. Finalmente, o rei pigarreou.

— Fui informado sobre os acontecimentos do seu dia. Eu sei o que você descobriu... ou acha que descobriu.

Charlotte não conseguiu verbalizar seus próprios pensamentos. George finalmente pegou a mão dela. O gesto a tocou, e ela retribuiu o olhar com uma ponta de resignação.

— Adotamos uma política de silêncio sobre o assunto das relíquias e do gnosticismo e também sobre os Templários e a insinuação de descendência moura que há aqui — disse George. — Se esses acontecimentos e atividades fossem realizados por um membro da realeza, seria considerado herético e interpretado como um ato contra Deus e a Igreja da Inglaterra.

— Em que sentido minha "insinuação" de sangue mouro é herética, George? — perguntou Charlotte em voz alta, sentindo-se diante do mesmo desprezo expressado por sua mãe morta. — Você soube quem e o que eu era na nossa noite de núpcias. Prometi o sacrifício do amor genuíno de sua parte em troca de uma vida boa aqui e de você "ignorar" o subterfúgio do meu disfarce de "pó e tinta". Essas foram suas palavras.

— Vou lhe contar o que acabei de dizer à minha mãe. Não haverá discussão sobre este assunto. Não haverá mais viagens para Hertfordshire, não haverá mais buscas por relíquias, graais, artefatos, maná do céu...

Ele puxou o amuleto de dentro do decote dela.

— ...ou talismã místico — disse George, firmemente. — Você deve permanecer aqui, onde posso mantê-la segura, onde posso nos manter seguros.

— Uma prisioneira... em minha própria casa?

Após um instante, George a beijou suavemente na testa.

— Charlotte...

Charlotte o interrompeu.

— Quero ficar sozinha por um momento.

O rei assentiu e, após uma pausa, saiu em silêncio. Charlotte sentou-se na cama, pensando. Ela estava exausta de perguntas. Como iria lidar com o que havia vivido naquele dia? Com quem mais poderia compartilhar aquilo além da mãe de George? Depois de alguns momentos tentando processar tudo, parou na frente de seu armário. Destrancou e jogou para fora os tapetes e tecidos para revelar o esconderijo do precioso baú de seu pai e o acariciou. Ela se sentou no chão. Este era realmente o relicário para as vestes fúnebres de Jesus? Pensou no castelo de Hertford e na faixa de cabeça com o rosto de Cristo pintado em sangue.

Charlotte pensou em sua iniciação na Irmandade e na humilhação que sentiu com os rituais que lhe foram impostos. Ela abraçou o próprio corpo enquanto a lembrança a inundava.

A rainha havia sido despida e movida para um altar à luz de velas com os olhos vendados. Com sua pele escura exposta em toda a sua glória, Charlotte foi instruída a repetir algumas frases.

— Irmã, os segredos de nossa Ordem serão revelados a você. — Ela ouviu Augusta dizer. — Nenhum sol mais luminoso jamais brilhou em seus olhos. Prostre-se diante deste altar e não estremeça.

Charlotte se ajoelhou. Podia sentir o calor das várias dúzias de velas em seu rosto.

— Tenha confiança em todas as virtudes. Deixe que esses pensamentos a inspirem com sentimentos nobres. Que você sinta a elevação da alma que despreza todo ato desonesto. Irmã, o que você deseja?

Charlotte foi instruída a responder "luz", e então o fez.

— Irmãs, estendam as mãos e ajudem a trazer esta recém-criada Irmã das trevas para a luz — ordenou Augusta.

Charlotte conseguia ouvir as iniciadas formando um círculo ao redor dela. Então, sentiu seu dedo indicador sendo cortado com uma faca e se encolheu de dor. Enquanto o sangue escorria, seu dedo era pressionado contra o dedo indicador de cada uma das dez mulheres ali até que os sangues se misturassem. Logo ela foi levantada até ficar de pé e sentiu uma faixa ser colocada sobre seus ombros nus e um avental ser amarrado em volta da barriga.

— Irmã, agora apresento a você a faixa e o avental branco, emblemas de inocência, distintivos de uma maçom. — Ela ouviu. — Eles foram usados pelos potentados da terra, e é mais honroso do que os diamantes dos reis ou as pérolas das princesas. Você compartilhou seu sangue com o sangue de suas Irmãs que, por sua vez, compartilharam o sangue com os Irmãos da Ordem ao longo dos tempos, desde a antiga Ordem dos Cavaleiros do Templo de Salomão. Como

Filha do rei Davi, você agora está encarregada de proteger os segredos desta Ordem e continuar a busca pelo conhecimento sagrado.

Charlotte foi instruída a repetir o Credo de Aceitação da Ordem das Filhas de Davi e assim o fez. Em seguida, a rainha sentiu a ponta de uma espada ser pressionada em seu seio esquerdo e a voz de Augusta tornou-se firme, exigindo que ela repetisse:

— Eu juro e prometo solenemente e sinceramente sempre saudar, sempre ocultar e nunca revelar qualquer parte ou partes, arte ou artes, ponto ou pontos dos segredos e mistérios da antiga Maçonaria que recebi, estou prestes a receber, ou nos quais possa vir a ser instruída, a qualquer pessoa ou quaisquer pessoas no mundo conhecido, exceto que seja um verdadeiro e legítimo Irmão ou Irmã maçom. E não me prendo a nenhuma punição menor do que ter minha garganta cortada, minha língua arrancada e meu corpo enterrado no mar. Que Deus me ajude a cumprir meus deveres.

Charlotte então ouviu Augusta declarar:

— Deus disse: "Haja luz" e houve luz.

A venda foi removida e Charlotte viu todos os rostos das mulheres reunidas brilhando como se estivessem pegando fogo. A luz que vinha deles parecia crescer como uma labareda e Charlotte não sabia se estava alucinando ou tendo uma visão divina. Finalmente, seus olhos se ajustaram e a visão diante dela começou a aparentar estar dentro da normalidade. Ela começou a soluçar até que duas mulheres se aproximaram e colocaram as roupas dela de volta sobre sua nova faixa e o avental brancos. Então, ela olhou para baixo e perdeu o ar. Tremendo de maneira incontrolável, Charlotte caiu de joelhos em oração. Ali, gravado no pano em sua mão — assim como em sua contraparte sagrada, o *Soudarion* —, estava uma imagem fraca dos olhos da própria Charlotte, encarando-a com o olhar assombroso da revelação.

✠

Agora, sete horas depois, Charlotte estava sentada no chão de seus aposentos com o relicário e a venda de linho que acabara de tirar do bolso. A imagem dos olhos dela havia desaparecido, mas a lembrança não. Olhou para seu dedo indicador, que havia sido cortado e agora estava envolto em uma atadura de linho. Ela o desenfaixou e, embaixo da atadura, encontrou apenas o tênue vislumbre de uma cicatriz, fruto de uma cura quase milagrosa. Nesse momento houve uma batida na porta, e então ela ouviu:

— Vossa Majestade, é Anne Josef. A senhora mandou me chamar?

— Um momento, Anne.

Charlotte rapidamente escondeu as ataduras e a venda no armário e cobriu o relicário.

— Entre.

A serva entrou.

— Por favor, me ajude a tirar este vestido — pediu Charlotte.

Anne assentiu e abriu todos os vinte ganchos. Charlotte desapareceu atrás do biombo para tirar o vestido. No espelho, a rainha recebeu mais uma confirmação dos acontecimentos do dia. Estava usando a faixa branca e o avental que recebera em sua iniciação. Não tinha sido um sonho. A rainha tirou o paramento maçônico e vestiu o robe. Lembrando-se de seu juramento de sangue à Ordem, escondeu a faixa e o avental atrás do biombo e emergiu. Então, pediu para ver novamente o amuleto de Anne. A mulher removeu o talismã de seu pescoço e o entregou à rainha, que o inspecionou até que finalmente encontrou o que estava procurando — as iniciais "GB".

— Seu amuleto pertencia originalmente a Geoffroi Bissol — disse ela, devolvendo o amuleto para Anne. — Tenha cuidado com ele. Eu estive em um lugar hoje que me fez perceber a importância que ele tem. Não posso entrar em detalhes, mas há um esforço coletivo para coletar todos os amuletos com o objetivo de desvendar segredos cumulativos. Lá sabem, com certeza, onde quatro deles estão. O seu é o quinto, mas não revelei que você o tem.

Anne assentiu e agradeceu, sem saber o que dizer além de "obrigada". Com a esperança de estar fazendo a coisa certa, Charlotte prosseguiu:

— Preciso da sua ajuda.

— Faço qualquer coisa, Vossa Majestade.

— Quero que você me ajude a redigir uma carta codificada e enviá-la ao duque de Levis-Mirepoix. Diga a ele que tenho dois amuletos e que um talvez seja o amuleto que pertencia a Salomão. Informe a ele que preciso que alguns pergaminhos que estão em minha posse sejam traduzidos o mais rápido possível para que eu possa entender o significado deles. É uma questão de vida ou morte.

Anne franziu as sobrancelhas.

— Meu amuleto também?

— Sim, minha querida. Seu amuleto é de suma importância.

Trinta e quatro

Anne e eu fizemos nosso próprio juramento de sangue naquela noite, como guardiãs dos amuletos. Ela escreveu a carta e pediu a lady Schwellenberg que a postasse. A meu pedido, Anne costurou bolsos em seus uniformes para manter seu amuleto escondido em segurança, em vez de pendurado no pescoço. Enquanto isso, eu mandei construir uma abertura, protegida por uma porta com tranca, na parede atrás do meu armário, como a que meus pais tinham instalado nos aposentos deles em Mirow, e escondi o relicário dentro dela. Aos poucos, minha mente aceitou o que aconteceu comigo naquele dia em Hertfordshire, e eu entendi que agora fazia parte de algo muito maior do que eu ou a busca de meu pai.

Durante os três meses seguintes, nada de importante aconteceu, e continuei com meus dias habituais. Eu jardinava, brincava com meus filhos, frequentava nossas reuniões de visitas, visitava madame Lia e jogava cartas com Swelly, Haggy e lady Lizzie — que sempre parecia estar por perto.

George e eu fazíamos longas caminhadas e às vezes íamos cavalgar pela manhã. Algumas vezes por semana, eu posava para sir Allan para que ele pudesse terminar meu retrato de coroação. Já completava dois anos que o retrato estava sendo feito. Assim que lhe dei permissão para me pintar de forma mais autêntica, nossas conversas se tornaram mais iluminadas. Dei-lhe permissão para falar livremente e suas tendências abolicionistas surgiram com paixão. Tivemos conversas saudáveis sobre o que deveria ser feito em relação à emancipação de escravizados aqui na Grã-Bretanha, e eu gostava de ser levada a sério por minhas opiniões em vez de ser rejeitada e ignorada por ser uma "mera mulher", embora eu fosse a rainha e superior dele.

E então havia Christian — o homem que eu vinha evitando desde a noite dos protestos de abril, a prisão de Wilkes e o nascimento do meu filho. O homem que eu tinha permitido que me beijasse. O homem que eu não conseguia tirar da minha mente, apesar do meu desejo de saber a verdade sobre meu amuleto. Mas ele parecia mais distante naqueles dias. Mais fechado... e eu não entendia por quê.

No café da manhã, três dias depois do Ano-Novo de 1764, Charlotte estava usando um vestido feito da seda vermelha que madame Lia de Beaumont lhe dera na primavera anterior. George mal percebeu. Augusta, no entanto, sentiu prazer ao ver a rainha, bastante ciente de que ela e Charlotte não tinham uma conversa significativa desde a viagem a Hertford no início de setembro. Ela queria restabelecer o relacionamento delas.

— Seu vestido é lindo, minha querida. É novo?

— É, Vossa Alteza. Obrigada por notar. Mandei fazer com um material que me deram de presente — disse Charlotte, com gratidão.

Augusta percebeu que George estava completamente absorto nas manchetes do *Gazette*, alheio à presença da esposa.

— Você não acha que o vestido da rainha é lindo, George?

— O que eu acho... é que esses malditos colonos são loucos — reclamou George.

Todos olharam para ele, que obviamente estava passando por mais uma flutuação de humor.

— Por conta da raiva do Imposto do Selo, eles agora rejeitaram completamente o uso de selos. Como devemos pagar nossas dívidas de guerra e financiar a proteção dos próprios colonos contra a invasão dos índios[6]? Apenas com nossos impostos domésticos? Com a venda de chá? Com os lucros do tráfico escravista?

Charlotte reagiu. Quando o jovem George e o bebê Frederick terminaram de comer, a rainha instruiu sua governanta a levá-los ao quarto de crianças. Embora estivesse ciente dos outros na mesa, mesmo assim se dirigiu ao rei com uma ponta de ira.

— Os lucros do tráfico escravista significam mais do que as vidas humanas perdidas e maltratadas por conta dessa prática?

— Por favor. Não quero ouvir mais um de seus discursos sobre a escravidão. Está cedo demais e minha cabeça está terrível.

— Não. Responda. Porque eu não entendo...

— Charlotte. — George baixou a voz, forçando-se a não gritar. — Não vou discutir esse assunto enquanto nosso país estiver enredado em preocupações orçamentárias e conflitos com as Colônias. Seria indelicado.

---

[6] No original, "*indians*". Termo arcaico usado para se referir a pessoas indígenas, atualmente ofensivo. [N.T.]

Charlotte forçou-se a manter a compostura.

— Li recentemente o panfleto de Anthony Benezet sobre a escravidão. É muito elucidativo. Talvez você devesse ler também, já que aparentemente *eu* sou muito "indelicada".

Augusta apoiou a cabeça das mãos. Ia ser um pandemônio completo. George olhava para Charlotte como se ela tivesse contraído lepra.

— Onde você adquiriu esse material de leitura?

— De nossa biblioteca — mentiu Charlotte.

— Não, não foi de lá. Eu não teria permitido esse material na biblioteca.

Charlotte não disse nada, lamentando ter mencionado o assunto. George começara um discurso.

— Quem lhe deu isso? Aquela mulher que a visita? Aquela que lhe dá tecido e vinho francês? Aquela cuja lealdade não podemos confirmar? É por isso que a proibi de ter amizades com pessoas que não conheço. São sempre influências indevidas. Você não a verá outra vez.

— Por que você simplesmente não me tranca na Torre, onde coloca todos que discordam de você?

George jogou o guardanapo na mesa.

— Deus me livre da política feita de saias — resmungou ele, deixando a sala com o jornal em mãos.

Charlotte olhou ao redor, para as outras pessoas na mesa. O príncipe Edward finalmente se inclinou para ela e sussurrou:

— Aprenda a não verbalizar suas opiniões em assuntos políticos para George. Ele abomina isso. Acha que o lugar de uma mulher não é nos aposentos do Parlamento, mas onde ela pode servir melhor.

— E onde seria isso? Nos aposentos de Sua Majestade? Porque estou lá todas as noites e isso não me serve de muita coisa, exceto por criar mais "herdeiros".

A rainha então pediu licença, deixando que os presentes refletissem sobre o estado de espírito em que estava. Amelia e Edward se entreolharam.

Duas horas depois, Charlotte estava tendo uma aula de música. Christian a elogiou pela beleza em seu novo vestido vermelho, mas Charlotte, embora lisonjeada, ainda tocava sem energia nem interesse. Christian sabia que havia algo errado e, em pouco tempo, interrompeu a aula.

— O que está incomodando você?

Charlotte suspirou de frustração.

— Tenho dois filhos e um marido que ama outra e me sinto presa nesta gaiola dourada chamada Casa da Rainha. Minhas idas e vindas são monitoradas e eu não tenho amizades além de minhas damas de companhia da Alemanha. Até os dias de madame Lia estão contados a partir dessa manhã.

Charlotte foi até a janela, examinando os jardins de sua vasta propriedade.

— Christian, sou muito jovem para sentir que estou cumprindo minha sentença até morrer, sem fazer nada ao longo do caminho. Tenho tanta ambição de fazer mais, de ser útil, de amar e ser amada. Mas não tenho como superar minha condição atual.

— Você pode ter o que quiser, Charlotte. Tudo que precisa fazer é querer o suficiente.

— Ah, se isso fosse verdade.

— Mas é. Você pode fazer muito mais a respeito das coisas que são importantes para você, como as mulheres, a escravidão e a pobreza. Mas deve fazê-lo com discrição. Pode emprestar sua influência e status para causas importantes para você, sem que o rei nunca saiba.

Ele foi até ela.

— Quanto ao amor, você o tem ao seu alcance. Tudo que tem que fazer é estender a mão. Esteve aqui para você o tempo todo.

Charlotte se virou para Christian, o corpo ansiando pelo toque dele. Mas ela tinha medo.

— Eu quero amor em minha vida... amor genuíno, pleno, puro. Mas tudo o que está disponível para mim é o tipo clandestino de amor, manchado e desonroso, e não quero isso. Por favor, entenda.

Christian ficou magoado e se virou, mordendo o interior da bochecha.

— Não entendo. Tudo o que temos... é o que temos agora. E por mais breve que fosse, eu o faria em um piscar de olhos. Você sabe como é difícil vê-la todos os dias sabendo que aceita o desrespeito recorrente de um rei que nunca a amará? Você sabe como é frustrante repetir o tempo todo em minha cabeça nossa última noite em Mecklemburgo ou nossas cartas, ou o que aconteceu no jardim aqui em abril passado? Como você pode ser impiedosa a ponto de descartar tão casualmente alguém que nutre a mais profunda consideração por você, e desprezar essa consideração chamando-a de "clandestina, manchada e desonrosa"?

Os olhos de Charlotte se encheram de lágrimas quando Christian segurou o rosto dela nas mãos.

— Eu te amo, Charlotte. Eu não sei como não amar. E eu sei que você também me ama. Mesmo antes de você ser minha rainha, você já era meu amor.

Ele a beijou. Charlotte tentou impedi-lo, mas ele a beijou novamente. Ela usou toda as forças que tinha para se afastar e, finalmente, saiu correndo.

— Você mente até para si mesma! — gritou Christian, enquanto ficava para trás. Mas, naquele momento, Charlotte foi embora sabendo que estava condenada a ser eternamente infeliz, ou a se tornar uma adúltera.

Do lado de fora da porta, escondida nas sombras, lady Lizzie viu Charlotte subir as escadas correndo, chateada. Mas Anne também viu — e viu também a espionagem de lady Lizzie.

Pelo resto do dia, Charlotte se recusou a sair do quarto e a comer com o rei e sua família. Ela tocava a caixinha de música de bailarina de Christian sem parar, incapaz de dormir. As palavras de madame Lia e de seu irmão ficavam se repetindo em sua cabeça: "Arranje um amante".

Anne continuou a ser leal à sua rainha. Ocasionalmente olhava para Charlotte, rezando para que a rainha estivesse bem. Ela sabia que Charlotte estava atormentada pelo presente — um casamento com um rei indiferente e de temperamento difícil — e pelo passado. Anne prometeu ajudar sua rainha em quaisquer provações que a vida apresentasse e ficar de olho naqueles que fizessem mal a Charlotte, inclusive àqueles que o faziam bem debaixo do nariz da rainha.

✠

Naquela sexta-feira, uma tempestade de neve quase incapacitou Londres. A maioria das pessoas não pôde sair de suas casas ou estabelecimentos comerciais durante dois dias. George, Bute e Augusta estavam presos em St. James. Christian se sentiu sortudo, pois havia chegado à Casa da Rainha uma hora antes da nevasca se tornar ofuscante. Lady Lizzie recolheu o casaco e o chapéu dele, ambos molhados pela neve, e lady Hagedorn preparou-lhe uma xícara de chá quente. Ele esperou pela rainha diante da lareira.

Logo Christian começou a andar de um lado para outro, ciente do tique-taque do relógio acima da lareira. Depois do que tinha acontecido na quarta-feira, ele não sabia como Charlotte o receberia, ou mesmo *se* ela o receberia.

Charlotte, por outro lado, não estava esperando Christian, não em meio àquele clima. Então, após o anúncio de lady Hagedorn de que ele estava lá embaixo, teve que se preparar. Olhou para seu reflexo no espelho acima de sua cômoda e repetiu a si mesma que devia permanecer forte. O plano dela era se fortalecer contra a beleza clássica e o semblante terno de Christian, e foi essa tática que pôs em ação quando entrou na sala de música concentrada, preparada e vigilante. Ela não permitiria que Christian a distraísse hoje.

Então ela o viu na frente do fogo, tomando chá com uma expressão tensa. Quando percebeu que a rainha estava na sala, Christian se levantou. As defesas dela desmoronaram. Os olhares deles se encontraram; a paixão silenciosa e o desejo não correspondido mascarados com deferência real.

Charlotte e Christian foram ao cravo, fingindo que nada havia acontecido dois dias antes. Christian agiu de maneira formal e Charlotte de maneira régia. Essa dança durou vinte minutos. Então, Charlotte começou a ter dificuldade com uma passagem musical e imitou com humor a voz aguda de Emmanuel Bach:

— *Vossa Alteza, seu dedilhado é muito lento. Sinta a música e relaxe os dedos. É exatamente por isso que a senhorita sempre esquece o dó bemol dessa parte.*

Christian riu.

— Você imita muito bem o meu irmão.

— É o mínimo. Swelly e eu gracejávamos sem parar sobre ele. Nós o chamávamos de "Bach velhote".

— Ah, meu Deus. Se Emmanuel era um "velhote", me diga, por favor, do que você me chamava?

Charlotte ficou tímida.

— Deixe-me ver. Tinha "divino", "atraente", ah, e meu preferido, "visão incandescente".

Christian queria tanto beijá-la. Mas essa ação sempre levava à confusão e represálias, então ele começou a tocar uma melodia familiar.

— Conheço essa! — exclamou Charlotte. — Você a tocou em Sanssouci.

— Sim. Está pronta. É a ária da minha mais nova ópera, *Artaserse*, que dediquei a você.

Charlotte ficou emocionada. Antes que percebesse, seus dedos tocaram os de Christian e, muito lentamente, ele a puxou para os braços dele. Logo não puderam deixar de ceder à paixão furiosa que os tomara. O corpo de Christian empurrou o dela para o cravo enquanto ele levantava camadas e mais camadas de anáguas. Charlotte não se opôs nem recusou. Em vez disso, ela aceitou o inevitável, saboreando-o como a experiência mais excitante e sensual que já tivera com um homem. Aquilo era realmente diferente. Melhor. Não eram os atos cruéis e bestiais de um primo doentio, nem o ato obrigatório e funcional de um marido indiferente. Cada momento foi emocionante.

Eles fizeram amor em todos os lugares naquele dia — no canapé, no assento da janela, no chão. Em uma sublime tarde de neve, anos de frustração reprimida e proibida foram finalmente liberados.

Depois de tudo, deitados diante do fogo, Christian tornou-se introspectivo enquanto segurava sua amada.

— Por muito tempo não consegui pensar em nada além desse momento. E agora que acabou, tenho medo de que seja apenas isso: um momento fugaz e luminoso.

Charlotte virou-se para Christian, beijando-o suavemente. O corpo dela formigava com sensações doces.

— Então vamos aproveitar nossos momentos conforme vierem, um de cada vez.

Ela se recompôs, foi até a porta e a abriu. Depois de se certificar de que ninguém estava olhando, olhou para Christian com uma urgência libertadora, sugerindo que ele a seguisse. O bom senso de Christian o abandonou, e eles desceram as escadas para os aposentos particulares da rainha.

No final do corredor no nível da residência do segundo andar, lady Schwellenberg os viu e observou a porta dos aposentos de Charlotte se fechar ao entrarem no cômodo. Ela sorriu, sabendo o que viria a seguir e quanto tempo eles esperaram por isso. Então, quando Anne desceu o corredor com lençóis limpos e toalhas em direção aos aposentos da rainha, lady Schwellenberg a deteve.

— Agora não, Anne. Confie em mim. Agora não.

Trinta e cinco

Nevou durante dois dias. Mas nem Christian nem eu nos importamos. Fizemos amor, comemos na sala de jantar, depois fizemos amor de novo. Houve momentos em que me perguntei se não estava tendo uma experiência espiritual, porque as coisas que Christian fez comigo, as coisas que permiti que ele fizesse comigo, fizeram meu corpo explodir de sensações ardentes, verdadeiramente incandescentes. Nenhuma lady poderia vivenciar tal prazer e não ser considerada uma das prostitutas da Grub Street, em Londres.

Finalmente, a neve parou e todos começaram o longo processo de remover Londres de seu pesado manto branco de inverno. Do conforto do meu assento na janela, observei diversos servos cavando um caminho para que cavalos e carruagens pudessem chegar à entrada da Casa da Rainha, e parecia que tudo ficaria bem com o mundo, afinal.

Agora eu tinha Christian sob meus cuidados. Não haveria retrocesso a menos que eu quisesse, e eu estava cheia de emoções conflitantes. Será que eu era má? Será que eu deveria ter permanecido fiel ao meu rei? Devo ser julgada como uma Jezabel ingrata que se rendeu a um momento de felicidade genuína? Eu já tinha feito um pacto com o diabo por meio do meu casamento. Seria este um novo acordo, agora a partir de minha própria escolha? Pois eu havia tomado minha decisão — e escolhi aproveitar esses momentos preciosos... e ser feliz.

— Quero todos os detalhes incríveis, ou juro por minha santa mãe que nunca mais servirei à sua vontade — suplicou lady Hagedorn a Charlotte no momento em que Christian pôde deixar Buckingham.

— Eu também — afirmou lady Schwellenberg.

— Tenham calma, damas. Não briguem. — Charlotte riu, puxando suas duas amigas para a sala de música. — Afinal, é indecoroso discutir detalhes íntimos de relacionamentos conjugais.

— Sim, mas... — insistiu lady Hagedorn.

— E fazer isso constituiria uma violação indigna da etiqueta.

— Mas... — insistiu lady Schwellenberg.

— Foi a experiência mais divina que já tive em minha vida — confessou Charlotte, o que fez suas damas de companhia suspirarem de inveja. — As sensações que senti devem ser proibidas pela lei. As coisas que ele fez comigo, que eu não pude deixar de desfrutar. Ah, meu bom Deus... divino. Quando digo que nunca considerei que fosse possível sentir algo tão arrebatador acontecer no meu corpo sem me sentir imoral... Eu lhes digo: eu vi Deus.

Lady Schwellenberg e lady Hagedorn ficaram boquiabertas de choque.

— Então a senhora *gostou*? — perguntou lady Hagedorn com espanto. — Eu nunca conheci uma mulher que realmente gostasse disso...

— Que não fosse depravada — acrescentou lady Schwellenberg, brincando.

Charlotte sorriu maliciosamente, pegando as mãos de suas damas. Agora, sentia-se qualificada e sábia.

— Minhas queridas, agora eu sei que o prazer que uma mulher pode sentir com essa experiência depende exclusivamente do homem. Se ele for proficiente no assunto, não há dúvida de que será uma ocasião muito satisfatória para ambos.

Ela piscou para as duas e saiu da sala, deixando-as embasbacadas.

— Eu gostaria de viver uma experiência assim — disse lady Hagedorn.

— Dessa vez, eu concordo com você — respondeu lady Schwellenberg.

Christian e eu passávamos o tempo que podíamos juntos. Ele vinha me dar uma aula, praticávamos um pouco, às vezes conversávamos, às vezes jogávamos xadrez. A única coisa que não fizemos foi discutir minha fuga para Hertford ou o que aconteceu lá. Mantive esse segredo bem guardado, compartilhado apenas com Anne e Augusta. O que Christian e eu fazíamos, no entanto, era o que a natureza exigia, mesmo sabendo que não poderia durar. Era errado, sim. Mas o tempo que passávamos um com o outro era de tal qualidade e tão cheio de significado que obliterava a realidade de estar cometendo o pecado do adultério.

Na primavera seguinte, apesar da tensão contínua entre os colonos e a Grã-Bretanha, Charlotte e George realizavam suas reuniões de visitas habituais em St. James ou na Casa da Rainha. Christian sempre organizava o entretenimento, fascinando a corte com artistas como Sarah Siddons, que fazia leituras dramáticas, e Karl Frederick Abel.

Mas foi no Baile do Rei em maio que, como prometido, Christian entregou dois músicos extraordinários para o rei e a rainha — o cavaleiro Saint-George, que emocionou a todos com uma performance virtuosa de violino, e um concerto especial do protegido de Christian, Wolfgang Amadeus Mozart, uma criança que, aos oito anos, era um prodígio. Acompanhado por seu pai Leopold no violino, o jovem Wolfgang eletrizou a plateia tocando várias sonatas que havia composto tanto no cravo quanto no órgão do rei. Enquanto o assistia tocar, Charlotte ficou surpresa com a habilidade musical que o menino exibia e olhou para Christian, balançando a cabeça em aprovação. Em determinado momento, Christian se moveu para perto dela.

— Ele é inacreditável — sussurrou Charlotte.

— A criatura mais incrível que eu já conheci — respondeu Christian, acariciando furtivamente as costas da rainha com um dedo. — Exceto por você.

Charlotte sorriu e se afastou. Christian a observou ir, incapaz de tirar os olhos dela, sem perceber que algumas pessoas da corte haviam testemunhado o encontro. Uma delas foi madame Lia de Beaumont, que recebera uma reprimenda cruel de lorde Bute a respeito de suas frequentes visitas e sua influência indevida sobre a rainha. Depois da bronca, ela prometeu manter distância. Mas, de maneira discreta, Lia ficou de olho em Charlotte e Christian a noite toda, e ao fazê-lo notou que lorde Bute e o príncipe Edward também haviam notado a proximidade entre a rainha e seu professor de música.

George estava, obviamente, alheio àquilo. Ele ficou completamente hipnotizado pela apresentação do jovem Mozart e extasiado com a presença de lady Sarah Lennox-Bunbury, que deixara de frequentar a corte logo após o casamento. Ele notou a barriga protuberante e o rosto bonito, embora triste, de lady Sarah, e sua mente vagou de volta para o que ele acreditava serem os momentos mais felizes de sua vida, quando ainda brilhavam tantas possibilidades de um futuro juntos. Ela ainda era inesquecível; e ele conseguia ouvir o suspiro em seu próprio coração ressoar tão alto quanto a música de Mozart. Lady Sarah sentiu o olhar de George queimando-a e se virou. Quando os olhos dos dois se encontraram, ela rapidamente segurou a mão do marido com mais força.

Mas George notou que sir Bunbury prestava pouca atenção à sua esposa essa noite quando ele se desvencilhou dos dedos dela. Sarah olhou para ele com olhos suplicantes, mas Bunbury se afastou e ficou sozinho perto de uma mesa do bufê. Depois de beber uma taça de vinho para acalmar os nervos, terminou de assistir à apresentação de Mozart.

George atravessou a multidão até estar perto de lady Sarah, tomando cuidado para não exibir muita emoção para que não houvesse fofoca.

— Bom tê-la de volta à corte, lady Sarah — disse ele em voz baixa. — Percebi que a senhora está... grávida.

— Sim. Charles e eu... o parto está previsto para agosto — respondeu ela, mantendo os olhos voltados para a frente.

— Se tiver alguma coisa que a senhora precise... ou venha a precisar, só precisa deixar que eu...

— Charles e eu estamos bem, Vossa Majestade — sussurrou Sarah abruptamente e tentou se afastar. George segurou a mão dela, soltando-a com rapidez em seguida.

— Sarah...

— Charles e eu estamos bem — repetiu ela de maneira estridente, e então se afastou.

George a observou ir até o marido, tomando seu lugar ao lado dele. Mas, quando Mozart concluiu a apresentação, a cabeça do rei começou a latejar. Do outro lado da sala, Charlotte percebeu a interação. Sem que ela notasse, madame Lia e lorde Bute também observavam, assim como lady Lizzie, agora mais curiosa do que nunca. Todos notaram quando George passou pela multidão até o jovem compositor e seu pai para se juntar à rainha na adulação das habilidades do menino.

Leopold Mozart elogiou Christian pela boa influência que exercia sobre seu filho. Charlotte prometeu patrocinar a próxima apresentação do jovem Wolfgang em Londres e o menino prometeu escrever uma sonata para ela. Depois que George elogiou Christian por fornecer ao palácio o entretenimento mais transcendente que ele já havia testemunhado, ele pediu licença para se retirar, mencionando uma dor nas têmporas que piorava a cada segundo. Ele olhou de novo para lady Sarah, o que Charlotte e Christian perceberam, e então deixou o baile.

Lia escolheu essa oportunidade para se aproximar da rainha.

— Vossa Majestade, um momento, por favor — pediu ela depois de um aceno para Christian e Saint-George.

Charlotte aceitou, e as duas se moveram para uma mesa de bufê fora do alcance dos ouvidos curiosos. Franz serviu uma taça de xerez para cada uma delas e Charlotte estendeu o pulso para a amiga.

— Estou usando aquele perfume magnífico que você me deu. É meu preferido. — Então Charlotte notou a preocupação de Lia. — O que há de errado?

— Tome cuidado com a privacidade em sua casa. Há muitas conspirações que visam frustrar sua felicidade. Lorde Bute não é seu amigo, e lady Sarah Bunbury também não. Um esconde o fato de que o outro ainda mantém o interesse do rei. — Lia então pausou por um momento. — A pedido do rei, lorde Bute me disse para não a visitar com a frequência que eu gostaria se eu desejasse permanecer na corte.

— Ah, não.

— Está tudo bem. Virei a cada dois meses e lhe trarei todas as coisas que a senhora gosta, mas não comprometerei nossa amizade provocando a ira do rei. Eu a valorizo muito.

— Assim como eu, madame Lia. Nada me traz mais prazer.

Lia sorriu.

— Não? Aparentemente tem uma pessoa aqui que lhe traz ainda mais prazer. — Ela olhou para Christian, e então de volta para Charlotte, que corou. — Divirta-se, Vossa Majestade. A senhora merece toda a felicidade do mundo, principalmente em sua condição atual.

Charlotte não poderia ver madame Lia por dois meses e sentia desdém por George por ele negar o acesso dela. No entanto, não estava solitária ou desocupada. Ela continuou a desfrutar de suas "aulas de música" com Christian, e se consolou, ainda que de maneira breve, com o fato de sir Henry Fox ter sido forçado a renunciar ao cargo de Tesoureiro pois seus livros de contas não batiam e fundos públicos haviam desaparecido. Ele se tornou o político mais odiado de Londres.

No entanto, não demorou muito para que Charlotte percebesse a raiva que sentia pela censura de George a Lia e a alegria pela renúncia de sir Henry se dissipasse. As dores de cabeça do rei aumentaram de intensidade a ponto de Charlotte ficar preocupada. Ele estava com dores de estômago, febre, tosse e perdia peso. Começou a vomitar com frequência e a urina ficou roxa como uma berinjela. O dr. Baker foi convocado e trouxe outros especialistas. Todos ficaram perplexos com a enfermidade do rei, que havia evoluído para ataques inexplicáveis que duravam semanas.

Uma noite, lady Hagedorn, lady Schwellenberg e lady Lizzie, junto com os funcionários de St. James, foram despertadas quando George tirou as roupas e correu pelos corredores nu, gritando obscenidades. Dr. Baker convocou dois pajens para ajudar a pegar George e levá-lo lá para baixo, para as partes mais escondidas do palácio, onde o rei foi colocado em uma camisa de força e trancado. Lá, George gritou por horas.

Nos dois meses seguintes, o rei foi sangrado muitas vezes. A preocupação com a capacidade dele de governar dominava a todos: o primeiro-ministro Grenville, que sucedeu Bute, a família de George, conselheiros pessoais e Charlotte. O projeto de Lei da Regência foi sugerido em caso de doença permanente ou morte do rei.

— Deve ser proposta sem levantar suspeitas de que o rei está doente — advertiu Charlotte, e todos concordaram.

No entanto, ela ainda tinha preocupações. Quem se tornaria regente? O filho mais velho deles, príncipe George, tinha apenas quatro anos e não havia ninguém em quem Charlotte ou George pudessem confiar. Grenville sugeriu que a rainha se tornasse regente caso George se tornasse incapaz de reinar; Charlotte só aceitaria se todos os outros concordassem por unanimidade. No fim das contas, todos os conselheiros, inclusive o príncipe Edward, estavam de acordo, e o projeto de lei foi proposto perante a Câmara dos Comuns.

Dia após dia, Charlotte esperava receber notícias do duque de Levis-Mirepoix, mas não tinha sorte. Noite após noite, ela se sentava aos prantos ao lado de George enquanto ele perdia e recuperava a consciência. O dr. Baker achava que o rei precisava ir a Bath para se curar nas águas terapêuticas de lá. O resto da equipe médica concordou, e George foi levado para ficar lá por um mês, sem que a informação se tornasse pública.

O projeto da Lei da Regência foi aprovado, mas Charlotte seguia apreensiva. Ela sabia que o projeto chegaria para ser assinado por George enquanto ele ainda estivesse em Bath fazendo tratamento e o Parlamento saberia com certeza que algo estava errado se a assinatura não fosse concluída em tempo hábil. Tomaram-se muitos cuidados para esconder o estado terrível da doença do rei.

Então, duas semanas depois, lá estava Charlotte no escritório de George em Windsor. Ela estava preocupada. Como esperado, o projeto de lei foi apresentado para assinatura da maneira habitual: chegou na caixa de couro vermelho pelo Sargento de Armas do Parlamento e foi entregue a um pajem, que o trouxe para dentro do escritório. O pajem colocou a caixa sobre a mesa, depois se retirou e ficou parado junto à porta. Charlotte começou a tremer. Será que ela deveria ser sincera e revelar a ausência de George ou quão gravemente doente ele estava em um momento em que o país precisava de liderança? Lorde Bute estava perto dela quase em posição de sentido e, quando a caixa chegou, optou por sair e esperar do lado de fora da porta. Era quase como se ele tivesse dado a aprovação para que Charlotte cometesse um ato ilegal, porém necessário. Ela pensou em Madragana e no que ela iria querer que a rainha fizesse nesta circunstância. Afinal, ela era a guardiã de um amuleto — o que quer que isso significasse — e talvez a escura "Filha de Davi" devesse cometer esse pequeno ato de traição.

De repente, Charlotte adquiriu força e soube o que fazer. Ela abriu a caixa e olhou para o documento. O pulso da rainha estava acelerado. Finalmente, ela pegou a caneta e, com um traço determinado, forjou a assinatura de George na folha de papel. Então, inspirou profundamente e percebeu que era tarde demais para se arrepender. Estava feito. Ela dobrou o documento, derreteu a cera, gravou o selo oficial do rei e colocou o documento de volta na caixa de couro vermelha. Com autoridade incontestável, Charlotte chamou o pajem para entrar e devolveu a caixa a ele. O pajem, por sua vez, devolveu a caixa ao Sargento de Armas para ser transportada ao Parlamento. Então, a rainha agarrou seu precioso amuleto por cima do vestido e rezou para que tivesse feito a coisa certa.

Momentos depois, lorde Bute entrou e eles trocaram um olhar de cumplicidade. Embora ele não fosse mais primeiro-ministro, continuava sendo o conselheiro e protetor particular do rei. Ele se aproximou da rainha como se dissesse "obrigado", mas Charlotte não conseguiu responder. Ela saiu às pressas do escritório de George com a mente subitamente agitada. Tudo o que conseguia pensar era que, se alguém descobrisse a transgressão, tanto ela quanto Christian poderiam ser julgados por traição, e pensar nisso a perturbou profundamente. Além disso, ela havia assinado um projeto de lei, agindo como uma soberana, tudo para manter o estado de saúde de George em segredo.

No entanto, aquele não era o único segredo de Charlotte. A rainha começou a sentir dores na barriga e enjoos matinais novamente. Depois de dois filhos, ela não precisava que o dr. Grey lhe dissesse que estava grávida novamente. Mas, desta vez em especial, sabia que tinha estado com um amante, alguém que ela temia que pudesse ser pai de seu novo filho, e pensar nisso a fez estremecer. A rainha rezou, dizendo que, se George se recuperasse, faria tudo o que pudesse para fazê-lo feliz. Ela rezou para que Deus levasse embora os sentimentos que tinha por Christian e a reestabelecesse em uma vida honrada e justa.

Como que por um milagre, a condição de George pareceu melhorar, mas ele teve pouco tempo para se recuperar completamente antes de receber notícias perturbadoras. Na reunião seguinte do Conselho Privado, ouviu seus conselheiros alertarem sobre uma guerra iminente com as Colônias da América. A Lei do Selo provocou mais furor entre os colonos e, em protesto, eles se recusaram a comprar mercadorias britânicas ou produtos de papel. Quando George subiu para se juntar a Charlotte no apartamento, parecia muito mais velho do que seus 26 anos.

Charlotte observou enquanto ele colocava uma petição em uma mesa próxima e perguntava se ela queria jogar uma partida de xadrez. Enquanto jogavam,

Charlotte ficou preocupada e perguntou ao marido se estava tudo bem. Embora ele insistisse que sim, ela sabia a verdade, então jogaram em silêncio enquanto Charlotte esperava que ele estivesse pronto para falar o que estava pensando.

— Sua habilidade no xadrez demonstra astúcia — disse ele, capturando o peão dela com um cavalo.

— Minha astúcia o surpreende? — perguntou Charlotte, capturando o cavalo de George com seu bispo.

Ela nunca poderia dizer a ele que seu treinamento no xadrez se deu sob a tutela de Christian Bach.

— Ultimamente, poucas coisas me surpreendem a respeito de você, Charlotte. Por exemplo, é preciso certa astúcia para forjar a assinatura do rei em um projeto de lei declarando que a rainha se torne regente em caso de morte ou incapacitação do rei.

Charlotte gelou. Como George sabia disso? Então, quase como se tivesse lido a mente dela, George se levantou para se servir de uma taça de conhaque.

— Ainda tenho amigos que são devotamente leais a mim.

— Você preferia que lorde Rockingham ou lorde Pelham fossem nomeados em meu lugar? — retrucou Charlotte, posicionando a rainha a dois lances de um xeque-mate. — Homens impossíveis de serem controlados ou conduzidos por seus amigos "devotamente leais"?

— Não. Você agiu de maneira correta ao proteger a mim e à linha de sucessão.

Ela podia ver a dor estampada no rosto do rei, e embora o xeque-mate fosse iminente, ela permaneceu em silêncio. Finalmente, sem conseguir ver uma forma de vencer, George parou de jogar.

— Os colonos estão montando um exército para proteger o que acreditam ser os direitos deles. Insistem que, se vamos tributá-los injustamente, eles deveriam ter um delegado ou alguma representação no Parlamento. — Ele esfregou a cabeça. — Eles adotaram uma "Declaração de Direitos e Queixas" e escreveram cartas de protesto para mim e para o Parlamento. Adquiriram conhecimento detalhado de nossos postos avançados estratégicos e de nossas táticas e estão conversando com os franceses sobre apoio caso eles optem por se separar de nós.

— Como eles sabem dessas coisas?

— Suspeitamos que um espião daqui esteja provendo informações para eles.

— Um espião?

— Temos motivos para suspeitar do ministro francês D'Eon. Acreditamos que, desde o início, o rei Louis o tenha enviado aqui para reunir informações sobre os planos britânicos, principalmente sobre a revolta colonial.

— Mas eu conheço o ministro D'Eon. Ele é um velho amigo da família. Quão válidas são suas suspeitas?

— Uma carta foi interceptada com o selo do delfim. Estava a caminho de D'Eon, convocando-o oficialmente para retornar, mas pedindo-lhe que permanecesse em Londres enquanto aguardava novas ordens.

A princípio, Charlotte ficou surpresa que George estivesse sendo tão direto com assuntos políticos. Então, ela se viu preocupada com a possibilidade de o espião ser D'Eon.

— Acho curioso que isso tenha acontecido nesse momento, especialmente porque a França é o lugar para onde Wilkes fugiu. Será que não foi Wilkes?

— Não podemos ter certeza de nada. Tudo o que sabemos é que D'Eon não é visto há semanas — comentou George, enquanto entregava a declaração de queixas à esposa. — Pois veja só, isso é o que a lealdade me rendeu.

Charlotte leu a petição. Mas, ao analisar os vários pontos da queixa, ela se viu concordando com o outro lado.

— Na verdade, George, os colonos têm toda razão em querer opinar sobre a maneira como o dinheiro de seus impostos é utilizado. Lembre-se, eles devem a mesma lealdade a você e ao Parlamento que todos os britânicos devem. E, de acordo com essa petição, acham que merecem ter "todos os direitos e liberdades inerentes aos súditos nascidos na Grã-Bretanha". Há algo a ser dito sobre isso.

George ficou irritado.

— Custa à Grã-Bretanha 350 mil libras por ano manter um exército apenas para proteger os colonos dos índios. Acrescente a isso o custo da Guerra dos Sete Anos, que esgotou nossos cofres. Dez meses atrás, você sugeriu que abolíssemos o tráfico de escravos. Como vamos pagar as despesas do nosso país com suas sugestões?

— Eu revogaria essa Lei do Selo e consideraria as queixas dos colonos — sugeriu Charlotte, embora irritada. — Pois se eles de fato obtiverem a ajuda da França para se revoltar contra você, a Inglaterra afundará, e você, meu querido, será lembrado por muito mais do que essa decisão tola. Você se tornará o último rei da América, considerado insano, incompetente e imbecil!

Como uma bênção, uma batida soou na porta, interrompendo-os.

— O que é? — gritou George.

A porta se abriu e o funcionário-chefe de George entrou.

— Vossa Majestade, há notícias das Colônias — disse lorde Cavendish. — Não são boas, senhor.

Trinta e seis

Fevereiro de 1766

George tentou controlar as emoções. Havia sido informado de que uma grande multidão nas Colônias marchara até Hanover Square, em Boston, pendurara uma efígie do Distribuidor de Selos em um olmo na Baía de Massachusetts e depois a queimara. Dois dias depois, a multidão mergulhou seis coletores de impostos no alcatrão e os cobriu de penas, além de terem incendiado a casa do vice-governador de Massachusetts. Os colonos, totalmente contrários às políticas repressivas da Grã-Bretanha e à Lei do Selo, estavam prestes a se revoltar. Naquele dia, a Lei do Selo foi finalmente revogada.

O rei tentou em vão convencer o Conselho Privado de que a Lei do Selo era necessária — mesmo em meio às palavras de Charlotte dizendo o contrário, que continuavam circulando em sua cabeça. Depois de muito debate no Parlamento, lorde Rockingham, o segundo primeiro-ministro de George em dois anos, insistiu que a lei fosse revogada e apresentou a moção. A revogação foi aprovada na Câmara dos Comuns e, depois, na Câmara dos Lordes, oficializando assim a questão.

Quando Rockingham entrou no escritório de George para dar a notícia, o rei balançou a cabeça e declarou:

— A Inglaterra e as Colônias da América estão sendo governadas por uma turba. A guerra é iminente.

Sempre que contratempos ocorriam, George se retirava para seus aposentos e ficava de mau humor por dias. Mas estava ainda mais irritado naquele dia, por um artigo que lera no *London Chronicle*. Depois de engolir a segunda taça de conhaque, ele instruiu o camareiro a chamar sir Henry Fox.

Sir Henry não tinha uma audiência privada com o rei havia três anos e chegou prontamente naquela tarde. George então mostrou o jornal ao antigo tesoureiro e apontou para o artigo.

— Você viu este comentário, sir Henry? — perguntou o rei.

Fox olhou para o texto e assentiu.

— É verdade? — pressionou George.

Após um momento de angústia pessoal, Fox assentiu outra vez e contou a George toda a história sórdida.

— Sim, Vossa Majestade. O casamento de lady Sarah vem fracassando há algum tempo. Já era ruim o suficiente quando o comportamento e os jogos de azar dela a tornavam alvo de fofocas obscenas, mas então ela se envolveu com lorde Gordon, e o fez na frente do marido, que agora a abandonou.

— E o bebê?

— Receio que lorde Gordon seja o verdadeiro pai da criança, mas Sarah teve a ousadia de dar-lhe o nome de Louisa "Bunbury". Há duas semanas, lorde Gordon levou Sarah embora, deixando a bebê bastarda com o marido dela, que estava disposto a criá-la como se fosse sua filha. Devo dizer que um caso sórdido e profano como esse atinge a fibra da moralidade de qualquer pessoa.

— Onde eles estão agora?

Fox hesitou por um momento, depois mentiu:

— Sarah e lorde Gordon sumiram.

George caminhou ao redor de Fox, estreitando os olhos, sem acreditar nas palavras dele.

— Sumiram? Lady Sarah é irmã de sua esposa. Você deve saber onde eles estão, lorde Fox, e vai me dizer, pois estou preocupado com ela.

Fox não conseguiu conter a ira.

— Vossa Majestade, se o senhor estivesse genuinamente "preocupado" com Sarah, atualmente ela seria rainha e uma mulher feliz. Em vez disso, ela teve o coração partido e jamais se recuperou. Nada do que ela possa fazer me surpreende ou me aborrece, porque a causa primordial disso tudo é a rejeição que sofreu nas mãos do senhor.

O sentimento de culpa, que George acreditara ter suprimido emergiu dentro dele mais uma vez.

— Já se passaram cinco anos, sir Henry. Já era hora de todos estarmos acostumados às coisas como são.

— É muito mais fácil para o senhor, Vossa Majestade. Sarah é uma mulher arruinada. O senhor é rei.

— Um rei com sentimentos. Apesar do meu dever para com o país, ainda sou um homem.

Houve uma pausa desconfortável enquanto os dois absorviam a última declaração de George. Até que Fox suspirou e mudou de tática.

— Vamos supor que eu *saiba* qual o paradeiro de Sarah. O que eu poderia esperar em troca de tal informação? Principalmente, à luz das dificuldades pessoais que tenho passado desde minha renúncia forçada como tesoureiro.

— Ah, sim. Você pegou dinheiro público, investiu em suas próprias atividades e agora está tentando desesperadamente substituir o dinheiro para não ser mandado para a Torre. — George sorriu com malícia. — E vamos supor que eu saiba que você acumulou uma pequena fortuna para si mesmo, e que a única maneira das acusações e o escrutínio desaparecerem seja por meio de um decreto real. Tal salvação, no caso, só pode vir do rei... e suponho que você gostaria de aproveitar uma única chance de ser favorecido pelo meu espírito generoso.

Fox, como bom político, entendeu.

— Sarah está em Southampton, na Hockney Road, sob o nome "Gore". Ela perdeu tudo, o nome, o marido, a filha ilegítima e a proteção da família. Tudo por causa daquele libertino, Gordon.

George assentiu.

— Obrigado. Você terá seis meses para resolver as contas do escritório do tesoureiro e todas as suas indiscrições serão perdoadas.

George parou por um instante para rever a oferta, acrescentando:

— E vou permitir que você mantenha a riqueza que acumulou.

Fox curvou-se agradecido e saiu, passando por lady Lizzie no corredor. Lizzie escutou a conversa e saiu correndo. Mas, do outro lado do corredor, Anne a viu, e fez uma anotação mental.

✠

Depois de trocar de roupa, George chamou a carruagem e instruiu o cocheiro a levá-lo a Southampton. Ao chegar à Hockney Road, encontrou uma pequena e elegante casa de campo com gramados bem-cuidados e um belíssimo jardim de rosas. Ao se aproximar, viu que o nome "Gore" estava de fato na porta da frente, e mandou que seu cocheiro batesse à porta.

Foi possível escutar passos se aproximando e, em segundos, lady Sarah atendeu a porta, com uma aparência desleixada, porém orgulhosa. Ela ficou chocada ao ver o rei parado ali.

— O que você está fazendo aqui?

— Eu deveria lhe fazer a mesma pergunta — respondeu George, entrando sem ser convidado.

— Eu moro aqui agora... como se isso fosse da sua conta.

— Eu sou seu rei. Você é minha súdita, o que significa que tudo a seu respeito é da minha conta.

Ele tirou o chapéu e olhou ao redor.

A casa estava decorada com simplicidade, como a casa de um soldado; tinha pouca mobília e alguns tapetes no chão.

— Vai me convidar a sentar? — perguntou George.

— Você é meu rei — retorquiu Sarah com arrogância, e em seguida apontou para uma cadeira em frente à lareira. — Vai querer chá?

— Aqui tem chá? — O rei sorriu.

Lady Sarah grunhiu em voz alta e foi para a pequena cozinha. Momentos depois, voltou com duas xícaras, pires e uma chaleira com água quente que já estava preparada e as colocou na frente do rei. George olhou para ela, sabendo que estava sendo cruel, e não pôde evitar a onda de arrependimento que o atingiu.

— Fale o que pensa, Vossa Majestade. Por que está aqui?

— É verdade que você abandonou seu marido e sua filha e se envolveu com um amante?

— Sim — respondeu Sarah, com naturalidade.

— Por quê? Como você pôde fazer isso?

— Charles, meu marido, é um chato. Ele é rotineiro e previsível. A vida com ele era um trabalho constante. Só me casei com ele porque fui muito humilhada por você e queria vingança. Mas então, conheci lorde Gordon. Senti outra vez o que era emoção e paixão de verdade. Ele era engraçado e gostava da minha companhia.

Ela parou por um momento, os olhos estudando o chão.

— Mas o preço é alto. Não sou bem-vinda na alta sociedade, sou uma pária social por conta do adultério, vivo em pecado, e minha filha bastarda mora com meu marido, para que não sofra por meus pecados sem merecer. É isso que você quer saber?

— Você não precisava recorrer a isso.

— E por que você se importaria com as minhas ações? Que diferença isso faz para você?

— Porque... eu ainda... me importo com você... me importo com o que acontece com você. Não posso evitar. Isso nunca vai acabar de verdade para mim.

Os olhos de lady Sarah se encheram de lágrimas.

— Mas devia. Você tem dois filhos. A rainha está esperando outro. E você diz que nunca vai acabar? Bem, acabou para mim. Encontrei o amor de novo. Amor.

— Não pode ser amor de verdade. Não considerando a quantidade de dor que a situação causou.

— A quantidade de dor? — Sarah ficou paralisada pela afronta do rei e sentiu veias saltarem na testa. — Meu senhor, você não sabe o que é dor. Esta não é a primeira vez que sou ostracizada e ridicularizada pela minha própria sociedade. Veja o que aconteceu depois de minha rejeição pública.

— Sarah...

— Se você veio aqui para me torturar, saiba que conseguiu. Agora vá embora.

— Sarah...

— Deixe-me em paz, George.

— Não posso. Eu ainda...

— Não diga isso.

Sarah enxugou as lágrimas que denunciavam a fragilidade em sua determinação e caminhou em direção à porta.

— Esse tempo já passou. Estou condenada ao divórcio e ao escândalo.

Quando ela abriu a porta, o frio de fevereiro entrou.

— Não há nada aqui para o senhor, Vossa Majestade.

George ficou parado ali por um momento. Era culpa dele, tudo culpa dele, e não conseguia lidar com isso. Virou-se para Sarah, cujos olhos úmidos e perplexos estavam vermelhos e inchados. O rei estendeu os dedos, tocando a bochecha dela. Sarah não recuou quando ele lhe acariciou o rosto com o polegar. Então, antes que ousasse ficar mais exaltado, o rei saiu da casa sem olhar para trás. Ao fazê-lo, George não viu lady Sarah Lennox-Bunbury afundar no chão em uma poça de arrependimento.

Trinta e sete

A nova soprano dele tinha uma voz comovente. Mas Christian sempre tivera um gosto perfeito quando se tratava de cantoras de ópera. Elas se reuniam em torno dele como mosquitos em água parada, causando-me muita irritação. O nome dessa irritação em específico era Cecilia Grassi, uma bela soprano italiana de 22 anos e a mais recente protegida de Christian.

Na noite de sexta-feira, durante a confraternização do rei, nosso mestre de música tocou o cravo enquanto a srta. Grassi cantava a ária. Enquanto ela se apresentava, observei a reação de Christian. Estavam encantados um com o outro. Mas por que daquela vez aquilo me enfurecera, nunca vou saber. Talvez fosse porque eu podia estar com o filho dele na barriga, e ele teve a audácia de trazer mais uma soprano para a Casa da Rainha, para que George e eu aprovássemos. Bem, dessa vez não. Essa soprano não. Eu não seria feita de boba. Não permitiria que ele exibisse seu novo interesse para mim de forma tão escancarada.

Então, quando a ária foi concluída, em vez de me juntar ao rei e aos outros para elogiar o desempenho da srta. Grassi, fiquei onde estava, impassível e taciturna. E depois de me certificar de que Christian viu meu olhar de consternação, saí da sala.

Christian ficou perplexo. Não conseguiu entender o que havia de errado quando viu Charlotte deixar a confraternização. Depois que ele e a srta. Grassi aceitaram os elogios das pessoas presentes, ele se moveu lentamente pela multidão em direção à porta, indo atrás de Charlotte. Mas não foi cuidadoso o suficiente em seus movimentos e acabou notado por Bute, lady Hagedorn e Edward.

Uma vez no andar de cima, Charlotte distraidamente deu corda na caixinha de música de prata que Christian lhe dera havia tanto tempo. A caixinha tocou alegremente enquanto a rainha se sentava em frente à lareira, olhando para as chamas. Cores brilhantes e tremeluzentes iluminaram as preocupações gravadas em seu rosto e ela pensou em tudo: nos pergaminhos do relicário, no segredo do amuleto, nas Filhas de Davi e na Irmã que estava bem próxima, no andar de baixo, e, principalmente, em seu caso com Christian e as possíveis consequências — pois havia um bebê crescendo dentro dela.

Logo, veio uma batida suave na porta. Quando olhou, viu Christian parado na entrada. Os dois partilharam de um momento longo e íntimo antes que Charlotte desviasse o olhar de volta para as chamas.

— Por que você foi embora? — perguntou o amante.

— Você tem fãs adoráveis e uma linda protegida lá embaixo. Do que mais precisa?

— Então é isso que está incomodando você? Cecilia Grassi? — perguntou ele, vagando em direção a ela. — Há um ano, era Anna Lucia de Amicis. Em Sanssouci, Maria Monticellini. Charlotte, você precisa esquecer essas convicções tolas que tem a respeito de mim e das sopranos com quem trabalho.

Charlotte pensou por um momento, olhando para as chamas. O coração da rainha estava doendo, mas a mente estava afiada e ditava o que ela devia dizer.

— A única convicção que tenho é essa: devemos parar com isso. É melhor não termos mais encontros a sós. Devo considerar outro professor de música.

— Não!

— Devemos sim! *Je suis enceinte*. E pode ser *seu*! — lamentou Charlotte, sabendo que contar a ele a colocava em risco.

Christian ficou atordoado. Apenas uma das milhões de emoções que estampavam o rosto dele.

— *Meu* filho? O que você vai fazer? O que *nós* vamos fazer?

— Nada. E assim será.

— Você criaria meu filho como sendo dele?

— Então devo dizer ao rei da Inglaterra, meu marido, que carrego em meu ventre o filho de nosso mestre de música? Não. Esse é um sinal de Deus para acabarmos com isso. Vamos permanecer amigos e manter o que temos na santidade do passado.

Embora reconhecesse o que Charlotte estava dizendo, Christian hesitou.

— Eu não posso fazer isso — sussurrou ele. — Eu te amo.

Ele pegou o rosto de Charlotte entre as mãos e traçou as pálpebras e o nariz dela com os lábios. Quando alcançou a boca trêmula da rainha, nenhum dos dois conseguiu suprimir os sentimentos, e Christian a beijou desesperadamente. Ele desencaixou devagar os pequenos ganchos que sustentavam o vestido de Charlotte e beijou a barriga dela, onde todo o amor que sentia por ela estava crescendo.

✠

Lá embaixo, na sala de visitas, George começou a procurar por Charlotte. Quando não conseguiu encontrá-la, viu lady Schwellenberg perto do aparador, bebendo ponche com lady Hagedorn, e foi até elas. Ambas fizeram reverência.

— Onde está Sua Majestade?

As damas de Charlotte empalideceram de culpa.

— E-eu não a vejo há algum tempo — gaguejou lady Schwellenberg.

— Talvez ela esteja no banheiro, indisposta — disse Haggy.

George olhou para ambas com ceticismo. Como as expressões delas desmentiam a verdade, ele ergueu uma sobrancelha, desconfiado.

— Não é o trabalho de vocês estar com Sua Majestade quando ela está "indisposta"?

As damas de companhia se entreolharam, pois o rei dissera a verdade.

— Sim, Vossa Majestade, mas Sua Majestade mencionou que iria lá em cima por um momento — respondeu lady Schwellenberg. — Entendi que ela não precisava de nós.

O rei as dispensou. As duas mulheres fizeram mesuras e logo se afastaram da presença dele. George olhou para os presentes no ambiente, em busca de Christian ou de madame Lia. Não encontrou nenhum dos dois. Finalmente, avistou Edward conversando com Amelia e Augusta e foi até eles.

— Edward, uma palavra.

Edward curvou-se, pediu licença e seguiu George para dentro da biblioteca, percebendo que o rei estava irritado. No momento em que a porta foi fechada, teve uma confirmação.

— Onde está Charlotte?

Edward não falou de imediato, o que enfureceu ainda mais George, que não estava acostumado a tanta insolência silenciosa.

— Onde ela está? — repetiu ele.

O príncipe hesitou até que o olhar do irmão o obrigou a falar.

— Ela está com *ele*. Eu o vi segui-la para fora. Presumo que estejam nos aposentos dela.

— Entendi. E por "ele", acredito que você queira dizer o sr. Bach? — perguntou George, sentindo-se magoado e vulnerável.

Edward assentiu.

— Há quanto tempo isso está acontecendo?

— Um ano. Talvez dezoito meses.

— Dezoito meses? E você achou desnecessário me informar?

— George — começou Edward, nervoso, bebendo duas taças de conhaque, uma atrás da outra. — Em minha experiência, essas coisas terminam por si só sem prejudicar o relacionamento principal. Você e eu tivemos nossas "atividades extras"... que, no final, não causaram danos às pessoas com quem estávamos na época.

— Edward. Você se esqueceu de lorde Bute? A "atividade extra" dele era nossa mãe, e isso prejudicou tudo o que ele e eu fizemos no governo. Foi por isso que ele renunciou, não me importa o que a situação causou ou não ao casamento dele, inferno!

Edward percebeu que tinha ultrapassado os limites.

— Sinto muito.

— Por favor... — George ergueu as mãos em um pedido de desculpas. — A culpa disso é toda minha. Minha indecisão e compromissos vãos destruíram a vida de Charlotte, a vida de Sarah e a minha. Fui eu quem fiz Charlotte ter sentimentos por Bach, assim como fiz Sarah ter por lorde Gordon. — O rei virou uma taça de conhaque. — Minha indiferença, minhas ausências, minha intolerância por questões importantes para ela. Eu não acho que demonstrei nenhum afeto, desde o início. — Ele fez uma pausa para pensar melhor. — E havia minha relação contínua com lady Sarah, embora o caso tenha terminado há muito tempo.

— Mas Sua Majestade sabe que acabou? — perguntou Edward. — Eu testemunhei pessoalmente o quanto ela estava magoada na última confraternização, vendo que você ainda buscava a atenção de lady Sarah.

George assentiu.

— Acabou com Sarah, Edward. Eu a vi apenas duas semanas atrás e ela está em uma situação terrível. Completamente alienada da sociedade e da família. Vive em pecado com o amante. De alguma forma, eu pensei que minha aparição em sua porta iria reacender quaisquer... sentimentos latentes que ela ainda pudesse ter por mim, mas... — George parou e tentou se recompor. — Não vou mentir. De fato, senti certa onda de emoção novamente. Mas, na viagem de volta ao palácio, comecei a pensar em Charlotte e no meu comportamento em relação a ela nos últimos anos. E me senti terrível.

— Então sugiro que conte a ela como se sente — comentou Edward. — Sua confissão vai pôr um fim no que quer que ela tenha com *ele*. Mesmo que, francamente, eu entenda por que ela estendeu a mão para ele... ainda que quisesse que tivesse sido para mim.

George olhou para Edward, que estava se sentindo vulnerável naquele momento.

— Eu sei que fizemos esse jogo com mulheres no passado — confessou Edward —, mas, dessa vez, realmente me vi nutrindo sentimentos genuínos por Charlotte, sabendo que ela era sua esposa e que estava infeliz. Eu poderia ter ido atrás dela e vencido. Mas ela merecia coisa melhor. Melhor do que você ou eu.

George apenas encarou Edward enquanto o irmão se servia de outra taça de conhaque.

— Não a faça pagar emocionalmente por pecados que não teve como evitar. Ela merece amor verdadeiro de um homem que possa declarar aos olhos da sociedade que a ama. Diga a ela como se sente, como eu lhe disse.

Edward curvou-se e deixou George buscando em seu coração a melhor maneira de agir. Será que ele tinha como remediar a situação? Ou havia perdido Charlotte para sempre?

Enquanto isso, Charlotte se vestia em silêncio e Christian ainda estava deitado na cama, olhando para ela. A rainha estava se sentindo culpada novamente e ele podia ver a angústia no rosto dela.

— Espero que o bebê puxe a você. — Christian sorriu.

— Não. Eu quero que seja lindo... como você — insistiu ela, virando-se para olhá-lo. — Mas essa criança será de George. Você entende isso?

Christian saiu da cama e foi até ela.

— Não me afaste. Eu não vou desistir de você.

— Você não pode desistir de mim porque não sou sua.

— Sim, você é, Charlotte. Eu reivindiquei você para mim.

Charlotte olhou resoluta para o amante nu, cujo corpo era musculoso e firme. Era tão emocionante olhar para ele.

— Não posso ser reivindicada por ninguém. Eu pertenço a este país. Não se esqueça disso.

Christian fez pequenos círculos em torno da marca de nascença de Charlotte com o dedo.

— Não — respondeu ele com determinação. — Assim como essa marca de nascença, eu coloquei uma marca em seu coração; igual à que você gravou no meu. Você pertence a *mim*, Charlotte, tão profunda e plenamente quanto meu próprio corpo me pertence.

Christian a beijou, se vestiu e então saiu do quarto. Mas o silêncio insuportável entre eles permaneceu ali. Levou um momento para que Charlotte se movesse depois que Christian se foi. Ela se viu tocando a barriga, esfregando a área com uma ternura que a deixou melancólica.

Distraidamente, vagou até o espelho e encarou o próprio reflexo. Que decepção ela era para si mesma. Tinha toda a intenção de terminar com Christian, mas deitara-se com ele debaixo do nariz do marido, que estava apenas dois andares abaixo entretendo seus convidados.

Encarando a própria imagem e sentindo recriminações vis como uma devassa, perguntou-se por que homens como Edward, Christian e até mesmo Wilhelm se atraíam e se tornavam obcecados por ela. Homens que tinham uma fixação implacável, ou no caso do primo insano, obscena, em possuí-la. Enquanto tentava se livrar de tais pensamentos, ajeitou o vestido, arrumou as mechas desordenadas do cabelo e colocou uma expressão contente no rosto para estar apresentável quando voltasse à confraternização. Mas, quando se virou para ir, a rainha tomou um susto.

George estava lá, de braços cruzados. Ela nunca tinha visto aquela expressão no rosto do marido antes.

— Eu procurei você por toda a parte lá embaixo — afirmou ele.

— Eu não sabia que minha ausência seria notada.

— Claro que sim, Charlotte. Você é a rainha. Todo mundo estava perguntando por você, se perguntando se estava tudo bem, já que esteve adoentada na última confraternização. — Então os olhos bulbosos do rei se estreitaram com suspeita. — Imagine que sorte tive ao encontrar o sr. Bach descendo a escada depois de, digamos, "cuidar" de sua saúde aqui em cima?

Charlotte estremeceu, mas não disse nada, percebendo que George sabia. Ela se viu em pânico quanto ao próximo movimento que faria, quando ele se aproximou, por fim parando diretamente na frente dela. Charlotte não conseguiu olhar para ele e encarou o chão. George ergueu o queixo dela com um dedo agitado.

— Eu temia que esses males súbitos durante as reuniões de visitas se devessem à sua gravidez — disse ele, num tom que exalava cinismo —, até que percebi que nosso mestre de música também era afetado sempre que você passava mal.

Charlotte se virou para ele, sentindo-se como um animal enjaulado. Aquilo era exatamente o que temia — a represália dele.

— Diga o que veio dizer.

— Pare de encontrar Bach e mande-o embora. Entendeu? Porque se você não o fizer, *eu* o farei. E meu método, posso assegurar, não será tão agradável quanto o seu. Meu método envolverá a Torre.

— Você não vai fazer isso! — gritou a rainha. — Encontrei um pouco de felicidade neste complexo dourado para o qual você me relegou e isso não lhe dá o direito de prender um homem que só me demonstrou afeto nessa minha vida negligenciada e sem amor.

— Demonstrou afeto? É de meu conhecimento que Bach lhe mostrou muito mais que isso.

— O que você está dizendo? — inquiriu Charlotte.

— Estou dizendo que no outono passado eu estava doente, e não estúpido. Não tivemos relações conjugais durante o tempo em que estava sob tratamento. Então, como você concebeu uma criança? Foi concepção imaculada?

Charlotte cruzou os braços.

— Há quanto tempo você sabe?

— Tempo o suficiente. Eu suspeitei quando me disseram que vocês dois estavam juntos no pátio no verão passado durante os protestos, então outra vez esta noite durante a confraternização.

— E você não disse nada?

— Um flerte inofensivo não tem importância. Mas quando se transforma em um lascivo "*affaire de cœur*", resultando em bastardos ou em uma fama de corno para mim, devo intervir.

— "*Affaire de cœur*"? Seu hipócrita. O que você e lady Sarah tinham? Eu não fui traída? E o filho bastardo *dela*?

— Esqueça ela.

— Esqueça *ela*? Lady Sarah é a razão disso tudo. O desejo que sente por ela e a negligência insensível que sente por mim!

George agarrou com força o braço de Charlotte.

— Escute aqui. Eu não quero nenhum homem tocando em você! Entendeu? Você é minha rainha. Você pertence a mim, inferno!

Algo estalou dentro de Charlotte e ela puxou o braço até soltar. Sem pensar, atirou uma estatueta de vidro no rei e por pouco não acertou o rosto dele.

— Todo mundo acha que me possui, como se eu "pertencesse" a alguém. Bem, quero que saiba que pertenço a mim, George! A mim! Você só me "possui" quando é conveniente para você. Nunca disse que me amava. Eu nunca me senti especial, desejada ou bem tratada, da maneira como toda mulher merece se sentir pelo homem com quem é casada. E por quê? Porque depois de todo esse tempo e das circunstâncias, você ainda está apaixonado por lady Sarah, uma mulher que caiu em desgraça. Você me forçou a lidar com ela desde o segundo em que cheguei a Londres. Me disse em nossa noite de núpcias que eu nunca teria seu coração. Eu não mereço ter amor na minha vida? De *ninguém*? Nenhuma pequena parcela de amor destinada exclusivamente a mim? Alguma vez lhe ocorreu que eu poderia estar com saudades de casa, solitária ou infeliz?

Enlouquecida, Charlotte tirou o vestido, completamente furiosa. Foi como se a pessoa que ela conhecia tivesse saído do corpo e se sentado em uma prateleira, se desconectado para observar a lunática que atacava George.

— Muito bem. Você quer me tratar como uma posse sua? Uma das obras de arte que você possui? Tudo bem.

Charlotte desfez a fita que sustentava a anágua. A peça caiu no chão e ela parou diante de George seminua, com os braços estendidos.

— Aqui estou! Sua propriedade! Uma parte inanimada de sua coleção exótica que está aqui apenas para entregar herdeiros ao trono! Então vá em frente, me possua! Ou você teme que Christian tenha me mostrado o que é fazer amor de verdade?! Porque ele mostrou!

George deu um tapa em Charlotte, que segurou o rosto machucado.

— Maldita!

Ele estava furioso, porém excitado. Agarrou o rosto de Charlotte e, inesperadamente, beijou-a. Logo forças das trevas o arrebataram e o beijo se tornou mais violento. Charlotte lutou contra ele até não poder mais. Ela sucumbiu, e George a jogou na cama. Tudo o que ela pôde fazer foi fechar os olhos e rezar enquanto segurava as lágrimas.

— Por favor, não me machuque — conseguiu dizer, se perguntando se o cheiro de Christian ainda estava em seu corpo, evidenciando a desonra.

George ficou confuso pelas próprias ações.

— Meu Deus, o que estou fazendo? — murmurou ele, enquanto se afastava dela, segurando a cabeça com vergonha. — Sinto muito, Charlotte — lamentou ele. — O que deu em mim? Perdoe-me.

George a abraçou, desesperado, e começou a soluçar.

De repente, Charlotte estremeceu, sentindo uma dor lancinante. Em seguida, algo quente e úmido escorreu pelas pernas dela. Quando olhou, viu sangue, muito sangue. George cobriu o corpo da esposa com o lençol e correu para a porta gritando:

— Socorro! Alguém ajude!

✠

Quando Charlotte acordou e as imagens confusas que viu inicialmente se dissiparam da visão, percebeu que estava em seus aposentos particulares. Embora se sentisse tonta, tentou se sentar e descobriu que não conseguia sustentar a si mesma. Desabou de novo nos travesseiros. Lady Schwellenberg veio em auxílio de Charlotte, colocando um pano molhado na testa da rainha.

— O que aconteceu? — sussurrou Charlotte.

— Sinto muito, Vossa Majestade. A senhora perdeu o bebê.

As palavras surpreenderam Charlotte. O bebê de Christian. O filho que não era de seu marido. Ela o havia perdido. Charlotte afundou no travesseiro em desespero, sabendo que aquele era um castigo de Deus. Pensou em George e no último encontro que tiveram, e tudo voltou à mente. Era uma punição.

Charlotte acordou pouco antes de George bater na porta. Ele entrou carregando uma cesta e dispensou as damas dela. A rainha ouviu ganidos fracos e George abriu a cesta. Dentro dela havia um cachorrinho.

— Não é um bebê, mas imaginei que você não conseguiria resistir a ele — disse o rei, com uma ponta de arrependimento na voz, entregando-lhe um lulu da Pomerânia que cabia na palma da mão de Charlotte.

O filhotinho soube no mesmo instante que Charlotte era sua mãe e lambeu carinhosamente o rosto dela. Isso a fez se sentir melhor, apesar das circunstâncias. George acariciou o cachorrinho por um momento enquanto observava a esposa brincar com ele.

— Obrigada. Vou chamá-lo de "Petoe" — disse Charlotte, calma.

— Você ficou inconsciente a noite toda — falou George. — Fiquei morto de preocupação. Mas o dr. Grey me garantiu que você deve ficar bem depois de alguns dias de descanso.

Ele pegou a mão de Charlotte.

— Sinto muito. Devo-lhe desculpas, meu amor. Venho agindo como um asno irredutível. Não me permiti ver o anjo que me foi dado quando você se tornou minha rainha. Mas eu vou compensar tudo. Eu juro. Com Deus como testemunha.

Perguntei-me se poderia ser uma segunda chance. Alguma salvação inesperada, embora divina, para George e para mim. Será que eu poderia deixar tudo para trás? Poderia deixar Christian para trás e começar de novo? Eu tinha que tentar. Eu tinha que ter esperança. E, principalmente, tinha que orar. Porque, acima de tudo, eu queria paz.

Trinta e oito

O tempo passou rapidamente nos meses que se seguiram ao aborto de Charlotte. Fiel à sua palavra, George fez o possível para estar com a esposa o máximo que podia e Charlotte aproveitou o tempo que tinham juntos. Eles jogavam xadrez, faziam longas caminhadas e ocasionalmente brincavam com os filhos enquanto Petoe saltitava nas proximidades. Aos poucos, o relacionamento deles foi consertado e se transformou em um casamento que Charlotte achava mais apropriado do que jamais tinha sido. Até sir Albert, o cabeleireiro de longa data da rainha, comentou sobre o humor dela.

— Você parece quase tão feliz quanto eu — ponderou ele um dia. — E acabei de ser abençoado com uma filha a quem dei o nome de "Charlotte", por respeito a Sua Majestade. Ninguém poderia estar mais feliz do que eu.

Charlotte ficou tocada.

Mas o rei e a rainha tiveram uma discussão difícil sobre o lugar de Christian Bach em suas vidas. George prometeu perdoar o maestro por suas transgressões se a rainha renunciasse ao relacionamento e Christian se tornasse apenas seu professor de música. Embora a rainha sentisse falta da amizade com Christian, entendeu que não podia ter ele e George ao mesmo tempo. Então, um dia, Charlotte tomou a decisão apropriada e mandou chamá-lo.

Christian sabia o que significava ser convocado pela rainha. Ou ele seria dispensado de seus deveres ou seu acesso à amada seria limitado. Ele sentiu que ela se afastava emocionalmente desde a confraternização do rei em abril. Foi a última vez que fizeram amor. No dia seguinte, soube que ela havia perdido o bebê e se perguntou se aquilo poderia ter sido causado por algo que fizera. Ele queria muito que Charlotte tivesse o bebê porque sabia que era dele, e que, daquela maneira, estaria conectado a ela para sempre. Mesmo que nunca pudessem ficar juntos, saber que seu sangue corria nas veias de uma criança que seria criada no palácio pela mulher que ele amava podia ser o suficiente para ele.

Mas Charlotte perdeu o bebê e ficou doente por dias. Então, quando se sentiu melhor, começou a limitar os encontros com ele apenas às aulas de música. Para adicionar frustração à situação, eles nunca ficavam a sós. Lady Hagedorn sempre frequentava as aulas ou o rei George os acompanhava na flauta, para que sua presença colocasse um fim a todas as especulações sobre um possível caso.

Então, em junho, lorde Montagu instruiu Christian a ensinar música ao príncipe George, que tinha feito cinco anos, bem como a três outros príncipes. Dolorosamente, Christian chegou à conclusão de que as possibilidades de ter qualquer tempo privado com Charlotte tinham acabado.

Então, ele se viu diante de Charlotte, com o coração cheio de amor por ela. A rainha estava sentada em uma das cadeiras estofadas na sala de música. Eles estavam a sós pela primeira vez em sete meses, mas a expressão no rosto dela era estoica e desprovida de emoção.

— Christian, precisamos conversar. Eu tive muito tempo para pensar...

— Eu também tive tempo para pensar — interrompeu Christian. — Sete agonizantes, frustrantes e exasperantes meses a me perguntar por que você não me deixava encontrá-la a sós.

— É por isso que eu queria vê-lo hoje. Devemos fazer algumas alterações em nossa... amizade, por mais difícil que seja. Não podemos mais fazer ou ser o que fomos no passado. Temos que acabar com isso. De maneira clara.

— Mas, Charlotte...

— Isso precisa acabar. Deus acabou com minha gravidez por um motivo: Como castigo. Meu pecado criou uma vida dentro de mim como um lembrete constante de que eu não estava me esforçando o suficiente pelo meu casamento. Por favor, ajude-me a honrar meus votos originais, a Deus e a George. Por favor.

Christian procurou algum sinal de arrependimento ou incerteza no rosto dela, mas não encontrou nenhum. Charlotte desviou o olhar enquanto seu coração se partia em um milhão de pedaços. Ele se curvou e então se dirigiu à porta. Instantes depois, se virou.

— Vossa Majestade, tenho minhas esperanças de que a senhora continue sua luta pelos direitos e privilégios para aqueles menos afortunados do que os membros com títulos de seu mundo. Falo, é claro, de Anne Josef e de outras pessoas de pele escura com as quais sei que se importa.

— Farei isso, Christian. Obrigada.

Christian fez outra reverência e saiu. No momento em que ele passou pela porta externa, sentou-se em um banco do lado de fora com a cabeça apoiada nas mãos, tentando entender o que tinha acabado de acontecer.

Charlotte ficou imóvel na cadeira pela hora seguinte, olhando para o nada. Ela se sentia destruída e sem alegria, mas sabia que estava fazendo a coisa certa. A rainha precisaria de todas as forças dentro de si para seguir em frente. Ficou grata por Christian tê-la lembrado de sua maior missão. Então, pensou em Anne e nos planos que tinha para ela. Pelo menos teria alguma satisfação, ainda que secreta; aquilo tiraria sua mente de Christian e do futuro que eles nunca teriam. Pelo menos ela podia ajudar uma pessoa com quem se importava.

Durante todo aquele tempo, Charlotte tinha escolhido não discutir sobre seu amuleto, o relicário ou os pergaminhos, por mais cheios de conhecimento e divinos que fossem, com o rei. Ela sabia que George ainda não estava disposto a aceitar a origem diversa e sagrada que tinha, e Charlotte não estava disposta a arriscar ser censurada pelo marido e não poder mais discutir o assunto com a mãe dele. Da mesma forma, a princesa-viúva Augusta manteve-se afastada de qualquer discussão sobre o castelo de Hertford ou suas atividades subterrâneas com o filho, pois também havia sido advertida por ele. Mas Augusta também tinha outras preocupações. Ela estava desenvolvendo um abscesso no lado do pescoço e os médicos temiam que fosse um tumor crescendo lentamente em sua garganta. Às vezes, ela tinha dificuldade para engolir, e recorria à ingestão exclusiva de líquidos. Na maior parte do tempo, Augusta não saía da Casa Carlton porque estava muito fraca.

Naquela noite, motivada não apenas pelo conselho de Christian, mas também por sir Allan Ramsay, que a convidara para ver seu retrato enfim concluído, Charlotte decidiu visitar a sogra. Quando entrou no estúdio de retratos e contemplou sua própria imagem, ficou emocionada. Sua representação era linda, régia em repouso, e revelava a real coloração de sua pele.

— Ninguém jamais capturou minha aparência autêntica de maneira tão distinta e agradável — maravilhou-se Charlotte.

Sir Allan se curvou.

— Obrigado, Vossa Majestade. A senhora me enche de honra.

Então ele foi até a gaveta do cavalete e pegou um pequeno pote com um creme bege rosado, entregando-o a ela.

— Agora, se Vossa Majestade permitir, esta tintura facial de giz oferece uma escolha de cores muito mais realista. Foi projetada para esconder o que a senhora está tentando "disfarçar" sem fazê-la parecer muito artificialmente branca. Eu mesmo fiz a mistura e não usei chumbo. A pele de Vossa Majestade é bonita demais para ser aviltada pelo chumbo.

Charlotte ficou grata. Ela colocou a maquiagem no bolso do sobretudo e, em seguida, voltou-se para a pintura.

— Acredito que essa seja a minha favorita dentre todas as representações que fizeram de mim até agora. Vou insistir para que George a pendure na galeria da Casa da Rainha, para que eu possa olhar para ela todos os dias e me lembrar de quem realmente sou.

Sir Allan pensou por um instante, enquanto começava a limpar os pincéis com trapos.

— Há aqueles entre nós que entendem o "dilema" da rainha e estão aqui para servir aquela que honra nossa causa.

— Você é muito enigmático, sir Allan. Evidencie o que pensa.

O pintor levou um momento.

— Acredito que a versão "autêntica" da senhora estaria interessada em saber que estabelecemos um ponto de encontro permanente na gráfica Phillips, onde nos reunimos formalmente nas segundas terças-feiras de cada mês. Discutimos uma variedade de assuntos: guerra, impostos... o tráfico escravista.

Charlotte ergueu a sobrancelha.

— E o que a rainha deve fazer com esta informação?

— O que Vossa Majestade considerar apropriado. É apenas algo para se ter em mente pois, devido à escravidão e seus muitos tentáculos, até mesmo os negros libertos são afastados da promessa de todo o potencial que possuem.

Charlotte não disse nada. E por fim olhou de novo para a própria imagem.

— Mande a pintura para a Casa da Rainha amanhã.

Ela então saiu da sala.

Quando a rainha retornou aos seus aposentos, as palavras de Ramsay continuavam atravessando sua mente: "*devido à escravidão e seus muitos tentáculos, até mesmo os negros libertos são afastados da promessa de todo o potencial que possuem*". Pensou no meio-irmão e ex-amigo Jon Baptiste Beckford. Por ter sido vendido como escravizado, ele poderia estar morto. Então ela pensou em Anne, a quem conseguiu salvar de um destino semelhante. Mas Anne, mesmo com todo o auxílio que havia prestado à rainha, era outra negra a quem não se permitia a promessa do próprio potencial. Ela era guardiã de um amuleto e, como tal, deveria ter os mesmos privilégios que uma Filha de Davi como Charlotte ou Augusta. Assim, com esses pensamentos, a rainha solicitou uma audiência com a princesa-viúva.

Ao entrar na sala de recepção naquela noite, Charlotte encontrou Augusta tricotando em frente à lareira. Embora estivesse fraca e magra, a viúva estava com boa voz e espírito e fez um gesto indicando para a rainha se sentar ao lado dela. Charlotte ofereceu a caixa de presente que havia levado e viu Augusta abri-la. Dentro, havia seis lenços de linho, feitos à mão e bordados com as iniciais de Augusta.

— Que lenços adoráveis. Quanto requinte há nessas peças. — Maravilhou-se Augusta.

— Obrigada. Minha criada, Anne Josef, tem um dom maravilhoso para estes trabalhos elaborados.

— Vejo que você está grávida de novo — observou Augusta, enfiando um dos lenços na manga.

— Estou, Vossa Alteza — respondeu Charlotte, que aceitou uma xícara de chá oferecida pela criada de Augusta. — Mas vim aqui para fazer um pedido.

Ela esperou até que a criada fosse embora para continuar.

— Desejo retornar ao castelo de Hertford para outra iniciação nas Irmãs.

Augusta franziu a testa.

— Mas você já alcançou o posto de Aprendiz. Não há...

— Não é para mim, é para outra pessoa — interrompeu Charlotte.

Ela despertou o interesse de Augusta.

— Nosso mandamento é bastante firme. A candidata deve possuir a marca dos merovíngios ou ser de descendência davídica ou Templária. Compilamos listas de potenciais candidatas em todo o mundo, mas elas não podem requisitar a iniciação. Têm de ser convidadas.

— Essa candidata se encaixa nos critérios, mas nunca entraria na sua lista.

— Quem é ela? — insistiu Augusta, um pouco irritada.

Charlotte engoliu em seco.

— Minha criada.

A viúva arregalou os olhos e ergueu as sobrancelhas com indignação. Ela colocou a cesta de tricô que estava em seu colo no chão, sentindo-se ofendida por Charlotte.

— A africana? Certamente isso é uma piada.

— Sim. A que fez seus lenços.

— Vossa Majestade, tal inclusão em nossa Ordem seria inaceitável por muitas razões. Nossa organização é de sangue patrício. Nosso estatuto é claro.

— Anne é de descendência davídica. Ela carrega a marca merovíngia e possui um amuleto.

Augusta ficou em choque e recostou-se na cadeira. O fato pairou no ar como a fumaça de uma chaminé mal ventilada.

— Eu quero que ela seja incluída — exigiu Charlotte. — É um direito dela e nossa obrigação como Filhas de Davi. Preciso de seu apoio, Augusta.

— E se as Irmãs a rejeitarem?

Charlotte sabia que aquela pergunta seria feita e estava preparada. Com absoluta determinação, ela desafiou a integridade da viúva enquanto defendia seus ancestrais.

— Então revelarei minha ascendência africana e a do rei para quem quiser ouvir.

Na primeira luz da quinta-feira seguinte, Charlotte partiu para Hertford com Anne a tiracolo. A princesa-viúva Augusta não estava com elas. Em vez disso, enviou notas com antecedência para preparar as Irmãs para uma cerimônia de iniciação, citando problemas de saúde como causa de sua ausência. Charlotte informou ao camareiro que teria uma aula de música pela manhã e que enviaria lady Schwellenberg a Brighton para visitar a irmã.

Lady Schwellenberg, bem versada em vários estratagemas do passado, trocou de roupa com Charlotte, vestindo a rainha em um vestido informal de algodão apropriado para alguém a serviço de uma aristocrata. A única joia que Charlotte estava usando era o amuleto, bem fundo no decote, escondido por uma camisa abotoada. Charlotte colocou um grande chapéu com um véu e, com o tecido puxado sobre o rosto, ela e Anne deixaram a Casa da Rainha antes que Christian chegasse para a aula de música. A rainha tinha pensado em tudo. Christian foi convidado a dar uma aula de música a lady Schwellenberg e a dama, vestida com os apetrechos reais de Charlotte, esperou por ele na sala de música. Ninguém desconfiou, pois todo o palácio ouvia as ruminações musicais daquela que presumiam ser a rainha.

Charlotte e Anne escaparam para Hertford. Anne hesitou em ser iniciada como Filha de Davi. Duas noites antes, depois que Charlotte a informou que se tornaria uma maçom secreta, ela teve um sonho anunciando uma desgraça. No sonho, fora sequestrada e amarrada pelos tornozelos. Quando Anne se levantou naquela manhã, o tornozelo direito dela estava vermelho e dolorido sem motivo aparente. Ela abordou Charlotte a respeito do assunto e a rainha prometeu que nada aconteceria, pois ela estava sob a proteção da residência real. Ela instruiu a criada a esconder seu amuleto e se preparar para dar uma explicação sobre suas raízes Templárias.

Às onze da manhã, a carruagem chegou ao nº 42 da Fore Street. Desde que Augusta a levara lá pela primeira vez, Charlotte só havia voltado uma outra vez — para iniciar lady Dunston, que mantinha Charlotte atualizada sempre que a via em uma das reuniões de visitas do rei. Nenhuma nova Irmã havia sido iniciada em dois anos, e era importante que Anne se tornasse parte do que a rainha sentia que era seu direito por nascimento.

As duas chegaram até a porta de carvalho e Charlotte, depois de garantir que não estavam sendo observadas, deu três batidas específicas na madeira. Momentos depois, ela e Anne ouviram três batidas específicas em resposta. Logo a voz masculina de dentro perguntou:

— Quem você representa?

— Deus e as três luzes menores — respondeu Charlotte, e o mantra verbal codificado que ela aprendera se deu através da porta, até que ela se abrisse.

O mesmo monge apareceu. Charlotte se anunciou como "Irmã Charlotte Sophia Frederick Hanover, nora da Irmã Augusta Hanover, esposa do falecido Irmão Frederick Louis Hanover". Ela disse ao monge que era guardiã de um amuleto, assim como Anne. As duas foram autorizadas a entrar e Charlotte instruiu o monge a reunir as Irmãs.

Eu segurei a mão de Anne durante a experiência, pois ela estava com medo. Descer a escada de pedra até os túneis a lembrou das entranhas do navio que a trouxe para a Inglaterra, deixando-a inquieta. Quando finalmente foi apresentada para a iniciação, as Irmãs se recusaram a considerar a ideia, pois a etnia dela era inaceitável. Mesmo percebendo que ela era genuína após ouvir a história e a genealogia de Anne, tentaram sem entusiasmo criar um subconjunto para ela, conhecido como "Irmã de Sarah la Kali", em homenagem à serva egípcia de Maria Salome. Se isso acontecesse, aquele seria um grupo segregado, o que eu não permitiria. Seguiu-se uma discussão que poderia ter durado o dia todo, até que finalmente ficamos chocadas com as advertências fracas, porém definitivas de uma Irmã que emergiu de repente da escuridão para a luz.

Era a princesa-viúva Augusta, que mancou até a frente e apontou o dedo para cada uma das Irmãs presentes.

— Aqui neste lugar, nós Irmãs não sofremos e não sofreremos a mesma discriminação e preconceito de homens e brancos que existem lá na superfície... Somos especiais aqui, somos divinas e somos Um. Todas nós! Eu sou a Digna

Grã-mestra dessa ordem, e achei importante estar aqui para garantir que essa mulher receba o que lhe é devido como uma Irmã igual, e assim será. Alguma objeção?

Não houve nenhuma e Anne foi enfim aceita e iniciada na Ordem das Filhas de Davi como uma "Irmã" completa e oficial. A princesa disse que pediu ao camareiro que a levasse e o fez jurar que guardaria segredo.

— Agora, permitam-me voltar antes que eu morra neste lugar úmido.

Insisti para que Augusta viajasse de volta para Londres conosco. Anne ficou curiosamente quieta durante a maior parte da viagem de volta. Quando a inquiri, ela disse que não conseguia acreditar no que havia acontecido com ela e do que tinha se tornado parte. Rezou, pedindo para encontrar a filha Mary e comprar a liberdade dela, para que a menina pudesse conhecer o direito que era dela por nascimento — principalmente porque Mary também possuía a marca. Eu, mais do que ninguém, entendi o desejo de Anne e prometi que faria tudo o que pudesse para ajudar.

Continuamos nosso caminho. Então, quase como se Deus tivesse ordenado, nosso cocheiro teve que fazer uma parada pessoal para se aliviar. Enquanto ele estava fora, olhei para cima e vi uma fileira de lojas elegantes e meus olhos se arregalaram em choque. Ali, a menos de seis metros de distância, estava a gráfica Phillips. De todas as ruas em que poderíamos ter virado, estávamos na George Lane, e mais uma vez as palavras de sir Allan Ramsay ecoaram em meu coração:

"Aqueles entre nós que entendem o dilema da rainha estão aqui para servir aquela que honra nossa causa..."

Trinta e nove

Nas primeiras horas da madrugada de 21 de agosto de 1765, Charlotte deu à luz seu terceiro herdeiro na Casa da Rainha — um filho chamado William Henry Hanover, que foi nomeado duque de Clarence. Como a rainha havia perdido o bebê anterior, George ficou preocupado com o parto e rezou para que as coisas corressem bem. E assim foi. O mesmo aconteceu com o parto seguinte da rainha, em setembro de 1766, do qual nasceu uma filha, Charlotte Augusta Matilda — a Princesa Real. Ninguém estava mais satisfeito do que o rei por sua família crescer e estar aparentemente feliz.

Charlotte estava feliz também, embora, por vezes, durante seus resguardos, desejasse ter alguma notícia do duque de Levis-Mirepoix. Ela também estava preocupada com a princesa-viúva, cuja saúde continuava a se deteriorar. Preocupado com a mãe e com a guerra iminente com as Colônias, George teve uma crise de saúde semelhante à de 1763. Assim como na enfermidade anterior, a urina do rei ficou roxa, cólicas estomacais o enfraqueceram e a loucura tomou conta de sua mente. Ele passou a conversar com árvores e a duelar com estátuas no jardim. Até mesmo assediou lady Hagedorn um dia, agarrando os seios dela contra sua vontade, o que fez a mulher entrar gritando nos aposentos privados da rainha e se recusar a sair. Mas Charlotte ficou ao lado do rei, tomando conta dele com cuidado e preocupação.

No ano seguinte, 1766, Charlotte ficou grávida mais uma vez e, logo após descobrir, estava sentada no banco de pedra de frente para o canal de St. James. Era o lugar favorito de George para pensar, e ela queria ficar sozinha com os próprios pensamentos. Mesmo com todos os filhos que tinha e com o rei mais emocionalmente disponível para ela, Charlotte ainda sentia que faltava um propósito em sua vida, e saber que as reuniões abolicionistas aconteciam na gráfica Phillips todos os meses era um fato difícil de ignorar. Mas, quando perguntou a George se poderia ir até Londres “visitar amizades”, o rei foi irredutível:

— Não há ninguém ou nada lá fora que não possa ser trazido para você aqui, minha querida.

Então, mais um dos desejos dela deixou de ser realizado.

Enquanto alimentava os gansos na água, que se deliciavam com as migalhas de pão e sobras de bolo que ela jogava, Charlotte ouviu uma voz familiar.

— Vejo que você também usa o lugar de George para pensar.

Ao se virar, viu o príncipe Edward. Ele caminhou até o banco e se sentou ao lado dela.

— Eu venho aqui também, de vez em quando... para pensar.

— Edward. Que bom vê-lo. Você não aparece por aqui desde que adquiriu seu próprio lugar. No que está pensando? Na conquista de alguma atriz ou garota da ópera que deu errado? — perguntou Charlotte.

Mas Edward olhou para ela, incapaz de impedir seus pensamentos. Ela sempre conseguia lê-lo por completo. Mas será que poderia dizer a ela o quanto estava bonita naquela manhã? Ou como sua pele brilhante e grandes olhos castanhos eram convidativos, mesmo que ela nem percebesse? E aqueles lábios — grandes e carnudos, emoldurando dentes brancos e brilhantes quando ela sorria. Por que ele sempre se sentia culpado por querer aqueles lábios em sua boca, em seu corpo?

— Charlotte, eu sei que tenho uma reputação com as mulheres. Mas, ao contrário da crença popular, não tenho uma mulher em cada porto, nem em cada cama. Fiz muitas coisas com George. Mas parei desde que ele...

Edward parou.

— Desde que ele se casou.

Edward assentiu.

— Ainda assim, você gosta de ser o homem que toda mulher quer... ou com quem toda mulher já esteve. Foi o que fiquei sabendo.

Houve um silêncio interminável entre eles enquanto Charlotte continuava alimentando os gansos — aos quais haviam se juntado dois grandes cisnes brancos. Então, Edward desviou o olhar. A confissão guardada em seu coração não o permitiria demonstrar a mágoa que sentia por ter demorado tanto.

— Não posso evitar o que sinto por você, mesmo que seja de George. Deve ter a ver com cavalheirismo e bravura, suponho. O herói em mim queria ser o homem que iria salvar você, a "donzela em perigo", tirá-la do abandono e amá-la para sempre. — Ele acabou voltando o olhar para ela, no fim das contas. — Em vez disso, essa tarefa foi de Christian Bach.

A respiração de Charlotte ficou ofegante enquanto olhava para ele.

— Edward, há quanto tempo você sabe sobre ele?

— Há três anos. Desde os protestos, quando a vi nos braços dele, beijando-o. E desejei que fosse eu no lugar dele. Quando vi aquilo, soube que seu bebê não era do meu irmão e fiquei furioso, tomado pelo ciúme. Prometi a Christian que faria vista grossa caso ele terminasse tudo, o que, obviamente, não aconteceu.

Edward se levantou.

— Agora não posso mais ficar aqui. Meus sentimentos por você são muito fortes e minha mãe insiste que eu preciso me casar. Então, vou embora de Londres.

— Edward, não. Não vá embora por causa de mim. George ficaria arrasado.

— Enquanto eu estiver perto de você, nunca vou conseguir me conectar com outra.

— E quanto a lady Mary Coke? Ou lady Essex? Kitty Fisher, pelo amor de Deus. Você se encontra com todas. Certamente poderia se casar com uma delas.

Edward abandonou a razão e puxou Charlotte para si. Ele a beijou com força, apertando o corpo dela contra o dele. E então a empurrou para longe. Charlotte ficou tão chocada com as ações do cunhado que não conseguiu dizer nada.

— Meu Deus. Você não vê que meu mundo mudou no momento em que a conheci? — indagou Edward. — Eu quis você desde o primeiro segundo. Algo se apoderou de mim e me prendeu. E quanto mais digo a mim mesmo que George ficaria magoado por ter a confirmação das suspeitas que têm sobre mim, mais quero você. Você não entende? Preciso ir embora. E irei, em quinze dias... para a França, Itália, Turim... qualquer lugar menos aqui. Pretendo ficar fora por dois anos.

O coração de Charlotte se partiu ao olhar para Edward, cujos cílios loiros estavam cheios de lágrimas.

— Adeus, Vossa Majestade.

Fiel à sua palavra, duas semanas depois, o duque de York, príncipe Edward Hanover, favorito da família Hanover e profundo admirador da Rainha, deixou o Palácio de St. James com uma comitiva completa. George ficou furioso, pensando que a viagem era uma loucura autoindulgente. Mas Edward insistira em fazê-la e, sem contar ao irmão o verdadeiro motivo de sua partida, abraçou ele e Charlotte e partiu com dois valetes, dois cavalheiros de quarto e duas carruagens. Ele se despediu da mãe, dos irmãos, de tia Amelia — que lhe deu dois pacotes de haxixe e dois cachimbos de narguilé —, de George e de Charlotte, para quem olhou com profundo pesar.

Enquanto as carruagens de Edward se afastavam, por fim se tornando apenas pontinhos na estrada de pedra rumo ao porto de Londres, Charlotte desejou que o príncipe encontrasse consolo e felicidade para si mesmo.

Mal sabia ela que nunca mais o veria de novo.

Edward e sua comitiva chegaram discretamente a Compiègne no final de julho. O delfim Louis XV e a corte francesa ajudaram a manter em segredo que um duque da Inglaterra estava entre eles, tentando esquecer o passado superficial indigno e pouco sério e curar o coração, com a intenção de encontrar uma noiva. De lá, Edward atravessou o delta pantanoso do Ródano rumo a um castelo nos arredores de Toulon e dançou até o amanhecer, tentando esquecer Charlotte. No final da tarde seguinte, ele começou a se queixar de um resfriado e depois de uma febre, que piorou com o passar dos dias.

A comitiva enfim chegou ao principado de Mônaco, no palácio onde o amigo de Edward, Sua Alteza Sereníssima, príncipe Honore III, queria proporcionar um lugar de cura e conforto com bons cuidados médicos para o príncipe. Mas, apesar das habilidades do médico de Honore e do uso do pó de James, que reduzia a maioria das febres, Edward ficava cada vez mais fraco. O príncipe Honore III, que havia sido proibido por Edward de entrar em contato com o irmão dele, escreveu ao rei George para dizer que Edward estava muito doente e talvez não sobrevivesse. Mas antes que a carta chegasse a Londres, Edward ficou inconsciente, falecendo uma semana depois, em 17 de setembro de 1767, aos 28 anos. A malária e a exaustão foram as causas da morte.

Charlotte sabia que o coração partido também havia tido sua parcela de culpa.

O corpo de Edward retornou a Londres a bordo do *Montreal* — um navio de guerra britânico que cruzava o Mediterrâneo na época e, como agradecimento pela assistência e cuidado de Honore para com seu irmão, o rei britânico enviou ao príncipe de Mônaco dois dos melhores cavalos de corrida de Edward e convidou-o para visitar a Grã-Bretanha. Um cortejo real completo foi até o *Montreal* quando o navio atracou, e toda a sociedade britânica lamentou a perda do duque de York, que foi homenageado com um funeral completo. George ordenou que todas as bandeiras do palácio fossem hasteadas a meio mastro, e o grande sino da Catedral de St. Paul soou com tristeza.

Depois do velório público de Edward, George e eu, ambos profundamente abalados, nos sentamos nas primeiras fileiras da Abadia de Westminster para o funeral de nosso amado e jovem parente. O caixão fechado do príncipe jazia em repouso à frente, e a capela estava lotada de membros da família real, amigos íntimos, membros do Parlamento e várias "ex-companheiras" de Edward. Na verdade, depois vim a saber que, durante o funeral de meu cunhado, dois homens cometeram suicídio atirando-se da ponte de Londres para o Tâmisa — homens que também estavam apaixonados pelo duque de York. O fato não me surpreendeu, pois Edward atraía a todos... e todo o mundo o amava.

Dois meses depois, em 2 de novembro de 1767, pari mais uma criança, um menino. Nós o chamamos de Edward, em homenagem ao nosso amado Edward — por quem eu ficaria em luto, e sentiria saudade e um sentimento de culpa pelo resto da minha vida.

Levou meses para que George se recuperasse da morte do irmão, e ele começou a passar mais tempo na Casa da Rainha, em Buckingham. O lugar o agradava desde a reforma que Charlotte fizera. A lareira era eficiente, e a rainha fez tudo parecer aconchegante como a amada Casa Saville, onde o rei crescera. Ela até mandou colocar azulejos pretos e brancos no chão.

Mas Charlotte, depois de ficar em luto pelo príncipe Edward durante seis meses, percebeu que não podia mais desperdiçar a vida como uma decoração na vida de George, sendo meramente "esposa de alguém". Ela tinha que colocar em prática o plano que vinha preparando havia dois anos e servir a uma causa... a abolição do tráfico escravista. E, para tal, teria que fazer parte da reunião dos abolicionistas na gráfica Phillips às terças-feiras uma vez por mês.

Como precisava de ajuda, Charlotte convidou madame Lia de Beaumont para visitar a Casa da Rainha. Enquanto jogavam cartas com lady Schwellenberg e lady Hagedorn, a rainha tomou coragem e pediu que Lia a levasse em um passeio por Londres que não fosse em um estabelecimento oficial.

— Quero vivenciar Londres não como membro da realeza, mas como uma plebeia. Sinto-me desconectada do que está acontecendo no mundo por conta da vida que levo. E tenho em mente um lugar que desejo visitar.

— Que lugar?

Lia pegou o rapé, inalou um pouco e ofereceu para a rainha e as damas. Apenas Charlotte aceitou, pois o usava com Amelia e, nos últimos meses, vinha apreciando a prática.

— A gráfica Phillips — respondeu ela.

Lia estava cética.

— Por que a gráfica Phillips? Eles estão distribuindo contrabando?

— Não. Algo muito mais vil e escandaloso.

— Pelo amor de Deus, o quê? — perguntou lady Hagedorn.

— Uma vez por mês, a gráfica é um ponto de encontro para abolicionistas e simpatizantes que se reúnem para discutir o tráfico escravista.

O silêncio tomou conta do recinto. Todas olhavam para a rainha com espanto.

— E *você* quer participar dessas discussões? — perguntou Lia.

— Quero.

Madame Lia colocou as cartas na mesa e parou de jogar.

— É uma ideia valente e heroica, Vossa Majestade, mas como sairá da Casa da Rainha para tal aventura sem que ninguém, principalmente o rei, perceba? E quanto a sua segurança?

Charlotte ponderou.

— Ah, lady Schwellenberg e eu sabemos bastante sobre planejar aventuras, seguras ou não. Não é, Swelly?

Lady Schwellenberg deu uma risadinha, concordando.

Na segunda terça-feira de maio de 1768, os sons da aula de cravo de Charlotte, ministrada por Christian Bach, ecoavam pelo palácio quando a carruagem de Lia chegou. Ela estava vestida casualmente ao entrar na Casa da Rainha. Momentos depois, emergiu da entrada lateral da residência com lady Schwellenberg e uma grande cesta de piquenique. A carruagem partiu. A música do cravo continuou junto com as instruções de Christian, e tudo acontecia como de costume na Casa da Rainha...

Exceto que não era lady Schwellenberg na carruagem de madame Lia, e sim Charlotte, usando as roupas da dama. Na sala de música, lady Schwellenberg, vestida como a rainha, ficou mais do que contente em aprender música com o belo e renomado Bach. E Christian, que faria qualquer coisa para entrar nas graças de Charlotte, aceitou participar do esquema.

Charlotte e sua confidente francesa cavalgaram pelas ruas de Londres, e era como se a rainha estivesse vendo a cidade pela primeira vez. Londres fervilhava de atividade. Lojistas varriam a frente das lojas, padeiros preparavam produtos frescos e novos prédios estavam sendo erguidos. Do lado de fora da Torre de Londres, elas testemunharam um enforcamento público quando os corpos de quatro homens caíram para a morte. As pessoas aplaudiram e o estômago de Charlotte revirou. Em seguida, elas viajaram para o extremo leste da cidade, onde muitos londrinos empobrecidos viviam na miséria.

Por fim, chegaram ao destino, a gráfica Phillips, onde entraram e foram direcionadas para uma sala dos fundos. Lá encontraram *quakers*, homens de negócios, nobres e trabalhadores reunidos. Mas elas também notaram que as mulheres se sentavam primariamente no fundo da sala.

Depois de uma conversa agradável e do consumo de bebidas e aperitivos, a reunião começou com a apresentação do orador principal, feita pelo próprio sir Allan Ramsay. O jovem orador era Thomas Clarkson, um abolicionista que falava com autoridade e paixão.

— É uma rota triangular. Os produtos fabricados na Grã-Bretanha vão para a África para a compra de negros, que depois são transportados para as Índias Ocidentais e para as Colônias. Em seguida, os produtos cultivados pela mão de obra escravizada, como açúcar, tabaco e algodão, são trazidos de volta para a Grã-Bretanha. Essa prática representa oitenta por cento da renda externa da Grã-Bretanha. Nossos navios britânicos dominam o comércio. Fornecemos para as colônias francesas, espanholas, holandesas, portuguesas e britânicas e traficamos 40 mil homens, mulheres e crianças africanas pelo Atlântico em condições horríveis — disse Clarkson.

Ele continuou a explicação e informou que, dos 11 milhões de africanos traficados para a escravidão, quase 2 milhões morreram durante a viagem. Ele também observou que por dois anos havia pesquisado, documentado e entrevistado 20 mil marinheiros, e até obtido o equipamento hediondo utilizado para controlar as pessoas escravizadas a bordo dos navios.

Clarkson ilustrou o ponto ao mostrar os tais equipamentos para as pessoas reunidas: correntes para pernas, algemas, anjinhos, instrumentos para forçar a abertura de mandíbulas e ferros de marcar. Todos os presentes ficaram revoltados com a visão — principalmente Charlotte, que imaginou Jon Baptiste Beckford sendo torturado por instrumentos tão vis. A veemência de Clarkson tomou a sala, levando a multidão ao fervor quando ele os incitou:

— Desenvolvam uma rede de pessoas interessadas para nos ajudar a nos organizarmos. Precisamos de documentação, depoimentos e testemunhas dessa desumanidade. Precisamos de uma petição. Precisamos que o mundo saiba que a Inglaterra dará os primeiros passos necessários para elaborar um projeto e aprovar uma lei que acabe com essa instituição monstruosa!

A multidão, inclusive Charlotte, aplaudiu. Quando passaram uma cesta para recolher doações para a causa, a rainha fez uma grande contribuição.

Mais tarde, enquanto voltavam para a Casa da Rainha, Charlotte e madame Lia ficaram em silêncio durante a maior parte do caminho, tomadas por grande emoção. Finalmente, Lia virou-se para a rainha.

— Por que a senhora foi lá?

— Penso sobre a questão de acabar com a escravidão há muito tempo. Mas nada poderia me preparar para o que vi hoje. Sinto que deveria estar fazendo alguma coisa.

— Então você deve de alguma forma convencer o rei a respeito da importância de emancipar essas pessoas e acabar com o tráfico escravista — disse Lia.

Meu povo, pensou Charlotte consigo mesma quando a carruagem parou na entrada lateral da Casa da Rainha. Ela de repente entendeu que aquela era a causa para a qual tinha nascido e, por conta disso, o rumo de sua vida mudaria.

Embora fosse perigoso, madame Lia e eu escapamos para a gráfica Phillips às segundas terças-feiras do mês durante quase seis meses. Eu me vestia como lady Schwellenberg enquanto minha verdadeira dama fingia ser eu na Casa da Rainha com Christian. Fiquei enojada pela disparidade entre a aristocracia rica e a enorme subclasse de pobres, dentre os quais os negros se encontravam na pior situação. Os palestrantes me motivavam e descobri que precisava daquelas reuniões para sentir que fazia parte de algo importante.

Na segunda terça-feira do mês de julho, Charlotte ouviu o palestrante convidado, Grandville Sharp, um advogado, descrever o caso de um ex-escravizado que defendia, que havia escapado de seu senhor e fora para Londres. Sharp levou o senhor de escravos ao tribunal, conquistando com sucesso a liberdade de seu cliente. Mas um homem, que a encarava no meio da multidão, chamou a atenção de Charlotte. Após a reunião, o homem caminhou na direção onde ela estava e, com uma inspeção mais detalhada, Charlotte percebeu que se tratava de sir John Wilkes.

Ela entrou em pânico. Wilkes fugira para Paris com a ajuda de lorde Henry Fox. Agora, pelo visto, ele retornara à Inglaterra e estava planejando fazer muitas queixas contra o rei e suas políticas, entre elas a escravidão, de acordo com as declarações que fez na reunião.

Charlotte se afastou na mesma hora. Mas Wilkes, um notório mulherengo, logo voltou sua atenção para madame Lia. Ele foi até ela e se apresentou, flertando descaradamente. Quando Lia rejeitou os avanços de Wilkes, ele deu um tapinha no traseiro dela, riu e se afastou, olhando para Charlotte com uma careta de aparente reconhecimento.

A rainha agarrou Lia e insistiu que saíssem dali. Dentro da carruagem, Charlotte disse a Lia que não poderia voltar a se aventurar na reunião.

— É muito arriscado. Sir Wilkes estava prestes a me reconhecer e, eventualmente, outros também acabarão percebendo quem sou. Além disso, estou grávida mais uma vez.

— Wilkes, aquele salafrário. Não é à toa que ele é tão criticado — resmungou Lia.

— Mas ele realmente apela para o senso de liberdade pessoal das pessoas... exceto das mulheres, pelo jeito descarado como deu um tapa no seu traseiro. Fico preocupada, porque Wilkes odeia o rei.

As duas se abraçaram e madame Lia disse à rainha para enviar-lhe um bilhete quando precisasse de uma amiga. Charlotte voltou a seus aposentos, pensando no que havia acontecido. Ela temia que o retorno de Wilkes causasse problemas.

E causou mesmo. Quando Charlotte viu Wilkes, fazia quatro meses que ele havia retornado à Inglaterra. Os cinco anos vivendo de maneira extravagante na França, em um exílio autoimposto, o faliram. Desejando pagar pela educação cara da filha, ele voltou para Londres de maneira sorrateira, apesar de ter sido julgado e considerado culpado durante sua ausência. Uma das primeiras pessoas que visitou foi sir Henry Fox que, na época, estava doente e não saía da Casa Holland havia um mês. Wilkes disse a Fox:

— Faz tanto tempo que não penso em nada além de minha vingança contra o rei que na semana passada imaginei ter visto a rainha em uma reunião abolicionista.

Ambos riram muito diante da possibilidade.

Wilkes então discutiu planos de trazer o *North Briton* de volta, com uma vingança. Daquela vez, tencionava ser mais cuidadoso com as acusações de calúnia, fornecendo provas concretas de suas acusações, dizendo a Fox que havia encontrado a espiã perfeita para se infiltrar no círculo íntimo do rei, alguém que poderia fornecer-lhe todas as provas de que ele precisava. Fox aconselhou Wilkes a "promover a ideia de que as pessoas tinham direito de ler a verdade sem que os escritores responsáveis por contá-la temessem a prisão".

Depois de alguns meses reunindo apoio e criando uma plataforma social, Wilkes foi ousado e escreveu ao rei pedindo perdão. George não conseguiu parar de rir e ignorou o pedido. Na semana seguinte, certo de que não receberia notícias do rei, Wilkes anunciou publicamente sua candidatura para se tornar membro da Câmara dos Comuns.

Na época, Charlotte havia dado à luz outra filha a quem muito amava. A princesa Augusta Sophia, a mais bela das filhas de Charlotte, nasceu em 8 de novembro de 1768. Ela trouxe muita felicidade ao rei e à rainha. Infelizmente, a felicidade não durou muito, pois a economia da Inglaterra desmoronou. O desemprego aumentou, trabalhadores entraram em greve, a comida tornou-se escassa, a guerra ameaçava estourar a qualquer momento...

E sir John Wilkes ascendeu a um poder sem precedentes.

Parte Três

REVELAÇÕES

Casa da Rainha
Londres, 1772 – 1818

"Não há nada oculto que não venha a ser descoberto e não há nenhum segredo que não seja revelado..."
Jesus Cristo — O Evangelho Q

Sem liberdade, sem rei!

Quarenta

Em 15 de fevereiro de 1772, o corpo da princesa-viúva Augusta repousou na Abadia de Westminster. Ela falecera em decorrência de um câncer na garganta, às seis da manhã. A princesa-viúva morreu tranquila, com os filhos, Augusta, Caroline Matilda e George, e eu ao seu lado.

Estávamos sentados na abadia lotada — eu, enorme e grávida; George sombrio e solene, com lágrimas nos olhos; e Bute, chorando baixinho apesar da presença da esposa. Conseguíamos ouvir os sons infelizes de uma multidão enfurecida do lado de fora. Sir Horace Walpole, indignado com o desrespeito dispensado à mãe do rei, saiu de seu banco e foi até a janela da capela. Através do vidro espesso, ele viu uma multidão que avançava em direção às portas da abadia e o pano preto de luto sendo retirado da plataforma. Eles se recusaram a deixar a pobre princesa Augusta em paz — mesmo na morte.

Muita coisa aconteceu nos três anos que se sucederam. Desde a morte de Edward e o misterioso ressurgimento de sir John Wilkes em Londres, houve uma nova onda de artigos desagradáveis sobre Augusta e lorde Bute, embora na época o relacionamento entre os dois fosse apenas uma amizade leal. Os artigos incomodaram Augusta e, finalmente, em 7 de fevereiro de 1772, ela sucumbiu.

George lamentou por meses, apesar da mãe ter se tornado extremamente cruel com ele em seus últimos anos. Àquela altura, meu cachorrinho Petoe havia morrido e eu tinha mais três filhos. Comecei a me preocupar. Sempre que George estava sob imenso estresse, começava a ter dores de cabeça estrondosas e inexplicáveis, que se transformavam na "enfermidade". Esses males duravam de uma semana a vários meses, e não havia como saber qual seria seu comportamento. Cada vez que acontecia, os médicos e conselheiros o levavam para outro palácio, onde ele podia ser tratado secretamente sem o conhecimento do Parlamento ou do povo. Uma vez recuperado, ele fazia uma aparição pública em algum lugar e ninguém ficava sabendo do ocorrido. Exceto por sir John Wilkes, a ruína de nossa existência.

John Wilkes ganhou a eleição para a Câmara dos Comuns por uma grande maioria. A popularidade dele foi alimentada por pessoas comuns que declaravam "Wilkes e liberdade!" ou "Liberdade de imprensa". Após a eleição, ele se rendeu às autoridades. Foi condenado à prisão da corte do rei por 22 meses e multado em mil libras — uma punição que ele aceitou de bom grado porque os prisioneiros podiam comprar o direito de circular dentro de um raio de três milhas. Como membro do Parlamento, Wilkes aproveitou os privilégios e continuou a fazer seus ataques pessoais contra o rei no jornal.

Em St. James, George e Charlotte ficaram chocados com a enorme multidão de apoiadores de Wilkes que se reuniu em St. George Field, próximo à prisão da corte do rei.

— Como Wilkes pode ser um homem condenado cumprindo uma sentença e *ainda* ter permissão para atuar como membro da Câmara dos Comuns? — lamentou George enquanto descia as escadas, se preparando para a sessão do Parlamento daquele dia. — Farei com que lorde Grafton apresente uma moção para removê-lo.

— Wilkes é um representante eleito. Não há nenhuma regra dizendo que ele deve perder o lugar na Câmara no caso de prisão — afirmou Charlotte.

— Pois devia haver!

Mas o plano do rei foi frustrado por uma multidão teimosa que protestava pelas ruas. Eles quebraram janelas, incluindo as da casa de lorde Bute, e exigiram que os cidadãos iluminassem suas casas para apoiar a soltura de Wilkes. Trinta mil "Wilquetes", como eram conhecidos, convergiram para St. George's Field, bradando:

— Sem liberdade, sem rei!

Temendo que a multidão tentasse resgatar Wilkes, os oficiais ordenaram que as tropas pegassem as baionetas. A multidão enlouqueceu, lançando injúrias e insultos aos soldados, que imediatamente responderam disparando contra eles. Sete pessoas morreram e inúmeras outras ficaram feridas. A raiva pelo "Massacre de St. George's Field" levou a protestos por toda Londres. A agitação durou vários dias, forçando George a considerar abdicar do trono. Charlotte precisava de respostas. Então, ela pediu a madame Lia para visitar Wilkes na prisão.

Madame Lia de Beaumont chegou à prisão da corte do rei e entrou por uma passagem privada sob o selo da rainha. Wilkes havia flertado com ela na gráfica Phillips e a rainha esperava que ele metesse os pés pelas mãos e se abrisse com Lia enquanto estivesse na presença dela. Para ajudar a situação, Lia levara uma garrafa de seu melhor vinho e uma dúzia de línguas defumadas para um Wilkes desavisado. Ela lhe disse que era uma grande fã, alguém que concordava com suas ideias revolucionárias. Até mesmo disse a ele que tinha habilidade para a escrita e desejo de escrever para o jornal.

— Seria tão agradável escrever sob o pseudônimo "Sr. Peter Sussex".

— Por quê? — perguntou Wilkes, curiosamente.

— Sou apenas uma mulher miserável, nascida para ser uma escrava do homem, o Senhor da criação.

Wilkes, impressionado com a inteligência e a sagacidade da mulher, confessou que ela lhe parecia familiar. Madame Lia o lembrou do breve encontro que tiveram na gráfica Phillips.

— Mas devo dizer que na época o senhor foi um tanto mais atrevido do que está sendo hoje.

Através das grades, Wilkes acariciou o braço de Lia de maneira sugestiva.

— Isso é porque aqui temos o impedimento dessas grades nos separando, minha querida.

Lia deu uma boa olhada na cela dele.

— Eu gostaria de ter um "impedimento" como esse.

Era verdade. As acomodações de Wilkes na prisão eram generosas. A cela dele, no primeiro andar, tinha uma vista suntuosa de St. George's Fields. Ao chegar, Lia testemunhou duas partidárias deixando-o depois do que só poderia ser descrito como um aparente encontro sexual. Em uma época de escassez de alimentos na Inglaterra, caixas de presunto, cerveja, queijo, vinho e tabaco, presentes de fãs fiéis, enchiam a cela de Wilkes. Parceiros políticos iam e vinham livremente, reunindo-se lá para administrar a campanha dele e levar envelopes de dinheiro que afluíam para ajudar a pagar a dívida de 20 mil libras. Lia se virou para ele:

— Sir Wilkes, por que o senhor odeia tanto o rei? Outros discordam das políticas dele, mas ninguém o critica como o senhor.

A expressão de Wilkes tornou-se afiada e seu tom paquerador desapareceu por completo.

— Sabia que o rei emitiu instruções exigindo que o governador da Virgínia não concordasse com nenhuma lei que indicasse que a importação de negros fosse proibida ou obstruída? Isso me diz que o rei é irascível e inapto para governar. Tenho fontes de confiança que afirmam que ele também é insano. Quem, senão um louco, coloca a continuidade do tráfico escravista para as colônias acima da representação dessas mesmas colônias no Parlamento? Não é à toa que a rainha está tendo um caso com o professor de música.

Lia, chocada com a revelação, forçou-se a manter a compostura.

— Como sabe de uma coisa dessas? O senhor não publicaria algo assim sem provas, não é?

— Minha prova não é sólida o suficiente para publicação sem confirmação de minha fonte que, por enquanto, não será divulgada. Mas basta dizer que decidi encontrar outra maneira de fornecer a verdade aos meus leitores. — Ele piscou. — Então não se preocupe, minha querida. Como a senhora e a rainha são amigas, pode dizer a ela que está segura. Por enquanto.

Lia ficou perplexa e foi embora, enquanto Wilkes ria. Mais tarde naquele dia, ela voltou para a Casa da Rainha e relatou a conversa para Charlotte.

— O canalha sabe tudo sobre você... e Bach.

Charlotte ficou pálida.

— Como Wilkes saberia sobre minha vida privada?

— Alguém está passando essas informações para a base de Wilkes. Alguém próximo a você — avisou Lia.

Nesse momento, Anne entrou para acender as velas. Lia a notou, então se virou para a rainha com uma sobrancelha erguida.

— Uma vez eu lhe disse para ter muito cuidado, Vossa Majestade. *Qualquer pessoa* ao seu redor pode estar espionando.

Charlotte olhou para Anne. Sabendo que a busca de Anne pela filha poderia torná-la vulnerável, a rainha ficou nervosa e pensamentos correram soltos. Naquela noite, Charlotte não conseguiu dormir. Ela andou de um lado para outro por tanto tempo que temeu desgastar os tapetes sobre os quais caminhava. Olhou para George, que dormia profundamente pela primeira vez nas três semanas que se seguiram aos protestos. O bebê mexendo em sua barriga a fez lembrar do compromisso contínuo que ela tinha para com o rei. Wilkes era um inimigo perigoso. O fato de ele ter acesso a tais informações e a maneira inteligente como poderia usá-las ameaçava a Coroa. Ela tinha que fazer algo para mitigar o impacto. Assim, no dia seguinte, Charlotte mandou chamar Christian Bach.

— Receio que você deva renunciar ao seu cargo aqui em Buckingham. Comunique a renúncia ao rei como se fosse sua própria decisão. Diga a ele que você quer escrever uma sinfonia ou uma ópera, qualquer coisa. Apenas renuncie.

Christian ficou surpreso com a natureza abrupta do pedido.

— Qual a razão disso?

— Para o bem da monarquia, é melhor encerrarmos oficialmente nossa associação de trabalho — insistiu Charlotte. — Vou contratar um novo professor de música quando você deixar seu cargo.

— Por favor, me diga por quê. Eu não fiz nada impróprio.

— Eu sei. Mas não tenho liberdade para revelar meus motivos.

Christian olhou nos olhos dela e pôde ver que havia um conflito. Se ao menos ela pudesse ser sincera. Ele havia atendido a todos os desejos de Charlotte. Sacrificara o aspecto físico do relacionamento deles por mais de dois anos. Ele se relegara ao segundo plano da vida privada da rainha e agora ela estava pedindo que se afastasse dela. Por quê? Ele aceitou.

— Vou recolher minhas partituras depois da aula do príncipe e entregar minha renúncia ao rei pela manhã.

Charlotte assentiu e saiu da sala. Do lado de fora da sala de recepção, ela parou para se equilibrar, segurando o amuleto sob o vestido. Lady Lizzie estava descendo a escada e testemunhou a melancolia da rainha.

— A senhora está bem, Vossa Majestade? — disse a dama em seu sotaque brogue escocês.

Charlotte fez que sim, mas não respondeu diretamente, subindo as escadas para seus aposentos. *Talvez tenha acabado*, pensou ela. Talvez, quando as notícias da renúncia de Christian se espalhassem, aqueles que gostavam de Wilkes presumissem que o romance não tinha validade. Ela não poderia suportar um escândalo contínuo como os ataques de Wilkes a Augusta e Bute. Mas, quando adentrou os aposentos reais, sentindo-se melhor com a solução, viu-se assombrada pela maneira como a executara. Ela magoara Christian.

Ela o magoara gravemente.

Na manhã seguinte, Johann Christian Bach estava na sala de música da Casa da Rainha guardando suas partituras em caixas. Ele tinha acabado de terminar uma aula de piano com o príncipe George e sua cabeça estava latejando. Christian passara a noite pensando em Charlotte, buscando respostas. Ele devia ter feito alguma coisa, dito alguma coisa, insinuado alguma coisa, por mais sutil que fosse, para irritá-la, mas não conseguia pensar em nada. A dor de cabeça dele se refletia em seu rosto e ele esfregou as têmporas por alguns momentos. Então ouviu:

— Deixe-me fazer isso.

Christian se virou e viu Charlotte na porta. Ele a olhou por um longo e indeciso momento. Charlotte se aproximou dele com cautela, colocando os dedos nos pontos de pressão de sua cabeça latejante. Os dois não disseram nada quando ela começou a massagear as têmporas dele. Christian a encarou com intensidade. Charlotte sabia o que ele estava pensando, pois os mesmos pensamentos também a atormentavam e ela teve que confessar.

— Sir Wilkes sabe sobre nossa... amizade. Ele ameaçou nos expor nos jornais assim que tiver provas irrefutáveis.

— Então, pelo bem de sua reputação e da reputação do rei, devo ser dispensado?

Charlotte parou de massagear o amado. Ela voltou os olhos para o chão, concordando em silêncio.

— Eu já falhei com você, Charlotte? — perguntou o músico, entendendo por que tinha que partir.

— Nunca. Você foi o mais gentil e mais amoroso... amigo... e jamais hei de me esquecer. Mas o rei nem sempre está bem e precisa de mim.

— Não é segredo que o rei é louco.

— Então certamente você sabe que não posso abandonar as necessidades dele.

— Certamente você não pode abandonar as necessidades daquelas pobres almas que se encarregou de ajudar, libertar e proteger.

Christian então suavizou o tom. Afinal, não estava com raiva de Charlotte. Ele entendia que ela estava com a cabeça cheia e atribulada.

— Vou renunciar como solicitou que eu fizesse, mas tenho um pedido.

— Qualquer coisa.

— Não seria mais poderoso sacrificar o sofrimento de um rei louco, por quem você não pode fazer nada, pela liberdade dos menos afortunados?

Charlotte pensou sobre o que ele disse. Como sempre, Christian estava certo. Mas ela permaneceu resoluta.

— Farei com que você seja compensado e lhe providenciarei outro emprego após a renúncia.

— Não. Quando terminar a ópera, aceitarei a oferta de Leopold Mozart para fazer uma turnê com Wolfgang. Não voltarei aqui por um ano. E, quando o fizer, pedirei a mão de Cecilia em casamento.

O coração de Charlotte murchou, e Christian viu a decepção no rosto dela. Ele se arrependeu na mesma hora com suas palavras, pois só as dissera para magoar Charlotte como ela o magoara. No entanto, não tinha como retirar o que afirmara.

— Eu nunca lhe esquecerei e sempre serei grato por seu patrocínio.

Christian finalmente se virou e saiu da sala de música, e do palácio, deixando Charlotte sozinha para rememorar — e soluçar baixinho.

Recusei todas as correspondências e visitas de Christian. Um ano se passou e Christian acompanhou Mozart em uma turnê. Ele escreveu uma série de novas composições e eu parei de ter notícias. Havia encontrado a si mesmo e a sua arte. E, por isso, fiquei grata.

Quarenta e um

George honrou o serviço de Christian emitindo uma proclamação nacional no dia em que ele renunciou. Christian encontrou uma maneira de superar a dor e começou uma série de concertos com seu amigo de longa data, Karl Frederich Abel, chamados de concertos "Bach-Abel". Os dois fizeram fortuna e se mudaram para uma grande casa juntos no elegante distrito de Soho.

Vinte e dois meses depois, sir John Wilkes foi libertado da prisão, mais irritado do que nunca com George. Em edição após edição do North Briton, *ele defendia os colonos e continuava a condenar George e a política governamental de "Não representação" para as Colônias. Embora tenha cumprido mandato como membro do Parlamento por Middlesex na Câmara dos Comuns, ele também conseguiu ser eleito lorde-prefeito de Londres. Felizmente, em nenhum lugar no jornal havia qualquer menção a Christian e a mim — nem mesmo insinuações sarcásticas. Fiquei satisfeita com isso.*

Mas, em 1774, sir Henry Fox, que estava doente há muito tempo, faleceu durante o sono. Fox, uma pedra no sapato de George, morreu como um homem extremamente impopular, com uma reputação de "fraudador público de milhões não contabilizados" e de político mais desonesto e sem princípios de nosso tempo. Ele nunca recebeu seu tão sonhado Condado.

Então, após o retorno do rei de uma caça a raposas, sir William Cavendish estava esperando por ele no pátio.

— Vossa Majestade, o major-general Cornwallis tem assuntos urgentes a tratar com o senhor.

George entrou às pressas no palácio e se dirigiu à sala de reuniões, onde lorde Charles Cornwallis se curvou.

— Vossa Majestade, sessenta homens que se autodenominam "Filhos da Liberdade", vestidos como indígenas Mohawk, embarcaram no *Dartmouth* e despejaram 342 caixas de chá, avaliadas em mais de 18 mil libras, no porto de

Boston. A perda monetária é incalculável e eles reuniram um exército contra nós. Sugiro que eliminemos o governo local em Massachusetts e fechemos o porto.

— Você consultou o general Gage?

— Sim, senhor. Ele quer que o senhor aprove o envio de tropas em grande escala imediatamente.

George suspirou, mas concordou.

— Então assim o farei. Feche o porto de Boston.

No dia em que os colonos disfarçados de indígenas despejaram chá no Atlântico, o rei agiu de acordo com o dever e a honra. Toda a raiva que os colonos sem representação política tinham em relação à Inglaterra e ao rei George finalmente explodiu em um momento inspirador.

Apesar de tudo, eu tinha que estar lá para apoiar meu marido. Aos 35 anos, o tempo e a obrigação não lhe tinham feito bem. Ele estava envelhecendo mal, ficando corpulento e perdendo o lindo cabelo ao redor de suas têmporas. A antiga enfermidade atacou novamente. Por semanas, eu tive que lidar com as birras erráticas de George. Ele tinha acessos de raiva lunáticos, se debatendo e gritando a plenos pulmões: "Malditos descontentes! Fechem o porto! Fechem o porto!". Ou então se trancava no quarto, rabiscando ordens para o general Gage. E, em 9 de agosto de 1776, o rei recebeu o decreto final do primeiro-ministro Pitt.

— Vossa Majestade, os colonos decidiram oficialmente se separar da Inglaterra para formar sua própria democracia — informou Pitt. — Em 4 de julho, o Congresso Continental deles ratificou isso.

Ele entregou um documento a George.

— É uma Declaração de Independência assinada por todas as treze colônias.

O rei leu o documento — e as palavras despertaram sua ira:

"...que essas Colônias Unidas são e, por direito, devem ser estados livres e independentes, dispensadas de qualquer lealdade à Coroa Britânica, e que toda conexão política entre elas e o estado da Grã-Bretanha está e deve ser totalmente dissolvida..."

George ficou furioso.

— As Colônias estão fazendo uma rebelião, e se é guerra que querem, é guerra que terão!

Ele imediatamente despachou mais tropas.

A Revolução durou anos. Eu passava meu tempo com minha família, que crescera e agora tinha doze membros. Eu tinha 33 anos. Lady Hagedorn, lady Schwellenberg e Anne me mantinham ocupada enquanto George recebia relatórios sobre as várias batalhas vencidas e perdidas pela Grã-Bretanha.

Christian Bach, no entanto, mostrou-se implacável em seu desejo de me encontrar.

✠

— Christian Bach está aqui e deseja ser recebido, Vossa Majestade.

Charlotte estava no quarto das crianças, brincando com o príncipe Adolphus e a bebê princesa Mary, quando um bilhete foi trazido a ela por lady Hagedorn. Charlotte leu, balançou a cabeça e devolveu o papel.

— Eu não vou vê-lo. A rainha não está recebendo visitas.

— Ele está sendo bastante insistente. Disse que, se não for recebido, solicitará uma audiência com o rei.

Charlotte ficou lívida.

— Eu não permitirei uma exigência feita sob coação. Diga ao senhor Bach que a rainha é quem solicitará uma audiência com o rei, para bani-lo da Inglaterra, de forma que ele não se esqueça a quem está solicitando ser recebido.

— Sim, senhora.

Lady Hagedorn se retirou.

Como ele ousa, pensei. Como ele ousa pensar que pode aparecer e ser recebido simplesmente porque achou que podia. Esse comportamento durou um ano. Christian solicitava uma audiência comigo e eu recusava. Então, de repente, o comportamento cessou de forma inexplicável.

Um ano depois, lady Lizzie estava examinando as joias de Charlotte. Ela pegou um lindo colar de diamantes e mostrou à rainha.

— Este servirá muito bem para o teatro. E lady Dalrymple vai ficar com muita inveja da senhora — disse Lizzie, colocando-o na rainha.

— Ela está de olho nesses diamantes desde que os usei em maio.

— Que grande meretriz — gracejou lady Lizzie. — Até parece que um dia ela terá diamantes como esses. Graças a Deus ela trocou o príncipe George por sir Charles Fox.

Lady Grace Dalrymple era uma das maiores cortesãs da cidade. Ela escolhia amantes entre os homens da realeza e da nobreza. Havia jogado seus encantos ao príncipe George, de dezoito anos, e ele, como a maioria dos homens inocentes da mesma origem, cobriu-a com presentes de peles e joias, acumulando uma dívida enorme. O príncipe estava devendo a todos em Londres.

— Meu filho e suas putas cultas. — Charlotte suspirou. — Ele vai acabar me matando.

— Ou se matando — brincou a dama de Charlotte, e ambas deram boas risadas.

Lady Lizzie entregou um espelho de mão a Charlotte.

— A senhora ficou sabendo das últimas notícias? Parece que o ministro D'Eon entregou nossos segredos nacionais para a França, a respeito das táticas e estratégias de combate na América. Os franceses agora podem antecipar todos os nossos movimentos. Ele era um espião. Além disso, a Bolsa de Valores tem uma aposta contínua de que D'Eon é na verdade uma mulher que se disfarça de homem.

— Que absurdo! — exclamou Charlotte. — Eu o conheci em Mecklemburgo quando jovem. E vejo D'Eon a cada duas semanas por aqui. Discreto, sim. Mulher, não.

— Bem, eu acho que a menos que se deite com um homem, não tem como saber. E mesmo assim, ainda é um enigma.

Mais uma vez, elas deram boas risadas. Charlotte ainda gostava de lady Lizzie. Ela sempre tinha as melhores fofocas de Londres, que contava de forma exagerada, com um toque dramático. Enquanto Lizzie prendia as costas do vestido da rainha, ela continuou:

— Ah, quase esqueci. O sr. Bach está prestes a se casar — disse ela, as inflexões do sotaque escocês mais pronunciadas. — Ele e Cecilia Grassi estiveram em uma gráfica em Soho Square, onde os convites estão sendo impressos.

Não consigo me lembrar das palavras seguintes de lady Lizzie, pois fiquei muito abalada. No entanto, minha dama de companhia estava certa. Christian e Cecilia Grassi de fato se casaram nos jardins do castelo de Newburgh em Devonshire, Inglaterra. A cerimônia contou com a presença de familiares e vários amigos próximos. Suspeitamente ausentes estávamos George e eu. Fiquei magoada, mas tive que superar o casamento. Levaram dois anos inteiros até que eu pudesse pensar em Christian sem me emocionar. Mas, aos poucos, fui me fortalecendo, pois outras questões eram mais importantes.

Em meio ao nosso conflito com os colonos, o general Cornwallis, que eu conhecera anos antes em Sanssouci, teve uma ideia. Ele pôde perceber que muitos líderes rebeldes e soldados americanos eram senhores de escravos no Sul. Então, para atingi-los onde mais doía, ofereceu liberdade a qualquer negro que pudesse chegar ao território ocupado pelos britânicos e lutar pela Coroa. Os escravizados abandonaram seus senhores aos milhares, e muitos vieram para a Grã-Bretanha. Lorde Cornwallis havia encontrado uma maneira de acabar com a condição dos negros nas Colônias da América; e foi então que comecei a pensar nas palavras que Christian me disse no dia em que o obriguei a renunciar: "Não seria mais poderoso sacrificar o sofrimento de um rei louco, por quem você não pode fazer nada, pela liberdade dos menos afortunados?"

Assim, decidi voltar à gráfica Phillips e renovar meu compromisso com a abolição do tráfico escravista... e, em seguida, da escravidão em si. Mas, quando contatei madame Lia de Beaumont com a intenção de retomar nosso esquema, ela, infelizmente, tinha seus próprios planos.

— Vossa Majestade, preciso voltar para a França. — Suspirou madame Lia. — Meu irmão está envolvido em um problema legal e foi chamado de volta a Versalhes para encontrar o delfim. Ele terá que responder a algumas acusações no tribunal e eu terei que dar um depoimento. Não sei quando retornarei.

A expressão de Charlotte se retorceu.

— Em que tipo de problema o ministro D'Eon está envolvido?

— Você não ficou sabendo?

Charlotte fez um gesto, indicando que Lia se sentasse.

— Ouvi uma bobagem sobre uma aposta na Bolsa de que ele era afeminado. Soou muito absurdo. Londres está repleta de homens afeminados.

— É muito mais terrível que isso. Meu irmão foi acusado de... de realmente *ser* uma mulher.

Charlotte seguiu incrédula e encarou madame Lia, a mente incapaz de absorver aquilo.

— Há uma parte que dita se uma pessoa é homem ou mulher. É o primeiro lugar que se olha quando uma criança nasce. Certamente *você* sabe se seu irmão é de fato seu irmão ou sua irmã. Você não testemunhou em nome dele perante o lorde juiz?

— Não me pediram para fazê-lo. Mas é isso que farei na França, pois essas acusações afetam o cargo do meu irmão como embaixador. Ele deixou a Inglaterra quinta-feira passada. Parto depois de amanhã.

O semblante de Charlotte mergulhou em tristeza.

Ela já estava sem Christian e agora ficaria sem sua melhor amiga e confidente. Madame Lia podia ver o quanto a notícia chateou a rainha.

— Eu jamais poderia ir embora sem lhe dar isso.

Ela fez um gesto para o lacaio, que trouxe um caixote de madeira e o abriu. Dentro do caixote havia uma dúzia de garrafas de vinho.

— Tenho mais três desses esperando em minha carruagem. O suficiente para durar.

— Ah, Lia — disse Charlotte enxugando os olhos. — O que farei sem você?

— O que você tem feito, creio eu: jardinar, brincar com seus filhos e cuidar de seu marido durante esse fiasco de guerra. Já eu, quando todos os assuntos legais estiverem resolvidos, enviarei mais vinho para você depois de visitar minha mãe em Tonnerre.

— Tonnerre? — interrompeu Charlotte, seu rosto se iluminando. — Você vai para Tonnerre?

— Sim. É onde estão minha mãe e nossos vinhedos, na região da Borgonha da Provença. Em Tonnerre.

— É muito distante de Mirepoix?

— Três, talvez quatro dias ao sul.

Charlotte estava em um dilema. Será que ela deveria revelar à amiga toda sua teia de esquemas? Será que podia confiar a Lia um segredo tão profundo como o motivo de querer ver François Antoine Gaston, duque de Levis-Mirepoix? E, se sim, será que ela se sentia segura para dar a Lia um pergaminho para entregar ao duque?

No fim das contas, mesmo em meio aos sentimentos de insegurança que fervilhavam dentro de si, Charlotte assumiu o risco.

— Eu preciso que me faça um favor gigantesco, madame Lia. Sem me perguntar qual o motivo dele.

Lia franziu a testa, mas entendeu.

— Qualquer coisa, Vossa Majestade. Só precisa pedir.

— Há uma pessoa para quem preciso que você entregue uma coisa. Duque François Antoine Gaston de Mirepoix. Diga ao duque que preciso da ajuda dele e ele entenderá o porquê.

— Duque François?

— Mas tenha cuidado — implorou Charlotte. — Você entregará algo muitíssimo importante para ele.

Madame Lia viu nos olhos de Charlotte que aquele era um favor da mais alta importância e se curvou.

— É claro. Eu sirvo à sua vontade, Vossa Majestade, você sabe disso.

— Garantirei que seja justamente compensada por isso. Mas, por favor, envie qualquer correspondência que tiver sobre esse assunto para minha criada, Anne Josef. Amanhã ela lhe entregará o item que você deve transportar para o duque François. Isso é tudo o que posso dizer a respeito no momento.

Lia entendeu.

— Farei o que pede... e sentirei muita saudade.

— Eu também, minha amiga. Por favor, dê meus cumprimentos ao ministro D'Eon.

Em seguida, Charlotte e sua amiga se despediram com um abraço. Madame Lia de Beaumont deixou a Casa da Rainha enquanto Charlotte enxugava uma pequena lágrima no canto do olho, rezando para que estivesse fazendo a coisa certa.

Quarenta e dois

Charlotte não fazia ideia de que não veria madame Lia por muitos anos. Mesmo assim, ela deu o pergaminho de papiro a Anne, que o entregou sorrateiramente a Lia. Mais uma vez, ela teria que esperar até que fosse entregue ao duque François. Esperar até ter notícias.

Em 22 de setembro de 1780, a rainha deu à luz seu décimo quarto filho. Mas o príncipe Alfred era muito doente — um bebê indefeso que sofria de dor na maior parte dos dias. Charlotte sempre caía em lágrimas quando olhava para ele pois, depois de catorze partos, enfim dera à luz uma criança abençoada com a marca de Madragana — a marca de nascença dos merovíngios. No entanto, a rainha estava aflita. Ela sabia que seu filho nunca viveria o suficiente para cumprir seu destino e direito de nascença, e sofria muito por isso.

No ano seguinte, em um dia estranhamente quente de outubro, Charlotte e George estavam se divertindo com um jogo de críquete próximo ao lago da Casa da Rainha com os filhos Frederick, William, Charlotte e Augusta, quando o filho mais velho, príncipe George, apareceu para dar notícias.

— Mãe, pai, pretendo me casar com Maria Fitzherbert no próximo mês de abril. Estou apaixonado por ela.

Uma veia do tamanho de um polegar saltou no meio da testa do rei, pressagiando o desastre.

— Eu proíbo esse casamento — grunhiu George. — Desaprovo a Sra. Fitzherbert e você sabe disso. Ela é católica, não pertence à realeza, é duas vezes viúva e, aos 26 anos, é muito velha para você.

— Eu não me importo com o que pensa. Pretendo me casar com ela. Eu a amo — insistiu o príncipe George.

— Você está ciente de que, segundo o "Decreto de estabelecimento", nenhum monarca pode se casar com uma pessoa católica e nenhum parente da monarquia casado com uma pessoa católica pode ascender ao trono da Inglaterra? Isso significa que você nunca será rei. E se isso não o convencer de sua tolice, eu promulguei o "Decreto do matrimônio", para que nenhum Hanover com menos de 25 anos possa se casar sem o meu consentimento. E eu digo não para Maria Fitzherbert!

George atirou o taco de críquete no chão.

Mas o príncipe George estava preparado para a condenação.

— Eu não serei como o senhor, pai. Vou me casar com a mulher que amo, não com uma mulher "designada" para mim — retrucou ele.

Em seguida, o príncipe olhou para Charlotte.

— Não quero ofender, mãe, mas não permitirei que a mulher com quero me casar vá embora e entre em um casamento infeliz, tenha um caso, uma filha ilegítima e viva em sacrifício de sua sociedade real. Eu não a conheço, mas graças a Deus lady Sarah por fim encontrou o amor verdadeiro com o capitão Napier e se casou com ele. Não levarei vinte anos para fazer o mesmo.

— Do que você está falando? — berrou o rei.

O príncipe de Gales estreitou os olhos presunçosamente.

— Sua antiga amante acabou de se casar com um membro do seu 25º Regimento. Ela está finalmente feliz, como um dia espero ser.

O príncipe foi embora, deixando o rei em tal estado que levou vinte minutos para acalmá-lo.

Notícias ainda piores chegaram dez minutos depois, trazidas pelo visivelmente abalado lorde Frederick North — o sétimo primeiro-ministro do rei até o momento.

— Vossa Majestade, preciso falar com o senhor.

George, que já estava chateado, deu ao resto da prole um olhar, sugerindo que se retirassem. Eles obedeceram, deixando o rei, o primeiro-ministro e Charlotte a sós. Quando a rainha fez menção de sair, George segurou o braço dela com firmeza, indicando que ficasse.

— Senhor — começou lorde North, em um tom grave —, 17 mil homens de Rochambeau e das tropas de Washington chegaram a Yorktown e convergiram para as tropas de Cornwallis. Nossos soldados estavam em desvantagem numérica de dois para um, à deriva, foram bloqueados pelas forças francesas no mar e submetidos a fogo pesado por três semanas. Eles não conseguiram se manter e ficaram com pouca munição e comida. — Ele tentou engolir a emoção. — Cornwallis teve que se render. Ele entregou 7.087 homens, novecentos marinheiros, trinta navios de transporte, 154 canhões e quinze galés. Nossas tropas agora são prisioneiras americanas.

George perdeu a compostura. Houve um silêncio longo e impenetrável antes que lorde North tirasse uma carta do bolso do peito e a entregasse em um gesto solene ao rei.

— Essa é minha carta de renúncia. Não posso mais ajudá-lo a liderar a Inglaterra neste momento de derrota tão humilhante. Não me deixe ir para o túmulo com a culpa de ser a ruína de meu rei e de meu país.

O rei aceitou a renúncia de North com grande pesar e assistiu ao primeiro-ministro deixar o palácio. Ao absorver esse golpe esmagador, George sentiu-se desesperado e derrotado.

Mais tarde naquela noite, o rei redigiu uma carta de abdicação que nunca foi entregue. Eu não pude permitir que ele a enviasse.

— Olhe para a história, George — implorei enquanto ele escrevia a carta. — Todo grande homem, por mais sábio e corajoso, vivencia a derrota; alguns mais de uma vez. É assim que os grandes homens aprendem: com os erros. O caráter forte não se determina pelo ato de cair de um cavalo, e sim pelo ato de subir nele novamente.

Mas George estava desanimado e foi para a cama, permanecendo assim por meses. Durante os dois anos seguintes, fui consumida por uma amargura que não conseguia dissipar. Meus filhos estavam crescendo, eu soube que meu irmão Adolph havia morrido, meu irmão Charles era agora Grão-duque de Mecklemburgo e minha busca secreta pela tradução dos pergaminhos do relicário havia sido frustrada pela ausência de qualquer resposta de madame Lia ou do duque François. Tornou-se difícil ajudar George com suas enfermidades quando eu mal conseguia cuidar das minhas.

Então, no último dia de dezembro de 1781, sir Albert veio até mim com uma carta.

— Vossa Majestade, chegou uma carta de Bach para a senhora.

— Mande-a de volta, sir Albert — instruiu Charlotte.

— Mas é de *madame* Bach.

Na mesma hora, Charlotte pegou a carta e a abriu. Seu coração apertou quando ela leu as palavras cheias de emoção: *"Vossa Majestade, meu marido está morrendo e precisa vê-la. Por favor, venha".*

Charlotte solicitou a carruagem imediatamente e chamou lady Schwellenberg para ir com ela à residência Bach em Soho Square.

Aos prantos, madame Cecilia Grassi Bach encontrou a rainha na porta da frente da casa escassamente mobiliada. Charlotte escutou enquanto madame Bach lhe contava toda a história sórdida e, ao saber como tinha sido a vida de

Christian desde que se separaram, a rainha foi atormentada pela culpa. O desejo de Christian de ter uma carreira maior do que a de seu pai Sebastian havia sido frustrado.

Embora tivesse viajado extensivamente pela França e a Alemanha, e tenha composto muitas óperas e sonatas, sua fama diminuiu e Christian ultrapassou os limites de seu crédito. Nos dois anos anteriores, para se sentir melhor consigo mesmo e reaver a aclamação que uma vez desfrutara, tornou-se um esbanjador, comprando carruagens, casas maiores, joias — e acumulando dívidas. À medida que a dívida de Christian aumentava, sua saúde declinava, e ele começou a beber. Por fim, desistiu da vida.

— Dois homens vieram na segunda-feira. Implorei para que não esvaziassem a casa pelas dívidas que Christian não havia quitado — lamentou Cecilia —, mas eles levaram tudo mesmo assim. No dia seguinte, outros credores bateram à porta. Implorei a eles que nos deixassem alguma dignidade. Infelizmente, eles se negaram. Meu marido estava doente de tuberculose. Ele pôde ouvir o tumulto. Sabia o que estava acontecendo, mas não podia fazer nada. Nem a respeito da dívida, nem a respeito da saúde. Ele me implorou por um último favor: mandar chamá-la.

Charlotte foi levada ao quarto de Christian enquanto a esposa dele servia chá para lady Schwellenberg na sala principal. Vê-lo depois de tanto tempo e naquela condição miserável assustou a rainha. Christian estava fraco e pálido; uma mera sombra de seu antigo eu. O abundante cabelo escuro estava agora grisalho e ralo, e os lindos olhos, nos quais Charlotte uma vez vira o mundo otimista no qual ele acreditava, agora traíam a antiga sanguinidade com a morte iminente. Quando aqueles olhos moribundos finalmente puderam focar em Charlotte e perceberam que ela tinha vindo, ele sorriu e fez um gesto, chamando-a para mais perto. Ela se sentou na cadeira ao lado dele.

— Charlotte... eu... — ele tentou falar.

— Shhhhh — disse Charlotte. — Estou aqui.

O coração de Charlotte se partiu quando ela tocou o rosto magro de Christian, os ossos das bochechas dele proeminentes sob os dedos.

— Eu trouxe uma coisa. Algo que ainda tenho e amo.

Charlotte puxou a caixinha de música de prata da bolsa e deu corda. A melodia de "Invenção a Duas Vozes" tocou.

Christian apertou a mão de Charlotte.

— Eu estava no meu casamento... e diante de Deus e do mundo declarei meu amor por ela. Senti que todos os problemas da minha vida estavam resolvidos.

Estava certo daquilo, certo de tudo. Tudo estava perfeito... só não sabia o que fazer com meu amor por você.

Christian sentou-se, muito fraco.

— Charlotte... esse amor nunca vai acabar — conseguiu dizer, a voz apenas um tom acima de um sussurro, tentando reprimir a paixão que ainda ardia, seu impulso de vida por tanto tempo. — Nunca.

Charlotte assentiu, sabendo muito bem a verdade — também nunca acabaria para ela —, e sua mente se voltou para Mecklemburgo, para aquele dia no Palácio de Mirow em que Emmanuel Bach apresentou seu talentoso e completamente irresistível irmão mais novo para ela, e seu mundo saiu do eixo. Ela segurou a mão de Christian até que ele adormecesse e o instinto lhe dissesse que era hora de ir. Se despediu, sussurrando:

— *Je te verrai dans l'éternité, mon amour.*

Na manhã seguinte, no Ano-Novo de 1782, Johann Christian Bach morreu. Ele tinha 47 anos. Embora a Inglaterra tenha lamentado sua morte, Charlotte sabia da condição em que os credores de Christian deixaram a viúva. Ela queria que aquele homem maravilhoso, aquele tesouro musical de seu tempo, tivesse um funeral digno e reverente, e por isso pagou pela cerimônia com sua renda privada através de sir Albert, que ajudou a carregar o caixão.

Na semana seguinte, Charlotte mandou chamar madame Cecilia Grassi Bach. Ela foi levada para o Palácio de Kew, onde a rainha estava de luto sem os olhos predadores dos residentes da Casa da Rainha, que não teriam entendido.

Cecilia, que no passado fora uma linda mulher, agora estava despedaçada, e a tensão de sua circunstância a envelheceu consideravelmente. Quando Charlotte chamou-a para mais perto, ela beijou a mão da rainha com reverência.

— Vossa Majestade, obrigada por me receber.

— Sente-se, madame Bach. Entendo a urgência de sua situação.

— Estou perdendo o juízo, Majestade. Ele não deixou nada. Nossa dívida excede 4 mil libras e os credores levaram tudo: nossa casa, os móveis, as pinturas, nossa carruagem. Tudo — choramingou ela. — Eu o amava. E sei que ele amava a senhora. Soube disso na primeira vez que vim à Casa da Rainha depois de minha estreia na *Orione*, e soube quando a senhora foi lá, um dia antes de ele morrer. Mas não sei mais a quem recorrer.

Ela caiu de joelhos, chorando de angústia.

Charlotte estendeu a mão para ela.

— Madame Bach, não deveria passar necessidade simplesmente porque amava um homem que não podia evitar amar somente a grande música que deu ao mundo. A música sempre foi a verdadeira amante de Christian, sua verdadeira esposa. No final, fomos todas sacrificadas em nome dela. Agora, levante-se e faça o que tem que fazer. Garantirei pessoalmente que receba uma pensão e que não lhe falte nada, para que possa viver na Itália, sua terra natal. Quanto às dívidas de Christian, quitarei o máximo que puder, mas o funeral dele já foi liquidado.

Cecilia estava incrédula.

— Mas não tenho como retribuir tamanha gentileza. O que a senhora quer de mim?

Em nossa próxima confraternização, uma grata Cecilia Grassi Bach cantou para George e para mim. Era a ária de "Artaserse" — a ópera que Christian escrevera e dedicara a mim. Enquanto ouvia a voz comovente que tanto emocionara a mim e ao meu ex-amante, me vi acariciando meu amuleto. Não poderia haver um presente mais apropriado do que a música de Christian, tão bem apresentada.

Je t'adore, Christian. Au revoir.

Quarenta e três

Charlotte detestou a maior parte de 1782. Ela ficou em luto pela morte de Christian por meses. Felizmente, George entendeu a tristeza dela e o que o mestre de música significava para eles — e mais particularmente para Charlotte, que estava grávida mais uma vez.

O fato pelo menos levantou o ânimo da rainha, que havia sofrido muitas perdas em um curto espaço de tempo. Em 20 de agosto, seu filho doente, o príncipe Alfred, a única esperança para a continuação do legado de Madragana, de seu pai e dos antigos até o rei Davi, morreu em seus braços. Ele tinha apenas dois anos. A dor de Charlotte era insuperável, não apenas por causa da morte, mas pela missão, que estaria perdida se a criança que ela carregava no momento não possuísse a marca. Este fato e as muitas perdas que a Revolução causou nas forças inglesas poderia ter mantido Charlotte desesperada durante todo aquele ano.

Mas a esperança interveio. Em uma manhã fria de setembro, Anne entrou no salão da Casa da Rainha e sussurrou para chamar Charlotte, que jogava xadrez com lady Lizzie. Fazia quatro meses desde que a rainha fizera uma aparição pública ou desejara comparecer a um salão. As notícias de Anne forçaram Charlotte a ir com ela até seus aposentos particulares. Uma vez lá, Anne enfiou a mão no bolso do uniforme e entregou uma carta à rainha.

— Isso chegou para mim há alguns instantes. Eu não queria entregá-la na frente de lady Lizzie. Os selos são franceses.

Charlotte ficou nervosa e rapidamente abriu a carta. Embora a letra fosse diferente da do duque François, Charlotte grunhiu assim que viu o texto.

— As palavras estão codificadas.

— Eu posso decifrar, se a senhora quiser — ofereceu Anne.

Charlotte assentiu e Anne passou o resto da tarde traduzindo o documento. Depois, a criada entregou a tradução à rainha, que a leu:

Vossa Majestade,

Localizei o duque François em Mirepoix e ele está ocupado traduzindo seus documentos. Não sei quando voltarei à Inglaterra. O julgamento durou muito mais do que o esperado e o delfim pediu minha ajuda em outros assuntos. Escrevo essa carta para informar que encontrei o que seu coração desejava. Quando as traduções estiverem prontas, o duque François me devolverá para que eu possa entregá-las a você. Mas ele parece ao mesmo tempo animado e perturbado com o conteúdo e pediu que eu tenha cuidado quando for entregá-las pois os ministros da Igreja em Roma podem acabar se interessando por elas. De qualquer forma, ele disse que pode demorar mais ou menos um mês, mas não posso ficar em Mirepoix. Devo ir a Bordeaux a negócios. Escreverei novamente assim que tiver em mãos o que você precisa.

Atenciosamente,
Madame Lia de Beaumont

— Parece promissor — disse Anne.

— E também perigoso — respondeu Charlotte, com o coração acelerado.

— O que é perigoso? — Elas escutaram uma voz.

Charlotte se virou rapidamente. Era George, que parecia ter surgido na porta sem fazer nenhum barulho.

— O que é perigoso, Charlotte? — repetiu ele.

Charlotte não conseguia responder. Durante todo aquele tempo, mantivera esse lado de seu mundo em segredo. Ela tinha medo de compartilhá-lo com George, temendo que ele tratasse tanto ela quanto a informação como insanas. O que poderia dizer, que por dez anos perseguira um duque que era a única conexão de seu pai com a tradução dos pergaminhos de Madragana? Ou que seu amuleto fazia parte de um complexo de nove que poderia revelar o tesouro dos Templários?

Um silêncio insuportável tomou conta do cômodo. Tudo o que se ouvia era o badalar de um dos relógios do rei, que marcava a hora errada. Então, eles ouviram:

— Acho que encontrei minha filha — soltou Anne. — Sua Majestade disse que tentaria me ajudar a comprar a liberdade dela... mas que pode ser perigoso.

— Perdão. Devo entender que você, uma criada de cozinha, tem acesso aos ouvidos e à renda da rainha da Inglaterra? — perguntou George.

Charlotte permaneceu em silêncio, olhando para Anne, rezando para que, caso o rei não aceitasse sua resposta como verdade, ela não sofresse desnecessariamente a ira dele. Mas Anne manteve a cabeça erguida, como se suas palavras fossem a verdade genuína.

— Sua Majestade apenas sugeriu um empréstimo.

George encarou Charlotte com intensidade, e ela ficou convencida de que ele não acreditara em Anne.

— Mais escravos comprados às custas de sua renda privada, minha querida?

Charlotte engoliu em seco. Agora, ela seria cúmplice daquela mentira. A rainha se firmou.

— Sim — mentiu ela. — Conheço a dor de perder um filho. Não quero que outras sintam o mesmo.

— E, caso a encontre, pretende comprá-la também?

De repente, a rainha ficou com raiva. Talvez por Anne ter sido tão prestativa ajudando na busca por respostas, enquanto George não fazia nada além de agredi-la e rebaixá-la.

— Saia daqui — gritou George para Anne. — Agora!

Anne saiu enquanto Charlotte encarava o rei.

— Você a trata de maneira terrível. Estou feliz que os colonos se revoltaram e conquistaram a independência. E se você continuar com sua relutância em fazer algo a respeito da escravidão aqui na Grã-Bretanha, juro que vou declarar ao mundo que ambos somos descendentes dos negros que você com tanta teimosia se recusa a libertar.

— Você não fará isso. Sabe como é difícil para um homem mudar séculos de ignorância? Sempre acreditei que a liberdade virá, mas não durante a minha vida.

— Por que não durante sua vida? — desafiou Charlotte. — Jefferson explicou brilhantemente em sua Declaração por que a liberdade e a autodeterminação são cruciais para a felicidade e a sobrevivência humana. Ele é mais iluminado que você? Tem o pensamento mais avançado? É mais sensível ao assunto que você?

Os olhos de George se estreitaram, indicando que ele estava furioso.

— Não cite Jefferson como exemplo moral. Ele mantém mais de duzentos negros como escravos. Se alguma vez houve um hipócrita, é esse jacobita da Virgínia, com seu "dom da palavra". Até *ele* sabe que a instituição escravista é lucrativa demais para extinguir de sua economia pessoal.

— Maldito seja, George!

Enfurecida, Charlotte bateu o punho no tampo de mármore da mesa, quebrando uma xícara de chá. Uma lasca de vidro atravessou a mão da rainha, tirando sangue dela. Charlotte estremeceu de dor, pegou um guardanapo para estancar o sangue e correu para a porta.

— Venha cá — ordenou George. — Você não vai me evitar por dias por causa disso, como costuma fazer.

A ordem foi dada em um tom tão grave que Charlotte parou no mesmo instante, com o coração acelerado. George se aproximou, virando lentamente a esposa para si. Ele ergueu a mão dela e desenrolou o guardanapo do corte. Lágrimas causadas pela dor e pelo ardor da discussão caíram dos olhos de Charlotte. George diminuiu o volume da voz até um sussurro.

— Quer você goste quer não, passei a confiar em seu bom senso e em seus conselhos.

Charlotte não disse nada. George mergulhou o lenço em uma jarra de água e começou a limpar com delicadeza as gotas de sangue da mão ferida de Charlotte. Os pensamentos do rei estavam impressos nos sulcos visíveis que tinha na testa, mas ele parecia estar sendo sincero.

— Sinto muito.

— Se realmente sente, faça algo a respeito dessa causa.

O rei foi forçado a emitir uma "Proclamação de cessação das hostilidades", que culminou no Tratado de Paris. Isso encerrou oficialmente a guerra. O Tratado foi assinado em fevereiro de 1783, um mês após o nascimento de minha décima quinta e última filha, a princesa Amelia. Os novos "Estados Unidos da América" nomearam George Washington como "presidente", o que decidiram ser mais apropriado para uma democracia do que um "rei", e ele, por sua vez, nomeou John Adams, um signatário da Declaração de Independência, como embaixador na Inglaterra.

George estava, é claro, lívido.

— Como esses malditos "americanos", como se chamam, ousam se dignar a uma posição em minha corte? — Bufou na noite em que o novo embaixador chegaria a St. James. — Eu sempre pensarei mal de qualquer inglês que aceite ser ministro credenciado daquele Estado revoltado.

Mas eu retruquei:

— Você foi o último a consentir a separação entre a Grã-Bretanha e a América. Seja maduro e aceite que a separação foi feita e é inevitável. Aceite a amizade dos Estados Unidos como potência independente, com humildade e graça. Faça isso o quanto antes.

George grunhiu e me chamou de eterna otimista — alguém que só via a grama verde enquanto todos ao meu redor viam um monte de esterco. Eu ri, pois só eu sabia o quão cansada e velha me sentia. Tinha quarenta anos, dera à luz quinze filhos e enterrara dois — pois meu querido pequeno príncipe Octavius, que tinha apenas quatro anos, também foi morar com o Senhor depois de uma doença prolongada. Essas decepções haviam cobrado seu preço, e eu sentia que minha vida se resumia àquele monte de esterco sobre o qual George falava com tanta eloquência.

No dia seguinte, o rei se esforçou para conter sua raiva quando John Adams, o recém-nomeado embaixador americano na Inglaterra, se aproximou dele. George estava sentado sozinho na sala do trono. Na antessala ali perto, Charlotte, cercada por bispos, ministros de Estado, lordes e membros da corte, sabia que o rei estava fervendo de raiva. A rainha pediu licença e saiu por um corredor secreto que dava na sala do trono. O corredor terminava em uma porta que se misturava perfeitamente com a parede da sala, e havia um pequeno buraco no papel de parede para ela assistir aos trabalhos.

John Adams, de cinquenta anos, era um bom diplomata. Depois de fazer três reverências nervosas à "presença", ele se aproximou do rei, um homem que Adams considerava "um tirano inapto a ser o governante de um povo livre". Ele era gracioso e tinha a fala mansa. George, no entanto, manteve um comportamento distante e desapegado, na tentativa de intimidar o já nervoso embaixador.

Adams fez um discurso apaixonado sobre como os dois países tinham a oportunidade de deixar a guerra para trás e se tornarem aliados.

Ao longo do discurso, George se sentiu tocado pelas palavras de Adams. Pouco a pouco, seu intenso desprezo pelo embaixador se dissipou e, quando Adams finalmente terminou, Charlotte ficou chocada ao testemunhar George estender a mão. Ela levou a própria mão ao peito ao ouvir o marido comentar:

— Serei muito franco com o senhor. Fui o último a consentir a separação, mas já que foi feita e é inevitável, serei o primeiro a aceitar a amizade dos Estados Unidos como potência independente.

Charlotte sorriu para si mesma, pois aquelas foram exatamente as palavras dela para George na noite anterior. Três dias depois, uma sala de visitas foi montada em homenagem a John e Abigail Adams. Eles estavam com a filha, Nabby, e o palácio se encheu de membros do Parlamento, aristocratas, colegas e membros da corte. O jovem príncipe George passou a maior parte do tempo bebendo muito e conversando com Maria Fitzherbert. Assim que o príncipe se serviu de outra taça de conhaque, o rei o repreendeu:

— Chega de álcool. Não quero que aja como um tolo bêbado na frente de meus convidados.

Charlotte testemunhou a interação e se adiantou.

— Cavalheiros, estamos em uma festa. Comportem-se.

O príncipe George, que estava embriagado, respondeu de maneira indigna e arrastada:

— Deixem-me em paz. Os dois!

E saiu pisando forte com Maria. O rei se virou na direção oposta e se afastou também, deixando Charlotte com o rosto vermelho de vergonha.

Abigail Adams, alegre e reverente, apareceu com a intenção de diminuir a humilhação que a rainha vivenciava.

— Parece que temos muito em comum, Vossa Majestade.

A sra. Adams sorriu, olhando para as filhas de ambas, Nabby e a jovem Charlotte, a Princesa Real, enquanto tomavam ponche e conversavam como melhores amigas.

— Muito em comum, de fato. Nós duas temos mais ou menos a mesma idade, nossas filhas parecem se dar bem, temos maridos no poder...

Ela olhou a rainha nos olhos com sinceridade e continuou:

— E, pelo que parece, temos filhos primogênitos de gênio difícil.

Charlotte sorriu.

— Às vezes não sei como lidar com ele... ou com o pai dele — disse a rainha.

A sra. Adams riu e foi dar um gole em seu ponche, mas a taça estava vazia. Charlotte fez sinal para um criado, que se aproximou.

— Um xerez, por favor. E para você, sra. Adams?

— Mais ponche, por favor — respondeu a esposa do embaixador.

— Ela também vai querer um xerez — sugeriu Charlotte, voltando-se para a sra. Adams. — Suspeito que você e eu seremos boas amigas.

Logo a atenção de Charlotte foi atraída para um jovem entusiasmado atrás delas, conversando com o jovem William Pitt, recém-nomeado primeiro-ministro, e com sir Charles Fox, o filho desleixado de lorde Henry Fox. O jovem discursava apaixonadamente sobre a indecência do tráfico escravista, e os ouvidos de Charlotte ficaram atentos. Ela o ouviu anunciar sua intenção de redigir e apresentar ao Parlamento um projeto de lei para a abolição do tráfico escravista. Sir Charles Fox achou uma boa ideia, e o jovem primeiro-ministro pediu que ele também apresentasse quaisquer outros documentos que considerasse relevantes.

A ideia de que alguém estava tão interessado quanto ela em acabar com o tráfico escravista animou Charlotte, e ela deu uma olhada no recinto, até que encontrou lady Lizzie conversando justamente com sir John Wilkes, dentre todas as pessoas possíveis. Eventualmente, pediu licença para a sra. Adams e fez um gesto para lady Hagedorn.

— Traga lady Lizzie para mim, por favor.

Lady Hagedorn foi até lady Lizzie, que imediatamente obedeceu e correu até a rainha. Charlotte apontou.

— Quem é o jovem com o primeiro-ministro?

Lady Lizzie olhou.

— É William Wilberforce, um membro do Parlamento oriundo de Kingston--Upon-Hull, eleito para a Câmara dos Comuns. Bastante agitador, pelo que sei. E muito bonito.

— Meu Deus. A aparência de um cavalheiro é tudo o que lhe interessa, lady Lizzie. É por isso que é chocante ver você passar tanto tempo com sir Wilkes, que é tudo *menos* belo.

Lady Lizzie ficou pálida.

— Mas eu não passei muito tempo com ele, Vossa Majestade. Sir Wilkes é quem estava sendo desagradável, tentando me apalpar de maneira inadequada.

Ela fez uma mesura e saiu correndo.

Charlotte deu uma olhada no recinto mais uma vez e, ao encontrar sir Allan Ramsay, se dirigiu furtivamente pelo meio da multidão até ele. Ela o puxou para um canto.

— Sir Allan, convide aquele jovem senhor Wilberforce para uma de suas reuniões — sussurrou ela. — Parece que ele é um grande defensor da abolição, pelo que ouvi.

— Ele é mesmo. Discursou dezenas de vezes na Phillips nos últimos cinco anos. Será o orador principal em nossa próxima reunião na terça-feira — disse sir Allan, que então baixou a voz. — É uma pena que *a senhora* não possa ir ouvi-lo. Ele é muito interessante.

Fazia anos desde que Charlotte se aventurara nas ruas de Londres com madame Lia, cumprindo a promessa de ajudar a causa antiescravidão — a causa que ela insistira que George também defendesse. Talvez fosse hora de se aventurar novamente. Charlotte deu um olhar cheio de significado a sir Allan.

Na manhã seguinte, Charlotte, o rei e a família estavam reunidos no café da manhã. Como os príncipes George, Frederick e William eram maiores de idade, eles ficavam na Casa Frogmore ou na Casa Carlton. Mas esperava-se que todos estivessem juntos na Casa da Rainha para o café da manhã.

Enquanto comiam ovos e torradas, Charlotte acabou perguntando ao marido o que ele achava do jovem sr. Wilberforce. George, ciente da inclinação do membro do Parlamento para a abolição da escravidão, achava-o imprudente. Príncipe William e príncipe Augustus concordavam. Mas o príncipe George estava impressionado.

— Devo dizer que ele é um dos homens mais espirituosos que já vi no plenário da Câmara dos Comuns — disse o príncipe. — É um prazer ouvi-lo falar, independentemente do assunto.

— Tenho uma questão mais urgente — insistiu a princesa Augusta, agora uma bela jovem de cabelos escuros. — Estou apaixonada pelo dr. Ralph Thomas e desejo me casar.

Charlotte, surpresa com a assertividade de Augusta, ficou satisfeita por uma de suas filhas ter encontrado o amor. George, no entanto, ficou irritado.

— Isso está fora de questão — disse ele. — Dr. Thomas não é da realeza. Ele não é sequer da nobreza, e eu não fiz arranjos para seu noivado.

— Tenho dezesseis anos. A mesma idade com que minha mãe ficou noiva do senhor — rebateu Augusta, irritada com o tom do pai. — Devemos nos tornar solteironas? Sem nunca encontrar o afeto que queremos para nós mesmas?

— O que quer dizer com isso? — interrompeu George, acidamente. — Por que você não pode ser mais como sua irmã mais velha, Charlotte, que encontra contentamento na solidão e é grata pelo amor que recebe dos pais até que o pretendente adequado seja encontrado para ela?

— O pretendente "adequado"? Minha irmã Charlotte está infeliz. Ela não fala por medo de sua ira, mas chora o tempo todo. Ela me diz a cada instante que anseia pelas afeições de um homem que lhe são negadas. — Augusta virou-se para a irmã mais velha. — Diga a ele. Diga a ele quão triste você está.

A princesa Charlotte não ficou feliz de ter sido exposta daquela maneira e encarou a irmã.

— As coisas que lhe contei foram confidenciadas em segredo. Não eram destinadas a vir à público.

— Então é verdade? — perguntou o rei.

A princesa Charlotte olhou para o próprio prato. Ela não tinha comido muito de seus ovos ou do mingau.

— O senhor negou todos os nossos pedidos de casamento, pai. Disse não a Elizabeth, a Sophia, a mim e agora a Augusta. Já tenho dezoito anos. Não há ninguém adequado para qualquer uma de nós?

— Está vendo? — gritou Augusta.

— O mundo ficou de pernas para o ar? Todos vocês enlouqueceram? — exclamou George.

— Não. Só o senhor! — bradou Augusta, saindo do recinto. — Eu me recuso a ser virgem para sempre.

Em meio ao caos, o príncipe George falou em defesa da irmã.

— Augusta está certa. O senhor é irredutível e obstinado quando se trata desse assunto, pai. É por isso que me casei secretamente com Maria Fitzherbert e consumei o matrimônio há mais de um mês. Casei por amor. Não por posição, linhagem ou ganho político. *Por amor.* E se o senhor não pode aceitar isso, eu realmente sinto muito.

Charlotte observou enquanto a irritação fazia o rosto de George ficar vermelho. Ele foi até o filho e o esbofeteou.

— Eu lhe disse no ano passado que proibia o casamento com aquela mulher e não dei minha permissão. Vou anulá-lo.

— Não, George — interveio Charlotte. — Maria é a escolha de nosso filho. Deixe que ele seja feliz.

— A felicidade... não é um ponto de negociação. Ele é o príncipe de Gales, herdeiro do trono da Inglaterra. Ele fará o que for mandado... como eu tive que fazer.

Charlotte só conseguiu encará-lo.

Fiquei sem palavras. Meu filho estava certo. Éramos todos marionetes em um jogo de linhagens e nobreza. A obrigação inevitavelmente superava o amor e a felicidade, que não tinham lugar em nosso mundo.

Então tive que me lembrar de minha própria missão e colocá-la em primeiro plano. Tive que aceitar que, já que minha última filha, a princesa Amelia, não possuía a marca de Madragana, bem como nenhum de meus filhos vivos, era hora de me dedicar aos meus próprios interesses sem culpa ou recriminação. Era hora de me dedicar às minhas próprias causas, quer George gostasse quer não. Malditas linhagens!

Quarenta e quatro

Primavera de 1783

Na segunda terça-feira de maio, o plano de Charlotte estava pronto. Ela se levantou às seis horas, como de costume. Como lady Hagedorn não estava se sentindo bem e era o dia de folga de Anne, lady Lizzie ajudou lady Schwellenberg a vestir a rainha. Charlotte desceu para o café da manhã com a família, fingindo uma leve dor de cabeça. Ela anunciou a lady Schwellenberg que queria que ela fosse ao Boticário Strands para que lhe preparassem uma poção para a dor de cabeça. À uma e meia da tarde, ela e lady Schwellenberg entraram na sala de música, onde a rainha disse a lady Lizzie que não queria ser incomodada e começou a tocar o pianoforte.

Vinte minutos depois, lady Schwellenberg saiu da sala de música e entrou em uma carruagem pela entrada lateral da Casa da Rainha para cumprir a solicitação enquanto Charlotte tocava seu repertório de composições repetidas vezes.

Do lado de fora do palácio, em um local predeterminado, a carruagem parou. Das sombras veio Anne, que subiu a bordo. Ninguém no palácio jamais suspeitou que a passageira fosse a rainha Charlotte e não sua dama de companhia. Anne e a rainha sorriram e seguiram o caminho até a gráfica Phillips.

Desde a Revolução, Londres se tornara uma cidade em transição. Passados sete anos desde que Charlotte se aventurara de tal maneira, as ruas agora tinham uma energia empolgante e efervescente. O barulho de novas construções e a agitação de novas lojas e negócios às vezes era avassalador, muito diferente de uma década antes, quando a comida era escassa e o trabalho, quando existia, também. A área conhecida como Strand foi inteiramente entregue a novas lojas e estabelecimentos. As pessoas estavam animadas. Ao norte da Downing Street, onde o primeiro-ministro residia, havia carruagens magníficas que transportavam os abastados membros da nobreza. Nos parques, casais caminhavam apreciando a vista, ou passeavam com sombrinhas e chapéus altos, apreciando o cheiro doce das flores que brotavam naquela primavera.

No entanto, quando Charlotte e Anne chegaram mais para o leste da cidade, foram lembradas por que a rainha desejava ser mais vigilante em relação ao status das minorias. O contraste era impressionante. Ao longo das ruas de Spitalfields havia pobreza miserável e edifícios decrépitos. Não houve melhora em relação a duas décadas antes, quando Charlotte e George passaram pela rua em 1762.

Havia um grande número de mendigos, negros e brancos. Mulheres de todas as idades trabalhavam como prostitutas, inclusive meninas que não deviam ter mais que quatorze anos. Anne se virou para a rainha, frustrada e desanimada.

— É assim que a maioria de nós vive, Vossa Majestade. Minha filha Mary faria onze anos este ano. Só posso rezar para encontrá-la antes que esta vida ou algo pior aconteça com ela.

Charlotte deu um tapinha gentil na mão da criada e elas seguiram até que finalmente chegaram a George Lane — e à gráfica Phillips.

Mas, naquele dia, ao entrarem nas instalações para a reunião, foram recebidas com um cheiro distinto de urina. Quando olharam para a direita, trabalhadores negros da área de impressão urinavam nas prensas e letras desmontadas no chão, depois escovavam, esfregavam e limpavam. Charlotte encarou o que acontecia, completamente perplexa. Anne percebeu e riu.

— Por algum motivo, a urina limpa as prensas melhor do que qualquer outra coisa — explicou Anne, que sutilmente acenou para um dos trabalhadores. — Há algo na urina que dissolve bem o óleo e a tinta acumuladas.

— Meu Deus. — Charlotte riu. — Como você sabe disso?

Anne sorriu e apontou para o trabalhador que cumprimentara.

— Aquele homem trabalhava para os Bethany. Ele sempre me contava sobre seu segundo emprego aqui. Eu achava muito engraçado: mijar para ganhar a vida.

Ambas riram, e então Charlotte e Anne entraram na sala dos fundos e olharam ao redor. Como Anne era nova na reunião, gostou de ser cumprimentada pelos presentes, que não se importavam com sua cor. Charlotte percebeu que havia pelo menos trinta pessoas presentes, uma dúzia a mais do que anos antes. Isso incluía sir John Wilkes, sentado na frente. A rainha manteve a cabeça baixa e o véu sobre o rosto e sentou-se no fundo da sala, onde notou várias mulheres quakers. No entanto, a hierarquia ainda era a mesma: as mulheres, brancas ou negras, estavam sentadas atrás e os homens na frente, o que novamente a perturbou.

Em uma mesa próxima, Josiah Wedgwood, que tinha uma perna amputada e usava muletas, exibia várias peças de cerâmica azul e branca, colocadas à venda para apoiar a causa.

Então, sir Allan Ramsay bateu o martelo e, como coordenador da reunião, chamou à ordem a Sociedade para a Abolição do Tráfico Escravista. Ele pediu sugestões ao grupo sobre como organizar efetivamente um grupo maior de cidadãos interessados e arrecadar dinheiro e conscientização para a causa. Uma mulher mais velha levantou a mão e se apresentou como Hannah More. Ela sugeriu que poderiam pedir ao sr. Phillips que disponibilizasse seus serviços de impressão para a confecção de panfletos, que seriam colocados em janelas e árvores. Outra mulher sugeriu que arrecadassem fundos por meio da venda de bolos, livros e roupas usadas e, em seguida, usassem o dinheiro para veiculação de anúncios em jornais.

As sugestões de ambas as mulheres foram apreciadas pela maioria masculina, mas lhes pediram que perguntassem aos seus maridos se poderiam usar suas casas para fazer reuniões, com o objetivo de espalhar a palavra. Eles pediram ajuda às mulheres para cozinhar refeições e produtos de panificação para as várias vendas, e Hannah e muitas das presentes ficaram ofendidas com isso.

— Eu não sou casada, senhor — rebateu Hannah. — Nós, mulheres, não podemos ser úteis sem a ajuda de um homem? Devemos transpor a condição de segunda classe dos escravizados para as mulheres?

As outras aplaudiram, e Charlotte pôde ver que a situação estava mudando, com mulheres fazendo comentários de maior destaque. Ela ficou satisfeita. Após meia hora de conversa informal, sir Allan Ramsay apresentou o orador principal do dia: William Wilberforce. Charlotte sorriu ao ver o jovem e enérgico membro do Parlamento. William distribuiu várias petições.

— Preciso de ajuda para reunir pelo menos 3 mil assinaturas nestas petições atacando o tráfico escravista para apresentação na Câmara dos Comuns nos próximos três meses — pediu ele. — Quero que o projeto de lei contra o tráfico escravista seja aprovado desta vez. Minhas primeiras tentativas em 1776 foram inúteis, porque a guerra distraiu a todos e meus esforços não deram em nada. Mas é chegada a hora. Meu colega Thomas Clarkson ainda está coletando evidências contra o tráfico e estará conosco em nossa próxima reunião.

Ele fez um gesto, convidando algumas pessoas a virem até a frente.

— Eu poderia lhes contar relatos horríveis que recebi pessoalmente de pessoas que sofreram a bordo de navios, mas é muito mais irrefutável quando aqueles que sobreviveram à provação podem falar por si mesmos. Então, apresento a vocês três "Filhos da África" que viajaram comigo: Olaudah Equiano, Ottobah Cuguano e John B. Wainwright. Esses homens, todos heróis, vivenciaram as atrocidades da Passagem do Meio e da escravidão em primeira mão.

Três homens negros avançaram do fundo da sala. O primeiro a falar foi um africano, Olaudah Equiano, cuja eloquência e emoção sincera sobre a jornada desafiadora e horrível de sua terra natal até a América nas entranhas de um navio era comovente.

Mas foi o relato do segundo orador, um homem de pele mais clara, a respeito de sua árdua e inesperada jornada até Londres e até a liberdade que soou de alguma maneira familiar para Charlotte. Tinha algo nele. O homem falava um cadenciado patoá jamaicano, e o rosto dele — a pele lisa e os olhos castanhos — trazia o conforto de um velho amigo. Ela o conhecia, mas de onde? Charlotte se aproximou para olhar mais de perto, e então, ao perceber, sorriu com prazer.

Ele estava muito mais velho e esgotado do que eu me lembrava. Mas seus olhos — aqueles inconfundíveis olhos castanho-claros — eram os olhos brilhantes daquele cuja amizade mudara minha vida e o rumo de meus objetivos havia muito tempo. Eram os olhos, a voz e, de fato, a presença de Jon Baptiste Beckford, ex-escravizado da minha família — e meu amado meio-irmão.

Jon era agora um "Filho da África", um abolicionista e ativista de 46 anos que falava com eloquência sobre sua infância na Alemanha e sobre como a princesa de seu ducado era maravilhosa com ele. Ele falou de como a ensinou a dançar e a princesa o ensinou a ler em troca. Em seguida, lembrou-se do açoite brutal que recebeu do primo dela por um estupro que não cometeu. Ele tirou a camisa para ilustrar ainda mais suas tribulações, revelando as cicatrizes permanentes muito visíveis e profundas em suas costas. Charlotte não conseguiu conter as lágrimas. Jon explicou que foi levado para fora do palácio até as docas de Stadt, onde foi vendido e colocado em um navio com destino às Índias Ocidentais. De Santo Domingo, foi transferido para o navio *Brookes*, com mais de quinhentas outras pessoas escravizadas.

— Fomos acorrentados dois a dois, perna direita e perna esquerda, mão direita e mão esquerda, dispostos muito juntos e apertados no porão de carga. Vivíamos cobertos pelo nosso próprio suor, vômito e fezes. Uma vez por mês nos permitiam subir ao convés, para sermos lavados com água do mar. A maioria de nós estava doente ou morrendo. Dois meses depois eu estava nas Colônias. As algemas cortaram tão profundamente minha carne que desenvolvi uma infecção e tive disenteria. No leilão, fui inspecionado e meus dentes foram examinados. Finalmente, fui vendido para um engenho em Richmond, Virgínia, cujo dono era o sr. Gillis Wainwright. Ele nos mantinha em condições terríveis. Havia apenas um barracão para duzentos de nós. Fugi diversas vezes. E, em todas as vezes, fui encontrado pelos cães de caça dele. Então, um dia, uma nova moça chegou. O nome dela era Lucy, e o rosto dela era feito a luz do sol brilhando em meu coração. Passamos a gostar um do outro e, no ano seguinte, nos juntamos. Ela se tornou minha esposa. O senhor de escravos nos deu o sobrenome dele, "Wainwright", como fazia com todos os negros...

A história da rebelião e da recusa de Jon em aderir à servidão comoveu Charlotte. Ela ficou sabendo que Jon e Lucy tinham um filho e que, durante a guerra, eles fugiram, tentando chegar ao território ocupado pelos britânicos.

— O melhor plano de ação que surgiu para escravizados na América foi a Guerra Revolucionária. Comandantes britânicos emitiram cartas de alforria para muitos de nós em troca de nosso ingresso nas fileiras britânicas. Minha salvação veio do general Cornwallis, que prometeu nos conceder nossa liberdade. Lucy, meu filho e eu tínhamos que chegar até as tropas dele. Corremos o mais rápido que podíamos. Eu estava segurando a mão de Lucy e ela segurava nosso bebê. Mas o senhor de escravos soltou seus cães e capitães do mato em cima de nós. Lucy caiu e torceu o tornozelo. Ela ficou com o bebê e gritou para mim: "Corra, Jon. Corra para a liberdade". Comecei a correr de novo, mas Lucy e meu filho...

Jon fez uma pausa, emocionado demais para continuar. Anne enxugou os olhos, pois a história fora muito emocionante para ela. Finalmente, Jon se obrigou a terminar.

— Minha esposa e meu filho... foram pegos e atacados pelos cães. Ambos morreram. Lucy estava grávida do meu segundo filho.

Anne chorou abertamente, pois a história a fez sentir ainda mais saudade da filha desaparecida. Charlotte levou a mão ao peito, ao amuleto que nunca estava longe de seu coração, tentando não chorar. Jon contou como chegou ao território britânico e lutou pelos casacas vermelhas depois da promessa de liberdade feita por Cornwallis. Em 1779, ele foi autorizado a embarcar em um navio britânico com destino a Londres.

— E é aqui que estive nos últimos cinco anos. Livre aqui na Inglaterra, como todos estamos quando chegamos ao solo britânico.

Charlotte deu um suspiro de alívio, agradecendo a Deus por seu meio-irmão e amigo ter sobrevivido e emergido mais forte. Ansiosa para ir até Jon e dizer alguma coisa depois de ouvir a história, ela se levantou. Mas sir John Wilkes estava monopolizando o tempo dele. Então, ela escreveu um bilhete e entregou para Anne.

— Entregue isso a ele. Diga que é de uma velha amiga, mas não me aponte.

Anne atendeu o pedido da rainha e se aproximou de Jon, colocando o bilhete na mão dele.

— É de uma velha amiga.

Jon sorriu para Anne. Ele gostou do rosto dela. Então, ao ler o bilhete, ficou agitado. Procurou a mulher que o havia lhe entregado, mas Anne já havia saído do prédio com Charlotte, e o público de Jon estava esperando que ele retornasse.

Ao retornar ao palácio, a rainha chorou. Finalmente, Charlotte contou a Anne que *ela* era a princesa a quem Jon estava se referindo, que foi a família dela que vendeu Jon para ser escravizado.

— Mas por que ele me protegeu? Por que não disse que fora escravizado pela rainha da Inglaterra?

— Talvez ele não saiba que a senhora é rainha.

— Talvez.

Ainda assim, Charlotte estava desolada. Jon passara por uma terrível provação, um sofrimento pelo qual ela se sentia responsável de alguma maneira. Como poderia corrigir aquilo?

A carruagem parou no portão lateral do palácio e "lady Schwellenberg" e Anne, a criada, entraram pela entrada de serviço. Ninguém disse nada, pois, na Casa da Rainha, tudo corria como de costume. Mesmo quando Charlotte e lady Schwellenberg trocaram de roupa, a vida seguiu seu curso, sem que ninguém percebesse.

Quarenta e cinco

— Lady Hagedorn tem reclamado de dores na barriga nos últimos dois dias — disse Anne, quando ela e a rainha estavam no jardim colhendo as primeiras rosas da primavera.

— Ela também está mal-humorada há meses — acrescentou Charlotte. — Vou solicitar que o dr. Grey faça um exame completo nela. O resfriado que ela teve no inverno passado durou bem mais de dois meses.

— Vossa Majestade, a senhora tem uma visita — anunciou lorde Montagu às costas delas.

Charlotte se levantou quando ele se aproximou.

— É o sr. John Wainwright.

A rainha franziu a testa.

— Eu não conheço nenhum John Wainwright.

— Ele disse que Vossa Majestade poderia se lembrar dele como "sir Jon"?

O rosto de Charlotte se iluminou.

— Ah, sim! Sim! Mande-o entrar.

Ela se levantou, ajeitou a saia e entregou as flores para a criada.

— Anne, é Jon Baptiste Beckford, que você conheceu na gráfica Phillips. Finalmente ele veio. Por favor, pegue um pouco de chá e traga aqui para o jardim.

Anne fez uma mesura e saiu animada quando Montagu foi receber Jon. O coração de Charlotte batia com ansiedade e, quando o homem jamaicano foi enfim anunciado no jardim, ela sorriu ao vê-lo.

Jon se vestira formalmente, usando até uma peruca masculina. Ele caiu de joelhos no mesmo instante.

— Eu nunca pensei que a veria novamente, Vossa Majestade.

— Eu também não, sir Jon — respondeu Charlotte.

Jon sorriu, lembrando-se da brincadeira de muito tempo atrás. O reencontro deles foi terno.

— Eu sabia que você tinha se tornado rainha da Inglaterra. O senhor de escravos disse que muitas cidades foram nomeadas em sua homenagem na

Virgínia, para onde fui vendido. Condado de Charlotte, Charlottesville, Condado de Mecklemburgo. Eu só queria que as pessoas lá a conhecessem como eu conhecia, e rezei para que estivesse feliz. Você está feliz?

Charlotte olhou para ele, para seu rosto lindo, ainda que envelhecido, os olhos gentis e o corpo esguio, que, embora mais largo, seguia elegante nas roupas. Ela se perguntou como ele podia ter sobrevivido com alguma sanidade depois da provação na Passagem do Meio, da escravidão e da fuga.

— Sim. Eu diria que sim — respondeu ela, com um brilho no olhar. — Eu costumo prestar mais atenção na grama verde enquanto os outros veem apenas um monte de esterco.

Ambos riram.

— O rei é bom comigo e tenho meus filhos e as causas com as quais me importo.

— Fiquei sabendo. — Jon deu um sorriso cheio de significado.

— Tenho trabalhado secretamente com a sociedade abolicionista sem que eles saibam que sou a rainha. O rei também não sabe de nada. Eu me visto como minha dama de companhia, saio furtivamente daqui, viajo em uma carruagem simples e escuto todos os detalhes tristes e terríveis da escravidão e do tráfico escravista, desejando poder fazer mais.

— É minha missão garantir o fim de ambos. Pela minha esposa e pelo meu filho.

Charlotte ficou sentida por ele.

— Sua história me entristeceu. Sinto muito por Lucy e por seu filho.

— Você teria gostado dela e do jeito dela. Acho admirável sua determinação em relação a essa causa. Tenho orgulho de você... principalmente por saber pelo que passou em sua própria vida.

Charlotte ficou reflexiva e contou a Jon sobre o dia em que Wilhelm a estuprara, e como ela se sentiu quando não conseguiu alcançar Jon a tempo de evitar que ele fosse açoitado ou vendido. E também contou a Jon sobre a mãe dele, Lena.

— Ela tirou a própria vida, Jon. Logo depois que soube que você foi vendido. Ela e eu conversamos, ela leu as cartas e, algumas horas depois, foi encontrada pendurada nas vigas, com o cordão do avental em volta do pescoço. Eu fiquei arrasada.

Jon baixou a cabeça em meio ao desespero. Apesar de ter lutado para se controlar, lágrimas se formaram em seus olhos. Charlotte fez um gesto convidando-o para caminhar com ela pelos jardins até o lago, onde a água estava tão parada que parecia uma folha de vidro. Ela perguntou a Deus como tirar o peso do coração, pensando em todas as coisas que ainda tinha que dizer a ele. Por fim, sentou-se no banco de pedra à beira da água e indicou que ele sentasse com ela.

— Jon, há tanta coisa que devo lhe dizer... coisas que sei há algum tempo e que sem dúvida irão chocar você.

Ela desviou o olhar. Como poderia contar aquilo? Tinha sido uma grande surpresa para ela todos aqueles anos atrás e sabia que a notícia deixaria Jon tão atordoado quanto ela ficara ao descobrir tudo. Mas Jon pegou a mão de Charlotte e a apertou por um momento antes de soltá-la respeitosamente.

— Diga, Vossa Majestade. Não pode ser pior do que ouvir sobre a morte de minha mãe.

Charlotte encontrou coragem para falar.

— Seu pai não era Joe Hertford, o ferreiro. Seu pai... era *meu* pai. Você e eu somos irmãos.

O espanto tomou conta de Jon enquanto ele balançava a cabeça.

— Minha mãe e *seu* pai?

— Lena me contou sobre o relacionamento deles antes de morrer. Ele não a violentou ou deflorou. Eles se amavam... e ele amava você. Mas minha mãe foi cruel e vingativa com ela.

Charlotte olhou para as ondas de luz que brilhavam na água.

— Assim como, você bem sabe, ela era terrível comigo, sua própria filha de sangue.

Houve uma longa pausa enquanto Jon deixava a verdade sobre a situação assentar.

— Tudo faz sentido agora. Seu pai sempre foi gentil comigo e com mamãe, e eu nunca o vi tratar nenhum dos outros servos como nos tratava.

Jon se levantou e olhou para o lago, com vergonha de encarar Charlotte. Ele se resignou e brincou com os dedos.

— A mãe sempre disse que eu era descendente de reis. Mas foi vovó quem insistiu que eu era filho de Joe Hertford.

Logo a revelação respondeu a outras perguntas.

— Eu nunca entendi de onde vinha a textura do meu cabelo ou a cor dos meus olhos. Ou da minha pele.

Charlotte começou a mexer em seu amuleto.

— Há mais, Jon. Muito mais.

Ela se levantou e se aproximou dele.

— Eu sou descendente de uma moura, uma mulher africana chamada Madragana ben Bekar. A família dela foi morta pelo rei português Afonso, que a sequestrou e a manteve como sua concubina. Eles tiveram um filho chamado Martim, que foi banido de Portugal. As gerações subsequentes da descendência de Martim tornaram-se poderosas e se espalharam. Eles foram parar na Holanda, em Portugal e na Alemanha. Minha família e eu éramos descendentes deles. Eu era a mais escura da família, e é por isso que sempre usava pó de giz no rosto.

Jon ficou surpreso. Charlotte continuou.

— Acontece que o rei também é descendente de Madragana, assim como você. Há muito mais que você precisa saber, mas vamos parar aqui por hoje.

Ela podia ver a incredulidade e perplexidade refletidas no rosto dele.

— Estou tão feliz que você sobreviveu, Jon. Apesar de tudo, você se tornou um homem forte, inteligente e comprometido, que respeito e tenho o prazer de ter como meu meio-irmão. E lamento que a história só tenha vindo à tona por causa da morte de sua mãe. — Ela agarrou o amuleto. — E por causa do que Wilhelm fez comigo.

Os dois ficaram quietos. Jon se lembrou daquele dia horrível e de sua promessa de vingar o estupro de Charlotte. Lembrou-se da brutalidade e da escravização que sofreu.

— Tem apenas um desejo que nunca compartilhei com ninguém, nem mesmo com minha esposa — disse Jon enquanto se virava para Charlotte, com os olhos ardendo. — O único sonho que tenho é que chegue o dia em que eu possa envolver meus dedos ao redor do pescoço de Wilhelm e apertá-lo até que a vida deixe o corpo dele. Depois disso, morreria feliz.

— Devemos trabalhar para superar esses sentimentos — advertiu Charlotte. — Eles nos devoram e nos tornam amargos.

Jon olhou para a Casa da Rainha, o domínio de Charlotte, e um sorriso melancólico surgiu em seu rosto.

— Sabe quais são minhas melhores lembranças, além de estar com minha esposa? Sempre são aquelas que estou com você em Mirow, ensinando a Allemande e vendo seu rosto em Sanssouci depois de dançar com Herr Bach. Você teve alguma notícia dele?

Charlotte assentiu melancolicamente.

— Sim. Ele foi mestre de música aqui, antes de morrer.

Então ela ouviu Anne anunciar:

— Eu trouxe chá, Vossa Majestade.

Virando-se, Charlotte fez um gesto, indicando que Anne podia servir as xícaras, e então os apresentou.

— Jon, essa é uma pessoa muito especial para mim aqui na Casa da Rainha. Anne Josef, da Etiópia. Eu a conheci em Sanssouci naquela noite. Anne, esse é Jon Baptiste Beckford, meu amigo.

Jon sorriu para Anne, absorvendo sua presença com curiosa intensidade. Ele pegou a mão dela e a beijou.

— Você também estava na gráfica Phillips. Como poderia esquecer tamanha beleza?

Anne corou, algo que Charlotte nunca tinha visto acontecer. De repente ocorreu à rainha que toda a dor do passado poderia ser deixada para trás sem comprometer o futuro. E aquele futuro, embora marcado pelo passado de ambos, poderia realmente ser o que escolheram para si próprios.

Depois do almoço, Charlotte convidou Jon para visitar ela e Anne no Palácio de Kew, aonde George raramente ia, para que todos pudessem desfrutar da companhia uns dos outros sem serem incomodados.

Jon se permitiu outro olhar para a criada de Charlotte, os olhos transmitindo uma mensagem privada de admiração. Ele aceitou o convite e passou a comparecer a cada duas semanas.

✠

Enquanto isso, George estava tendo suas dores de cabeça habituais. Ele dormia em sua própria suíte na Casa da Rainha. Mas, naquela manhã, acordara com uma sensação de mau presságio e quis tomar um pouco de ar. Foi até a janela de vidro para abri-la. *Como a folhagem dos jardins de Charlotte está linda hoje*, pensou. As cores eram muito ricas e vibrantes e ele se sentou na janela, pensando. Ele tinha 48 anos e, como soberano, se sentia um fracasso. Por mais que não falasse sobre o assunto, a perda das Colônias ainda lhe causava sofrimento; sentia que o que ocorrera havia sido o início do fim da grandeza britânica.

O estômago do rei começou a se revirar. Mas, quando estava prestes pedir a lorde Parly que trouxesse seu bíter, ele viu algo pela janela. Era a elegante carruagem envernizada de preto de madame Lia de Beaumont, parada na entrada sul da Casa da Rainha.

— A influência indevida está de volta — murmurou ele.

E uma dor abdominal terrível o atirou de volta na cama.

— Madame Lia está de volta?

Charlotte ficou extasiada ao ouvir de lorde Montagu que sua amiga estava esperando para ser recebida no salão de recepção. Depois de oito anos na França, Lia finalmente voltara para a Inglaterra. A rainha saiu apressada de seus aposentos e disse a lady Schwellenberg que madame Lia estava esperando. A lady se certificou de que a rainha estivesse apresentável e então abriu a porta do salão de recepção, onde Lia esperava ansiosamente, com uma pesada bolsa de veludo aos pés.

Quando Charlotte entrou no recinto, as duas mulheres se abraçaram como se suas vidas dependessem daquilo. Lia fez uma profunda mesura.

— Ah, Vossa Majestade, como eu senti sua falta.

— E como eu senti a sua, madame Lia.

A rainha levou um momento para dar uma boa olhada na amiga. Embora Lia tivesse envelhecido naqueles anos, ainda era uma mulher bonita, e naquele dia estava vestida esplendidamente, com um conjunto de seda azul-claro.

— Seu vestido é espetacular.

— Sim, os franceses têm jeito com agulha e linha. — Lia riu. — O nome disso é *Petite-maîtresse en grand robe à corps ouvert*. É a última moda em Versalhes. Todas as damas elegantes da corte de Marie Antoinette o usam. Atrevo-me a dizer que a duquesa de Devonshire não deve ter um desses, e ela é a mulher mais bem-vestida de Londres.

Lia puxou um grande pacote embrulhado da bolsa.

— Então mandei fazer um especialmente para você, para que possa superá-la pela primeira vez.

Charlotte riu e desembrulhou o pacote. Dentro havia um vestido coral de corte parecido com o da amiga. Charlotte ficou chocada ao olhar no espelho da lareira.

— É fabuloso. Como posso agradecer?

— Isso é fácil. Vamos tomar um pouco do meu vinho em vez daquele terrível Earl Grey que você serve aqui. — Lia riu, puxando duas garrafas de vinho de sua bolsa. — É meu melhor vinho, querida.

Quando ela serviu duas taças, Charlotte ficou séria.

— Eu quero saber de tudo. Você ficou tanto tempo fora. O que aconteceu com o caso do seu irmão, como foram suas viagens? — A rainha baixou a voz. — Principalmente sua viagem para Mirepoix.

Madame Lia respirou fundo, assumindo uma expressão de profunda contemplação.

— Achei que teríamos mais alguns momentos de prazer antes de entrarmos nesses assuntos.

Charlotte recostou-se no divã e deu à amiga alguns instantes para se recompor.

— Primeiro você deve saber que agora estou na Grã-Bretanha para sempre — declarou Lia. — Minha lealdade à França azedou, e meu irmão não poderá... retornar como você o conheceu.

— Sério? Por quê? — quis saber a rainha.

— Basta dizer que o cavaleiro D'Eon não pode retornar à Inglaterra por ordem do rei Louis.

Lia ficou quieta por um momento. Charlotte também. Ambas sabiam o que precisava ser abordado diretamente e foi a visitante quem começou, depois de um suspiro.

— Fiquei feliz em ser útil a você... por tantos motivos.

— Espero não tê-la envolvido neste assunto privado injustamente, Lia. E com certeza rezo para que isso não tenha prejudicado sua segurança.

— Minha preocupação... é com a sua segurança, minha querida — respondeu Lia, olhando para a rainha com uma ponta de inquietação. — Os documentos e o amuleto que você possui são... perigosos.

— Foi isso que o duque disse? — perguntou a rainha.

Lia desviou o olhar para o chão. Ela não conseguia encarar Charlotte.

— Quando apareci na porta do duque François, fiquei nervosa com minha missão. Cumprimentei-o com um aperto de mão específico. O aperto de mão indicava minha participação em uma organização secreta que protege seus membros e quaisquer segredos em nossa posse. Também foi projetado para deixar o duque à vontade em relação ao que quer que eu estivesse entregando a ele em seu nome. — Madame Lia então suspirou. — Eu logo descobriria que o que você me deu era de interesse e importância mundial.

Charlotte permaneceu em silêncio por um momento, então caminhou até Lia e estendeu a mão. A amiga, confusa, estendeu a mão em resposta. Charlotte apertou a de Lia usando o aperto de mão de pata de leão que seu pai lhe ensinara.

— Esse aperto de mão, madame?

Lia olhou para a rainha.

— Como sabe de uma coisa dessas?

— A questão é: como *você* sabe?

A mente de madame Lia disparou. Ela se serviu de outra taça de vinho para acalmar os nervos enquanto Charlotte esperava pacientemente, imaginando o que poderia causar tal hesitação na amiga. Após algum tempo, madame Lia olhou para a rainha.

— Sou maçom. Em 1759 fui iniciada na Loja da Imortalidade. Logo depois, tornei-me companheira do ofício. Nós nos reuníamos para discutir assuntos que exigiam discrição e honra, coisas que não posso revelar agora. Esse aperto de mão simboliza a adesão à ordem maçônica.

— Eu sei disso. Eu sou membro das Filhas de Davi, uma Ordem irmã secreta que é um subconjunto dos Cavaleiros Templários de tempos antigos.

Madame Lia franziu a testa.

— Suspeitei que você fosse uma Filha quando vi seu amuleto naquele dia em St. James. Mas não sabia se você sabia de toda a importância que o objeto carrega.

— Não. Não completamente.

— Todas as cabeças coroadas da Europa estão relacionadas de alguma forma. As famílias se casam entre si para manter as sucessões fortes, os países associados e alinhados politicamente e as linhagens reais puras.

Lia tomou um gole de vinho.

— Eu também sou de nascimento nobre. Minha ascendência materna me liga aos Bourbon da França, de quem o rei Louis também é descendente. Minha ascendência paterna, no entanto, pode ser traçada até Robert de Crayon, segundo Grão-mestre dos Cavaleiros Templários. Por isso, tem sido tarefa da minha família esconder certos conhecimentos e artefatos do mundo.

Um jogo de olhares ocorreu entre Charlotte e madame Lia quando a rainha subitamente percebeu algo.

— Mas não há mulheres maçons. Com certeza não há nenhuma na Loja da Imortalidade.

Lia olhou para Charlotte por um longo tempo, desejando poder ignorar aquele momento. Por fim, confessou:

— Eu era membro do "Segredo", a ordem clandestina de agentes de Louis XV que se infiltrava em várias sociedades reais e entregava informações confidenciais à França.

Charlotte ficou atordoada.

— Então *você* era a espiã? Achei que fosse seu irmão, o ministro D'Eon. Lia, você certamente deve saber que isso é um ato de traição contra a Inglaterra.

Madame Lia então ficou de pé, sem jamais tirar os olhos dos de Charlotte.

— Você confia em mim como guardiã de seus segredos, que sei agora? — perguntou ela, com intensidade.

— É óbvio — respondeu Charlotte. — Você é tão próxima de mim quanto minhas damas de companhia da Alemanha.

— Bem, é hora de eu confiar os *meus* a você.

Madame Lia tirou as luvas.

— Veja só, é uma coisa curiosa essa ideia de ter direito sobre tudo que homens têm. Eles têm todas as vantagens, todas as oportunidades de serem bem-sucedidos, porque são instruídos desde o nascimento a manter as mulheres em seus lugares.

Lia começou a se despir, fazendo com que Charlotte erguesse as sobrancelhas.

— No entanto, acho que, na maioria dos casos, tudo que é necessário para que um homem mude de ideia são os dons que Deus deu às mulheres... — Lia tirou mais uma peça de roupa. — Veja só, as mulheres possuem seus atrativos, a sensualidade, a formosura...

Charlotte estava desconfortável ao assistir a amiga continuar a se despir, mas não disse nada.

— Como suspeitam as mulheres de todo o mundo, os homens são governados pelos próprios pênis. Somente os homens iluminados são motivados por seus corações e mentes — ponderou Lia, enquanto soltava o corpete do vestido.

Charlotte segurou o amuleto. Lá estava ela, de saiote e calçolas.

— Os homens são membros de um clube exclusivo cuja crença principal envolve sustentar mulheres indefesas, que eles supõem que não possam se sustentar ou pensar por si mesmas, que não consigam se dar bem no mundo por carecerem do intelecto, da astúcia e da habilidade necessários...

Ela soltou o saiote, que caiu no chão.

— Então, se você tem a intenção de promover a mudança, e acaba se deparando com um grupo de homens que precisam da companhia de outros homens para conseguir fazer as coisas, funcionar com decência ou transmitir pontos de vista...

Lia então tirou a peruca e baixou as calçolas. Agora ela estava nua da cintura para baixo.

— Acho que é mais produtivo *ser* um homem.

Charlotte olhou para o peito reto de Lia. Em seguida, os olhos de Charlotte desceram até que ela viu *aquilo*. O queixo da rainha caiu de surpresa e choque.

"Aquilo" era o pênis exposto de Lia.

Em uma voz masculina e grave, sua voz verdadeira, Lia disse, sorrindo:

— Permita que eu me apresente novamente, Vossa Majestade. Eu sou o cavaleiro Charles Genevieve Louise Auguste Andre Timothee D'Eon de Beaumont, ex-ministro plenipotenciário francês na Grã-Bretanha e amigo de sua família, a seu serviço.

O ar deixou os pulmões da rainha e, segundos depois, ela desmaiou.

Quando Charlotte acordou no sofá, D'Eon havia se vestido como "madame Lia" novamente. A rainha seguia incrédula. Ela encarou a amiga.

— Durante todo esse tempo, como você pôde me enganar quando sabia o quanto eu gostava de você como amiga? O que eu faço agora? Por que nome devo chamá-la? Lia? D'Eon?

Sem saber por onde começar, D'Eon sentou-se ao lado dela.

— Por algum motivo, minha mãe me vestia como menina quando eu era jovem, e acho que passei a me sentir confortável em roupas femininas e a me identificar como uma mulher. Anos depois, quando era adulto e fazia parte dos dragões franceses, Louis XV quis se reconciliar com a Rússia e enviou dois emissários para discutir o assunto com a imperatriz Elizabeth. Mas a missão falhou porque a corte dela era bem guardada e consistia principalmente de mulheres. Emissários masculinos foram banidos. Então, para se infiltrar na corte e discutir o assunto, Louis teve que enviar uma mulher. Mas nenhuma mulher conseguia lidar com tal missão. Como eu era magro, coloquei um vestido e passei rouge nos lábios e nas bochechas. Fingi ser minha irmã "Lia" e enganei Louis facilmente. Ele me deu a missão e eu tive sucesso. A imperatriz e eu nos tornamos amigas íntimas. Ela compartilhou seus segredos comigo e eu passei todos para o delfim. A monarquia francesa teve uma vitória. Fui então introduzido a uma rede secreta de espiões chamada *Le Secret du Roi*. Nós trabalhávamos pessoalmente para o rei Louis. A partir de então, foi sugerido que meus serviços para o *Le Secret* seriam mais úteis se eu continuasse espionando como mulher, como Lia.

Charlotte ficou paralisada enquanto D'Eon continuava, sem saber se estava furiosa com a traição dele ou impressionada com sua audácia e esperteza.

— Então foi isso que você fez comigo? Ganhou minha amizade para que pudesse entregar nossos segredos para o delfim?

— Em 1762, fui contratado para espionar a corte de St. James. Usei minha posição como ministro na Inglaterra para coletar informações sobre uma possível invasão. Mas comecei a passar informações falsas; nada que pudesse prejudicar a Inglaterra; e, principalmente, você. Fiz isso porque gostei de você. Tínhamos as mesmas ideias, o mesmo desejo de melhorar os cidadãos britânicos, libertar os negros e acabar com o tráfico escravista. Eu gostei de quem você era. Então vi seu amuleto e soube que você e eu compartilhávamos um propósito ainda maior. Eu tinha que protegê-la. Majestade, sei de sua etnia e mantive segredo desde aquele jantar em Mecklemburgo. Eu não a traí.

D'Eon continuou, explicando que a amizade deles lhe trouxe grande alegria como "madame Lia" e que adorava as aventuras que viviam juntas em Londres.

— Não se engane. Eu não sou sodomita. Aprecio o afeto das mulheres. É que a especulação sobre meu gênero começou a causar preocupação aqui em Londres e gerou um processo na França. Também ameaçou minha pensão do governo francês. Então, tive que voltar para depor no tribunal francês. Um de meus amantes permaneceu firme, testemunhando que eu era de fato uma mulher. — Ele riu. — O que mais poderia dizer? Nunca admitiria que se deitara com um homem. No fim das contas, todos eles guardaram meu segredo. Mas, como não sou mais ministro francês, Louis XVI, o novo rei, me obrigou a viver como mulher permanentemente ou deixar de receber minha pensão. Então agora estou em exílio aqui em Londres, como "Lia D'Eon".

Eu não conseguia acreditar nos acontecimentos daquele dia. A mulher a quem confiei meus segredos e meu coração era de fato um homem. Era tão visível. Por que eu não tinha percebido? Agora que sabia a verdade, percebi que ela realmente tinha um comportamento masculino. Lia nunca fora uma mulher bonita, mas eu mesma era considerada uma mulher pouco atraente, então tendia a olhar para além desses elementos de forma a encontrar a beleza interior dos seres humanos. Que incrível perceber que o que se vê ou se deixa de ver depende do que a mente dita. Agora que Lia havia se revelado um homem, eu via um homem de vestido sentado diante de mim. Aquilo mudava minha opinião a respeito dela como pessoa? Ou dele? Que grande confusão. Eu não queria discriminar como tantos outros fizeram. Será que D'Eon, alguém que lutava com sua identidade, merecia pena? Ou compreensão? O caso de D'Eon era diferente do caso de meu marido, o rei, que precisava da mesma pena?

— O rei sabe a respeito de sua pensão ou exílio aqui?

D'Eon balançou a cabeça.

— Não, mas para satisfazer as apostas, admitirei ser uma mulher. Aliás, meu amigo cavaleiro Saint-George quer duelar comigo vestido dessa maneira em uma exposição aqui em Londres. Faremos uma fortuna.

— Duelo? — Charlotte estava incrédula.

D'Eon riu.

— Sou o melhor espadachim da Europa... com ou sem vestido.

Charlotte não sabia o que pensar daquilo, mas D'Eon ficou emocionado.

— Por favor, permita que nossa amizade continue apesar do meu segredo. Eu a adoro, Vossa Majestade. Estaria perdido sem nosso relacionamento e ficaria contente em pintar seu retrato na tela da minha gratidão pelo resto de minha vida. Por favor, não me abandone.

Charlotte estendeu as mãos para tocar o rosto macio de D'Eon.

— Não se preocupe. Não abandonarei.

Ela então ficou de pé, vacilante no início, mas logo encontrando o equilíbrio.

— Mas agora me diga, e meus pergaminhos e meu amuleto?

Madame Lia levantou o vestido que usava para revelar a anágua.

— De novo não — gemeu Charlotte.

Mas Lia continuou a subir a parte de baixo de sua anágua até chegar a quatro bolsos fundos, cuidadosamente costurados. Cada um continha um recipiente de madeira. Ela os entregou à rainha, um por um. Então, em outro bolso, pegou um rolo de páginas cuidadosamente dobradas e também as entregou à Charlotte.

— Isso é tudo o que você pediu: os pergaminhos originais e suas traduções. Eles estavam em hebraico, copta e aramaico, uma forma tão antiga da língua que era difícil de ser decifrada. Algumas das palavras e páginas estão faltando. Mas você precisa lê-las.

Charlotte olhou para a amiga e deu-lhe um beijo. Madame Lia entendeu que era hora de ir embora. Respeitosamente, ela se curvou para a rainha e se virou para sair.

— Lia? — chamou Charlotte, com um sorriso caloroso. — Obrigada.

Lia assentiu e saiu. Charlotte trancou a porta, subiu a escada dos fundos e foi até seus aposentos onde, fascinada e extasiada, começou a ler as traduções.

Quarenta e seis

O diário de Madragana ben Bekar

Numa sufocante manhã de junho, em 1249, meu bebê se esforçava para abrir caminho pelo labirinto de meu útero. Mesmo neste momento vulnerável e suscetível, seu destino já estava traçado, pois aquela não era uma criança comum e aquele não era um parto comum. Lutei dolorosamente em minha reclusão, pois meu filho estava de cabeça para baixo dentro do meu canal de parto. Clarissa del Soto, a velha parteira portuguesa[7] *que alguns diziam ser mística, murmurava para si mesma enquanto enfiava a mão dentro de mim para virar o bebê e me ajudar a dar à luz.*

— Es es un chico — *disse Clarissa, quando finalmente colocou a criança escorregadia em meu seio, ao lado do amuleto de ouro pendurado em meu pescoço. Sorri, pois a primeira coisa que notei foi a marca de nascença incomum no corpo do bebê, vermelha e brilhante no ombro esquerdo. Clarissa assentiu.*

— Marca del destino.

Toquei a marca. Sim. É uma "marca do destino", pensei. Depois toquei a marca de nascença quase idêntica em meu próprio corpo. "Talvez ele seja o escolhido". Rezei para que meu filho fosse o escolhido pois, embora fosse um bastardo, era um bastardo com sangue real correndo nas veias. Ele era filho do quinto rei de Portugal, Afonso III, cujo antepassado, Afonso, o Grande, matara ou expulsara um grande número de mouros durante a reconquista cristã original de Portugal, cem anos antes. Os orgulhosos mouros, da costa norte da África, eram primariamente muçulmanos. Depois que Portugal foi retomado do nosso domínio, fomos forçados a escolher entre duas religiões se quiséssemos permanecer no país. Aqueles que aceitaram o cristianismo foram chamados de mouriscos. Os fiéis à fé islâmica eram chamados mudéjares. Eu era mudéjar e o rei pretendia livrar Portugal de meu grupo. Afonso tinha marchado por cidade após cidade matando mouros, incluindo meu pai, o rei Madrem, e meus irmãos, Myoda e Ennis. Então me tomou como parte de seu rito de conquista e me batizou com o nome cristão, Magdalena Gil. Mas eu era orgulhosa demais e nunca aceitaria um novo nome. Escolhi

---

[7] Durante a Idade Média, se falava em Portugal o galego-português, uma língua muito parecida com o espanhol. [N. T.]

permanecer fiel à minha fé e a meu nome muçulmano. Eu tinha nascido Madragana ben Bekar, e assim que permaneceria sendo.

Ao saber que eu daria à luz um filho dele, o rei Afonso mandou-me para a casa de seu tio Hertos, no alto da colina, onde permaneci presa durante meu resguardo. Jamais fui autorizada a retornar ao palácio.

Todo dia Clarissa trazia meu filho para ser amamentado, depois levava o bebê embora. Tive que aceitar que ele estava sendo criado como cristão, como evidenciado pelo nome de batismo que lhe foi dado: Martim Afonso Chichorro. Meu filho estava sendo criado sem conhecimento da minha existência ou acesso à sua religião e herança legítimas.

Então, em uma ocasião, Clarissa se virou para mim quando estava prestes a sair e, com sinceridade premonitória, exclamou:

— Um dia as estrelas vão convergir para reunir você e essa criança! Nesse dia, você será unida aos frutos de Davi.

Clarissa tocou o amuleto pendurado no meu pescoço e saiu. Naquele dia, parei de chorar e comecei a escrever. Tirei meu amuleto e olhei para suas marcas em relevo, desejando poder falar com meu filho sobre o significado do objeto e sobre nossa religião. Então pensei na jornada do amuleto, que meu pai havia contado tantas vezes.

Durante a primeira Cruzada, após a queda de Jerusalém para os sarracenos, o amuleto fora contrabandeado das entranhas do Templo do Rei Salomão, junto com outros tesouros e artefatos, pelos nove Cavaleiros Templários originais. Os Templários haviam escavado sob o Monte do Templo, abaixo do qual estavam as ruínas do primeiro Templo de Salomão. Além de confiscar moedas, pedras preciosas e preciosidades de ouro, eles também levaram relíquias sagradas, cartas e pergaminhos contendo conhecimentos proibidos e ensinamentos gnósticos do tempo dos essênios. Sob o pretexto de proteger os peregrinos dentro e fora de Jerusalém, os Templários secretamente transportaram e guardaram o tesouro de Salomão em locais secretos, junto com outros pergaminhos e relíquias sagradas da crucificação. Eles também protegeram os descendentes da linhagem perseguida do rei Davi. Então, para comemorar a fundação da Ordem, nove amuletos foram projetados, com base no amuleto original de Salomão. O original, projetado pelo

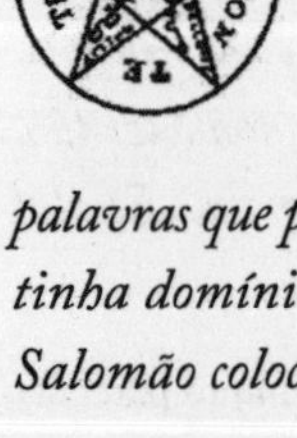

próprio Salomão em 892 a.C., fora criado para guardar pequenas quantidades de mirra, usadas para fins medicinais, e reza a lenda que o famoso anel do rei possuía e controlava os demônios e espíritos que ajudaram a construir o primeiro Templo. No topo, ele colocara o símbolo de Salomão — a estrela de cinco pontas com o nome de Deus — e, dos lados, as cinco palavras que podiam invocar o demônio Asmodeus em serviço para o bem, pois Salomão tinha domínio sobre ele, um dom que lhe fora dado por Deus. Antes de morrer, o rei Salomão colocou o amuleto com seu impressionante tesouro nas entranhas do grande templo. Cada amuleto projetado para os Templários foi entregue a um Grão-mestre ou Senescal ou para a família dos nove originais.

Meu amuleto foi herdado pelo segundo Grão-mestre, Robert de Craon, após a morte de Hughes de Payens. Em seguida, o amuleto desapareceu sem explicação. Anos depois, surgiu misteriosamente no pescoço do príncipe Hazub — o último príncipe da dinastia davídica, que também era descendente de um rei franco do século V chamado Merovech. O rei Merovech foi apontado como o primeiro soberano da linhagem merovíngia. Ele e sua prole podiam ser identificados por uma marca de nascença vermelha e elevada, que se tornou a insígnia dos Guardiões do Graal. Diz-se que o príncipe Hazub escondeu um tesouro sagrado dentro do amuleto — dois espinhos da coroa de espinhos que fora colocada na cabeça de Jesus Cristo durante a crucificação, removida por José de Arimateia após a morte d'Ele. Diz-se que José guardou muitos espinhos da Coroa de Espinhos como lembranças de Cristo, até que a perseguição dos judeus o expulsou de Jerusalém. José também era um ancestral do príncipe Hazub que, por isso, recebeu tanto os espinhos quanto o amuleto, vindos de heranças diferentes. Depois de colocar os espinhos no amuleto, Hazub, que era versado em línguas antigas, decifrou a invocação de cinco palavras, mas acrescentou que tais palavras nunca deveriam ser ditas em voz alta. Ele então criou uma maneira de abrir e fechar o amuleto para que apenas as futuras gerações de merovíngios soubessem. Um desenho do procedimento acompanha esses pergaminhos.

A partir daí, o amuleto era entregue ao primogênito que possuía a marca de nascença em cada geração, até chegar a Yahya Ha Nasi, conhecido como "El Negro", Senhor da Aldeia dos Negros em Portugal. Yahya foi meu quarto bisavô, que passou o amuleto para Yahia Ben Yahi III, que passou para Bakr Ben Yahia I, que passou para Yahia Ben Bekr, que passou para Bekr Ben Yahia II, que passou para Aloandro Ben Bekar — meu pai — também conhecido como rei Madrem. Assim, nos tornamos um mosaico de mudéjares, mouriscos e judaicos. Meu pai teria passado o amuleto para meu irmão Ennis mas, sabendo que ele e os filhos seriam mortos pelas mãos do rei Afonso, colocou o amuleto em volta do meu pescoço e me mandou "correr". Como era de se esperar, meu pai e meus irmãos foram decapitados por Afonso, que me capturou enquanto eu corria. O resto era minha vida atual. Eu pedi a Deus que me permitisse ser o portal através do qual suas palavras fluíssem para que eu pudesse me vingar, e assim meu filho conheceria seu direito de nascimento.

Muitos anos se passaram, e eu segui escrevendo e rezando. Rasgando o forro das cortinas de veludo penduradas em meu quarto e escondendo meus escritos e estes pergaminhos nas dobras entre elas, para o caso do tio de Afonso resolver espiar. Vi meu filho, que se chamava príncipe Martim, crescer e tornar-se alto e orgulhoso. Ele foi bem educado e falava várias línguas. Eu o vi ao lado de Afonso e da rainha Matilda, a mulher estéril que o criou, enquanto a cidade se alegrava com a colheita anual. Vi Martim, aos dezoito anos, marchar triunfalmente para a cidade depois de ter continuado a conquista de Afonso, expandindo a dominação cristã portuguesa na Espanha.

Então minhas orações foram atendidas. Em 1270, o rei Afonso III de Portugal e o rei Alfonso X da Espanha fizeram um acordo para evitar a guerra. Se Afonso se casasse com a filha ilegítima do rei espanhol, Beatriz, a Espanha abdicaria de todos os direitos sobre o Algarve quando nascesse um herdeiro masculino da união. Rei Afonso concordou. No momento em que o casamento foi anunciado, Matilda, a esposa e rainha ainda viva de Afonso, morreu de desgosto. Com a morte de Matilda, Beatriz tornou-se rainha e o príncipe Dinis, filho que teve com Afonso, tornou-se herdeiro legítimo do trono. O rei entregou publicamente todos os seus bens ao príncipe Dinis e não ao meu filho, o príncipe Martim, que foi retirado à força do palácio e banido de Portugal.

Quando a notícia da expulsão de Martim chegou até mim, tive que encontrá-lo. Com a ajuda de Clarissa, juntei meus bens mais preciosos, meus escritos e o amuleto, e escapei por uma janela que ela deixara aberta. Dois dias depois, encontrei meu filho na estrada para fora da cidade e me joguei na frente de sua carruagem, os braços estendidos para me prostrar diante dele.

Martim saiu da carruagem com uma mistura de curiosidade e desdém por mim. Na frente dele estava seu inimigo: uma mulher moura. Mesmo assim, levantei e estendi a mão para tocar a bochecha de meu filho e, inexplicavelmente, ele não se afastou. Eu disse a ele quem eu era e que havia pedido a Alá que me permitisse encontrá-lo, para que ele pudesse encontrar conforto no grande destino que o esperava. Martim não me entendeu e questionou aquele "destino". Eu disse que ele era filho da grandeza e de um grande povo. Mas seu pai lhe negara o conhecimento sobre aqueles assuntos, ao ponto de ele ter passado a acreditar que sua mãe era a rainha Matilda, que não o gerara. Martim examinou meu rosto, ofendido e com vontade de me bater. Rezei para que ele tivesse herdado minha compaixão em vez da impenitência do pai. Em voz muito baixa, engolindo as lágrimas, disse ao meu filho que era mãe dele, que eu que o tinha gerado. Depois disso, caí de joelhos diante de Martim, o que o deixou estupefato. Eu vi os minúsculos pelos escuros em seus braços dourados se arrepiarem, aparando o suor que escorria por conta do sol quente. Ele recuou até a carruagem e, surpreendentemente, voltou para mim. Puxou a espada e a apontou para minha garganta. Perguntou se eu tinha provas do que estava dizendo. Falei baixinho, pois a ponta da espada estava muito perto de me matar. Expliquei que ele tinha uma marca de nascença vermelha em relevo no ombro esquerdo.

Depois de um momento, Martim baixou a espada. Ele desabotoou a túnica para revelar a marca de nascença vermelha. Em meio às lágrimas, puxei a parte de cima de meu vestido para o lado, revelando minha própria marca. No longo e incrédulo silêncio que se seguiu, enfiei a mão na bolsa e entreguei a ele os recipientes de madeira com meus escritos. Disse que eles eram a prova das minhas declarações e do legado de nossa família. Martim abriu um recipiente e desenrolou um pergaminho para ler. Logo ele se sentou na grama e eu o observei ficar pálido como leite enquanto absorvia o conteúdo ali presente.

— Você está com o amuleto de Salomão? — perguntou ele.

— Sim. — Assenti. E então entreguei o amuleto a ele. — Devemos protegê-lo.

— De acordo com seus escritos, este amuleto é feito de ouro zahab mufaz, o ouro ordenado por Deus do rei Salomão. Os símbolos nele são o "Magen David", os Selos de Salomão, os mesmos símbolos no anel dado ao rei Salomão por Deus, que lhe deu poder sobre os demônios.

— Sim. O anel permitiu que Salomão os comandasse durante a construção do primeiro Templo. Diz-se que, quando Salomão não estava usando o anel, ele o escondia dentro de um talismã feito do mesmo ouro especial ordenado por Deus e que seu pai, o rei Davi, usara para o Templo. Ele então colocou o santo nome de Deus no talismã, assim como o símbolo de Deus. Você o conhece como a Estrela de Davi. Dizem que o talismã também está imbuído de poder, se você souber os encantamentos apropriados.

Martim abriu o amuleto conforme o diagrama e se surpreendeu com os dois espinhos dentro do objeto. Então, ele jurou proteger o que tinha com sua vida. Também jurou matar o pai e o príncipe Dinis. Era a única forma de não somente se vingar, mas também de corrigir as injustiças feitas aos mouros; injustiças das quais ele fizera parte. Eu o aconselhei a não cometer tal ato. Disse a ele para se vingar de uma maneira que nos rendesse poder.

— Plante sua semente com os mouros, para que possamos crescer fortes e prósperos em nossa legítima grandeza e lugar no mundo...

✠

Charlotte ficou paralisada enquanto os pensamentos a bombardeavam. O amuleto do qual ela ficara encarregada durante todos aqueles anos já possuíra o infame anel mágico do rei Salomão e agora continha espinhos preciosos que foram cravados na cabeça de Jesus antes da crucificação. Será que era verdade? Era possível que fosse? E quanto à invocação de cinco palavras? Será que era possível convocar e comandar demônios apenas dizendo as palavras? E quais eram elas?

Tremendo de nervosismo, Charlotte foi até o relicário e pegou o diário que fora do pai. Comparou o que ele havia documentado com o que estava escrito nas traduções, datadas de muitas gerações anteriores. Os diagramas do grão-

-duque mostravam que o filho legítimo do rei Afonso III se tornara o rei Dinis de Portugal. Mas o filho bastardo de Afonso com Madragana, Martim Afonso Chichorro, casara-se com Inês Lourenço de Sousa, uma moura miscigenada da Casa de Sousa. Eles saíram de Portugal, mas Martim manteve a tradição familiar. Passou os pergaminhos e o amuleto ao filho Martim Afonso Chichorro II, que também herdou a marca de nascença e que, ao tornar-se Templário aos dezenove anos, foi o responsável pelo retorno do amuleto para as mãos dos Templários. Seu filho, Vasco Martim de Sousa III, por sua vez, gerou Afonso de Sousa Chichorro, cuja filha Mencia deu à luz Margarita de Castro y Sousa. Margarita casou-se com o conde Jean II de Neufchâtel, descendente de Geoffroi de Charny — o cavaleiro Templário que possuía o Santo Sudário. De lá vinham as linhagens da família do pai e da mãe de Charlotte, até chegar à própria Charlotte. Aquilo explicava porque o relicário e o amuleto acabaram sendo passados para ela. Charlotte começou a andar pela sala, pensando no que fazer. Agora via seu amuleto de forma diferente. Viu as palavras estrangeiras. Viu o estranho símbolo. Queria abrir o amuleto para ver os espinhos. Mas como abri-lo? Por mais que o girasse e virasse, não conseguia produzir nenhum movimento e não tinha nenhum pergaminho em sua posse que oferecia instruções, como Madragana indicara.

Houve uma batida na porta. Charlotte juntou as traduções e os recipientes e os colocou debaixo da cama.

— Sim?

Lady Lizzie entrou no quarto com um vestido.

— Bom dia, Vossa Majestade. Achei que a senhora poderia querer usar isso no café da manhã — disse ela, no sotaque brogue escocês.

— Café da manhã? — perguntou Charlotte em voz alta.

— Sim. São seis e meia. — Lady Lizzie olhou ao redor. — A senhora ficou acordada a noite toda?

Charlotte abriu as cortinas. De fato, o sol já havia nascido.

— Meu Deus. — Charlotte se virou para Lizzie. — Mande Anne entrar.

— Mas, Vossa Majestade, *eu* sou responsável pelo seu guarda-roupa e por vestir a senhora — lamentou Lizzie. — Há um protocolo...

— Que, devo lembrá-la, indica que você deve cumprir as ordens da rainha — rebateu Charlotte.

Lady Lizzie saiu com pressa, deixando Charlotte triste, mas sem remorso. Quando enfim Anne apareceu, Charlotte lhe deu uma ordem, tentando esconder sua preocupação.

— Encontre madame Lia e traga-a aqui imediatamente.

Quarenta e sete

No meio da tarde, Lia Charles D'Eon de Beaumont estava diante de Charlotte na sala de música. O rei estava com dores abdominais constantes e os médicos estavam com ele o tempo todo. Fora advertido a não se movimentar, portanto, estava confinado em seus apartamentos. Isso liberou o uso do palácio por Charlotte, e ela convidou Lia para a sala mais distante dos ouvidos do rei.

Depois de um gole de vinho, Charlotte virou-se para Anne.

— Vá buscar o item.

Anne fez uma mesura e saiu. Mas, quando chegou aos aposentos de Charlotte, ficou surpresa ao ver lady Lizzie saindo deles. Anne se escondeu atrás de um canto e observou enquanto Lizzie se movia pelo corredor e subia para o terceiro andar. Ela então entrou nos aposentos de Charlotte, conforme fora instruída a fazer.

Nesse ínterim, Charlotte e Lia D'Eon ainda não sabiam bem como proceder em meio às águas inexploradas da "revelação feminina" de D'Eon no dia anterior. Charlotte examinou a amiga.

— Vou levar um momento para absorver tudo o que li, juntamente com o que vi e agora sei sobre você. Mas agradeço sua ajuda nessa questão tão particular.

D'Eon assentiu com gratidão.

— Temia que você fosse mudar de ideia e que eu fosse ser presa.

— Jamais. Mas tenho outro pedido a fazer. — Charlotte removeu o amuleto do pescoço e o entregou a D'Eon. — Suponho que você tenha lido as traduções ou que tenha sido informada sobre o conteúdo delas.

— De parte delas — confirmou Lia.

— Você sabe como abrir o amuleto?

A princípio madame Lia ficou hesitante, mas logo depois estendeu a mão para o amuleto. Ela o contemplou enquanto brilhava em seus dedos e fechou os olhos, rezando por absolvição. O amuleto de Salomão estava em sua mão e ela tentou abri-lo. Mesmo assim, o objeto não se mexeu.

— Parece que não sei como abri-lo — confessou. — Queria muito saber.

Anne então bateu à porta e entrou com uma bainha de veludo roxo. Charlotte colocou o amuleto de volta no pescoço enquanto a criada entregava o item para ela e depois saía. Charlotte fez um gesto para que D'Eon chegasse mais perto e tirou o conteúdo da bainha — era a espada Templária do século XIV, herdada de seu pai. Charlotte acariciou a lâmina.

— Essa espada pertenceu ao cavaleiro Templário de quem sou descendente. Foi passada para meu pai e depois para meu irmão, que me deu quando deixei Mecklemburgo.

Ela apontou a ponta afiada para o peito de D'Eon.

— Se você é realmente espadachim como diz que é, certamente deve saber como usá-la.

— Obviamente.

— Então me ensine a usá-la para que eu possa me proteger.

Madame Lia ficou chocada com o pedido.

— Você já tem tudo de que precisa para se proteger. E se alguma coisa acontecesse...

— Já aconteceu — afirmou Charlotte categoricamente. — Eu possuo informação e um objeto de interesse significativo para pessoas que me fariam mal. Agora ensine sua rainha a usar uma espada como os homens fazem, pois em algum momento precisarei sair da Casa da Rainha sem deixar o rei ou os guardas saberem. Para isso, preciso saber me proteger.

Lia D'Eon se curvou.

— Muito bem. Vamos começar nossas aulas na segunda-feira.

Então ele deixou a Casa da Rainha.

No silêncio absoluto da sala, Charlotte refletia. O passado não podia ser mudado — apenas a percepção que se tinha dele. O futuro era o que precisava ser gerenciado. Embora o amuleto e os pergaminhos fossem parte de seu passado, as traduções renovaram um propósito em Charlotte — e ela sabia o que tinha que fazer.

Assim, todas as segundas e quartas-feiras do mês seguinte, Charlotte, vestida com trajes masculinos de esgrima, aprendeu o básico da luta de espadas com Lia D'Eon enquanto George estava caçando, participando de reuniões ou dormindo. Lia, depois de pensar na sugestão da rainha e sabendo que ela era forçada a ser mulher ou correria o risco de perder sua pensão da França, pediu a Charlotte que continuasse a chamá-la de "Lia". Charlotte, que valorizava a amizade dela, concordou e guardou o segredo da amiga.

— Sua guarda de quarta não está protegida — avisou Lia durante uma aula. — E mantenha o pulso em pronação, assim.

Lia mostrou o movimento à rainha.

— O braço da sua espada deve estar mais alto aqui, para não virar para a direita durante o molinete, deixando o lado esquerdo da sua cabeça exposto. Tudo o que seu oponente precisa fazer é acertar um golpe em sua têmpora esquerda para matá-la.

Duas semanas depois, tendo trocado a espada Templária do pai por outra mais apropriada, Charlotte rapidamente se adaptou, desfrutando da competição e de uma confiança recém-adquirida. Ela manteve o braço no alto, antecipando os golpes de Lia. O som metálico de suas espadas colidindo uma contra a outra causava uma sensação incrível em Charlotte, que adorava quando aparavam, esgrimiam ou duelavam. Por fim, a rainha tornou-se tão habilidosa que madame Lia disse que ela "sabia bem o que fazer com a espada". Ter tal habilidade a seu dispor deu a Charlotte uma sensação de autoconfiança e uma presunção convencida, digna de um homem. Lia sentiu que Charlotte estava pronta.

— Vossa Majestade, tenho uma excelente ideia para sua próxima reunião na gráfica Phillips.

✠

No mês seguinte, Lia D'Eon chegou à Casa da Rainha com uma mala em mãos. Ela e Charlotte se encontraram nos aposentos da rainha, onde Lia instruiu lady Schwellenberg e lady Hagedorn a despirem a rainha e amarrarem seus seios com um pedaço de musselina.

— Eu disse que tinha uma ideia para sua próxima reunião na Phillips, Vossa Majestade. Agora você saberá o que é ser levada a sério pelos homens.

Lia pediu às damas que ajudassem Charlotte a vestir uma calça marrom, um casaco e uma peruca masculina empoada que levava na mala. Depois, Lia limpou a maquiagem de Charlotte e enfiou o cabelo da rainha sob a peruca.

Logo começou o trabalho duro. Lia teve que ensinar a rainha como agir de forma masculina, falar grosso e andar com o orgulho e o jeito de um homem. Lady Hagedorn, lady Schwellenberg e Anne observaram a situação, achando tudo engraçado. Charlotte se juntou a elas, pois se as damas ou sir Albert soubessem que a professora era de fato um homem, tudo estaria acabado.

Lady Schwellenberg, adornada com joias e peruca e vestida como "a rainha", acompanhou os outros até a sala de música, passando por lady Lizzie, que não percebeu nada. Ela jogou cartas com sir Albert, Anne e lady Hagedorn, que estava se sentindo mal. Enquanto isso, Lia insistiu que Charlotte escolhesse um nome masculino para si mesma, pois era assim que seria apresentada na Phillips. A rainha assentiu, sabendo exatamente quem se tornaria, e então ela e Lia deixaram o palácio.

Dentro de uma hora, elas chegaram à reunião abolicionista na gráfica Phillips, como madame Lia D'Eon de Beaumont e "sir Charles Frederick". Charlotte, como sir Charles, sentou-se na primeira fila, com sir Allan Ramsay de um lado e sir John Wilkes, dois assentos adiante, do outro. Nenhum dos dois reconheceu o recém-chegado. Mais uma vez, as mulheres estavam sentadas na parte de trás. Mas madame Lia não aceitaria aquilo. Ela corajosamente se sentou na segunda fila, desafiando qualquer um que insistisse que deveria sentar com as outras mulheres.

Logo, Hannah More e outras mulheres se moveram aos poucos para a frente. Charlotte sorriu para D'Eon. Tinha começado. A mudança estava no ar e os agentes da liberdade na gráfica Phillips teriam que aceitar todos os passos necessários para alcançá-la.

Thomas Clarkson começou a reunião com uma atualização sobre as assinaturas que ele e William Wilberforce haviam coletado para a petição ao Parlamento.

— Graças aos nossos esforços coletivos, agora temos 1.500 petições antiescravidão e contra o tráfico escravista para fazer lobby no Parlamento, assinadas por mais de um milhão de pessoas na Grã-Bretanha.

Houve aplausos.

— Também vendemos várias centenas de peças de cerâmica de Josiah Wedgwood, o que rendeu dinheiro suficiente para imprimir panfletos de campanha.

Ele apontou para uma mesa com vários livros em cima.

— Também estou oferecendo cópias do meu livro, *Um panorama do tráfico escravista e as consequências de sua abolição*[8] e rezo para que todos comprem, leiam e passem adiante.

"Sir Charles" comprou um livro e, no decorrer da reunião, apresentou ideias. Uma dessas ideias era que eles iniciassem um boicote contra o açúcar e o tabaco colhidos nas Índias Ocidentais por meio do trabalho escravo, transportados por navios.

— Se conseguirmos organizar esse boicote de forma eficaz, acredito que conseguiremos que até 200 mil pessoas se recusem a comprar esses produtos. Isso passaria uma mensagem de força — insistiu ele.

---

[8] A Summary View of the Slave Trade and Consequences of Its Abolition. [N.T.]

O grupo concordou, Clarkson e Wilberforce inclusos, e todos começaram a pensar um método para começar o processo.

Minhas opiniões estavam sendo valorizadas. E não importava se esse valor se devia em parte à percepção visual de que eu era um homem ou à validade e solidez de minhas ideias. A diferença estava sendo feita e eu fazia parte dela. Adorava ser parte de algo importante, significativo, algo maior do que as salas de visitas em St. James ou a condenação do rei por parte de Wilkes. A sensação era muito satisfatória e poderosa — uma sensação que eu desejava que as mulheres pudessem vivenciar como parte de seu direito natural de nascença. Mas aquela era uma causa que eu tinha que deixar em segundo plano.

Na viagem de volta à Casa da Rainha, Lia perguntou a Charlotte como ela se sentira disfarçada de homem, se aquilo lhe dera algum senso de perspectiva. Charlotte refletiu sobre a situação. Ali estava Lia D'Eon, um homem vestido como uma mulher desvalorizada, e a rainha da Inglaterra, uma mulher vestida como um homem aristocrático. Era sublime. Tinha que admitir que era um dos sentimentos mais poderosos que já vivenciara e que mal podia esperar para registrá-lo em seu diário. Mas, quando chegaram à entrada lateral do palácio, sir Albert foi até elas em pânico.

— Graças a Deus a senhora está aqui. Seu camareiro está procurando pela senhora em toda parte. Quando entrou na sala de música e viu lady Schwellenberg usando suas roupas, ficou fora de si. Ela deu a desculpa de que a senhora deu as roupas de presente para ela, mas sabemos que ele não acreditou.

— O que aconteceu, sir Albert?

— É lady Hagedorn.

Charlotte subiu correndo as escadas, tirando a peruca e o casaco masculino. Depois de uma parada em seus aposentos para deixar o livro e vestir um robe, ela correu para os aposentos de lady Hagedorn. Haggy estava na cama, suando de febre. Ela havia tido um derrame. Lady Schwellenberg, ainda com as roupas da rainha, estava lá, junto com um médico, cuidando da dama de companhia de 45 anos.

A rainha segurou a mão de lady Hagedorn.

— Quão mal ela está?

— Temo que o derrame tenha afetado o lado esquerdo do corpo dela — disse Stockmar. — Os sinais já estavam lá há algum tempo, tonturas, febres, mal-estar geral. Tudo o que podemos fazer agora é esperar.

A mão direita de lady Hagedorn fez um leve gesto, chamando Charlotte para mais perto. A rainha se aproximou, como instruído. Em um sussurro arrastado, lady Hagedorn implorou:

— Se eu sobreviver aos próximos dois dias, quero voltar para Mecklemburgo. Desejo morrer em meu país de origem.

Charlotte prometeu à dama que atenderia ao pedido. Um mês depois, caixas, bagagens e baús foram retirados do palácio por pajens e colocados em uma carruagem. Lady Hagedorn foi carregada por sir Albert e colocada na carruagem também, junto com uma enfermeira. Logo atrás estavam Charlotte, Charlotte Papendiek, a filha casada de sir Albert, de dezenove anos, e lady Schwellenberg, que estava aos prantos. Todas abraçaram lady Hagedorn. Mas, quando foi a vez da rainha, a dama ficou emocionada e apertou Charlotte com força com o braço bom.

— Eu amei cada momento que passei cuidando da senhora — disse lady Hagedorn com dificuldade.

Charlotte aconselhou a dama a não falar, pois também estava abalada e não tinha palavras — apenas lágrimas. A enfermeira fechou a porta, fechou as cortinas de veludo de dentro da carruagem e depois bateu no teto.

As lágrimas de Charlotte escorreram pelo peito de lady Schwellenberg, pois nenhuma delas sabia como se despedir de sua fiel amiga, companheira e parceira de crime, lady Johanna Hagedorn.

Quarenta e oito

Semanas após a partida de lady Hagedorn, Charlotte estava deprimida. Ainda que tivesse resolvido parte do mistério acerca de seu amuleto e dos pergaminhos do relicário, e se tornado fundamental nos planos abolicionistas que estavam ocorrendo na gráfica Phillips, ter perdido Haggy, a amada companheira, pesava muito.

Anne, no entanto, encontrou uma razão satisfatória para manter os ânimos elevados. Ela sentia grande prazer em suas curtas visitas a Jon, que aconteciam no Palácio de Kew a cada duas semanas. Depois que Charlotte e Jon tomavam chá, ele caminhava com Anne pelos jardins formais. Anne apontava todas as flores que a rainha estava cultivando e Jon ficava impressionado com o conhecimento que ela tinha a respeito de seus nomes científicos, bem como com a habilidade dela em falar várias línguas. Aos poucos, Anne ensinou frases em outras línguas a Jon, e ele comentava o quanto ela se parecia com Charlotte, em humor e temperamento. Não demorou muito para que Anne o considerasse o homem mais agradável que ela já conhecera. Com o tempo, ela passou a se derreter só de olhar para ele.

Da mesma forma, o coração de Jon não estava imune aos encantos dela, e depois de um curto período de tempo ele começou a visitar a rainha tanto para passar um tempo com Anne quanto para ver Charlotte. Uma tarde, enquanto lady Schwellenberg vestia Charlotte para o almoço no Palácio de Kew, a rainha olhou pela janela e presenciou uma visão maravilhosa. Ali, no jardim, entre as azáleas e os delfínios, estavam Anne e Jon, trocando um genuíno momento de afeto. Ela fez sinal para lady Schwellenberg dar uma olhada. Então as duas mulheres, como *voyeurs* furtivas, observaram através do vidro enquanto Jon pegava Anne nos braços e a beijava. Anne envolveu o corpo forte de Jon enquanto se afundava em um abraço apaixonado. *Talvez agora Jon possa encontrar alguma pequena felicidade novamente, apesar de tudo o que aconteceu antes*, pensou Charlotte, e por um momento sua mente voltou para o tempo com Christian, todos aqueles anos antes. Talvez um novo futuro fosse possível para Jon e Anne. Um futuro que Charlotte prometeu ajudá-los a alcançar.

Mais tarde naquela noite, enquanto Charlotte estava na mesa do quarto lendo o livro de Thomas Clarkson, Anne entrou para preparar a cama. Ela observou qual era o livro e um sorriso curioso traiu seu semblante sério quando Charlotte olhou para cima.

— Você parece querer falar sobre alguma coisa, srta. Josef.

— Talvez, senhora.

— Então fale — insistiu a rainha, colocando o livro sobre a mesa. — Deixe-me adivinhar. Você está apaixonada por Jon.

Depois de um momento, Anne assentiu.

— Ele é diferente de todos os homens que já conheci... não que eu tenha conhecido muitos homens. A maioria foram brutos que apenas me usaram como bem quiseram.

Ela sorriu.

— Mas Jon é tão terno, um homem tão amoroso, respeitoso e bem-humorado.

Ela parou por um momento antes de continuar.

— Majestade, carrego o filho dele em meu ventre.

Charlotte levou as mãos à boca e em seguida as estendeu para tocar a barriga da criada.

— Vocês vão se casar? Ah, case-se com ele. Torne essa criança legítima.

— Nós pretendemos — respondeu ela, em meio a um sorriso.

Em seguida, Anne levou um momento pensando em como tratar com a rainha das outras notícias que tinha para dar. Charlotte viu que a expressão de Anne mudara.

— O que há de errado?

Anne mordeu o lábio ligeiramente.

— Uma vez a senhora me pediu para ser seus olhos e ouvidos aqui. Bem, eu vi coisas que preciso apresentar à senhora.

— Como por exemplo?

Anne começou a mexer no próprio amuleto, que estava escondido sob o vestido.

— É lady Lizzie. A senhora não pode confiar nela. Faz algum tempo que a vejo espreitando em lugares inapropriados.

Mas antes que Anne pudesse terminar ou que Charlotte pudesse reagir, George invadiu o recinto, segurando a calça marrom que Charlotte usava para suas escapadas para Londres. Ele fez um gesto indicando que Anne saísse, o que ela prontamente fez, e então jogou a peça em Charlotte, agindo como um louco.

— Considerando que isso não pertence a mim nem ao príncipe George, por que estava em seus aposentos?

Charlotte pensou uma história rapidamente.

— Não sei. Talvez uma de minhas damas estivesse se divertindo.

— Nos aposentos de Vossa Majestade?

De repente, George se distraiu com o livro na mesa de Charlotte. Ele o pegou e leu o título e o nome do autor.

— Thomas Clarkson? O abolicionista? O que você está fazendo com isso?

Charlotte não disse nada. De repente, houve uma batida ansiosa, seguida pela entrada apressada de Anne. Ela fez uma mesura para o rei.

— Perdão, Vossa Majestade. Esqueci-me do meu livro.

George olhou para a criada.

— Como você se atreve a trazer tal material de leitura para este palácio? Como adquiriu este livro?

— Não a ameace — advertiu Charlotte. — Ela pode ler o que quiser.

— Aqui há limites para a liberdade do que se escreve e do que se lê.

— Sim, e esses limites e liberdades são estabelecidos por você e pelo Parlamento.

Charlotte tomou o livro de George e o entregou a Anne, com quem trocou um olhar de cumplicidade. Anne foi embora. George balançou a calça com raiva.

— Você pode até atribuir a literatura abolicionista à sua criada, que suspeito que nem ao menos saiba ler, mas conheço suas opiniões sobre o assunto. Você as martela diariamente na minha cabeça. Lembre-se, eu descobri a respeito de Bach, e também vou descobrir a respeito desse homem, quem quer que ele seja — esbravejou o rei, jogando a calça no chão. — Faço questão de saber o que se passa em todas as minhas residências!

Ele saiu esfregando as têmporas.

Fiquei preocupada. O que mais George sabia? E o que ele faria a respeito? Havia também a questão da revelação de Anne a respeito de lady Lizzie. Será que foi ela quem deu informações a George? Eu tinha que ter certeza e também ser mais cuidadosa que nunca. Quem saberia que ideias insanas George poderia ter por conta de sua condição?

Na manhã seguinte, Anne esperou até que George deixasse a Casa da Rainha para se aproximar de Charlotte. Ela devolveu o livro de Clarkson à rainha, que a agradeceu por tê-la resgatado de George na noite anterior e pelas informações que lhe passara. Anne fez uma mesura e fazia menção de se retirar quando lady Lizzie entrou e entregou a correspondência à rainha, lembrando a Charlotte que ela deveria posar para sir Thomas Gainsborough para um retrato de família mais tarde naquele mesmo dia. Charlotte pediu a Anne que ficasse.

A rainha pegou as cartas e as folheou distraidamente, até que uma delas a fez gelar. Ela observou a letra, abriu-a, leu-a e começou a tremer. Virando-se para lady Lizzie, falou de maneira estridente:

— Lady Lizzie, de onde veio essa carta?

Lizzie deu de ombros.

— Estava entre as outras que foram entregues pelo correio.

— E não foi aberta para inspeção? Como pode ser?

— Sinto muito, Vossa Majestade. Eu não estava prestando muita atenção.

— Daqui em diante, você prestará. Toda sorte de correspondências ilegais pode acabar sendo entregue a Sua Majestade ou a mim se não forem eliminadas antes. É para isso que temos inspetores! — gritou ela. — Agora encontre Anne e traga-a até mim imediatamente!

Lady Lizzie fez uma mesura e saiu apressada enquanto Charlotte apertava a própria barriga. Ela releu a carta. Enquanto passava por cada palavra horrenda e repugnante que o documento continha, seu estômago se revirou tanto quanto o do rei na noite anterior. As peças do mundo de Charlotte deveriam estar finalmente se encaixando. Em vez disso, tudo estava desmoronando, por causa de uma carta. Ela teve que encontrar uma cadeira para sentar e pensar. *É óbvio que ele escreveria para mim*, pensou. Ele sabia que Charlotte tinha o que queria, e ficou surpresa por ele não ter entrado em contato antes.

Momentos depois, Anne correu até Charlotte, que conduziu a criada até a biblioteca próxima.

— Diga a Jon que preciso vê-lo no Palácio de Kew amanhã à tarde. É importante.

— Sim, senhora — respondeu Anne, antes de sair às pressas.

✠

Os braços de Charlotte estavam firmemente cruzados sobre o peito enquanto ela ouvia a melodia da caixinha de música de Christian. Estava segurando a carta e andando de um lado para outro. Finalmente, às duas horas, Jon foi recebido na sala de estar do Palácio de Kew e correu até ela.

— Vossa Majestade, vim assim que recebi sua mensagem.

Charlotte lhe entregou a carta. Enquanto Jon lia, a rainha continuou andando de um lado para outro.

Querida prima Charlotte,

Perdoe-me por não ter lhe escrito desde que a senhora se tornou rainha de um país tão rico e poderoso como a Inglaterra, mas tenho me ocupado com necessidades mais urgentes e egoístas — minha própria sobrevivência. Desde que a senhora me extirpou sem cerimônia do subsídio real como punição pelo que foi determinado como um ataque à sua pessoa, minha esposa Helena me deixou, a mando de lorde Gregory, e tenho sofrido por anos. Agora me encontro falido e não tenho ninguém para me ajudar.

Conto com sua ajuda. Vou ser franco. Preciso de uma casa na Alemanha, talvez na Inglaterra, 20 mil táleres e uma pensão estável que me permita viver confortavelmente. Em troca, não discutirei publicamente, venderei ou revelarei questões de maior constrangimento para a senhora como rainha e, assim, a senhora poderá continuar em silêncio sobre tais questões. Aguardo sua resposta rápida na forma de um cheque bancário enviado para o endereço abaixo. Enquanto isso, espero que a senhora, e principalmente o rei, estejam bem, visto que estou ansioso para conhecê-lo.

Atenciosamente, Wilhelm.

Jon estava incrédulo.

— Depois de tudo que ele fez com você, seu primo está exigindo dinheiro?

— E temo que ele esteja em posse de pelo menos dois pergaminhos do relicário do nosso pai.

— O que você vai fazer?

Charlotte pegou a carta e a jogou na lareira.

— Isso!

— Wilhelm é perigoso. Talvez você devesse negociar com ele.

— Não. Tal reação geraria mais uma ação da parte dele. Chantagem nunca acaba.

A rainha foi até a janela e olhou para uma carriça que voou do parapeito.

— Que saudade de nossos dias em Mecklemburgo, quando tudo o que me importava era dançar.

Mesmo em meio a raiva que tentava conter, o coração de Jon estava partido por ela. Ele foi até a lareira e deu corda na caixinha de música de Christian. Ambos ouviram a música por um tempo.

— Agora somos velhos demais e temos responsabilidades demais para ter tempo de fingir, Vossa Majestade.

Charlotte assentiu. Mas, no fundo de seu coração, estavam três pequenas palavras que incorporavam um grande sentimento: "Quem me dera".

Em julho de 1785, sir Albert estava penteando meu cabelo para trás para colocá-lo sob uma peruca em preparação para nossa confraternização de terça-feira. De repente, Swelly entrou correndo no quarto e anunciou que Anne acabara de dar à luz. Embora eu fosse rainha e não devesse ter expressado tanta emoção como fiz por uma "criada subalterna", saí correndo do quarto e desci as escadas até os aposentos dos servos, onde encontrei-a na cama, segurando a mais linda menininha. Mandei chamar Jon e em duas horas ele estava com ela. Os dois haviam se casado um mês antes e eu aprovava a união, pois queria a legitimidade para a filha deles. Quando Jon viu a filha, começou a chorar. Eu nunca antes vira uma demonstração de emoção tão intensa por parte dele. Então, ele puxou o cobertor para o lado para levantar a bebê e eu vi a marca de nascença dela. Levei a mão ao peito. Minha sobrinha, aquela anjinha, era merovíngia; e, portanto, uma Filha de Davi. Ela era o destino que o sangue não podia negar. No entanto, a carta de Wilhelm continuava a me assombrar.

Dois meses depois, Charlotte estava escrevendo em seu diário enquanto lady Schwellenberg a maquiava usando um pote novo do pó de giz natural feito por sir Allan Ramsay. Lady Lizzie e lady Charlotte Papendiek, a nova dama de companhia real da rainha, que substituíra lady Hagedorn, ajudaram-na com o panier e o colete do vestido. Todas as ajudantes estavam frustradas, pois Charlotte se mostrava determinada a continuar escrevendo e, por vezes, tinham que esperar até que ela terminasse uma linha ou frase. Escrever em seu diário permitia que Charlotte pensasse em muitas coisas e, naquela tarde, ela estava preocupada com Anne. Não a via desde que a mandara para a gráfica Phillips três dias antes. Também não vira a bebê de Anne e Jon.

Finalmente, Charlotte terminou de escrever e guardou o diário para permitir que as damas a vestissem. Lizzie observou a rainha colocar o diário na gaveta da escrivaninha, trancá-la e depois colocar a chave em cima quando se distraiu com algumas manchas na renda do vestido.

— Por que isso não foi limpo de maneira apropriada? — perguntou Charlotte.

— Peço desculpas pelas manchas, Vossa Majestade — respondeu lady Papendiek. — Mas quando fui chamar Anne para limpá-lo novamente, me disseram que ela não trabalha mais na Casa da Rainha. Foi vendida.

— Vendida? Sob a autorização de quem? — exigiu Charlotte.

Ninguém respondeu, e Charlotte ficou possessa.

— Saiam! Todos vocês! — berrou ela.

Sir Albert, lady Papendiek, lady Schwellenberg e lady Lizzie se dirigiram à saída. Charlotte levantou as saias com raiva e saiu dos aposentos reais pisando forte, empurrando lady Lizzie para fora do caminho. Lady Lizzie tornou-se assim a última a sair e, ao perceber que todos os outros haviam ido, ficou para trás de propósito. Ela viu a chave de Charlotte em cima da mesa. Todos os tipos de pensamentos lhe passaram pela mente, e a dama de companhia se viu tentada. Conhecia Charlotte e sabia que haveria uma briga entre ela e o rei, que duraria pelo menos vinte minutos. Já tinha visto aquilo acontecer antes. Além disso, ela sabia que o diário de Charlotte estava na mesa. Há quantos anos ela vira a rainha escrevendo nele? Que segredos havia naquelas páginas?

Ela precisava saber, mas tinha que ser cuidadosa. Lady Lizzie foi até a escrivaninha e pegou a chave. Suas mãos tremiam, e o corpo todo estremeceu ao pensar no ato vil que estava cometendo. Mesmo assim, ela destrancou a gaveta e tirou o diário de couro vermelho — o guardião da vida clandestina de Charlotte — e começou a lê-lo. Logo encontrou o que estava procurando e ficou chocada. Ela soube do amor de Charlotte por Bach, da culpa que sentia por seus encontros, do estupro e do ódio que a rainha sentia pelo primo Wilhelm... e sua genealogia sagrada. Um sorriso astuto surgiu no rosto de Lizzie. A vida da rainha era uma narrativa chocante, uma saga secreta e escandalosa que poderia lhe render um bom dinheiro. Ela sabia que o tempo era crucial e que ela não tinha como ler tudo. Mas o que tinha lido era o suficiente. Ela colocou o diário no lugar, trancou a gaveta, colocou a chave de volta em cima da escrivaninha e escapou sem ser detectada.

Enquanto isso, Charlotte levara apenas um minuto para chegar aos aposentos de George e irrompeu em fúria no cômodo enquanto ele estava sendo vestido por valetes.

— Ela era minha amiga e você a vendeu! O livro era *meu*, George! Meu! Ela mentiu para você a respeito dele para me proteger.

George dispensou seus lordes e se voltou para Charlotte.

— Do que você está falando?

— Estou falando de Anne, minha criada. Você a vendeu.

— Não vendi ninguém. Meu camareiro me entregou um bilhete avisando que a mulher havia sido vendida. Eu presumi que você tinha caído em si.

Charlotte estava incrédula.

— *Caído em mim?* Seu desgraçado! Anne foi comprada e vendida como carne, seu corpo usado como um terreno fértil, e eu a salvei de tudo isso. — Charlotte fechou o punho e esmurrou a parede, a voz se tornando esganiçada. — E agora você espera que eu entenda que *você* tenha vendido de volta para a escravidão o único ser humano que eu mesma salvei dessa vida! Eu nunca o perdoarei!

Mas, durante o discurso de Charlotte, George começou a sentir suores frios e tremores. O lado esquerdo do corpo dele latejava e, de repente, uma dor lancinante subiu para a cabeça, forçando-o a se sentar. De repente, George desmaiou e se contorceu em dores que irradiavam da lateral do corpo para as costas, dificultando a respiração. Os pés dele estavam inchados e o branco de seus olhos rapidamente ficou amarelo.

Charlotte correu até a porta e gritou:

— Chamem o dr. Baker! Agora!

Mais tarde, quando o médico enfim chegou, fez um exame minucioso no rei. Depois de uma hora, ele disse a Charlotte que George teve outro ataque espasmódico, pior do que todos os outros. Àquela altura, a maioria dos filhos reais havia chegado e estavam ao lado da cama do rei. O príncipe George, no entanto, não compareceu. A doença do pai indicava com precisão ao que ele poderia sucumbir no futuro.

George de repente recuperou a consciência e começou a falar tão rápido e por tanto tempo que ninguém conseguia dizer uma palavra. No dia seguinte, falou sem parar por doze horas, interrompendo o monólogo com exclamações sem sentido, "o quê, o quê?" ou "ei, ei!". Hostilizando qualquer um que tentasse levá-lo de volta para a cama, ele desenvolveu o hábito de correr nu pelos corredores. O príncipe George enfim foi ver o pai e perguntou se ele precisava de alguma coisa. O rei ficou tão furioso que agarrou o filho pelo pescoço, atirou-o contra uma parede e tentou sufocá-lo.

— Você me pergunta o que eu preciso agora, ei, ei, depois de envergonhar a monarquia com aquela mulher com quem se casou?

O príncipe George não conseguia respirar e foram necessários vários pajens para separá-los. Charlotte saiu correndo do quarto aos prantos e a princesa Augusta a seguiu.

George foi sangrado novamente. Quando os pajens recolheram a água de toalete do rei, dr. Baker a verificou e, mais uma vez, a urina do rei estava roxa brilhante. Ele tentou administrar em George o pó de James, um remédio poderoso, mas o rei recusou. Os dois se chocaram. George puxou a peruca do dr. Baker e atirou-a da janela. Baker deixou o palácio agitado e sem peruca e foi imediatamente ver a rainha na Casa da Rainha.

— O rei está sob efeito de uma alienação da mente. Sangrá-lo não resolveu o pulso rápido nem o temperamento violento, e ele não está respondendo ao sene. Recomendo que a senhora solicite os serviços do dr. Francis Willis. Ele é a maior autoridade em doenças mentais.

Charlotte se encolheu na poltrona.

— Um médico de "malucos"?

Do outro lado da porta, lady Lizzie ouviu tudo e reagiu, saindo na mesma hora. No sábado seguinte, o dr. Francis Willis chegou em St. James. O médico de 71 anos, que já fora ministro da igreja, era considerado um homem duro e taciturno. Willis examinou o rei, que perguntou que tipo de médico ele era. Willis disse que tratava das condições da mente.

— Então você também me acha louco, o quê, o quê? — vociferou George.

Em vez de responder, Willis ofereceu um remédio ao rei, que foi recusado, aos gritos:

— Responda-me, tolo!

Willis assegurou ao rei que aquele era o motivo de ele estar lá como médico e não como o ministro da igreja que um dia fora. O rei questionou por que Willis deixou a igreja para ingressar na profissão médica.

— Nosso Salvador curava os enfermos — respondeu Willis.

— Sim, mas nunca ouvi dizer que ele ganhava setecentas libras para fazer isso.

Após o exame, Willis disse a Charlotte que George deveria ficar confinado em uma das residências menores, como o Palácio de Kew.

— Preciso testar alguns tratamentos não convencionais no rei e a família não deve visitar, exceto quando indicado.

Charlotte aceitou a exigência e George foi transferido para Kew, onde logo se tornou violento. Willis o sangrava e o tratava com sanguessugas. O rei começou a ter problemas nos olhos e tinha dificuldade para enxergar. Em estado de ansiedade, tentou pular de uma janela do palácio. Felizmente, o dr. Willis, que entrava no recinto no momento, o impediu. Depois disso, George foi contido em uma camisa de força e recebeu láudano para permanecer sedado.

O príncipe George, ainda irritado com o ataque do pai contra ele e o casamento, além da recusa do rei em pagar a dívida crescente que tinha, convocou sir Charles Fox, sir John Wilkes e outros colegas Whig. Ele discutiu quem receberia qual cargo ou pensão caso fosse nomeado regente. Contou vantagens sobre o poder e influência que teriam. Charlotte ouviu a conversa e entrou na sala com raiva.

— Não seja tão precipitado a ponto de presumir a coroa antes que a joia seja entregue a você — disse ela.

Mas o príncipe George a dispensou.

— Esta é uma conversa particular.

O primeiro-ministro Pitt e o dr. Willis foram levados ao quarto do rei. O príncipe George queria determinar se um regente deveria ser nomeado imediatamente. Willis não queria se comprometer, mas Pitt pressionou:

— O rei está em condições razoáveis de governar?

Finalmente, o médico respondeu:

— Há mais razões para presumir a insanidade do que a morte.

— Os senhores têm sua resposta — disse o príncipe George.

O primeiro-ministro Pitt ainda tinha preocupações.

— As regências são raras na história britânica. Não há precedente para essa situação. É mais típico quando há morte ou uma criança envolvida, mas uma incapacitação como essa é única. Sobre a autoridade de quem repousa a regência? Do Parlamento?

Depois de dois meses, parecia que o delírio de George havia diminuído o suficiente para que o rei pudesse visitar a família, acompanhado pelo dr. Willis. Mas, aos vinte minutos da visita, George viu lady Elizabeth Pembroke no corredor, correu até ela e apalpou lascivamente seus seios. Lady Elizabeth, uma bela senhora de sessenta anos, tentou correr, mas George a seguiu, uivando como um cachorro. Ele agarrou a mulher aterrorizada e apertou seu traseiro.

— Essa *sim* é uma bunda inglesa firme e atraente, ei, ei!

Charlotte ficou horrorizada ao ver o marido ser capturado e colocado de volta em uma camisa de força com os olhos da cor de geleia de groselha preta. Ela se perguntou sobre o destino da Inglaterra.

Uma tarde, o primeiro-ministro Pitt veio ver o rei com o príncipe George e eu. Caminhamos pelos jardins. Dr. Willis ficou perto. O ministro Pitt tentou discutir o projeto de lei pendente sobre o tráfico escravista. O rei disse que estava se sentindo melhor e garantiu a todos que poderia retomar suas funções. Dois minutos depois, correu até um carvalho, pegou um galho e o sacudiu, referindo-se à árvore como o rei da Prússia. Ele manteve uma conversa com o galho por dez minutos, deixando Pitt com a certeza de que George estava tudo, menos bem. Não pude conter minha dor.

Meu filho, o príncipe George, olhou para Pitt muito decidido.

— Até você tem que concordar que um regente deve ser nomeado.

Além de tudo aquilo, pesavam sobre mim o fato de minha querida Anne ainda estar desaparecida depois de todo esse tempo e Jon estar fora de si de tanta dor. Eu estava enlouquecida pela angústia.

Quarenta e nove

Em setembro de 1786 o comportamento e a condição do rei seguiam sem melhora. Estava sendo um verão triste para Charlotte. O príncipe Augustus foi para a Universidade de Göttingen, na Alemanha, junto com dois irmãos, o príncipe Adolphus e o príncipe Ernest, e a Casa da Rainha era como uma tumba sem eles. Com George considerado insano e sendo mantido no Palácio de Kew e Anne longe de ser encontrada, a rainha se tornou dependente das amizades para ter qualquer felicidade.

No entanto, o golpe mais esmagador de todos ocorreu quando ela estava sentada na janela de seus aposentos na Casa da Rainha, tomando chá distraidamente, tonta com o rumo que sua vida havia tomado. Lorde Montagu bateu urgentemente e, quando Charlotte permitiu que ele entrasse, o homem tinha um bilhete em mãos.

— Majestade, me pediram para lhe dizer que sua tia está muito doente em Cavendish Square. Ela quer ver a senhora. Dizem que está sucumbindo.

— Tragam minha carruagem imediatamente — ordenou a rainha.

Era verdade. Tia Amelia estava fora da vida pública havia muito, e passava o tempo em sua mansão em Cavendish Square, no Soho. Mas, no momento, estava recusando toda comida e bebida. Quando Charlotte chegou, ela foi na mesma hora levada até o quarto de Amelia, onde encontrou a tia definhando. Amelia olhou para ela, deu um sorriso fraco e conseguiu se sentar.

— Aí está você, minha querida, minha boa parceira de rapé.

Charlotte sorriu.

— Faz certo tempo desde que usei.

— Que pena, faço isso todos os dias. É por isso que ainda estou viva.

As duas riram. E então ficaram em silêncio.

— Eu tenho um favor a pedir e você é muito compreensiva em relação a essas coisas. Veja só, eu finalmente encontrei meu filho, Samuel Arnold. Ele esteve debaixo de nossos narizes o tempo todo. Tocou no seu casamento.

— O organista?

Amelia assentiu.

— Tem 46 anos e é compositor e organista. Ah, como eu amava o pai dele, Thomas. Um plebeu com ombros e peito magníficos. Eu me derreti toda ao vê-lo quando veio consertar o cravo de meu pai. Ele também tinha um grande talento para a música. Comecei a fugir para vê-lo.

Ela parou por um momento, sorrindo com a memória.

— Mas quando meu pai, o rei, descobriu nosso amor e minha gravidez, baniu Thomas para a Itália e me mandou para o Palácio de Windsor para ter o bebê. Então ele batizou Samuel e o levou embora. Eu nunca soube o que aconteceu até que nosso querido Edward, antes de morrer, encontrou Thomas na Itália. Agora Thomas está morto, mas há dois meses uma carta que estava em seus pertences foi enviada a mim pela irmã dele, que sabia de toda a história.

Amelia pegou a mão de Charlotte.

— Então, eu sei... sobre casos e suas consequências. — Ela fez um gesto indicando que Charlotte abrisse uma gaveta ao lado delas. — Leve aquele envelope para Samuel assim que eu morrer. É a herança dele. Essa casa e uma nota promissória. Ele será um homem rico pelo resto da vida. E conte a ele sobre mim, Charlotte. Fale das partes boas. — Então ela sorriu. — Agora pegue o outro envelope.

Charlotte pegou o envelope familiar que continha o rapé de tabaco branco de Amelia. Amelia estendeu a mão e Charlotte colocou um pouco do pó branco nas costas da mão da tia e depois nas costas da própria mão. As duas mulheres inalaram o pó. Charlotte sorriu e olhou para a tia de George, que se tornara uma figura e presença tão grande em sua vida — e ficou com a mulher mais velha até os olhos de Amelia ficarem imóveis, límpidos e nunca mais piscarem.

Um mês após o funeral de Amelia Hanover, no qual seu filho Samuel Arnold tocou na Abadia de Westminster, Charlotte estava no jardim da Casa da Rainha, lembrando a personalidade e a alegria de viver de Amelia, tentando se sentir menos deprimida. Pouco depois, o funcionário-chefe foi até ela, curvando-se com reverência.

— Vossa Majestade, seu irmão, o grão-duque Charles, está aqui, vindo de Mecklemburgo. Eu o coloquei na sala de recepção — anunciou Montagu.

— Charles? Aqui?

A notícia tirou Charlotte do marasmo, deixando-a emocionada. O irmão mais novo tinha sido grão-duque por apenas um ano desde que o amado Adolph morrera da doença venérea inominável que tendia a assolar pessoas de grande atividade sexual. Agora Charles estava ali — sem que ela nunca recebesse notícia de que ele estava a caminho de Londres. Animada, ela correu o mais rápido que suas pernas de 42 anos conseguiam até a sala de recepção, abriu as portas e correu para dentro.

— Charles, ah, Charles, que maravilhoso tê-lo aqui.

— Que maravilhoso, de fato.

A rainha parou na mesma hora ao ouvir a voz familiar. Seu rosto se contorceu de horror. O homem de pé diante dela, sorrindo de orelha a orelha, não era o amado irmão Charles...

E sim o degenerado primo Wilhelm Albertina, de 53 anos.

Raiva, medo e incompreensão tomaram conta de Charlotte e sua respiração cessou. Mas Wilhelm apenas sorriu diabolicamente.

— Não está feliz em me ver, querida prima? Faz tanto tempo que não me diz sequer um olá e nem responde as minhas cartas — ponderou ele.

A tensão desagradável era palpável no ar e Charlotte não disse nada.

— Eu tive que vir pessoalmente, pois ficou óbvio que minhas cartas foram recebidas com escárnio silencioso. Então, permita-me atualizá-la. Um emissário de sir John Wilkes chegou em Mecklemburgo há um ano querendo informações sobre você. Informações pelas quais Wilkes está mais do que disposto a pagar; e, como você sem dúvidas já sabe, preciso de fundos. Depois de trocar várias cartas com ele, eu lhe disse que estaria disposto a me desfazer de tudo o que sei e tudo que tenho em minha posse desde que fosse permitido que eu viesse a Londres para um encontro pessoal. Wilkes concordou e pagou minha passagem. Eu estive aqui investigando de acordo com minhas necessidades. Agora Wilkes e eu temos um encontro marcado nessa quinta-feira para finalizar as coisas.

Charlotte conseguiu apenas engolir em seco enquanto ele continuava.

— Então me ocorreu que minha querida prima é, afinal de contas, a rainha da Inglaterra. Consorte do rei. Considerando que em breve irei me encontrar com sir Wilkes, imaginei que Vossa Majestade não iria querer informações vexatórias nas mãos de um membro do Parlamento cujo jornal se dedica a atacar o rei. Seria negligente da minha parte não oferecer a você a mesma consideração por, digamos, o *dobro* do que Wilkes pagará.

Charlotte estava lívida.

— Chantagem?

Wilhelm riu. Ele arriscara tudo e fora ao palácio apenas para ver aquela reação, e poder enfim se vingar. O desejo que uma vez sentira pela prima se transformara em ódio por conta da censura contínua que ela dispensara a ele. Ele estava em vantagem. Ele estava no controle e, como sempre, Charlotte teria que lidar com ele nos termos dele.

— Ora, prima. Não faça a situação soar tão suja e dramática. Afinal, você sempre me subestimou e me ignorou.

Wilhelm enfiou a mão na bolsa e tirou um pergaminho idêntico aos que ela transcrevera. Charlotte teve uma reação profunda ao ver o pergaminho, mas não deixou transparecer.

— Este é um dos dois que escondi de minha tia.

Charlotte começou a ofegar. Seu coração batia tão rápido que ela achou que um ataque cardíaco era iminente.

— Eu sei que você está se perguntando como eu os consegui — disse ele, indicando o pergaminho. — Quando o grão-duque estava vivo, uma vez o vi abrir o fundo secreto do baú. Eu nunca contei a ninguém, nem mesmo à sua mãe. Então, dois anos depois que seu pai morreu, enquanto tia Elizabeth estava em Neustrelitz, entrei no quarto dela, fui até o esconderijo do baú e o abri.

Wilhelm informou a Charlotte que roubara algumas moedas de ouro antigas. Mas, sem saber o que eram os pergaminhos, escondeu dois deles nas tábuas do assoalho de seu quarto, *só por garantia*.

— Seu pai mal deixou dinheiro suficiente para as necessidades básicas de nossa família — repreendeu Wilhelm. — Afora um leilão, não havia nada de valor para nós exceto o que havia naquele baú.

Charlotte ficou sabendo que Wilhelm enviara um decalque de um dos pergaminhos para ser traduzido pelo padre Gretchen, o padre de Berlim que o havia batizado. Oito meses depois, o padre Gretchen enviou uma carta para Wilhelm insistindo com urgência para que se encontrassem na antiga capela de Neustrelitz. Disse que era um assunto de grande importância. Quando se encontraram, o padre Gretchen ofereceu-lhe mil táleres pelo pergaminho e disse-lhe que as pessoas que ele representava pagariam ainda mais pelos outros. Wilhelm perguntou ao padre que informação continha o pergaminho, e foi informado de que o documento era um códice antigo e proibido escrito pelo rei Salomão, contendo ensinamentos místicos que a igreja considerava sacrílegos, mas pelos quais pagaria uma quantia generosa. Quando Wilhelm perguntou ao padre quem era o contato dele, Gretchen se recusou a responder. Então, depois de alguma reflexão, Wilhelm lhe vendeu um pergaminho e disse que tinha acesso a outros.

— Eu disse ao padre que preparasse o pessoal dele para negociar um preço alto. Mas, quando voltei de Neustrelitz, sua mãe havia escondido o baú em outro lugar. Não voltei a vê-lo até o dia em que ela o deu a você, antes de falecer. Entrei em contato com o padre Gretchen mais uma vez no verão passado, apenas para descobrir que ele morreu três anos atrás. Mas, felizmente, o protegido dele, padre Savio, está interessado nos pergaminhos em nome da Igreja. E eu preciso de dinheiro. — Ele estreitou os olhos com uma determinação sinistra. — Então, veja só, você tem o que preciso, e eu espero receber o que me é devido, pois você não tem ideia do que possui.

Mas Charlotte *sabia* bem o que possuía. O amuleto estivera na mente dela o tempo todo, desde que desembarcara na Inglaterra.

— Você me subestima se acha que não investiguei meus próprios pertences.

— Bom. Então você sabe que seu amuleto contém uma relíquia. — Wilhelm enfiou a mão no bolso e momentos depois tirou um item, que balançou diante dela. — Assim como esse aqui.

Era o amuleto de Anne Josef. O coração de Charlotte parou.

— Onde você conseguiu isso? Pertence à minha amiga.

— *Pertencia* à sua amiga — informou Wilhelm. — A mulher africana de cujo pescoço o roubei algumas semanas atrás está a caminho de seu destino legítimo. E tê-lo em minhas mãos, prima, me dá a vantagem.

— Seu desgraçado. Onde você a encontrou?

— Fui informado de que ela era sua criada pessoal e a segui um dia depois que ela saiu daqui. Enquanto a interrogava forçosamente a respeito de você, o amuleto escapuliu do colo dela e o reconheci como uma posse sua, se é que não era o seu. Quando ela não quis me dizer como o adquiriu, eu o tomei. E então eu me certifiquei de que ela fosse levada para Bristol, onde foi vendida.

Charlotte percebeu então que George fora sincero. Ele não vendera Anne.

— Esses amuletos são de grande importância para a Igreja. Eles só foram transmitidos a descendentes de sangue merovíngio que têm uma marca de nascença específica. Você tem essa marca. Assim como Jon. Eu vi quando bati nele... uma marca de nascença vermelha no ombro, igual à sua. Imagine só. Como uma coisa dessas poderia acontecer a menos que seu precioso pai tivesse fornicado com aquela puta jamaicana?

— Você não sabe de nada. Você não tem nada. Nenhuma prova.

— Eu tenho as páginas que rasguei do diário de seu pai, admitindo o desejo que sentia por Lena.

A rainha arregalou os olhos e um nó se formou em seu estômago.

— *Você* está com as páginas rasgadas?

— E ainda tenho as cartas de amor de Christian, porque nunca as queimei. E tenho provas de que você foi estuprada por um *Schwarzer* que foi vendido para evitar que ele a machucasse novamente, pois tenho o recibo e o motivo da venda. — Wilhelm aproximou-se dela. — Minha nossa, o *North Briton* de sir Wilkes ficaria emocionado ao saber que a mulher que se senta no trono da Inglaterra não apenas é negra, mas também foi violada por alguém que, ao que tudo indica, é meio-irmão dela. Como é de se esperar, isso invalidaria a virgindade dela no casamento real. O incesto, minha querida, foi a ruína de Anne Boleyn. E como eles vão se deleitar ao saber que a rainha era amante de Christian Bach, um homem que convenientemente se tornou o mestre de música do palácio. Fornicando debaixo do nariz do rei?

Charlotte deu um tapa no rosto de Wilhelm.

— Você não vai ameaçar a mim ou ao rei. Eu ordenarei que o prendam ou matem antes de permitir uma coisa dessas!

— Ah, não vamos fazer ameaças vãs de maneira tão casual — zombou Wilhelm. — Também tenho um diagrama que seu pai desenhou, traçando sua linhagem, mostrando que você é descendente de uma moura e, mais do que isso, revelando que George também é descendente dessa mesma moura. Imagine só. Posso contar minha verdade a Wilkes e dar-lhe provas de tudo. E depois que ele inventar, distorcer e manipular a história na imprensa, você e o rei serão tão difamados que a revolução será tão iminente aqui quanto na França. E, se você mandar me prender, deixei instruções para que meus documentos sejam entregues a Wilkes na mesma hora. — Wilhelm colocou o chapéu na cabeça. — Cinquenta mil táleres, uma casa e um subsídio anual. Isso é o que exijo pelo meu silêncio, minhas provas...

Ele ergueu o amuleto de Anne.

— E por isso.

Wilhelm sorriu diabolicamente.

— Estou hospedado no Hotel Villers, quarto três, sob o nome de sir Charles Frederick. Aguardo sua decisão até quarta-feira às seis da tarde, ou meus itens valiosos serão entregues para Wilkes na primeira hora da manhã de quinta-feira.

Wilhelm foi embora. Charlotte fechou os punhos com tanta força que enfiou as unhas nas palmas das mãos.

Na tarde seguinte, a rainha estava sentada em seu jardim de rosas com lady Schwellenberg, onde estivera o dia todo. Ela estava segurando a espada

Templária que fora do pai e mal havia dormido. Passara a noite rezando, mas não comera nada. Sua mente estava destroçada de uma maneira que não conseguia compreender.

Wilhelm tinha que ser detido. Mas ela precisava de alguém para executar o ato — um aliado e confidente que pudesse cuidar das coisas de maneira rápida e silenciosa. Então ela enviou um bilhete através de Swelly para a única pessoa que ela sentia que podia ajudá-la. Porém, já eram três da tarde, onde ele estava?

Vinte minutos depois, ele enfim apareceu, com uma expressão preocupada no rosto. Estava usando uma peruca masculina e vestido com suas melhores calças brancas, camisa e túnica. Fez uma reverência no momento em que se aproximou de Charlotte.

— Vim assim que recebi seu bilhete, Majestade. Eu me vesti e fiz tudo de acordo com suas instruções.

— Obrigada, sir Jon. Estou no meu limite. E preciso de sua ajuda.

— Estou a seu serviço, você sabe disso.

Charlotte sorriu para os olhos gentis que sempre lhe traziam paz.

— Lembra quando brincávamos de "lady Charlotte e sir Jon"?

— Claro que lembro. Eram os momentos em que mais sentia que tinha valor.

— Bem, no passado, se um escudeiro quisesse se tornar um cavaleiro, tinha que treinar e adquirir habilidades especiais, às vezes sacrificando muitos anos em nome do aprendizado. Naqueles dias, o procedimento começava com o escudeiro rezando em vigília. Depois, ele era banhado com óleos especiais e, pela manhã, vestia uma camisa branca, calça e paletó. Ele se ajoelhava diante de seu rei ou rainha, que então encostava a espada nos dois ombros do homem, declarando: "Seja então um cavaleiro".

Charlotte puxou a espada adornada de joias da bainha e encarou Jon.

— Com o tempo, o processo evoluiu, e o escudeiro passou a ter que jurar que obedeceria às regras da cavalaria e que nunca fugiria da batalha. Na véspera de sua ordenação como cavaleiro, o escudeiro tomava um banho purificador, jejuava, fazia confissões e rezava a Deus para se preparar para sua nova vida. Ele se vestia todo de branco, o símbolo da pureza, e jurava seguir o código da cavalaria, que promove a honestidade e o respeito por Deus e pelo soberano.

Jon entendeu.

— Todas as coisas que me pediu para fazer na carta.

— Sim. Pois você sempre me protegeu e foi justo comigo.

Jon não conseguiu acreditar quando Charlotte sorriu.

— Ajoelhe-se.

Jon caiu de joelhos instantaneamente. Seus olhos se encheram de lágrimas quando Charlotte colocou a espada Templária do pai em seu ombro direito.

— Então, meu querido Jon, é hora de você *realmente* se tornar um cavaleiro a serviço da rainha, do rei e do Império.

Ela encostou a espada no ombro direito dele, depois no esquerdo e no direito mais uma vez.

— Eu o sagro sir Jon Louis Baptiste Beckford, cavalheiro e Cavaleiro do Reino da Rainha. Seja então um cavaleiro e erga-se, sir Jon.

Jon ouviu aplausos quando lady Schwellenberg, que estava lá para testemunhar o evento, sorriu e o parabenizou. Ao se levantar, suas pernas vacilaram em descrença. Lágrimas escorreram livremente dos olhos de Jon quando Charlotte tocou seu rosto.

— Não é mais fingimento. Sua rainha precisa de ajuda, sir Jon.

— Qualquer coisa. Qualquer coisa, Vossa Majestade.

Charlotte não sabia como começar.

— É Wilhelm — ela enfim admitiu. — Ele veio à Casa da Rainha ontem, fingindo ser meu irmão Charles. Foi assim que conseguiu entrar no palácio. Mas a chantagem dele é muito mais grandiosa do que suspeitávamos.

Jon esperou que Charlotte terminasse de falar, confirmando a depravação de Wilhelm.

— Ele tem vários itens em sua posse que podem ser constrangedores tanto para George quanto para mim, caso caiam nas mãos de sir John Wilkes e de seu jornal. Na verdade, caso caiam nas mãos de qualquer pessoa. Agora ele está pedindo 50 mil táleres, uma casa e uma pensão vitalícia em troca deles.

Jon olhou de soslaio para Charlotte.

— Cinquenta mil? Quão embaraçosos são os itens?

— Ele tem em mãos as cartas de amor de Christian, que roubou em Mecklemburgo. Ele sabe sobre Madragana e tem um diagrama que meu pai desenhou traçando nossa linhagem até ela; um diagrama que, por acidente, revela que George também é descendente dela, assim como do rei Davi. — Charlotte virou o rosto, a voz reduzida a um sussurro frustrado. — Você também está no diagrama, como filho ilegítimo do meu pai. Papai desenhou uma cópia do documento no diário que me deixou. Eu tenho o diagrama original. Mas várias páginas foram arrancadas do diário dele. Wilhelm as roubou há muito tempo.

Depois de uma pausa, Jon fez com que Charlotte olhasse para ele.

— Por que um mapa traçando uma linhagem até o rei Davi seria ruim para o rei... ou para o mundo?

Charlotte sabia que tinha que contar para ele, pois aquela também era a linhagem de Jon.

— Os pergaminhos que ele roubou foram retirados do Templo do rei Salomão, e revelam segredos sobre o paradeiro dos tesouros dos Templários, incluindo pedaços do Santo Sudário, relíquias da Crucificação. Ele também tem em mãos o recibo de sua venda na Alemanha e o motivo. Dizendo que você me estuprou... o que sabemos que não é verdade, mas que anularia minha suposta virgindade, exigência para um casamento real. Ele poderia me destruir mais uma vez.

Jon avaliou a situação.

— Ele precisa ser detido.

Mas Charlotte sentia que Jon precisava saber de tudo.

— Jon, eu carrego uma marca em meu corpo que me liga a artefatos históricos, relíquias, documentos e uma linhagem real específica. Essa linhagem, os merovíngios, fizeram votos para proteger esses segredos. Nenhum dos meus filhos recebeu essa marca, e George também não a possui. Todas as pessoas que conheci que possuíam tal marca estão mortas, ou presumivelmente mortas.

Charlotte levou um momento para examinar o rosto de Jon.

— Entendo que você tem a mesma marca. Ela é assim.

A rainha puxou parte de cima do vestido e revelou a marca vermelha para ele. Atordoado, Jon puxou a túnica branca para revelar sua própria marca.

— Então compartilhamos um segredo... com minha filha também.

Charlotte suspirou porque sabia que tinha que contar o resto.

— Jon, Wilhelm chegou até Anne, e temo que algo ruim tenha acontecido com ela. Ele disse que a vendeu para Bristol e roubou o amuleto dela.

Charlotte retirou o próprio amuleto do esconderijo e mostrou a ele.

— Ele mostrou o amuleto para mim. É parecido com esse. Anne mataria antes de removê-lo do corpo.

— Eu sei. Perguntei a ela sobre esse amuleto. Era parecido com o que seu pai usava.

— Esse aqui é o amuleto que meu pai usava. Ele contém dois espinhos da Coroa de Espinhos usada por Jesus. É por isso que Wilhelm roubou o de Anne. Há algo de valor ou importância dentro do dela também.

Os olhos de Jon queimavam com o fogo da decisão.

— Se seu primo machucou Anne, eu vou matá-lo.

— Precisamos de um plano. Tudo deve ser feito até quinta-feira. Esse é o prazo que Wilhelm me deu antes de levar os itens para Wilkes.

Jon perguntou a Charlotte se ela tinha algum plano público.

A rainha respondeu que tinha agendado para ver a mais nova ópera de Mozart no Teatro do Rei no dia seguinte, terça-feira. Os músculos da mandíbula de Jon relaxaram um pouco.

— Diga-me como entrar em contato com madame Lia e siga com sua agenda. Faça exatamente o que eu lhe peço. Lia e eu cuidaremos do resto. — Ele parou um momento. — Mas tenho um favor a pedir. Está no meu coração há um tempo.

— Qualquer coisa.

— Minha filha é tudo que me resta no mundo, além de você. Se alguma coisa acontecer comigo, prometa-me que encontrará uma forma de cuidar dela. De contar a ela quem é. Contar quem eu era. Seja boa com ela, como sempre foi comigo.

Charlotte assentiu.

— Farei isso, sir Jon. Prometo.

Em seguida, sir Jon Louis Baptiste Beckford, meio-irmão da rainha da Inglaterra, deixou os jardins.

Cinquenta

Em um dia terrivelmente chuvoso, sir John Wilkes estava fazendo amor no Grand Hotel. Depois de se saciar completamente, ele serviu uma taça de conhaque e olhou para sua conquista, nua ao seu lado, e deu um sorriso malicioso.

— O que eu mais gosto a respeito de nosso acordo são os benefícios extras que derivam dele — disse, enquanto acariciava o traseiro da mulher. — Eles fazem meu apoio mais ardente "se erguer".

Lady Lizzie se virou e começou a vestir as roupas.

— Fico feliz em gerar esse apoio, senhor — disse ela, em um suave sotaque escocês —, já que que meu apoio tende aos negligenciados.

Ela colocou as meias e ligas e amarrou o corpete, sentindo-se em desacordo consigo mesma.

— Aaah. Detecto um tom de sarcasmo em sua voz, minha querida? — perguntou Wilkes, bebendo conhaque.

— A rainha está no limite agora que há um especialista cuidando do rei. Por que você não a deixa em paz? Não há nada de sarcástico nisso, senhor.

Wilkes ficou irritado.

— Eu lhe pago para obter provas definitivas e credíveis de quaisquer infrações cometidas pelo rei ou pela rainha que eu possa publicar em meu jornal, para que eu não seja enviado para a Torre novamente. Mas, nos últimos três anos, tudo o que você fez foi me *contar* informações que não posso corroborar por escrito. Eu já sei que o rei está louco. Traga-me provas. Um atestado médico. Ou me traga o diário da rainha, provas de casos ou assinaturas falsificadas em projetos de lei. Evidências tangíveis que eu possa publicar... e deixe que dos meus objetivos cuido eu. Lembre-se, tudo o que preciso fazer é dizer ao rei que a dama do quarto da rainha... é uma traidora.

Lady Lizzie sentou-se na cama com tristeza enquanto Wilkes terminava de se vestir e saía do quarto do hotel.

Mais tarde naquela mesma noite, Wilkes se encontrou em um pub com membros da Oposição Whig: sir Charles James Fox; Richard Sheridan, membro do Parlamento e dramaturgo; e os duques de Devonshire e Portland. Enquanto comiam peixe e tomavam cerveja, Wilkes disse ao grupo que o rei era realmente louco.

— Tenho fontes confiáveis que afirmam que há um grande especialista em doenças da mente tratando-o nesse momento.

— Então devemos exigir que um comitê seja formado para investigar a necessidade de um regente agora que o rei está doente. Devemos garantir que o príncipe de Gales não tenha impedimentos à sua nomeação, pois, como regente, podemos controlá-lo — disse Fox.

— Concordo — disse Sheridan. — Ele é um Whig, é contra tudo o que seu pai Tory defende, e não importa quão corno possa ser, suas políticas e opiniões sobre guerra e relações exteriores estão de acordo com as nossas.

Wilkes recostou-se, sorrindo com confiança.

— E publicarei tudo o que se encaixa em nossa agenda com seriedade, incluindo uma lista de possíveis ministros para o novo conselho. — Ele se levantou e estendeu seu copo. — Senhores, ao Partido Whig!

Os homens se levantaram e ergueram seus copos também.

— Viva, viva!

Em dois dias, toda a Grã-Bretanha soube que o rei estava louco. Todos os jornais noticiavam os detalhes e opinavam sobre as consequências de uma nomeação para regente. Como George não podia fazer aparições pessoais, a crise da regência suplantou todas as outras como o principal tema de todas as conversas. Todos os projetos de lei e políticas que exigiam a assinatura do rei foram suspensos — incluindo o projeto de lei para acabar com o tráfico escravista, que o senhor Wilberforce havia apresentado com tanta seriedade.

Naquela segunda-feira, eu estava tomando café da manhã com minha família quando um pajem entregou uma carta ao príncipe George.

— É do primeiro-ministro Pitt — proclamou meu filho.

Mas, ao lê-la, sua euforia se transformou em ira. Ele jogou a carta no chão e saiu do recinto. Peguei-a e a li. O documento informava que a Câmara dos Comuns tinha chegado a uma decisão. Por maioria de votos, foi declarado que o príncipe George se tornaria regente, mas estaria sujeito a quatro restrições que limitavam severamente seus poderes. Ele seria, para todos os efeitos, rei, mas não teria controle absoluto e não podia fazer nada a respeito daquilo. Mas minhas preocupações eram mais urgentes. Eu tinha apenas 48 horas antes que precisasse arranjar 50 mil táleres em dinheiro e explicar a necessidade de tal quantia ao Parlamento, ou teria que permitir que Wilhelm fosse até Wilkes com suas informações e histórias sensacionalistas.

Sir Jon e madame Lia D'Eon entraram na sala de recepção da Casa da Rainha, insistindo em uma audiência. Com eles estava um jovem de cabelos loiros escuros não muito bem-vestido, com uma saúde visivelmente precária. Jon parecia estar tentando controlar suas emoções, mas estava com os olhos muito vermelhos. Charlotte os recebeu com celeridade, dispensando lady Papendiek e Fanny Burney, escritora e nova dama do quarto, que estava sendo treinada por lady Schwellenberg.

— Temos informações a respeito de Anne — disse madame Lia.

— Onde ela está? — perguntou a rainha, apertando as mãos com um pressentimento.

— Morta — deixou escapar Jon, com a voz sufocada de desespero.

Os olhos de Charlotte nublaram-se de pesar e madame Lia apontou o jovem loiro que estava com eles.

— Este é o sr. Jonas McBride. Eu prometi a ele uma refeição e uma cama quente para descansar se compartilhasse com você o destino da querida Anne.

A rainha fez um gesto para que o homem se aproximasse.

— O que você sabe sobre Anne Josef?

O homem se curvou à rainha, depois olhou para madame Lia, que assentiu, indicando que ele respondesse.

— Eu era um tripulante a bordo do navio *Recovery*. Entrei quando saiu de Bristol a caminho da Senegâmbia, na costa oeste da África. O capitão era John Kimber. Tínhamos 52 negros a bordo. Anne era uma delas. Quando deixou a Senegâmbia, transportava 406 homens, mulheres e crianças africanas bem apertados no porão. Todos estavam sendo traficados para serem vendidos como escravos. Nosso destino eram as Índias Ocidentais. Após três semanas de viagem, restavam apenas trezentos negros. Para divertir a si mesmo e à tripulação, o capitão Kimber exigiu que algumas das mulheres dançassem nuas no convés do navio. Ele escolheu Anne. Mas, quando ela se recusou, ele... ele começou a açoitá-la.

Charlotte estremeceu enquanto ele prosseguia. Custou-lhe toda a força que tinha para não desmoronar.

— Anne se recusou a gritar. Em vez disso, ela continuou a entoar um cântico, dizendo *"Deus vai me livrar"* repetidas vezes. Ela não parou de entoar as palavras, mesmo quando o capitão insistiu que ela parasse, então ele...

O homem parou. Aquilo era difícil para ele e seu rosto ficou molhado de lágrimas. Charlotte levou a mão até o amuleto escondido, em busca de equilíbrio, enquanto o homem enxugava os olhos. Ele olhou para Jon, cujos olhos lacrimejavam também.

— Ele... ele amarrou uma corda no tornozelo de Anne e fez dois tripulantes içarem-na. Eu era um deles. O capitão a deixou suspensa de cabeça para baixo, pendurada pelo tornozelo sobre uma roldana. O vestido que ela usava caiu sobre sua cabeça, revelando sua nudez de qualquer maneira... e ele a espancou até... ela morrer. Então, ele jogou o corpo dela ao mar. Jurei que, quando pudesse sair dali, nunca mais faria um trabalho como aquele novamente.

Lágrimas caíram dos olhos de Charlotte, que desmoronou no sofá. O que Anne temera que acontecesse naquele pesadelo há tanto tempo havia de fato acontecido.

— Leve o sr. McBride para a cozinha. Certifique-se de que ele tenha acesso a uma refeição quente e um banho — Charlotte pediu a Lia, que assentiu.

Depois que madame Lia e McBride saíram, Charlotte virou-se para Jon, que chorava incontrolavelmente.

— Eu quero que você dê um jeito em Wilhelm. Não me importo com como seja feito. Acabe com ele.

— Nem que seja a última coisa que eu faça — jurou Jon.

Na tarde seguinte, no Teatro do Rei, a salva de palmas da plateia para a rainha Charlotte, meticulosamente vestida e penteada por sir Albert, estava quase no fim, enquanto ela observava tudo de seu camarote real. Seus filhos estavam sentados ao redor dela, incluindo a Princesa Real, as princesas Augusta e Elizabeth e os príncipes George, William, Ernest, Edward e Augustus. *Don Giovanni*, a ópera mais recente de Wolfgang Mozart, estava tendo sua estreia britânica, e Mozart, que aos 22 anos era uma grande estrela do mundo, estava sentado do outro lado de Charlotte.

A rainha tinha muito em mente quando a cortina se levantou. Ela sabia que o público precisava ver como ela estava se saindo sob o estresse da doença do rei. Mas, naquele momento, se sentia deprimida por muitos motivos. Anne, uma mulher que significava muito para ela, estava morta. Uma vida humana lançada ao mar sem nenhuma cerimônia.

Enquanto assistia à apresentação, ela pensou em George, que, naquela manhã, havia sido purgado duas vezes em três horas pelo dr. Willis, o que causara grande dor ao rei. Então Charlotte pensou no papel que tinha na eliminação de Wilhelm e de seus outros inimigos e pensou no que se esperava que ela fizesse, conforme ditado por Jon. Naquela manhã, quando Charlotte voltou à Casa da Rainha depois de sua provação com a doença do marido, encontrou lady Schwellenberg parada no topo da escada. A dama lançou um olhar a Charlotte, que entendeu ser o sinal entre ambas. Elas entraram nos aposentos da rainha, onde Charlotte removeu o amuleto e o entregou a Swelly, envolvendo os dedos ao redor dos da dama.

— Tenha cuidado.

— Entendo qual é minha tarefa, minha menina — disse lady Schwellenberg.

A dama saiu da sala, desceu o corredor e bateu na porta de lady Lizzie. Quando Lizzie atendeu, Swelly começou um discurso exaltado sobre as dores de estômago que a rainha andava sentindo e pediu a lady Lizzie que chamasse lorde Montagu. Durante o pedido, Swelly ajudou Lizzie a vestir seu robe azul, deslizando furtivamente o amuleto no bolso dela. Então, enquanto os sapatos de veludo vermelho de lady Lizzie desciam a escada às pressas, Swelly voltou para o quarto de Charlotte e acenou afirmativamente para a rainha. Alguns minutos depois, lorde Montagu foi conduzido ao quarto de Charlotte por lady Lizzie.

— Vossa Majestade, a senhora precisa de minha ajuda? — perguntou seu funcionário-chefe.

Charlotte apontou para lady Lizzie.

— Sim. Chame os guardas do palácio e prenda essa mulher.

Lady Lizzie ficou chocada.

— Por quê? O que foi que eu fiz?

— Você roubou uma valiosa herança de família — respondeu Charlotte, então se virou para Montagu. — Reviste-a.

Montagu revistou os bolsos de lady Lizzie e logo encontrou o amuleto, que devolveu à rainha. Ele chamou os guardas do palácio enquanto lady Lizzie protestava, chorava e xingava.

Os guardas do palácio chegaram e levaram Lizzie embora.

Agora Charlotte estava sentada no Teatro do Rei, tentando controlar sua ansiedade. Ela sabia que o resto do plano estava sendo executado enquanto ela assistia ao dueto do segundo ato. Observou Mozart apreciando sua nova ópera enquanto se preocupava com Jon e Lia.

Wilhelm estava no quarto três do Hotel Villers, relendo o bilhete que lhe fora entregue no dia anterior: "Senhor, a mando de S.M., o aguardarei no quarto cinco do Hotel Villers amanhã, quarta-feira, às três horas, tendo em mãos o que o senhor solicitou à mesma. Por favor, tenha também em mãos sua parte total do acordo. Madame de Beaumont".

Wilhelm foi até a cama sob a qual havia escondido a mala que guardava seu futuro e sua salvação. Pensou em como havia manipulado a situação perfeitamente. A prima fora forçada a concordar com suas exigências. Era muito mais importante para ela do que para Wilkes. Afinal, *ela* tinha que manter a verdade escondida. *Ela* tinha a marca de nascença que a obrigava a proteger relíquias antigas e esotéricas. *Ela* era a rainha consorte marcada por um sangue africano sobre o qual ninguém tinha conhecimento.

Dentro da mala estavam os pergaminhos, as cartas de Christian, diagramas, páginas rasgadas do diário do tio — e o amuleto de Anne. Ele tinha tudo de que precisava e, ao olhar para o relógio, sorriu. Eram quase duas horas. Em breve estaria rico. E ser rico bastava para ele.

Quarenta e cinco minutos depois, Jon, usando uma peruca de criado e luvas brancas, e D'Eon, com roupas de homem, estavam em uma charrete que parou em frente ao hotel. Jon saiu e "auxiliou" D'Eon a carregar a bolsa, caminhando atrás dele ao entrarem no hotel. D'Eon se registrou como "sir Charles Frederick" e pediu a chave do quarto cinco. Jon manteve a cabeça baixa, fingindo ser um obediente servo. Ao entrar no quarto, D'Eon vestiu as roupas de madame Lia e ele e Jon esperaram.

Precisamente às três horas, Wilhelm bateu à porta, carregando a mala. Madame Lia respondeu, avaliando-o.

— Eu trouxe o que você pediu à Sua Majestade. Agora, gostaria de ver o que ela pediu de você, senhor.

Mas Wilhelm insistiu em ver o dinheiro primeiro. Madame Lia apontou para Jon que, mantendo a cabeça baixa, abriu a bolsa para mostrar o dinheiro a Wilhelm. Como Jon era negro, Wilhelm não prestou atenção nele. Estava muito interessado no dinheiro e, quando o viu na bolsa de Lia, sorriu para ela. Em seguida, ele abriu a mala e a mostrou para Lia, que averiguou tudo: páginas rasgadas, um pergaminho, cartas amarradas com uma fita vermelha, uma nota fiscal referente a Jon etc. Ela sorriu para Wilhelm e, então, deu um olhar sutil a Jon. Wilhelm enfiou a mão na bolsa de Lia, tirou um punhado de libras e sorriu.

De repente, o sorriso desapareceu do rosto dele e o corpo estremeceu. As mãos enluvadas de Jon estavam apertadas em volta do pescoço de Wilhelm, estrangulando-o. Wilhelm se debatia no chão, ofegando e balançando as pernas grotescamente. Enquanto Jon segurava Wilhelm no lugar, D'Eon tirou as roupas, os sapatos e a peruca de Wilhelm, deixando-o nu, e depois as vestiu. Vestido como Wilhelm, ele pegou a mala que continha os documentos confidenciais de Charlotte e a bolsa de dinheiro que ele e Jon haviam levado. Em seguida, D'Eon vasculhou as roupas de Wilhelm para se certificar de que estava em posse dos documentos de identificação, do dinheiro e da chave do hotel dele.

— Não esqueça de colocar os documentos de identificação de sir Charles no bolso do terno dele quando terminar. Vou aqui ao lado pegar a bagagem dele.

Jon assentiu.

— Vou encontrá-lo no local combinado.

Vestido como Wilhelm Albertina, D'Eon colocou um chapéu e saiu. Mas a vingança tomou conta de Jon. Enquanto olhava para seu ex-torturador, com os dedos sufocando-o, Jon pensou em uma justificativa para o assassinato. Ele pensou em Charlotte, a quem Wilhelm havia estuprado. Pensou no próprio açoite, cujas cicatrizes ainda eram tão evidentes em suas costas. Então, ele pensou em suas duas esposas: Lucy, que morreu junto com o filho enquanto tentava se libertar da escravidão a qual Wilhelm havia relegado Jon; e Anne, que dera à luz uma filha e fora morta por causa da ganância de Wilhelm.

Ele pensou na mãe, Lena, que tirou a própria vida quando ele foi vendido para ser escravizado por Wilhelm. *Sim*, pensou Jon, *ele tem que morrer*. Mas antes de quebrar o pescoço de Wilhelm, ele o provocou.

— Você se lembra de mim, seu desgraçado? Olhe nos olhos do último homem que você verá nessa terra!

Wilhelm respirou fundo e, quando conseguiu se concentrar, finalmente reconheceu Jon.

— Você!

De alguma forma, Jon conseguiu tirar uma faca do bolso. Lançou um olhar resoluto para Wilhelm quando começou a recitar:

— *Santa Maria, Mãe de Deus, rogai por nós pecadores...*

Ele não mostrou arrependimento quando enfiou a faca profundamente no peito de Wilhelm.

— *Agora e na hora de nossa morte.*

Ele esfaqueou Wilhelm oito vezes.

Disfarçado de Wilhelm, D'Eon desceu com a mala para a recepção.

— Estou saindo do quarto três. O nome é sir Wilhelm Albertina.

D'Eon pagou a conta em dinheiro e saiu do hotel enquanto o verdadeiro Wilhelm afundava no chão. Ele estava morto. Jon respirava com dificuldade, o coração batendo forte. Ele olhou para as luvas brancas manchadas com o sangue de sua vingança. Tinha que sair dali rapidamente. *Siga o plano*, disse a si mesmo enquanto tirava as luvas ensanguentadas e colocava os documentos de identificação no bolso do terno que ele e Lia levaram para deixar para trás.

De repente, houve batidas frenéticas na porta. Um homem do outro lado gritou:

— O que está acontecendo? Olá? Está tudo bem aí? Ouvimos barulhos.

Jon entrou em pânico. O que fazer? Nervoso, olhou ao redor e, então, viu a janela. Não tinha escolha. Teria que pular. Logo, dois homens arrombaram a porta e encontraram o corpo de Wilhelm. Um foi até a janela e viu Jon descendo. O outro correu para pedir ajuda. No saguão, o homem foi até a recepção gritando:

— Um homem foi esfaqueado! O assassino está fugindo! É aquele negro! Atire nele. Atire nele!

Um guarda do hotel rapidamente pegou seu mosquete e saiu correndo com o homem. Eles viram Jon fugindo. O guarda do hotel gritou "pare!" mas, quando Jon não parou, ele apontou a arma...

E atirou!

Jon sentiu a bala quente perfurar as costas e atravessar-lhe o peito. O corpo dele caiu com um baque e rolou duas vezes antes de parar de bruços na terra. Uma dor excruciante explodiu através de cada parte de seu ser e ele conseguia sentir a gosma quente de seu próprio sangue se espalhando em um uniforme círculo vermelho ao redor. Quando o peito subiu pela última vez, ele pensou em Charlotte. *Querido Deus, minha filha. Por favor, deixe-a cuidar de minha filha*, rezou ele. Então, seus olhos se fecharam, e um estranho sorriso incongruente surgiu em seu rosto.

Uma confusão começou na rua enquanto as pessoas fugiam ou gritavam. O guarda do hotel correu até Jon, virando seu corpo. Jon estava morto. Ao virar a esquina esperando na charrete, Lia D'Eon, ainda disfarçada, assistira a todo o evento, mas não pôde fazer nada. Infelizmente, foi forçada a ir embora, imaginando como diria à rainha que seu amado meio-irmão se fora.

No Teatro do Rei, Charlotte se assustou de repente, sentindo que algo estava errado. O príncipe Frederick franziu a testa, inclinando-se para ela.

— Mãe, a senhora está bem?

— Não. Não estou bem, Frederick. Eu preciso ir. O resto de vocês fica.

— Vou pedir que tragam sua carruagem — assegurou seu segundo filho.

Quando Charlotte entrou em sua carruagem, afrouxou o casaco. O estômago revirava, e ela não conseguia se livrar de seus sentimentos de pavor. Quando a carruagem virou pela Manchester Street, Charlotte foi tomada por um único pensamento. Ela bateu no teto da carruagem para que parasse. Quando isso aconteceu, e o cocheiro se inclinou, a rainha passou a cabeça pela janela.

— Preciso fazer uma parada.

Lady Lizzie estava chorando na Torre de Londres. A cela dela era um lugar horrível, com apenas uma cama de madeira e nenhuma janela. A única comida que comera durante o dia inteiro foi uma tigela de caldo. Logo, houve uma comoção quando a rainha Charlotte, acompanhada por um guarda, se aproximou da cela. Lizzie foi tomada pela emoção e disse à rainha que não havia roubado o amuleto, que havia sido enganada. Charlotte olhou para a dama, e então perguntou por que Lizzie revelou segredos vitais para os inimigos de George.

— O funcionário-chefe do rei disse que foi você quem lhe deu o bilhete dizendo que Anne Josef havia sido vendida. Você vai mentir e dizer que não estava em um conluio com Wilkes?

Mas Lady Lizzie apenas chorou, o que deixou a rainha ainda mais furiosa.

— Confesse ou sofra as consequências. Devo lembrá-la que seus crimes consistem em traição, e insistirei para que seja executada.

Lizzie caiu no chão e chorou histericamente.

— Por favor, não. Por favor.

Charlotte deixou a dama de companhia sentir a infelicidade da situação por um momento.

— Eu não entendo, Lizzie. Eu só lhe mostrei bondade durante todos esses anos. Eu confiava em você, gostava de você... e você me traiu. É um erro inescrupuloso, pelo qual qualquer outra rainha garantiria a punição apropriada. Mas eu tenho uma sugestão. Revele com quem tem trabalhado e o que fez por escrito, e permitirei que sua prisão seja anulada. Você poderá sair daqui pela manhã. Se isso não for do seu agrado, talvez prefira a forca. Qual é sua escolha?

Lady Lizzie olhou para cima, enxugou os olhos e assentiu. Charlotte fez um sinal para o guarda. Ele deu uma caneta, tinteiro e papel para Lizzie que, sentindo que não merecia aquela opção de sua amada rainha, tentou encontrar as palavras.

— Eu nunca quis machucá-la, Vossa Majestade — disse Lizzie, expressando arrependimento em sua suave cadência escocesa. — Estava trabalhando para sir John Wilkes e para a oposição porque ele disse que me amava e queria se casar comigo. Eu também gostava do dinheiro. Mas, quando já estava comprometida até os ossos, ele ameaçou ir até o rei. Não tenho família, só poucos amigos, e a posição que eu desfrutava no palácio tornou-se frustrante. Tive a sorte de consegui-la, mas a senhora preferia aquela... aquela negra, Anne, a mim. A senhora permitiu que ela cumprisse minha função, o que me fez me sentir inadequada. Sir Wilkes fazia com que eu me sentisse especial. Toda vez que eu lhe dava informações, ele me fazia sentir que eu tinha valor.

Lizzie admitiu todas as suas ações ao longo dos anos por escrito e, quando ela terminou, Charlotte leu a confissão e saiu sem dizer mais nada. Lizzie percebeu naquele momento que sua vida havia acabado. Ela olhou para a caneta, para o tinteiro e o papel...

E chorou novamente.

Cinquenta e um

Os lamentos horripilantes de Charlotte reverberavam por todo o palácio. Ela gritava como um animal ferido e desesperado. Madame Lia estava esperando com a mala de Wilhelm quando chegou da prisão da Torre, para dar a surpreendente notícia da morte de Jon. A rainha afundara no canapé, inconsolável, tamanho o luto.

— Ele não pode estar morto — gritava ela, sem parar. — Primeiro Anne, agora meu Jon.

Quando a rainha estava suficientemente controlada pelos remédios de dr. Baker, Lia e lady Schwellenberg foram enfim autorizadas a entrar em seus aposentos.

— Vossa Majestade, Jon lhe entregou a vida pelo bem maior e pela satisfação de sua própria vingança — disse Lia, segurando a mão da rainha. — Devemos nos confortar com o fato de que ele morreu no cumprimento dos próprios objetivos... e dos nossos.

— Todos os nossos objetivos?

— Sim, senhora. Seu primo está morto. Ele não pode mais machucá-la, graças a sir Jon e, como resultado, tenho comigo tudo o que você esperava adquirir nesta mala.

Lia entregou a mala para a rainha, que a abriu. Entre todos os itens que ela queria manter para sempre longe do escrutínio público, encontrou o amuleto de Anne e apertou os dedos ao redor dele. Charlotte enxugou os olhos e levou um momento para considerar tudo o que tinha acontecido. Duas pessoas que ela amava morreram em questão de dias; Anne e agora Jon. Que vidas tristes ambos tiveram. Mesmo depois de suportar a provação da escravidão, ambos encontraram a felicidade; Jon com Lucy e depois Anne com Jon.

No entanto, nenhum dos dois pôde escapar totalmente da condição da infelicidade, como se a tivessem herdado no nascimento. Jon e Anne mereciam muito mais. Charlotte encarou o vazio, pensando neles por um momento. Em seguida, a rainha olhou para o amuleto de Anne. Ela se consolou, dizendo a si mesma que nem Anne nem Jon haviam morrido em vão.

— Para onde levaram o corpo de Jon?

Na manhã seguinte, uma carruagem parou em frente ao necrotério da cidade de Londres. A rainha, vestida de forma simples e sem trajes aristocráticos, entrou com madame Lia, que usava roupas femininas. Charlotte colocou um lenço sobre o nariz quando o cheiro desagradável da morte se tornou distinto e insuportável. O som melódico de água corrente perfurava o silêncio. Ela sentiu um calafrio quando viu vários corpos estendidos em chapas cinzentas atrás de uma divisória de vidro. Pressionando o rosto contra o vidro, Charlotte olhou para os cadáveres. Alguns estavam cobertos com lençóis, outros não. Alguns haviam mantido sua aparência natural na rigidez da morte; outros pareciam massas de carne ensanguentada e podre.

Um deles era o corpo de um homem negro.

Logo, Charlotte ouviu a bomba d'água desligar e o sr. Whittaker, diretor do necrotério, um homem enfadonho e triste, veio de uma sala dos fundos.

— Posso ajudar? — perguntou ele, olhando por cima dos óculos.

— Estou procurando meu criado negro — mentiu Charlotte. — Talvez ele tenha sido baleado.

Whittaker assentiu e a acompanhou até o negro, cujo braço estava visível sob o lençol. Quando ele puxou o lençol para revelar quem era, Charlotte segurou o lenço com firmeza contra o nariz, não apenas por conta do cheiro, mas também por causa das lágrimas que tentava corajosamente reprimir.

Era de fato seu amado Jon. Ela viu as cicatrizes visíveis no peito dele, oriundas do açoite de Wilhelm anos atrás, e as cicatrizes de algemas em seus pulsos, frutos da provação no navio. Mas havia marcas ainda mais importantes: a marca de nascença vermelha no ombro de Jon e um buraco aberto do tiro de mosquete.

— Este é o seu servo? — perguntou o sr. Whittaker, vendo que ela estava abalada.

Charlotte não conseguia controlar as emoções, por mais que tentasse. Mas conseguiu balançar a cabeça negativamente.

— Isso é bom — disse Whittaker, apontando para outro cadáver. — Ele esfaqueou aquele ali até a morte. Com pelo menos oito facadas.

Ele foi até o outro corpo e puxou o lençol, revelando o corpo destroçado de Wilhelm.

— Sir Charles Frederick. De acordo com o hotel, ele se registrou três dias atrás, mas ninguém veio perguntar sobre ele.

Charlotte não conseguiu falar. Desviou o olhar ao ver as facadas no peito de Wilhelm. Ele estava morto. Não podia mais machucá-la. Foi então que ela notou outra coisa que a alarmou ainda mais. Caminhou lentamente em direção a outro cadáver coberto por um lençol, atrás do qual estavam pendurados um familiar robe azul e sapatos de veludo vermelho, destacados contra o reboco nu da parede. O coração de Charlotte acelerou, e ela mesma puxou o lençol, ofegando com a visão.

O corpo de lady Lizzie jazia ali, com a caneta de tinta ainda enfiada em sua jugular e a mancha do sangue seco visível no pescoço e torso. Charlotte gritou e cobriu a boca.

— Essa acabou de chegar. Suicídio na Torre — disse Whittaker. — A senhora a conhece?

Charlotte se virou, perguntando o que aconteceria com os corpos se ninguém fosse buscá-los. Whittaker explicou que os manteria lá por mais três dias. Mas, se ninguém os buscasse, ele os jogaria em Potter's Field, fora de Londres. Charlotte assentiu e disse ao diretor do necrotério que seu criado não estava lá. Ela agradeceu e saiu correndo aos prantos com madame Lia, que a ajudou a subir na carruagem. Quando a rainha pegou a espada Templária do pai no chão da carruagem, seus olhos se encheram de lágrimas mais uma vez.

— O pobre homem nunca teve nenhuma felicidade até encontrar Anne.

— Vou cuidar do corpo de sir Jon. Ele merece coisa melhor do que Potter's Field. — Lia suspirou.

— Eles nunca permitirão um negro em Westminster. Onde ele pode ser enterrado?

— Cuidarei disso, Vossa Majestade. De maneira respeitosa e digna.

Charlotte pensou por um momento.

— Cuide de *todos* eles quando isso acabar.

Madame Lia assentiu.

— Farei isso. Agora, vamos acabar com essa história. Eu preciso de uma bebida.

As duas se dirigiram ao Hotel Villers para completar a missão.

Ao meio-dia, sir John Wilkes entrou no saguão do Hotel Villers carregando uma pequena bolsa. Ele foi para o quarto três e bateu à porta. Madame Lia abriu-a e sorriu. Wilkes olhou para ela e em seguida sorriu sedutoramente. Ele beijou a mão de madame Lia.

— Eu me lembro de você, criatura adorável. Mas você nunca me contatou depois da minha estadia na prisão da corte do rei.

— Não. Felizmente encontrei emprego em outro lugar — disse Lia.

— Que ótimo para você — respondeu Wilkes. — Agora me diga, onde está sir Wilhelm Albertina?

De repente, Charlotte se levantou de trás da cadeira em que estava sentada, usando a espada e a bainha Templárias de seu pai.

— Ele voltou para Mecklemburgo depois de alguns conselhos sensatos — respondeu ela.

Levou um momento para que Wilkes percebesse que a pessoa na frente dele era a rainha.

— Vossa Majestade?

— Agora, sir Wilkes, eu tenho alguns conselhos sensatos para você — continuou Charlotte. — Você vai parar com a espionagem, com as manipulações ilegais e com a chantagem. Tudo isso consiste em traição e é passível de pena de morte. E confie em mim, não hesitarei em processá-lo.

Mas Wilkes era belicoso e desafiador.

— A senhora não tem provas de nenhuma infração.

Charlotte sacou a espada e apontou a ponta para a jugular dele.

— *Au contraire*, senhor.

Madame Lia pegou a pequena bolsa da mão de Wilkes e a abriu. Ao ver o conteúdo, assentiu para a rainha.

— Agora temos o dinheiro que você trouxe aqui, a fim de financiar sua chantagem — retorquiu Charlotte —, e madame Lia é testemunha. Mas o mais importante é que lady Elizabeth Wells confessou ter ajudado você em seus crimes e implorou por imunidade legal.

Madame Lia entregou uma folha de papel a Wilkes enquanto Charlotte continuava.

— Ela me deu essa confissão escrita ontem à noite, na Torre de Londres, onde estava encarcerada. Contém datas, horários e locais de transações financeiras entre vocês dois, que já acontecem há mais de sete anos. Por isso, providenciei um esconderijo seguro para ela até que o rei decida acusá-lo de traição. Então, ela testemunhará contra você.

Wilkes ficou visivelmente nervoso ao ler o papel que Lia lhe entregara. Ele o rasgou em pedaços.

Charlotte ficou incrédula.

— Decerto você não me considera tão inepta a ponto de vir aqui com o original. Eu mandei que fizessem uma cópia palavra por palavra ontem à noite. — Ela balançou a cabeça com desdém. — Sir Wilkes, há muito tempo admiro sua tenacidade no que diz respeito às liberdades pessoais, principalmente a liberdade de imprensa, a liberdade de expressão e o fim da escravidão. Apesar do rei, você me teve como aliada nessas atividades honrosas. Mas são seus métodos que me repugnam e me ofendem. Use-os de novo, senhor, e eu juro pela espada de meu pai que mandarei enforcá-lo.

Charlotte recolheu a espada.

Madame Lia piscou para Wilkes.

— E, se isso não for suficiente, tornarei de conhecimento geral que você é meu amante. Todos na gráfica Phillips e na prisão da corte do rei o viram flertar comigo.

Wilkes franziu a testa.

Lia pegou a mão de Wilkes e a colocou em sua virilha. Wilkes sentiu um pênis e pulou, mortificado.

Charlotte sorriu.

— Eu suponho que estamos entendidos?

A rainha e Lia D'Eon foram embora, deixando Wilkes completamente destroçado.

Nunca mais vi sir John Wilkes. Ele não voltou à corte e foi derrotado em sua tentativa de reeleição por uma margem estreita na Câmara dos Comuns. Curiosamente, ele se aposentou da política e foi viver com a filha Polly, sem mais incidentes até sua morte.

Madame Lia e eu saímos do Hotel Villers ainda nos recuperando da experiência. Conversamos na carruagem e decidimos que era importante encontrar a filha de Jon e Anne para que eu pudesse cumprir minha promessa.

Três dias depois, terra foi jogada sobre um elegante caixão de mogno enquanto o corpo de Jon era respeitosamente sepultado. O enterro aconteceu em um pequeno cemitério ao lado de uma igreja no extremo leste de Londres. Enquanto um ministro falava algumas palavras de conforto e recitava passagens da Bíblia, o cavaleiro D'Eon, ainda vestido como madame Lia, e membros da Sociedade para a Abolição do Tráfico Escravista compareceram e assistiram ao enterro de

Jon. Sua lápide dizia "Sir Jon Louis Baptiste Beckford 1742-1788". Ninguém questionou o título hereditário de Cavaleiro.

No dia seguinte, uma lápide com os dizeres "Lady Elizabeth Wells, 1745-1788" foi colocada sobre o túmulo de lady Lizzie, em um pequeno cemitério em Sussex. Mais uma vez, madame Lia estava lá para garantir que tudo fosse feito de acordo com a minha vontade.

Ao mesmo tempo, nos arredores de Londres, em Potter's Field, o corpo de meu primo Wilhelm James Albertina, enrolado como uma múmia em um lençol branco, foi jogado sem cerimônia em uma vala comum, junto a vários outros corpos não identificados e embrulhados de maneira semelhante. Coveiros jogaram vários cestos de cal sobre os cadáveres e, em seguida, os cobriram de terra empilhada. Não houve pompa, palavras religiosas, dignidade ou absolvição.

No dia seguinte, mandei madame Lia convocar com urgência o duque de Levis-Mirepoix, por meio de uma carta codificada.

Cinquenta e dois

O rosto dele mostrava que enfrentara várias enfermidades. A aparência pouco saudável era acentuada por profundos sulcos, uma barba despenteada e unhas das mãos com veias azuis, mais longas do que o sugerido pelo protocolo masculino.

O duque de Levis-Mirepoix era agora um homem velho e magro que sustentava seu peso com uma bengala. Ele fora acompanhado para a Casa Filbert por madame Lia. Ao ser apresentado à rainha, ficou emocionado e lutou para ficar de joelhos em prece. Charlotte se apressou para pegar suas mãos, pois fazia 28 anos desde que o vira em Sanssouci e a aparência do duque a inquietara.

— Vossa Graça. Que maravilha vê-lo novamente — disse ela, levando-o ao sofá mais próximo.

O duque François Antoine Gaston assentiu com a cabeça e sentou-se devagar.

— Uma maravilha vê-la também, Majestade.

— Ele tem um pouco de dificuldade de ouvir — informou madame Lia. — Mas gosta muito de bebidas fortes.

Charlotte sorriu e fez um gesto para a sra. Delacourt, a zeladora, que serviu uma taça de conhaque e levou para o duque. A rainha olhou para ele com uma expressão resoluta.

— O senhor entende por que está aqui?

O duque François entendia completamente. Foi por isso que escolhera enfim viajar para um lugar tão distante, mesmo na condição em que estava. A rainha o hospedou em segredo na Casa Filbert, uma residência que Charlotte usava para ter total privacidade. Ele ficaria lá até traduzir o amuleto da rainha e o pergaminho final, que estivera na posse de Wilhelm. Seria bem pago. O duque trabalhou tão rápido quanto seu corpo de 76 anos permitia enquanto Charlotte se preocupava e seguia apreensiva na Casa da Rainha.

Finalmente, um mês depois, em uma tarde sombria de outono, a rainha recebeu um bilhete em código que dizia: *"A informação que deseja está disponível"*. Como aprendera a decodificar a cifra de César ela mesma, Charlotte entrou em contato com Lia D'Eon e ambas correram para a Casa Filbert.

— E então? — perguntou a rainha ao duque François, no momento em que pisou na residência.

O duque não respondeu de imediato. As palmas das mãos de Charlotte começaram a suar.

— Vossa Majestade, há algumas verdades que é melhor não serem reveladas, pois as consequências podem ser demais para suportar.

— Fale diretamente, senhor. Quero saber o que tenho.

O duque suspirou.

— Em um dos rolos de Madragana há um tratado gnóstico, um códice de grimórios atribuído ao rei Salomão. Ele contém evidências contraditórias à teologia cristã, ensinamentos que Roma preferiria que o mundo não conhecesse.

— Que tipo de ensinamentos?

— Coisas como a invocação de espíritos do submundo, diagramas detalhados e gráficos de conjuração, símbolos e selos que dão poder sobre os demônios. Disse isso ao seu pai quando traduzi parte deste mesmo pergaminho para ele, décadas atrás.

Charlotte se lembrou do diário do pai.

— Então é verdade. Salomão podia comandar e controlar espíritos.

— E a senhora também pode, se usar esses encantamentos.

— Meu Deus.

— O pergaminho também revela as palavras proibidas em seu amuleto e ensina como abri-lo.

Charlotte estendeu a mão. O duque François mancou até a mesa e voltou devagar com as folhas de papel nas quais escrevera as traduções. Ele se benzeu e as entregou à rainha, que se sentou no sofá e começou a ler. O duque François foi até uma cadeira e rezou em voz alta enquanto Charlotte tentava controlar o nó seco que crescia em sua garganta enquanto lia.

Meia hora depois, Charlotte estava tremendo enquanto o suor escorria por todos os seus poros. Ela levou a mão ao coração para acalmar os nervos.

— Não pode ser verdade — gaguejou. — Selos de espíritos malignos? Belzebu, Asmodeus, sacrifícios de sangue, gênios, demônios? Isso é uma obra de magia maléfica, senhor. É uma blasfêmia.

— Eu concordo com a senhora. É por isso que a advirto a não recitar as palavras em voz alta e certamente não na ordem apresentada.

Charlotte dobrou os papéis e andou de um lado para o outro por algum tempo. Olhou para madame Lia, que estava tão chocada quanto ela.

— Abra meu amuleto — insistiu Charlotte para o duque François.

O duque ofegou com nervosismo quando a rainha tirou o amuleto do pescoço e entregou a ele. Eles compartilharam um momento silencioso e cheio de emoção antes que o velho duque iniciasse um processo único de movimentos para abrir a peça antiga. Enquanto Charlotte observava com atenção, ele empurrou de baixo para cima e apertou o topo do amuleto. Torceu-o duas vezes, puxou a parte do meio para baixo e apertou outra vez o topo, que saiu com facilidade. Um instante depois, o talismã que a rainha usava há 27 anos, o mesmo usado por seu pai e pelo pai do pai dela, deixou cair um velho pedaço de linho seco, que o duque François desembrulhou, removendo dois espinhos com pontas escuras.

Ele olhou para Charlotte com resignação.

— *Ego ago per is verum. Vos praecipio mihi* — disse ele em latim, entregando tudo para a rainha. — A senhora possui uma das relíquias mais antigas da cristandade, ao lado do Sudário, dos pregos e da própria Santa Cruz. Esses espinhos têm o sangue divino de Cristo em suas pontas, e diz-se que o sangue *d'Ele* pode curar os enfermos.

Charlotte não conseguia se acalmar enquanto olhava para o pano e os espinhos em sua mão. Ela havia resolvido o mistério, a missão do pai. O amuleto era um símbolo mágico de proteção que continha relíquias da paixão do descendente de Salomão. Ambos os espinhos tinham cerca de cinco centímetros de comprimento, embora um fosse um pouco mais longo e mais grosso que o outro. Perguntava-se quando eles teriam visto a luz pela última vez. Será que foi no dia em que o príncipe Martim os viu na estrada, mostrados por sua mãe Madragana? Ou será que outro membro da família utilizara a técnica de abertura secreta para revelar a presença deles?

— Lembre-se. Uma vez que se conhece uma coisa, é impossível *des*conhecê-la — advertiu o duque.

Charlotte olhou para o amuleto, para as cinco palavras, para os símbolos que ela agora sabia que evocavam o nome de Deus ou um demônio. Charlotte pensou na dor que Jesus sentiu quando os espinhos na mão dela foram cravados na cabeça dele. Ela tocou as pontas ainda afiadas e, então, enrolou os dedos ao redor dos espinhos com humildade. Então, a rainha reuniu uma compostura que não sabia de onde viera e guardou os espinhos no amuleto, que colocou de volta no pescoço.

De repente, teve uma revelação.

— Será que é possível?

Charlotte fez um gesto para madame Lia.

— Preciso ir para Kew!

Dentro de uma hora, a rainha chegou ao Palácio de Kew e pôde ouvir os uivos de George por toda a residência. Servos, guardas e camareiros iam e vinham como se os gritos bizarros fossem um evento corriqueiro a ser ignorado. Charlotte ficou irritada com a indiferença e chamou o dr. Willis, que disse que ela não deveria estar lá porque George estava tendo um dia ruim. Ele estava ardendo de febre e não parava de espumar pela boca. Nenhum dos métodos de Willis estava funcionando e ele precisava de mais ajuda médica. Até o médico do primeiro-ministro Pitt, dr. Lowe, achava que o rei estava à beira da morte — e os jornais concordavam.

Charlotte e Willis entraram no quarto de George e a rainha ficou chocada com o que viu. O marido fora novamente afivelado em uma camisa de força e a boca dele estava amordaçada com um pano. Estava com os olhos vermelhos, fizera as necessidades nas calças e o cheiro pútrido de urina tomava conta do quarto.

— Limpe Sua Majestade e tire essa mordaça infernal dele — disse Charlotte, repreendendo Willis.

Willis assentiu e mandou buscar dois pajens. Levou meia hora até que George fosse contido e limpo. Por fim, tudo ficou em silêncio e, depois de cumprimentá-la, os pajens, que estavam desgrenhados e exaustos, tiraram os lençóis sujos, as roupas e o penico de George do quarto. Charlotte apertou o amuleto para se acalmar e então pediu ao dr. Willis que saísse também.

— Mas, Vossa Majestade, não é seguro.

— Eu vou ficar bem, senhor. Sou protegida por uma autoridade superior — disse ela, com seu próprio significado.

Dr. Willis obedeceu e saiu do cômodo. Charlotte esperou até que ele se fosse para se aproximar do rei. George seguia contido, mas agora estava com roupas limpas e deitado em lençóis limpos.

Estendi a mão até encostar em sua testa. Estava quente e úmida e os olhos dele estavam vermelhos, úmidos e vidrados. George começou a choramingar de agitação e, após um tempo, olhou para mim e implorou:

— Mate-me.

Tirei meu amuleto e rezei.

— Por favor, Senhor, me ajude — implorei em voz alta.

E então, lembrando-me de como o duque François o havia aberto, empurrei a parte de baixo do amuleto para cima e girei a parte de cima, o que desbloqueou o mecanismo de travamento. Depois de mais algumas voltas, o compartimento interno se abriu e virei o amuleto de cabeça para baixo. Dele caíram os dois espinhos enrolados no pano de linho velho. Eu segurei o mais longo e respirei fundo. O que eu estava esperando? Como poderia achar que ali ainda restava sangue seco de mais de 1.700 anos atrás, ou que o que ali restava retinha alguma divindade? E o que me fez pensar que poderia invocar tal divindade ou o poder do amuleto?

Mesmo assim, reuni minha determinação e abri a camisa de dormir de George, expondo seu ombro esquerdo. Fechei os olhos e ousei dizer as palavras em voz alta. Aquelas palavras: "Tra gram ma ton te". Então, enfiei o espinho no ombro dele. George gritou e, quando abri os olhos, vi sangue escorrer da ferida. O rei logo caiu de volta no travesseiro e ficou quieto.

Cinquenta e três

Charlotte estava na sala de música da Casa da Rainha, tocando o cravo. Fazia dois dias desde que descobrira o conteúdo do último pergaminho e espetara George com o espinho. Enquanto tocava, orava para que Deus não ficasse zangado com ela, mas que a guiasse e protegesse. De repente, ouviu uma voz dizer atrás dela:

— Olhe quem eu encontrei.

Ela se virou para encontrar madame Lia D'Eon segurando um bebê. Charlotte puxou o cobertor que cobria o rosto do bebê e sorriu. Era um lindo bebê negro; a filha de Jon e Anne Beckford. Ela parecia orbitar em torno da rainha, estendendo os bracinhos com um sorriso tão largo quanto o Tâmisa. Charlotte olhou para a marca de nascença no ombro da criança e sorriu.

— Ela não sofrerá as consequências de seu gênero ou de sua etnia. Essa aqui terá todas as vantagens. Eu mesma garantirei isso.

— Vossa Majestade, por que busca prover mais para esta criança do que para seus próprios filhos? — perguntou madame Lia.

— É muito simples — respondeu Charlotte. — Meus filhos são da realeza. Eles já têm todas as vantagens. Vão ficar bem, não importa o que aconteça. Mas nenhum de meus filhos vivos carrega a marca. E devo passar o conhecimento para um parente de sangue que a carregue.

Charlotte pediu para segurar a bebê e elas se sentaram no sofá.

— Como você a encontrou?

— Fui ao apartamento de Jon, mas não houve resposta — começou Lia. — Quando estava prestes a sair, ouvi um bebê chorando no apartamento abaixo e tive um pressentimento. Bati na porta e uma mulher negra chamada sra. Bailey atendeu. Perguntei sobre Jon e ela disse que estava cuidando da filha dele. Passou todo esse tempo cuidando de Lotte-Anne, pois era a babá da criança.

— Lotte-Anne?

— Esse é o apelido dela. — Lia sorriu. — O nome completo é Charlotte Anne Lena Beckford.

Charlotte ficou tocada. Na última vez que conversara com Jon sobre a filha, ele e Anne estavam decidindo entre "Anne" ou "Lena". Mas aquele nome parecia apropriado e real.

Lia explicou ainda que, embora a sra. Bailey amasse a bebê, estava preocupada e sabia que havia algo de errado. Jon nunca tinha ficado tanto tempo fora e nunca teria abandonado sua filha. Ele era feliz por tê-la, apesar de ter sofrido com a tragédia da perda da esposa.

— Eu disse à sra. Bailey que era a benfeitora de Jon e que cuidaria da bebê agora. A sra. Bailey a entregou para mim com alguma relutância. Ela disse que não hesitasse em contatá-la se um dia precisasse de ajuda com a bebê. Por fim, dei-lhe algumas libras pela generosidade e fui embora.

— Lotte-Anne é abençoada — disse Charlotte. — Mas agora preciso encontrar um lugar onde ela possa ser criada e educada; um lugar seguro e não necessariamente conectado a mim ou ao rei.

— E quanto à Casa Filbert?

Charlotte sorriu, beijando alegremente a bebê.

— É claro. Os zeladores podem ficar de olho nela até que uma governanta seja contratada.

— Eu tenho uma sugestão de governanta também. — Lia sorriu.

Duas horas depois, uma carruagem chegou à Casa Filbert. Dela emergiram madame Lia e a bebê, agora no colo da sra. Bailey. Quando entraram na residência, a sra. Delacourt, a zeladora, levou-as à sala de estar e preparou chá. A sra. Bailey olhou em volta com admiração.

— É aqui que vamos morar? — perguntou ela a madame Lia.

— Sim. O resto de suas coisas será trazido em alguns dias.

A sra. Bailey olhou para a bebê.

— Você é a criança mais sortuda do mundo.

Madame Lia vira como a sra. Bailey era maravilhosa com a bebê e sabia que Charlotte havia tomado a decisão certa ao contratá-la para cuidar de Lotte-Anne. Lia deixou a Casa Filbert satisfeita por Charlotte ter cumprido a promessa que fizera a si mesma. A filha de Jon seria bem cuidada.

Enquanto isso, Charlotte estava sendo vestida para o jantar quando a princesa Augusta bateu em sua porta e entrou.

— Mãe, venha rápido. É um milagre, um milagre completo.

Charlotte seguiu Augusta até a sala de recepção onde, para sua surpresa, o rei George foi apresentado a ela pelo dr. Willis. Lá estavam também a maioria de seus filhos, junto com lady Schwellenberg e lady Papendiek. George se aproximou de Charlotte e sorriu.

"Tão rápido quanto apareceu, a doença de George desapareceu".

— Não tenho explicação para isso! — exclamou o dr. Willis. — Ele pareceu ter melhorado da noite para o dia.

George beijou a testa de Charlotte e pediu desculpas por qualquer constrangimento que pudesse ter causado a ela durante sua doença.

— Eu estava preso dentro da minha própria cabeça, até que uma sensação de calor me inundou no momento em que você partiu. De repente, me senti renovado e precisava vê-la. E abraçá-la.

Charlotte caiu nos braços de George e chorou.

George voltou para mim intacto e mais afetuoso do que nunca. O que quer que o tenha afligido mentalmente se foi, e o milagre, como quer que fosse interpretado, o deixou grato por tudo o que tinha, incluindo nós e nossa vida juntos. Agradeci a Deus naquele dia, orando fervorosamente enquanto George dormia em paz. Foram os espinhos? As palavras? Intervenção divina? Coincidência? Nunca saberei com certeza. Só tenho minhas suspeitas.

Nos meses seguintes, o propósito de Charlotte ficou evidente e ela o colocou em ação. Ela queria o fim da escravidão, do comércio escravista e, acima de tudo, queria vingança por Anne Josef. Com tal objetivo, entrou em contato com seu amigo e pintor sir Allan Ramsay para que enviasse uma mensagem a William Wilberforce, que ainda estava tentando aprovar seu projeto de lei contra o comércio escravista no Parlamento. Ela contou todos os detalhes da provação de Anne a bordo do navio *Recovery* e queria saber quais os recursos disponíveis para levar o capitão à justiça. Desenhos de Anne pendurada nua em uma roldana no convés começaram a circular em Londres e as pessoas ficaram indignadas.

A revolução começara na França. Em 1789, o rei e a rainha franceses foram decapitados e a Inglaterra entrou em outra crise financeira. As pessoas não queriam se envolver em mais uma guerra e não eram mais tolerantes com questões como a continuação da escravidão. Charlotte sentia a mudança no ar.

Wilberforce concordou em ser um advogado no caso da morte de Anne a bordo do *Recovery*. Em um discurso perante a Câmara dos Comuns, ele acusou o capitão Kimber de ter causado a morte de uma mulher negra ao infligir ferimentos nela por se recusar a dançar nua no convés de seu navio. Como resultado do discurso de Wilberforce, Kimber foi preso e julgado perante o Supremo Tribunal do Almirantado. Mesmo que, por fim, ele tivesse sido absolvido, Charlotte sentiu que houve alguma vingança por Anne. Quando ela visitou a filhinha de Anne, Lotte-Anne, na Casa Filbert, deu à menina uma boneca e disse que era um presente de seus pais no céu, que estavam em paz.

Meses depois, Charlotte soube que o duque François morrera durante o sono depois de retornar a Mirepoix. Ela também soube que John Stuart, o conde de Bute, falecera de complicações após uma queda em sua propriedade. George ficou em luto pela morte do conde, embora não se falassem havia anos.

Mas foi a morte de sir John Wilkes que deu mais conforto a Charlotte. Ele havia sido um grande ativista pela mudança social e os Estados Unidos utilizaram muitas das ideias dele na formação de seu governo. Os cidadãos da América gozavam dos direitos de liberdade de expressão, liberdade de imprensa, liberdade de reunião e liberdade de religião garantidos por sua constituição. Mas, para Charlotte, sir John Wilkes sempre representaria o homem responsável por alguns dos piores e mais desoladores momentos de sua vida.

E, mesmo assim, a morte dele não se aproximou da importância da morte ocorrida quatro meses depois. Charlotte estava em seus aposentos, escrevendo em seu diário. Mechas de cabelo ruivo grisalho caíam ao acaso em seu rosto enquanto olhava para o relógio. Eram quatro e quinze da tarde e ela se sentia tão velha quanto Matusalém. Estava mais do que ciente do preço físico que ter tido quinze filhos em vinte anos havia cobrado em seu corpo de 53 anos, à medida que cada movimento dava lugar a dores musculares e espirituais.

De repente, lady Papendiek entrou aos prantos nos aposentos da rainha.

— Vossa Majestade, é Swelly.

A dama de Charlotte estava morrendo. A respiração dela estava lenta e sofrida. O tumor no estômago surgira rapidamente e tomara seu corpo em apenas alguns meses. Charlotte entrou correndo e sentou-se ao lado de Swelly, segurando a mão dela e rezando. Suas lágrimas caíam sem parar, como o Tâmisa desaguava no Mar do Norte.

— Swelly, não posso permitir que você se vá. Quem vai cuidar de mim? Com quem terei aventuras?

Lady Schwellenberg abriu os olhos, sentindo o medo e a dor de Charlotte, e ergueu um dedo, que a rainha apertou desesperadamente.

— Não chore, minha menina. Vou para um lugar muito melhor.

— Não, não...

— Charlotte, você é forte. Sua força sempre me surpreendeu e me orgulhou, menina. Seja quem você é. Você não precisa de mim.

— Preciso sim. Por favor, Swelly. Não me deixe — gritou Charlotte. — Você é como uma irmã para mim.

— E eu amei você como uma irmã. Ah, as aventuras que tivemos juntas. Deixe-me orgulhosa. Permita que lady Papendiek e a sra. Burney lhe mostrem que podem ser suas confidentes em meu lugar. Deixe-me ir, minha... menina... Deixe-me ir.

O peito de lady Juliana Schwellenberg desceu pela última vez. Charlotte ficou inconsolável e se recusava a comer e beber. Rejeitava qualquer companhia e presentes de condolências. Por semanas, não encontrou George nem qualquer dama de companhia. Ela parou de se divertir e ficou fria e mal-humorada.

Sua amiga, madame Lia D'Eon, encontrou uma amante e agora passava mais tempo no campo, fazendo geleias e conservas de damascos. Charlotte soube que Lia e Nadejda foram vistas de mãos dadas — duas mulheres idosas passeando juntas pelo Tâmisa.

E então Augusta, a filha de Charlotte, encarregou-se de enviar um bilhete convidando madame Lia para tomar chá na Casa da Rainha, com o objetivo de animar a mãe. Lia foi e levou geleia de damasco, vinho e o favorito de Charlotte — rapé. Enquanto ambas desfrutavam de todas as guloseimas levadas de Lia nos aposentos da rainha, a amiga repreendeu Charlotte com sua atitude tipicamente robusta.

— Minha querida, você tem que sair mais. A Casa da Rainha se tornou o estabelecimento real mais chato da Europa. Você e o rei não fazem uma confraternização há meses e as pessoas estão comentando.

— Pois que falem.

Lia vasculhou os perfumes da rainha, procurando algo para passar em seu pescoço, e então franziu a testa em exasperação.

— Minha querida, você não sabe que os perfumes ingleses são muito fortes e masculinos? Você não tem algo francês? Algo mais floral ou frutado?

— Já há frutas o bastante no recinto nesse momento — respondeu Charlotte.

Madame Lia virou-se, falsamente ofendida, colocando uma mão nas próprias pérolas.

— Olha só. Como estamos cruéis e maliciosas no dia de hoje, não é mesmo? Bem, não importa. Eu tenho a coisa certa para acalmar essa fera selvagem e feia que mora em você.

— Seria seu vinho do porto fabuloso de Tonnerre?

— Ele mesmo. Não podemos começar uma sessão de reclamação sem antes fazer uma oferenda formal.

Charlotte sorriu ao perceber o quanto gostava da companhia de Lia.

— Ah, senti tanta saudade, Lia. O que eu faria sem você?

— Seria deixada de fora das melhores fofocas. Você ficou sabendo da última? O sr. Wilberforce pode ter assinaturas suficientes para ir à Câmara dos Comuns.

O rosto de Charlotte se iluminou. Lia serviu uma taça de vinho.

— Eu acho que está na hora de você voltar para a causa, querida. Ele apresentará o projeto na próxima terça-feira. Não deveríamos estar lá para apoiá-lo?

Charlotte sorriu. Aquilo era tudo de que precisava. Na terça-feira seguinte, retornou aos velhos truques. Vestidas com roupas simples e sem distinção, ela e Lia subiram à galeria da Câmara dos Comuns, onde os plebeus podiam assistir aos processos. William Wilberforce ficou diante dos membros do Parlamento e fez um discurso apaixonado ao apresentar seu projeto de lei para a cessação do tráfico escravista — pela sexta vez.

Minha devoção ao que Thomas Jefferson chamou de "direitos inalienáveis" do homem não se alterou, e mantive minha atenção no mal que seguia em curso. O sr. Wilberforce, que apresentava o projeto de lei todos os anos desde que George fora acometido pela loucura, havia acumulado assinaturas e petições suficientes para apresentá-lo novamente ao Parlamento. Mas, daquela vez, o clima havia mudado. A paixão de Wilberforce podia ser sentida em toda a Câmara dos Comuns, e muitos dos membros do Parlamento e outras pessoas podiam ser vistas concordando com a cabeça. Thomas Clarkson e Granville Sharp estavam sentados na galeria, escutando comigo. Fiquei empolgada porque senti que a maré estava virando. À medida que cada membro da Câmara votava sim ou não, Wilberforce seguia nervoso, mas cheio de expectativas. Clarkson sorria a cada sim. Por fim, a votação foi computada e anunciada.

— O resultado da votação na Câmara dos Comuns foi de 114 a 15, a favor da abolição!

Ouviu-se um aplauso retumbante. Agora o projeto tinha que passar na Câmara dos Lordes.

No dia da votação nos Lordes, a rainha Charlotte Sophia apertava o amuleto à espera de notícias. Sir Allan Ramsay prometeu contar a ela assim que soubesse de alguma coisa. A rainha esperou, caminhando de um lado para o outro. Com ela estavam o rei, lady Papendiek, madame Lia D'Eon e a princesa Augusta. Os próprios filhos de Charlotte, o príncipe William e o príncipe Augustus, estavam ausentes, pois eram totalmente contra a aprovação do projeto.

Três horas depois, um alegre sir Allan Ramsay foi recebido na Casa da Rainha. Ele anunciou para todos ouvirem:

— O resultado da votação na Câmara dos Lordes foi de 41 a 20, a favor da abolição do tráfico escravista!

Eu estava emocionada. O tráfico escravista fora abolido. E, ao fazê-lo, a Inglaterra iniciou o processo pelo qual o tráfico enfim acabaria na maioria dos países da Europa. Pensei em Jon, Anne e na filha deles, Lotte-Anne. Pensei em todos os negros marginalizados, comprados, vendidos e colocados em navios. Pessoas que nunca mais voltariam para casa, mas saberiam que seus filhos não sofreriam as mesmas atrocidades. E a melhor parte: eu vi George sorrir ao olhar para a felicidade em meu rosto, pois sabia que a coisa certa tinha sido feita, e estava finalmente do lado correto a respeito da questão.

Com profundo orgulho, vi ser sancionado o projeto de lei abolindo o tráfico escravista, em 7 de março de 1807. E ainda com o vento da mudança soprando ao meu redor, senti uma presença assombrosa. Olhei para cima e lá, ao longe, pude ver vagamente as figuras diáfanas de meus amados Jon, Anne, Christian e meu pai, o grão-duque Charles Louis Frederick. Todos sorriam orgulhosos.

Então vi outra pessoa com eles; uma mulher de pele escura, uma moura de rara beleza com longos cabelos crespos. Eu só podia supor que era Madragana, minha ancestral, que deu um sorriso tão largo quanto os outros e acenou para mim. Será que eu tinha enlouquecido naquele dia? Nunca saberei. Mas me senti satisfeita.

Cinquenta e quatro

Outubro de 1818

Charlotte Sophia manteve-se fora do escrutínio público pelos sete anos seguintes. Ela e George estavam dedicados um ao outro e suas vidas eram tranquilas e amorosas. A rainha teve sorte. Quando Buckingham pegou fogo, no final de 1807, foi acompanhada às pressas para fora do prédio. Mas, quando saiu e viu que o rei estava seguro, percebeu que a caixinha de música de Christian, os pergaminhos de Madragana, os diários de seu pai e, principalmente, seus próprios diários, cinquenta anos dos eventos de sua vida, ainda estavam dentro de seu amado baú, no apartamento privado. Eles não podiam virar fumaça. Ela *precisava* recuperá-los.

Embora os funcionários e suas damas tentassem afastá-la, Charlotte correu de volta para dentro do feroz fogaréu. O príncipe William correu atrás dela, mas, uma vez lá dentro, não conseguiu encontrar a mãe em meio à fumaça. Ele gritou sem sucesso e, em seguida, dominado pela fumaça, correu de volta para fora. Todos temiam que a rainha estivesse perdida. George chorava alto.

Depois de vários minutos de agonia, a rainha Charlotte saiu do palácio arrastando o relicário, embrulhado em um lençol atrás dela. Seu vestido estava queimado e ela desmoronou no gramado. O príncipe Augustus carregou a rainha, cujas pernas haviam sido gravemente queimadas, e o príncipe William carregou o relicário. Durante quatro dias, foi tratada por médicos preocupados, que esperavam. No quinto dia, os olhos de Charlotte se abriram e ela viu que ainda estava viva. Quando soube que suas memórias estavam seguras, que a Casa da Rainha poderia ser consertada e que nada estava perdido por completo, entendeu que suas orações haviam sido ouvidas. Qualquer outra coisa poderia ser resolvida.

Charlotte tinha agora 72 anos, e seu cabelo crespo, outrora ruivo e cheio, se tornara branco e ralo. Ela não se incomodava mais em usar maquiagem branca para esconder sua etnia. A perna esquerda, queimada, nunca cicatrizou de maneira adequada e sempre lhe causava algum desconforto. No entanto, ela dissera a lady Papendiek, que havia se tornado indispensável para ela, que valia a pena o ardor das queimaduras se aquilo significava poder salvar seu legado.

Lady Papendiek confessou que lady Schwellenberg a instruíra a servir à rainha de forma singular e secreta.

— E eu jurei no túmulo do meu santo pai proteger a senhora e guardar seus segredos como se fossem meus.

Charlotte assentiu, sabendo que era verdade.

— Então, preciso de um favor. Uma promessa que você não poderá cumprir até que eu tenha ido ao encontro de meu Senhor. Será sua última promessa a serviço da rainha.

Lady Papendiek entendeu e jurou que a cumpriria. Uma vez que a rainha revelou qual era o dever, pediu à dama de companhia que saísse e permitisse que ela escrevesse algumas coisas. Lady Papendiek obedeceu.

Charlotte abriu o velho diário de couro vermelho, rachado, gasto e impregnado de sabedoria, e começou a escrever:

Estou velha agora, e os rigores da minha idade me impedem de escrever com a frequência que gostaria. Mas sinto que honrei minha família com uma vida bem vivida, em meus próprios termos, e fielmente narrada nestas páginas. Tendo vivido mais que todos os meus irmãos, até mesmo que meu irmão mais novo; sofri, em meu tempo de vida, muitas perdas, mágoas e arrependimentos. Alguns obscureceram meu bem-estar. Outros foram insuperáveis.

Uma dessas perdas foi minha querida amiga madame Lia D'Eon de Beaumont. Eu estava no funeral de D'Eon, olhando para o caixão dela, e tive que sorrir apesar de minha dor. Lia viveu a vida do jeito dela — ou melhor, do jeito dele. Ela tinha 81 anos e ainda se vestia fabulosamente como "madame Lia". A esposa dela instruiu que a vestissem como tal, pois há muito já aceitara a peculiaridade de D'Eon. Na época de sua morte, todos em Londres pensavam que o cavaleiro Charles Genevieve Louise Auguste Andre Timothee D'Eon era uma mulher que se vestia de homem. Mas foi em sua autópsia que a certeza foi estabelecida. George fez o médico lhe dizer exatamente se D'Eon era homem ou mulher.

Pouco depois, o pobre George enlouqueceu para sempre, sem nunca mais reconhecer a mim ou aos nossos filhos novamente. Dizem que a loucura foi causada por ter descoberto que D'Eon era de fato um homem. Meu filho, o príncipe George, agora é regente com toda a pompa e poder do cargo. Ele governa com mão de ferro e um coração calculista. Eu oro pela Inglaterra — e por você.

É a sua hora agora, e você deve encontrar uma causa pela qual valha a pena viver e morrer. Fazer escolhas para o bem dos oprimidos, que são muitos. Perceba que a liberdade de alguns é tão importante quanto a liberdade que permitimos a todos, e que os privilegiados devem fazer mais, pois têm menos necessidades. Faça algo que seja maior do que você, pois essa é a única maneira de estar em paz.

Charlotte fechou o diário e o colocou no relicário de madeira ao lado dela. Toda a história de sua vida estava naquele baú; todos os pedaços de sua jornada — incluindo o Testamento de Salomão. Ela pensou no pai e então seu olhar se voltou para o amuleto pendurado orgulhosamente em seu ainda magnífico decote. Ela o segurou nas mãos e sorriu, conhecendo o poder e o segredo do objeto.

Eu penso sobre o dia em que espetei George com o espinho ainda manchado com o sangue vivo de Jesus e penso na cura milagrosa dele, em nome de Cristo. Eu me pergunto qual será o destino do meu amuleto e da maravilha que reside dentro dele. Mesmo com tudo o que sei agora, eu ainda acredito. E rezo por paz.

Logo, quase como se fosse convocada, *ela* apareceu para Charlotte em uma visão. Era Madragana ben Bekar, com o cabelo encaracolado assentado sobre os ombros. Ela estendeu os braços para Charlotte e sorriu.

A rainha Charlotte, a Moura, sorriu de volta e estendeu os braços, como se estivesse acolhendo uma brisa fresca em um dia de verão.

— *De fato* — sussurrou Madragana para a rainha Charlotte. — *Agora tenha um pouco de paz.*

Epílogo

LEGADO

Casa Filbert
Londres, Inglaterra – 1818

"A história nada mais é que a experiência registrada — geralmente a experiência dos vencedores — e é uma questão de bom senso aprender com as experiências do passado. Afinal, é nessas experiências que estão contidas as chaves morais, culturais, políticas e sociais do futuro..."

Sir Laurence Gardner

Os sinos dobravam no primeiro dia de dezembro de 1818, enquanto a rainha Charlotte Sophia era velada no Palácio de Kew. A Inglaterra estava de luto. Lady Papendiek se encontrava ao lado do caixão, olhando para o rosto tão pacífico de sua senhora. Ela queria que o rei estivesse presente para prestar suas últimas homenagens, mas ele não podia estar lá. George estava trancado resmungando consigo mesmo, para sempre confinado à demência de sua mente. Ele nunca soube que Charlotte estava morta.

Enquanto estava ali, tentando conter as lágrimas, lady Papendiek se consolou pensando que havia honrado as duas promessas feitas à rainha. Ela sabia que havia colocado, logo abaixo das dobras do vestido fúnebre prateado de Charlotte, para serem enterrados para a eternidade, o que a rainha lhe pedira em vida: as cartas de amor de Christian Bach e os encantamentos de Salomão.

Pouco depois das três horas da mesma tarde, o relicário especial de madeira esculpida da rainha Charlotte chegou à Casa Filbert, entregue por correio. A destinatária, Charlotte Anne Lena Beckford, estava de luto pela amada rainha, com os olhos castanhos inchados de tristeza. Ela instruiu o mensageiro a colocar o baú em uma mesa próxima. Em seguida, ele entregou a ela um envelope pelo qual teve que assinar e foi embora.

Charlotte-Anne abriu o envelope. Dentro havia um bilhete e, anexada, a escritura da Casa Filbert. A propriedade agora era dela. O bilhete dizia: *"Um procurador enviará um subsídio mensal para seus cuidados e para a manutenção da casa. A rainha queria que você soubesse que ela a amava, bem como amava o seu pai. Por possuir a marca, a senhorita deve ler tudo que há no relicário, pois assim entenderá quem de fato é".*

Charlotte-Anne estava estupefata. E também confusa. A casa onde vivera por quase trinta anos agora era dela. Mas por que a rainha lhe daria a casa? Ela foi até o baú esculpido e o abriu. Dentro dele, encontrou dois velhos diários de couro vermelho, um diário de couro marrom, quatro pergaminhos em recipientes de madeira, um avental maçônico branco, uma caixinha de música prateada e uma bolsa de veludo, da qual caíram dois amuletos de ouro semelhantes, além de uma carta, que dizia:

Querida Lotte-Anne,

Meu tempo é curto e há muito a confessar. Seu pai e eu éramos meios-irmãos e eu o amava tão profunda e puramente quanto amo meus filhos.

Por que o choque? E de onde vem sua descrença? Não é como se a origem do meu ser fosse algo único nos anais da história. Histórias sobre miscigenação, conflito e violação, ou até mesmo afeto entre mestre e escravizado, conquistador e conquistado, estão conosco desde antes de a Bíblia ter narrado sobre Abraão, Sara e Agar.

Dito isto, a história que devo lhe contar e os segredos consequentes e verdades intragáveis que dela emergem não começam comigo. E, se estudei história corretamente, tampouco as disputas inerentes à minha existência terminarão quando eu sucumbir — principalmente uma vez que o segredo de minha vida e de meu amuleto forem revelados a você. Entendo que preciso me deter à questão do legado — e legado pode ser uma coisa tão abstrata e etérea, tão aberta a deturpações. Comecei estes diários para corrigir os registros, pois, no fim das contas, como disse Napoleão, "a história é um conjunto de mentiras sobre as quais se chegou a um acordo".

Veja bem, todos temos nossos segredinhos convenientemente varridos para debaixo do tapete da aceitabilidade. E, ah, o preço que pagamos pela percepção quando, em face ao julgamento, contamos aquela mentirinha branca. O problema é que essa mentira não é uma mentirinha... e também não é branca.

Eu sou Charlotte Sophia Albertina Frederick Hanover, rainha da Inglaterra. E embora a história seja apenas uma mentira "a qual se chegou a um acordo", essa aqui é a minha... e agora a sua também.

Quando Charlotte-Anne segurou um dos amuletos, o objeto começou a esquentar em seus dedos e de repente ela sentiu uma presença assombrosa.

Então Anne olhou para cima e viu que *Ela* estava ali.

A sobrinha da rainha Charlotte sorriu. Pois, sem saber o motivo, de alguma forma, ela tinha entendido.

Notas e agradecimentos da autora

Embora *Charlotte Sophia: Um romance* incorpore a história da vida real da rainha Charlotte Sophia da Grã-Bretanha, este livro não deixa de ser uma obra de ficção e um produto da minha imaginação. No entanto, existem lugares, fatos, eventos, pessoas e artefatos reais neste livro, que exigiram pesquisa e verificação. Estarei para sempre em dívida com minha pesquisadora Denise Gillman, cuja gigantesca contribuição de tempo e energia é imensurável; com Austin Foxxe, meu primeiro editor, que me ajudou a moldar o trabalho, e com minha agente B.J. Robbins.

Também agradeço aos seguintes "anjos", cuja ajuda tornou este livro possível: o historiador e genealogista Mario de Valdes y Cocom, que primeiro descobriu e completou a pesquisa original sobre a genealogia das raízes mouras da rainha Charlotte e com quem compartilhei meu amor pelos componentes étnicos da história; Dave Ingland, que nunca decepciona; meus queridos amigos, George Alexander, Stanley Bennett Clay, Frank Fletcher, Todd Harris, Sharon Johnson, Mondella S. Jones, Wendy Kram, Joanne (JM) Morris, Marion Ramsey, Cheryl Terry, Erik Washington e Sherri Williams, que leram vários rascunhos e fizeram ótimos comentários.

Houve diversas fontes de referências e documentos usados neste livro que foram essenciais. Essas obras não são responsáveis por quaisquer interpretações, omissões, deturpações ou erros que eu possa ter cometido. Devem ser reconhecidos os seguintes autores e suas obras: *Queen Charlotte*, de Olwen Hedley; *Memoirs of Her Late Majesty, Charlotte, Queen of Great Britain and Ireland* (Londres, 1819); *King George III*, de Christopher Hibbert; *John Christian Bach*, de Heinz Gartner; *Monsieur D'Eon é mulher*, de Gary Kates; *John Wilkes*, de Arthur H. Cash; *The Shroud of Turin*, de Ian Wilson; *The Templar Revelation*, de Lynn Pickett e Clive Prince; *Templários: as sociedades secretas e os mistérios do Santo Graal*, de Oddvar Olsen; *A linhagem do Santo Graal*, de Laurence Gardner; *The Sign and the Seal*, de Graham Hancock; e *A odisseia dos essênios*, de Hugh Schonfield.

Você também pode traçar a ascendência da rainha Charlotte e ver como ela se conecta a Madragana ben Bekar, a Moura, aos Cavaleiros Templários e ao rei Davi, acessando: http://fabpedigree.com/s029/f648648.htm.

Também gostaria de agradecer a Leo Garcia, diretor artístico do Highways Performance Space em Santa Monica, Califórnia, por permitir que minha peça baseada neste romance, *Charlotte Sophia*, fosse apresentada, e pelas contribuições artísticas do meu talentoso elenco. A peça, agora intitulada *Buckingham*, teve sua estreia na Costa Leste, no Southampton Cultural Center, graças à diretora executiva Kirsten C. Lonnie, e está contando com apresentações em todo o país.

Finalmente, sou e sempre serei grata a Deus, por me permitir viver o processo de escrever a primeira edição deste livro após uma crise de saúde em 2009. Estendo meu mais profundo e sincero agradecimento à minha equipe médica, cujo talento e habilidade me salvaram para que eu pudesse escrever mais uma vez, com um sorriso no rosto.

Paz e bênçãos.

Tina Andrews
Nova York

Este livro foi impresso pela Leograf, em 2022, para a HarperCollins Brasil. O papel do miolo é o pólen natural 70g/m² e o da capa é cartão 250g/m².